W0014108

ro
ro
ro

Till Raether, geboren 1969 in Koblenz, arbeitet als freier Journalist in Hamburg, unter anderem für *Brigitte, Brigitte Woman* und das *SZ-Magazin.* Er wuchs in Berlin auf, besuchte die Deutsche Journalistenschule in München, studierte Amerikanistik und Geschichte in Berlin und New Orleans und war stellvertretender Chefredakteur von *Brigitte.* Till Raether ist verheiratet und hat zwei Kinder.

Treibland, der erste Fall für Adam Danowski, war für den Friedrich-Glauser-Preis 2015 nominiert.

Mehr von ihm unter www.tillraether.de

«Nicht jeder Kolumnist ist auch ein guter Buchautor. Till Raether schon.» (Hamburger Morgenpost)

«In schleichender Intensität vergrößert sich ein Netz aus mafiösen Verstrickungen und zieht sich dabei bedrohlich um Danowski. Ein atemberaubend spannender Thriller.» (Ruhr Nachrichten)

«Danowski ist eine ausgesprochen interessante Type (...) Da merkt man dem Journalisten Raether den trainierten Blick für interessante Leute an. Danowski – ein Mann mit Potenzial!» (Tagesspiegel)

TILL RAETHER

TREIBLAND

KRIMINALROMAN

Rowohlt Taschenbuch Verlag

Veröffentlicht im Rowohlt Taschenbuch Verlag,
Reinbek bei Hamburg, September 2015

Umschlaggestaltung HAUPTMANN & KOMPANIE
Werbeagentur, Zürich
Umschlagabbildung Thorsten Wulff
Satz aus der Apollo PostScript, InDesign, bei
Pinkuin Satz und Datentechnik, Berlin
Druck und Bindung CPI books GmbH,
Leck, Germany
ISBN 978 3 499 26670 6

Für Diana: was zu lesen

Treib|land (Seew.), so w. v. **Butterland**, eine durch Dünste auf See verursachte täuschende Erscheinung von Land.

Pierer's Universal-Lexikon, Altenburg 1857

Prolog

Wenn Cay Steenkamp etwas hasste, dann waren es Menschen, die ihn beim Golf störten. Und alle anderen Menschen.

Sie hatten die Hälfte des Platzes gespielt, und noch war es so früh, dass andere Clubmitglieder nur hier und da als pastellfarbener Schmutz am Rande seines Gesichtsfeldes auftauchten, weit genug entfernt, um namenlos und stumm zu bleiben. Von der Elbe zog Nebel übers Grün, aber die Herbstsonne löste ihn langsam auf. In der Luft lag diese gewisse Kälte, die scharf genug war, um zu Steenkamp durchzudringen. Er war auf der Höhe seines Spiels: Peters und der Neue hatten keine Chance mehr, ihn zu beeindrucken.

Seitdem Steenkamp das achte Loch mit erstaunlich anstrengungslosen drei Schlägen gespielt hatte, waren bei den beiden anderen die Prioritäten verrutscht: Statt sich auf ihr Spiel zu konzentrieren, führten sie eine aufdringlich lebhafte Unterhaltung und streiften dabei Themen, die Steenkamp wütend machten.

«Nennen wir es eine Investitionsmöglichkeit», sagte Peters, dem ein paar Haarsträhnen vom fast kahlen Schädel flatterten. Der Neue hatte seine Standposition eingenommen, um den nächsten Schlag vorzubereiten, brach jetzt aber unverrichteter Dinge wieder ab, stützte die Hände in die Seiten, musterte Peters interessiert und sagte: «Eine Investition, hm? Aber so ziemlich am Rande, also, am Rande …»

«Am Rande von allem», sagte Peters und lachte. Viel zu laut für den Golfplatz. Steenkamp biss die Zähne zusammen. Der Neue lachte auch. Er hieß Lorsch, und angeblich hatte er Geld. Neues Geld, keine zwei Generationen alt, mit Schnaps verdient. Er war braun gebrannt, schwer, ziemlich groß, vielleicht Mitte fünfzig: ein junger Mann. Für Steenkamp waren alle unter sechzig junge Männer. Weil sie noch Pläne und Ziele und etwas zu verlieren hatten. Er selbst war deutlich älter und lebte nur noch in der Gegenwart, und er konnte nicht sagen, dass es ihm dort gefiel.

Der Neue hatte ein offenes Gesicht, aber diese Offenheit wirkte gelernt und aufgesetzt, angemessen für den Golfplatz und ein Gespräch unter Kaufleuten, bedeutungslos darüber hinaus. Hinter dem offenen Gesicht ahnte Steenkamp Zurückgezogenheit und Diskretion, und das beruhigte ihn. Der Neue war seit mindestens zehn Jahren im Club, aber Peters und er hatten ihn bisher geschnitten. Höchstens, dass Peters einmal eine anzügliche Bemerkung gemacht hatte über die Frau des Neuen, die ab und zu im Club zu Mittag aß.

Aber die Situation hatte sich verändert: Seit Monaten versuchte Peters, ihn von einer Geschäftsidee zu überzeugen. Steenkamp verkrampfte sich innerlich, während er einige Meter abseits stand und die beiden bei ihrem absurden Geplänkel beobachtete. Was war passiert, dass einer seiner Mitspieler auf dem Platz oder im Clubhaus andere um Geld anging? Seit wann war eine halbe Million der Rede wert, oder besser: Peters' Gefasel? Warum musste er, Steenkamp, sich das antun? Nur, weil Peters Dinge über ihn wusste, die andere nicht wussten? Weil er Peters auf den Leim gegangen war und ihm mit der hin und wieder aufflammenden Bedürftigkeit eines älteren Mannes von seinem Leben erzählt hatte, am Ende sogar von seinen Kindern? Von seinen Erfolgen und von Fehlern, die er mit den besten Absichten begangen hatte?

Wut stieg in ihm auf wie Magensäure. Die Situation mit der Firma. Er wusste nicht, was ihn wütender machte: die Formulierung oder das, was sie bedeutete. Wenn er Peters aufforderte, nicht von «Situation» zu sprechen, sagte der: «Schieflage». Steenkamp fand Metaphern feige. Die Wahrheit war: Durch ein paar wenige falsche Entscheidungen war es ihm auf verblüffende Weise gelungen, die Firma, die seit mehr als siebzig Jahren im Besitz seiner Familie war, an den Rand des Ruins zu bringen. Ruin: Das war ein Wort, mit dem er etwas anfangen konnte. Bisher hatte er es immer nur auf andere angewendet.

Um sich abzulenken, wandte Steenkamp sich ein wenig zur Seite, zog den Handschuh aus und steckte die Hand hinter den Hosenbund, tief, bis er dort alles wieder an seinen Ort schieben konnte. Seit der Prostataoperation bekam er in den seltsamsten Augenblicken Erektionen, weiche Schwellungen wie überreifes Obst. Peters und der Neue redeten immer noch, aber wenn man genauer hinsah, redete Peters, und der Neue hörte zu, seine Augen unsichtbar, weil sich in den tropfenförmigen Gläsern seiner Brille die Sonne spiegelte. Während Steenkamp den Handschuh wieder anzog, blickte er in Richtung Elbe, als seien dort Ruhe und Seelenfrieden zu finden.

Aber es hatte keinen Zweck. Zwischen dem zehnten und dem elften Loch stand am Rande des Grüns ein Schuppen, darin Geräte für die Rasenpflege und die Wartung der Carts. Damit die Greenkeeper auf dem Gelände einen zweiten Stützpunkt hatten und nicht jedes Mal den kilometerlangen Weg zurück zum Haupthaus und seinen Wirtschaftsgebäuden machen mussten. Die Clubleitung nannte den Schuppen «Maintenance Point», und Steenkamp hasste ihn. Wenn er hier stand und spielte, wollte er keine Rasenmäher sehen und keine Vertikutierer und ganz bestimmt auch keine Ersatzreifen für Carts – und zuallerletzt das seltsam südländische Personal mit den schwarzen Hosen und den weinroten Windjacken. Die Clubleitung hatte sich bemüht, den Schuppen in der Landschaft verschwinden zu lassen: braunes Holz, das Dach mit Gras bewachsen. Aber meistens stand die Tür offen, und wenn man einmal angefangen hatte, sich daran zu stören, konnte man den Schuppen nie wieder übersehen.

Wie immer, wenn er längere Zeit gestanden hatte, war Steenkamp überrascht, wie schwer seine Beine sich in Bewegung setzten und wie schwierig es war, ihnen die gewünschte Geschwindigkeit abzuverlangen. Er hörte, wie Peters und der Neue hinter ihm weiter in offenen Andeutungen über Geld sprachen, während er sich dem etwa fünfzig Meter entfernten Schuppen näherte. Die Tür stand offen, und an einer Hand auf dem Türblatt sah er von weitem, dass jemand vom Personal sich in Richtung Schuppeninneres bückte. Steenkamp näherte sich dem Schuppen so, dass die offen stehende Tür ihn auf seinem Weg verdeckte. Aus der Nähe sah er, dass sie aus schwerem, billigem Holz war wie eine Blockhüttentür in einem skandinavischen Freizeitpark, lackiert in einem beleidigenden Dunkelbraun, das viel zu billig glänzte, um zu einem Golfclub in den westlichen Elbvororten zu passen.

Steenkamp blieb stehen. Durch den etwa fingerbreiten Spalt zwischen Türblatt und Zarge sah er eine junge, blonde, eher osteuropäische als südländische Frau, die offenbar gerade fand, wonach sie gesucht hatte. Sie wandte sich um und machte einen Schritt in Richtung Tür, und für einen Moment war Steenkamp nicht sicher, ob ihre Blicke sich durch den Spalt getroffen hatten.

Als Steenkamp seine Hand auf die Außenseite der Tür legte, war er froh, einen Handschuh aus Kalbsleder zu tragen, denn er ahnte, wie trostlos und banal sich derlei lackierte Eiche anfühlte. Einen Sekundenbruchteil später, als er die junge Frau direkt dahinter wusste, stieß er mit der ganzen Kraft seines zwar alten, aber golftrainierten Armes die Eichentür Richtung Schloss, so, als wollte er sie wütend zuschlagen und wüsste nicht, dass dahinter ein Mensch war. Er hatte tief eingeatmet, seine Fußhaltung und Körperstellung auf optimale physikalische Wirkung hin ausgerichtet, und alles, was er im Körper hatte, in diesen Stoß gelegt. Er hatte seinen Arm noch nicht ganz durchgestreckt, als die Tür einen Lidschlag später gegen den Kopf der jungen Frau krachte. Er merkte, dass es ihr Kopf war und nicht die Schulter, denn das Schlaggeräusch kam von weiter oben, und es war hart, unnachgiebig, es hörte sich an, als hätte jemand auf einen Stapel Bretter ein weiteres geworfen.

Die Frau ächzte, aber sie schrie nicht, als sie in Steenkamps Gesichtsfeld fiel. Die Tür hatte sie oberhalb der Schläfe und am Wangenknochen getroffen, das sah er an ihren Wunden. Die untere war eine Prellung, die obere eine Platzwunde. Es überraschte ihn nicht zum ersten Mal in seinem Leben, wie hell das Kopfblut war, und er merkte, dass ihm gefiel, wie es in ihr blondes Haar lief. Abgesehen vom fast perfekt gespielten Golf am achten Loch vielleicht der erste Lichtblick heute.

«O mein Gott», sagte Steenkamp, «o mein Gott. Das tut mir so leid, ich habe Sie nicht gesehen.»

Die Frau war zu Boden gesunken und machte keine Anstalten, aus eigener Kraft wieder aufzustehen. Er packte sie so hart am Oberarm, wie er es früher mit Jette und Jörn gemacht hatte, als sie Kinder gewesen waren und laut. Er drückte seinen Daumen in ihr Fleisch, bis er ihren Oberarmknochen spürte, und vielleicht war es dieser zweite

Schmerz, der sie zu sich kommen ließ. Sie stöhnte und versuchte, ihn abzuschütteln, aber er ließ sie nicht, sondern richtete sie auf, bis sie unsicher schwankend auf ihren Füßen stand und sich gegen ihn lehnen musste.

«Mein Gott», sagte Steenkamp, «ich wollte doch nur die Tür zuschlagen. Das sieht so hässlich aus vom Grün. Wenn die Tür hier immer offen steht. Ich hatte ja keine Ahnung, dass Sie ...»

Die junge Frau, die eigentlich ganz hübsch war, wenn er darüber hinwegsah, dass sie ein sehr rundes und etwas flaches Gesicht hatte, starrte ihn fassungslos an. «Aber Sie haben mich doch gesehen», sagte sie mit dem Anflug eines ausländischen Akzents. «Sie haben doch gesehen, dass ich gerade ...»

«Um Gottes willen», sagte Steenkamp und schüttelte sie ein bisschen, und dann noch ein bisschen mehr, weil er wusste, dass sie zu verwirrt war, um sich dagegen zu wehren. «Was glauben Sie denn. Ich hatte ja keine Ahnung, dass Sie ausgerechnet in dem Augenblick aus der Tür ...»

«Aua», sagte die junge Frau, in deren Gesicht etwas zusammenzustürzen schien. «Sie tun mir weh.»

Steenkamp drückte noch einmal fest zu, als hätte er keine Kontrolle über seine Hand, und ließ sie dann los. Er sah befriedigt, wie sie zwei Schritte von ihm wegtaumelte, als wäre sie sehr betrunken. Während sie die Hand zum Kopf führte, sagte er: «Sie sollten das von einem Arzt anschauen lassen. Ich bin zwar selbst einer, aber ich praktiziere leider seit einigen Jahren nicht mehr.»

Als sie sich gefasst hatte und sich umdrehte, fielen ihm zwei Dinge auf: ihr Blick, der ihn wieder an Jette und Jörn erinnerte, denn darin lag eine Verständnislosigkeit, die noch größer war als Abscheu und Angst; und das wirklich schlechte Material der schwarzen Polyesterhosen, mit denen der Club sein Personal ausstattete. Das sollte man vielleicht mal an passender Stelle zur Sprache bringen, dachte Steenkamp.

«Und sagen Sie Bescheid, wenn Sie etwas brauchen!», rief er ihr hinterher, als sie unsicher und blutend den Sitz des Carts bestiegen hatte und sich in einem unklaren Halbkreis auf den Rückweg zum Clubhaus machte. Dann hob er den Sonnenschirm auf, den sie aus dem Schuppen geholt hatte, warf ihn achtlos zurück und schloss die Tür. Als er sich umdrehte, sah er, dass Peters und der Neue ihre Schläge gemacht hatten und auf ihn warteten. Er hatte keine Ahnung, was sie von seinem Missgeschick und dem bedauerlichen Unfall gesehen hatten, aber es war nicht wichtig. Er fühlte sich wieder besser und freute sich auf den nächsten Schlag. Golf gab ihm das Gefühl, zur richtigen Zeit am richtigen Ort zu sein; Golf war stärker als Reue, Vernunft und alle Pläne. Golf war klar und hell. Für ihn war Golf, was für andere Leute Liebe war. Und Liebe war für ihn, was für andere Leute Golf war: eine sinnlose und kostspielige Zeitverschwendung.

Während er überlegte, welches Eisen er jetzt nehmen sollte, betrachtete er Lorsch, den Neuen, der einen Schritt vor Peters stand und so aussah, als wäre er ein offener Mensch. Schräg hinter ihm machte Peters ein billiges, aber eindeutiges Zeichen: Daumen hoch, aber nur nebenhin, wie ein Selbstgespräch in Körpersprache: Der Neue war im Boot, zumindest interessiert. Steenkamp fühlte sich müde, aber besser, seit er seine Wut gewissermaßen vor dem Schuppen abgeladen hatte. Seit zwanzig Jahren hatte er diese Golfplatzfreundschaft mit Wilken Peters, der ihm außerhalb des Clubgeländes nicht mal sympathisch war. Der streng genommen nicht mal dazugehörte, ein Beamter, ein Funktionär, der sich hochgearbeitet hatte, statt immer schon da zu sein, wo man zu sein hatte. Peters hatte ihm genützt über die Jahre, aber er hätte ihn nie so nah an sich heranlassen dürfen. Oder?

Steenkamps Vater hatte immer gesagt: Man muss die Menschen verbrauchen, wie sie sind. Sein Vater hatte dies nie weiter ausgeführt, er hatte sich nur in unkommentierten Einzeilern geäußert. Aber in Steenkamps Erfahrung bedeutete verbrauchen in diesem Zusammenhang nur zwei Dinge: benutzen oder zerstören. Er verdrängte den Gedanken an die Frage, wie die Rollenverteilung in dieser Hinsicht bei Peters und ihm war. Stattdessen schenkte er Lorsch ein väterliches, sympathisch zerstreutes Lächeln und dachte: Ich weiß noch nicht, ob wir dich benutzen oder zerstören werden. Aber wir werden dich verbrauchen, wie du bist.

TEIL 1
KALTAUSSCHIFFUNG

1. Kapitel

Im Kinderzimmer bot sich Hauptkommissar Danowski ein schreckliches Bild. Er musste sich an den Türrahmen lehnen und für einen Moment die Augen schließen, so ohnmächtig fühlte er sich angesichts der Verheerung. Er atmete tief ein und langsam wieder aus und öffnete dann die Augen weit.

Das Bettzeug war aus dem Etagenbett gezogen und hing halb auf den Fußboden, als hätte jemand die Kinder im Schlaf gepackt und dabei aus Versehen einen Teil der Decken und Laken mitgegriffen. Braune FC-Sankt-Pauli-Bettwäsche oben, gestreifte Ikea-Bettwäsche in Rot und Gelb unten. Die Schränke und Schubladen waren aufgerissen, Spielzeug, Kleidungsstücke und Schulsachen über den Fußboden und die zu eng beieinander stehenden Möbel verteilt, als hätte jemand verzweifelt etwas gesucht. Unter dem mit halb abgekratzten Aufklebern verzierten weißen Kindertisch stand rotbraune Flüssigkeit in einer Lache, die an den Rändern bereits angetrocknet war. Und all das im Zwielicht aus Energiesparleuchtmittel und Maimorgen. Danowski nestelte an seiner Krawatte, um etwas mehr Luft zu bekommen. Dann wandte er sich in Richtung Flur und rief: «Stella! Martha! Seid ihr wahnsinnig? Was ist das hier?»

Er hörte, wie die beiden im Badezimmer kicherten. Immerhin waren sie inzwischen offenbar dabei, sich die Zähne zu putzen. Oder zumindest hatten sie sich dahin begeben, wo die nötigen Utensilien in Reichweite standen.

Leslie kam aus der Küche, er roch ihr Parfüm und hörte am Knarren der Flurdielen, wie weit sie noch entfernt war von ihm. Dann legte sie ihm den Arm um die Hüften, sah ins Kinderzimmer und sagte: «Auweia. Das mit dem Tuschwasser hab ich verbockt. Stella ist gestern Abend noch mal aufgestanden, weil sie unbedingt was malen wollte. Ich war einfach zu müde, um das zu verhindern. Und Martha wollte heute Morgen um fünf ein Bettlakenfort bauen. Aber der Rest ...»

«Fernsehverbot», sagte Danowski. «Bis zum Abitur.»

«Finde ich prinzipiell gut», sagte seine Frau. «Aber ich glaube nicht, dass eines der Kinder das Abi schafft.»

«Dann tun wir jetzt einfach so, als wäre nichts, und du schimpfst heute Nachmittag in Ruhe.»

«Also wie immer.»

Sie küssten sich auf die nachlässige, aber nicht lieblose Art und Weise, mit der Ehepaare Ende dreißig einander eine Zuneigung ausdrückten, an die sie sich gewöhnt hatten wie an immer noch schöne Wandfarbe. Obwohl, dachte Danowski: Anfang vierzig. Als er sich umdrehte, stand Stella im Flur und bemerkte mit neunjährigem Ernst: «Wenn ich ein eigenes Zimmer hätte, würde ich auch aufräumen.»

«Das weiß ich», sagte Danowski. «Aber wenn du ein eigenes Zimmer hättest, wärst du nicht meine Tochter, und dann wäre es mir egal, ob du aufräumst oder nicht.» Leslie rollte mit den Augen, gab ihm einen Klaps auf den Hintern und ging in die Küche.

«Das verstehe ich nicht.» Stella sprang ihm unvermittelt auf den Arm. Ihre Knochigkeit und Wärme durch den dünnen Baumwollschlafanzug überwältigten Danowski.

«Na ja», erklärte er nach einer Weile, «ich bin der Mann, den deine Mama geheiratet hat, und deine Mama ist Lehrerin und ich bin Polizist, und im Moment können wir uns diese Wohnung hier leisten. Vielleicht ändert sich das eines Tages, aber dafür müssten wir aufs Land ziehen. Bis dahin teilen meine Töchter sich ein Zimmer. So habe ich das gemeint.»

«Wir könnten nach Pinneberg ziehen», schlug Stella vor.

«Du bist nicht mehr meine Tochter», sagte Danowski und tat, als wollte er sie zu Boden schleudern. Dann kam Martha aus dem Bad, nackt, und erzählte, wie sie zwei Tore geschossen hatte gegen den VfL Pinneberg am vorigen Wochenende. Leslie rief, die Kinder sollten sich anziehen, Drinnen- und Draußensachen, und gleich gehe es los, und ob er sie heute bringen könne, und im Radio missglückte die Übergabe von der Nachrichtensprecherin an den Wettermann, und auch wenn beide sich um freundliche Nüchternheit bemühten, hörte Danowski, dass sie genervt waren und es lange bleiben würden, und er spürte, dass Stella noch nicht bereit war, ihn loszulassen, obwohl sie langsam zu schwer für ihn wurde, erst recht, weil er Sorgen hatte und langsam gern allein gewesen wäre. Bei aller Liebe.

Montag und Dienstag: Leslie. Mittwoch und Freitag: er. Donnerstag war der Tag, den sie immer wieder verhandeln mussten: Bringst du heute die Kinder oder ich? Eigentlich ging es jedes Mal schief.

«Ich kann nicht.» Danowski sah auf die Uhr, obwohl er aus dem Radio wusste, dass es kurz nach halb acht war. «Ich habe eine Sache um acht.»

«Ist schon okay», sagte Leslie. «Aber ich hab morgen für die Kinder einen Impftermin gemacht. Vielleicht kannst du den übernehmen.» Danowski nickte und nahm seine Tasche. Er küsste die Kinder und schob sie in ihr Zimmer. «Hebt irgendwas vom Boden auf und zieht es an.»

«Du weißt, dass sie genau das tun werden», sagte Leslie und folgte ihm in den Hausflur, wobei sie die Tür festhielt, damit sie nicht ins Schloss fiel.

«Manchmal kann ich nicht glauben, dass wir ein Schuhregal haben, das im Treppenhaus steht», sagte Danowski, während er seine Halbschuhe anzog. «Als würden wir halb auf der Straße wohnen. Und fragst du dich nie, was die Nachbarn nachts mit unseren Schuhen machen? Dieser hier sieht richtig traumatisiert aus.»

«Was hast du für eine Sache um acht?», fragte Leslie und strich sich eine Strähne ihrer fast schwarzen Haare hinters Ohr. Danowski seufzte.

«Wegen … der ganzen Sachen.»

«Okay.» Leslie nickte mit ungeduldigem Ernst. «Eine Sache wegen der ganzen Sachen. Danke für das Gespräch.»

«Die Kopfschmerzen, dass ich mich nicht konzentrieren kann, dass ich immer müde bin. Dass mir alles zu viel ist. Diese Sachen.»

«Es heißt Leben.»

«Philosophisch.»

«Noch mal von vorn.»

«Okay. Ich war beim Arzt. Um mal zu gucken, ob ich auch endlich einen von diesen Burn-outs habe.»

«Und?» Warum gingen sie eigentlich ins Treppenhaus, wenn sie ungestört reden wollten? Und konnte es wirklich sein, dass seine Frau noch kleiner war als er und ihn jetzt trotzdem in den Arm nahm, als ginge er ihr nur bis zur Schulter?

«Er hat mich an einen Neurologen überwiesen. Und das ist heute. Die Sache. Die Ergebnisse.»

«Das ist nicht dein Ernst.» Leslie blickte auf. «Du hast das alles schon hinter dir? Die ganzen Untersuchungen?»

«Ja», sagte Danowski und fasste sie an den Schultern, um sie besser sehen zu können. «Es hat irgendwie nie so richtig die Gelegenheit gegeben …»

«Ach komm.»

«Okay», sagte Danowski. «Ich wusste, es geht vorbei,

wenn ich nicht darüber rede. Dass es dann nichts Schlimmes ist. Das ist ja meistens so.»

«Kein Hirntumor.» Leslies Unerschrockenheit grenzte an Grausamkeit. «Kein Aneurysma.»

«Genau», sagte Danowski in eine frische Stille, die erst durch dieses Wort zu entstehen schien.

«Wir sprechen uns später», sagte Leslie schließlich. «Und du rufst mich an. Sofort. Alles Gute. Ich liebe dich.»

«Ich dich auch», sagte Danowski und sah, dass er einen Fehler gemacht hatte, den er nie wieder würde gutmachen können: Leslie würde vergessen, wie verletzt sie gerade gewesen war, aber er würde es wissen und sich noch daran erinnern, wenn sie pensioniert waren und endlich allein auf diesen fünfundsiebzig Quadratmetern hier am Ottenser Rand von Bahrenfeld wohnten. Falls er so lange lebte. Er schloss die Augen, fasste das Geländer und ging die Treppe hinab, als stiege er in ein Schwimmbecken, das kälter war als erwartet.

2. Kapitel

Die Chefin stand am Fenster und blickte hinunter Richtung Stadtpark, wo, wenn man es wusste, unter dem dichten grünen Blätterdach die Kirschen, der Ginster und der Rhododendron blühten, beleuchtet von der halsbrecherisch schrägen Morgensonne. Sicher, da blühte noch mehr, aber das andere Zeug interessierte sie nicht. Sie pflegte ihre Vorlieben und blendete den Rest aus, das betrachtete sie als bewährtes Organisationsprinzip, als Talent, ohne das sie es niemals – davon war sie überzeugt – an die Spitze der Mordbereitschaften beim Hamburger Landeskriminalamt geschafft hätte.

«Du siehst nur, was du sehen willst.» Ja, dieses Talent ließ sich auch in einen Vorwurf wenden, und ihre Freundin war darin Fachfrau. Gestritten hatten sie übers Heiraten, genauer gesagt darüber, sich eintragen zu lassen, womit der Fall für die Chefin bereits erledigt war: Sie verbrachte vierzig bis fünfzig Stunden in der Woche mit bürokratischen Vorgängen, da war ihr nicht danach zumute, in ihrem Privatleben einen weiteren zu feiern. «Wir haben doch alles», sagte sie dann, und ihre Freundin sagte dann eben: «Du siehst nur, was du sehen willst.»

Sie hörte das irritierende und zugleich langweilige Geräusch, wenn jemand an eine bereits offene Tür klopfte, um diskret auf sich aufmerksam zu machen. Sie wandte sich vom Fenster ab. Der Inspektionsleiter, den sie nur zwei- oder dreimal im Monat sah und der ihr jedes Mal einen Schrecken einjagte, weil er so alt geworden war in den letzten vierzig Jahren. Zwei Monate älter als sie, um genau zu sein.

«Morgen. Hast du schon gehört?»

Augenblicklich verspürte sie eine leichte Unruhe: Nein, denn alles, was sie gehört hatte, seit sie ins Präsidium gekommen war, war nichts, wonach jemand in diesem Ton gefragt hätte.

«Wir haben ein Kreuzfahrtschiff mit ungeklärter Todesursache an Bord. Route durch die Britischen Inseln. Ist heute Morgen in Altona eingelaufen. Italienische Reederei, Flagge Panama. Das heißt, wir haben an Bord eigentlich keine Jurisdiktion, das ist panamesisches Hoheitsgebiet. Aber …»

«Das brauchst du mir nicht zu erklären», sagte die Chefin.

«Aber der Tote ist offenbar Hamburger. Also müssen wir was unternehmen.»

Sie setzte sich und seufzte. Der Inspektionsleiter kam näher und kniete sich sportlich verklemmt mit einem Bein auf den Stuhl vor ihrem Schreibtisch. Sie spürte, dass sie ihn nicht ausstehen konnte, so, wie sie früher ihre Hämorrhoiden gespürt hatte. Aber die hatte sie sich unter Vollnarkose entfernen lassen; der Inspektionsleiter würde bei ihr bleiben, solange sie hier arbeitete.

«Wie ist denn das reingekommen?»

«Küstenwache, Bremerhaven. Da gab's einen anonymen Anruf. Bundespolizei ist auch schon da.»

«Unübersichtlich.»

«Ich kann dir sagen. Die Leute vom Präsidialbüro sind unruhig.»

«Wieso, ist doch, wie du sagst: nicht deutsche Jurisdiktion. Sondern Panama.»

Der Inspektionsleiter setzte sich auf seine Fußsohle, als wollte er betonen, was für ein informeller und kurzer Besuch dies hier war, aber sie merkte an der schmalen Gespanntheit seiner Körpersprache, dass er sich alles, was er sagte, auf dem Gang hierher genau überlegt hatte.

«Der Tote ist an einer merkwürdigen Krankheit gestorben, und es ist nicht ganz klar, ob er absichtlich infiziert wurde. Im anonymen Anruf heißt es, der Tote habe stark gefiebert und geblutet – schwer zu verstehen, das war auf Englisch mit Akzent, ihr kriegt dann den Mitschnitt und eine Abschrift. Jedenfalls sind sich alle einig, dass wir daraus keine große Sache machen dürfen. Diese Schiffsgeschichten geraten schnell außer Kontrolle, vor allem, wenn da fünfzehn-, sechzehnhundert Leute an Bord sind. Und die Stimmung ist so, dass wir dabei nur verlieren können. Wenn wir auf die Kollegen aus Panama warten, die eigentlich zuständig sind, sehen wir untätig aus, und wenn wir versuchen, das Ganze zu forcieren, verursachen wir eine Aufmerksamkeit, die vielleicht nicht angemessen ist. Ganz zu schweigen davon, dass wir Erwartungen wecken, die wir vielleicht nicht erfüllen können.»

Die Chefin lächelte. «Schöne Rede. Bisschen zurechtgelegt.»

Er versuchte, ihr Lächeln zu treffen. «Du weißt ja, wie's ist.»

«Wenn du sagst, alle sind sich einig und so weiter, dann meinst du: der Vizepolizeipräsident will das.»

Er kniff die Augen zusammen, und sie sah, wie sehr sie ihm auf die Nerven ging: die alte Kuh, immer noch da, immer noch stur.

«Nämlich was genau?», fuhr sie fort: alt, stur.

«Dass die Sache ohne größere Umstände vorübergeht», sagte der Inspektionsleiter knapp. «Die Reederei lässt ein oder zwei Leute von dir an Bord, um die Todesursache festzustellen, vielleicht ein paar Spuren zu sichern, Kollegenhilfe für Panama. Es wäre schön, wenn du dafür ein, zwei

Leute hättest, die ...» Hier machte er eine Kunstpause und hob leicht theatralisch die Schultern, bevor er fortfuhr: «... besonders geeignet sind.»

«Weil sie faul und unfähig sind und die Geschichte lange genug verschleppen, bis wir sie los sind, ohne dass irgendwas an der Behörde oder am Polizeipräsidenten hängenbleibt?»

«Ich bin sicher, dass du niemanden hast, der faul und unfähig ist. Wie gesagt, diese Schiffsgeschichten sind immer kompliziert.»

«Molkenbur und Kalutza.»

Der Inspektionsleiter wiegte den Kopf und verzog den Mund, als lehnte er nur unter Schmerzen ab. «Eben nicht. Die beiden begutachten schon so lange routinemäßig nichts als ungeklärte Todesfälle, dass ich Angst habe, sie geraten in Aufregung und Übereifer, sobald das Ganze einen Hauch maritimen Glamour kriegt.»

Die Chefin sagte nichts.

«Ein eigentlich talentierter Polizist, dessen Entwicklung seit Jahren stagniert und der sich ebenfalls ins Team für ungeklärte Todesfälle hat versetzen lassen, weil ihm der Stress bei Ermittlungen in Strafsachen offenbar zu groß ist. Der hier nur noch seine Stunden abreißt, weil er es nicht erwarten kann, Feierabend zu machen. Nie ganz angekommen in Hamburg, vermutlich längst auf der Tauschliste für einen Platz zurück nach Berlin. Im Team mit einem trockenen Alkoholiker, der sich wacker bemüht, aber nie wieder seine alte Form erreichen wird und der nach seiner Rückkehr ebenfalls zu den ungeklärten Todesursachen versetzt worden ist. Das wären zwei Typen, die ideal dafür wären. Nicht zu offensichtlich auf dem Abstellgleis, aber wo man die Garantie hätte: Die reißen in den nächsten zwei, drei Tagen nicht zu viele Bäume aus.»

Sie fuhr sich durch ihre kurzen Haare, die in ihrer Erinnerung rotbraun waren, nahm ihre Gleitsichtbrille ab und rieb sich mit den Handballen die Augen. Der Inspektionsleiter ging zur weißen Tafel neben ihrer Tür, an der die Bereitschaftspläne hingen und in einem handschriftlich ergänzten Organigramm die Namen aller Kommissare. Er nahm einen Stift aus der Rinne und markierte mit je einem quietschenden Kreis zwei Namen.

«Danowski und Finzi», sagte er und warf den Stift eine Spur zu klappernd zurück. «Wenn ich du wäre, würde ich die dafür einteilen. Die haben ja sowieso Bereitschaft diese Woche. Auf die Weise kann Danowski seine ersten Überstunden des Jahres machen. Aber nicht zu viele.»

Er ging, nachdem sie genickt hatte. Während sie den Hörer nahm, um die beiden anzurufen, dachte sie: Meinetwegen. Das ziehe ich auch noch durch.

3. Kapitel

Ende der Achtziger hatte Danowski seinen ersten Aids-Test gemacht, kurz bevor er an seinem achtzehnten Geburtstag mit Leslie zusammengekommen war. Jetzt, wo er im Wartezimmer saß und auf den Neurologen wartete, erinnerte er sich an das Gefühl: ungläubige, unwirkliche Todesangst. Damals war es unwahrscheinlich, dass er sich bei einem einzigen One-Night-Stand mit HIV infiziert haben könnte, und trotzdem erschien es ihm, während er im zugigen Altbauflur des Zehlendorfer Gesundheitsamtes auf das Testergebnis wartete, absolut folgerichtig, dass es ausgerechnet ihn treffen würde. Nicht als Gottesstrafe oder Schicksal, sondern einfach, weil er kein Problem damit hatte, sich seine damals noch vergleichsweise kurze Lebensgeschichte mit dem Schlusssatz zu erzählen: «... und dann wurde eines Tages festgestellt, dass ich mich infiziert hatte.»

Danowski erinnerte sich an das metallische, undurchdringliche Angstgefühl, und jetzt war es genauso, es war nicht logisch, aber es klang auch überhaupt nicht falsch: halbwegs glückliche Kindheit im Westen Berlins, die Eltern alte Hippies, Mutter früh gestorben, die große Liebe im 12. Schuljahr getroffen und nie eine andere gesucht. Polizeiausbildung als einzige Möglichkeit zu rebellieren, der Umzug nach Hamburg, weil Leslie hier eine Stelle an einer guten Schule gefunden hatte, dann erste Tochter Stella, dann die Beförderung ins Dezernat für Tötungsdelikte. Eine Reihe von Ermittlungserfolgen, kurzfristig der Status als guter Polizist und Lieblingskind der Chefin, dann zweite Tochter Martha, dann die Erschöpfung, die Filmrisse, die Überforderung. Dann die Versetzung in die Abteilung für ungeklärte Todesursachen, weg vom Ermittlungsstress. Dann Stagnation im Job, Hirntumor, tot, Trauer, und das Leben der anderen ging ohne ihn weiter.

Danowski schloss die Augen. Zehntausende Geschichten gingen so zu Ende. Warum nicht seine? Welches Recht hatte er darauf, nicht zu denen zu gehören, die «Warum ich?» fragen mussten?

Er dachte daran, dass er heute Morgen kaum mit Martha gesprochen und sie nicht in den Arm genommen und vor allem: sie nicht abgekitzelt hatte. Was ihr Schönstes war. Es fiel ihm auf, als würde er die Vergrößerung einer Fotografie betrachten. Danowski konnte sich den Gesichtsausdruck von Martha, als sie aus dem Bad gekommen war und ihre große Schwester auf dem Arm ihres Vaters gesehen hatte, ganz genau vor sein inneres Auge holen: schon wieder zu spät, schon wieder nur Zweite.

«Adam Danowski?» Er schlug die Augen auf. Eine junge Sprechstundenhilfe, deren Atem nach löslichem Cappuccino roch, beugte sich über ihn. Gereizte Haut an den frisch gezupften Brauen, der Lippenstift etwas unregelmäßig, eine blonde Strähne auf der linken Seite. «Dr. Fischer ist jetzt so weit. Ich dachte, Sie schlafen.»

Danowski suchte in ihrem Gesicht nach Anzeichen: Holen Sie den Polizisten rein und seien Sie nett zu ihm, denn er wird gleich erfahren, dass er nur noch sechs Monate zu leben hat. Aber er sah nur wohlwollendes Desinteresse und etwas zu viel Mascara und dass sie ihren Chef nicht besonders mochte.

Dr. Fischer saß hinter seinem Schreibtisch und stand nicht auf, als er Danowski hereinwinkte und mit der gleichen Bewegung auf den Patientenstuhl zeigte. Sein langer

Oberkörper war über die Computertastatur gebeugt, und seine Stirn berührte fast den Flachbildschirm. «Falsche Brille», murmelte er undeutlich und schluckte hinter beiläufig vorgehaltener Hand etwas hinunter.

Danowski musste lachen. Er hatte plötzlich das Gefühl, den ersten richtigen Atemzug des Tages zu tun. Die Lindenblätter vor dem Fenster waren die grünsten, die er je gesehen hatte. Er setzte sich und sagte, während Licht in ihn strömte: «Sie werden mir mitteilen, dass ich keinen Hirntumor habe. Es ist alles in Ordnung. Natürlich, ich weiß, dies ist trotzdem der erste Tag vom Rest meines Lebens, aber wie lang dieser Rest sein wird, hängt mit nichts zusammen, was Sie mir heute hier in diesem Zimmer sagen werden.»

«Guten Morgen, Herr Danowski», sagte der Arzt und nickte ihm zu, ohne aufzustehen. «Haben Sie sich Sorgen gemacht?»

«Erst nicht. Dann ja. Heute Morgen sehr.»

«Grundlos. Alle Untersuchungsergebnisse sind ohne Befund.»

«Danke.»

«Ich kann nichts dafür.»

«Und jetzt werden Sie mir sagen, dass ich mehr Sport treiben soll, kürzer treten bei der Arbeit, auf meine Work-Life-Balance achten. Ich kenn die Formulierungen.»

«Besser als ich anscheinend.»

«Aber ich mache praktisch nur noch Routine, am liebsten Innendienst, ich hab mich schon vor Jahren versetzen lassen, um jeden Nachmittag um fünf zu Hause zu sein. Und trotzdem dröhnt mir der Schädel, ich bin erschöpft, mir ist alles zu viel.» Er merkte, dass er sich anhörte, als gebe er Dr. Fischer die Schuld daran.

Der Arzt musterte ihn mit leicht zurückgelegtem Kopf durch die Brille, die zu weit vorn auf seiner Nase saß. Danowski spürte, dass Dr. Fischer etwas in petto hatte, dessen er sich selbst noch nicht ganz sicher war.

«Woher wussten Sie, dass ich keine schlechten Nachrichten für Sie habe?», fragte er.

«Die Art, wie Sie da gesessen haben», sagte Danowski, ohne nachzudenken. «Vornübergebeugt, nur mit Ihrem Rechner beschäftigt. Ich nehme an, Sie praktizieren seit etwa dreißig Jahren. Als Neurologe werden Sie immer wieder Menschen schlechte Nachrichten überbringen müssen. Und Sie werden sich, ob Sie es gemerkt haben oder nicht, ein gewisses Protokoll dafür zurechtgelegt haben. Sie werden es entweder sehr schnell oder sehr vorsichtig machen, und ich vermute, dass Sie aus einer Ärztegeneration kommen, in der man aufsteht und den Patienten mit Handschlag begrüßt und ihm in die Augen sieht, bevor man ihm sagt, dass er eine schwere Krankheit hat. Stattdessen haben Sie an Ihrem Computer herumgefummelt, weil es für Sie nichts Besonderes ist, Testergebnisse ohne Befund weiterzugeben. Ab und zu müssen Sie sich daran erinnern, dass es für Ihre Patienten von großer Bedeutung ist, aber … die Routine siegt.»

Dr. Fischer nickte.

«Vor allem das Käsebrot», fuhr Danowski fort. «Oder war es ein Wurstbrot? Sie haben irgendwas runtergeschluckt, als ich reinkam. Wahrscheinlich bin ich Ihr erster Patient, und Sie schaffen es manchmal nicht, zu Hause zu frühstücken. Aber wenn ich todkrank wäre, hätten Sie niemals von irgendwas abgebissen, bevor ich hier reinkam.»

Der Arzt runzelte die Stirn. «Die meisten Menschen sind in emotionalen Stresssituationen ausschließlich mit sich selbst beschäftigt. Neun von zehn Patienten könnten nicht sagen, was ich getan habe, bevor ich ihnen einen Befund mitgeteilt habe.»

«Ich interessiere mich eben für andere Menschen», sagte Danowski ironisch im Tonfall eines Bewerbungsgesprächs.

«Wirklich?»

«Es ist eher so, als würden die Informationen über andere Menschen auf mich einströmen, egal, ob ich mich für sie interessiere oder nicht.» Danowski wunderte sich über seinen Redefluss. Kein Wunder, dass ich Leslie nichts erzählt habe, dachte er. Man hört sich ja bescheuert an, wenn man so viel über sich selbst redet.

Dr. Fischer nickte. «Ich glaube, dass bei Ihnen eine neurologische Besonderheit vorliegt.»

«Irgendetwas, womit ich meinen Vater stolz machen oder meine Kinder beeindrucken kann?»

«Seit zehn, fünfzehn Jahren wird die sogenannte Hypersensibilität beschrieben. Menschen mit dieser Eigenschaft sind weitaus empfänglicher als andere für Sinnesreize und Eindrücke, sie haben eine außerordentliche Wahrnehmung dafür, was in anderen vorgeht, und eine ausgeprägte Intuition.»

«Hm», machte Danowski.

«Die Kehrseite ist, dass sie schnell erschöpft und überfordert sind.»

«Den Zusammenhang verstehe ich nicht», sagte Danowski.

«Sie müssen sich das vorstellen wie bei einem Computer. Ihr Hirn speichert alle Eindrücke in sehr viel höherer Auflösung als normal. Durch die Informationsflut ist Ihr Arbeitsspeicher überlastet, und Ihre Festplatte ist schneller voll. Sie brauchen Pausen, um Ihre Eindrücke zu verarbeiten. All das passiert automatisch und unfreiwillig, Sie können das nicht einfach abschalten. Vermutlich haben Sie diese Veranlagung schon Ihr ganzes Leben, aber je größer die Belastungen werden, desto mehr merken Sie das.»

«Hypersensibel», sagte Danowski und fand, dass das Wort nicht zu ihm passte. «Wenn das einer auf der Dienststelle erfährt, bin ich erledigt.»

«Es ist keine Krankheit. Es ist auch kein Symptom für irgendwas. Es ist einfach so, dass die Neuronenverbünde, die für die Reizdämpfung im Gehirn zuständig sind, bei Ihnen etwas unterentwickelt sind.»

Danowski zeigte mit dem Kinn auf den Rezeptblock auf der Schreibtischunterlage. «Und jetzt? Reizblocker forte in Drageeform?»

«Nein. Ein Beruhigungsmittel wie Adumbran oder Valium könnte Ihnen kurzfristig Erleichterung verschaffen, aber es würde nichts ändern. Menschen wie Sie wirken oft entweder schüchtern oder ruppig, zickig oder einfach sonderbar. Das kann zu Ausgrenzung führen. Dafür gibt es Selbsthilfegruppen.» Der Arzt reichte ihm eine Klarsichthülle mit einigen Kopien. Danowski blätterte mit dem Daumen durch die sechs, sieben Seiten und sagte zweifelnd: «Wirklich? Wikipedia und ein Zeitungsartikel? Das ist alles? Gab es dazu nichts in der *Apotheken-Umschau*?»

Dr. Fischer hob die Schultern und sagte: «Wie gesagt, es ist keine Krankheit. Und ich bin Arzt.»

«Und was raten Sie mir? Als Arzt?»

«Sie machen das schon richtig: Stress vermeiden. Und keine großen Menschengruppen. Keine unübersichtlichen Situationen. Achten Sie darauf, dass Sie immer Rückzugsmöglichkeiten haben, und begeben Sie sich nicht in Situationen, denen Sie sich nicht jederzeit entziehen können.»

«Okay», sagte Danowski. Er war erschöpft, verwirrt und erleichtert und auch ein bisschen befremdet von dem neuen Etikett, das man ihm angeklebt hatte. Eine Gefühlsmischung, die ihn an die Minuten unmittelbar nach seiner standesamtlichen Trauung vor zwölf Jahren erinnerte.

«Es wäre Ihnen lieber, wenn ich jetzt gehe», sagte er und stand auf, «denn Sie haben noch andere Patienten. Aber Sie wollen den Termin nicht einfach beenden, weil Sie wissen, dass ich mich fühle, als wäre ich gerade dem Tod entronnen. Außerdem würden Sie sich von mir ein wenig mehr Dankbarkeit dafür wünschen, dass Sie als Arzt sich ins unwissenschaftliche Gebiet schlecht erforschter neurologischer Phänomene begeben haben. Andererseits ist es Ihnen egal, denn Sie sind nicht mein Hausarzt, und es ist fast ausgeschlossen, dass wir uns, solange Sie praktizieren, noch einmal begegnen werden.»

«Wie gesagt: schüchtern, ruppig, zickig oder einfach sonderbar», sagte Dr. Fischer und gab ihm die Hand.

4. Kapitel

Auf der Ottenser Hauptstraße sah Danowski, dass es erst kurz nach halb neun war. Von tödlich erkrankt auf einfach nur gestört in unter einer halben Stunde: Das musste ihm erst mal einer nachmachen. Er beschloss, nicht ins Präsidium zu fahren, sondern zu Fuß zur Stresemannstraße zu laufen, um dort im Revier zwischen Autowaschanlage und Aral-Tankstelle Ermittlungsakten einzusehen über eine Häufung von Todesfällen in einem Pflegeheim am Volkspark. Wahrscheinlich nichts mit Relevanz für die Strafverfolgung, aber ein guter Weg, um den Vormittag über die Runden zu bringen, ohne sich mit den Kollegen im Präsidium herumplagen zu müssen. Er strich über seinen Anzug, wie er es früher als Raucher getan hatte, auf der Suche nach Zigaretten und Feuerzeug.

Kurz vor Stellas Geburt hatten Leslie und er das Vorhaben aufgeschoben, aus ihrer preiswerten Genossenschaftswohnung in Bahrenfeld ins familienfreundliche, beliebte und schrecklich schön kleinstädtische Ottensen zu ziehen. Weil sie es beide unsinnig fanden, mit einem Neugeborenen umzuziehen. Und weil Danowski die stille Hoffnung gehabt hatte, dass sie eher früher als später zurück nach Berlin gehen würden. Zehn Jahre später waren die Mieten in Ottensen doppelt so hoch wie damals, der Quadratmeter Neubau-Eigentumswohnung kostete fünftausend Euro, und die Familie Danowski blieb, wo sie war. «Bahrenfeld, Alter», hatte sein Kollege Finzi damals gesagt. «Ich habe zwanzig Jahre gebraucht, um da rauszukommen, und ihr zieht dahin.»

Dann klingelte ein Kinderfahrrad, und er wich einen Schritt zur Hauswand aus, um ein Laufrad und eine Mutter mit Hollandrad und Kindersitz vorbeizulassen, und dann noch eine. Und dann einen Vater und noch mehr Kinder. Die morgendliche Prozession zum Neun-Uhr-Frühstück in den Kindergärten, wenn seine Töchter schon seit über einer Stunde in der Frühbetreuung und in der Schule waren. Danowski probierte ein Lächeln und suchte einen Mülleimer für die Unterlagen. Der am nächsten Laternenpfahl war hoffnungslos überfüllt.

«Hey, Krawatte!» Danowski drehte sich um und sah, dass sein Kollege Finzi mit einem schwarzen Fünfer-BMW die enge Ottenser Hauptstraße blockierte. Finzi hatte das Fenster heruntergelassen, beugte sich über den Beifahrersitz und rief: «Zu deiner Konfirmation bitte hier einsteigen!»

Danowski gab sich einen Ruck, machte eine entschuldigende Geste zu den Autos hinter Finzi und stieg ein. Er brauchte einen Augenblick, um sich auf die neue Situation einzustellen. Der vertraute Geruch im Wageninneren half ihm dabei: ein nicht mehr neuer Fuhrparkwagen, der oft zur Observation eingesetzt wurde und unzähligen Kollegen als Aufenthaltsraum, Ess- und Schlafzimmer gedient hatte. Willkommen zu Hause. Er knüllte die Plastikhülle mit den Ausdrucken, die der Arzt ihm gegeben hatte, ins Seitenfach der Beifahrertür. Jedes Mal fiel ihm auf, dass Finzi nicht nach Alkohol roch. Weil er das früher morgens immer getan hatte. Finzi sah aus, als hätte er die Nacht in einem schlecht beleuchteten Keller verbracht: ein bisschen zerknautscht, die Augen schmal vom ungewohnten Licht. Er sprach laut und immer ein wenig übertrieben, als müsste er es üben, weil er außerhalb der Arbeit meistens allein war.

«Ich trage Anzüge, seit ich bei der Dienststelle bin, und du machst dich immer noch darüber lustig? Wirklich?», sagte Danowski und schnallte sich an. Seit er in Tötungsdelikten ermittelte, verkleidete er sich für seine Arbeit, damit er abends etwas zum Ausziehen und Weghängen hatte. Finzi lebte mit Anfang fünfzig noch immer stur den Gegenentwurf: Kapuzenpulli, Parka, ausgewaschene Jeans, Laufschuhe und T-Shirt. Klamotten für einen Grundschüler, dachte Danowski.

«Ein dünner Hering wie du sieht im Anzug immer aus, als hätte er was ausgefressen», sagte Finzi.

«Wo kommst du eigentlich her? Und wohin fahren wir? Ich muss die Pflegeheimakten in der Stresemannstraße abholen. Sprich mit mir, Andrea.» Finzi war eine Art Halbitaliener, hieß jedoch in Wahrheit Andreas Finzel. Seine Mutter stammte aus Würzburg und war nach dem Krieg nach Hamburg gekommen, weil sie die Sache mit dem Tor zur Welt geglaubt hatte. Dann lernte sie einen stämmigen Matrosen auf Landgang kennen, den sie für einen Italiener hielt und der von der Bildfläche verschwand, nachdem er sie geschwängert hatte. Sodass der kleine Andreas in dem nostalgischen Bewusstsein aufwuchs, Halbitaliener zu sein. Erst als Teenager war ihm klar geworden, dass seine Mutter hinsichtlich der Nationalität seines Vaters kaum mehr als ein Bauchgefühl hatte und er genauso gut Halbbulgare oder Halbportugiese sein mochte. Mit einer Mischung aus Trotz und Selbstironie ließ er sich Finzi nennen.

«Planänderung», sagte Finzi. «Wir haben einen Einsatz. Und Leslie hat mir verraten, wo du bist.»

«Leslie wusste gar nicht, wo ich bin.»

«Sie wusste zwei Dinge: Du bist beim Neurologen und du bist zu Fuß. Es gibt nur zwei Neurologen in fußläufiger Entfernung von eurer Wohnung. Kriminalpolizei, Finzi. Hält sich bei Ihnen ein Typ mit viel zu dünner Krawatte auf? Und dann zack, Blaulicht aufs Dach und ab durch die

Fußgängerzone. So einfach geht das. Kennst du ja vielleicht noch von früher. Als du noch draußen unterwegs warst und nicht freiwillig Dienstpläne und Protokolle geschrieben hast.»

«Leslie hat dir erzählt, dass ich beim Neurologen bin?»

«Deine Frau hat keine Geheimnisse vor mir.»

«Du bist nicht im Ernst mit Blaulicht gefahren.»

«Natürlich nicht. Wir sind in Hamburg, das Blaulicht ist kaputt. Und du hast nicht im Ernst einen Hirntumor, oder?»

«Nein. Aber dafür hab ich dich.» Danowski wunderte sich über Leslie.

«Und warum muss jemand mit so einem winzigen und aristokratischen Schädel wie du zum Neurologen?»

«Wegen meiner Migräne.»

«Na gut, dann lass ich dich heute Abend in Ruhe.»

Danowski atmete aus und holte seine Sonnenbrille aus der Brusttasche. Er griff nach einem der beiden Pappbecher im Getränkehalter. Ohne nachzudenken, führte er ihn zum Mund. Bitter und kalt. Finzi kicherte.

«Von Behling und Jurkschat gestern Nacht. Würde mich nicht wundern, wenn da noch 'ne Kippe drin ist.»

«War ja klar», sagte Danowski und sehnte sich nach dem Aktenzimmer und der Asservatenkammer im Revier an der Stresemannstraße. «Und was machen wir?»

«Okay», sagte Finzi, der inzwischen auf die Keplerstraße Richtung Osten abgebogen war. «Wir haben einen Toten an Bord eines Schiffes, das heute Morgen im Hafen eingelaufen ist.»

«Aha», sagte Danowski. «Findet ihr, dass ihr noch nicht genug Tote hier in der Stadt habt? Müsst ihr die jetzt schon von auswärts auf dem Seewege anliefern lassen?»

«Rührend, wie du nach all den Jahren immer noch so

tust, als wärst du gerade von der Transitautobahn aus der Hauptstadt gekommen. Jedenfalls ein Passagierschiff. Vor zehn Tagen vom Cruise Terminal zu einer Kreuzfahrt durch die Britischen Inseln aufgebrochen, planmäßige Rückkehr wäre heute Mittag gewesen, aber schon heute Morgen um 5 Uhr 30 wieder hier eingelaufen. Es hat da ein paar Verwicklungen gegeben.»

Danowski kannte die Begeisterung der Hamburger für die großen Kreuzfahrtschiffe, die zwischen Mai und September im Hafen einliefen: Wenn die «Queen Mary 2» kam, brach auf der Elbchaussee vor lauter Schaulustigen der Verkehr zusammen. Ihm verursachten die großen Schiffe Unbehagen. Sie sahen aus wie schwimmende Satellitenstädte, und er stellte sich vor, dass die Kabinen zu eng waren, der Frohsinn zu organisiert und die unausweichliche Gemeinschaft mit tausend oder zweitausend anderen eher teure Gefangenschaft.

«Verstehe ich nicht», sagte er. «Das ist doch erst mal Küstenwache oder Wasserschutzpolizei und dann allenfalls Bundespolizei. Und weil die Kreuzfahrtschiffe alle unter anderer Flagge fahren, sowieso nichts für uns.»

«Ich weiß auch nicht. Die Chefin hat gesagt, das sei reine Routine: Feststellung der Todesursache mit den Kollegen der Rechtsmedizin, Fundortbegutachtung, Ausschluss Fremdverschulden, Stempel drauf, Ende der Durchsage. Du darfst auch den ganzen Papierkram machen, versprochen.»

Ich hasse unübersichtliche Situationen, dachte Danowski und rieb sich die Augen unter der Sonnenbrille.

«Der Tote ist vermutlich an einer Krankheit gestorben, ein seltenes Grippevirus oder so was. Eigentlich hätten sie Bremerhaven anlaufen müssen, um ihn an Land zu bringen. Aber die Wasserschutzpolizei hat einen anonymen Anruf von Bord erhalten: dass irgendwas mit der Leiche nicht in

Ordnung ist, nicht transportfähig oder so was. Angeblich hat der Kapitän versucht, das Ganze zu vertuschen.»

«Bringt wahrscheinlich Unglück, einen Toten an Bord zu haben.»

«Jedenfalls hat die Wasserschutzpolizei die Sache auf die Bundespolizei abgewälzt, und die Jungs haben den Kapitän angewiesen, wie geplant Hamburg anzulaufen. Ich vermute mal, die werden uns den Fall überlassen. Die haben ihr Übergabeprotokoll fertig, bevor wir über die Gangway sind.»

«Die Glücksies», brummte Danowski düster, ein Lieblingswort seiner Kinder aufgreifend.

«Jetzt reiß dich mal zusammen», sagte Finzi gutgelaunt. «Das ist echte Polizeiarbeit.»

«Was wissen wir über den Toten?», fragte Danowski in gespielt offiziellem Tonfall, um Finzi eine Freude zu machen.

Sie standen an der Ampel am Altonaer Balkon, und Finzi angelte einen Aktendeckel von der Rückbank. «Glaubst du, ich lerne das Zeug auswendig?»

«Carsten Lorsch», las Danowski. «54 Jahre alt, geboren in Langenhorn, Spirituosen-Importeur, wohnhaft Cordsstraße 49 in 22609. Wo ist das?»

«Nienstedten.»

«Hm. Pfeffersack aus den Elbvororten macht eine Kreuzfahrt, verkühlt sich abends an Deck und stirbt an Grippe, weil er die Impfung verpasst hat. Ein Fall für Finzi und Danowski.»

«Endlich bist du an Bord.» Finzi ballte scherzhaft die Hand zur Faust und bog mit dem Zeigefinger am Lenkrad rechts ab Richtung Cruise Terminal.

«Was dagegen, wenn ich im Auto warte?», fragte Danowski.

Am Blick auf die Elbe zwischen Landungsbrücken und Övelgönne hatte selbst er nichts auszusetzen. Die Kräne des Containerhafens auf der anderen Flussseite, die Tanks und Silos und dahinter die scheinbar frei schwebende Trasse der Köhlbrandbrücke, all das eingerahmt und durchzogen von der Elbe und ihren Hafenbecken – es wirkte je nach Wetter und Tageszeit auf ihn futuristisch, postkartenschön, anheimelnd oder auf erhabene Weise menschenfremd und abweisend. Heute überzog die Sonne alles mit einem harten Glanz, sodass Danowski selbst hinter den dunklen Gläsern die Augen zusammenkneifen musste. Der Kreuzfahrtschiffanleger mit dem etwas ungelenken Namen «Hamburg Cruise Center Altona» war erst vor knapp einem Jahr eröffnet worden: eine relativ flache, leicht asymmetrische Durchgangshalle mit großen Glaswänden, gehalten von einer grauen Stahlkonstruktion, davor eine sehr große und etwa halb gefüllte Parkplatzfläche. Und dahinter das Schiff. Danowski hatte Mühe, es mit einem Blick zu erfassen, denn sie waren schon zu nah. Unmöglich zu schätzen, wie lang oder hoch es war: Als sie aus dem Wagen stiegen, schien es in jede Richtung aus seinem Blickfeld zu ragen. Wenn er hinaufsah, wurde ihm schwindelig. Durch die Glasfassade des Terminalgebäudes konnte man eine steile Gangway sehen, die zu einem etwa fünf Meter breiten Eingang im Schiffsrumpf führte. Das Schiff wirkte unruhig: Es hatte Tausende Augen. An jedem Meter Reling, hinter jedem Bullauge und auf jedem Balkon standen Menschen und sahen von Weitem auf sie herab.

Während Finzi unternehmungslustig auf eine Gruppe von Uniformierten und Kollegen in Zivil zulief, blieb Danowski zurück, um sich zu orientieren. Auf dem Parkplatz lehnten Leute an ihren Autos, sprachen in Handys und sahen, indem sie ihre Augen mit flachen Händen gegen die Sonne abschirmten, zum Schiff hinauf, als könnten sie etwas verpassen; Abholer, die eher ungeduldig als besorgt wirkten. Vor allem aber: der Transporter der Spurensicherung, zwei Mannschaftswagen von der Bundespolizei, ein Passat vom Zoll, zwei Streifenwagen und mehrere BMW und Opel, die Danowski aus dem Fuhrpark kannte. Großes Aufgebot. Er wandte sich zur Seite und sah den Krankenwagen von der Uniklinik und daneben den alten roten Golf von Kristina Ehlers, Ärztin am Institut für Rechtsmedizin. Jedenfalls war das hier keine Routineangelegenheit, sondern ganz bestimmt das Gegenteil von dem, was er für seine weitere berufliche Laufbahn geplant hatte. Das ist nicht das, was mein Arzt mir geraten hat, dachte Danowski und modulierte seine innere Stimme Richtung Arztserie.

«Ah, Balsam für meine wunden Augen», rief jemand viel zu nah an seinem Ohr. Er fuhr herum und fand sich so dicht einer blonden und hastig geschminkten Frau seines Alters gegenüber, dass ihr Gesicht seine ganze Welt auszufüllen schien. Er trat einen Schritt zurück. Kristina Ehlers sah aus, als hätte sie die ganze Nacht nicht geschlafen. Und heute Morgen wie immer die leichte Befürchtung, als Rechtsmedizinerin nicht hierherzugehören und insgesamt nicht ernst genommen zu werden: Liefere deinen Bericht und gib uns die Fakten, aber geh uns nicht auf die Nerven. Ein charakteristisches Schniefen, als ziehe sie in ihrer Freizeit hin und wieder Substanzen durch ihre blasse Nase, für die Danowski sich nur interessierte, wenn andere daran starben oder sich gegenseitig dafür umbrachten. Und im linken Ohr viel mehr Löcher, als sie heute noch brauchte. Weshalb er nicht anders konnte, als sie sich in den Achtzigern mit asymmetrischer Frisur, zwölf Ohrsteckern und vorsichtiger Zuversicht in den Augen vorzustellen. Danowski meinte, unter dem kalten Zigarettenrauch eine Schicht nicht besonders guten Rotweins wahrzunehmen, und darüber Kaffeegeruch. Den Zigarettenrauch roch er gern.

«Frau Doktor Ehlers», sagte Danowski resigniert und streckte seine Hand aus. Sie ging ihm auf die Nerven, aber schon so lange, dass er die Art und Weise als vertraut empfand. «Ebenfalls schön, Sie zu sehen.»

«Adam. Seit wann siezen wir uns?», fragte sie und gab ihm die Hand, Fingernägel und Nagelhäutchen heruntergebissen bis kurz vors Blut.

«Wir haben uns noch nie gesiezt. Ich sieze Sie, und Sie duzen mich. So geht das seit dem ersten Tag.»

«Können wir das nicht mal ganz in Ruhe besprechen, zum Beispiel heute Abend? Bei mir? Ich koche auch.»

«Das möchte ich mir gar nicht vorstellen. Außerdem glaube ich nicht, dass Sie bis heute Abend durchhalten würden.»

«Das klingt so vielversprechend.» Sie ließ seine Hand los.

«Ich meine damit, Sie sehen aus, als wären Sie seit Tagen auf den Beinen», sagte er.

Kristina Ehlers zündete sich eine Zigarette an, blies den Rauch schräg aus dem Mundwinkel und sagte mit Blick auf das Schiff: «Das stimmt. Ich hab mich letzte Nacht ein bisschen verfeiert. Und dann habe ich von der Sache hier gehört und bin direkt hergekommen.»

«Seit wann machen Sie Hausbesuche? Die Toten kommen doch von allein nach Eppendorf.»

«Drei Sorten Polizei und Gerüchte über ein exotisches Virus, dafür mach ich schon mal einen Umweg.»

«Gerüchte? Woher kommen die denn?», fragte Danowski.

«Aus dem Präsidium. Manche Ihrer Kollegen rufen mich an, wenn's interessant wird.»

Und nur Finzi redete von Grippe: Sie waren wie so oft diejenigen, die am wenigsten wussten.

«Außerdem war ich noch nie auf einem Kreuzfahrtschiff», sagte Ehlers.

«Dann können Sie sich ja mit Finzi zusammentun, der freut sich auch schon darauf.»

«Ach», sagte sie und blickte in Richtung Finzi, der gerade ausladend gestikulierte und offenbar dabei war, einen desinteressierten Einsatzleiter der Bundespolizei mit seiner Körpergröße und Vehemenz nicht zu beeindrucken. «Der ist mir zu grob und eindimensional. Außerdem ist mein Bett nur eins vierzig breit. Ich bin auf schmale Männer angewiesen.»

Finzi kam zurück, übersah die Rechtsmedizinerin mit Nachdruck und berichtete: «Okay, es gibt ein winzigkleines Problem. Der Bundespolizei-Spacken sagt, dass hier die Behörde für Gesundheit die Ansagen macht. Und die haben ihn und seine grünen Jungs beauftragt, das Schiff zu sichern. Jetzt können wir darüber streiten, was sichern bedeutet, aber wir können auch einfach unsere Ausweise nehmen und da reinmarschieren.»

«Wer macht denn die Spurensicherung?»

«Ein paar Kollegen vom örtlichen Revier, sind aber längst Kaffee trinken. Die Bundespolizei hat sie nicht durchgelassen.»

«Dann winken wir noch mal und fahren brav ins Präsidium und sagen, dass wir hier nicht reinkommen, und ...»

«Buhuhu. Interessiert dich gar nicht, was hier los ist?», fragte Finzi, langsam gereizt.

Danowski überlegte. Manchmal hatte er den Eindruck, dass Finzi einfach nur Angst hatte, sich zu langweilen, sobald nichts los war. Eine Zeitlang waren sie fast so was wie Freunde gewesen, aber es war irgendwann zu viel geworden für Danowski: der Alkohol, der Zusammenbruch, der Auszug von Finzis Frau Britta, die Danowski im Grunde an Finzi am liebsten gemocht hatte. Er hatte keine Ahnung mehr, was Finzi machte, wenn er nicht im Dienst war, aber er vermutete, dass es nicht viel war. «Nein», sagte er schließlich. «Ich bin kein Arzt. Was anderes scheint hier im Moment nicht gebraucht zu werden, also …»

«Ganz genau», sagte Kristina Ehlers und trat ihre Zigarette mit dem Stiefelabsatz aus, «und deshalb gehe ich jetzt da hoch und schaue mir an, was da los ist.»

Finzi, der sie nicht ausstehen konnte, weil er vor Jahren zu lange vergeblich hinter ihr her und vielleicht sogar in sie verliebt gewesen war, schaute irritiert in ihre Richtung und sagte zu Danowski: «Du hörst die Frau Doktor. Ich sage, wir gehen mit, um sie im Zweifelsfall am Betreten des Schiffes zu hindern. Falls uns die Typen der Bundespolizei um Kollegenhilfe bitten. Oder um darauf zu achten, dass sie uns nicht einen potenziellen Tatort kontaminiert.»

«Blablabla», sagte Kristina Ehlers und ging los Richtung Gangway. Finzi machte eine übertriebene Nach-Ihnen-Geste, und Danowski zuckte mit den Schultern. Er merkte, dass die Leute der Bundespolizei sie beobachteten, und er wollte nichts von der Schwäche zeigen, die ihn bis unter die Haarwurzeln zu erfüllen schien, als wäre Schwäche etwas Greifbares, wie ein pastellfarbener Dämmstoff aus dem Baumarkt. Dann gingen er und Finzi der Ärztin hinterher.

«Der erste Posten steht an der Tenderpforte, weiter kommt ihr sowieso nicht!», rief ihnen der Einsatzleiter hinterher. Danowski sah noch, wie ein VW-Transporter vom NDR auf den Parkplatz fuhr, dann wandte er seinen Blick nach vorne dem Schiff zu. Es war vor allem weiß, aber unharmonisch: Der Schiffsrumpf war mit blauen, türkis- und petrolfarbenen Wellen verziert, so, wie Kinder das Meer malen; die einzelnen Decks sahen fast alle unterschiedlich aus, als habe ein ganzes Komitee von Schiffsbauern sich nicht auf eine einheitliche Form einigen können. Auf Höhe der Pier begannen zwei Reihen fernseherförmiger Bullaugen, dann ein Deck mit einem zurückgesetzten Rundweg, darin am Gangwayende die Öffnung, die der Angeber von der Bundespolizei als «Tenderpforte» bezeichnet hatte. Darüber fünf gelb-weiße Beiboote und ein Deck mit Balkonen, die offenbar zu den wirklich teuren Kabinen gehörten, und dann mehrere Decks mit unterschiedlichen Glasfronten, hinter denen Danowski Restaurants, Bars, Fitnessräume und insgesamt allerhand Remmidemmi vermutete. Darüber dann – er musste sich weit zurücklehnen, um das noch zu erkennen – zwei offene Decks, vorne die Brücke, hinten der aerodynamisch geschwungene Schornstein. Der Schiffsname «MS Große Freiheit» prangte vorne am Rumpf, oben unterhalb der Brücke und in bunten Buchstaben am Schornstein, als habe die Reederei ihn wirklich auf gar keinen Fall vergessen wollen.

Die großen Container- oder Kühlschiffe, die Tanker und Frachter, die Danowski am Wochenende mit der Familie vom Elbstrand aus bestaunte, als bräuchte man nur den Arm auszustrecken, um ihre großflächig kalfaterte raue Metallhaut zu berühren, waren von erdrückend gleichgültiger Schönheit. Die «Große Freiheit» hatte nichts davon: Das Schiff wirkte nervös, als müsse es mit aller Kraft jedem gefallen und als könne es dabei doch immer nur eine leichte Enttäuschung verursachen.

«Mittlere Schiffsklasse», nuschelte Kristina Ehlers am Filter ihrer nächsten Zigarette vorbei. «Ich schätze mal so zwölf- bis fünfzehnhundert Passagiere, dreihundert Besatzungsmitglieder. Etwa zehn bis fünfzehn Jahre alt. Alt für so ein Schiff. Lief bis vor drei Jahren unter dem Namen ‹MS

Romantic›, aber die Reederei hat sie umbenannt, um sie vor allem in Deutschland zu vermarkten. Zweihundert Meter lang, fünfzig Meter hoch …»

«Ist ja irre», sagte Finzi. «Was Akademiker nicht alles wissen.»

«Kleines Hobby von mir», sagte Ehlers.

«Große Schiffe?», fragte Finzi, gegen seinen Willen offenbar schon wieder fasziniert von ihr.

«Nee», sagte sie trocken. «Alles zu wissen.»

Danowski blieb stehen. Er hatte die Sonne schräg im Rücken und blickte in die funkelnde Fläche von Gesichtern der Menschen, die vom Schiff auf ihn heruntersahen. Er hatte das Gefühl, plötzlich von einer Flut von Informationen fortgerissen zu werden: so viel zu lesen, so viel zu verstehen. Familiengesichter, alte Gesichter, Kindergesichter, helle Gesichter und dunkle. Die dunklen in allen Schattierungen eher über weißen und blauen Uniformen, Personal. Die hellen Gesichter über Freizeitkleidung, sehr viele Pullover, die lässig über nach vorn gebeugte Schultern geschlungen waren. Er riss sich los, denn er konnte von hier aus ohnehin nicht genug erkennen. Abgesehen davon, dass die meisten Gesichter unbewegt waren, abwartend, skeptisch, so, als wäre er derjenige, der jetzt durch ein Handzeichen den Bann brechen und alle würde von Bord gehen lassen.

Danowski schloss die Augen. Er hörte, wie die Container auf der anderen Seite der Elbe knallten, das unrhythmische Knacken und Knistern der Funkgeräte vom Pier und von der Tenderpforte, Möwen und wie Wasser sich bewegte. Die Elbe roch frisch, fast salzig, aber darüber lag eine dicke Schicht Dieselabgase, die ihn daran erinnerte, dass die Motoren des Schiffes im Leerlauf weiterarbeiteten, um Strom zu erzeugen und die Systeme an Bord aufrechtzuerhalten.

Als er sich zum Weitergehen zwang, mit Blick immer noch auf das Schiff und all die angespannt wartenden Passagiere, reagierte sein Körper unwillkürlich mit einer tief in Vergessenheit geratenen Muskelerinnerung: Danowski winkte, weil man Schiffen winkte, egal, ob sie an einem vorüberzogen oder vor einem lagen.

Niemand an Bord winkte zurück.

Auf einem Balkon drehte sich eine junge Frau weg, die Personaluniform trug und afrikanisch aussah, und ging ohne einen Blick zurück ins Dunkel. Es fiel Danowski auf, weil dieser Balkon damit als einziger menschenleer war.

Hinter dem Eingang öffnete sich im Inneren des Schiffes ein Foyer, das über mehrere Stockwerke zu gehen schien, mit Balustraden, an denen sich künstliche Palmen nach oben rankten. Zwischen zwei stehenden Rolltreppen wand sich eine große, leicht zur Seite geschwungene helle Treppe aus Marmorimitat. Es sah aus wie die Halle eines besseren, aber nicht besonders schönen Kettenhotels oder wie der Eingangsbereich eines Einkaufszentrums. Mehr konnte Danowski nicht erkennen, denn der angekündigte Posten der Bundespolizei ließ sie nicht passieren. Ein paar Beamte, die Danowski nur noch als grünes Grüppchen wahrnahm, mit dem Finzi und Ehlers vergeblich verhandelten. An den Geländern der Balustraden standen weitere Passagiere, aber die Stimmung war gespannter, als er von draußen vermutet hatte. Er meinte fast, die Spuren zu sehen, die die Gerüchte in den Gesichtern der Passagiere hinterlassen hatten. *Einer ist tot, weißt du wer? Der Dicke vom Nachbartisch, der melancholische Zweite Offizier, der Schiffsarzt mit den gebleichten Zähnen? Es war ein Herzinfarkt. Es war Selbstmord. Einfach tot umgefallen, vor allen Leuten. Tagelang tot in der Kabine, und keiner hat's gemerkt.* Manche wollten ihr Geld zurück, anderen war es egal, und dazwischen hielten sich jene am Geländer fest, bei denen jetzt erst die Wirkung der Longdrinks und des Valiums nachließ und die sich noch nicht zu fragen trauten, ob sie was verpasst hatten. Und die Kinder, für die alles in Ordnung war, solange sie ihren Eltern nicht anmerkten, dass die anfingen, sich Sorgen zu machen. Als wäre sein Blick ein Schleppnetz, in dem alles hängenblieb: das, was er suchte; das, wovon er noch nicht wusste, ob er es brauchen würde; und das, was toter Ballast war, nutzloses Wissen.

«Geht's jetzt endlich mal weiter?», rief ein Mann etwa in Danowskis Alter, neben ihm drei Kinder, überrascht und angetan von der Lautstärke seiner eigenen Stimme in der teppichgedämpften Atmosphäre der Schiffslobby. «Wir wollen nach Hause!» Ein paar der Umstehenden nickten, wirkten aber eher unangenehm berührt durch den frühen Gefühlsausbruch. Einige Meter weiter weinte eine relativ junge Frau mit roten Haaren. Danowski wandte sich ab, um sie nicht anzustarren. Ein paar Schritte hinter den Bundespolizisten standen sechs oder sieben Männer von der Schiffsbesatzung in schwarzen Hosen und dunkelblauen Windjacken, auf denen in Weiß der Name der Reederei stand. Sie blickten feindselig in Danowskis Richtung und wechselten ein paar Worte: ein Eindringling. Ein schwerer Schiffsoffizier in einer engen weißen Phantasieuniform, die aber vermutlich irgendwelchen internationalen Personenschifffahrtstandards entsprach, trat hinter der Gruppe hervor und näherte sich Danowski in Begleitung einer jungen dunkelhaarigen Frau. Sie trug eine dunkelblaue Uniform ohne jede Art von Rangabzeichen außer ihrem Namensschild, auf dem «Sonia Vespucci» stand und «Animation Team», darunter fünf kleine Flaggen: die italienische, deutsche, französische, englische und spanische. Der weiß Uniformierte hatte kein Namensschild, aber goldene Epauletten. Er war braun gebrannt, mit zurückgegeltem grauem Haar, das sich im Nacken lockte, und sah für Danowski südländisch aus, aber was wusste Danowski. Finzi hielt sich für einen halben Italiener und kam aus Bahrenfeld. Der Uniformierte schob die Frau vom «Animation Team» beiseite und begann, trocken und unfreundlich mit Finzi Italienisch zu sprechen. Als er Luft holte, schob sich Sonia Vespucci wieder vor ihn und sagte zu Finzi: «Mario Soldani, der Erste Offizier und nach dem Kapitän ranghöchster Vertreter hier an Bord. Er fordert Sie im Namen der Reederei und des Kapitäns auf, das Schiff so schnell wie möglich wieder zu verlassen.»

Offenbar war der Beamte von der Bundespolizei, der sich aus seiner Gruppe gelöst hatte, um den Zugang zum Schiff zu regeln, an die beiden und ihre Dolmetschernummer bereits gewöhnt. Ohne sie zu beachten, gab er Finzi dessen Dienstausweis mit einem Gesichtsausdruck zurück, als wäre er vom *Yps*-Detektivclub ausgestellt.

«Nichts zu machen», sagte der Bundespolizist bestimmt und schlenkerte mit dem Clipboard, das er in der anderen Hand hielt. «Nach dem Bundesseuchenschutzgesetz ist hier seit heute Morgen das Robert-Koch-Institut zuständig, und die haben das vor Ort an die Behörde für Gesundheit und Verbraucherschutz übertragen und ans Tropeninstitut auf Sankt Pauli.»

«Lies uns doch bitte noch mehr aus dem Telefonbuch vor», sagte Finzi.

«Hier stehen zwei Namen auf der Liste, alle anderen dürfen nicht an Bord. Und die Namen sind nicht Finzel und nicht Ehlers, und was hier abgeht, habt ihr sowieso nicht in der Hand, und wir ehrlich gesagt auch nicht mehr.»

«Schade», sagte Danowski mit schlecht verhohlener Erleichterung. «Dann lasst uns mal gehen. Der Vizekapitän hier ist ja auch schon ganz aufgeregt.»

Finzi schnaubte. Der Bundespolizei-Beamte musterte Danowski und sagte: «Ich habe eine Dame vom Tropeninstitut auf der Liste, die ist schon an Bord. Und einmal Kripo zum Ausschluss eines Fremdverschuldens. Zwei waagerecht: Hauptkommissar mit acht Buchstaben.»

«Ah, ein Bundespolizei-Kollege mit Humor», sagte Kristina Ehlers.

«Ein Grund mehr, hier abzuhauen», sagte Danowski und zeigte resigniert seinen Dienstausweis.

«Immer setzt die Chefin dich auf alle möglichen Listen», schmollte Finzi. «Nur, weil ich ein paar Jahre absolut unberechenbar und gemeingefährlich war im Job.» Der Beamte der Bundespolizei forderte den italienischen Offizier mit einer Handbewegung zum Schweigen auf, aber Sonia Vespucci vom «Animation Team» sagte, als gelte das Handzeichen nicht für sie und als übersetze sie gewissermaßen die Gedanken des Offiziers in praktisch akzentfreiem Deutsch: «Der Kapitän und der Erste Offizier sind sich darüber im Klaren, dass sie keine Möglichkeit haben, das Eindringen Ihrer staatlichen Organe an Bord zu verhindern, ohne abzulegen. Sie legen aber Wert darauf zu betonen, dass sie Sie hier nur unter Protest agieren lassen.» Danowski sah, dass der Offizier noch etwas sagen wollte, aber da sie sich entfernte, hatte er keine Wahl, als sich ebenfalls zu entfernen.

«Was ist denn hier los?», erkundigte sich Kristina Ehlers. «Eingeschränkter Zugang, Tropeninstitut: Das klingt nach erhöhter Ansteckungsgefahr. Gibt es hier schon Quarantänepläne? Und können wir mal was über die Krankheit erfahren? Das ist sozusagen mein Beruf.»

«Am Anfang hieß es Grippe, dann Salmonellen, dann Norovirus», sagte der Bundespolizei-Beamte, nachdem er durch einen kaum merklichen Rundblick sichergestellt hatte, dass sie außer Hörweite von Passagieren und Crewmitgliedern waren. «Jetzt weiß ich nur, dass Verdacht auf einen Erreger besteht, der Sicherheitsmaßnahmen der Klasse 2 bis 4 erfordert. Was auch immer das bedeutet. Jedenfalls hat das die Frau vom Tropeninstitut vorhin an ihre Abteilung durchgegeben.»

«Okay», sagte Kristina Ehlers. «Wir haben in Eppendorf Sicherheitslaboratorien bis Klasse 2, nachgerüstet maximal Klasse 3. Das erklärt, warum das Tropeninstitut hier mit an Bord ist. Aber die Wahrscheinlichkeit, dass hier wirklich ein Biohazard Stufe 4 vorliegt, ist verschwindend gering. Sind Sie sicher, dass ich nicht vielleicht doch …? Ich frage mich, wie die Gesundheitsbehörde das einschätzen wird, wenn jemandem vom Uniklinikum hier der Zugang verwehrt wird.»

Danowski, dem der Bundespolizei-Beamte ein weißes Paket in durchsichtiger Plastikhülle gereicht hatte, registrierte, dass ihre Augen sich leicht verengt hatten und dass in ihrer Stimme trotz aller Beharrlichkeit ein uncharakteristischer Anflug von Sorge und aufkeimender Furcht lag. Der Bundespolizei-Beamte schien verwirrt davon, dass diese Frau unbedingt an Bord eines Schiffes wollte, das alle anderen am liebsten verlassen hätten.

«Moment mal.» Danowski war alarmiert. «Heißt das, das hier ist gefährlich?»

Sie zögerte einen Moment zu lange. «Schön den Schutzanzug anziehen», sagte sie dann und zeigte auf das weiße Paket. «Und das mit dem gemeinsamen Kochen verschieben wir auf ein andermal.»

Danowski roch die klimatisierte Luft im Schiffsinneren und sehnte sich danach, draußen am Auto zu lehnen und nichts zu tun.

«Danke fürs Mitnehmen», sagte er düster zu Finzi.

«Kein Problem. Ich warte draußen auf dich.»

«Das Hospital ist auf Deck 6, die Kollegen haben den Gang dahin abgesperrt», informierte sie der Bundespolizei-Beamte. «Ich würde Sie bitten, den Schutzanzug erst dahinten anzuziehen, wo Sie keiner mehr sehen kann. Könnte sonst unruhig werden hier.»

Danowski durchquerte die Lobby, an einer Reihe von Beamten vorbei, wobei er den dicken Teppich unter seinen Füßen als vage tröstlich empfand. Sein Blick suchte die rothaarige junge Frau, die geweint hatte, um sich an ihr festzuhalten. Beiläufig, aber enttäuscht stellte Danowski fest, dass sie verschwunden war. Stattdessen sah er, dass am Ende des Ganges eine Gestalt in einem weißen Schutzanzug stand. Die Luft an Bord roch nach synthetischer Aprikose.

Dann vibrierte sein Telefon. Er blieb stehen, wo er durch ein Fenster auf den Anleger sehen konnte. Der schwarze BMW schien ihm unerreichbar fern. Es war Leslie. Und er war ein Idiot.

«Adam?»

«Ja. Mist. Es tut mir leid.»

«Ich sitze hier seit einer Stunde und mache mir …»

«Ich weiß. Ich weiß. Es ist was dazwischengekommen. Ich wollte dich gleich anrufen.»

«Das ist nicht dein Ernst. Kannst du dir vorstellen …»

«Es tut mir leid.»

«Und?»

«Es ist alles in Ordnung. Also, so gut wie.»

«Was soll das heißen, so gut wie?»

«Ich bin nicht krank oder so.»

«Aber es ist trotzdem nicht alles in Ordnung? Sag mal, spinnst du, mich nicht anzurufen?»

«Hör zu, ich kann jetzt hier nicht so gut reden.»

«Wo bist du denn?»

«Ich … ich bin auf einem Schiff.»

«Wieso das denn?»
«Wie gesagt, es ist was dazwischengekommen.»
«Und was?»
«Eine Sache.» Er hörte, wie Leslie die Luft ausstieß.
«Ich muss Schluss machen», sagte er.
«Schon gut», sagte sie und legte auf.

5. Kapitel

Danowski atmete langsam aus. Die Gestalt im weißen Schutzanzug kam auf ihn zu. Im kleinen, dicht gezurrten Ausschnitt der weißen Kapuze sah er das ernste Gesicht einer Frau Anfang dreißig. Graue Augen, schmale Nase, kaum Lippen: Sie sah aus, als wolle sie möglichst wenig von sich nach außen lassen, nicht mal ihre Gesichtszüge. Den Mundschutz trug sie um den Hals wie ein hässliches Amulett, ihre Füße raschelten auf dem Teppich in weißen Kunststoffüberzügen, und als sie direkt vor Danowski stand, merkte er, dass sie einige Zentimeter größer war als er. Statt ihm die Hand zu geben, zog sie sich einen beigefarbenen Gummihandschuh darüber.

«Morgen», sagte sie. «Tülin Schelzig vom Bernhard-Nocht-Institut für Tropenmedizin. Sie müssen von der Polizei sein.»

«Das stimmt leider», gab Danowski zurück.

Sie runzelte die Stirn, bis ihre Augenbrauen an den Rand der weißen Kapuze stießen.

«Nur ein Witz», sagte Danowski nervös. Die ist daran gewöhnt, überall die Klassenbeste zu sein, dachte er. Früher hat es sie gelangweilt, immer die Schlauste im Raum zu sein, jetzt registriert sie's nicht einmal mehr.

«Ich möchte Sie bitten, keine Witze zu machen», wies sie ihn zurecht. «Erstens liegt wenige Meter von uns entfernt, hinter dieser Tür da vorne, die Leiche eines Menschen, der an Schleimhautblutungen aus dem Gastrointestinal- und dem Genitaltrakt gestorben ist. Zweitens mag ich keine Witze.»

«Wie war noch mal der Mittelteil?», fragte Danowski.

«Schleimhautblutungen.»

«Aus allen Öffnungen.»

«So könnte man es sagen», antwortete sie.

«Woher wissen Sie das?»

«Bisher nur vom Schiffsarzt, der aber leider kaum ansprechbar ist. Morphium. Wir haben ihn vorläufig isoliert. Und wir suchen eine von den Stewardessen oder wie auch immer die hier heißen. Die ihn gefunden hat. Die Reederei hat bisher nicht den Namen rausgegeben. Was ärgerlich ist, denn wir müssten sie ebenfalls dringend isolieren.» Danowski dachte an den anonymen Anruf.

«Die Reedereien und Besatzungen sind nicht besonders auskunftsfreudig, wenn es um Krankheitsausbrüche an Bord ihrer Schiffe geht», fuhr Schelzig fort. «Niemand kann mir sagen, wer außer dem Schiffsarzt und der Kabinenstewardess noch Kontakt zum Toten hatte. Ich hoffe, niemand. Soweit ich den Schiffsarzt verstanden habe, hat der Tote die Krankenstation nachts aufgesucht, als wenig Menschen unterwegs waren und noch bevor die letzte Phase der Krankheit mit Blutungen und Erbrechen eingetreten war. Dem Krankenblatt entnehme ich, dass hier vor Eintreten des Todes vermutlich eine fiebrige Viruserkrankung mit starken Blutungen vorlag, und die sind sehr ansteckend. Darum seien Sie bitte vorsichtig beim Anlegen der Schutzkleidung.»

«Wir haben unser eigenes Zeug im Auto», sagte Danowski, der es zwar hasste, sich für die Spurensicherung am Tatort die Einwegschutzkleidung überzuziehen, der aber gleichzeitig eine Vision davon hatte, zum Auto zurückzukehren und mit quietschenden Reifen wegzufahren.

«Das Zeug, das Sie haben, dient dazu, den Tatort vor Ihnen und Ihren Absonderungen zu schützen», sagte Tülin

Schelzig. «Dieses hier erfüllt gewisse klinische Standards und kann Sie, wenn wir die Ärmel und Fußenden gut abkleben, vor dem schützen, was der Tote möglicherweise absondert.»

«Ich bevorzuge insgesamt Tote, die nichts absondern», sagte Danowski düster. Er öffnete die Packung und streifte den einteiligen weißen Anzug über, wobei er sich nicht so geschickt anstellte, wie er es gern getan hätte. Seine Finger zitterten. Kein Frühstück. Der Tod. Immer komisch, sich in Gegenwart von Fremden an- oder auszuziehen. Die Frau vom Tropeninstitut beobachtete ihn missbilligend. Als sie einander halfen, die Hand- und Überschuhe mit transparentem Klebeband sorgfältig am Overall festzukleben, entstand für Augenblicke eine unerfreuliche Nähe. Tülin Schelzigs Atem roch nach Kräutertee und langen Nächten im Labor. Dann forderte sie ihn mit einer knappen Kinnbewegung auf, den Mundschutz überzuziehen, reichte ihm eine Schutzbrille und zog ihm die Kapuze hoch wie eine Mutter, die ihr Kind zur Grundschule schickt.

«Sind Sie bereit?»

Danowski hob unverbindlich die Augenbrauen.

Tülin Schelzig öffnete die beigefarbene Imitatholz-Tür zur Krankenstation. Dahinter lag offenbar das Sprechzimmer des Schiffsarztes: ein hellbraun furnierter Tisch mit Rechner und Schreibutensilien, dahinter ein passendes Regal, offen, mit Klinikpackungen gängiger Medikamente, das Meiste gegen Seekrankheit. Die Decke war niedrig, alles sah etwas kleiner aus als in Wirklichkeit auf dem Festland, so, als habe jemand die Welt um fünf bis zehn Zentimeter geschrumpft. Mein Format, dachte Danowski, ohne es angenehm zu finden. Blau gepolsterte Stühle, rechts davon, zu nah am Tisch und den anderen Möbeln, eine weiße Metallliege mit hellblauer Polsterauflage. Leer. Eine schmale Tür führte in einen winzigen Durchgangsraum, in dem zwei Material- und Wäscheschränke mit Glastüren standen und von dem aus sich eine weitere Tür zu einem Nebenraum öffnete. Danowski sah, wie Tülin Schelzig sie öffnete. Sie schien zu klemmen, oder die Frau vom Tropeninstitut zögerte merklich. Danowski folgte ihr so dicht, dass er gegen ihren Rücken und Hintern stieß, als sie stehen blieb. Über ihre Schulter sah er erst mal nur ein Bullauge, das ins Freie wies, darunter ein zweites, das blind war. Graugelbe Vorhänge, nachlässig beiseitegeschoben. Er spürte, wie die Frau vom Tropeninstitut zurückwich und sich unfreiwillig gegen ihn drängte, während er bewegungslos kurz vor der Schwelle des Krankenraums stand. Zwei Betten, zwei Beistelltische, grauweiß, Krankenhausstandard. Danowski konnte den Blick nicht von den graugelben Vorhängen wenden, eine Farbe, wie sie auf der Welt nur in Flugzeugen, Eisenbahnen, Hotels und offenbar eben auf Kreuzfahrtschiffen vorkam. Eine Farbe, die in diesem Moment für ihn den großen Zauber hatte, dass sie nicht das war, was er an der Wand hinter dem zweiten Krankenbett sah: eine schwarze, gestockte Flüssigkeit, stumpf glänzend, mit Erhebungen. Tülin Schelzig ging unwillkürlich einen Schritt vorwärts, als wollte sie Danowski ausweichen, der offenbar zu weit in ihre Körperzone eingedrungen war. Auf dem Krankenbett lag etwas, das die Konturen eines umfangreichen menschlichen Körpers hatte, aber es war vollständig verborgen unter einer Bettdecke, die jemand aus Barmherzigkeit oder aus Ekel darübergezogen hatte.

Das war die rationale Erklärung, aber Danowskis erster Gedanke war, dass der Körper sich vor etwas versteckt hatte wie ein Kind, das sich unter der Bettdecke verkriecht.

Danowski kannte viele Leichenfundgerüche, aber die Mischung aus Klimaanlage, Eingeweiden, geronnenem Blut und tiefer, elementarer Krankheit war neu. Dann mischte sich kalter Zigarettenrauch darunter, und als Tülin Schelzig sich umdrehte, sah er, wie ihre Augen sich hinter der Schutzbrille weiteten, verblüfft und verärgert. Er drehte sich ebenfalls um und sah ein weiteres Mal das Gesicht von Kristina Ehlers. Sie trug den gleichen weißen Schutzanzug, aber sehr viel lässiger: den Mundschutz hielt sie sich mit einer Hand vors Gesicht, ohne ihn umgeschnallt zu haben, und Danowski sah auf einen Blick, dass sie den Versuch, sich selbst an Hand- und Fußgelenken abzukleben, schnell aufgegeben hatte.

«Kristina Ehlers, Institut für Rechtsmedizin. Der Kollege von der Bundespolizei hatte dann doch Respekt vorm Forschungsauftrag des Universitätsklinikums», sagte sie laut, aber undeutlich durch die Maske und nickte in Richtung Schelzig. Danowski spürte, dass sein und Tülin Schelzigs Entsetzen sie leicht zurückweichen ließ, und dann, wie sie sich innerhalb eines Sekundenbruchteils entschloss, mit Bravour darüber hinwegzugehen. Sie schob sich an ihnen vorbei und ging zum Totenlager. Danowski sah, wie sie vermied, in etwas auf dem Fußboden zu treten. Er wandte sich ab.

Tülin Schelzig schüttelte den Kopf, dass ihr Schutzanzug raschelte. «Sind Sie wahnsinnig? So, wie das hier aussieht, ist das Biohazard 4. Wir brauchen Raumanzüge, einen Drei-Zonen-Zu- und -Abgang, eine Schleuse und vieles mehr, bevor wir den Leichnam sichern können. Und vor allem brauchen wir Fachleute. Also nicht Sie. Und jetzt gehen wir.»

«Gar nicht neugierig, was der große Junge hier zu verbergen hat?» Danowski hatte schon immer darunter gelitten, wie Ehlers über und mit den Toten sprach. Tülin Schelzig nahm sich offenbar vor, sie zu ignorieren, sagte dann aber halblaut und deutlich: «Das machen Sie hier auf eigene Gefahr, und ich werde dafür sorgen, dass Ihr unverantwortliches Verhalten aktenkundig wird.»

«Ak-ten-kun-dig», sagte Kristina Ehlers in ironischem Stakkato und beugte sich über das Bett.

«Sobald Sie den Raum verlassen haben, werde ich ein paar Fotos machen. Dann möchte ich diese Tür hier schließen, den Raum versiegeln und im Durchgangsbereich eine Schleuse improvisieren. Wir werden unsere Schutzanzüge hier ausziehen, sie luftdicht verstauen und uns dann im Behandlungszimmer an Händen, Füßen und Gesicht mit Desinfizierungs...» Die Frau vom Tropeninstitut brach ab, denn Kristina Ehlers hatte die Bettdecke mit einer Hand angehoben. Sie warf einen Blick darunter, als versteckte sich dort wirklich jemand, auf dessen Scherz sie geduldig eingehen wollte. Dann taumelte sie zurück, folgte Danowski und Tülin Schelzig, die durch die Tür in den Durchgangsraum gewichen waren, und erbrach sich auf ihrer aller Füße.

«Muss ja eine schlimme Nacht gewesen sein», sagte Danowski und hörte an seiner eigenen Stimme, dass er das alles unmöglich an sich heranlassen konnte.

6. Kapitel

Es begann mit einem Schmerz im Rücken, unten, wo die Lendenwirbel waren. Wenn es das war, was sie glaubte, dann fing es so an. Das konnte man nachlesen. WLAN, zehn Euro am Tag. Oder einmal kurz, die halbe Stunde für einen Euro.

Andererseits: Fast alles begann so. Eine Grippe begann so. Oder eine etwas schwerere Erkältung. Die große Müdigkeit, aus der das Leben in geschlossenen Räumen bestand. Der Morgen nach einer Nacht in einem zu weichen Bett, das nicht das eigene war.

Dann kam das Fieber. Auch das konnte man nachlesen. Oder sich erzählen lassen. Und während sie sich noch fragte, ob ihr Rücken dort schmerzte, wo es vorgesehen war, meinte sie, das Fieber zu spüren. Aber was sollte sich anfühlen wie Fieber, wenn nicht zu lange Zeit an Bord einer schwimmenden Welt, mit zu viel aufbereiteter Luft und zu wenig Schlaf? Oder ein Leben mit ein, zwei großen Lügen. Vielleicht auch drei. Fühlte sich das auf die Dauer nicht auch wie Fieber an? Fühlte sich nur Fieber an wie Fieber?

Und wie lange blieb einem dann noch? Carsten hatte vom ersten bis zum letzten Schmerz keine vier Tage gehabt. Wenn ja, dann: wie lange? Wenn nein, dann: wann?

Die rothaarige Frau stand auf dem Oberdeck an der Reling und bemühte sich, das Schiff unter ihren Füßen zu vergessen. Wenn sie die Augen schloss, hörte sie die Möwen, die ihr vergleichsweise höflich und zurückhaltend erschienen; sie forderten nicht, sie plauderten eher. Im

Hamburger Hafen brauchten sie nicht zu schreien, hier gab es mehr, als sie brauchten.

Sie hörte Stimmen vom Kai und versuchte zu vergessen, was sie in den letzten ein, zwei Tagen gesehen hatte. Vielleicht war alles bald vorüber. Vielleicht konnte sie bald an Land gehen. Vielleicht war sie genauso gesund, wie sie gewesen war, als sie dieses Schiff betreten hatte.

Vielleicht würde es einen Punkt in ihrem Leben geben, an dem sie sich genau an diesen Moment erinnern und denken würde: Damals dachtest du, alles ist vorbei, und dann ist es doch weitergegangen.

Die Sonne färbte ihre Welt orangerot. Sie öffnete die Augen. Außer ihr war niemand mehr auf dem Oberdeck. Die Passagiere hatten sich an die Durchsagen gehalten: Aufgrund von medizinischen Maßnahmen ist jeder aufgefordert, in seine Kabine zu gehen und diese bis auf Weiteres nicht zu verlassen. Die Crew hatte sich sowieso mehr oder weniger in den Bauch des Schiffes zurückgezogen.

Sie hatte das Schiff und die Elbe im Rücken, und etwa zwanzig oder dreißig Meter unter ihr, auf dem Kai des Cruise Terminals, wurden gerade die Vorbereitungen abgeschlossen für das, was die Cruise-Direktorin über die Lautsprecheranlage als «medical measures» oder «apprestamenti medici» bezeichnet hatte. Sie stützte ihre Unterarme auf die Reling aus poliertem Holz und ihr warmes Gesicht in ihre Hände. Ein gutes Dutzend Schutzpolizisten hatte einen etwa zwei Meter breiten Weg zur Gangway auf beiden Seiten mit Sichtblenden abgedeckt: weiße Planen, die mit Kabelbindern an eisernen Bauzaunelementen befestigt waren und sachte im Frühsommerwind flatterten. Jetzt gingen sie zurück zum Parkplatzrand, um die unverblendete polizeiliche Absperrung zu sichern. Medizinische Maßnahmen, die niemand sehen durfte. Was damit begann, dass die

Kameras der Fernsehteams nicht aufnehmen sollten, was hier gleich geschehen würde. Sie zupfte an ihrer etwas zu kleinen und viel zu kratzigen Uniformhose. Was war eigentlich unheimlicher und geeigneter, die Unruhe zu verstärken, die sich jetzt vermutlich in der Stadt auszubreiten begann? Bilder von dem, was jetzt gleich passieren würde, oder Bilder von weißen Sichtschutzzäunen, hinter denen jede halbwegs lebhafte Phantasie sich Unerhörtes vorstellen mochte?

Auf dem abgesicherten Teil des Parkplatzes setzten sich zwei weiße Mercedes-Transporter ohne Aufschrift in Bewegung und fuhren im Schritttempo Richtung Sichtschutz. Kurz davor hielten sie und wendeten, bis sie mit dem Heck Richtung Schiff standen. Dann fuhren sie langsam rückwärts hintereinander bis an die Gangway. Mit ein wenig Anstrengung hätte sie auf sie hinunterspucken können. Vielleicht vergiftet.

Die Hecktüren der Transporter öffneten sich fast gleichzeitig. Aus dem, der dem Schiff näher stand, stiegen sechs Gestalten in dicken hellgelben Anzügen, fast wie Astronauten. Mit Handschuhen, klobigen Schuhen, Gesichtsfenstern im hermetisch versiegelten Kopfteil, und darunter Atemapparate, die ihnen das Aussehen insektenartiger Mutationen verliehen. Tatsächlich meinte sie, ein vielstimmiges Sirren oder Brummen zu hören, leise, wie von einem Hornissenschwarm, der sich näherte. Sie vermutete, dass es die Elektromotoren der Atemgeräte waren. Hier wollte jemand wirklich kein Risiko eingehen. Und keine Zeit verlieren. Bei aller Schwerfälligkeit bewegten sie sich zielstrebig und schnell.

Die sechs Gestalten trugen verschiedene Koffer und Taschen, zwei hatten eine Art Plane zwischen sich, zusammengerollt wie einen Teppich. Als sie den überdachten

Teil der Gangway erreichten, verschwanden sie aus ihrem Gesichtsfeld. Aus dem zweiten Transporter stiegen zwei weitere Gestalten in Raumanzügen, die etwas weniger in Eile schienen. Sie gingen zum ersten Transporter und begannen, ihn auszuladen: Plastikcontainer und Paletten mit eingeschweißtem Material auf Transportrollern, alles aus grauem Kunststoff. Als sie fertig waren, blieben sie ruhig nebeneinander stehen wie geschlechtslose Zwillinge aus einer anderen Welt. Sie konnte ihre Gesichter durch die reflektierenden Sichtfenster nicht erkennen. Sie gaben einander Zeichen, offenbar ging es darum, dass einer von beiden das Mikrophon oder die Kopfhörer einschalten sollte, damit sie miteinander sprechen konnten. Der Mai war warm, über zwanzig Grad heute, schätzte sie. Die beiden mussten schwitzen.

Sie hätte sich gern hingesetzt, aber sie wollte nichts verpassen. Also wartete sie mit ihnen, auch wenn sie nichts von ihr wussten. Sie merkte, wie ihr Blick nach einer Weile nach innen ging und wie sie sich schon bald nicht mehr vorstellen konnte, noch länger zu stehen; ihre Beine schienen aus einem dafür ungeeigneten Material. Sie schloss die Augen und sah zu, wie ihre Gedanken in lauter falsche Richtungen flohen. Wie ging es ihrem Kind? Wo war sie jetzt noch zu Hause? Was gab es jetzt außer schierem Überleben noch zu tun, was richtig war, und war überhaupt das noch das Richtige: überleben?

Vielleicht waren ihre Augen so trocken, weil sie schon Fieber hatte. Eine andere Erklärung hatte sie nicht dafür.

Als sie die Augen öffnete, sah sie, dass die Weltraumzwillinge sich wieder in Bewegung gesetzt hatten. Sie öffneten die Hecktüren des zweiten Transporters und kletterten hinein. Sie konnte erkennen, dass dieser Transporter ein Schienensystem hatte, in das man eine Trage einklinken konnte wie bei einem Krankenwagen, und mit Plastik abgedeckte Geräte und Instrumente. Jetzt kamen vier der anderen Gestalten in Schutzanzügen aus der Gangway. Sie bewegten sich langsam und trugen zwischen sich einen Zinksarg, dessen Deckel beim Schließen Folie eingeklemmt hatte, die an den Seiten heraushing. Sie dachte daran, wie er am Anfang der Reise einmal gesagt hatte, am liebsten würde er nie wieder von Bord gehen.

Dieser Wunsch immerhin, dachte sie, ist ihm erfüllt worden. Ob er es verdient hat oder nicht: Im engeren Sinne von Bord gehen musste er nicht, tatsächlich nie wieder; er wurde von anderen geschleppt wie der schwere Tote, in den ihn die Reise verwandelt hatte.

Jemand packte sie an der Schulter. Sie stöhnte vor Schwäche und Schmerz in dem Sekundenbruchteil, bevor sie Angst hatte und herumfuhr. Der dunkelhaarige Steward mit dem künstlichen Osteuropa-Akzent stand vor ihr und sah sie an, als hätte er sie am liebsten geschlagen, traute sich aber nicht, ihre bloße Haut zu berühren.

«Devi nascondere», sagte er zu ihr, eher müde als drohend. Sie nickte und trat von der Reling zurück. In den Gläsern seiner Sonnenbrille sah sie ihr rotes Haar vor dem blauen Maihimmel und der zart gewölbten Silhouette der Stadt. Nichts schien ihr trostloser, als sich mitnehmen zu lassen in den Schiffsbauch. Aber weil sie keinen Grund hatte, irgendwo auf Trost zu hoffen, ließ sie sich von ihm am Arm nehmen und zurückführen in das Versteck. Wo seine Finger sie durch den Stoff der Uniformjacke drückten, schmerzte ihr Fleisch, als wollte es sich von ihr verabschieden.

7. Kapitel

«Und dann habt ihr euch im Durchgangsraum alle drei nackt ausgezogen und euch gegenseitig sanft und zärtlich desinfiziert, und dabei ergab ein Wort das andere, Blicke wurden getauscht, und nach kurzer Zeit habt ihr euch auf dem Boden gewälzt und euch das Geschenk bedingungsloser körperlicher Liebe gemacht, weil im Angesicht des Todes nur die menschliche Nähe zählt, keine gesellschaftlichen Konventionen», sagte Finzi, als wollte er jeden Verdacht zerstreuen, Danowskis verdächtig knappe Schilderung der Vorgänge an Bord könnte ihn irgendwie beunruhigt haben.

«Genau», sagte Danowski einsilbig, indem er die erste so gut wie verschluckte.

«Und bist du jetzt ansteckend? Muss ich mir Sorgen machen?», fragte Finzi.

«Bisher weiß doch keiner, was das überhaupt ist. Die Frau vom Tropeninstitut organisiert den Abtransport der Leiche. Die haben irgendwelche Schleusen aufgebaut und sind da mit Raumanzügen reingegangen wie Astronauten. Erst wenn sie das Blut des Toten untersucht haben, erfahren wir irgendwas. Das dauert. Und sie macht für uns Fotos in seiner Kabine. Und jetzt gehe ich ans Steuer», sagte Danowski, weil er dann nicht über hundert andere Dinge nachdenken musste. Zum Beispiel darüber, ob er sich mit etwas angesteckt hatte, dessen Namen er noch nicht einmal kannte. Außerdem fuhr Finzi wie ein Idiot.

«Polizeiaufgabengesetz», schnaufte Finzi, während er sich in den durchgesessenen Beifahrersitz fallen ließ. «Dass man sich so was anhören muss. Als ob das Polizeiaufgabengesetz nicht genauso für die Kollegen von der Schutzpolizei gilt.»

«Stell dich nicht so an», sagte Danowski, der genauso sauer wie Finzi war, dass am Ende sie die Frau des Toten verständigen mussten. «Und heute redest du.»

«Wieso das denn? Ich dachte, ich bin unfähig, mich an den Standardtext zu halten? Ich dachte, ich fang an zu fragen, ob wir stören, und bevor ich sage, dass wir schlechte Nachrichten haben, erzähle ich, dass wir im Stau gestanden haben und überhaupt, das Wetter, und ich dachte, dabei gucke ich so traurig, dass die Leute hysterisch werden? Hm? Deine Worte?»

«Ich hab Kopfschmerzen, und ich habe vorhin eine wirklich unangenehme Situation erlebt.»

«Ich frage mich, warum du überhaupt dabei bist.»

«Weil ich nicht im Mannschaftswagen zurück ins Präsidium fahren will, und weil wir danach Kaffeepause im Park machen.»

Westlich vom Jenischpark hatten die Straßen romantische Namen, fand Danowski: Ligusterweg, Elchweg, Am Internationalen Seegerichtshof. Viele große Einfamilienhäuser aus den dreißiger Jahren, in denen heute nur noch Reste von Familien lebten. Das Haus des Toten lag in einer Sackgasse. Hecken, Kieswege, alte Bäume und hohe Autos dämpften die Geräusche von Vögeln und Rasenmähern. Danowski fuhr den BMW halb auf den Gehweg, weil die Straße zu eng zum Parken war. Sie stiegen aus und rückten ihre Hosen und Jacken zurecht, damit sie wenigstens die Illusion hatten, man würde ihre Waffen am Gürtel erst auf den zweiten Blick sehen. Der Geruch von geschnittenem Gras schwamm auf der warmen Mailuft.

Der verrostete Rasenmäher im Schuppen hinter ihrem Haus am Rande von Westberlin, und wie seine beiden älteren Brüder es immer geschafft hatten, dass er an der Reihe war, wenn ihrem Vater einfiel, dass der Rasen gemäht werden musste. Wie sie von der Beerdigung ihrer Mutter gekommen waren, sein Vater den grünen R16 vor dem Haus geparkt und mit einem besiegten Blick auf den Vorgarten gesagt hatte: «Der Rasen muss auch mal wieder gemäht werden.» Und wie seine Brüder gesagt hatten, fast gleichzeitig: «Adam ist dran.» Seine Brüder hießen Karl und Friedrich, nach Marx und Engels. Danach Adam: weil er der jüngste und alles andere als der erste war. Humor der späten Sechziger. Und wie dankbar er sich gefühlt hatte, als er allein war mit dem Rasenmäher, mit dem hochtourigen Brüllen des Benzinmotors, und damit, dass er jeden Hubbel und jeden Stein kannte im Gras ums Haus seiner Eltern. Und wie er geweint hatte, überzeugt, dass keiner ihn hörte beim Mähen und dass ihm keiner zusah. Und dann, beim Wenden, sein Vater im Fenster im ersten Stock, und einen Moment dieser Ausdruck in seinem Gesicht, als würde er jetzt herunterkommen. Dann der Vorhang, den seine Mutter genäht hatte.

«Können wir?», fragte Finzi. Das Haus war hinter einer Hainbuchenhecke, die höher war als Danowski. Es gab zwei Klingelschilder aus graviertem Edelstahl: «FeinGeist» und «K&C Lorsch». Sie warfen sich einen Blick zu, und Finzi klingelte. Danowski atmete tief ein und dachte an seine Ausbildung und die ersten Jahre bei der Schutzpolizei in Wilmersdorf. Adresse überprüfen: abgehakt. Identität der Person überprüfen, die die Tür öffnet. Sich ausweisen. Die Wohnung betreten, sich vorstellen. Und dann, möglichst wortwörtlich: «Wir müssen Ihnen die traurige Mitteilung machen, dass Ihr Mann …» Und so weiter. Meistens kam man beim Skript nur bis zum Ausweiszeigen, bevor die Gegenfragen begannen und die Tränen liefen.

«Keiner da», sagte Finzi mit schlecht gespielter Enttäuschung.

«Wo hast du denn geklingelt?», fragte Danowski.

«Ich glaube, bei Lorsch.»

«Bist du sicher? Probier's noch mal.»

«Was soll das heißen, ‹FeinGeist›?»

«Vornehmes Wortspiel für teuren Schnaps und geistreichen Besitzer, nehme ich an.»

Finzi drückte beide Klingeln zugleich wie ein Kind bei einem nicht besonders ambitionierten Klingelstreich.

«Ja?» Die Stimme aus der Gegensprechanlage klang, als würde sie heute genau in diesem Moment zum ersten Mal benutzt.

«Guten Morgen», sagte Finzi. «Kriminalpolizei. Würden Sie uns bitte die Tür öffnen?» Danowski malte sich aus, wie die unsichtbaren Nachbarn hinter ihren Hecken die Ohren spitzten.

«Kriminalpolizei?» Die Frauenstimme aus dem Lautsprecher ließ das Wort arglos quer über die Straße scheppern. «Würden Sie mal bitte Ihre Ausweise in die Kamera halten?»

Finzi rollte mit den Augen, und Danowski suchte die Kamera, während er seinen Ausweis aus der Innentasche zog. Finzi deutete auf ein winziges Kameraauge, das hinter einer Blende am oberen Ende der linken Toreinfassung angebracht war, offenbar, um die ganze Einfahrt überwachen zu können. Danowski trat heran und hob seinen Ausweis Richtung Kamera.

«Ich kann nichts erkennen», sagte die Frauenstimme müde. Danowski seufzte, reckte sich, gab dann auf und reichte Finzi seinen Ausweis, der ihn in einer Hand mit seinem eigenen vor die Kamera hob. Der Summer ertönte, und Danowski drückte die Gartentür auf.

«Weißt du, was ich gesagt hätte, an ihrer Stelle?», fragte Finzi, während sie über einen Schotterweg durch den leeren Garten liefen. «Während du versucht hast, deinen Ausweis zu zeigen?»

«Nee», knurrte Danowski im Gehen, die geschlossene Haustür vor ihnen fixierend. Die Tür sah schwer, glatt und dunkel aus, geöltes Tropenholz mit einem ganz schmalen Sichtschlitz und parallel dazu einem langen Stahlgriff zum Öffnen, wie die Öffnung einer Schleuse, die man nur betätigt, wenn man unbedingt muss. Das Haus war für ihn ein verwischtes Puzzle aus weiß überstrichenem Klinker, Fenstern mit schwarzen Stahlrahmen, einem frisch gedeckten Spitzdach und wenig Grün.

«Ich hätte gesagt: ‹Kommen Sie wieder, wenn Sie gewachsen sind!›», sagte Finzi und lachte. Danowski verdrehte die Augen. Dieser Garten war sehr groß, der Flieder blühte, und sein Duft erinnerte Danowski an die Abenddämmerungen seiner Kindheit. Der Rasen war so kurz gemäht, dass er hart aussah.

«Und?», fragte Finzi. «Was sagst du? Eins oder zwei?»

«Hör auf damit», sagte Danowski. «Ich mach das nicht mehr.»

«Komm schon. Du musst nur eins oder zwei sagen. Eins ist fickbar, zwei ist unfickbar.»

«Finzi, das ist eine Witwe.»

«Adam, das ist doch nur ein Spiel.»

Danowski schüttelte den Kopf. Die Haustür roch nach Holzöl. Danowski klopfte.

«Eins oder zwei?» Danowski ignorierte ihn, weil er sah, dass sich hinter dem Fensterschlitz die Lichtverhältnisse änderten.

«Die Default-Einstellung ist: ich eins, du zwei», zischte Finzi.

Danowski räusperte sich und kniff die Augen zu, um wenigstens für den Bruchteil einer Sekunde allein zu sein.

Kathrin Lorsch sah aus, als wäre sie gerade erst aufgestanden. Aus ihren Meldedaten wusste Danowski, dass sie siebenundvierzig war. Sie hatte ihr graues Haar mit einem hellblauen Haargummi zu einem desolaten Pferdeschwanz gebunden, darin gerade noch so viel braune Haare, dass sie es nicht mehr schafften, die Gesamtfarbe entscheidend zu beeinflussen. Sie hatte dunkle Ringe unter den Augen, einen deutlichen, aber schwer beschreibbaren düsteren Zug im Gesicht und in der Hand einen Kaffeebecher. Müde, aber nicht ausgebrannt; erschöpft, weil sie sich mit irgendwas verausgabt hatte. Er sah, dass sie irgendwas vollbracht oder geleistet hatte letzte Nacht. Sie trug einen knielangen weißen Frotteebademantel und war barfuß, die Zehennägel unlackiert. Danowski ertappte sich dabei, dass er auf ihre Unterschenkel schaute, bevor er ihr in die Augen blickte. Finzi würde darauf bestehen, gewonnen zu haben, obwohl sie gar nicht gewettet hatten und Danowski das auch alles gar nicht interessierte. Was ihn interessierte, war, dass die Witwe keine Schuhe trug. Zum ersten Mal musste er einen Menschen, der keine Schuhe trug, darüber informieren, dass ein naher Angehöriger gestorben war. Sofort war der ganze Ablauf im Eimer. Danowski wusste, wie schutzlos man sich fühlte, wenn man barfuß war: Er erinnerte sich, wie nackt er sich gefühlt hatte, als er vor dem MRT die Schuhe ausziehen musste. Aber was sollten sie sagen? «Würden Sie sich bitte etwas an die Füße ziehen, wir haben eine schlechte Nachricht für Sie»?

«Ja, bitte?», sagte die Frau mit der gleichen belegten Stimme, die sie aus der Gegensprechanlage kannten.

«Guten Morgen», sagte Finzi. «Sind Sie Kathrin Lorsch?»

Sie musterte ihn, als suchte sie nach einer überraschenden Antwort. Danowski sah, dass das, was er für einen gewissen düsteren Zug in ihrem Gesicht gehalten war, tatsächlich graue Farbe war: Als hätte sie sich die Augen und die Stirn gerieben und vergessen, sich vorher Farbe von den Händen zu waschen. Sie nickte.

«Wir sind vom Landeskriminalamt. Mein Name ist Finzel, dies ist mein Kollege, Hauptkommissar Danowski. Dürfen wir reinkommen?» Finzi war bereits den entscheidenden Schritt vorangegangen, sodass er jetzt mit einem Fuß auf der dreistufigen Treppe zum Hauseingang stand: unmöglich, sie jetzt noch zurückzuweisen.

«Selbstverständlich nicht», sagte Kathrin Lorsch und nahm einen Schluck aus ihrem Kaffeebecher.

«Es geht auch ganz schnell», sagte Finzi, als ob das irgendeinen Unterschied machen würde.

Sie schüttelte den Kopf. «Keine Ahnung, worum es jetzt schon wieder geht. Aber ganz ehrlich: Steuerprüfung, Zollfahndung und jetzt Sie, und das alles in einem Jahr oder so, da kriegt man langsam Übung. Und ich weiß: nicht ohne Anwalt. Und nicht ohne Schriftstücke. Mein Mann ist verreist, und ich habe zu tun. Und ich sehe keine Schriftstücke.»

«Wollen Sie noch mal unsere Ausweise?», fragte Danowski, weil ihm nichts anderes einfiel. Sie ignorierte ihn, als hätte er sie gefragt, ob sie seine «Star Wars»-Tauschkarten anschauen wollte. Nachher muss ich welche besorgen, erinnerte sich Danowski, auf dem Heimweg vom Präsidium, da gab es am S-Bahnhof einen Kiosk, der immer was für die Polizei zurückhielt. Danowski bemerkte, wie er wieder

Kopfschmerzen bekam. Manchmal waren zwei Welten zu viel für ihn.

«Gute Frau», sagte Finzi, der der einzige Polizist war, den Danowski kannte, der zu Frauen über dreißig «gute Frau» sagte, wenn seiner Ansicht nach leichte Strenge geboten war, «für das, was wir Ihnen mitteilen möchten, brauchen wir keine Schriftstücke und Sie keinen Anwalt.»

«Müssen», verbesserte Danowski und lehnte sich an das zierliche Edelstahlgeländer, «mitteilen müssen.» Kathrin Lorsch sah ihn an, als wäre er eben erst hinter Finzis Rücken aufgetaucht.

«Okay», sagte sie mit aufsteigender Betonung, als wären sie dabei, sich gemeinsam ein Rätsel auszudenken, «dann brauchen Sie dafür aber auch keinen Zutritt zu meinem Haus.»

Finzi sah ihn fragend an. Danowski gab sich einen Ruck, wobei ihm ein schmirgelnder Schmerz durch den Kopf ging, und sagte dann flach: «Wir müssen Ihnen eine traurige Mitteilung machen. Ihr Mann hat sich an Bord eines Kreuzfahrtschiffes eine schwere Krankheit zugezogen und ist in der letzten Nacht gestorben.»

Kathrin Lorsch kniff die Augen zusammen und runzelte die Stirn, zwei- oder dreimal, in langsamem Wechsel. Nach Danowskis Erfahrung gab es zwei Reaktionen auf eine Todesnachricht: entweder furchtbare Überraschung oder ein seltsames, schicksalhaftes Erkennen von etwas, das man insgeheim schon immer gewusst und schon immer erwartet hatte. Kathrin Lorsch schien sich nicht sicher zu sein, in welche Kategorie ihre Reaktion fiel, bis sie sich räusperte und knapp oberhalb der Hörbarkeit sagte: «Schade.»

Die Polizisten warfen sich einen Blick zu. «Schade» war relativ ungewöhnlich. «Vielleicht dürfen wir jetzt doch reinkommen», sagte Finzi. Sie schwenkte den Blick in seine Richtung, ohne ihn ganz zu treffen, und sagte: «Vielleicht.» Dann verschwand sie im Haus. Finzi nahm die letzte Treppenstufe und hinderte die Eingangstür am Zufallen. Danowski dachte: Es ist nicht verboten, auf eine Todesnachricht seltsam zu reagieren, man könnte jetzt also auch gehen. Dann dachte er an seine Kopfschmerzen und daran, dass Kathrin Lorsch womöglich Tabletten im Badezimmerschrank hatte. Im Grunde fragte er bei jeder Zeugenbefragung, bei jeder erkennungsdienstlichen Maßnahme und bei jeder Angehörigenverständigung, ob er die Toilette benutzen durfte. Die Kombination Polizei und menschliche Bedürfnisse war so überraschend und überzeugend zugleich, dass ihn bisher niemals jemand abgewiesen hatte. Man erfuhr immer irgendetwas Interessantes beim Toilettenbesuch in einer fremden Wohnung: Hygienestandards, finanzielle Ausstattung, Medikamentengebrauch und andere Dinge, die einem halfen, sich ein besseres Bild von den Leuten zu machen. Vor allem, wenn man sich, nachdem man gefragt hatte, verlegen lächelnd in der Tür irrte und so auch noch einen Blick ins Schlafzimmer warf.

Danowski folgte Finzi in den Eingangsbereich des Hauses, der betont karg gehalten war. Es roch auf wohlhabende Weise ungelüftet: muffig, aber unverwahrlost, wie ein kostbarer Morgenmantel, den man zu waschen vergessen hat. Die Garderobe verbarg sich offenbar hinter einer Milchglasschiebetür in der Farbe der weiß verputzten Wände. Der Fußboden war aus dunklem Stäbchenparkett und zog sich in die drei oder vier angrenzenden Räume, deren Türen halb offen standen. Katrin Lorsch ging ins Wohnzimmer, wo sie auf die hellbeige Sitzlandschaft zeigte. Die Polizisten verstanden es als Aufforderung, sich zu setzen. Finzi lehnte sich nach hinten, breitete die Arme auf der Rückenlehne aus und schnaufte. Danowski hielt sich vorsichtig in der

Nähe der Sofakante. Die Fenster gingen zur Veranda und hinter das Haus hinaus. Der Garten dort war das Gegenteil dessen, was sie auf dem Weg zur Haustür durchquert hatten: mit hohen Gräsern, Büschen und Bäumen so eng bewachsen, dass man meinte, nur Grün zu sehen.

«Dann reden wir über den Tod», sagte Kathrin Lorsch und blickte suchend auf dem Couchtisch aus klarem Glas umher. Dann ließ sie mit einer hellgrauen Fernbedienung transparente Rollos vor den Verandafenstern herab, die das Licht dämpften, aber den Raum nicht verdunkelten.

«Spät geworden letzte Nacht», sagte sie leise. «Und jetzt erzählen Sie mir, was mit meinem Mann ist. Wann kann ich ihn sehen?»

Die Polizisten sahen einander an. Danowski merkte, dass Finzi merkte, wie er zögerte. «Das möchten Sie lieber nicht», sagte Finzi.

Danowski hob abwehrend die Hand, als gäbe es hier ein Missverständnis, an dem sie alle beteiligt waren und das er nun aufklären musste. «Ihr Mann ist auf der Kreuzfahrt durch die Britischen Inseln an Bord der ‹MS Große Freiheit› in sehr kurzer Zeit sehr krank geworden. Wir wissen im Moment nicht, an welcher Krankheit er gestorben ist. Wir wissen nur, dass der Bordarzt vergeblich versucht hat, ihn zu behandeln. Im Moment wird sein Leichnam ...» – Danowski zögerte für den Bruchteil einer Sekunde, unfähig, darüber hinwegzugehen, dass es besser gewesen wäre, einfach nur «er» zu sagen – «... ins Bernhard-Nocht-Institut gebracht, für weitere Untersuchungen.»

«Ins Tropeninstitut?», fragte Kathrin Lorsch und runzelte die Stirn. Danowski dachte, dass nur Leute das Tropeninstitut kannten, die Geld genug hatten, um aufwendige Reisen zu machen, gegen die man sich dort impfen lassen musste. Er nickte.

«Das begreife ich nicht.»

Finzi hob in einer melancholischen Willkommen-im-Club-Geste die Hände nach außen und sagte: «Die Ärzte dort kennen sich besser mit nicht so bekannten Krankheiten aus als unsere Kollegen von der Rechtsmedizin in Eppendorf. Außerdem muss ich sagen, dass möglicherweise die Gefahr einer Ansteckung bestand oder immer noch besteht. Das wissen wir noch nicht. Aber deshalb ist die Sache mit dem Sehen schwierig. Allerdings würden Sie uns sehr helfen, wenn Sie Ihren Mann schnell identifizieren. Deshalb wollen uns die Leute vom Tropeninstitut Bilder schicken. Vielleicht kann ich Ihnen die jetzt gleich auf dem Telefon zeigen. Falls Sie dazu bereit sind.»

«Ich werde nie bereiter dafür sein», sagte Kathrin Lorsch tonlos. Danowski fragte sich, ob jetzt der richtige Augenblick wäre, um nach der Toilette zu fragen. Er glaubte auf die Sekunde genau daran, dass Kopfschmerztabletten zwanzig Minuten brauchten, um zu wirken, und ihm schien, er dürfe keine weitere Zeit verlieren.

«Dürfte ich fragen, wo ich mir mal die Hände …», fing er an, aber Kathrin Lorsch unterbrach ihn: «Warum Sie? Warum die Kriminalpolizei?»

«Normalerweise machen das unsere Kollegen von der Schutzpolizei», hob Finzi in einem Ton an, als würde er sich dazu am liebsten am Hintern kratzen. «Aber die haben heute zu viel zu tun damit, das Schiff abzusperren. Darum …»

«Aber Sie müssen ja irgendwie beteiligt sein», sagte Kathrin Lorsch. «Von welcher Abteilung sind Sie denn?»

«Die Situation ist unübersichtlich», sagte Danowski.

«Tötungsdelikte», sagte Finzi.

«Das verstehe ich nicht. Mein Mann ist getötet worden? Von wem?»

«Na», sagte Finzi und lehnte sich noch weiter zurück, «so kann man das auch wieder nicht sagen.»

Danowski räusperte sich. «Mein Kollege Finzel und ich ermitteln, wenn ein Arzt keine natürliche Todesursache bestätigen kann oder möchte. Wir sind dafür da, um Fremdeinwirkung auszuschließen. Es muss also nicht zwangsläufig ein Tötungsdelikt vorliegen. Die Abteilung, zu der unser Team gehört, heißt nur so. Insgesamt. Wir ...» Danowski merkte, dass er ins Stocken geriet.

«Und was ist das für eine Krankheit? Woran ist mein Mann gestorben?»

«Wie gesagt, das wissen wir nicht», sagte Finzi knapp und legte die Hände zu laut auf die Oberschenkel: Zeit, zu gehen. Er wurde immer leicht beleidigt, wenn Danowski ihren Job so erklärte, als wären sie Sachbearbeiter.

«Möchten Sie, dass jetzt jemand bei Ihnen ist? Gibt es jemanden, den wir für Sie anrufen dürfen?», fragte Danowski nach Schema F. Kathrin Lorsch schien Mühe zu haben, sich an seine Gegenwart zu erinnern.

«Nein», sagte sie. «Ich bin einfach nur so wahnsinnig enttäuscht.»

«Was meinen Sie damit?», fragte Finzi und klang ehrlich überrascht.

Sie hob die Schultern. «Er hatte zwei Herzinfarkte in den letzten Jahren. Ich habe mich im Grunde zweimal von ihm verabschiedet. Jetzt ging es ihm wieder gut. Wir hatten einfach noch was vor.» Dann weinte sie leise, ohne die Hände vors Gesicht zu heben und ohne sich um die Tränen zu kümmern. Wo sie liefen, glänzte die graue Farbe auf ihrer Wange wie nasser Asphalt.

Finzi nickte, als verstünde er, und rutschte auf dem Sofa hin und her, weil er in seiner Jeans nach einem Taschentuch suchte, ohne eins zu finden.

«Dürfte ich mal kurz …?», fragte Danowski, stand halb auf und deutete mit dem Kinn Richtung Flur. Normalerweise reichte das, um den Weg zum Klo gewiesen zu bekommen.

«Was?», fragte sie.

«Mir die Hände waschen.»

«Wieso die Hände waschen? Meinen Sie, hier ist irgendwas ansteckend?»

«Ich … nein, ich würde einfach …»

«Er sucht die Toilette», sagte Finzi.

Sie verlor das Interesse an ihm und zeigte vage zur Zimmertür. Danowski stand auf und ging in den Flur. Während er die Tür hinter sich zuzog, hörte er, wie sie zu Finzi sagte: «Möchten Sie etwas trinken? Ich glaube, ich brauche einen Schnaps. Einen Whisky?» Und wie Finzi antwortete: «Nein, danke, ich bin Alkoholiker.» Danowski rollte mit den Augen. Warum sagte er nicht einfach «Nein»? Warum war er stolz darauf, eine Krankheit zu haben, die ihn die Ehe und fast den Beruf gekostet hatte?

Danowski vermutete, dass die Schlafzimmer und andere interessante Räume im ersten Stockwerk waren. Kleinere Wohnungen waren aufschlussreicher, weil es nur ein Badezimmer gab. Unwahrscheinlich, dass es auf dem Gästeklo überhaupt Kopfschmerztabletten gab. Die Treppe nach oben war offen und aus dunklem Holz. Danowski achtete darauf, möglichst am Rand auf die Stufen zu treten, damit sie nicht knarrten, und er nahm die Treppe in wenigen Schritten. Wie früher zu Hause in der etwas heruntergekommenen Villa im Süden Berlins, wenn er es nicht erwarten konnte, wegzukommen von den Launen seiner Brüder, in die modrige Stille seines Dachzimmers.

Getrennte Schlafzimmer, in jedem das Bett unberührt. Es fiel ihm auf den ersten Blick schwer zu entscheiden, welches der gleich großen Schlafzimmer wem gehörte: In beiden standen Blumen, die gestern frisch gewesen waren, die Möbel waren hell und nüchtern, die Teppiche braun und grau, und es lagen keine Kleidungsstücke herum. Aber das eine roch unverkennbar nach Mann und das andere nach Frau, ein Unterschied, den Danowski nicht hätte in Worte fassen können, aber der dennoch deutlich war. Durch ein seltsam pulsierendes dunkelrotes Band von Kopfschmerzen sah er, dass im Zimmer, das nach Frau roch, zwei, drei Reiseführer und ein Notizbuch auf dem Nachttisch lagen. Afrika (Osten), Schottland & Nordengland, Elbsandsteingebirge. Er beugte sich über das Notizbuch, und als er es vorsichtig öffnen wollte, überkam ihn der fast unbezwingbare Drang, sich auf das unberührte oder sehr frisch gemachte Bett zu legen, nein: zu werfen, sein Gesicht zu vergraben im Kopfkissen einer fremden Frau. Seitdem er das Wohnzimmer verlassen hatte, waren vielleicht zwei Minuten vergangen. Er biss die Zähne zusammen, bis er ein hohes Sirren in den Ohren hörte, dann atmete er tief ein und griff nach dem Notizbuch. Es war klein und dunkelrot, und nur die ersten beiden Seiten waren groß und hin- und herwogend mit Bleistift vollgeschrieben.

so weit weg
immer Zeit für die beiden
sind immer da und nie
keine Zeit mehr
viele Fehler gemacht
größter Stolz, das zuzugeben
–> alles andere schwach
Fehler aus Liebe, Fehler aus Wut
(Wut=Liebe)
aber nie nie nie aus Angst

Mit der anderen Hand angelte Danowski sein Telefon aus der Hosentasche und machte zwei Fotos von den Notizen. Dann legte er das Buch achtlos wieder auf den Reiseführer. Nur Zwangsneurotiker merkten sich genau, wie etwas irgendwo gelegen hatte.

Zwischen den beiden Schlafzimmern lag das Bad. Zwei Türen, zwei Waschbecken. Er stützte sich auf das rechte, von dem aus er den Medizinschrank öffnen konnte. Er war verschlossen. Danowski tastete auf der staubigen Oberseite, bis er den kleinen Sicherheitsschlüssel fand, wobei er peinlich darauf achtete, sein eigenes blasses Gesicht nicht im makellos geputzten Badezimmerspiegel anzuschauen. Inmitten von allerlei Unnützem fand er eine flache Packung Adumbran. Daneben lag eine 50er-Schachtel mit generischem Ibuprofen 400. Danowski nahm drei Tabletten und schob die Packung zurück. Seine Hand berührte das Adumbran, und wie im Traum nahm er das Beruhigungsmittel aus dem Schrank und öffnete die flache Schachtel. Von den zehn Tabletten waren noch sieben in ihrem Blister. Sieben war eine Anzahl, die man sich merkte. Andererseits, wer Schlaf- und Beruhigungstabletten nahm, konnte leicht den Überblick verlieren. Er beschloss, zwei Tabletten herauszunehmen, für den Notfall. Er staunte darüber, wie leicht es ihm gefallen war, vom Rumschnüffler zum Tablettendieb zu werden. Es war immer ein seltsamer Augenblick, wenn man feststellte, dass etwas, was man nie für möglich gehalten hatte, gut möglich und gar nicht schwer war. Er schüttelte den Kopf, was wehtat, und legte den Schlüssel sorgfältig wieder oben auf den Medizinschrank. Dann schluckte er die Ibuprofen mit ein wenig Wasser direkt aus dem Hahn und ließ die Adumbran-Tabletten in seiner Jackett-Tasche verschwinden. Als er ein wenig Staub von seinen Fingern in fast genießerischen Zügen an einem dunkelgrauen Frotteebademantel abstreifte, wurde ihm klar, dass er trödelte. Mit leichten Schritten eilte er ins Erdgeschoss. Schon das Versprechen von Linderung erfüllte ihn mit Zuversicht.

Übermütig öffnete er noch die Tür neben der zum Wohnzimmer. Der Raum dahinter war fast dunkel, schwere Rollos hingen vor den Fenstern, sodass das Licht am Rand in schmalen langen Schäften ins Zimmer fiel. Es roch nach Farbe und Pinselreiniger, der Boden war mit einem grauen Estrich ausgegossen, auf dem Farbspritzer und Spuren durcheinandergingen. Leinwände in verschiedenen Größen standen mit ihren Gesichtern zur Wand, dazwischen Skulpturen, die mit dunklem Tuch verhängt waren. Der größte Teil des Raumes war frei, vor dem Fenster stand ein Tisch, auf dem Fotos und aufgeschlagene Bücher lagen: Anatomieatlanten, Medizinlexika. Danowski trat ein paar Schritte in den Raum, um das Bild auf der Staffelei sehen zu können: ein Junge und ein Mädchen, vielleicht zehn Jahre alt oder jünger, als Brustbild im Stil klassischer Porträts vor vagen Bäumen, aber ganz in verschiedenen Grau- und Sepiatönen gemalt, wie die Parodie einer alten Fotografie. Die beiden Kinder schauten schräg am Betrachter vorbei mit einer tapfer unterdrückten Traurigkeit im Blick, als wären sie beim Sitzen für das Porträt ausgeschimpft worden. Das Bild war noch nicht fertig, ihre Kleidung war nur skizziert, und unter ihrer scheinbar transparenten Gesichtshaut meinte Danowski die Knochen zu sehen, Jochbein, Nasenbein und Stirnbein, lauter anatomische Details, die er eigentlich nur aus Autopsieberichten der Rechtsmedizin kannte. Die Kinder auf dem Bild sahen aus wie Gerippe, die sich zur Verkleidung an einem seltsamen, nur Gerippen bekannten Feiertag die Haut und die Haare lebender Kinder übergestreift hatten.

Als Danowski einen Schritt zurückging, um einen Lichtschalter zu suchen, hörte er aus dem Wohnzimmer einen scharfen, kurzen Schrei, erschreckt und wie ein Fluchen, der Stimmhöhe nach klar von Kathrin Lorsch, gefolgt von einem Wimmern, das wie «Was ist das, was ist das?» klang, darauf von Finzi «Moment, Moment!», als gälte es, etwas zu erklären oder zurückzunehmen. Mit zwei Sätzen war Danowski bei der Tür, hielt kurz in der Diele inne, fand die Gästetoilette und betätigte schnell die Spülung und den Wasserhahn, sodass er mit nassen Händen ins Wohnzimmer kam.

Kathrin Lorsch stand vor dem Sofa, eine Hand vors Gesicht geschlagen, in der anderen Finzis Smartphone, das sie von ihm weg hielt.

«Am besten, Sie geben mir das wieder», sagte Finzi, was Danowski nicht gerade den Höhepunkt an Überzeugungskraft fand.

«Was ist das? Was ist passiert?», fragte sie und ächzte, ihr Mund schien zu trocken zum Schluchzen. Er sah Finzi fragend an.

«Das Tropeninstitut hat die Bilder von Carsten Lorsch geschickt», erklärte Finzi und streckte die Hand nach seinem Telefon aus. Danowski verstand nicht.

«Wir haben zusammen aufs Display geguckt, während das Telefon die Fotos geladen hat. Wäre vielleicht besser gewesen, ich hätte mir die erst mal allein angeschaut. Oder ...» Finzi rieb sich mit einem Handballen die Stirn und winkte mit der anderen Hand ab. «Oder niemand hätte sich die jemals angeschaut.»

Danowski trat zu Kathrin Lorsch. Sie standen nebeneinander und waren exakt gleich groß. Er kannte den Effekt und hatte ihn oft ausgenutzt: andere empfanden ihn nicht als Bedrohung, weil er zerbrechlicher schien als Finzi und all die durchtrainierten und kahlrasierten Kollegen im

Präsidium. Sie gab ihm das Telefon, als gehörte er entfernt zur Familie.

> Sehr geehrte Kollegen,
> anbei, wie heute Morgen vereinbart, zwei Fotos von Lorsch, Carsten usw. zur Identifizierung des Toten. Bitte gehen Sie verantwortungsvoll damit um und betrachten Sie dies nicht als Teil eines offiziellen Schriftverkehrs. Bitte setzen Sie sich bei nächster Gelegenheit mit mir in Verbindung.
> Mit freundlichen Grüßen
> Dr. Tülin Schelzig

Es folgten ihre Signatur und die Angaben des Tropeninstitutes, über die Danowski hinwegscrollte, um zu den Fotos des toten Carsten Lorsch zu gelangen.

Die Gesichter von Toten waren selten schaurig, fand Danowski. Durch einen stumpfen Gegenstand, durch Schnittwunden, durch Verbrennungen, einen Sturz oder durch Tritte und Schläge: Die Arten, auf die ein Gesicht entstellt werden konnte, waren trotz aller Variation überschaubar, eine mechanische Zerstörung ähnelte in gewisser Weise der anderen. Stets fehlte etwas (ein Auge, die Nase, das Kinn, Teile der Haut, die Intaktheit der Knochen, Zähne, die Ohren oder einfach das Leben), aber immer war auch etwas da, das von Mal zu Mal gleich blieb: ein erschöpfter, leicht verärgerter Ausdruck, der eher irritiert als entsetzt schien über den eigenen Mangel an Leben und das Durchlittene. Und bei verwesten Gesichtern oder solchen, die von Insekten befallen oder verändert worden waren, hielt sich ein Ausdruck von Friedlichkeit die Waage mit einem von Skurrilität, was nach über zwanzig Jahren im Job alles andere als unheimlich war, eher auf beinahe tröstliche Weise menschlich und vertraut. Es gab vieles, was Danowski Angst machte an seinem Beruf, aber die Gesichter der Toten gehörten nicht dazu. Vielleicht, dachte er, ist das ein Fehler an der Art, wie wir unseren Beruf ausüben: dass wir irgendwann glauben, wir haben alles gesehen. Und dann trifft uns das, was wir noch nicht gesehen haben, unvorbereitet. Und: Vielleicht hätte ich doch eine Adumbran nehmen sollen.

Er hatte Mühe, sich auf dem Foto zurechtzufinden, weil er auf den Bildschirm getippt hatte, um die Schrift der Mail zu vergrößern, und jetzt war das Foto von Carsten Lorsch eine einzige dunkle Landschaft in Dunkelgelb, Ocker und Rot. Er fingerte am Display herum, bis das Bild in der richtigen Größe zu sehen war. Es ergab trotzdem keinen Sinn. Es sah aus wie das formatfüllende Foto einer exotischen Soße, das jemand auf Facebook gepostet hatte. Die Gesichtshaut von Carsten Lorsch war offenbar in einem dunklen, leuchtenden Gelb angelaufen, das fast Richtung Gold ging. Direkt unter der Haut hatten sich sternförmige dunkelrote bis schwarze Blutergüsse gebildet, die durch ihre selbstbewusste Gezacktheit feierlich und triumphierend aussahen. Sie verwirrten das Auge, weil normalerweise das Dunkle im Gesicht eines Menschen die Schatten waren, Iris, Augenbrauen und die Körperöffnungen. Hier verschwanden all diese vertrauten Züge hinter den Blutergüssen. Die Nase und der Mund schienen ineinander überzugehen, weil aus beiden Öffnungen schwarzes Blut über die goldene Haut gelaufen war. Auch die Zähne waren schwarz von Blut. Die Augen leuchteten rot mit einem gelben Ring um die Iris. Das wirklich Fremde aber war die Haltung des Gesichts: Es schien in sich zusammengesackt wie bei einem Menschen, der eine schlechte Nachricht erhalten hat, es war nach unten gerutscht. Eine Maske, die, wie sich im Tod herausstellte, viel weniger sorgfältig und fest mit dem darunter liegenden Gewebe und den Knochen verbunden gewesen war, als der Verkleidete gehofft hatte.

Danowski schob mit dem Daumen das Bild weg, als könnte das nächste angenehmer sein: eine Profilaufnahme aus etwas größerer Distanz, man sah, dass der Körper lag und dass Lorschs nackte Schultern von ähnlichen Mustern überzogen waren. Auch aus seinen Ohren war schwarze Flüssigkeit gelaufen, und jetzt, von der Seite, sah es vollends so aus, als wäre ihm das Gesicht zwei oder drei Zentimeter nach unten gerutscht. Der Tote sah wütend aus. Die hellblauen Laken waren bis zum Bildrand mit einer schwarzen Flüssigkeit bedeckt, die er den Spuren an seinem Kinn zufolge offenbar erbrochen hatte und die aussah, als wäre er schon vor seinem Tod innerlich verwest gewesen.

Schweigend gab Danowski Finzi das Telefon zurück.

«Ist das Ihr Mann?», fragte er. «Carsten Lorsch?» Sie nickte. Er traf ihren Blick, und etwas hinderte ihn daran, wegzuschauen.

«Was ist das?», wiederholte Kathrin Lorsch.

Als sie wieder draußen waren, sagte Finzi düster und allumfassend: «Was war das denn für eine Scheiße.» Und es war nicht klar, ob er damit die Fotos von Carsten Lorsch, Danowskis lange Abwesenheit auf der Toilette oder den Verlauf seines bisherigen Lebens meinte.

«Keine Ahnung», antwortete Danowski, was in diesem Fall auf alles passte. In einem früheren Leben hätten sie jetzt eine geraucht. So standen sie einfach einen Moment herum. Es war gesünder, aber Danowski fand, es war kein Fortschritt.

Er hatte sechs Anrufe auf seinem Telefon. Von Leslie, aus der Rechtsmedizin, das Tropeninstitut und drei Anrufe von seiner Chefin. Eigentlich gehörte es zu den guten Seiten seines Berufs, dass man ganze Stunden verschwinden lassen konnte: Niemand wusste, wie lange ein Besuch bei einer Angehörigen dauerte. Niemand konnte genau sagen, wie schlecht der Verkehr von hier nach Alsterdorf ins Präsidium war. An einem guten Tag hätte er deshalb Finzi vorgeschlagen, zwei Straßen weiter in den Jenischpark zu gehen und sich dort ein halbes Stündchen oder vielleicht auch ein ganzes in die Sonne zu legen. Solange in keiner der fünf anderen Mordbereitschaften ein Platz frei wurde, um den er sich hätte bemühen können, war Finzi für derlei Saumseligkeiten immer zu haben. Aber heute schien kein guter Tag zu sein, und Danowski musste nicht seine Nachrichten abhören, um zu wissen, dass sie sich dringend auf den Rückweg machen mussten.

Finzi nahm sein Telefon vom Ohr, er war schneller und hatte längst gehört, was die Chefin zu sagen hatte.

«Lagebesprechung», sagte er. «Das schaffen wir nur rechtzeitig, wenn ich fahre.»

Danowski warf ihm ungeschickt den Schlüssel zu und registrierte, wie sie beide vorm Einsteigen kurz mit dem rechten Fuß über den Boden scharrten, um die unsichtbare, ungerauchte und daher absolut unbefriedigende Zigarette auszutreten, die ihre kurze Pause markiert hatte.

8. Kapitel

Die Senyora schlief. Sie stand zwar am Rande ihres Olivenhains, rauchte eine rote Fortuna und betrachtete mit tiefer Gleichgültigkeit das neue Windrad ihrer Nachbarn, aber: sie schlief.

Dormo.

Dormo profundament.

An Tagen wie heute, wenn der Himmel so hoch und klar war, dass sie in der Ferne die Serra de Tramuntana zu sehen meinte, wenn kein Wind durch die Pinien ging und die Deutschen am Strand lagen, wenn alles still und bewegungslos war, merkte sie, dass sie anfing, sich zu langweilen. Und dann musste sie sich, manchmal mit jedem Schritt, immer wieder selber sagen: Ich schlafe. Ich schlafe tief.

Wie lange war es her? Anderthalb Jahre? Fast zwei. Das Geld war kein Problem. Das Geld würde noch einmal so lange reichen. Das Problem war die Langeweile. Und das verfluchte Olivenöl.

Die Senyora betrachtete das Windrad der Nachbarn, grün, das aussehen sollte wie eines von den alten, aber sie hatte es hinten auf dem Lieferwagen untersucht: Die Blätter waren aus Kunststoff. Wie alle ihre Nachbarn waren auch die mit dem neuen Windrad Deutsche, die hier Land gekauft hatten. Die Senyora tat, als verstünde sie kein Wort, sie nickte ihnen zu und drängte ihnen Olivenöl auf. Sie war erst seit sieben Jahren hier, aber es war die perfekte Tarnung: Die Deutschen hielten sie für eine, deren Familie hier seit Generationen versuchte, den von der Trockenheit gekrümmten Olivenbäumen mühsam das Öl abzupressen.

Die Einheimischen hingegen hielten sie für eine *repatriata*, eine, die vielleicht als Kind mit ihren Eltern nach Nordeuropa gegangen und jetzt ins Heimatland zurückgekehrt war und hier auf der Insel etwas suchte, was es auf dem Festland nicht gab. Das war genau, was sie erreichen wollte: Sie war für alle uninteressant. Eine dunkle, kleine Frau Anfang fünfzig, mit der dunklen, preiswerten Kleidung der Landbewohnerinnen, mit Turnschuhen und einem zehn Jahre alten Seat Ibiza.

Mit wenig Aufwand konnte sie diesen Zustand verändern, um den Effekt abzuschwächen oder zu verstärken. Wenn sie jemandes Aufmerksamkeit erregen wollte, konnte sie sich mit einer Veränderung ihrer Körpersprache, mit zehn Minuten im Badezimmer und drei Griffen in den Kleiderschrank in eine dralle, nicht unattraktive Frau Anfang vierzig verwandeln. Oder, indem sie eine schwarze Strickjacke anzog und sich ein Kopftuch umlegte, dunkelblaue Strumpfhosen und graue Sandalen anzog und ihr Gesicht nach unten hängen ließ, in eine praktisch unsichtbare Großmutter von Anfang, Mitte sechzig. Was immer sie brauchte, damit sie auf Flughäfen, in Hotels, auf Kreuzfahrtschiffen und an Autobahnraststätten übersehen oder zumindest schnell vergessen wurde: eine dicke, unscheinbare Frau, das perfekte Phantom.

Also schlief die Senyora und wartete auf den Anruf, der sie wecken sollte. Einmal in der Woche fuhr sie am Freitagvormittag in die Kreisstadt und setzte sich ins mittlere der drei Cafés am Platz. Sie wartete darauf, dass zwischen zehn und elf das Telefon hinter der Bar klingelte. Jorge, der aus Bielefeld kam, eigentlich Jörg hieß und sie nicht kannte, würde abnehmen, mit (was wirklich nicht einfach war) deutschem Akzent «Sì?» sagen, zuhören und sich dann im Lokal umschauen, bis er sie einen Meter von sich entfernt entdecken würde. «Per a tu», würde er sagen und ihr den Hörer reichen, und sie würde erfahren, was sie brauchte: einen Ort, einen Zeitraum und den Code dafür, wo der Name und das Material dazu lagen. Und dass das Warten zu Ende war.

Bis dahin lebte sie als Teil der Landschaft auf der Finca und machte Olivenöl. Niemand interessierte sich genug für sie, um zu bemerken, dass sie niemals auch nur einen Liter mehr gepresst hatte, als sie brauchte, um hin und wieder an die Nachbarn eine selbst abgefüllte Flasche zu verschenken. Manchmal fragten die Deutschen, ob sie noch mehr Öl habe, für Freunde oder die, die in der Heimat die Blumen gossen und die Katze versorgten. Dann sagte die Senyora: «Dimecres en Santanyi», mittwochs auf dem Markt, und die Deutschen nickten und freuten sich, aber sie kamen nie oder wenn doch, dann fanden sie sie nicht und kauften das Olivenöl von jemand anders, jemand, der nicht seit fast zwei Jahren auf einen Anruf aus dem Norden wartete.

Das Gute war: Wenn man von Deutschen umgeben war, musste die Tarnung nicht perfekt sein. Es reichte, wenn die Tarnung sich in das fügte, was die Deutschen erwarteten: eine dicke mallorquinische Nachbarin in ausgelatschten Asics, die in ihrer malerisch heruntergekommenen Finca ihr eigenes Olivenöl machte, freundlich, aber nicht herzlich. Und dafür, beschloss die Senyora, musste es reichen, wenn sie ab sofort das Olivenöl in Zehn-Liter-Plastikkanistern im Eroski-Supermarkt kaufte und bei sich im Schuppen in gereinigte Weinflaschen umfüllte. Niemand würde sie sehen, wenn sie mit dem Seat bis an den Schuppen heranfuhr und die leeren Kanister gleich anschließend zum gelben Container an der nächsten Feldwegkreuzung brachte.

Sie drückte die Fortuna auf dem hüfthohen Steinmäuerchen aus, das ihr Grundstück begrenzte. Mit Schritten, die sie mühevoller aussehen ließ, als sie waren, ging sie zum Schuppen zurück. Es waren noch genug leere Flaschen zum Abfüllen im Holzregal neben dem Stromzähler. In der Mitte des Raumes stand die alte Ölpresse aus dunklem Stahl, von der die blaue Farbe fast überall abgeplatzt war. Der nachträglich angebrachte Elektromotor war ihr nie eine große Hilfe gewesen. Sie forderte sich selbst innerlich dazu auf, ihn in Zukunft hin und wieder laufen zu lassen, auch wenn sie die Presse nie wieder wirklich benutzen würde. Damit niemand das Geräusch vermisste.

Die Senyora war selbst überrascht, wie sehr die bäuerliche Arbeit ihr auf die Nerven ging: das Zurückschneiden der Olivenbäume, die Ernte der Früchte, das mühsame Betreiben der fünfzig Jahre alten Presse. Es war alles sinnlos, so viele Handgriffe für so wenig Ertrag.

Auch ihre Arbeit war aufwendig, auch ihre Arbeit erforderte Hunderte, wenn nicht Tausende von Handgriffen. Und der Ertrag erschöpfte sich in der Veränderung eines Sekundenbruchteils. Aber der Sinn hallte nach, in ihr und in der Welt. Kleinen, übellaunigen Früchten ein Öl abzupressen, das man ihnen von außen nicht einmal ansah, so gut verbargen sie es – das war Arbeit, die fast von Respektlosigkeit zeugte vor der eigenen Zeit. Einem Menschen jedoch das Leben abzupressen – das war eine Arbeit, bei der es respektlos gewesen wäre, wenn man sie nicht mit der größtmöglichen Sorgfalt und Ausführlichkeit vorbereitet hätte. Und Warten und Schlafen gehörte zur Vorbereitung.

Vielleicht, dachte die Senyora, ist die alte Presse doch noch zu etwas nütze. In ihrer sperrigen Humorlosigkeit wäre sie das ideale Waffenversteck: ein kleiner Aushub unter der Auffangwanne, Öltuch, darin eine schöne alte Z-45 aus ihrer Sammlung, geölter Stahl so braun, dass man nicht wusste, wo der hölzerne Handgriff aufhörte und wo der Lauf anfing. Dazu eine weniger nostalgische MP5 als leichte Verneigung vor den Nachbarn, die es vielleicht bevorzugen würden, von einer in Deutschland gefertigten Maschinenpistole zurückverwandelt zu werden in Fleisch und Blut.

Die Senyora wandte sich ab und lächelte auf die gleiche zusammengedrückte Art, mit der sie jedem und allem begegnete, egal, ob es ein Nachbar, ihr Spiegelbild oder die Erinnerung daran war, dass sie ihre Waffensammlung längst aufgelöst hatte. Niemand brauchte heute noch Waffenverstecke. Der Anruf würde kommen, und an dem Ort und zu der Zeit, die man ihr mitteilen würde, würde sie alles finden oder sich alles verschaffen können, was sie für die Arbeit brauchte. Meist reichte ein Messer. Eine Spritze mit Luft. Ein Silikonschlauch, wie man ihn für wenige Euro in jedem Baumarkt bekam. Oder wie der, der hinten an ihrer alten, ungeliebten Presse hing und durch den das gepresste Öl in die Flasche lief. Sie bedauerte, dass er zu verschlissen war, um ihn einmal für etwas wirklich Nützliches zu verwenden: einen Menschen zu töten.

9. Kapitel

Er riss die Augen auf und stellte sich den Klassiker aller Fragen: Wo bin ich?, und dann seine eigene Spezialität: Was ist das für ein Rauschen wie tief unter Wasser? Am Ende wohl eine Mischung aus *Oldie95*, dem Blut in seinen Ohren und Finzis fortlaufenden Kommentaren zum Fahrstil der anderen Verkehrsteilnehmer. Das auseinanderzufriemeln fühlte sich an wie auftauchen. Seine Kinder sagten klamüsern.

Kleiner Filmriss, dachte Danowski, Festplatte voll. Zugriffsrechte reparieren? «OK»? An «Abbrechen» war leider nicht zu denken.

Von seinen zwei oder drei Hubschraubereinsätzen wusste er, dass das Gebäude des Polizeipräsidiums von oben aussah wie eine Sonne, die ein depressives Kind gemalt hatte: ein grauer Kreis und zehn breite graue Streifen in alle Himmelsrichtungen, gleichmäßig und symmetrisch. Weil der Parkplatz hinter den unverblümt nationalsozialistischen Rotklinkergebäuden der Bereitschaftspolizei lag und man von dort fast hundert Meter laufen musste, stellte Finzi den BMW direkt vor dem Eingang zum Präsidium auf einen Besucherplatz. Von hier aus wirkte das Polizeigebäude erdrückend und ausgreifend, mit Fenstern, von denen man dank der Strahlenform der Gebäudetrakte scheinbar in alle Richtungen die Stadt blicken konnte. In Wahrheit jedoch lag das Präsidium an der Peripherie, fast am Stadtrand, in der langweiligsten Gegend Hamburgs, am Arsch der Welt, vor allem von Altona aus gesehen. Und wer hinter seinen Fenstern saß, schaute nicht nach draußen, sondern nach drinnen: darauf, was die Kollegen machten, was die Chefs wollten, was die Zeugen unterschrieben und was es mittags in der Kantine gab.

Direkt hinter dem Besucherparkplatz war die Deutschlandzentrale eines Rumimporteurs, dessen Markenzeichen eine schwarze Fledermaus war. Sie prangte als überlebensgroße Leuchtfigur auf dem Dach des Bürogebäudes neben dem Präsidium, und wenn er hier aus dem Auto stieg, hatte Danowski manchmal das Gefühl, er müsste sich jetzt entscheiden, ob er für die Polizei oder doch lieber nebenan für Batman arbeiten wollte. Bacardi feeling, never been so easy … Genau dieser Rum hatte auch bei Finzis letztem Rückfall vor zwei Jahren eine zentrale Rolle gespielt.

Wie immer hatte Danowski das Gefühl, der Besprechungsraum sei überfüllt von Männern in T-Shirts und kurzärmeligen Hemden in hellen, aber nicht fröhlichen Tönen, mit kurzen graublonden Haaren, von vornherein ausgewaschenen, etwas zu weiten Jeans und vernünftigen, aber sportlichen schwarzen Halbschuhen. Der vorherrschende Eindruck allumfassender Zivilpolizistigkeit war überwältigend, und erst nach und nach schälten sich einzelne Untergrüppchen und Kontrastpersonen aus den etwa zwei Dutzend Beamten und Beamtinnen der Mordbereitschaften heraus: ein paar Bodybuilder, ein paar Nerds, die Nostalgiker wie Danowski, die glaubten, zur Polizeiarbeit gehörten Anzug und Krawatte, weil sie das aus den Fernsehkrimis ihrer Kindheit so kannten, und jetzt ahnten sie vage, dass sie aussahen wie die unterste Managementebene eines zweifelhaften Finanzdienstleisters.

Niemand beachtete Danowski und Finzi, als sie sich hinten im Raum an die Wand lehnen mussten, weil keine Stühle mehr frei waren. Außer ihrer Chefin.

«Sehr schön», sagte sie, fuhr sich durch die kurzen graublonden Haare und stellte sich in ihren vernünftigen, aber sportlichen schwarzen Halbschuhen hinter ihrem Resopalpult auf die Zehenspitzen, als wären Danowski und Finzi sehr weit entfernt. «Die Fachleute sind auch schon da. Um Sie kurz ins Bild zu setzen: Wir reden gerade über eine gewisse Medienhysterie, die sich anbahnt, weil das Schiff, auf dem Sie heute waren, noch immer nicht zur Ausschiffung freigegeben ist und weil sich hanebüchene Gerüchte über den Zustand des Toten in der Stadt verbreiten. Im Grunde sind wir alle nur hier, weil wir darauf warten, dass Sie uns sagen: Todesart geklärt, genügend Anzeichen für den Eintritt eines natürlichen Todes, Ende der Durchsage, alle wieder zurück an die Arbeit.»

Wie immer zwang ihn ein Raum voller Kollegen in die Knie, weil jeder einzelne Gesichtsausdruck und jede Körperhaltung ihm Geschichten erzählten, die er eigentlich nicht hören wollte, und zwar alle durcheinander und in der gleichen Lautstärke. Danowski atmete ruhig und bemühte sich, seine Augen unscharf zu stellen wie bei einem Tagtraum. Finzi räusperte sich, um ihn zu wecken.

«Wir konnten wegen Infektionsgefahr weder den Fundort noch den Leichnam in Ruhe begutachten», sagte Danowski und lauschte seiner eigenen geschäftsmäßigen Stimme. «Im Moment warten wir auf Nachrichten aus dem Tropeninstitut. Und so hanebüchen sind die Gerüchte über den Zustand des Toten leider nicht. Das Tropeninstitut hat uns inoffiziell Fotos geschickt, für die Identifizierung, und er sieht aus ...» Er hielt inne. Wie hatte Carsten Lorsch eigentlich wirklich ausgesehen? Wie eine Landschaft? Wie ein Essen? Und hatte er eben wirklich «hanebüchen» gesagt?

«Als hätte er sich völlig aufgelöst», sagte Finzi. «Ich

kann ja mal versuchen, die Bilder auf den Beamer zu schicken. Falls der Bluetooth hat.»

Die Chefin winkte ab. «Kommen Sie wieder, wenn Sie Dias dabeihaben, Finzi. Aber das passt zum anonymen Notruf, den die Kollegen von der Küstenwache an uns weitergeleitet haben.» Die Chefin blätterte in ihren Unterlagen und las dann mit völlig ungerührtem norddeutschem Akzent vor, als wäre Englisch eine Spielart des Plattdeutschen: «I want to report a dead man on board of the ‹Große Freiheit›. He's been vomiting blood, he had a very high fever ... Der hatte also hohes Fieber, ich übersetz das mal, hat Blut erbrochen, und die Anruferin, Anfang, Mitte zwanzig, afrikanischer oder jamaikanischer Akzent, keine Antwort auf Zwischenfragen, die Anruferin meint, sie hätte gesehen, wie die Krankheit ausbrach bei dem Mann, aber ihre Vorgesetzten hätten ihr verboten, mit jemandem darüber zu reden, ‹they want to cover it up›, es sollte also vertuscht werden, dass da jemand auf abstoßende und offenbar mysteriöse Weise gestorben ist.»

«Die Reedereien kommunizieren nicht gern, wenn an Bord eines ihrer Schiffe jemand stirbt oder gar eine Krankheit ausbricht», gab Danowski sein neues Wissen weiter. «Die Kabine des Toten habe ich noch nicht gesehen, wir waren nur auf der Krankenstation, wo er gestorben ist. Der Tote ist jedenfalls von Bord gebracht und im Tropeninstitut isoliert worden, den darf nicht mal die Gerichtsmedizin untersuchen. Wie gesagt: Ansteckungsgefahr.»

«Kaltausschiffung», sagte eine Stimme weiter vorne im Raum. Knud Behling, der Leiter eines anderen Teams von Hauptkommissaren, beugte sich vor. Er war etwas älter als Finzi, Mitte fünfzig, sah aber deutlich gesünder aus: schlank, mit kompakten Muskellandschaften unter dem engen Polohemd, angenehm gebräunt, mit einer Körperhaltung und einer Ausstrahlung, als hätte er in jeder Lebenslage einen pastellfarbenen Pullover über der Schulter, die Ärmel lässig über der Brust verschlungen. Wenn er wie jetzt ernst guckte, sah man die weißen Lachfältchen um die Augen, und Danowski fragte sich, woher Behling sie hatte, denn er hatte ihn noch nie lachen gesehen. Knud Behling wippte mit dem übergeschlagenen Bein und sah ihn erwartungsvoll an. Oder lauernd. Behling trug tatsächlich Deckschuhe wie ein Junge-Union-Vorsitzender in der Mittelstufe. Er wirkte auf ihn so norddeutsch, dass es Danowski lieber gewesen wäre, Behling hätte am Hafen Leuchtturmmodelle und Buddelschiffe an Touristen verkauft.

«Adam?», fragte Finzi halblaut und halb besorgt.

«Okay», sagte Danowski resigniert. «Was heißt Kaltausschiffung?»

«Wenn ein Toter von Bord eines Kreuzfahrtschiffes gebracht wird», erklärte Behling. «Kommt gar nicht so selten vor. Kein Wunder, bei den Passagierzahlen. Ein-, zweitausend Leute mit Durchschnittsalter über sechzig, da bleibt schon öfter was liegen.»

Die Chefin betrachtete Behling mit einem Ozean von Gleichgültigkeit. Alle wussten, dass er gern ihren Job als Dienststellenleiter gehabt hätte und ihn ihr immer noch jederzeit wegnehmen würde.

«Interessantes Schiff, übrigens», fuhr Behling mit kaltblütig unbeirrtem Wissensvermittlungsdrang fort. «Das geht gerade von einer italienischen Reederei an einen deutschen Touristikkonzern über, und die sind dabei, das alles auf Hamburg zu branden.» Er sprach es «bränden» aus. Jetzt konnte Behling auch noch Marketingdeutsch. «Die Bars an Bord heißen ‹Klabautermann› und ‹Reeperbahn› und so.»

«Interessant», gähnte die Chefin.

Kaltausschiffung, dachte Danowski. Behling hatte recht:

Die meisten Passagiere waren tatsächlich eher im Rentenalter gewesen, und vielleicht waren ihm gerade deshalb die jüngeren Gesichter besonders aufgefallen, die Familien mit kleinen Kindern, die weinende Frau mit den roten Haaren. Er versuchte, sich an ihr Gesicht zu erinnern, es war wie ein Zoomen, aber die Auflösung war nicht gut genug. Kathrin Lorsch hatte auch geweint.

«Unter welcher Flagge fährt eigentlich das Schiff?», sagte Behling, ohne den Blick von Danowski zu nehmen. Finzi schob ihm sanft, aber nachdrücklich den Ellbogen in die Seite. Er sah, dass Finzi sein Smartphone außer Sicht der vorderen Reihen in Hüfthöhe so hielt, dass Danowski das Display lesen konnte. Ach, Finzi. Im Grunde war er doch sein bester Freund. Müsste man nicht mal wieder zusammen ein Bier trinken? Oder lieber: kein Bier trinken, das ging ja nicht, aber man konnte ja grillen, grillen ging auch ohne Alkohol, und Danowski merkte, dass er Hunger hatte.

Noch einmal Finzi und sein Ellbogen. Okay, der Gute hatte die Wikipedia-Seite des Schiffes aufgerufen und Danowski sah die Flagge von Panama, die er gleich erkannte, weil darunter «Flagge von Panama» stand.

«Panama», sagte er in den Raum.

«Der Tote ist deutscher Staatsbürger und außerdem Hamburger, da hätte die Presse wenig bis gar kein Verständnis, wenn wir drei bis vier Tage auf das Eintreffen eines Ermittlerteams aus Panama warten», sagte die Chefin in ihrem Können-wir-das-hier-mal-beschleunigen-Tonfall.

«Ach so, Sie brauchen ein Ermittlerteam», sagte Moritz Kienbaum, ein scheinbar verschmitzter Jungstar aus Behlings Mordbereitschaft, der zu seinen schulterlangen Haaren eine offenbar sehr weiche, schokoladenpuddingfarbene Wildlederjacke trug, «und ich dachte, Sie hätten die Sache Dano und Finzi übertragen.»

Mehr Kichern, zustimmend Richtung «Hört, hört!», hochgezogene Augenbrauen bei Behling. Eine Handbewegung von Kienbaum, die signalisieren sollte: Nee, is klar, war ein bisschen piksig, aber man wird ja wohl noch mal einen Spruch raushauen dürfen, ne?

Dieses «ne?» machte Danowski wahnsinnig, erst recht, wenn es nur gemimikt wurde. Seine beiden Team-Kollegen Molkenbur und Kalutza, die wie Finzi und er für Langzeitvermisste, unbekannte Tote und den Ausschluss von Fremdverschulden zuständig waren und direkt der Dienststellenleiterin unterstanden, und die wegen ihres Hauptkundenkreises und ihrer Nähe zum Rentenalter von den anderen «die Omis» genannt wurden, wiegten kritisch die Köpfe. Instinktiv suchte Danowski den Blick einer freundlichen Person im Raum, fand aber nur die hellbraunen Augen von Meta Jurkschat aus Behlings Team, die desinteressiert an ihm vorbeischauten, als würde hinter ihm etwas an die Wand projiziert, was aufschlussreicher war als er. Unwillkürlich drehte sich Danowski um, aber an der Wand hing nur die vergilbte Karte mit der Kuhfladenform von Hamburg.

«Okay, für alle, die zu spät gekommen sind, fassen wir das noch mal zusammen», sagte die Chefin. «Der Tote heißt Carsten Lorsch, war Spirituosen-Importeur, und alles, was wir bisher über ihn wissen, ist nicht besonders überraschend: ein paar Steuer- und Zollprobleme in den letzten fünf bis zehn Jahren, aber nichts Ernstes. Woran er gestorben ist, das untersuchen gerade die Kolleginnen und Kollegen vom Tropeninstitut. Nach dem ersten Augenschein ist von einem seltenen und vermutlich ansteckenden Virus auszugehen, deshalb steht das Schiff ‹Große Freiheit› derzeit unter vorläufiger Quarantäne. Eine endgültige Entscheidung darüber wird morgen gefällt, wenn das Tropeninstitut den Krankheitserreger identifiziert hat. *Hoffentlich* identifiziert hat, sagen wir mal lieber. Da es sich bei der ‹Großen Freiheit› um ein sogenanntes sehr großes Kreuzfahrtschiff mit etwa fünfzehnhundert Passagieren und fast fünfhundert Besatzungsmitgliedern handelt, kommt auf die Stadt und dadurch auf uns ein gewisses logistisches Problem zu: Bereits jetzt ist das Medieninteresse außerordentlich groß, und falls eine reguläre Quarantäne verhängt werden sollte, können wir uns auf eine Hysterie einstellen.»

«Wie lange dauert denn so eine Quarantäne?», fragte Meta Jurkschat, die immer das aussprach, was alle sich fragten. Sodass alle so tun konnten, als wäre ihnen die Antwort längst klar gewesen, sie aber insgeheim für ihre Unverkrampftheit bewunderten.

«Das hängt vom Erreger und von der Inkubationszeit ab. Vermutlich zwei bis drei Wochen.»

Bei der Aussicht, zwei bis drei Wochen eine unübersichtliche und von der Tendenz her eher aufgeregte Situation am Hafen bewachen und kontrollieren zu müssen, ging ein vielstimmiges zynisches Stöhnen durch den Raum.

«Wobei man ganz klar sagen kann: Sobald wir ein Fremdverschulden ausschließen können, geht uns das Ganze nichts mehr an, und wir können den Wahnsinn am Fernseher verfolgen wie jeder andere vernünftige Mensch.»

«Kommen wir an die Mobilfunkdaten des Toten?», fragte Meta Jurkschat, aber bevor Behling die Frage beantworten konnte, sagte die Chefin: «Unwahrscheinlich. Auf See laufen alle Mobilfunktelefonate über den Schiffsfunk und über Satellit, da gehen alle Telefonate über dieselben Knotenpunkte mit der gleichen Schiffsnummer.»

Danowski liebte es, seiner Chefin zuzuhören: Sie kam aus Ostholstein und hatte den flachen, aber rollenden Tonfall der Landschaft dort. Ihre Stimme wurde von Jahr zu Jahr tiefer, und während er ihr zuhörte, fühlte er sich zurückversetzt in die langen Schultage in den achtziger Jahren, wenn in der fünften, sechsten und siebten Stunde das Licht schräg durch die hohen Fenster seiner Schule und die dichten Linden davor fiel und er beim Blick auf die dunkelgrüne Tischplatte und beim Versuch, irgendwie wach zu bleiben, in eine Art Trancezustand geriet.

«Ergreifen Sie jede Möglichkeit, Danowski», sagte seine Chefin, und er war erschrocken, seinen Namen zu hören. Er fand, sein Name sah so kurz aus und hatte dann irgendwie doch immer zu viele Silben, wenn jemand ihn aussprach. Ergreifen Sie jede Möglichkeit. Es klang wie ein Ratschlag fürs ganze Leben.

«Klar», sagte er vage.

«Sobald der Fundort vom Tropeninstitut freigegeben ist, gehen Sie an Bord, halten sich dort aber bitte nicht allzu lange auf. Sofern sich Ihnen nicht aufdrängt, dass ein Tötungsdelikt vorliegt, schreiben Sie einen Abschlussbericht, und den Rest überlassen wir den Kollegen aus Panama oder von wo auch immer. Irgendwas, was Ihnen zur Witwe einfällt?»

«Fickbar», wisperte Finzi, um ihn zu ärgern.

Danowski merkte, dass er keine Schwierigkeiten hatte, die leicht morbide Atmosphäre im Hause Lorsch nachzuschmecken, aber auch keine Möglichkeit, sie in Worte zu fassen.

«Nein», sagte er. «Künstlerin. Etwas verhaltene Trauerreaktion, aber ...»

«Wir haben sicherheitshalber schon mal bei der Staatsanwaltschaft vorgefragt wegen Bankdaten und so», unterbrach ihn Kienbaum.

«Vorgefragt?», fragte Finzi. «Was ist das denn?»

«Lebensversicherung, Schulden und so weiter», ignorierte ihn Kienbaum. «Sobald wir Fremdverschulden haben, kriegen wir die Informationen, um uns mal 'ne Motivlage anzuschauen und so.»

«Streber», sagte Finzi leise beim Einatmen.

«Lassen Sie mal die Staatsanwaltschaft in Ruhe, Kienbaum», sagte die Chefin. «Im Moment gehen wir davon aus, dass hier einfach jemand sehr krank geworden ist.»

Im Raum breitete sich die leichte Unruhe aus, die immer entstand, wenn jeder wusste, dass einerseits alles gesagt war, man aber andererseits auch genauso noch ewig weiterreden konnte.

«Noch was hinzuzufügen?», fragte die Chefin, aber schon in abschließendem Ton.

«Reden wir auch noch über richtige Ermittlungen?», fragte Hauptkommissarin Jurkschat.

«Eine Frage habe ich noch», sagte Behling ins zustimmende Gemurmel und streifte Danowski und Finzi mit einem Blick. «Warum war die Frau des Toten nicht mit an Bord? Ich meine, so eine Kreuzfahrt, das ist doch was, das man typischerweise zu zweit macht. Wenn ich allein wegfahren will, mache ich doch keine Nordseekreuzfahrt durch die Britischen Inseln mit Hunderten von anderen Paaren und Familien an Bord.»

Fahr doch alleine weg, dachte Danowski. Fahr doch um Gottes willen bitte alleine weg. Stell dich mit deinem dusseligen Polohemd und deinem bekloppten virtuellen Feinstrickpulli an irgendeine Reling und erklär dem Meer die Welt. Er räusperte sich, aber ihm fiel nichts ein. Scheiße, dachte er.

«Die beiden hatten die Kabine zusammen gebucht, in der der Tote gefunden wurde», sagte Finzi neben ihm und blätterte in einem alten Notizbuch, als fände er dort seine Informationen. Jeder wusste, dass er nur so tat, als hätte er was notiert. «Aber ihr ist etwa eine Woche vor Abreise was dazwischengekommen. Sie hätten die Reise nicht mehr stornieren können. Carsten Lorsch hatte bereits zwei oder drei geschäftliche Verabredungen in Edinburgh und Newcastle getroffen, mit Whisky-Destillerien und Exporteuren. Darum hat er die Reise allein gemacht.»

«Und was ist ihr dazwischengekommen?», fragte Behling.

Danowski merkte, dass Finzi nichts mehr in der Hinterhand hatte. Wahrscheinlich war ihm das Bild vom toten Carsten Lorsch dazwischengekommen, bevor er dessen Frau weiter hatte befragen können.

«Ganz im Ernst, Herr Behling», sagte die Chefin und ordnete Papier auf dem kleinen Pult, «ich interessiere mich nicht für die Details eines Falls, der bisher keiner ist und hoffentlich auch nicht wird. Jetzt erst mal vielen Dank.»

Während die Kollegen den Raum verließen, machte die Chefin Danowski und Finzi ein Zeichen zu warten. Sie lehnten an der Wand wie auf dem Schulhof.

«Sie sind für den Krisenstab eingeteilt, Danowski.» Sie reichte ihm ein paar Zettel, die ihm zu Boden flatterten.

«Sie stehen auf Abruf bereit. Es wurde eine Task Force aus Gesundheitssenat, Tropeninstitut, Schutzpolizei, Reederei und Port Authority gebildet. Das erste Treffen ist morgen früh im Krisenzentrum im Rathaus Altona. Sie sind da so lange Ansprechpartner, bis wir uns zurückziehen können. Und wenn es kriminalpolizeiliche Ermittlungen gibt, dann führen Sie beide die zusammen.»

«Cool», sagte Finzi und bückte sich nach einem Blatt, das Danowski übersehen hatte. Es war die Teilnehmerliste der Task Force, mit Handynummern. Danowski registrierte, wie ein Schatten von Abneigung über Finzis Gesicht lief, während er auf die Liste sah.

«Wilken Peters», sagte er. «Vom Gesundheitssenat. Den kenne ich noch aus meiner Zeit bei der Sitte. Der hat uns mal richtig 'ne Sache versaut.»

Danowski merkte, dass er auf eine von Finzis alten Geschichten aus der wilden Zeit bei der Sitte überhaupt keine Lust hatte. Meistens endeten diese Geschichten damit, dass jemand in seinem Erbrochenen unter dem Schreibtisch aufwachte, eine Geschlechtskrankheit bekam oder aufgefordert wurde, die Dienststelle zu wechseln. Oder alles drei innerhalb einer Schicht. Die Chefin hatte es gut: Sie ging einfach.

«Was denn für eine Sache versaut?», fragte Danowski, weil Finzis angefangene Geschichte wie ein unaufgelöster Akkord in der Luft hing.

Finzi gab ihm das Blatt und sagte nachdenklich: «Keine Ahnung, ich kann mich nicht erinnern. Das war in meiner dunkelsten Zeit. Bacardi feeling und so weiter.»

Auf dem Flur standen Behling und Kienbaum und ein paar andere Kollegen. Als Danowski und Finzi an ihnen vorbeigingen, verstummten sie.

«Vorgefragt», sagte Finzi abfällig. «Ich glaub, ich spinne.»

«Ja, schlimm», sagte Kienbaum, «wenn mal jemand richtig arbeitet.»

Danowski inszenierte ein Gähnen. Er merkte, dass es seinem Kopf besser ging.

«Eure Omis warten schon», sagte Behling mit verschränkten Armen und Blick auf die geöffnete Bürotür von Danowskis Team, durch die man tatsächlich die grauen Häupter von Molkenbur und Kalutza sah. Einer von beiden hatte sich im vorigen Monat einen Schnauzbart wachsen lassen, jetzt hatten sie beide einen. Danowski nickte übertrieben zerstreut und ging weiter.

«Das mit deinem neuen Schnauz ist echt scheiße, Kalutza», sagte Finzi und warf sich mit voller Wucht auf seinen Schreibtischstuhl. «Jetzt kann ich euch nicht mehr unterscheiden.»

«Deine Frau hat angerufen», sagte Kalutza zu Danowski. «Und dann noch eine Frau. Schellfisch oder so. Vom Tropeninstitut.»

Danowski setzte sich Finzi gegenüber und zog das Telefon näher an sich heran. Mit der anderen Hand angelte er die Karte von Tülin Schelzig aus seiner Hosentasche. Bevor er zu wählen anfing, hielt er inne.

«Alles klar bei euch?»

Molkenbur setzte sich auf seine Tischplatte und sagte: «Wann stecken wir denn mal die Köpfe zusammen und beschnacken, was da Sache ist? Auf euerm Schiff?»

«Wir haben vielleicht noch 'n paar Kapazitäten», sagte Kalutza. «Wenn ihr nett fragt.»

«Verdammt!», schrie Finzi und haute auf die Tischplatte, um Danowski beim Wählen zu stören. «Wir haben ein richtiges Team! Hast du das gehört! Wir können jederzeit loslegen, alle Systeme auf Go.» Dann schlug er sich theatralisch vor die Stirn. «Aaah, Mist, fast vergessen: Wir haben ja gar keinen Fall. Nur einen matschigen Typen, der gerade in einem wasserdichten Plastiksack an Land getragen worden ist. Ihr dagegen, ihr habt Vermisste. Dutzende. Das sind Fälle. Ihr seid im Geschäft. Ihr ...»

Danowski hob die Hand, denn Tülin Schelzig hatte nach dem ersten Klingeln abgenommen. Vermutlich hatte sie ihn daran erkannt, dass er seine Nummer unterdrückt hatte.

«Danowski, Kripo», sagte er, und sie fing sofort an zu reden.

«War ja nur ein Angebot», sagte Molkenbur zu Finzi und stand auf.

«Genau», sagte Kalutza. «Kein Grund, sich hier so aufzuspielen.»

Danowski wedelte dämpfend mit der Hand, denn was die Frau vom Tropeninstitut ihm in komprimierter Form mitteilte, interessierte ihn mehr als die sich in Endlosschleifen wiederholenden Zankereien der Kollegen.

«Jetzt weiß ich auch, wie ich euch trotz Schnauzbart unterscheiden kann», rief Finzi in die andere Hälfte des Raumes, in die Molkenbur und Kalutza sich an ihre Schreibtische zurückgezogen hatten. «Molkenbur, du bist der, der immer gleich beleidigt ist, wenn man mal einen Scherz macht, und du, Kalutza, bist der ... Scheiße, wieder nichts, du bist *auch* immer gleich beleidigt!»

Danowski wunderte sich, dass er jedes Wort von Finzi hörte, aber trotzdem verstand, was Tülin Schelzig ihm mitteilte. Es war, als hätte die Welt sich in zwei Realitäten aufgeteilt, und nun war er aufgefordert, in die eine mit Nachrichten aus der anderen zurückzukehren.

Er legte auf und sagte so leise «okay», dass Finzi verstummte und Molkenbur und Kalutza innehielten. «Nachrichten vom Tropeninstitut. Die haben noch nicht herausgefunden, was das für ein Krankheitserreger ist. Frau Schelzig sagt, dafür wird sie die ganze Nacht über dem Mikroskop hängen. Aber aufgrund des Bildes am Leichenfundort und des Zustands der Leiche geht sie von einer Art Filovirus aus.»

«Das sind Viren, die unterm Mikroskop wie Fäden aussehen», sagte Kalutza, dessen unerschöpflicher Vorrat an nutzlosem Wissen sich hin und wieder als treffsicher erwies. Danowski nickte. Er drehte und wendete das Wort im Mund, das er nicht sagen wollte, darum war er fast dankbar, als Kalutza es aussprach: «Ebola ist ein Filovirus. Und ...» – als könnte er diese Informationsbombe im Nachhinein durch weitere Informationen noch abschwächen – «... das Marburg-Virus aus den sechziger oder siebziger Jahren.»

«Ebola?», fragte Finzi. «Ist das ein Witz?»

Danowski schüttelte den Kopf. Ich stand daneben, dachte er. Als die Ehlers die Bettdecke hochgehoben hat. Mit einer lächerlichen Atemmaske wie aus dem Baumarkt. Wie beim Parkettabschleifen.

«Die Frau vom Tropeninstitut sagt, dass sie uns Fotos aus der Kabine des Toten schickt. Sie hat da eben Blutspritzer auf dem Teppich vorm Bett gefunden, die jemand zu entfernen versucht hat. Und Glassplitter. Sie ist sich nicht sicher, was das zu bedeuten hat.» Aber er wusste es. Und die anderen wussten es auch.

«Verdacht auf Fremdeinwirkung», sagte Finzi neutral, aber fast mit Ehrfurcht. Wäre es, dachte Danowski, theoretisch denkbar, Molkenbur und Kalutza an Bord der «Großen Freiheit» zu schicken, damit die beiden da ermittelten? Im Prinzip ja. Aber praktisch durchführbar?

Die Chefin kam in ihr Büro, mit leise quietschenden Gummisohlen, die Lesebrille an einer neonfarbenen Gummischnur um den Hals. «Haben Sie gehört?», fragte sie. «Die Gesundheitsbehörde hat mich eben informiert.»

Danowski nickte.

«Schade, dass Sie hier keinen Fernseher haben», sagte die Chefin. «Oder vielleicht auch besser so. Und die Task Force trifft sich nun doch schon heute im Krisenzentrum im Rathaus Altona. Anschließend fahren Sie zur Witwe und aufs Schiff, die Reihenfolge überlasse ich Ihnen. Einen Bericht brauche ich trotzdem bis heute Abend.»

Als die Chefin ging, klingelte Danowskis Telefon. Er fragte sich, ob er zwischendurch genug Zeit haben würde, zu duschen und sich umzuziehen.

«Störe ich dich?», fragte Leslie.

«Irgendwie schon», gab Danowski zu und sah, wie auf dem Computerbildschirm von Molkenbur Fotos von Kathrin Lorsch auftauchten, die er offenbar gerade googelte.

«Ist alles in Ordnung? Kannst du kurz sprechen?»

«Nein und nein», sagte Danowski und träumte davon, sein Gesicht im Haar seiner Frau zu vergraben.

«Muss ich mir Sorgen machen?», fragte Leslie, noch Reste von Streit in der Stimme.

«Nein», sagte Danowski. Auf Anhieb hätte er nicht sagen können, ob er seine Frau in all den Jahren jemals so kaltblütig belogen hatte.

10. Kapitel

Danowski stand am Bürofenster und atmete die Klimaanlagenluft, spürte die Sonne von schräg oben auf seinem Gesicht und dachte, was für ein schöner Tag es im Grunde war. Für einen Augenblick war dieser Gedanke alles, woran er sich erinnern konnte, alles andere verschwand auf einen Schlag, kurz, beeindruckend, wie ein Stromausfall, der wieder vorüber war, bevor man sich fragen konnte, wo die Kerzen waren. Als wäre sein Leben ein Punkt in der Unendlichkeit und keine Linie mit einem Anfang und definitiv einem Ende.

Und dann ging es weiter. Alles schien gleichzeitig zu passieren. Kristina Ehlers von der Rechtsmedizin rief ständig an, und schließlich sprach er länger mit ihr als vorhin mit seiner Frau, was aber einfach daran lag, dass Ehlers keine Fragen hatte, die er nicht beantworten konnte, sondern nur erzählte, wonach er nicht gefragt hatte. Ja, sie hatte Angst. Ja, sie war dumm gewesen. Unvorsichtig. Etwas in dieser massiven Anwesenheit von uniformierter Autorität hatte sie dazu veranlasst, sich wie eine Anfängerin aufzuführen, ihre eigenen Worte. Der Professor, der das rechtsmedizinische Institut leitete, hatte sie zu sich gerufen, kaum, dass sie in Eppendorf angekommen war, und er hatte eingangs so sehr geschrien, dass sie seine Worte nicht verstehen konnte, und ihr Kopf tat weh von gestern Nacht. Am Ende wusste sie, dass er sie vermutlich vom Dienst suspendieren würde, sobald die Beschwerde von Tülin Schelzig schriftlich eingegangen war. Molkenbur schob ihm ein paar Papiere hin, worüber Finzi sich aufregte und Molkenbur

Internetausdrucker nannte. Während Ehlers sprach, las Danowski, dass Kathrin Lorsch eine legitime Künstlerin war, mit Wikipedia-Eintrag, drei Galerien, die sie vertraten, in Hamburg, London und Los Angeles, und dass sie sich seit einigen Jahren auf Gemälde konzentrierte, die sie oder die Kritiker «archäologische Porträts» nannten. Die Schwarz-Weiß-Ausdrucke waren zu schlecht, um zu verstehen, was damit gemeint war, aber er hatte eine Ahnung, seit er in ihr Atelier geschlichen war. Ehlers sagte, soweit sie wisse, sei keiner von ihnen in Gefahr. Sie vermied das E-Wort. Sie sagte nur: «Du weißt ja, was sie im Fernsehen sagen.» Er sagte, sie hätten keins. Zumindest nicht hier im Büro. Und solange sie mit ihm auf dem Festnetz rede, könne er nicht in den Besprechungsraum, wo ihr einziges Gerät stand. «Ach», sagte sie, «sei froh. Wenn man denen glaubt, dann herrscht langsam Ausnahmezustand in der Stadt.» Danowski las, dass Kathrin Lorsch ihre erste Einzelausstellung Ende der achtziger Jahre gehabt hatte, mit Anfang zwanzig, in einer Galerie auf Sankt Georg. Damals hatte sie zu einer Gruppe von Künstlerinnen gehört, die sich «die jungen Hilden» nannten, eine Gegenbewegung zur «phallischen Angeberei der jungen Wilden», sie änderten alle ihren Vornamen in Hilde und machten sich über den Männlichkeitskult ihrer Kollegen lustig. Auf einem Bild aus jener Zeit sah er eine Holzfigur, die für seine Augen afrikanisch und primitiv aussah, ein Dämon oder ein Fetisch mit erigiertem Glied, in dessen gesamten Körper in fast gleichmäßigen Abständen Nägel und andere Metallteile geschlagen waren. Finzi sah ihm über die Schulter und machte Witze. Auf einem anderen Foto waren Besucher einer Vernissage der «jungen Hilden» von 1989 zu sehen. Ein Mann mit unpassender Tropfenbrille und etwas weniger Haaren als die anderen stand schräg hinter Kathrin Lorsch, und Danowski fragte sich, ob das Carsten Lorsch war. Er nickte Molkenbur zu und zeigte ihm den Daumen, während er die Papiere so auf seinem Schreibtisch verteilte, dass er sie alle sehen konnte, den Telefonhörer zwischen Schulter und Wangenknochen geklemmt, bis ihm der Nacken weh tat.

«Und wie machen die Tropenmediziner überhaupt eine anständige kriminelle Forensik, und wer begeht den Tatort, wenn es denn einer ist?», fragte Ehlers und rauchte hörbar ins Telefon.

«Erstens keine Ahnung, und zweitens gibt's später Fotos», sagte Danowski. Er wartete darauf, dass sich auf seinem Bildschirm die offenbar aufwendig programmierte Seite von Carsten Lorschs Spirituosenversand aufbaute. Das Internet im Präsidium erinnerte ihn an die neunziger Jahre und erfüllte ihn mit Nostalgie für eine Zeit, in der Leslie und er sich noch gegen Hamburg hätten entscheiden können. Damals hatten die Browser genauso lange an Bildern und Animationen gewürgt. Dann begann auf der Website von Carsten Lorschs «FeinGeist.de» eine Diashow, bei der große Kupferkessel, windschiefe schottische Landhäuser, gammelige Flaschenetiketten und bernsteinfarbene Flüssigkeiten aller Schattierungen ineinandergeblendet wurden, unterlegt mit melancholischen keltischen Klängen. Whisky langweilte Danowski, und er wunderte sich, worin so alles sehr viel Geld versteckt war. Bevor er die Seite schloss, klickte er auf «Kontakt und Impressum», um zu sehen, ob Lorsch möglicherweise noch eine andere Firmenadresse hatte, irgendwas Repräsentatives in der Innenstadt. Ehlers sagte, sie müsse jetzt Schluss machen, es gebe Gerüchte über eine Task Force, da wolle sie sich mal weiter umhören. Danowski runzelte die Stirn und stellte fest, dass er die Task Force vergessen hatte. Na gut, dann bis später. Er legte auf. Kalutza rief vom anderen Ende des Raumes, die Reederei sei jederzeit bereit, Passagierlisten und Kabinenbelegungspläne an die Polizei zu geben.

«Na prima», sagte Danowski, abgelenkt, aber nicht undankbar über die Einmischung, weil das Telefon klingelte, sobald er den Hörer zurück auf den Apparat gelegt hatte.

«Und zwar an die panamanesische Polizei!», rief Kalutza mit düsterem Triumph.

«Panamaische», ächzte Finzi.

«Wann kommen die denn», sagte Danowski und meldete sich am Telefon. Kalutza sagte, da müsste sich mal jemand drum kümmern, aber das sei nicht ihre Ebene, eher was für die Chefin.

«Oh, wie schön ist Panama», sagte Finzi. «Und noch gibt's in der Kantine Reste von Pannfisch. Jemand dabei?» Danowski verstand nicht, wer ihn anrief, weil er irgendwie mit Leslie gerechnet hatte, aber während ihm einfiel, dass sie längst miteinander telefoniert hatten, stellte sich ihm eine Polizeireporterin vom *Abendblatt* vor. Er sah, dass unter «Kontakt» auf Carsten Lorschs Website noch die Adresse eines Lagerhauses in Schleswig-Holstein stand, mit Sonderverkäufen und Verkostung. Unter «Impressum» stand Kathrin Lorsch mit der Adresse, die er kannte. Die Polizeireporterin sagte, man hätte ja bisher noch nicht das Vergnügen gehabt und so weiter, und ob er denn neu in der Dienststelle oder wo er denn und was es überhaupt mit diesem Virus. Ich mach eigentlich nur tote Omas, dachte Danowski, sagte humorlos «Pressestelle», legte auf, und plötzlich war Ruhe im Büro. Kalutza und Molkenbur waren schon vorgegangen, aus dem Augenwinkel hatte er die charakteristische Bewegung wahrgenommen, mit der sie beim Aufstehen ihre Hosen hochzogen.

«Pannfisch», wiederholte Finzi. «Ich sitze hier nur noch, weil ich auf dich warte.»

«Pannfisch», sagte Danowski erschöpft. «Na ja, immer noch besser als Moppelkotze.»

«Ist ja widerlich.»

«Klassischer Berliner Eintopf.»

«Ach, geh doch nach drüben.»

Danowski schnaufte zustimmend. Er hörte, wie Stimmen auf dem Flur an ihrem Büro vorüberzogen. Dann sagte er: «Vielleicht komm ich nach. Danke fürs Warten. Ich glaub, ich leg mich ein halbes Stündchen in den Ruheraum.»

«Wie du meinst. Ich bring dir ein Balisto mit.»

«Orange», sagte Danowski und betrachtete das ausgedruckte Bild der malträtierten Holzkreatur von Kathrin Lorsch, während Finzi die Bürotür hinter sich zuzog. «Nagelfetisch, 1989/2012» stand unter dem Foto. «Im Besitz der Künstlerin». Das Problem an Molkenburs oder Kalutzas Ausdrucken war, dass man sie sich umständlich noch mal selbst ergoogeln musste, wenn man sie genauer untersuchen oder mehr dazu lesen wollte. Danowski seufzte und wandte sich seinem Rechner zu. Er tippte «Lorsch Nagelfetisch» in den Google-Suchschlitz und wartete, während der Pfeil mit der kleinen Sanduhr über den Bildschirm zuckte. Er legte die Hände vors Gesicht. Sie rochen nach Büro. Er beschloss, zum Duschen nach Hause zu fahren und sich umzuziehen, bevor er zum ersten Treffen der Task Force ging. Er stand auf, nahm seine Jacke von der Stuhllehne und den Autoschlüssel von Finzis Schreibtisch. Bevor er ging, blickte er noch einmal auf seinen Bildschirm, den jetzt das Bild von Kathrin Lorschs Statue füllte. Ein grob geschnitzter nackter Männerkörper mit leeren Augenhöhlen und einem halboffenen Mund, aus dem eine abgebrochene Zunge ragte. Am auffälligsten waren die verrosteten Nägel und Metallsplitter, die überall in den Torso der Männerfigur geschlagen waren, vom Hals bis hinunter zum Penis, in dem ebenfalls mehrere Nägel und ein verrostetes Stück Metall steckten. Und ein etwa handgroßes, nach außen gewölbtes Gefäß in der Brust des Mannes, in der Danowski ein aus Holz geschnitztes Herz sehen konnte. Das Herz war als einziger Teil der Skulptur mit roter Farbe angemalt, und es hatte einen Mund, der wie in größter Verzweiflung schrie.

Auch nicht leicht, jung zu sein, dachte Danowski.

Das Gute daran, jetzt zu fahren, war, dass er dann nachher direkt vom Krisenstab allein zu Kathrin Lorsch fahren konnte, ohne Finzis manchmal irritierend eindimensionale Begleitung. Etwas an diesem Nagelfetisch und an dem Bild von Lorsch vor fast fünfundzwanzig Jahren mit seiner Tropfenbrille inmitten all der jungen Künstler und daran, dass Kathrin Lorsch verantwortlich für die Internetseite ihres Mannes war, irritierte ihn. Und er war sich fast sicher, dass die ersten und vielleicht auch die letzten Antworten nicht auf irgendwelchen Passagierlisten einer unwilligen Reederei oder unter dem Elektronenmikroskop im Tropeninstitut lagen, sondern bei Kathrin Lorsch in Nienstedten.

11. Kapitel

Es war fast eins, als er zu Hause ankam. Er hatte sich Zeit gelassen und unterwegs im Auto einen Kaffee getrunken, weil Leslie donnerstags gegen Mittag nach Hause kam. Er wollte sie sehen; er hatte das undeutliche Gefühl, ihr etwas erklären oder versichern zu wollen.

Als er vor der Dusche stand und sich abtrocknete, hörte er ihre Schritte im Flur. Ohne anzuklopfen, kam sie ins Bad. Er konnte sie kaum erkennen durch den Dampf. Ihr Bad war ein schmaler Schlauch mit einer Dusche am Ende und ohne Wanne, in der Mitte die Kloschüssel und das Waschbecken so nah an der Tür, dass sie beim Öffnen dagegenstieß.

«Hast du von der Sache mit dem Schiff gehört?», fragte sie, während die Luft im Bad langsam klarer wurde.

«Ja», sagte er und trocknete sich ab. «Mein Fall.»

«Echt?»

«Ja. Ich war heute Morgen schon da.»

«Deshalb die heiße Dusche.»

Er wickelte sich das feuchte Handtuch um die Hüfte und nickte.

«Ganz ehrlich», fragte Leslie, «wie gefährlich ist das?»

«Ganz ehrlich», sagte Danowski, «ich weiß es nicht. Es ist ätzend. Ich finde es bedrohlich. Aber ich gehe kein Risiko ein. Und vielleicht hab ich Glück, und bald kommt jemand aus Panama, dem ich den Fall abgeben kann.» Es hörte sich an wie ein Witz.

Leslie lächelte halb aufmunternd und halb amüsiert und lehnte sich mit ihrer schwarzen Kapuzenjacke an die beigefarbenen Badezimmerkacheln, als wäre dies ein schöner Ort, um sich zu unterhalten. Danowski hatte einen dieser seltenen Momente, wenn man jemanden, den man im Laufe vieler Jahre Tausende Male angeschaut hatte, zum ersten Mal zu sehen meinte. Er war mit Leslie zusammen, seit sie achtzehn waren, er kannte ihr Gesicht besser als sein eigenes. Manchmal war ihm, als sähe er sich selbst und fast sein ganzes Leben, wenn sie ihm gegenüberstand. Aber in diesem Augenblick war ihm ihre Vertrautheit entzückend fremd. Er sah die Falten um ihre Augen, dass ihre Lippen zu trocken waren und den feinen dunklen Flaum auf ihrer Oberlippe. Er streckte die Hand aus, um ihr Gesicht zu berühren, sie vielleicht an sich zu ziehen und den Laubgeruch ihres dunklen Haars einzuatmen. Leslie schlang die Arme um ihn, sodass er den Sweatshirtstoff ihrer Jacke an seinen nackten Schultern spürte, und küsste ihn auf den Mund. Sie schmeckte nach Kaffee und Kaugummi, im Grunde wie auf dem Pausenhof in der Kursoberstufe vor zwanzig, fünfundzwanzig Jahren. Er stürzte sich in ihren Kuss wie in eine verantwortungsvolle Aufgabe, die einem leicht von der Hand ging. Eine, in der man sich selbst vergessen konnte. Sie zog das Handtuch beiseite, ohne sich von seinem Mund zu lösen. Er spürte den Stoff ihrer Hose. Er umschlang sie und schob seine Hände unter ihr T-Shirt und in ihre Jeans, bis seine Welt zum großen Teil aus ihrem Hintern und ihrem Rücken zu bestehen schien.

Im Flur zeigte Leslie mit dem Kinn auf den verschnürten Müllsack, in den er seinen Anzug und das Hemd von heute Vormittag geknüllt hatte.

«Für die Reinigung?»

«Ja. Oder verbrennen. Ich weiß es noch nicht.»

Sie saßen an einem hufeisenförmigen Tisch in einem Besprechungsraum des Altonaer Rathauses, und Danowski stützte das Kinn auf die Hand, Leslie an seinen Fingern. Er war zu spät gewesen und hatte den größten Teil der Vorstellungsrunde verpasst. Sie waren ungefähr zwanzig, fast alles Männer, die aussahen, als wären sie daran gewöhnt und hätten ein gewisses reifes Vergnügen daran, jeden Tag in ähnlichen Besprechungszimmern und ähnlichen Runden zu sitzen. Wer jünger war oder Frau, saß in der zweiten Reihe an der Wand und machte Notizen oder steuerte Informationen bei. Außer Tülin Schelzig, die sich gar nicht erst gesetzt hatte.

Wilken Peters, der Abteilungsleiter aus der Gesundheitsbehörde, war Ende fünfzig, hatte einen fast kahlen Schädel und ein zupackendes Lächeln, das auf Danowski sympathisch wirkte, weil es ihm konkreter schien als die Wischiwaschi-Gesichter der anderen, die sich offenbar noch nicht entschlossen hatten, ob sie irritiert, alarmiert oder zuversichtlich zu sein hatten. Er spürte, dass Peters es gewöhnt war, vielleicht nicht der Klügste, aber immer der Stärkste im Raum zu sein. Es war selten, dass man solche Leute in der Verwaltung traf, meist hatten sie andere Pläne. Danowski versuchte, möglichst unsichtbar zu gucken, um gar nicht erst angesprochen zu werden. Tülin Schelzig hatte sich schräg hinter Peters, am Kopfende des Hufeisens, an die Wand gelehnt und die Arme ihres hellbraunen Baumwollanzugs über der Brust verschränkt. Im Grunde sah sie noch immer so aus, als trüge sie Schutzkleidung. Während Peters und die Runde sich vom deutschen Vertreter der Reederei gereizt erklären ließen, warum die Ausschiffung der Passagiere unverzüglich beginnen und die vorläufige Quarantäne aufgehoben werden müsse, zuckten ihre Mundwinkel, und nicht nach oben.

Danowski dachte an den Nagelfetisch und das Bild, das er in Kathrin Lorschs Atelier gesehen hatte. Er hatte keine Ahnung von Kunst und wenig Interesse daran, aber es schien ihm bemerkenswert und nicht auf den ersten Blick nachvollziehbar, dass beide Werke von ein und derselben Künstlerin stammten. Na ja, dachte er. Wer ist nach zwanzig Jahren noch derselbe.

Ein übellauniger Sitzriese von der Port Authority malte aus, was es die Stadt kosten würde, eine weiträumige Sperrung des Cruise Terminals über Tage oder gar Wochen aufrechtzuerhalten. Ein Polizeidirektor von der Bundespolizei See, der mit seinen vier goldenen Streifen auf den Epauletten selber wie ein Kapitän aussah, ließ freundlich jovial durchblicken, dass seine Leute sich auch lieber früher als später wieder ihrer eigentlichen Arbeit zuwenden würden. Aus allen Richtungen gurrten sie zustimmend, während ein vollbärtiger junger Mann aus dem Büro des Bürgermeisters die «überzogene Medienberichterstattung» beklagte. Obwohl er den Blick starr auf die graue Tischplatte gerichtet hielt, spürte Danowski, dass sich etwas im Raum veränderte, während der Bürgermeister-Assistent über die «katastrophale PR» sprach und mit routiniertem Beschwerdeton ausmalte, was es für die «Metropolregion Hamburg» bedeuten würde, wenn hier auf längere Zeit ein «Pestschiff» im Hafen liegen würde: «Entschuldigung, nicht meine Wortwahl, ich zitiere lediglich *mopo.de*. Und ich brauche hier niemandem zu erklären, dass wir nächste Woche Hafengeburtstag haben. Bis dahin hat sich das hoffentlich alles erledigt.».

Danowski schmunzelte unauffällig. Hafengeburtstag, der achthundertsoundsovielte, und jeden einzelnen hatte er verpasst. Eines von vielen rituellen Verkehrshindernissen, Fressstände und Dorfbums an den Landungsbrücken,

Schlepperbalett auf der Elbe, für die Hamburger das Größte. Hauptsache, es war laut, voll und der Verkehr stand.

Schelzig hatte ihren Platz an der Wand verlassen und war drei Schritte in Richtung des Bürgermeister-Assistenten gegangen, bis sie schräg hinter ihm stand.

«Was schlagen Sie also vor?», fragte sie mit einer Stimme, als zerrisse langsam Stoff.

Der Abgesandte des Bürgermeisters hatte Mühe, seinen Kopf so zu drehen, dass er sie sehen konnte; sie stand in seinem toten Winkel. Schließlich gab er es auf und sagte, an Wilken Peters von der Gesundheitsbehörde gewandt: «Phasenweise Ausschiffung aller Passagiere über eine provisorische Screening-Station auf dem Parkplatz des Cruise Terminals. Ich glaube, die können Sie mit den Kollegen vom Technischen Hilfswerk noch heute Nachmittag aufziehen. An Bord des Schiffes sind etwa fünfzehnhundert Passagiere, mit einem Dutzend Ärzten können Sie die innerhalb eines Tages nach Verlassen des Schiffes untersuchen und alle, die Krankheitssymptome zeigen, in Altona oder Eppendorf isolieren. Und währenddessen die umgehende Rückkehr der ‹Großen Freiheit› in ihren Heimathafen Civitavecchia. Übermorgen kann der ganze Spuk vorbei sein.»

Danowski richtete sich auf. Das klang richtig gut, fand er. Bis dahin war vermutlich auch jemand aus Panama da, der sich dann vom Flughafen Fuhlsbüttel gleich auf den Weg machen konnte nach Italien.

«Und übermorgen kann der ganze Spuk vorbei sein», wiederholte Schelzig sarkastisch, als müsste sie sich die Pointe eines Witzes vergegenwärtigen, den sie gerade erst verstanden hatte. «Wissen Sie, was übermorgen passiert? Wenn der Spuk vorbei ist? Wenn das hier ein relativ exotisches Filovirus aus der Familie von Ebola und Marburg ist, dann ist möglicherweise übermorgen das Ende der

Inkubationszeit, und Sie haben tausend oder tausendfünfhundert potenzielle Virenträger in alle Welt entlassen. In ganz Europa werden Menschen erst über leichte Rückenschmerzen klagen und ein, zwei Tage später ausspucken und ausscheiden, was von ihren Eingeweiden übrig ist. Menschen, die noch kerngesund waren, als sie durch Ihre Screening-Stationen gegangen sind. Lauter hochinfektiöse Wirte, die Hamburg gar nicht schnell genug loswerden konnte. Sie meinen, dann ist der Spuk vorbei? Ich glaube, Ihr kleines PR-Desaster fängt dann erst richtig an. Und Ihren Hafengeburtstag feiern Sie vielleicht lieber zu Hause, im engeren Familienkreis.»

Danowski biss die Zähne zusammen. Schelzigs Vehemenz beeindruckte ihn, weil ihm immer alles viel zu egal war, solange es nicht unmittelbar seine Familie oder seine Freizeitgestaltung betraf, und selbst da war er zu vielen Kompromissen bereit. Gleichzeitig war sie, wie Finzi gesagt hätte, einen Tick drüber: alle Regler auf elf. Es war nicht angenehm, ihr zuzuhören. Er blickte sich um und stellte fest, dass auch die anderen im Raum gequält guckten. Außer Wilken Peters, der nachdenklich den Kopf wiegte, als werde das alles hier im Fernsehen übertragen und er sei für die Rolle des unparteiischen Moderators gecastet. Ein Profi, dachte Danowski, dem immer auffiel, wenn Leute ihren Job gut beherrschten. Es kam seltener vor, als man dachte. Und es war immer angenehm, jemanden zu treffen, bei dem es so war, aber zugleich musste man auf der Hut sein, denn die Profis neigten dazu, alle anderen wie Amateure zu behandeln. Der Abgesandte des Bürgermeisters war roter geworden, als ihm lieb sein konnte.

«Und Sie sind?», fragte er.

«Tülin Schelzig vom Bernhard-Nocht-Institut. Während ich hier stehe und mir Ihre – Sie müssen schon entschuldigen – unqualifizierten Ausführungen anhöre, sind meine Kollegen dabei, aus dem Blut des Toten eine ausreichend große Anzahl von Viren zu isolieren, damit wir sie untersuchen können. Bisher kann ich nur so viel sagen: Die Gerüchte stimmen, unserer Einschätzung nach handelt es sich um ein Filovirus. Die Phänomenologie der Infektionsgeschichte und des Todeskampfes deuten darauf hin. Da der Verstorbene das Schiff offenbar als Gesunder betreten hat, scheint es sich um ein äußerst aggressives Virus mit kurzer Inkubationszeit zu handeln.»

«Aber genau wissen Sie das nicht», sagte Peters, bevor jemand anders dazwischenfragen konnte.

«Nein», sagte Schelzig. «Genau weiß ich das erst morgen früh. Aber ich war im Kongo und habe vor Ort im Auftrag der WHO mit Filoviren gearbeitet. Ich kenne Originalsamples des Ausbruchs 1988 in den USA. Ich habe Menschen gesehen, die an Ebola gestorben sind. Das, was ich Ihnen hier erzähle, ist das, was wir einen ‹educated guess› nennen. Ich rate Ihnen, sich darauf zu verlassen.»

«Das heißt, der Tote muss sich auf der Reise oder an Bord des Schiffes infiziert haben?», fragte der Sitzriese von der Bundespolizei.

«Wegen der kurzen Inkubationszeit von Ebola und ähnlichen Viren gehe ich davon aus. Der Tote kommt aus Hamburg und hat, soweit wir wissen, in den letzten Monaten keine Auslandsreise unternommen. Übrigens muss ich wissen, mit wem der Passagier Carsten Lorsch an Bord Kontakt hatte. Ob er einen festen Sitzplatz beim Abendessen hatte, zum Beispiel. Damit wir seine Tischnachbarn untersuchen und wenn nötig isolieren können.»

Der Vertreter der Reederei konsultierte ein einzelnes Blatt Papier, das vor ihm auf dem Tisch lag, und antwortete ohne aufzublicken. «Wir geben eigentlich keine Informationen über unsere Passagiere an die Öffentlichkeit, aber in diesem Fall kann ich Ihnen sagen, dass Herr Lorsch kein gesetztes Abendessen in einem unserer Restaurants gebucht hatte. Also keine festen Tischnachbarn.» Er zögerte. «Viel Room Service.»

Tülin Schelzig nickte. «Sie treiben dann bitte die Kabinenstewardess auf.»

«Wie soll sich jemand an Bord eines unserer Schiffe mit einem afrikanischen Virus anstecken?», fragte der Vertreter der Reederei, wütend jetzt. «Die ‹Große Freiheit› hat Helgoland, Edinburgh, Newcastle und einen holländischen Nordseehafen nördlich von Amsterdam angelaufen und ist dazwischen durch die Inneren und Äußeren Hebriden gekreuzt. Weit entfernt von Afrika.»

«Das wird die Kriminalpolizei beantworten müssen», sagte Schelzig und blickte zu Danowski, ohne ihn suchen zu müssen.

«LKA? Warum?», fragte der Kollege von der Bundespolizei.

Danowski räusperte sich. «Frau Schelzig ist bisher die Einzige, die den Fundort der Leiche und die Kabine des Toten zumindest oberflächlich untersucht hat.» Wie immer verfiel er in einen übertrieben offiziellen Tonfall, wenn er vor einer größeren Gruppe Menschen über seine Arbeit sprach. Er erinnerte sich kurz an das Fiasko, als Stellas Klassenlehrer ihn eingeladen hatte, den Kindern von der Polizei zu erzählen. «Nach ihrer Einschätzung gibt es Spuren, die darauf hindeuten, dass der Tote infiziert worden ist oder sich selbst absichtlich infiziert hat. Mehr kann ich im Moment dazu noch nicht sagen.»

«Warum untersuchen Sie nicht selbst den Tatort?», fragte der Bundespolizist und musterte Danowski wie einen Anwärter.

«Weil wir die Kabine und die Krankenstation abgeriegelt und mit einer Schleuse versehen haben, die jetzt erst fertig sein dürfte. Aus unserer Sicht liegt ein Biohazard der Stufe 4 vor», erklärte Schelzig, bevor Danowski sich selbst verteidigen konnte. «Aber ich vermute, dass Hauptkommissar Danowski morgen Vormittag die Kabine untersuchen kann.»

Danowski schluckte. Ein paar im Raum lachten, darunter Wilken Peters von der Gesundheitsbehörde. Offenbar sah man, wie unangenehm ihm die Vorstellung war. Ein wenig von der Spannung wich aus dem Raum, nur der Assistent des Bürgermeisters schüttelte immer noch den Kopf. «Darf ich festhalten, dass wir über einen einzigen Kranken reden?», sagte er. «Mehr nicht?»

«Wir haben den Schiffsarzt isoliert und beobachten ihn», sagte Schelzig. «Im Moment ist es schwer zu erkennen, ob seine Symptome von einer möglichen Infektion oder vom jahrelangen Betäubungsmittel-Abusus herrühren.»

«Okay», sagte Peters, «Butter bei die Fische. Ich bin der Ansicht, dass wir jetzt schon eine Entscheidung treffen sollten. Das ist ein Zoo da draußen.» Er schwenkte den Arm in Richtung Westen, wo auch auf dem Parkplatz des Altonaer Rathauses Ü-Wagen und Journalisten mit Kameras und Aufnahmegeräten warteten. Die meisten Anwesenden nickten zustimmend.

«Was schlagen Sie vor?», sagte Peters zu Schelzig.

«Ich schlage gar nichts vor, aber ich kann Ihnen sagen, was Sie tun müssen», sagte Schelzig und schien nicht mal zu merken, wie arrogant sie wirkte. Danowski konnte ein Lächeln nicht unterdrücken. Ihm wäre jede Beschwichtigung und halbgare Lösung lieber gewesen, aber er mochte es, wenn Leute sich nicht von der allgemeinen Stimmung in einem Raum anstecken ließen. «Vierzehn Tage Quarantäne, uneingeschränkt, kompromisslos. Komplette einseitige Abriegelung des Schiffes. Niemand geht von Bord, kein Besatzungsmitglied und kein Passagier, keine Großmutter, kein Kind, keine Angehörigen anderer Staaten. Zutritt an Bord nur in Schutzkleidung für Biohazard 2, in den kontaminierten Zonen nur in Schutzkleidung für Biohazard 4. Eppendorf und Altona gehen auf Stand-by, aber nicht mit einer sinnlosen Screening-Station, sondern mit Isolationscontainern, die wir direkt vor dem Cruise Terminal aufbauen, sofort. Im Modulsystem, beliebig erweiterbar.»

Jetzt wurde es dem Bürgermeister-Assistenten doch zu bunt. «Isolationscontainer? Können Sie sich vorstellen, wie das aussieht? Wie wollen Sie das erklären? Wie soll ich das verkaufen?»

Schelzig musterte ihn und sagte trocken: «Glauben Sie mir, Sie wollen keine Biohazard-4-Patienten quer durch die Stadt transportieren. Vielleicht drei oder vier, aber nicht Hunderte, falls es so kommt.»

Peters klopfte kurz und gerade laut genug auf die Tischplatte, dass alle im Raum verstummten und zu ihm sahen.

«Vierzehn Tage Quarantäne», sagte er. «Die Details klären wir auf dem kleinen Dienstweg. Presse mache ich jetzt, aber spätestens heute Abend muss der Bürgermeister ran. Am besten in Sichtweite des Schiffes, damit die Leute sehen, dass man sich nicht sofort irgendwas wegholt, sobald man an die Elbe geht.»

Alle standen auf, nur der Bürgermeister-Assi verharrte sitzend, als drückte die Dummheit der anderen ihn in den Stuhl. In der Tür ließ Wilken Peters von der Gesundheitsbehörde Danowski vor, lächelte ihm freundlich zu und sagte dann von schräg hinten konstruktiv: «Sie sollten mal ein Stimmtraining machen, Herr Dombrowski. Sie klingen flach, wenn Sie angespannt sind.»

Im Flur wartete Tülin Schelzig auf ihn.

«Bewegen Sie sich immer so langsam?», fragte sie.

«Eigentlich nicht», sagte Danowski. «Aber normalerweise halte ich um die Zeit meinen Mittagsschlaf im Präsidium.»

«Immer noch die Witze», sagte sie und nestelte im Gehen an ihrer Aktenmappe. «Hier sind Ihre Fotos vom Tatort, falls es denn einer ist.» Danowski nahm einen auseinanderfallenden Stapel DIN-A4-großer Ausdrucke auf Fotopapier entgegen.

«Gehen wir morgen direkt nach dem Treffen zusammen an Bord? Ich führ Sie rum», sagte Schelzig, merkbar in Eile.

«Das klingt richtig nett, ich packe ein Picknick ein», sagte Danowski, der beschlossen hatte, ihr nie wieder eine ernsthafte Antwort zu geben. Sie schüttelte nicht mal mehr den Kopf, als sie vor dem Rathaus abbog und auf ein weißes Rennrad zusteuerte, das an eine Laterne geschlossen war.

«Äh, Moment mal», rief Danowski ihr hinterher. «Was ist das hier? Ein Suchbild?» Jede der Aufnahmen, die er im Gehen durchgeblättert hatte, zeigte in anderem Winkel Großaufnahmen von Teppichfasern, die hier und da befleckt waren; auf zwei oder drei waren Glassplitter zu sehen, die fast das ganze Format füllten.

Schelzig mühte sich mit ihrem Schloss ab und rief ihm zu: «Das sind die Splitter, die ich auf dem Teppich gefunden habe. Ich vermute mal, dass das alles hoch kontaminiert ist. Wir analysieren heute auch davon Proben.»

Danowski wedelte mit den Fotos, zum ersten Mal heute wirklich auf dem Weg, wütend zu werden statt einfach nur genervt oder leicht überfordert.

«Das sind keine Tatortaufnahmen! Man sieht ja überhaupt nichts von der Umgebung, nichts von der Kabine. Ist das in einem Teppichlager aufgenommen? Bei Ihnen zu Hause? Das sind … keine Ahnung, das sieht aus wie irgendwas aus dem Foto-Memory für Kinder. Sie sind viel zu nah rangegangen.» Erschöpft ließ er die Bilder sinken. «Scheiße», sagte er halblaut. Jetzt musste er sich wirklich selber ein Bild machen. Und zwar durch die vermutlich beschlagende Scheibe eines Schutzanzugs, das Rasseln des Atemmotors in den Ohren.

Als sie ihren Fahrradhelm aufsetzte und den Verschluss unter dem Kinn einrasten ließ, sah sie zum ersten Mal freundlich aus. «Tut mir leid», sagte sie. «Da müssen Sie morgen ein bisschen Zeit mitbringen. Ich interessiere mich immer eher für Details, mit dem Großen und Ganzen kann ich nicht so viel anfangen.»

Danowski glotzte verständnislos. Sie schwang sich aufs Rad und rollte im Bogen an ihm vorbei. Bevor sie endgültig in die Pedale trat, sagte sie zu ihm: «Kann sein, dass ich da zu nah dran war. Aber Sie müssen aufpassen, dass Sie nicht zu weit weg sind.»

Er blickte ihr hinterher. Irre, von wem man alles ungefragt Ratschläge bekam.

12. Kapitel

Kathrin Lorsch ließ ihn diesmal aufs Grundstück, ohne durch die Gegensprechanlage Fragen zu stellen. Sie erwartete ihn im Türrahmen und musterte ihn streng.

«Gut, dass Sie kommen. Ich hätte Sie sowieso angerufen. Wo ist denn Ihr Kollege?» Sie war angezogen, als wollte sie das Haus verlassen, aber immer noch barfuß. Ihr Gesicht war klar, aber nicht frisch, eher verhangen, unscharf, als könnte man sie nicht genauer betrachten, selbst, wenn man wollte.

«Sehr spätes Mittagessen», sagte Danowski.

«Haben Sie ferngesehen? Stimmt das, was auf *Spiegel-online* steht?» Danowski hatte keine Ahnung. Er hob abwehrend die Hände und erklomm die kleine Treppe zur Tür.

«Wie geht es Ihnen?», fragte er, als sie ihn vorbeigelassen hatte. Es war angenehm kühl im Haus.

«Schlechter», sagte sie.

Er nickte respektvoll. Zum Trösten war er nicht gekommen. «Weshalb wollten Sie mich anrufen?»

Sie zögerte. «Lassen Sie uns in die Küche gehen. Das Wohnzimmer erinnert mich an heute Morgen. An diese Fotos, die mir Ihr Kollege gezeigt hat. Ich frage mich, ob ich meinen Mann nicht eigentlich gern noch einmal sehen würde.»

Danowski schwieg, während er ihr folgte. Es widersprach seinem Naturell, aber er hatte sich angewöhnt, bei Zeugen und Verdächtigen, die viel redeten, einfach den Mund zu halten. Es war immer interessant, was die Leute von allein erzählten, egal, ob sie die Stille nicht aushielten oder sich vorher etwas zurechtgelegt hatten, das sie nun loswerden wollten.

«Irgendwie habe ich die Vorstellung, jemand müsste ihn sauber gemacht haben, und er sieht jetzt ganz normal aus. Aber ...» Sie brach ab. Als sie nicht fortfuhr, sagte Danowski: «Sie müssen ihn nicht noch mal sehen.»

«Eigentlich habe ich keine Angst vor dem Tod», sagte sie. «Ich hab viel dazu gearbeitet. Aber das war dann offenbar doch immer sehr theoretisch, auch wenn ich gemeint habe, das tief zu empfinden. So was habe ich noch nie gesehen.»

«Dazu gearbeitet?»

«Der Tod war immer mein Thema, ein wichtiges Thema», sagte sie. «Aber vielleicht ist er das für alle Künstler. Mich haben immer die Grenzen interessiert und wie sie sich auflösen. Kennen Sie dieses Zitat von Luther?»

Danowski runzelte die Stirn. Warum rülpset und furzet ihr nicht, hat es euch nicht geschmecket?

«Mitten im Leben sind wir vom Tod umfangen», sagte sie. «Ich hab mir immer eingebildet, dass meine Arbeit das Gegenteil von Verdrängung ist. Dass ich den Tatsachen mutig ins Auge blicke: Der Tod ist ein Teil von allem, ohne Tod gibt es kein Leben und so weiter. Der Tod ist immer bei uns. Und mich haben immer Kulturen fasziniert, in denen diese Tatsache nicht verdrängt wird, in denen es keine Grenze gibt zwischen Toten und Lebenden.»

Danowski dachte, dass er eigentlich nicht gerne Vorträge darüber gehalten bekam, mitten im Leben vom Tod umfangen zu sein; er musste nur seinen Arbeitsvertrag erfüllen, um genau das nicht verdrängen zu können.

«Die Igbo in Westafrika sagen: Bei einer Beerdigung weint man für die Lebenden, nicht für die Toten. Weil die Lebenden die Toten nun nicht mehr sehen können. Das ist ihr einziger Verlust: die Sichtbarkeit. Ansonsten bleiben die Toten genauso bei ihnen im Dorf, in ihrer Hütte, auf ihrer Matte. Nur, dass man sie eben nicht mehr sehen kann, sobald ihr Körper beerdigt ist. Und wenn zu viele gestorben sind, dann ist das Dorf irgendwann zu voll, es ist kein Platz mehr. Und dann zieht der Stamm weiter und überlässt das Dorf den Toten.»

Er wusste, dass auch die Toten Raum brauchten, dass sie nicht einfach weggingen. Er nickte, um sie zu ermuntern, weiterzureden. Aber es schien, als erinnerte sie sich erst durch diese Bewegung an seine Gegenwart. Sie verstummte und blickte ihn an.

«Aber diese Bilder, die ich heute Morgen gesehen habe … Da war plötzlich eine ganz deutliche Grenze zwischen Leben und Tod. Etwas so Totes wie meinen Mann auf diesen Fotos habe ich noch nie gesehen. Und auch dieses Bild will nicht verschwinden. Sobald meine Aufmerksamkeit nachlässt, sehe ich meinen Mann am Rande meines Blickfelds. Er steht oder sitzt in seiner gewohnten Körperhaltung. Aber er ist nackt und sieht genauso aus wie auf diesen Bildern.»

Die Küche war groß und hatte eine Glasfront zum Garten. Sie setzten sich an einen kleinen Tisch, der direkt am Fenster stand und an den genau zwei Stühle passten. Zu spät merkte Danowski, dass er einen Fehler gemacht hatte. Die Art, wie sie jetzt saßen, war zu nah und zu intim, wie ein Ehepaar morgens beim Frühstück, aus Gewohnheit oder Zuneigung bereit, dem Tag im weitesten Sinne gemeinsam entgegenzutreten. Das Einzige, was das Bild störte, war der Whisky, den Kathrin Lorsch sich gezielt und unzeremoniell eingegossen hatte, mit einem nachlässig entschuldigenden Blick in seine Richtung. Er schüttelte den Kopf, als sei ihm etwas angeboten worden. Sie trank zwei Fingerbreit, als wäre es heute nicht der erste. Danowski roch den Whisky in ihrem Atem, sobald sie in seine Richtung sprach: Torf, Feuerholz, Pinienzapfen, Seetang. Kaltes Meerwasser, Wollpullover, Heimweh nach einer großen Liebe, die man nie gekannt hatte.

«Raasay», sagte sie. «Vierzig Jahre alt. Sehr selten. Kostbar. Mein Mann hätte Ihnen mehr darüber erzählen können. Darüber kam er ins Reden. Dieser Whisky war nur für die besten Geschäftskontakte. Aber als solchen kann man Sie wohl trotz der beruflichen Natur unseres Kontakts kaum bezeichnen.» Dann schob sie das Glas und die Flasche beiseite, als hätte sie sich nie dafür interessiert, und sah ihn mit melancholischer Erwartung an. Danowski fing an, auf seinem Stahlrohrstuhl zu kippeln, um etwas weiter von ihr wegzukommen. Sie lehnte sich vor, um ihn besser zu verstehen. In einem nüchternen Tonfall, der nicht recht zu seinem schülerhaften Mobiliarmissbrauch passte, erzählte er ihr von dem seltenen Virus und dass es Spuren gab, die auf eine vorsätzliche Infektion und vielleicht sogar eine Fremdeinwirkung hindeuteten. Er erklärte den Status seiner Ermittlungen mit allen Komplikationen, von der prinzipiellen Unzuständigkeit der Hamburger Staatsanwaltschaft bis hin zu potenziellen Kollegen aus Panama. Während er sprach, merkte er, dass er sich von einer bürokratischen Formulierung zur nächsten hangelte, weil er mit seinen Gedanken woanders war. Bei etwas, das ihn am Haus der Lorschs störte. Schließlich verlor er den Faden und hielt inne. Er sah, wie sie nachdenklich ihre nackten Füße aneinanderrieb, weil der Küchenfußboden eigentlich zu kalt für sie war.

«Warum haben Sie mein Notizbuch angeschaut?», fragte sie unvermittelt in sein Schweigen. Danowski zögerte einen Moment zu lange; leugnen musste man sofort.

«Bitte streiten Sie es nicht ab, das würde mir nicht gefallen. Mein Mann hat früher manchmal in meinen Notizbüchern gelesen, das habe ich immer gehasst. Daraufhin habe ich angefangen, ihren genauen Ort zu markieren, um überprüfen zu können, ob er sich an meine Bitte hält, es nicht mehr zu tun.»

«Klingt nach einer guten Ehe», sagte Danowski in einem missglückten Tonfall, weswegen er sich endgültig wie ein unangemessen arroganter Schüler vorkam. Sie nickte zustimmend.

«Ihr Sarkasmus ist angekommen. Darüber, wie gut diese Ehe war, können wir reden. Aber bitte antworten Sie mir zuerst. Ich möchte mich sonst, glaube ich, nicht weiter unterhalten.»

Er räusperte sich. «Ich habe mich im Zimmer geirrt, also, ich habe mich sozusagen verlaufen, und …» Sie schüttelte den Kopf. Er nickte und fing noch einmal von vorne an. Heute hatte er nur mit harten Brocken zu tun, und er wollte sich nicht ausmalen, wie es morgen auf dem Schiff weitergehen würde.

«Okay», sagte er. «Ich hatte Kopfschmerzen und war auf der Suche nach Tabletten. Es schien mir in diesem Moment eher unpassend, Sie danach zu fragen. Und ganz ehrlich: Wenn ich irgendwo ein Notizbuch liegen sehe, kann ich nicht widerstehen. Es kommt selten genug vor. Meist gucke ich unauffällig mit einem Auge auf Computerbildschirme, während ich mit Leuten rede.» Er schielte ein wenig, um ihr seine Technik zu verdeutlichen. Sie verzog keine Miene.

«Ich glaube Ihnen ein bisschen.»

«Wenn es Sie beruhigt: Ich habe nichts gelesen, womit ich irgendetwas anfangen könnte.»

«Wie würden Sie das, was Sie gelesen haben, beschreiben?»

«Ich habe es für eine emotionale Selbsterkundung gehalten, die mich nichts angeht.»

Sie nickte und schwieg.

«Erzählen Sie mir etwas über Ihre Arbeit. Was war das für ein Auftrag, wegen dem Sie die Kreuzfahrt mit Ihrem Mann verpasst haben?»

«Ein Bild für eine Stiftung. Für eine Ausstellung.»

«Was ist das für eine Stiftung?»

«Kinderwelten? Kinderträume? Es tut mir leid, ich habe die Unterlagen im Atelier. Hamburger Kaufleute, die Geld für Kinder in Not sammeln. Ist das Ihr Notizbuch?» Danowski hatte angefangen mitzuschreiben. Er nickte.

«Darf ich mal sehen?» Er zögerte, aber dann war es ihm egal, und er hielt ihr sein Notizbuch hin. Sie kniff die Augen zusammen und sagte: «Ist das Ihre To-do-Liste für heute? Was soll das hier oben heißen, Nagelpflege?»

«Nagelfetisch», sagte Danowski. «Ich habe mich ein bisschen mit Ihrer Kunst beschäftigt.»

«Nagelfetisch? Sie meinen, Sie haben sich mit meinem Frühwerk beschäftigt. Ich habe Ende der Achtziger zwei oder drei davon gemacht. Damals hatte ich eine wilde Phase. Ich bin in Kenia aufgewachsen, die afrikanische Kunst war für mich früher so was wie … keine Ahnung. So was wie ein Zuhause, vielleicht.»

«Der, den ich im Internet gefunden habe, hatte die Datumsangabe ‹1989/2012›.»

«Ja, es gibt einen Nagelfetisch, der nie so richtig fertig geworden ist, darum habe ich ihn nie verkauft und immer weiter daran gearbeitet.»

«Ist er hier bei Ihnen im Atelier?»

«Ja. Möchten Sie ihn sehen?» Sie blickte ihn fragend an, weil sie nicht zu verstehen schien, worauf er hinauswollte. Er wusste es selbst nicht und sagte: «Wenn es geht.»

«Warum?»

Danowski hatte das Gefühl, die Zeugenbefragung finge an, ihm zu entgleiten. «Ich weiß es nicht», sagte er. Sie blieb sitzen und schwieg. Gut, dass Finzi nicht da war. Wenn der ihn bei dieser verquasten Befragungsstrategie beobachtet hätte, hätte er sich tagelang über ihn lustig gemacht.

«Erzählen Sie mir etwas über Ihren Mann», sagte Danowski, sich aufbäumend. Und dann, als sie zögerte, legte er nach: «Ich würde gerne mal sein Arbeitszimmer sehen.»

Zum ersten Mal lächelte sie, und als sie anfing zu sprechen, wurde Danowski klar, was ihm am Haus des Ehepaares so seltsam erschien. «Mein Mann hat kein Arbeitszimmer», sagte sie. «Mein Mann … hat sowieso erstaunlich wenig. Er war in jeder Hinsicht sparsam. Sparsam mit Worten und Dingen. Er hat eine Buchhaltungsfirma und einen Steuerberater, die sich um die Zahlen kümmern. Um die nicht besonders guten Zahlen, muss ich dazusagen. Die Firma ist immer mal wieder am Rande der Insolvenzverschleppung gewesen. Dieses Jahr läuft es ganz gut, glaube ich. Er hat voriges Jahr angefangen, mit Torf zu handeln. Zu spekulieren, besser gesagt.»

«Mit Torf?», fragte Danowski, weil er dachte, er hätte sich verhört.

«Ja, vor allem die schottischen Single Malts brauchen Torffeuer für die Herstellung, und Torf wird langsam knapp und teuer. Je mehr Torf Sie haben, desto mehr Einfluss können Sie nehmen. Mein Mann hat sich an der Torfförderung in irgendwelchen Mooren in Schottland und Nordengland beteiligt. Aber das läuft nur auf dem Papier. Und dann hat er ein Lagerhaus, wo ein externer Logistiker sich um den Versand und so weiter kümmert. Mein Mann fährt durch die Gegend und findet seltene Whiskys und kauft sie, und erntet jetzt den Erfolg von Gesprächen, die er vor fünfzehn oder zwanzig Jahren in Schottland oder Irland mit irgendwelchen Destillerien geführt hat: spezielle Abfüllungen, die er damals angeregt oder vereinbart hat und die jetzt auf Flaschen gezogen und für sehr viel Geld verkauft werden. Sein ganzes Geschäft ist in seinem Kopf und in einer alten Aktentasche, über die ich mich schon 1987 amüsiert habe.»

«Okay», sagte Danowski. «Und die Aktentasche ist ...» Er zeigte mit dem Kinn Richtung Osten. Sie nickte.

«Genau. Auf dem Schiff.»

«Und wie sieht die aus?»

«Braun, glattes Leder. Silberne Beschläge, so ein Ziehharmonika-Boden. Immer zu voll, viel Papier und der Laptop.»

«Wenn man hier reinkommt, sieht man praktisch keine Spuren von Ihrem Mann», sagte Danowski. Er klappte sein Notizbuch zu und steckte es in die Jackentasche, was signalisieren sollte, dass ab jetzt alles nicht mehr so wichtig war und dass er es sich nicht so genau merken würde, wenn noch was Interessantes gesagt wurde. Kathrin Lorsch nickte.

«Das Seltsame ist, dass mir das erst heute Vormittag so richtig klargeworden ist, nachdem Sie wieder weg waren. Ich wollte mir etwas anschauen oder etwas in den Händen halten, was mich an ihn erinnert. Aber ich habe nichts gefunden. Wenn man so lange verheiratet ist, dann gewöhnt man sich daran, mit jemandem zusammenzuleben, der fast keine Spuren hinterlässt.»

«Das heißt, Ihr Mann war ein vorsichtiger Mensch?»

«Vorsichtig? Nein. Er war ein sehr bescheidener Mensch. So sind wir zusammengekommen. Er war der erste Mann, der mir zugehört hat, der erste, der nicht die ganze Zeit von sich selbst erzählt hat. Erst, nachdem ich selber irgendwann aufgehört habe zu reden, wurde mir klar, wie wenig er gesprochen hat.»

«Weil er etwas zu verbergen hatte?»

«Nein, er ... Die Zunge vergisst mehr als das Ohr. Ein ugandisches Sprichwort. Er hat dem Reden nicht getraut. Oder sagen wir: Ich glaube, er mochte so eine gewisse Flüchtigkeit. Sie werden lachen, er hat auch ganz wenig Whisky getrunken. Im Grunde hat er immer nur daran gerochen. Ich glaube, dass ihn vor allem das Flüchtige daran fasziniert hat. Wenn Whisky gelagert wird, verflüchtigt sich im Laufe von fünf Jahren etwa ein Zehntel davon. Wissen Sie, wie man das nennt?»

«Keine Ahnung», sagte Danowski. «Schwund ist immer?»

«Nein, das nennen die Schotten den ‹angels' share›, den Anteil der Engel. So was hat meinem Mann gefallen.»

Sie schwiegen einen Moment.

«Wir haben wirklich noch überhaupt keine Hinweise darauf, ob und um welche Art von Verbrechen es sich hier handeln könnte», sagte Danowski schließlich und stand auf. «Aber ich muss Sie dennoch fragen: Hatte Ihr Mann Feinde?»

Sie musterte ihn fast ungläubig. «Soll das ein Witz sein? Fragen Sie so was wirklich?»

Er hob die Schultern. «Offenbar.»

«Glauben Sie, ich gebe Ihnen eine Liste von Leuten, die meinen Mann irgendwo auf der Nordsee mit einem seltenen Virus infiziert haben könnten?»

«Das würde mir sehr weiterhelfen», sagte Danowski mit, wie er hoffte, hörbarer Selbstironie. Sie schüttelte den Kopf, während sie vor ihm zurück in die Diele ging.

«Das war's, oder?», fragte sie.

«Ja», sagte er. Dann zeigte er mit dem Kinn auf die Tür zu ihrem Atelier. «Es sei denn, Sie würden mir noch den Nagelfetisch zeigen.»

Sie runzelte die Stirn. «Woher wissen Sie, dass hinter dieser Tür mein Atelier ist?»

Er blickte sie unbewegt an, damit sie in seinem Blick lesen konnte, was sie wollte: leichte Unverfrorenheit oder noch viel leichtere Scham. Es war in seinem Sinne, wenn sie glaubte, ihn durchschaut zu haben. Aber zugleich wusste er, dass er schwamm.

«Gibt es irgendeinen Raum im Haus, den Sie sich nicht angeschaut haben? Waren Sie auch im Keller?»

«Nein. Im Gegensatz zu Ihnen glaube ich nicht an Sprichwörter.»

«Sprichwörter?»

«Und Redewendungen. Leichen im Keller. Und so weiter.»

Er spürte, dass sie kurz davor war, die Geduld mit ihm zu verlieren. Sie gab sich einen Ruck und öffnete die Tür zum Atelier. Das Doppelporträt der Kinder, das er heute Morgen noch gesehen hatte, war verhängt. Sie ging zielstrebig zu einer Gruppe ebenfalls verhängter Skulpturen, die an der gegenüberliegenden Wand standen. Von einer, die kleiner war, als er sich den Nagelfetisch vorgestellt hatte, zog sie das anthrazitfarbene Tuch. Im Grunde war es kein Wunder: Das Tuch verfing sich und blieb dran hängen, schließlich waren Nägel im Fetisch. Instinktiv trat Danowski einen Schritt vor, um sie daran zu hindern, fester am Stoff zu ziehen: Etwas an der Vorstellung, dass weicher Stoff an Nägeln und Metall hängenblieb, zwang einen, es verhindern zu wollen. Aber Kathrin Lorsch geriet in Wut über das Material, das sich ihr widersetzte. Sie riss am Tuch, vier- oder fünfmal, mit überraschend kraftvollen, runden Bewegungen, die ihren Körpergeruch in Danowskis Richtung wehten. Er konnte sie sich plötzlich in fast jeder nur denkbaren Situation vorstellen. Als sie fertig war, hing das Tuch in ihrer Hand in Fetzen, und es waren nur zwei oder drei Sekunden vergangen. Dann stand der Nagelfetisch nackt und bloß an der Zimmerwand. Eine tropfenförmige Brille war in Danowskis Richtung quer durchs Zimmer geschleudert worden.

Kathrin Lorsch stellte sich neben ihn, und aus dem Augenwinkel sah Danowski, dass ihr Gesicht sich veränderte: Es wurde weicher, was sie traurig aussehen ließ.

«Diese Fetische werden in Zentralafrika als Sitz böser Geister verstanden. Die Nägel werden hineingeschlagen, um den bösen Zauber zu aktivieren. Das konnte schwere Krankheiten oder sogar den Tod verursachen. Passend, nicht wahr?», sagte sie ein wenig atemlos.

«Wie eine Voodoo-Puppe», sagte Danowski und drehte die verbogene Brille in der Hand.

«So ähnlich. Obwohl das ein anderer Kulturkreis ist», sagte sie pedantisch und mit Seitenblick auf die Brille in seiner Hand.

«Ein schreiendes Herz», sagte Danowski und wies auf das Fenster in der Brust des Fetischs, wo ein blutrotes Herz mit aufgerissenem Mund zu sehen war. Sie nickte. «Das wäre ein guter Name gewesen. Aber damals hat mir das Serielle besser gefallen: Nagelfetisch I, Nagelfetisch II und so weiter.»

Danowski nahm sein Telefon. Während er die Kamerafunktion aktivierte, sah er, dass er ein halbes Dutzend Anrufe bekommen hatte, seit er hier war. Dann machte er, ohne vorher zu fragen, ein paar Bilder vom Nagelfetisch. Sie räusperte sich.

«Vielleicht will ich den kaufen», sagte Danowski und steckte das Telefon wieder ein.

«Das könnten Sie nicht bezahlen», sagte Kathrin Lorsch, und zum ersten Mal lag ein Anflug von Dünkel in ihrer Stimme. Er merkte, dass er insgeheim darauf gewartet hatte. Die Leute am östlichen Rand der Stadt sagten sofort geradeheraus «Scheißbullen»; am westlichen musste man nur länger warten und genauer hinhören. Danowski ging quer durch den Raum und setzte die Pilotenbrille mit den tropfenförmigen Gläsern, die man in seiner Jugend als Helmut-Kohl-Brille bezeichnet hatte, dem Nagelfetisch auf die grob geschnitzte Nase. Sie war zu groß für das kleine verzweifelte Holzgesicht, aber er sah, dass links und rechts die Ohren vor kurzem zurechtgeschnitzt worden waren, damit die Brille gut aufsaß: Das Holz war an diesen Schnitzstellen hell und frisch.

«Sieht aus wie Ihr Mann», sagte er. Sie nickte, aber nicht ertappt, eher resigniert.

«Wollen Sie mir nicht vielleicht doch ein bisschen mehr über Ihre Ehe erzählen?»

«Unsere Ehe?» Er sah, dass sie Zeit gewinnen wollte. Das Einzige, was in diesem Haus an ihren Mann erinnerte, war ein Voodoo-Fetisch, der seine alte Brille trug; offenbar suchte sie relativ vergeblich nach einem Weg, das normal erscheinen zu lassen. Seine Kopfschmerzen meldeten sich zurück, und er war bereit, ihr alle Zeit der Welt zu lassen, um währenddessen seine Ruhe zu haben. Etwas in ihrem Gesicht öffnete sich, aber als sie merkte, dass er ein Gähnen unterdrückte, schloss es sich wieder.

«Zu viel Liebe verdirbt die Freundschaft», sagte sie. «Das fasst es vielleicht ganz gut zusammen.»

«Und lassen Sie mich raten», sagte Danowski, «das war dann ein nigerianisches Sprichwort? Togolesisch? Ugandisch?»

«Kenianisch», sagte sie und zeigte ihm die Tür.

Auf dem Gartenweg klang die Welt anders als zuvor. Danowski hob den Kopf und sah einen Hubschrauber, der in etwa hundertfünfzig Metern Höhe in der Luft stand. Vermutlich von einem Fernsehsender gechartert, um «die Villa des geheimnisvollen Virenopfers» von oben zu filmen. Vor der Gartentür zur Straße standen ein paar Frauen und Männer, die unruhig wurden, als er näher kam. Er fragte sich, woher die Journalisten die Adresse hatten. Wahrscheinlich war in der Pressemitteilung vom «Hamburger Spirituosen-Importeur Carsten L., 54» die Rede gewesen, da fand man schnell den Rest.

«Sind Sie von der Polizei?»

Danowski nickte im Weitergehen. Er wusste, dass er besser nicht reagiert hätte, aber sein Vater hatte ihn so oft gebeten, seine Berufswahl nicht an die große Glocke zu hängen, dass es ihm inzwischen unmöglich war, sie zu verleugnen.

«Ist Frau Lorsch eine Verdächtige?»

«Wie ist der Stand der Ermittlungen?»

«Wie groß ist die Gefahr für die Anwohner in Elbnähe?»

Er sagte nichts und dachte, während er in den Wagen stieg und losfuhr, ohne sich angeschnallt zu haben: All das wüsste ich auch gern. Düster stellte er fest, dass sein Plan, während der Arbeit im Jenischpark auf der Wiese zu liegen und die Frühsommersonne zu genießen, sich heute bereits zum zweiten Mal zerschlagen hatte.

Auf seinem privaten Telefon war ein Anruf von Martha, die wissen wollte, wo ein bestimmter Buntstift war, dem sie in der Herstellung von Raumschiffbildern quasi zauberische Kräfte beimaß. Verzweifelt. Die Mailbox auf seinem Diensttelefon war ein Katastrophengebiet. Journalisten taten, als würde man sich kennen, mit einem Tonfall, als hinge die Zukunft ihrer Branche von seinem Rückruf ab. Finzi merkte hörbar von Anruf zu Anruf deutlicher, dass der Bericht für die Chefin an ihm hängenbleiben würde, wenn Danowski nicht bald zurück ins Präsidium kam. Leute aus der Task Force teilten ihm mit, was sie sich fragten. Nämlich, ob man schon etwas sagen könne. Oder ob es noch zu früh sei. Was er wisse und wann denn damit zu rechnen sei. Finzi fluchte. Habernis von der Staatsanwaltschaft wollte mit ihm «das weitere Vorgehen beschnacken», mit Kollegenhilfe aus Panama sei ja nach dem letzten Fernschreiben kaum vor Anfang nächster Woche zu rechnen. Auf der Osdorfer Landstraße ließ Danowski seine Scheibe herunter und stellte sich vor, wie er sein Diensttelefon mit dem linken Arm weit über die Fahrbahn schleuderte, auf den Fußweg der anderen Straßenseite, wo es an einer baulichen Straßenbaumschutzmaßnahme zerschellen würde. Aber das hätte nur Gerenne und Scherereien verursacht, wie damals, als er seine Dienstwaffe in einem Ausbruch der Theatralik von der Köhlbrandbrücke in einen Seitenarm der Elbe geworfen hatte, um einen Lebensmüden zu beeindrucken (der dann zu allem Überfluss trotzdem gesprungen war und den Seitenarm um etwa fünf Meter landwärts verfehlt hatte). Stattdessen ließ er einfach seinen Arm in der warmen Nachmittagsluft schlenkern. Bis er im Präsidium war, wäre es fast siebzehn Uhr. Sein Dienst war zu Ende. Er konnte keine der offenen Fragen beantworten, bevor er nicht die Kabine von Carsten Lorsch untersucht hatte. Das Einzige, was er jetzt – außer Feierabend – machen konnte, war, sich von der allgemeinen Aufregung anstecken zu lassen und sinnlose Diskussionen zu führen. Also entschied er sich für Feierabend. Er atmete die vorsommerlichen Abgase ein und freute sich auf zu Hause, bis das Telefon in seiner Hand vibrierte.

«Finzi?»

«Adam, du Schwein.»

«Ich weiß.»

«Schick mir wenigstens deine Vermerke zu den Aussagen der Witwe und zu der Task-Force-Sitzung.»

«Kann ich dir das nicht diktieren? Ich fahr gerade.»

Finzi stöhnte, und Danowski hörte durchs Telefon, wie er betont umständlich die Tastatur zurechtruckelte.

«Die Witwe hat einen schweren Afrika-Fimmel», begann Danowski und ordnete sich nicht Richtung A 7 und Präsidium ein. «Das finde ich seltsam, wenn man bedenkt, dass das Virus offenbar Ähnlichkeit mit Ebola hat. Das kommt ja auch aus Afrika.» Er hörte, wie Finzi nicht tippte. «Aber dazu erfahren wir erst morgen Genaueres. Die Frau vom Tropeninstitut ist sich da noch nicht so sicher. Von der Quarantäne habt ihr vermutlich schon gehört.»

Finzi grunzte unverbindlich.

«Außerdem scheint die Ehe der Lorschs nicht so doll gewesen zu sein. Ich frage mich, ob Lorsch wirklich allein auf dieser Kreuzfahrt war. Außerdem sind seine Geschäftsunterlagen angeblich alle an Bord, in einer Aktentasche mit Laptop und so. Nach der Aktentasche und einer eventuellen Begleitung erkundige ich mich morgen früh, wenn ich an Bord gehe.»

«Was du da redest, ist kein Vermerk», monierte Finzi depressiv. «Das zu verschriftlichen ist quälender Kleinkram. So stell ich mir Geschlechtsverkehr mit Nagetieren vor.»

«Und im Grunde können wir nichts machen, weil erst nächste Woche jemand aus Panama kommt, wie ich von der Staatsanwaltschaft höre.»

«Oralverkehr mit Nagetieren.»

«Eine Stiftung Hamburger Kaufleute für Kinder in Not. Deren Auftrag hat Kathrin Lorsch daran gehindert, an der Kreuzfahrt teilzunehmen. Die könnt ihr auch noch mal überprüfen.»

«Können wir, aha.»

«Und Habernis ist der zuständige Staatsanwalt.»

«Zuständig wofür? Du warst den halben Tag weg und hast nichts.»

«Wir sehen uns morgen.»

Finzi seufzte resigniert. Danowski hatte in den letzten zwei Jahren so viele Vermerke und Berichte geschrieben, für die eigentlich Finzi zuständig gewesen wäre, dass dieser keine schlüssigen Argumente hatte.

«Was machst du heute Abend?», fragte Finzi stattdessen.

Danowski zögerte. Nichts, und er wollte, dass das so blieb. Aber wenn Finzi ihn fragte, bekam er ein schlechtes Gewissen, als würde er ihn im Stich lassen.

«Schon klar», sagte Finzi in die Pause. «Schönen ruhigen Abend mit der Familie.»

«So ungefähr», sagte Danowski.

«Statt mit mir irgendwo kein Bier trinken zu gehen.»

«Kein Bier trinken wir nächste Woche», versprach Danowski.

«Na ja, der neue Landwirtschafts-Simulator ist raus», sagte Finzi. «Den hol ich mir dann noch. Damit krieg ich auch den Abend rum. Landwirtschafts-Simulator 2013. Für PC. Hoffentlich läuft der noch mit meiner Graphikkarte. Sonst muss ich den alten Landwirtschafts-Simulator noch mal durchspielen, aber im 2013er gibt's neue Mähdrescher.»

«Wenn du noch einmal Landwirtschafts-Simulator sagst, fahr ich gegen einen Baum.»

«Mach mal nicht, die Chefin kommt gerade rein und sieht aus, als würde sie dich suchen.»

Danowski rieb sich den Nasenrücken und schloss die Augen, weil er gerade an der Ampel stand.

«Sag ihr, ich bin nicht da.»

«Genau darüber würde ich gern mit Ihnen reden», sagte

die Chefin, die Finzi offenbar ohne weiteren Kommentar das Telefon abgenommen hatte. «Aber wenn Sie sowieso schon unterwegs sind, können Sie mir gleich einen Gefallen tun. Ich nehme an, Sie sind auf dem Weg nach Hause.»

«Ich bin im Hamburger Westen unterwegs», sagte Danowski unverbindlich.

«Wie auch immer. Fahren Sie zum Cruise Center. Es gibt da eine Situation. Die Kollegen vor Ort sagen, dass der Bundespolizei die Überwachung der Quarantäne entgleitet.»

«Und welche Kollegen sind vor Ort, wenn ich angeblich zuständig bin?»

«Behling und seine Leute.»

«Ich dachte, das machen alles Finzi und ich?»

Er merkte, wie sie zögerte. «Sie waren bei der Zeugenbefragung. Das da am Cruise Center ist möglicherweise eher was … für Handwerker wie Behling. Aber jetzt müssen Sie auch hin.»

«Ah, und da soll ich … was genau? Eine Menschenkette bilden?»

«Sie sind der zuständige Sachbearbeiter, also bearbeiten Sie die Sache innerhalb der gesetzlichen Ermessensspielräume.»

Vor dem Cruise Center war alles anders als heute Morgen. Der Parkplatz war abgesperrt, und die Abholer standen jetzt an einem Metallzaun, in den sie ihre Hände verhakt hatten, als müssten sie ihn stützen. Sie wirkten aufgeregt und riefen ihm etwas hinterher, als der Kontrollposten ihn durchließ. Auf der linken Parkplatzseite war eine größere Fläche abgetrennt, vermutlich für die Container, von denen Schelzig heute Nachmittag gesprochen hatte. Während Danowski sich im Schritttempo einen Weg durch verschiedene Uniformierte und Lübecker Hütchen bahnte, gab es von hinten einen Knall, und er verriss das Steuerrad, bevor er mit der Motorhaube unter flatterndem Signalband stehen blieb. Er drehte sich um und sah, dass seine Heckscheibe von einer rosafarbenen Flüssigkeit bedeckt war, die jemand aus größerer Entfernung geschleudert hatte. Er stieg aus, und die Hitze der direkten Nachmittagssonne schien ihm wie ein körperlicher Angriff. Drei, vier uniformierte Kollegen liefen Richtung Zaun mit diesem wortlosen, zielgerichteten Schnaufen an ihm vorbei, an das er sich während seiner Zeit bei der Schutzpolizei nie gewöhnt hatte: das tiefe Atmen vor dem Kampf. Er roch Erdbeer, und einige Meter entfernt lag ein zerplatzter Buttermilch-Becher auf dem Parkplatzasphalt.

Vom Schiff hörte er Rufe. Die Menschen, die heute Morgen schweigend und ratlos an der Reling gestanden hatten, riefen und brüllten jetzt, um sich über die Ausweglosigkeit ihrer Situation zu beschweren. Danowski meinte, den einen oder anderen Sprechchor aus der Kakophonie heraushören zu können: Lasst uns raus, lasst uns raus. Unten an der Gangway ballte sich eine Menschengruppe, die in einer seltsam überdrehten Choreographie hin- und herwogte. Er sah, dass Behling, Kienbaum und Jurkschat am Rande standen und den uniformierten Kollegen Zeichen machten, wobei ihm unklar war, ob sie beruhigend oder anstachelnd wirken sollten.

Je näher er kam, desto wütender wurde er. Wenn ihm alles zu viel wurde, hatte er oft das Gefühl, mit beiden Armen um sich schlagen zu müssen, als kämpfte er gegen Feinde, die so zahlreich waren, dass er zwar nicht gewinnen, aber seine Selbstachtung retten konnte, indem er kurz vorm Untergang noch so viel Schaden wie möglich anrichtete. Und jetzt wurde ihm alles zu viel: der Fall mit seinen unklaren Zuständigkeiten und den seltsamen Gefahren, die einmal über das ganze Spektrum zu laufen schienen, vom versauten Nachmittag bis zum qualvollen Tod; dass er zu spät nach Hause kommen würde; Finzi; die unjahreszeitgemäße Hitze, typisch für Hamburg, und im Juni, Juli und August würden sie wieder da sitzen bei 14 Grad und in den Regen sagen: «Aber im Mai hatten wir ein paar schöne Tage.» Die Kopfschmerzen. Das hässliche Schiff. Dass dieser Fall anders war als alle, die er bisher erlebt hatte.

Meta Jurkschat sah ihn als Erste und machte Behling ein Zeichen. Danowski bemerkte einen Anflug von schlechtem Gewissen in den Gesichtern, dann gleichgültige Frechheit. Es gab Kollegen, die halfen einem, andere, die nahmen einem die Fälle weg. Macht doch, dachte er. Dann bin ich den Mist wenigstens los. Andererseits: So richtig traut ihr euch auch wieder nicht. Ihr wollt nur das Gefühl haben, überall dabei und überall wichtig zu sein, aber nicht verantwortlich, wenn was schiefgeht.

Auf der Gangway, hinter dem Kordon von Bundespolizisten, standen offenbar einige Passagiere und verlangten, von Bord gelassen zu werden. Danowski konnte sich die Dynamik vorstellen: Ein paar Stunden rumsitzen und meckern, vielleicht Schnaps und Bier und die Frustration über einen sowieso nicht besonders gelungenen Urlaub, sich gegenseitig hochschaukeln, die können doch nicht … das wäre ja noch schöner … wir gehen jetzt einfach da runter … und dann standen sie hier und schrien sich an mit Beamten, deren Deeskalationstraining sich eher auf politisch motivierte Demonstranten bezog und weniger auf frustrierte Touristen.

«Na, macht ihr euch ein Bild?», sagte Danowski, als er die Kollegen erreicht hatte. Meta Jurkschat schwenkte demonstrativ gelangweilt ihren Ausrüstungskoffer, wie Handgepäck vor einem Routineflug.

«Wir wollten uns mal den Fundort und den Tatort anschauen», sagte Behling mit nüchterner Offenheit, «aber hier kommt man ja wirklich nicht rauf.»

«Nee, das hab ich ja auch nur genau so gesagt», erwiderte Danowski. Er konnte sich vorstellen, was die drei sich gedacht hatten: Wir marschieren da rein, sichern ein paar Beweismittel, schreiben Vermerke, in denen wirklich was steht, und dann steht Danowski schön blöd da und wir so: hihi.

«Treten Sie zurück. Ich fordere Sie auf, sofort zurückzutreten.» Der Tonfall des Bundespolizisten bekam jene Schärfe im Abgang, die ankündigte, dass die Situation demnächst kippen würde.

«Fassen Sie mich nicht an!», schrie eine fremde Stimme. Dann wieder das Hin- und Herwogen. Danowski stellte sich auf die Zehenspitzen und suchte den Zugführer. Er hatte das Gefühl, wenigstens pro forma die Frage aufwerfen zu müssen, ob denn sein Tatort noch intakt war, wenn die Kollegen nicht einmal in der Lage waren, die Quarantäne durchzusetzen.

«Die Leute von der Gesundheitsbehörde wollen hier so eine Art Schleuse aufbauen», sagte Meta Jurkschat, und Danowski brauchte einen Moment, um zu merken, dass sie ihm die Situation erklärte. «Das hat einige der Passagiere ziemlich alarmiert. Streng genommen dürfen die jetzt gar nicht mehr in Kontakt kommen mit anderen, die keine Schutzanzüge tragen. Als die Kollegen von der Bundespolizei angefangen haben, den Aufbau der Schleuse zu sichern, haben die Passagiere gebrüllt, dass sie keine Aussätzigen sind. Und dann haben es ein paar geschafft, die Gangway bis hier runterzukommen.»

«Streng genommen sind sie das», sagte Danowski, während er nach seiner Sonnenbrille tastete, die leider im Auto lag. «Aussätzige. Wir lassen sie hier sitzen, auf diesem Schiff, und …»

In diesem Moment ging eine Art Seufzen durch die Gruppe miteinander rangelnder Polizisten und Passagiere. Danowski spürte, wie sich seine Nackenhaare aufrichteten, und er sah, wie die Welt plötzlich heller, kontrastreicher wurde, wie immer, wenn ein Ausbruch von Gewalt bevorstand.

«Ich weiß nicht, ob man das so sagen kann», sagte Meta Jurkschat und trat einen Schritt zur Seite, um ihr kurzes Gespräch zu beenden. Die Rangelei riss auf und spuckte einen einzelnen Menschen aus, einen Mann etwa in seinem Alter, dem es gelungen war, sich durch den Kordon zu rempeln und dann auf der anderen Seite loszureißen. Danowski erinnerte sich: Es war der Mann, der am Morgen im Foyer von der Balustrade geschrien hatte. Während nicht weit von ihm entfernt eine rothaarige Frau geweint hatte. Er hatte das dringende Bedürfnis, weiter darüber nachzudenken, so, als müsste er sich selbst jetzt sofort unbedingt etwas Wichtiges erzählen, aber er kam nicht dazu, weil ihm im selben schmerzhaften Atemzug klarwurde, dass der Passagier genau auf ihn zurannte und nur noch etwa fünf Schritte von ihm entfernt war. Offenbar hatte er ihn und die Koffer tragende Jurkschat als schwächste Stelle der Beamten hinter der Absperrung ausgemacht. Danowski wich einen Schritt zurück, um einen Sekundenbruchteil mehr Zeit zum Nachdenken zu gewinnen. Ziehen oder nicht? Er legte die rechte Hand an seine Dienstwaffe, streckte den linken Arm abwehrend aus und rief ein aggressives, aber völlig ineffektives «Hey!». Mehr Zeit blieb nicht, denn jetzt war der andere da, und aus einem Augenwinkel sah Danowski, dass Jurkschat sich schneller entschieden und ihre Dienstwaffe gezogen hatte. Er hörte, wie sie etwas Offizielles, aber nicht weniger Ineffektives brüllte, und er sah, dass Behling und Kienbaum auf beiden Seiten an ihr vorbeirannten. Der fliehende Passagier hatte etwa zwanzig Meter gehabt, um Geschwindigkeit aufzunehmen, er war in vollem Sprinttempo, als Danowski sich ihm in einer halben Körperdrehung mit der rechten Schulter in den Weg stellte. In dem Augenblick, als sie aufeinanderprallten, sah Danowski das konzentrierte Gesicht des anderen so nah vor sich, als hätten sie absichtlich die Köpfe zusammengesteckt: ein Mann, der einen Plan und in den Augenwinkeln Schlaf hatte. Der für einen Moment fast neonfarbene Geruch eines starken Rasierwassers umgab ihn wie eine Aura und reiste ihm einen knappen Meter voraus: ein seltsam überpflegter Achtziger-Jahre-Geruch, eine Mischung aus Energydrink, Scheibenwischwasserfrostschutzmittel und «Campino»-Bonbons. Der Ausbrecher war immerhin so schwer, dass er Danowski ein oder zwei Meter nach hinten schleuderte, außer Reichweite der heraneilenden Kollegen.

Als Danowski mit dem Rücken auf den Parkplatz schlug, schwand ihm die Luft aus dem Körper, und sein Versuch einzuatmen fühlte sich an, als halte ihm jemand mit aller Kraft den Mund zu. Er krallte seine Finger in die Funktionsjacke des anderen, der ihn beim Aufstehen einige Meter über den Asphalt schleifte. Danowski meinte, eine abschreckende Mischung aus Zahnschmelz, Blut und Asphalt zu schmecken, aber nur kurz, denn alles, was ihn ausfüllte, war eine unbezwingbare Wut darüber, dass der flüchtende Passagier nicht stehen blieb und kurz davor war, ihn erfolgreich abzuschütteln. Bevor Behling und die anderen hinzukommen konnten, kam Danowski auf die Beine, schwang sich auf den Rücken des Passagiers wie auf ein Reittier und zwang ihn zu Boden, indem er ihm von schräg hinten den Ellenbogen mehrfach mit mehr Kraft, als er sich in diesem

Moment zugetraut hätte, seitlich in die Nieren rammte. Die Geschwindigkeit und vielleicht auch der Wille zur Flucht wichen aus dem Mann. Als er zu Boden ging, war Danowski auf ihm und spürte, wie Blut über sein eigenes Kinn lief. Während der andere versuchte, ihm seine Hände zu entziehen, wünschte Danowski sich, all das würde jetzt aufhören, zu viel Nähe, zu viel Körper. Gleichzeitig spürte er eine Erleichterung, weil es endlich nur noch eins gab: diesen Kampf, diesen Moment, keine Unklarheiten, keine offenen Fragen. Dann die Erkenntnis: Er musste das hier gewinnen. Vor sich selbst und den Kollegen. Warum, hätte er vorher oder nachher nicht erklären können, und jetzt interessierte ihn die Frage nicht. Er merkte, wie die anderen sich in einer Art Kreis um ihn und den Passagier stellten, Behling, Kienbaum, Jurkschat und ein paar Bundespolizisten. Vielleicht, weil sie das noch so vom Schulhof kannten; eher, weil sie die unschöne Szene abschirmen wollten vor den anderen Passagieren und vor den Journalisten, die mit ihren Kameras und Mikrophonen am Zaun standen. In Danowskis Ohren toste die Welt. Vielleicht war es auch nur sein Blut oder die Wut derer, die an der Reling standen. Behling und Jurkschat versuchten, sich rechts und links auf die Schultern und Oberarme des Mannes zu knien. Es machte Danowski wahnsinnig, dass der andere nicht einfach seine Hände stillhalten konnte. Merkte er nicht, dass diese Episode vorüber war? Warum versuchte er noch, sich zu befreien?

Als der Mann ihm ins Gesicht fasste, riss etwas in Danowski. Er spürte, wie er eine Verbindung verlor. Er wollte nur noch, dass es aufhörte: die Hände des anderen in seinem Gesicht, die Bewegungen seines schweren Körpers unter seinem Unterleib. Danowski holte aus, bis er kurz mit dem Ellbogen an Kienbaums Knie stieß, der halbherzig versuchte, ihn herunterzuziehen, und dann schlug Danowski dem Mann am Boden mit der Faust ins Gesicht. Einmal ungezielt, Landepunkt irgendwo zwischen Oberkiefer und Nase, dann noch einmal, mit einem Grunzen, seitlich aufs Kinn, sodass es ihm weh tat, wie wenn man aus Versehen gegen eine Tischkante haut. Die Bewegungen seines Gegners hörten auf, sobald er sich auf seinen Schmerz konzentrieren musste. Danowski merkte, wie die Spannung in seinem eigenen Körper sich löste und wieder Luft in ihn strömte. Er ließ sich von Behling und Kienbaum nach oben ziehen und dachte, dass beide warme und geübte Hände hatten. Jurkschat gab ihm ein Taschentuch, während zwei Bundespolizisten den Passagier zurück Richtung Schiff führten. Als er sich noch einmal wehrte, traten sie ihm die Beine weg, um ihn zu schleifen. Danowski merkte, dass ihm das nicht gefiel, aber er wusste, dass er damit angefangen hatte.

«Was mich angeht, ist das nicht passiert», sagte Behling mit einem Anflug von Anerkennung, der Danowski anwiderte und freute zugleich. «Zumindest nicht der letzte Teil.»

Beim Abendbrot beugte er sich weit nach vorn in die Gesichter seiner Kinder, weil er nichts von ihnen verpassen wollte. Außerdem tat ihm der Rücken weh, unten, wo er auf den Parkplatz geknallt war. Leslie trank Tee und betrachtete ihn nachdenklich.

«Und was habt ihr dann gemacht?», fragte Danowski.

«Mit Mona gespielt. Mama musste arbeiten», sagte Stella.

«Ich dachte, ihr habt euch mit Mona gestritten.»

«Ja. Gestern. Aber man kann so gut mit ihr spielen.»

«Und was habt ihr gespielt?»

Stella und Martha warfen einander einen Blick zu, und Martha kicherte.

«Gegenteilpferde», sagte Martha mit vollem Mund.

Danowski wiegte sein Käsebrot unschlüssig in der Hand, weil ihm das Abbeißen an den Vorderzähnen weh tat. «Gegenteilpferde? Wie geht das denn?»

«Na ja, zwei sind halt so Pferde, und eine dressiert die Pferde, aber sie sagt immer das Gegenteil davon, was die Pferde machen müssen», erklärte Stella im leicht gönnerhaften Tonfall der Neunjährigen, der es zu ihrem eigenen Erstaunen Spaß gemacht hatte, mit der jüngeren Schwester und ihrer Freundin zu spielen.

«Verstehe ich nicht», sagte Danowski. Leslie musterte ihn misstrauisch, weil er so tat, als wäre nichts, obwohl er eine Abschürfung am Kinn hatte.

«Also, Papa», sagte Martha erhitzt, «wenn man zum Beispiel sagt ‹Galopp›, dann legen die Gegenteilpferde sich hin, und wenn man sagt ‹Ruhig!›, dann fangen sie an zu wiehern.»

«Wie verkehrte Welt», sagte Stella. «Nur mit Pferden.»

«Okay», sagte Danowski und kaute vorsichtig. «Verkehrte Welt. Nur mit Pferden. Das verstehe ich.»

«Und kitzelst du uns nachher ab?», fragte Martha erwartungsvoll.

«Nein», sagte Danowski. «Nicht ab. Aber durch.» Und als sie zustimmend protestierten gegen seinen Scherz und Leslies Stirn sich dabei langsam entspannte, gefiel ihm das herrlich harmlose Käsebrot, und er ahnte, dass dies auf längere Zeit sein letzter schöner Abend sein würde.

13. Kapitel

Joaquín Maurizio saß an seinem Schreibtisch, betrachtete die Bürouhr an der Wand über dem Faxgerät und dem Kopierer und rauchte mit Hingabe seine dritte Bürozigarette an diesem Morgen. Selbstverständlich war das Rauchen in seiner Abteilung der Policía Nacional von Panama verboten. Außer sein Chef hatte Stress und schnorrte von ihm eine Zigarette, mit der er sich dann in seinen Glaskasten zurückzog. Aber heute war Maurizio allein im Großraumbüro, denn seine Kollegen waren zum Kanal ausgerückt oder hatten sich krank gemeldet. Die Polizei in Colón hatte Verstärkung aus der Hauptstadt angefordert, um die Proteste gegen die Privatisierung der Freihandelszone erfolgreicher niederschlagen zu können. Ihre bisherigen Versuche in diese Richtung waren eher glücklos verlaufen: drei Tote durch Polizeikugeln, einer von ihnen ein zehnjähriger Junge. Maurizio seufzte.

Sein Chef hatte ihn gefragt, ob er sich nicht auch krank fühlte, aber schon die Frage hatte Maurizio stur gemacht, und er hatte mit Nein geantwortet. Von allen Polizisten, deren Familien als gewerkschaftsnah galten, wurde erwartet, dass sie sich krank meldeten, um die professionelle Niederschlagung der Proteste nicht zu gefährden. Und weil Maurizio gewerkschaftsnah und stur, aber nicht krank war, hatte sein Chef ihn aufgefordert, «hier die Stellung zu halten».

Dies hieß für Maurizio rauchen, denn wenn man wollte, konnte man die Arbeit in seiner Abteilung beliebig aufschieben. Zum Beispiel die Anfragen ausländischer Polizeidienststellen, die Unterstützung für Ermittlungen auf Schiffen unter panamaischer Flagge brauchten. Eine lästige Begleiterscheinung der Tatsache, dass weltweit Tausende von Fracht- und Passagierschiffen unter dieser Flagge fuhren, um im Heimatland ihrer Reedereien keine Steuern zahlen zu müssen. Manche dieser Anfragen waren formuliert, als erwarteten die asiatischen oder europäischen Kollegen, dass Maurizios Abteilung selber Ermittler in welchen weit entfernten Hafen auch immer schickte, nach Yokohama oder Hamburg. Und das Enervierende war, dass Maurizios Chef bei Anfragen, die Kapitalverbrechen betrafen, tatsächlich immer so tat, als wäre dies eine Option: Mit großer Geste studierte er die angeforderten Übersetzungen der Vorermittlungsakten, hielt Vorträge, machte sich wichtig, holte Gutachten ein, machte sich also noch wichtiger, um dann am Ende doch Maurizio eine Rechteabtretung vorformulieren zu lassen, die dieser auf kompliziertem Wege von der Staatsanwaltschaft absegnen lassen musste. Und wenn jemand ein noch größeres Talent dafür hatte, sich wichtig zu machen, als Maurizios Chef, dann war es der Staatsanwalt der Provinz Panamá. Weshalb Maurizio jede Gelegenheit nutzte, um derartige Anfragen aus dem Ausland auf einen seiner Kollegen abzuwälzen.

Hier zum Beispiel, ein Antrag auf Unterstützung beziehungsweise Rechteabtretung aus Hamburg, Deutschland: die auf Englisch einigermaßen, auf Spanisch leidlich verständliche Schilderung der Sachlage bot aus Maurizios Sicht viel zu viele Ansatzpunkte sowohl für seinen Chef, den Staatsanwalt, als am Ende womöglich auch noch die Gesundheitsministerin, um sich wichtig zu machen und ihm das Leben zu erschweren. Darum hatte er bisher nur eine unverbindliche Standardantwort nach Hamburg geschickt, in der nur in vielen Worten stand, dass die Bearbeitung ihres Anliegens *en progreso* sei. *Se presentará*, wird nachgereicht.

Maurizio beugte sich vor, nahm das Fax aus Hamburg und drückte seine Zigarette unter der Schreibtischplatte seines Sitznachbarn aus. Der war ein pedantischer, aber langsamer Polizist und nebenbei alles andere als gewerkschaftsnah: also derzeit in Colón und im Übrigen kein Freund von ihm. Maurizio schob das Fax aus Hamburg und die Kopie seiner *en progreso*-Antwort in den mittleren Bereich des Papierstapels, der im Eingangskorb des Kollegen lag. Dann lehnte er sich wieder zurück und dachte: Das kann zwar dauern, aber die Deutschen werden schon klarkommen. Er schloss die Augen, lehnte den Kopf nach hinten und spürte, dass er anfing, sich auf seine vierte Zigarette zu freuen.

14. Kapitel

«Sind Sie klaustrophobisch veranlagt?»

«Wie bitte?»

«Haben Sie Angst in engen Räumen, Angst, eingesperrt zu sein, Angst, sich nicht mehr bewegen zu können? Hier, warten Sie, ich zeige Ihnen, wie das mit den Stiefeln geht.»

«Ich weiß, was klaustrophobisch ist. Normalerweise vermeide ich solche Situationen.»

«Sie sind noch nie in einem Fahrstuhl stecken geblieben?»

«Nein. Und bevor Sie weiterfragen: Ich war auch noch nie lebendig begraben.»

Er sah von oben auf Tülin Schelzigs Kopf, wie sie kurz die Haare schüttelte, als dachte sie: Noch nicht. Dann blickte sie auf, und die ungewohnte Perspektive war ihm unangenehm: eine so gut wie fremde Frau, die auf dem Boden kniete und ihm beim Anziehen half.

«Es gibt Menschen, die den Anzug nicht ertragen. Auch erfahrene Kollegen. Es kann sein, dass Sie ihn plötzlich nicht als Schutzanzug empfinden, als relativ schweres und aufwendiges Kleidungsstück, sondern als sehr, sehr enges Gefängnis.» Sie stand auf, weil sie mit den Stiefeln fertig war, und zog ihm in der gleichen Bewegung den hellgelben Anzug über die Schultern. Dann trat sie einen Schritt zurück und musterte ihn.

«Wenn Sie mit den Handschuhen fertig sind und wir Sie gut verklebt haben, setze ich Ihnen die Kapuze auf und verschließe das Kopfteil. Danach werde ich das Atemgerät einschalten. Der Anzug füllt sich mit Luft, die ständig erneuert wird. Sie reicht etwa für eine Stunde.»

Die Handschuhe waren rot, leichter als Skihandschuhe, aber mit vergleichbar dicken Fingern: Er konnte sich nicht vorstellen, mit ihnen etwas aufzuheben, das kleiner war als ein Hammer, geschweige denn irgendeine Art von Spuren zu sichern.

«Können Sie den Fotoapparat anmachen?», bat er.

Sie nickte und drückte ihm die kleine Digitalkamera in die Hand.

«Für den unwahrscheinlichen Fall, dass da drinnen etwas Unvorhergesehenes passiert oder Sie wider Erwarten doch in Panik geraten sollten …», fing sie an.

«Schon gut», sagte er. «Ich reiß mich zusammen.»

«Im Ernst. Es ist wichtig, dass Sie nicht versuchen, rauszustürmen oder sich in einem Anfall von Panik den Anzug an Ort und Stelle vom Körper zu reißen. Falls es Probleme mit Ihrem Atemgerät oder der Sprechverbindung gibt oder Sie aus anderen Gründen abbrechen möchten, machen Sie dieses Zeichen.» Sie fuhr mit der flachen Hand an ihrem Hals hin und her. «Dann beginnen wir mit der Ausstiegssequenz.»

Danowski hielt inne und sah sich um. Der Flur vor der Kabine von Carsten Lorsch war ohnehin schmal, man hätte auch ohne Raumanzüge nicht bequem nebeneinander gehen können. Dadurch, dass die Wände, die Decken und der Fußboden mit Folie abgeklebt waren, die alle drei Meter von Kunststoffstangen gestützt wurde, war dieser Gang an Bord des Schiffes noch enger. Im Moment standen sie im zweiten Teil der Schleuse, den sie in Unterwäsche betreten hatten, weil hier nur noch Schutzanzüge und dekontaminiertes Material erlaubt waren. Im ersten Teil der Schleuse hatten sie sich nebeneinander ausgezogen. Anfangs war es Danowski unangenehm gewesen, aber dann fühlte der ganze Vorgang sich eher medizinisch an als unangemessen intim. Er registrierte nur und war erstaunt, dass Schelzig unter ihrem geschäftsmäßig neutralen Task-Force-Hosenanzug ein weites graues T-Shirt trug, auf dessen Rücken, als sie sich vornübergebeugt von ihm abgewandt hatte, ein mittelalterliches Wappen prangte: ein geduckter roter Löwe über einem gedrungenen weißen Kreuz auf blauem Grund. Er hatte sich gefragt, ob sie Fantasy-Rollenspielerin war oder in ihrer Freizeit an Mittelalter-Festen teilnahm. Es hätte zu dem Klischee gepasst, das er von Wissenschaftlern hatte.

Jetzt, wo sie hier standen, war alles hell und makellos, und es sah aus, als wären sie gekommen, um im Himmel zu renovieren. Sie hatten eine Dreiviertelstunde, nicht um Spuren zu sichern, sondern nur um ein paar Fotos zu machen. Vielleicht Carsten Lorschs Aktentasche zu finden oder irgendetwas anderes, das erklärte, wen er auf der Kreuzfahrt getroffen, womit er seine Zeit verbracht und wie er sich angesteckt hatte. Mit einem Virus, von dem Tülin Schelzig heute Morgen offiziell bekanntgegeben hatte, dass es ein enger Verwandter des Marburg- und des Ebolavirus war. «Ein hochaggressives Virus», hatte sie in die um professionelle Distanz bemühten Task-Force-Gesichter gesagt, «aber kein besonders intelligentes. Kurze Inkubationszeit und – nach dem Krankheitsverlauf im Fall Lorsch zu schließen – offenbar mit hoher Mortalität. Geschickte Viren töten ihren Wirt nicht oder nur sehr langsam. Viren, die ihren Wirt töten, müssen sehr aggressiv sein, damit sie schnell einen neuen Wirt finden, während der alte stirbt. Ich vermute, wir werden innerhalb der nächsten ein, zwei Tage weitere Fälle an Bord der ‹Großen Freiheit› beobachten können.» Es hatte wie ein Versprechen geklungen.

Durch den Raum war ein offizielles Stöhnen gegangen. Seit heute Morgen stand fest, dass sie es mit einer unbeherrschbaren Situation zu tun hatten. «Eine Katastrophe», hatte der Assistent des Bürgermeisters gesagt, und zum ersten Mal hörte es sich so an, als meinte er möglicherweise mehr als nur die Public-Relations-Aspekte der Vorgänge an Bord der «Großen Freiheit».

Tülin Schelzig hatte bei dem Wort «Katastrophe» das Gesicht verzogen, und für einen Moment hatte er in ihren Zügen die Nacht gesehen, die sie über dem Elektronenmikroskop verbracht hatte.

«Bereit?», fragte sie jetzt, als sie das Kopfteil seines Anzugs schon in den Händen hatte und unmittelbar vor ihm stand. Er nickte. «Atmen Sie bitte nicht, während der Anzug sich mit Luft füllt. Es dauert etwa eine Minute, bis Sie wieder ganz normal Luft kriegen.»

«Danke, dass Sie mir das jetzt schon sagen.»

«Haben Sie Probleme, mal die Luft anzuhalten?»

«Nicht mehr als Sie.»

Dann setzte sie ihm das Kopfteil auf und schloss die Verbindung mit dem Rest des Anzugs. Das Sichtfenster war etwa drei Hand breit, aber nicht unbegrenzt, und Danowski erschrak, weil er nicht damit gerechnet hatte, so wenig sehen zu können. Er wollte scharf Luft holen, aber dann fiel ihm ein, dass noch keine da war. Um zur Seite zu blicken, musste er den ganzen Oberkörper drehen. Er schloss die Augen. Der Anzug roch nach Desinfektionsmitteln und Kunststoff, nach einem Raum, in dem die Dinge ernst, aber unter Kontrolle waren. Die Luftpumpe machte ihr kleines elektrisches Geräusch, tapfer, unbeirrbar, aber überraschend dünn, man wollte nicht unbedingt sein Leben oder sein Wohlbefinden auf dieses Geräusch verwetten. Dann konnte er atmen. Er sah, dass Tülin Schelzig sich von einem Kollegen abkleben ließ, und als sie fertig war, fragte sie, ob er sie hören könne. Er nickte, weil er seine Stimme in dieser kleinen, engen Welt nicht hören wollte.

«Ich kann nicht sehen, wenn Sie nicken», sagte Schelzig. «Das heißt, ich habe es jetzt gesehen, aber im Prinzip kann ich es nicht sehen. Es ist wichtig, dass Sie meine Fragen verbal beantworten.»

Danowski seufzte. «So mit roger und over und out und so? Es ist lange her, dass ich eine Einweisung in Funkdisziplin hatte.» Seine Stimme klang kindlich in der Enge, darum hörte er zu sprechen auf.

Dann folgte er ihr durch zwei mit gegenläufigen Reißverschlüssen gesicherte Kunststoffluken in der Folienverkleidung. Ein Mitarbeiter im Schutzanzug half ihnen beim Durchstieg, und für einen Augenblick gab es ein kleines Gedrängel auf engstem Raum. Danowski nahm sich vor, niemals eine Raumstation zu betreten.

Nachdem sie eine weitere Schleuse hinter sich gelassen hatten, standen sie vor der Kabine von Carsten Lorsch. Der Rest des Ganges war ebenfalls abgesperrt und komplett verklebt. Tülin Schelzig trat einen Schritt beiseite.

«Nach Ihnen. Ab hier machen Sie, was Sie für nötig halten. Ich halte mich im Hintergrund.»

Danowski stand vor der Kabinentür. Deck 10, wo die Kabinen waren, die einen kleinen Balkon hatten. Nummer 10117. Der Schweiß lief ihm in die Augen, und er stellte fest, dass er sich über alles mögliche Gedanken gemacht hatte, Nagelfetische, afrikanische Totenrituale, den Landwirtschafts-Simulator 2013 und vor allem seinen apokalyptischen Gewaltausbruch gestern, aber nicht darüber, wie er hier in die Kabine kommen würde. Normalerweise standen an seinen Tatorten Beamte der Schutzpolizei oder vom Kriminaldauerdienst, die alles gesichert und vorbereitet hatten, und wenn nicht, dann rief er einen Schlüsseldienst und legte achtzig oder neunzig Euro aus.

Um Tülin Schelzig über die Schulter anzublicken, musste er seinen ganzen Körper drehen. Die aseptische Anzugluft vermischte sich mit seinem Schweiß. Er sah, wie sie übertrieben die Augenbrauen hob, stummfilmartig, damit er es durch das Sichtfenster ihres Schutzanzugs sehen konnte. Die Kabinentür war mit einem gängigen Hoteltürschloss gesichert, für das man eine Codekarte brauchte. Die Tatsache, dass er sich darum nicht gekümmert hatte, zeigte, wie wenig er darauf brannte, an einem Virenherd zu ermitteln.

«Ich bin so ein Idiot», sagte er, «ich habe die Karte vergessen.»

Tülin Schelzig streckte den Arm aus, in der Hand eine weiße Codekarte mit blauer Schrift, und sie sah so sehr wie eine Astronautin aus, dass Danowski fast erwartete, die Karte würde, nachdem Schelzig sie losgelassen hatte, schwerelos auf ihn zuschweben. Zum ersten Mal grinste Schelzig und gab ihm die Karte.

«Jetzt verstehe ich auch, warum Sie hier sind», sagte er und öffnete die Tür zur Kabine. Es war seltsam, nichts riechen zu können von der Welt, die ihn umgab; normalerweise orientierte er sich in einer neuen Umgebung zuerst mit seinem Geruchssinn, aber das fiel ihm erst jetzt auf. Alles, was er roch, waren der Anzug, er selbst und dass er schlecht geschlafen hatte.

«Vorschrift», sagte Tülin Schelzig, und es verwirrte ihn kurz, dass ihre Stimme immer aus derselben Richtung kam, obwohl sie hinter ihm ging und sich jetzt, wie er im Umdrehen sah, neben der Kabinentür an die Wand lehnte. «Und denken Sie dran, Sie dürfen nichts mitnehmen.»

«Alles kontaminiert?»

«Nicht unbedingt. Das Virus braucht organisches Material, um sich zu reproduzieren und weiter zu existieren, aber jeden Gegenstand, den Sie von Bord mitnehmen, müssten wir erst mal im Labor auf organische Rückstände untersuchen und freigeben, und dafür haben wir, vorsichtig ausgedrückt, nicht die Zeit.»

«Vorsichtig ausgedrückt? Wie würden Sie das unvorsichtig ausdrücken?»

«Ich bin von der Gesundheitsbehörde aufgefordert, auf Sie aufzupassen, dabei wäre mein Platz eigentlich im Labor und im Krisenmanagement.»

«Auf mich aufzupassen gilt gemeinhin als eine Art Krisenmanagement», sagte Danowski und sah sich in der Kabine um.

«Cool», sagte Schelzig mit einer Trockenheit, die durch den Keksdosen-Sound der kleinen Lautsprecher praktisch adstringierend wirkte.

Die Außenkabine, die Carsten Lorsch für sich und seine Frau gebucht hatte, war etwa zwanzig Quadratmeter groß, nicht geräumig, aber überraschend luftig nach der Enge der Schiffsgänge. Ein blaugelb gemusterter Teppich, zwei Betten mit Überdecken in passenden Tönen, nicht als Doppelbett arrangiert, sondern links und rechts an die Wand geschoben; beide Betten waren gemacht, streng und faltenlos, und Danowski vermutete, dass die Bettwäsche frisch aufgezogen worden war, nachdem Lorsch auf die Krankenstation gekommen war. Wer hatte das Bett gemacht? Wer hatte die Kabine gereinigt? Die verschwundene Kabinenstewardess? Oder jemand anders? Jedenfalls Menschen, mit denen er würde reden müssen. Falls sie nicht morgen schon dabei waren, sich die Eingeweide aus dem Leib zu erbrechen.

Er spürte, dass die Zeit knapp war, zugleich sah er noch immer die Möglichkeit, sie beliebig zu dehnen, bis die Ermittler aus Panama eintrafen.

Rechts vom Eingang die schmale Tür zum Bad, gegenüber ein Schrank, daneben ein Ganzkörperspiegel. Eine Reflexion des Deckenlichts verwandelte das Sichtfenster seines Anzugs in eine flache, helle Fläche, hinter der Danowski sein eigenes Gesicht nicht sehen konnte. Zum ersten Mal in seinem Leben sah er sich nicht im Spiegel, und es kam ihm vor, als hätte er nicht nur seine Gestalt verändert, sondern sein ganzes Wesen, als wäre er unsichtbar geworden. Er wandte den Blick ab und der Außenwelt zu: an der Stirnseite des Raumes war eine geschlossene zweiflüglige Tür, die auf einen kleinen Balkon mit rundem Tisch und zwei Stühlen führte. War dies der Balkon, auf dem er gestern Morgen eine dunkelhäutige Frau in Uniform gesehen hatte, das Zimmermädchen oder jemand anders von der Crew?

Er spürte an seinem Rücken, wie Tülin Schelzig sich an ihm vorbei in den Raum drängte. Als sie in seinem Gesichtsfeld auftauchte, zeigte sie mit ihrem breiten Stiefel auf einen Bereich zwischen dem linken Bett und einer Art Konsole, in die ein Fernseher, ein Schreibtisch und die Minibar eingelassen waren.

«In diesem Bereich haben wir eine außerordentlich hohe virale Belastung festgestellt. Und hier habe ich auch die Splitter gefunden, die vermutlich von einer Ampulle stammen. Sie werden heute oder im Laufe der nächsten Tage freigegeben, dann können Sie sie selbst noch mal untersuchen.»

«Klingt spannend.»

«Oder was Sie sonst so mit Beweismitteln machen.»

«Im Zweifelsfall würde ich jemanden wie Sie anrufen und Sie bitten, mir was über die Art von Ampulle zu erzählen, auf die die Splitter hindeuten.»

«Und ich würde sagen, dass ich bisher keine Zeit hatte, mich darum auch noch zu kümmern.»

«Das würde mich misstrauisch machen.» Er redete, um Geräusche zu machen, denn er stellte fest, dass er sich weniger eingesperrt in seinem Anzug fühlte, wenn er darin Stimmen hörte, selbst wenn eine davon seine eigene war. Jetzt aber merkte er, wie Schelzigs Körpersprache sich veränderte wegen etwas, das er gesagt hatte. Oder besser: ihre Anzugsprache. Sie schien sich von ihm wegzudrehen, als wollte sie seine Aufmerksamkeit von sich ablenken.

«Wieso misstrauisch?», fragte sie, offenbar unfähig, den unverfänglichen Ton aufrechtzuerhalten, den sie gerade gefunden hatten. Danowski versuchte vergeblich, sie genauer zu betrachten und mehr von ihr zu empfangen als Sichtfeldreflexion und sanfte Statik hinter ihrer trockenen Stimme.

«Keine Ahnung», sagte er. «Was können Sie denn über die Ampulle sagen?»

«Kein Fabrikat, das ich kenne. Man erkennt zwar nicht den Herstellernamen, aber die Farbe der Markierungen. Eine Art Petrol, das ich an deutschen Kliniken noch nicht gesehen habe.»

«Herrlich», fand Danowski, «ich hatte schon Angst, der Fall wäre nicht international genug.»

«Jedenfalls war hier in diesem Bereich der *viral load* am größten, und wenn Sie mich fragen, dann hat jemand versucht, Blut wegzuwischen. Das kennen Sie vielleicht aus Ihrem Job: Wenn man versucht, Blut von Möbelstoffen oder Teppichen zu wischen, breitet man den Fleck immer mehr aus. Genauso war es hier auch. Hier, die Konturen können Sie noch erkennen.»

Ich hätte mich nicht davon abbringen lassen dürfen, die Ausrüstung zur Spurensicherung mitzunehmen, dachte er. Mit Luminol hätte er das Blut hier im Schwarzlicht zum Leuchten bringen können. Schelzig hatte ein gutes Auge.

Oder sie hatte gewusst, wo und wonach sie suchen musste, dachte Danowski.

«Wieso Blut?», fragte er.

«Das Virus braucht organische Materie, in der es sich reproduzieren kann, sonst stirbt es ab. Deshalb eignet sich Blut besonders gut zum Transport. Ich vermute, das Virus wurde in einer mit Blut gefüllten Ampulle transportiert.»

«Okay», sagte Danowski. Er überlegte, ob er sich auf das gegenüberliegende Bett setzen könnte. Er hatte nicht gefragt, welche Bewegungen im Schutzanzug möglich waren und welche nicht. Er hatte das Gefühl, einen Moment zu brauchen, um den Gedanken an diese Art Tatwaffe endgültig einzuordnen. Er lehnte sich an die Wand, die ihm dünn erschien, und blickte auf den verwischten Fleck auf dem Teppich. Etwas an der Vorstellung einer mit kontaminiertem Blut gefüllten Ampulle widerte ihn so grundsätzlich an, dass er anfing, im Kopf eine Liste zu machen, um das Gefühl unter Kontrolle zu bekommen.

Wenn er ein Tötungsdelikt bearbeitete, dann war die Tatwaffe meist der sprichwörtliche stumpfe Gegenstand. Bratpfanne, Bügeleisen, Wagenheber. Viel öfter aber der Hammer. Gift? Viel seltener, als er bei Berufsanfang gedacht hatte. Weil die wenigsten sich so lange Zeit für die Planung ließen. Mit Tötungsdelikten war es wie mit Süßigkeitenverzehr und ungeschütztem Geschlechtsverkehr: Menschen mit geringer Impulskontrolle waren in überdurchschnittlichem Maße an diesen Praktiken interessiert und beteiligt, und weil sie nicht dazu neigten, lange im Voraus zu planen, war Gift eine seltene Tatwaffe.

Oder Gift wurde einfach zu selten entdeckt.

Und war ein tödliches Virus im engeren Sinne überhaupt Gift? Danowski dachte an die entsprechende Definition aus der Ausbildung und kam zu dem Ergebnis: Doch. Einmal, als er in Wilmersdorf Streife gelaufen war, hatte ein Junkie ihn und eine Kollegin im Preußenpark mit einer Spritze angegriffen, in der angeblich HIV-verseuchtes Blut war. «Angeblich»: Der Junkie hatte seine Angaben gemacht, indem er auf sie zugestürmt und «Ich stech euch ab, ihr Wichser, ich stech euch ab mit meinem Aids-Blut» gebrüllt hatte. Die Kollegin hatte ihn zu Fall gebracht und überwältigt, aber erst, nachdem er Danowski mit der Ampulle am Oberschenkel getroffen hatte. Danowski erinnerte sich an die Betretenheit der Kollegen, das Anlegen eines antiseptischen Wirkstoffdepots, Postexpositionsprophylaxe und die ganze andere Scheiße, der erste Test und dann der zweite. Expositionsrisiko in Relation zum mittleren Risiko 6:1, das würde er nie vergessen.

Eine Ampulle mit Blut war jedenfalls nicht seine Lieblingsmordwaffe.

«Okay», sagte er, mehr zu sich selbst, weil er sich an die radioartige Verfremdung seiner eigenen Stimme durch die Lautsprecher gewöhnt hatte, «diese Glassplitter, die Sie fotografiert und dann mitgenommen haben: Lagen die hier offen rum, oder hat die jemand beim Saubermachen übersehen?»

«Eher übersehen», erklärte Schelzig. «Sie waren unterm Bett, unter dem breiten Bügel da hinten. Und es waren auch nur ein paar Splitter, längst nicht die komplette Ampulle, das war nur ein Bruchteil, der Rest fehlte.»

«Also hat jemand Carsten Lorsch mit einer Giftspritze angegriffen, und Lorsch hat sich gewehrt, wobei die Spritze oder Ampulle zerbrochen ist. Vielleicht hat der Täter Lorsch auch im Schlaf vergiften wollen, und Lorsch ist aufgewacht und hat sich dann erst gewehrt.»

«Soll ich das irgendwie aufschreiben und für Sie in Form bringen oder so was?», fragte Schelzig.

«Ich hab Sie nicht gebeten, hier rumzustehen und mir zuzuhören», sagte Danowski, der sich in Wahrheit nicht vorstellen wollte, allein durch die kontaminierte Zone zu schleichen. Je länger er hier war, desto mehr hatte er das Gefühl, nicht mehr gut atmen zu können. Er schloss die Augen und schien vornüberzustürzen, obwohl er die Wand überdeutlich an seinem Rücken spürte. Ein Abgrund voller scharfkantiger Gegenstände, Metallsplitter, wie Kathrin Lorsch sie in ihren Nagelfetisch geschlagen hatte. Kanülen.

Plötzlich spürte er ein Gewicht auf seiner Schulter: ein Handschuh, darin nach allen Gesetzen der Logik die Hand der Frau vom Tropeninstitut, sehen konnte er sie allerdings nicht. Sie zog ihn nach vorne.

«Bitte lehnen Sie sich nicht mit dem Rücken irgendwo an. Dadurch klemmen Sie Ihre Luftleitung ab. Sie waren gerade kurz davor, das Bewusstsein zu verlieren. Bei einem Sturz könnten Sie den Anzug beschädigen.»

Er atmete vorsichtig, dann voller Begeisterung, mehr als Luft, wie ihm schien: ein Gas aus Zuversicht und Hoffnung. Sauerstoff, herrliche Sache, dachte er. Dann, um sich zu bewegen und damit Schelzig sein Gesicht nicht sah, drehte er sich weg und öffnete die Schränke. Eine Reisetasche mit Schmutzwäsche, schwer zu durchsuchen mit seinen klobigen, gefühllosen Händen im schummerigen Schranklicht. Auf den Bügeln zwei hellblaue, ein weißes und ein hellblau-weiß gestreiftes Hemd. Ein dunkler Anzug, zwei Sakkos, Hosen, Socken, Unterwäsche, mehr oder weniger sauber eingeräumt. Eine weinrote Tasche mit Golfutensilien, die ihm entgegenzustürzen drohte, sodass er die Schranktüren schloss. Keine Spur von einer anderen Person, keine Frauenkleidung, nichts in anderer Größe. Im Bad ein Kulturbeutel, an dem man ablesen konnte, dass sein Besitzer feste Wurzeln in den achtziger Jahren hatte: Aftershave von Tabac Original, Zahnbürste von Dr. Best. Tabletten gegen Bluthochdruck, Aspirin, drei Kondome. Danowski machte ein Foto davon. Möglicherweise ein interessantes Gesprächsthema für den nächsten Besuch bei Kathrin Lorsch.

«Warum», fragte Danowski, «vergiftet man jemanden mit einem Ebolavirus?»

«Im Moment hat das Virus noch keinen Namen», sagte Schelzig. «Es handelt sich um ein neues Filovirus. Vermutlich werden wir ihm in der Literatur einen Namen geben, der sich an Marburg und Ebola orientiert. Exotische Viren werden gern nach Orten benannt.»

«Hamburg-Virus? Wirklich?»

«Hamburg ist ein bisschen zu unspezifisch. Möglicherweise eher Altona-Virus.»

«Na, das wird die Lokalpatrioten hier freuen», sagte Danowski. Er fing an, die Schubladen in der Kabine zu durchsuchen. Reiseunterlagen von Carsten Lorsch, die er abfotografierte, ein Ringbuch mit Informationen über das Leben an Bord, Faltblätter, die die Landausflüge und die Aktivitäten auf dem Schiff anpriesen. «Und woher bekommt man so ein Virus?»

Schelzig antwortete nicht. Er drehte sich um und sah sie fragend an.

«Ich dachte, Sie reden mit sich selbst», sagte sie.

«Nee, jetzt sind Sie mal als Fachfrau gefordert.»

Soweit er sehen konnte, hob sie in ihrem Raumanzug die Schultern.

«Wie ich heute Morgen gesagt habe: Wir haben diesen Virenstrang noch nie gesehen. Es kann sein, dass er aus einem Labor stammt, aber denkbar ist auch, dass ihn jemand irgendwo in der freien Natur gefunden hat. Es gibt unzählige tropische Viren, die wir noch nicht kennen. Und wegen der Erderwärmung verbreiten sie sich immer weiter nach Norden.»

«Ich bin wirklich kein Erderwärmungsskeptiker», sagte Danowski, während er den linken Nachttisch nach persönlichen Spuren absuchte und keine fand, «aber dass dieser ganze Vorgang hier eine Folge des Klimawandels ist, mittelbar also durch Ihren Haarspray-Verbrauch in den Achtzigern verursacht wurde, finde ich dann doch ein bisschen weit hergeholt.»

«Ich habe in den achtziger Jahren keinerlei Haarstylingprodukte verwendet, weder FCKW-haltige noch andere», sagte Schelzig. «Ich bin 1980 geboren.» Danowski rollte mit den Augen. Eine leere Schublade nach der anderen. Und wann hatte eigentlich die Generation mit der 8 davor angefangen, ihm die Welt zu erklären?

«Westnil-Virus», fuhr sie fort, «das ist eine der gefährlichsten afrikanischen Krankheiten, übertragen durch eine Mückenart, die man wegen der Erderwärmung inzwischen auch in Südfrankreich oder Italien findet.»

«Aber diese Filoviren werden nicht von Mücken übertragen», sagte Danowski. Mühsam ließ er sich auf die Knie hinab. Der Anzug machte jede Bewegung schwer, die über ein leichtes Gestikulieren und Herumstehen hinausging, er war offenbar mehr was zum Abhängen als zum improvisierten Spurensichern.

«Möglicherweise schon», widersprach Schelzig. «Andere Filoviren aber sind eher von Säugetieren übertragen worden, insbesondere von Primaten.»

Danowski richtete sich wieder auf und wandte sich dem rechten Nachttisch zu.

«Jemand findet einen infizierten Affen, nimmt ihm Blut ab, schifft sich dann hier ein und kommt nachts in die Kabine von Carsten Lorsch, um ihn damit zu infizieren.»

«Nachts?»

«Gut, keine Ahnung, irgendwie denke ich wegen der Spuren am Bett daran, dass er geschlafen hat. Aber: Wie ist der Täter dann in die Kabine gekommen? Im Moment ist mein Hauptverdächtiger ein Mitreisender, der sowohl über die passende Magnetkarte als auch über einen mit Ihrem Filovirus infizierten Affen verfügt. Wenn ich den hier an Bord finde, ist der Fall gelöst, bevor die Leute aus Panama kommen. Gute Gastfreundschaft, Willkommensgeschenk und so.»

«Es scheint mir doch ein recht umständlicher Weg, um jemanden zu töten», sagte Schelzig. «Hier in der Kabine ist praktisch jeder Gegenstand genauso gut oder besser geeignet, jemanden umzubringen, als ein exotisches Virus.» Wie zum Beweis gestikulierte sie Richtung Spiegel und Fernseher.

«Da sagen Sie was», sagte Danowski geistesabwesend, während er die Bücher untersuchte, die er in der oberen Nachttischschublade gefunden hatte. Unterhaltungsromane. In der Schublade darunter fand er eine Packung Papiertaschentücher, noch ein Kondom und einen grauen Briefumschlag, Standardformat, nicht zugeklebt. Vorn auf dem Umschlag stand in einer Schrift, die ihm bekannt vorkam, «Viel Glück.», ohne Ausrufezeichen, mit einem Punkt, was ein wenig kalt und zugleich prätentiös aussah. Kathrin Lorsch, die gleiche Handschrift wie in ihrem Notizbuch. Im Umschlag steckte eine gleichfarbige Briefkarte, auf die ein silberner Nagel geklebt war, darunter: «Mit Köpfen!»

Danowski legte sich den Umschlag und die Karte zurecht und fotografierte beides. Schelzig sah ihm über die Schulter und sagte: «Nägel mit Köpfen machen.»

«Ratefüchse aufgepasst», stimmte er zu.

«Können Sie damit was anfangen?», fragte sie.

«Der Nagel kommt mir bekannt vor.»

«Woher?» Er antwortete nicht und bückte sich noch einmal ganz auf den Boden, um unter das rechte Bett zu sehen. Gerade, als er wieder hochkommen wollte, schimmerte etwas hinten an der Wand unter dem Bett, was er zuerst für eine Reflexion in seinem Sichtfenster hielt.

«Sie sollten dann auch mal langsam zum Ende kommen», sagte Schelzig. «Ungeübter Atmer wie Sie.»

Danowski streckte seinen Arm aus, aber er war zu kurz. Er stand auf und zog das Bett von der Wand, es war erstaunlich leicht, oder vielleicht verlieh die Aussicht, dieses Schiff bald verlassen zu können und trotzdem was über Kathrin Lorsch herausgefunden zu haben, ihm ungeahnte Kräfte.

«Ich bin nicht davon ausgegangen, dass Sie hier die Kabine umräumen wollen.»

«Sie können mich kaum daran hindern, denn hier hat keiner von uns beiden was zu sagen», tröstete Danowski sie. Er bückte sich hinters Bett und holte eine kleine Fotografie hervor, Standardformat. Er betrachtete das Foto durch das Sichtfenster seines Schutzanzugs. Eine Insel, dunkel, felsig und bewaldet, auf der ein einzelnes weißes Gebäude zu erkennen war, vielleicht ein Leuchtturm, vielleicht eine Kirche. Die Insel konnte nicht länger als zwei- oder dreihundert Meter sein, sie lag offenbar in einem Sund oder vor einem Küstenstreifen, denn im Hintergrund war dunkles, braungrünes Land erkennbar, flach, aber geschwungen. Die Insel lag in tiefblauem Wasser, unter dichten, rot-orange leuchtenden Wolken, der Himmel darüber noch hell, aber alles deutlich sichtbar, die abendliche Farbpalette eines Sonnenuntergangs, der gerade vorüber war.

«Blaue Stunde», sagte Danowski zu sich selbst und spürte, wie Schelzig ihm über die Schulter sah. Er hielt das Bild so, dass das Licht vom Balkon darauffiel, und machte seinerseits ein Foto davon. Dann drehte er es um. Auf der Rückseite stand in einer kleinen, losen Handschrift: «Slàinte mhath!» Auch davon machte er ein Bild. Er erinnerte sich vage an die Trinkrituale, die Finzi früher zelebriert hatte, all die unterschiedlichen Trinksprüche für unterschiedliche Arten von Alkohol, je nach Anlass und Herkunft. Im weitesten Sinne stand hinten auf dem Bild also «Prost» auf Schottisch, vermutlich in der Handschrift von Carsten Lorsch. Dies war der erste wirklich persönliche Gegenstand, den er von ihm gefunden hatte und beinahe in den Händen hielt. Ein erster Blick auf einen Mann, der keine Spuren hinterlassen wollte.

«Das heißt so viel wie ‹Gute Gesundheit›», sagte Schelzig.

Er stand auf und merkte, wie ihm der Rücken weh tat, unten, gegen Ende der Wirbelsäule, dort, wo er ihm eigentlich nicht weh tun sollte. Unbequem gekniet im Schutzanzug. Gestern Nachmittag auf den Parkplatz gestürzt. Oder dann eben doch einfach das Alter. Es gab eine Vielzahl von möglichen Erklärungen für ein wenig Rückenschmerzen im Lendenwirbelbereich. Darunter am Ende auch die, dass er sich gestern Morgen womöglich mit einem hochaggressiven Virus angesteckt hatte. Das jetzt fieberhaft dabei war, seine DNA in Danowskis Zellen zu reproduzieren und sie dabei der Reihe nach in funktionsunfähige Gewebeklumpen zu verwandeln, die sein Körper gegen Ende durch alle möglichen Öffnungen ausscheiden würde. Wobei diese Erklärung nicht die rationalste war.

«Sie wissen ja auch viel», sagte er und dachte an die Kollegin Ehlers aus der Rechtsmedizin, von der er seit gestern nichts mehr gehört hatte. «Scheint bei Medizinern eine Berufskrankheit zu sein.»

Sie standen in ihren Raumanzügen herum, als wären sie

vor einer Weile auf dem Mond gelandet und hätten jetzt dort nichts mehr zu tun. «Sind Sie fertig?», fragte sie.

«Im Prinzip ja. Ich würde mir gern den Balkon anschauen, aber ...»

«Sie haben den Offizier gehört.»

«... ich fürchte, Sie werden mir davon abraten.»

«Schauen Sie durch die Glastür. Auf eine Scheibe mehr oder weniger kommt es ja wohl nicht an.»

Tatsächlich hatte Danowski kein Interesse daran, sich in seinem hellgelben Schutzanzug auf dem kleinen Balkon zu zeigen. Auf dem Fluss kreuzten langsam und geduldig Barkassen und Motoryachten mit Kameraleuten und Fotografen, immer in Sichtweite des Kreuzfahrtschiffes, begierig darauf, dass etwas passierte, und auf den Dächern der Büro- und Lagerhäuser am Rande des Cruise Centers lagen sie mit Zoomobjektiven und warteten: Polizist im Raumanzug an Bord des Pestschiffes, das Aufmacher-Foto, das gerade noch gefehlt hatte.

Er sah durch die Glastür, und da war nichts außer den Möbeln, keine benutzten Gläser, kein zum Trocknen aufgehängtes Kleidungsstück, kein Hinweis darauf, dass hier eine weitere Person gewesen war.

«Sauerstoffende in T minus 15.»

«Ist ja gut mit der Wissenschaftsporno-Sprache», sagte Danowski. «Sie sehen hier nicht zufällig irgendwo eine Aktentasche, dunkelbraunes Glattleder, matt, silberne Beschläge, Ziehharmonikaboden?» Sie antwortete nicht. «Ich auch nicht.» Dann legte er das Foto vom weißen Haus auf der Felsinsel auf den Nachttisch und vergewisserte sich, dass er die Digitalkamera in der Hand hatte, denn spüren konnte er sie nicht.

«Gute Gesundheit», sagte er. «Wie außerordentlich unpassend.»

Es dauerte fast eine halbe Stunde, bis sie die Schleuse in umgekehrter Richtung passiert hatten. Außerhalb der Schleuse war der abgesperrte Bereich groß, «auf Zuwachs», wie Schelzig nüchtern sagte. Aber innerhalb war alles beengt, und Schelzig bestand darauf, dass er bei der Desinfektion der Schutzanzüge half. Sie erinnerte ihn daran, die Unterwäsche, die er unter dem Anzug getragen hatte, in einen Spezialbehälter zu legen, zusammen mit ihrer. Sein vergilbtes weißes T-Shirt fiel auf ihr T-Shirt mit dem Löwenwappen, und er dachte, dass sie so etwas wie das genaue Gegenteil einer Affäre hatten: zwei Menschen, die sich an einen abgetrennten, verbotenen Ort zurückzogen und sich dafür so viel wie möglich anzogen, um nichts miteinander zu teilen, und anschließend, wenn alles vorbei war, standen sie nackt Rücken an Rücken und versicherten einander, wie wenig ihnen das alles bedeutet hatte.

«Wollen Sie eigentlich mal mit dem Schiffsarzt sprechen?», fragte Schelzig wenig einladend.

«Sollte ich wohl», meinte Danowski.

«Können Sie sich aber auch sparen. Er macht im Moment in unseren Isolationsräumen einen unfreiwilligen Morphiumentzug und ist wenig auskunftsfreudig.»

«Dann hätten wir das ja auch geklärt. Schön, dass Sie's angesprochen haben.»

«Wenn Sie sich beeilen, komme ich noch vor zwölf ins Labor.»

«Meinetwegen können Sie gerne vorgehen.»

«Sie haben es nur mir zu verdanken, dass Sie überhaupt hier sein dürfen.»

«Im Prinzip war das eine reine Formalität. Meine Ermittlungen hier sind abgeschlossen.»

«Umso besser.»

«Den Rest sollen die Kollegen aus Panama machen.»

«Falls Sie doch noch mal an Bord wollen: Sie stehen auf der kurzen Liste der Berechtigten. Für den Aufenthalt in allen anderen Bereichen des Schiffes brauchen Sie diesen einfachen Schutzanzug, Handschuhe und einen Mundschutz.»

«Nicht, wenn's sich vermeiden lässt.»

«Wirklich. Setzen Sie den Mundschutz auf.»

Hinter der Schleuse war ein abgesperrter Bereich von etwa fünfzig Metern Ganglänge. Danowski sah im Vorbeigehen, dass die Kabinen geräumt, aber nicht neu hergerichtet worden waren: die Schränke und Türen standen offen, das benutzte Bettzeug hing bis auf den Teppich. Er fragte sich, wo die Passagiere untergekommen waren, um die vierzehn Tage der Quarantäne abzuwarten. Je näher sie dem unabgesperrten Bereich kamen, desto lauter hörte er Stimmen und Musik. Er atmete tief ein, die Luft roch nach synthetischer Aprikose und Kühltruhe wie am vorigen Morgen.

«Wäre es nicht besser, die Klimaanlage abzustellen? Ist das nicht eine riesige Giftschleuder, mit der hier alle Leute infiziert werden?»

«In den meisten Kabinen lassen sich die Fenster nicht öffnen, von den Innenkabinen ohne Fenster ganz zu schweigen. Die Luft würde innerhalb von Minuten unerträglich werden. Außerdem können wir das Risiko eingehen. Die Filoviren, die wir bisher kennen, werden nicht über die Atemluft übertragen.» Sie machte eine ungeduldige Handbewegung, um ihn zu schnellerem Gehen aufzufordern. Er konnte nichts dagegen tun, dass seine Schritte immer langsamer wurden. Er zog die grün-weiße Wegwerfmaske aus Papier über Nase und Mund und schämte sich kurz, weil er wusste, dass er jetzt für alle anderen Menschen an Bord aussah wie jemand, der Angst hatte, sich bei ihnen anzustecken.

«Ich bin wahrscheinlich doppelt so kontaminiert wie jeder andere hier», sagte er, während sie einem Absperrungsband folgten, mit dem die Crew ihnen den kürzesten Weg zum Ausgang markiert hatte.

«Das stimmt», sagte Schelzig unbarmherzig. «Aber die Vorschrift gilt erst seit gestern, achtzehn Uhr. Außerdem wirkt der einfache Schutz in beide Richtungen: Auf diese Weise halten Sie nicht nur die Formalitäten ein, sondern Sie verhindern auch, dass andere sich bei Ihnen ein Virus mit kurzer Inkubation und hoher Letalität einfangen.»

«Effizient», sagte Danowski. «Ich liebe es, alles richtig zu machen.»

Als sie das Ende des Ganges erreicht hatten, sah er, dass sich hinter der Absperrung lose Grüppchen von Passagieren und Crewmitgliedern versammelt hatten. Sie betrachteten ihn und Schelzig voll Abscheu und sprachen über sie, als wären sie nicht da.

«Scheiß Nazi-Ärzte in ihren Schutzanzügen.»

«Wie im KZ ist das hier!»

Es waren zwei Männer Ende fünfzig in Sweatshirts, unter denen sie Hemden trugen. Fleischige Hände, vor Wut dunkle Gesichter, offenbar nicht gewohnt, dass jemand anders als sie anderen etwas verbot. Danowski blieb stehen.

«Wirklich? Das ist das Erste, was Ihnen einfällt? Nazi-Ärzte und KZs?»

Schelzig zog ihn am Ärmel. Er fühlte sich leicht, seit er den Raumanzug nicht mehr trug.

«Ist doch ein einziger Menschenversuch hier!», schrie einer der Männer. «Nazi-Schweine!»

«Kommen Sie jetzt», zischte Schelzig. Danowski schüttelte ihren Arm ab und raffte sich auf, ihrem Tempo zu folgen. Da sah er links von sich, gegenüber von den feindseligen Passagieren, eine Wand voller Fotos. Darauf Hunderte von

Menschen: zum Teil festlich herausgeputzt mit dem Kapitän des Schiffes, zum Teil in normaler Kleidung, offenbar kurz vor der Einschiffung, noch unten im Terminal. Auf jedem der ungefähr tausend bis zweitausend Fotos waren mindestens zwei Menschen abgebildet, niemals jemand allein.

Kann sein, dachte Danowski, dass jemand wie Carsten Lorsch dem Foto mit dem Kapitän entgeht, aber bei der Einschiffung ist man wahrscheinlich zu sehr mit anderen Dingen beschäftigt, um zu verhindern, dass vor diesem blauen Fotohintergrund mit Reedereiwappen jemand ein Bild von einem macht. Er lächelte.

«Tut mir leid», sagte er zu Tülin Schelzig. «Ich bin nicht sicher, ob Sie's noch vor zwölf ins Labor schaffen, wenn Sie unbedingt auf mich warten wollen. Das hier kann dauern.»

Er rief sich das nicht gerade bemerkenswerte Gesicht von Carsten Lorsch ins Gedächtnis und fing an, es auf den Fotos von der Einschiffung zu suchen. Schelzig seufzte. Schon nach wenigen Sekunden verschwammen die Gesichter all der leicht gestressten, aber dennoch zuversichtlichen Passagiere vor seinen Augen; eine Masse von Menschen in frischer, praktischer Kleidung, mit Handgepäck, die Reiseunterlagen parat, wie ein einziges vielköpfiges Wesen, das mit jedem Wimpernschlag sein Gesicht veränderte.

«Vielleicht ein Zufallstreffer», sagte er und rieb sich die Augen. «Gucken Sie doch mal mit, Sie wissen doch auch, wie Lorsch aussah.»

«Sagen wir mal: Ich weiß, wie er jetzt aussieht», widersprach Tülin Schelzig.

«Ich habe eine bessere Idee», schlug er vor. «Wir suchen nach einer rothaarigen Frau Mitte, Ende dreißig.»

«Wieso das denn plötzlich?»

«Hier hängen ungefähr fünfhundert Bilder von Durchschnittstypen Anfang fünfzig mit Brille, aber wahrscheinlich nur ganz wenige von rothaarigen Frauen. Also ist es rein rechnerisch einfacher, nach einer rothaarigen Frau zu suchen. Vielleicht bringt die uns was, vielleicht nicht. Aber dann haben wir nicht viel Zeit verloren.»

«Wir? Ich bin rein rechnerisch kurz davor, die Geduld zu verlieren.» Aber es dauerte keine halbe Minute, dann hatte Schelzig ein Foto mit einer relativ jungen rothaarigen Frau gefunden. Geübtes Mikroskopauge, dachte Danowski. Als sie ihm das Foto zeigte, sah sie ihn einen Moment an, als könnte er zaubern oder eher hexen. Neben der Rothaarigen stand Carsten Lorsch: Khakihosen, hellblaues Hemd unter dunkelblauem Pullover, ein graues Sportsakko über den Arm gelegt. Er lächelte, aber seine Augen sahen ernst und gespannt aus. In der linken Hand trug er eine braune Aktentasche. Die Frau neben ihm hatte ein graublaues Sommerkleid an, darüber eine offene Strickjacke. Sie hatte ein rundes Gesicht mit hohen Wangenknochen und einem breiten Mund, sie lachte viel echter oder viel besser gespielt als die meisten auf den anderen Fotos. Anziehend; jemand, in dessen Nähe man gern wäre. Dieselbe Frau, die Danowski gestern, bei seinem ersten Besuch an Bord der «Großen Freiheit», an der Balustrade hatte weinen sehen, als Einzige. Das Gesicht, das ihm aufgefallen war, weil es eine Emotion zeigte, die stärker war als die auf allen anderen Gesichtern um sie herum. Ein Glückstreffer.

«Wie haben Sie das gemacht?», fragte Schelzig.

«Ich habe die Frau gestern hier weinen gesehen», sagte Danowski. «Und wer sollte hier einen Grund zum Weinen gehabt haben, wenn nicht eine Frau, die vermutlich die Begleiterin von Carsten Lorsch war. Die Geliebte. Haben Sie die Kondome in der Kabine gesehen?»

Als er das Bild von der Wand nehmen wollte, stellte sich ihm ein Mann in Schiffsuniform in den Weg und sagte auf

Englisch, Danowski könne das Bild für sechzehn Euro erwerben. Danowski lachte und holte sein Telefon aus der Tasche, um es abzufotografieren. Der Mann hielt ihn am Arm fest und wies auf ein Schild, auf dem stand, im Bereich des Photoshops sei Fotografieren verboten. Danowski erschloss sich der betriebswirtschaftliche Zusammenhang, er fand ihn jedoch inhaltlich paradox. Besonders störte ihn, von jemandem am Arm festgehalten zu werden. Es war nur eine kleine Geste, aber sie gab ihm das Gefühl, sich hier in einem rechtsfreien Raum zu bewegen. Er schüttelte die Hand des anderen ab und machte sein Foto. Schelzig beobachtete die unangenehme kleine Szene ungerührt, mit nicht mal wissenschaftlichem Interesse. Danowski spürte, dass der andere ihn nicht daran hindern würde, sein Telefon mit der Aufnahme einzustecken: zu viel Drama, zu viel Aufsehen. Er nickte ihm zu und merkte sich die Abneigung in den Augen des Uniformierten.

Im Gehen wurde Danowski klar, dass dies nicht sein letzter Besuch an Bord des Pestschiffes bleiben würde. Um zu erfahren, wer Carsten Lorsch war und warum er gestorben war, musste er die Frau finden, die ihn begleitet hatte und die womöglich auch infiziert war.

15. Kapitel

«Letztendlich ist das jetzt doch so 'ne Art Soko geworden», sagte Finzi und studierte den Essensplan im Intranet. «Wir müssen irgendwie zeigen, dass uns das alles nicht völlig egal ist, auch wenn wir eigentlich nichts machen können. Aber wir sollen's auch nicht übertreiben. Sagt die Chefin.»

«Meinetwegen können wir's gerne Soko nennen», sagte Danowski. «Hauptsache, es gibt keine Besprechungen.»

«Was Neues von der Rothaarigen?»

«Ich versuche, über die Reederei an den Namen zu kommen. Beim Einchecken werden die Leute für die Bordkartenkontrolle fotografiert. Es müsste uns also jemand nur die ungefähr tausendsechshundert Bilder der aktuellen Passagiere schicken. Angeblich kann das nicht vom deutschen Büro autorisiert werden, die Anfrage liegt jetzt in der Reedereizentrale in Genua. Der Zugang müsste aber heute Mittag kommen.»

«Und dann?»

«Die haben eine Datenbank, in die wir uns einloggen dürfen. Aber die kann man nicht mal nach Geschlecht sortieren, geschweige denn nach Haarfarbe.»

Finzi seufzte. Danowski wiegte sein Haupt. Ihre Blicke trafen sich. Finzi hob die Augenbrauen und zeigte mit dem Daumen über die Schulter, wo Molkenbur und Kalutza versuchten, jemanden auf dem Polizeipräsidium in Panama-Stadt zu erreichen, vergeblich, wie es schien, denn ihr aus dem Google Translator abgelesenes Spanisch wurde immer erschöpfter und fragmentarischer. Die beiden hatten eine

Magnetwand aufgestellt, auf der sie die Reiseroute der «MS Große Freiheit» mit Internetausdrucken markiert hatten: der Wikipedia-Eintrag zu Helgoland, die Touristenseite von Edinburgh, ein paar Bilder von Newcastle mit alten Gebäuden, Wappen und Brücken, Informationen zu Amsterdam. Danowski nickte.

Während Molkenbur und Kalutza nach kurzer ritueller Gegenwehr die Datenbank der Reederei durchsuchten, beschloss Danowski, Kathrin Lorsch mit dem Foto ihres Mannes in Begleitung der Rothaarigen zu konfrontieren, das er sich auf den Rechner geschickt und ausgedruckt hatte.

Auf dem Beifahrersitz tat Danowski, als schliefe er, während die Bilder des Vormittags ungeordnet vor seinem inneren Auge abliefen. Voodoo, ein anderer Kulturkreis, schon klar. Aber die Nägel in den Geschlechtsteilen des Fetischs waren neu, als hätte Kathrin Lorsch ihren Mann in dieser Körperregion vor kurzem besonders bestrafen wollen. Und dann der Nagel, den sie ihm mit an Bord gegeben hatte: als sollte es eine symbolische Verbindung zwischen dem Nagelfetisch bei ihr zu Hause und der Reise ihres Mannes geben. Aber warum sollte ihr Mann Nägel «mit Köpfen» machen, wie sie auf die Karte geschrieben hatte?

Sein Telefon vibrierte. Er seufzte. Leslie.

«Scheiße.»

«Du hast es vergessen, oder?»

«So was von vergessen. Total.»

«Das heißt, wir müssen den Termin bezahlen.»

«Echt?»

«Echt. Achtzig Euro.»

«Ich mach's wieder gut. Dafür geh ich nach der Schicht nicht mit Finzi ins Geizhaus.»

«Ich leg jetzt auf.»

Finzi sah ihn fragend an. «Impftermin für die Kinder», erklärte Danowski. «Heute Morgen. Und ich hab's vergessen.»

«Passiert dir doch sonst nicht.»

«Stimmt.» Danowski sah, dass es zu nieseln angefangen hatte. «Ich bin mit meinen Gedanken offenbar woanders.» Er ließ das Fenster herunter und roch den feuchten Staub und die Abgase der schleichenden Autos. «Und warum fahren die Hamburger bei Regen eigentlich Schritttempo? Kannst du mir das noch mal erklären? Ist ja nicht so, als würdet ihr keinen Regen kennen. Aber sobald es regnet, würdet ihr am liebsten den Wagen mitten auf der Straße abstellen und schreiend wegrennen.»

«Regen ist es nur, wenn's von vorne kommt», sagte Finzi, und sie sahen zu, wie die abgenutzten Wischerblätter den Frühlingsregen als trübsinnigen Film auf der Frontscheibe verteilten.

Als Kathrin Lorsch ihnen die Tür öffnete, hielt sie eine Kamera in der Hand. Danowski lächelte, als warte er auf das Vögelchen, während er mit dem Kinn auf die Kamera zeigte.

«Was fotografieren Sie denn?»

Sie sah klar und wach aus, sie ähnelte ihrem Antlitz von gestern wie eine Reinzeichnung dem Entwurf. Vielleicht Make-up, eine Nacht Schlaf oder am Ende Erleichterung, weil der Alte weg war, dachte Danowski mit einem Anflug von Bosheit. Er merkte, dass sie keine Lust hatte, seine Frage zu beantworten, aber dass sie gleichzeitig nicht widerstehen konnte, über ihre Arbeit zu sprechen.

«Mein Bild ist fertig», sagte sie schlicht.

«Dürfen wir mal sehen?»

«Eigentlich nicht.»

«Wir haben auch ein Bild dabei.» Er merkte, dass Finzi ungeduldig wurde. «Wir zeigen Ihnen unseres, Sie zeigen uns Ihres.»

Sie lachte zum ersten Mal, leicht und leise. «Anzüglich.»

«Nein», sagte Danowski. «Albern.»

In ihrem Atelier gab Finzi ihnen durch großbuchstabige Körpersprache zu verstehen, dass er anfing, sich als fünftes Rad am Wagen zu fühlen. Danowski hatte lange keinen Fall mehr bearbeitet, in dem es tatsächlich Verdächtige oder Zeugen gab, seit einigen Jahren hatte er es hauptsächlich mit Spuren, Vermerken und Akten zu tun. Er erinnerte sich, dass er früher immer einen Draht bekommen hatte zu Menschen, die er für verdächtig hielt oder bei denen er davon überzeugt war, dass sie etwas zu verbergen versuchten. Es war, als löste sich dadurch eine gewisse Distanz auf, die er als Sachbearbeiter normalerweise zu Bürgern hatte. Plötzlich war man in einem Boot, man spielte dasselbe Spiel, man war auf derselben Seite im letzten Drittel des gleichen Buches.

«Und?», fragte Kathrin Lorsch. Sie standen vor dem Porträt der beiden Kinder, das Danowski gestern zum ersten Mal gesehen hatte. Er erinnerte sich, wie fahl und leichenhaft ihre Gesichter gestern ausgesehen hatten. Heute hatten sie Farbe auf den Wangen, ihre Augen leuchteten fast in einem hellgrauen Blau, etwas grünlicher bei dem Mädchen als bei dem Jungen. Sie wirkten, wie seine Großmutter gesagt hätte, «wohl». Nur der traurige Ausdruck war ihnen geblieben. Die Bäume dahinter unscharf.

«Gestern habe ich fast noch die Schädelknochen durch die Haut gesehen», sagte Danowski.

«Entwesung», sagte Kathrin Lorsch und nickte. «Das ist meine Technik. Ich nenne sie auch archäologische Porträts. Ich male im Grunde vom Foto, aber in Schichten. Ich beginne mit den Knochen und übermale sie mit halbtransparenter Farbe im nächsten Arbeitsschritt mit den Muskelsträngen, den Gefäßen, dem Fleisch und der Haut. Dann folgen die Haare, die Augen und so weiter, und dann erst die Kleidung und die Umgebung.»

«Wer sind diese Kinder?», fragte Danowski. Es entstand eine kurze Stille, die Finzi offenbar weder interessant fand noch aushalten konnte, denn er sagte: «Sie malen also erst mal Skelette, verstehe ich das richtig?»

Kathrin Lorsch nickte. «Krank», sagte Finzi anerkennend. «Und wofür der ganze Aufwand?»

«Sie kriegen dadurch ein ganz anderes Leuchten», sagte sie. «Das Leuchten der Vergänglichkeit, würde ich sagen.»

«Sie haben meine Frage nicht beantwortet», mischte sich Danowski ein.

«Das Bild ist für die Stiftung Gesundes Kind, für deren Foyer oder so. Das Foto haben mir die Leute von der Stiftung gegeben. Die werden übrigens jeden Augenblick hier sein, um die Arbeit abzuholen. Vielleicht zeigen Sie mir jetzt, was Sie mir zeigen wollten.»

Er hatte das Bild in der Mitte gefaltet, und als er es aus der Innentasche seines Sakkos holte, zeigte er ihr zuerst die Hälfte, auf der Carsten Lorsch zu sehen war.

«Ist das Ihr Mann?» Sie nickte. Dann klappte er die andere Bildhälfte um, sodass man sah, wer neben ihm stand. Über Kathrin Lorschs Antlitz huschte das kleine durchsichtige Tier, das zwei Namen hatte: Überraschung und Gewissheit.

Heute war das Atelier licht und klar, trotzdem nahm sie Danowski das Foto aus der Hand und ging damit zum Fenster, als wollte sie es so genau wie möglich studieren. Zeit gewinnen, vermutete er.

«Kennen Sie die Frau?»

«Nein», sagte sie, ohne den Blick von der Fotografie zu wenden. Dann, nach einer Pause: «Da hätte ich stehen sollen.»

«Aber Sie konnten ja nicht», sagte Finzi und deutete auf das Gemälde. Sie blickte auf, als erinnerte sie sich erst jetzt an die Polizisten in ihrem Atelier. Sie nickte und gab Danowski das Foto zurück. Dann fuhr sie fort, den provisorischen Rahmen der Leinwand an den Ecken mit Schaumstoffwinkeln zu schützen, um das Bild zu verpacken.

«Aber Sie wussten Bescheid», sagte Danowski, der eine seltsame Abneigung dagegen hatte, die Wörter «Affäre» oder «Geliebte» auszusprechen; eine Mischung aus Diskretion, Klischeemüdigkeit, vielleicht Prüderie, vor allem aber gleißender Unerfahrenheit, die er in solchen Momenten verspürte: Leslie und er waren seit über zwanzig Jahren zusammen. Er fand es ungerecht, wie flach und einfältig das Wort «treu» klang.

«Bescheid», sagte sie mit einem Anflug von Verächtlichkeit und hielt inne. «Ich habe was geahnt.»

«In der Kabine Ihres Mannes haben wir einen Nagel gefunden, den Sie ihm mitgegeben haben.»

«Na und?»

«‹Mit Köpfen› stand auf der Karte.»

Sie sah ihn an, als habe er den relativ unverbindlichen Flirt verdorben und verraten, den sie miteinander hätten haben können.

«Ja, das war ein Glücksbringer. Carsten hat vor zehn Jahren einen Whisky einlagern lassen, der jetzt zur Verkostung und Vermarktung reif gewesen wäre. Das ist immer eine heikle Sache: Niemand kann sagen, wie der Whisky schmeckt. Wenn er enttäuschend ist, muss man sich mit der Destillerie auf einen niedrigen Preis einigen, aber die Destillerie wird natürlich bestreiten, dass er minderwertig ist. Wenn er sensationell geworden ist, wird die Destillerie versuchen, aus dem vor zehn Jahren vereinbarten Preisrahmen auszubrechen. So was kann ewig in der Luft hängen, mit endlosen Nachverhandlungen und manchmal sogar mit der Gefahr, betrogen zu werden. Oder bestohlen. Ich habe ihm gewünscht, dass es ihm gelingt, Nägel mit Köpfen zu machen.»

Während sie ihren kleinen Vortrag hielt, war es ihr gelungen, Finzi durch ein paar Kinnbewegungen dazu zu bringen, mit ihr das Bild von der Staffelei zu nehmen und es weiter zu verpacken. Danowski stand daneben, die Hände in den Taschen, und rührte sich nicht. Er spürte sein Telefon vibrieren.

«Sind Sie verheiratet?», fragte Kathrin Lorsch gebückt.

«Na und?», sagte Danowski.

«Vielleicht kennen Sie so was. Kleine Glücksbringer und so.»

«Ich kenne Ihren Nagelfetisch, der frische, kaum oxidierte Nägel in den Geschlechtsteilen hat und der aussieht wie Ihr Mann. Wohl eher der klassische Unglücksbringer. Und ich vermute, dass der Nagel, den ich in der Kabine Ihres Mannes gefunden habe, so eine Art Verbindung zur Verwünschungskraft des Fetischs herstellen soll. Anders kann ich mir das nicht erklären.»

«Wissen Sie, was die Tsih in Ghana sagen?»

«Mund zu, es tsiht?»

«Man schneidet nicht jemandem den Kopf auf, um zu sehen, was darin vorgeht.» Dann packte sie weiter.

«Haben Sie eine Ahnung», sagte Finzi dazu in leutseligem «Ich könnte Ihnen da ein paar Geschichten erzählen!»-Ton.

«Ich glaube, dass Sie Ihrem Mann ein Unglück gewünscht haben, weil er Sie betrogen hat», sagte Danowski.

«Wenn Sie einen Staatsanwalt mit dieser Nagelgeschichte überzeugen können: Lassen Sie's drauf ankommen.»

Danowski griff noch einmal in seine Jackentasche. Er zog das Bild von der abendlichen Insel mit dem weißen Gebäude hervor, das er ebenfalls im Büro ausgedruckt hatte, und hob es ins regenweiche Mittagslicht, obwohl er sich wenig davon versprach. Doch diesmal landete ein anderer Schmetterling auf Kathrin Lorschs Gesicht: einer, dessen Flügel in den Farben Erkennen und Erstaunen leuchteten.

Sie ließ Finzi mit dem Verpacken allein und stellte sich neben Danowski, um das Foto zu betrachten. Fast ehrfürchtig; sie schien nicht zu wagen, es in die Hand zu nehmen.

«Woher haben Sie das?»

«In der Kabine Ihres Mannes abfotografiert.»

Sie schüttelte leicht den Kopf. Dann sagte sie lange nichts. Man hörte nur, wie Finzi mit Blasenfolie und Styropor hantierte, als wäre er deshalb gekommen. Danowski roch das Verpackungsmaterial und wartete gespannt auf ihre Reaktion.

«Das war der Traum meines Mannes», sagte sie schließlich und wandte anscheinend mit Mühe den Blick zu ihm. «Verschwinden. Dahin.»

«Wo ist das?»

«Inchkeith. Eine kleine Insel in der Nähe von Edinburgh, im Firth of Forth. Das war sein Treibland, so hat er das genannt.»

«Treibsand?»

«Treibland. Mein Mann war ja Segler, unser Boot liegt im Yachthafen.» Angeberin, dachte Danowski. «Treibland sind Nebelbänke auf See, die wie Land aussehen», fuhr sie fort. «Flüchtig und unerreichbar.»

Danowski fiel der alte Polizistenwitz ein: Kennen Sie den

Verdächtigen? – Ja, aber nur flüchtig. Den hätte er jetzt eigentlich von Finzi erwartet.

«Und dahin wollte Ihr Mann sich verflüchtigen, nach Inchkeith?»

«Auf der Insel gibt es nur einen unbemannten Leuchtturm, automatisch betrieben, und ein paar leerstehende Wirtschaftsgebäude. Niemand lebt dort. Das Land gehört einem schottischen Millionär, der irgendeine Getränkeverpackung erfunden hat oder so was. Mein Mann hat immer davon geträumt, Inchkeith zu kaufen und dort eine eigene Destillerie aufzubauen und in fünfzehn, zwanzig Jahren mit einem Inchkeith Single Malt die Welt zu verändern.»

«Kann man mit Whisky die Welt verändern?», fragte Danowski.

«O ja», sagte Finzi dumpf hinter einer quadratmetergroßen Pappe. «Kommt nur drauf an, wie und welche.»

«In dem Moment, wo Sie einen neuen Whisky destillieren, wissen Sie, dass Sie mindestens fünf bis sieben, eher aber zehn bis fünfzehn Jahre warten müssen, bevor Sie die ersten Fässer öffnen und die ersten Flaschen verkaufen können. Der ganze Zauber des Whiskys entsteht durch seine Lagerung. Das hat meinem Mann gefallen: Etwas zu tun und es weiter zu tun und Jahre zu warten, bis man ein Ergebnis sieht. Warten und fort sein, auf dieser Insel, abgeschlossen, aber in Sichtweite des Landes.»

«Lag das auf der Route der ‹Großen Freiheit›, wissen Sie das?»

«Ja. Das war ein Grund, warum wir die Kreuzfahrt machen wollten. Für mich der Hauptgrund. Um bei der Einfahrt nach Edinburgh im Meeresarm an Inchkeith vorbeizufahren und zu schauen und uns zu fragen, ob wir noch eine gemeinsame Zukunft haben.» Sie schob den Unterkiefer vor und hob kurz die Hand vors Gesicht, als wollte sie den harten Zug verbergen, der sich darauf ausgebreitet hatte. «Die Frage ist ja nun auf verschiedenste Weise beantwortet worden.»

Während sie die Polizisten zur Tür brachte, klingelte es, und sie öffnete das Tor ohne einen Blick auf den kleinen Bildschirm neben der Garderobe. Draußen fuhr ein weißer Fiat-Lieferwagen in die gekieste Einfahrt, das fröhliche Kinderlogo der Stiftung auf den Seitenwänden: der Michel, die Kirche in der Neustadt, vereinfacht und mit breitem Strich gemalt wie von einem Kind, auf einer stilisierten Wiese mit ein paar Blumen, die so hoch waren wie der Kirchturm.

Die immer mit ihrem Michel, dachte Danowski sauertöpfisch nebenhin.

Der Fahrer grüßte kompromisslos jovial und half Finzi, das verpackte Bild auf die Ladefläche zu schieben. Danowski ärgerte sich, dass er kein Foto davon gemacht hatte. Dann standen sie zu viert hinter dem Lieferwagen, als müsste jemand ein paar Worte sagen. Es begann wieder zu nieseln. Der Fahrer nickte und gab ihnen dann reihum die Hand, weil Danowski sich und Finzi nicht als Polizisten vorstellte. Kathrin Lorsch begann wie aus dem Nichts zu rauchen. Wenn ich jetzt eine mitrauchen könnte, dachte Danowski, wäre der ganze Fall hier und jetzt gelöst. Aus Schweigen würde Einverständnis, dann gäbe ein Wort das nächste, und am Ende wäre alles klar. Rauchen. Magisch war das gewesen.

Die Lieferwagenreifen auf dem hellgrauen Kies: in dem Geräusch wäre Danowski am liebsten versunken. Es klang nach einer besseren Welt, in der nur die Dinge knirschten, die wirklich Talent dafür hatten. Er sah, wie Finzi sich abwandte und ans Telefon ging.

«Wann waren Sie eigentlich das letzte Mal in Afrika?»,

fragte Danowski, ohne vom Kies aufzublicken. Er konnte sich nicht davon losreißen, wie jeder einzelne Nieseltropfen einen einzelnen Kiesel von Hell- zu Dunkelgrau färbte. Nieselkiesel. Er bückte sich verhaltensauffällig und nahm eine Handvoll Kiesel, ließ sie durch die Hand rinnen und steckte den Rest verlegen in die Sakkotasche.

«Vor zehn Jahren oder so», sagte Kathrin Lorsch beim Inhalieren, und beim Ausatmen: «Aber wir wollten demnächst mal wieder hin.» Er sagte nichts. «Mein Mann wollte mich einladen. Mein Traum. Ostafrika. Keine Ahnung, ob er schon was gebucht hatte. Darum muss ich mich also auch noch kümmern.»

«Sie haben ja ziemlich weit voneinander entfernte Träume gehabt. Schottland, Ostafrika.»

«Ich dachte, das sollte so eine Art Wiederannäherung sein. Man macht noch mal was Schönes zusammen. Offenbar war es mehr zur Ablenkung gedacht.» Mehr Rauch, als bestünde sie gerade aus nichts anderem.

«Sie haben ganz schön viele Reisen geplant.»

«Reisen ist die Erotik des Alters.»

«Ich dachte Essen.»

«Kommt auf Ihre Möglichkeiten an.»

Danowski nickte. Finzi kam zu ihnen, und Danowski sah, dass sein Kollege dabei war, eine spontane Entscheidung zu treffen. Er bekam dann immer einen konzentrierterleichterten Gesichtsausdruck, wie ein Kind, das auf dem Klo sitzt.

«Kennen Sie eine Simone Bender?», fragte Finzi und reichte Danowski sein Telefon mit der Nachricht von Kalutza, dass sie die Rothaarige identifiziert hatten. Sie war achtunddreißig Jahre alt und wohnte in Winterhude.

«Nein», sagte Kathrin Lorsch und warf ihre Kippe in den Kies. «Aber ich kann mir vorstellen, wer das ist. Schönen

Gruß, und fragen Sie sie, was sie mit meinem Mann gemacht hat.» Dann ging sie zurück ins Haus, und an ihren Schultern sah Danowski, dass sie darin jetzt nichts mehr zu tun hatte, kein Bild zu beenden, nichts aufzuräumen, nur ein paar Kleidungsstücke ihres Mannes wegzugeben und vielleicht eine Afrikareise zu stornieren.

«Inchkeith. Zu Pestzeiten wurde das als Quarantäne-Insel benutzt», sagte Finzi smartphoneschlau und steckte sein Telefon weg. «Ist doch herrlich passend oder unpassend.»

«Dann wieder zur Elbe», sagte Danowski resigniert. «Zurück an Bord und mit dieser Simone Bender reden.»

Finzi schüttelte den Kopf. «Die Omis haben schon mit der Reederei gesprochen: Simone Bender ist nicht in ihrer Kabine und hat sich auch nicht gemeldet, als sie ausgerufen wurde. Wenn sie sie finden, melden die sich.»

«Dann eben Winterhude», sagte Danowski erleichtert, dem der Name dieses Stadtteils plötzlich herrlich klar und erfrischend schien. «Vielleicht ist da jemand, der uns was über sie erzählen kann. Was wissen wir denn bisher?»

«So gut wie nichts. Unverheiratet, hat aber einen Sohn, der bei ihr im Jean-Paul-Weg gemeldet ist.»

Als sie im Auto saßen, klingelte sein Telefon. Behling, eindringlich nasal.

«Na, Kinnings? Finzi in der Nähe?»

«Sitzt neben mir am Steuer», sagte Danowski unverbindlich, am Rande der Kurzangebundenheit.

«Was seid'n ihr gestern fürn Wagen gefahren? Fünfer-BMW mit der sechzehnachtundvierzig?»

«Kann sein.» Behlings Pedanterie war legendär. «Aber der Kaffee ist nicht von uns, der war schon kalt, als Finzi den Wagen morgens übernommen hat.» Rechtfertigungen, er fühlte sich wie in der Schule und hasste Behling dafür.

«Nee, darum geht's nicht», sagte Behling. «Das erwarte

ich gar nicht anders. Aber ich als Normalsensibler, wie das hier so heißt, lese jetzt, dass Hochsensible mehr Informationen aufnehmen, Zitat, die von ihnen zudem intensiver wahrgenommen werden. Sie müssen also mehr Reize verarbeiten als andere, sodass sie in der Folge meist langsamer sind, stressanfälliger und weniger belastbar. Das bedeutet auch, dass Arbeitsabläufe bei Hypersensiblen länger dauern können, weil sie genau hinsehen oder sich im Detail verlieren. Steht hier so.»

Scheiße. Die Unterlagen im Türfach.

«Termin für Adam Danowski. Neurologische Praxis Dr. Sowieso. Der Zettel liegt auch noch in der Mappe. Na, das war gestern. Passt ja alles. Vor allem das mit den verschleppten Arbeitsabläufen und so.» Und jetzt will er, dachte Danowski, dass ich ihn bitte, das für sich zu behalten.

«Chefin weiß Bescheid?», fragte Behling.

«Ich bin gesund.» Danowski hörte sich nicht so an.

«Ich frage mich nur, was das für Informationen sind, die ein hypersensibles Kerlchen wie du angeblich mehr aufnimmt als ich. Warte ich noch drauf. Seit Jahren. Sag ich nur mal so.»

«Zum Beispiel die Information», sagte Danowski und ärgerte sich, dass seine Stimme nicht so fest war, wie er sich gewünscht hätte, «dass du ein Arschloch bist.» Dann drückte er «Beenden» und quetschte das Telefon wütend in der Hand.

«Behling, wa?», sagte Finzi in liebevoll schlechtem Berlinerisch. Danowski nickte.

«Und was wollte der?»

«Irgendwas wegen dem Wagen gestern.»

16. Kapitel

Die Jarrestadt in Winterhude war ein ganzes Wohngebiet aus Rotklinker und Thermofenstern. Davor das Hellgrün der Linden wie eine um Versöhnlichkeit bemühte Tante auf einer angespannten Familienfeier. Am Klingelschild sahen sie, dass die Wohnung von Simone Bender im Erdgeschoss lag. Sie klingelten und fragten sich, ob der Siebzehnjährige schon aus der Schule zurück war. Luis, dachte Danowski, das war damals ein seltener Vorname.

Der Summer ertönte, dann stand nur eine Treppe höher ein großer Junge gebückt im Türrahmen, grünes T-Shirt mit einem Toastbrot darauf, tief sitzende Röhre, langer dunkelblonder Pony bis in die Augen. Sobald er die beiden Erwachsenen sah, nahm er eine abwehrende Haltung ein. Sie stellten sich vor. Luis Bender? Ja. Polizei?

«Ist was mit meiner Mutter?» Etwas daran, wie er «Mutter» sagte, ließ Danowski ahnen, dass die beiden kein schlechtes Verhältnis hatten.

«Sie wissen, wo Ihre Mutter ist?» Finzis Gegenfrage.

«Auf diesem Schiff.» Stockend, als hätte er ein «dämlichen» oder «verdammten» verschluckt. «Ist sie krank geworden?»

«Nein», sagte Danowski. «Wir haben keine Informationen über neue Erkrankungen an Bord.» Es klang längst nicht so tröstlich, wie er sich gern vorgestellt hätte.

«Aber?»

«Sie wissen, dass es einen Toten an Bord gegeben hat?»

«Hab ich gehört, ja.»

«Ihre Mutter hatte ... Kontakt zu dieser Person.» Das

klang langsam richtig schlimm, fand Danowski, wobei ihm zum ersten Mal in voller Deutlichkeit klarwurde, in wie großer Gefahr Simone Bender schwebte. Er musste die Frau vom Tropeninstitut oder vielleicht die Ehlers aus der Rechtsmedizin fragen, ob es so was wie eine Impfung gab gegen das Virus; irgendwas, womit man jemanden wie Simone Bender davor schützen konnte, dass die Krankheit bei ihr ausbrach, falls sie sich angesteckt haben sollte. Oder bei ihm.

«Können wir reinkommen?», fragte Finzi. Luis Bender zuckte die Achseln und machte ihnen Platz. In der Wohnung roch es nach frischgewaschener Wäsche, die im Wohnzimmer auf einem Ständer hing, Persil, und nach kaltem Kiffen. Vollgerummelt, Ikea aus verschiedenen Jahrzehnten, aber nicht unordentlich über die Tatsache hinaus, dass hier ein Teenager fast eine Woche allein gehaust und die eine oder andere Problemzone aus den Augen verloren hatte. Im Grunde wie bei uns, dachte Danowski.

Auf dem Küchentisch stand ein Teller mit dampfender Spargelsuppe, daneben eine halbleere Flasche Fanta und eine offene Packung Toastbrot und eine Scheibe davon, die Luis vorsichtig auf den Tellerrand gelegt hatte, als es an der Tür klingelte. Danowski schluckte. Die Suppe rührte ihn. Er suchte, sah aber keine aufgerissene Knorr-Tüte.

«Meine Mutter hat vorgekocht», sagte Luis Bender. «Bisschen ist noch da.»

Danowski winkte dankend ab.

«Nein, ich meine: für ein paar Tage habe ich noch. Aber ich hab gehört, die Quarantäne dauert zwei Wochen.»

«Ja, sieht so aus.»

«Kriegt man da irgendwie Unterstützung oder so? Ich meine, meine Mutter hat mir nur Geld für die Zeit der Kreuzfahrt hiergelassen. Und Essen und so weiter. Kann man da was beantragen?»

Danowski und Finzi sahen einander ratlos an. Nein. Luis nickte.

«Was ist denn mit Oma oder Opa?», fragte Danowski, um einen etwas weniger offiziellen Tonfall bemüht.

«Wird schwierig.»

Der Junge setzte sich und aß. Danowski schaute aus dem Fenster. Wieder die Linden. Dann hörte er Finzi und Luis zu.

«Wo arbeitet denn deine Mutter?»

«Die hat ein Café, so ein Bistro. Mit Mittagstisch. In Eppendorf.» Bemüht, kooperativ zu klingen, aber seltsam verlegen. Offenbar kein Thema, das ihn interessierte. Bis ihm einfiel, halblaut: «Da müsste man mal einen Zettel ranmachen oder so.»

Finzi notierte den Namen des Cafés. Dolcetto. Danowski lehnte sich an die Spüle.

«Und warum kommt jetzt die Polizei?»

«Wir müssen ein bisschen rumfragen über den Mann, der gestorben ist, und deine Mutter ist auf einem Foto mit ihm. Er heißt Carsten Lorsch. Hier. Hast du den schon mal gesehen?»

Ein müder Blick auf das Bild, das Finzi ihm hinhielt.

«Nie gehört, nie gesehen. Meine Mutter ist aber mit einer ganzen Gruppe von Leuten an Bord. So ein Schnapslieferant, den sie über ihren Laden kennt, hat sie eingeladen. Eine Werbeveranstaltung oder so. Die gucken sich irgendwelche Schnapsfabriken an. So hat sie mir das erzählt.»

Danowski vertiefte sich in die Korkpinnwand neben dem Kühlschrank. Ein Familienleben, in Artefakten aus dem Alltag erzählt. Arzttermine, Babyfotos von Freunden, Ansichtskarten, zwei Karten für das Konzert von Neil Young nächsten Monat. Am Kühlschrank eine auf einen Blick unüberschaubare Menge von Magneten, die Luis sicher schon seit Jahren nicht mehr sammelte, aber seine Mutter konnte sich noch nicht an den Gedanken gewöhnen und brachte immer wieder welche nach Hause. Danowski dachte an die mittlerweile tristen Berliner U- und S-Bahn-Devotionalien, die sein Vater ihm seit über dreißig Jahren jedes Jahr zu Weihnachten schenkte. Wenn Finzi ihm einen Blick zugeworfen hatte, hatte er ihn verpasst.

«Wo ist eigentlich dein Vater? Wenn ich das fragen darf.»

«Klar, dürfen Sie.» Er löffelte. «Kann ich aber nicht beantworten.»

«Okay. Noch mal zurück zu Carsten Lorsch. Das ist der Schnapshändler, von dem du eben gesprochen hast.»

«Kann sein. Und der ist tot?»

«Ja. Und wir glauben, okay, das wird dich vielleicht überraschen: Wir glauben, dass er eine enge Beziehung zu deiner Mutter hatte.»

Luis Bender löffelte noch zielstrebiger als bisher, und Danowski fing an, ihn um die Spargelsuppe zu beneiden. «Sie meinen, meine Mutter hatte einen Freund?»

«Scheint so.»

«Kann sein.» Pause. «Ich erzähl ihr auch nicht alles.»

«Wann hast du das letzte Mal mit deiner Mutter gesprochen?», fragte Finzi.

«Gestern», sagte Luis. «Oder vorgestern. Aber nur kurz. Ihr Akku war fast leer, und die haben da wohl teilweise Probleme mit dem Strom auf dem Schiff.»

«Und?»

«Wie und?»

«Hat sie irgendwas erzählt? Wie geht's ihr?»

Luis zuckte mit den Achseln. Danowski sah ihm an, dass er sich Sorgen um seine Mutter machte. «Sie konnte nicht so richtig sprechen.» Finzi schwieg, als wäre der Satz noch nicht zu Ende. War er auch nicht. «Ich glaube, sie hat geweint.» Luis schluckte, nicht nur Suppe.

Danowski stellte verwundert fest, dass Finzi, der nie in seinem Leben ein Kind gehabt hatte, besser mit dem Jungen reden konnte als er, der sich angewöhnt hatte, seine Kinder im Großen und Ganzen als den Sinn seines Lebens zu betrachten. Er trat an den Kühlschrank und fing an, die Magneten zu studieren. Fruchtzwerg-Buchstaben, HSV- und Sankt-Pauli-Magneten in Trikotform, als hätte die Mutter sich nicht erinnern können, an welchen Verein ihr Sohn glaubte. Ein Surfer, ein Ninja und eine Pharaonin aus der Lego-Kühlschrankmagnetenserie, die es vielleicht nicht mehr gab oder die Stella und Martha zum Glück noch nicht entdeckt hatten. Werbemagneten, so weit sein Auge reichte, das dem Kühlschrank immer näher kam; er beugte sich vor wie selber angezogen. Dann stutzte er. Hinter ihm war es ruhig geworden. Er stützte sich gegen den Kühlschrank.

«Alles in Ordnung?», fragte Finzi, eher irritiert als besorgt.

«Interessieren Sie sich für Kühlschrankmagneten?», fragte Luis mit einer sanften Dosis alterstypischen Sarkasmus.

«Erst seit eben», sagte Danowski. Er löste einen Magneten vom Kühlschrank, der die stilisierte Kinderzeichnung der Michaeliskirche auf einer Blumenwiese in Primärfarben zeigte. Finzi sah ihn nachdenklich an, als überlegte er, ob er jetzt oder später einschreiten sollte.

«Wo kommt der her?», fragte Danowski.

«Keine Ahnung. Die meisten davon hat meine Mutter mitgebracht.»

«Stiftung Gesundes Kind. Schon mal gehört?»

Luis schüttelte den Kopf, Finzi runzelte die Stirn; immerhin, er bekam eine Reaktion von seinem Publikum. «Hat irgendwas mit der Arbeit meiner Mutter zu tun.»

«Mit dem Café?»

«Nee, das hat meine Mutter erst seit zwei oder drei Jahren.» Das klang vage, und Danowski erinnerte sich, wie anders er in dem Alter gewesen war: ein Datenfetischist, ein sorgfältiger Archäologe seiner damals noch überschaubaren Vergangenheit.

«Und wo hat deine Mutter vorher gearbeitet?»

«Ganz verschieden.»

«Ist deine Mutter Kellnerin oder Köchin?»

«Nee.»

«Sondern?»

«Laborantin.» Gelangweilt, sichtlich überrascht und vom Energiehaushalt her nicht darauf eingestellt, wie überraschend viele Silben dieses Wort hatte.

«Und wo hat sie zuletzt gearbeitet?»

«Bei 'ner Pharmafirma in Altona. Die ist aber schon lange abgerissen worden oder umgezogen oder so. Danach hat meine Mutter ein paar Jahre gejobbt, um für das Café zu sparen. Also, um überhaupt einen Kredit zu kriegen.» Vage, wieder.

«Und wie hieß diese Pharmafirma?»

«Wie gesagt, die ist irgendwie weg.» Danowski seufzte. Es war einfacher, das selber rauszufinden.

«Darf ich den mitnehmen?» Er hielt den Magneten von der Stiftung in Luis' Richtung.

Jetzt schüttelte Finzi den Kopf, als hätte er dazu irgendwas zu sagen, und Luis runzelte die Stirn. «Nee», sagte er und aß weiter. Danowski ließ den Magneten zurück an den Kühlschrank klacken und war über Gebühr enttäuscht und verlegen. Als der Junge den Blick wieder auf seine Suppe gesenkt hatte, löste er den Magneten lautlos und steckte ihn in die Seitentasche seiner Anzugtasche.

«Wie war's in der Schule?», fragte Finzi.

«Gut», ohne aufzublicken.

«Hast du was auf?»

«Äh …»

«Ich mach nur Spaß.»

Luis rollte mit den Augen.

«Schreibst du mir mal bitte die Telefonnummer von deiner Mutter auf?», sagte Danowski, nicht besonders zuversichtlich.

Aber Luis zögerte nicht. Er nahm Danowskis Notizbuch und schrieb eng und sorgfältig hinein. «Sagen Sie ihr einen schönen Gruß.» Der Sarkasmus war nur noch ansatzweise zu hören. Dann, im Satz leiser werdend, weil von sich selber peinlich berührt: «Ich hoffe, sie ist an meinem Geburtstag wieder da. Nächsten Freitag.»

Danowski nickte zum Abschied und ging Richtung Flur, weil er nicht damit rechnete, dass Luis Bender sie begleiten würde. Als er sich umdrehte, saß der Junge allein am Tisch mit seiner verdammten Spargelsuppe. Danowski sah, wie Finzi seine Brieftasche aus der Hose nahm und einen Schein herauszog, der irgendwie aussah, als wäre er dort, wo er herkam, allein gewesen. Luis blickte auf, überrascht und mit der Frage im Blick, ob er möglicherweise Grund hatte, sich beleidigt zu fühlen.

«Das ist geliehen», sagte Finzi. «Wenn deine Mutter wieder da ist, kann sie uns das zurückgeben.» Er legte seine Visitenkarte neben den Schein und pflügte an Danowski vorbei, als hätte er es eilig.

«Und was sollte der Scheiß mit dem Magneten?»

«Ist doch interessant. Neben der Witwe taucht eine andere Frau auf, und beide haben Verbindung zur selben Stiftung.»

«Äh, ja, Adam. Beide hatten auch Verbindung zum selben Mann. Vermutlich kannte der die Bender über diese

Stiftung, und vermutlich hat seine Frau über ihn Kontakt zu dieser Stiftung bekommen. Da engagieren sich doch Hamburger Kaufleute. Und was war der Tote? Na? Eben. Hamburger Kaufmann. Ich versteh das nicht. Erst tust du, als würde dich das alles überhaupt nicht interessieren, und dann fängst du plötzlich mit so 'ner Käferfickerei an. Kleinteiliger Schwachsinn.»

«Also, ich sehe da eine Witwe mit Motiv. Eifersucht, Beziehungstat, alles dabei. Und du kannst mir nicht erzählen, dass die sich nicht komisch verhält. Da interessiert mich dann schon der Hintergrund.»

«Ich seh das anders: Wir finden die Bender, die erzählt uns, was an Bord los war und woher das Viruszeug kam, und alles ist vorbei. Angenehme Vorstellung, finde ich. Ist doch wie bei 'nem Sudoku. Außerdem hat die Chefin doch gesagt, wir sollen's nicht übertreiben mit dem Ermittlungsdruck. Zu unübersichtlich, das Ganze.»

«Finzi, erzähl mir bitte nicht, dass du abends zu Hause sitzt und Sudokus machst.»

«Hab ich im Entzug mit angefangen. Beschäftigt einen.»

«Und der Helferkomplex, hast du dir den auch im Entzug eingefangen?»

«Fünfzig Euro. Wovon soll der Junge denn was zu essen kaufen in den nächsten zwei Wochen?»

«Du meinst, wovon soll er seinen Dealer bezahlen?»

«Ach komm, der war doch nett.»

«Und nette Jungs haben keine Dealer oder wie?»

«Echt?»

«Nicht gerochen?»

«Ich riech nichts mehr. Was meinst du, warum ich's mit dir aushalte, Adam.»

«Von wegen, wir finden die Bender. Ich finde die. Du stehst gar nicht auf der Liste für das Schiff.»

«Pass auf, dass du niemandem auf die Schnauze haust, wenn du da nächstes Mal an Bord gehst.»

«Hm.»

«Woher diese Wut, Adam?»

«Bleib bei deinen Sudokus, Andreas Finzel.»

«Da kommt noch was nach. Wegen dem Passagier, dem du ins Gesicht geschlagen hast. Hat die Chefin schon gesagt.»

«Ganz ehrlich? Der Typ kann doch erst offiziell Beschwerde einreichen, wenn er wieder von Bord ist. Also in zwei Wochen. Und dann hat er wahrscheinlich ganz andere Sachen auf dem Zettel.» Das klang unendlich viel kaltschnäuziger, als ihm zumute war.

«Vielleicht ist er dann ja auch tot.» Nachdem Finzi es ausgesprochen hatte, war es nicht annähernd so tröstlich, wie es theoretisch hätte sein können. Rückenschmerzen, dachte Danowski. Verdammte Karre, den ganzen Tag im Auto hier. Oder doch das Ende der Welt. Aber das war nur das eine. Er beobachtete, wie Sorgeninseln sich in ihm ausbreiteten und drauf und dran waren, sich zu einer Depression zusammenzuschließen. Das andere war: Woher diese Wut, Adam?

«Ich hoffe nicht», sagte er lahm.

Finzi lenkte mit einer Hand und hielt mit der anderen sein Telefon so weit weg, dass er seine Nachrichten lesen konnte. Ordnungswidrig. «Und kannst du mir mal verraten, warum Behling nachher mit mir einen Kaffee trinken will? Er schreibt, er will was mit mir besprechen. Falls ich das hier richtig lese.»

«Ich glaube», sagte Danowski und spürte, wie ihm das Herz noch tiefer sank, «der will einfach mit dir besprechen, dass er ein Arschloch ist.»

17. Kapitel

Trauer, Reue, die Angst vor der Krankheit und die Sehnsucht nach ihrem Sohn – all das verdrängte Simone Bender, indem sie sich mit zwei Fragen quälte. Zwei Fragen, über die sie immer wieder nachdenken konnte, während sie mit dem Rücken auf der unteren Pritsche eines Etagenbetts lag, deren obere leer war, in der immer zu warmen oder zu kalten Uniform, die ihre Bewacher ihr gegeben hatten, nachdem sie ihre Kleidung weggenommen hatten:

Warum wurde sie hier versteckt gehalten?

Und warum fand sie keiner?

Wobei die zweite Frage, wie sie ahnte und fürchtete, präziser lauten musste: Warum suchte sie keiner?

So weit unten, wie sie hier war, hörte sie das zerstreute Nageln der Schiffsdiesel, die im Stand-by-Betrieb die Stromgeneratoren für das Schiff in Gang hielten. Ihre Bewacher waren nachlässig, so, als sähen sie selbst den Sinn nicht so ganz, oder als wäre jemand mit der Bezahlung für ihre Dienste im Verzug. Oder sie waren wie die meisten aus der Besatzung mit der Frage beschäftigt, was passieren würde, sobald die Dieseltanks leer waren und die Reederei sich weigerte, auf eigene Kosten das Schiff neu zu betanken. Jedenfalls verhinderten sie nicht, dass Simone Bender sich, wenn sie zur einfachen Gemeinschaftstoilette ging, auf dem Gang mit der Kabinenstewardess unterhielt. Am Anfang hatte sie nicht darüber nachgedacht, warum sie hier unten in den Mannschaftsquartieren isoliert waren. Nach Carstens Tod hatte sie sich von Uniformierten willenlos wegführen lassen und sich nicht darüber gewundert.

Irgendwas mit Quarantäne. Doch langsam war ihr klargeworden, dass ihre Bewacher sich nicht für Medizin interessierten. Und weil sie nicht wollten, dass jemand sie sah, handelten sie offenbar in inoffiziellem Auftrag.

Die Kabinenstewardess Mary und sie, auf einem Gang: weil sie außer dem Schiffsarzt die Einzigen waren, die den kranken und sterbenden Carsten gesehen hatten und die hätten erzählen können, was genau sich zugetragen hatte? Ließ sie jemand verstecken, der auf keinen Fall wollte, dass Polizisten ihnen Fragen stellten? Und was hätte sie den Polizisten überhaupt gesagt? Sie fand das, was sie gesehen hatte, so schwer zu verstehen, dass jemand schon sehr gute Fragen hätte stellen müssen, um es ihr und sich begreiflich zu machen.

Und suchte die Polizei genau deshalb so halbherzig nach ihr? Eine Durchsage hatte sie gehört, mehr nicht. Weil es einfacher war, diese Fragen nicht zu stellen und sich stattdessen darauf zu beschränken, das Schiff abzusperren und die Passagiere im Rahmen der Quarantäne sich selbst zu überlassen?

Aus den Gesprächen mit Mary und aus dem, was sie bei ihren wenigen Ausflügen zum Oberdeck gesehen und aufgeschnappt hatte, reimte sie sich zusammen, dass die Menschen an Bord sich in zwei Gruppen teilten: Die einen waren sorglos und ihrem Schicksal ergeben und litten nur unter den Begleitumständen der Quarantäne. Kein frisches Essen, Wasser in Plastikflaschen, für das man anstehen musste, immer wieder Stromausfälle, Langeweile und vom Ufer unverständliche Rufe, die Aufmunterung sein mochten oder Beschimpfung. Die anderen, und noch waren sie in der Minderheit, fürchteten das Virus so sehr, dass sie nichts anderes beklagten. Sie bunkerten Lebensmittel und Wasser und mieden Menschengruppen, sie versteckten sich in allen Winkeln des Schiffes und wurden inzwischen «die weißen Ratten» genannt, *ratti bianchi*. Weil sie in ihre Verstecke huschten, sobald sie jemandem begegneten, und weil sie ihre Gesichtsöffnungen dabei hinter feuchten weißen Bettlakenfetzen schützten.

Es hatte eine Weile gedauert, aber jetzt war allen klar, dass die Quarantäne wirklich zwei volle Wochen dauern würde und dass das Schiff in dieser Zeit im Grunde ein rechtsfreier Raum war. Mit der deutschen Bundespolizei als Randerscheinung, weil sie zwar die Grenze des Schiffes sicherte, aber auf das, was sich an Bord abspielte, keinen Einfluss hatte. Und mit der Crew des Schiffes als einer Art Miliz, die für eine anarchische Parodie von Ruhe und Ordnung sorgte. Zum Beispiel, indem sie angeblich die afrikanischen Besatzungsmitglieder auf einem der unteren Decks komplett isoliert hatte. Sie hatte die Gerüchte gewissermaßen aus dem Augenwinkel registriert, aber das leichte Unbehagen darüber mit einer Mühelosigkeit verdrängt, die sie selbst kurz erstaunt hatte. Wenn es ihr jetzt bewusst wurde, musste sie zugeben, dass sie sich durch die Freiheitsberaubung der Afrikaner vage getröstet fühlte: Wenigstens war sie nicht die Einzige an Bord, die daran gehindert wurde, sich frei zu bewegen.

Aber warum? Und von wem? Und gerade, als sie in Gedanken wieder zurückkehren wollte zu den beiden Fragen wie zu wunden Stellen im Mund, die man mit der Zunge nicht in Ruhe lassen konnte; gerade, als sie anfangen wollte, endlich über Carsten nachzudenken und über sich und vielleicht auch endlich über seine Frau – gerade in dem Moment hörte sie, wie die Schiffsdiesel schräg unter ihr mit einer gewaltigen Anstrengung ihr Gesichtsfeld und die Unterseite des Etagenbetts über sich zum Vibrieren brachten. Sie richtete sich auf und blickte unwillkürlich an die

Wand, wo in der Kabine von Carsten die Tür gewesen war, hier aber nur hellgrauer Kunststoff. Es war unmöglich, sich ohne Blick auf die Außenwelt zu orientieren, aber wenn es nicht so unwahrscheinlich gewesen wäre, hätte sie geschworen, dass das Schiff dabei war, sich in Bewegung zu setzen.

18. Kapitel

«Brainstorming!», riefen die Omis voller Begeisterung. Brainstormen fanden sie angenehmer, als Vermerke zu schreiben, denn es lieferte einen erstklassigen Vorwand, rumzusitzen und zu schwadronieren. Und Danowski würde noch später nach Hause kommen. Er betrachtete Kalutzas Schnurrbart und stellte voller Verblüffung fest, dass er tatsächlich vergessen hatte, welcher der neue war, Kalutzas oder der von Molkenbur. Manchmal, wenn zu viel los war, hatte er Filmrisse auf der mittleren Sachebene, nie mehr als ein paar wenige Minuten am Stück, Zeit, in der er sich aus dem Leben der anderen ausgeblendet hatte wie aus einer laufenden Übertragung.

«Ach nee, ne?», sagte Finzi.

«Kommt, Jungs», sagte Kalutza und kratzte sich den Bauch, «Kassensturz wäre schon nicht schlecht. Wo stehen wir, wo wollen wir hin? So die Richtung. Wir haben auch ein paar Ideen. Ich sag nur: Ich hatte eine Farm in Afrika.»

«Hm?»

«Die meisten Ostafrika-Reisen werden von spezialisierten Reiseveranstaltern angeboten. Wir haben die mal abtelefoniert, um herauszufinden, wann Kathrin Lorsch das letzte Mal den Schwarzen Kontinent bereist hat», erklärte Molkenbur im Ton eines enervierenden Nachbarn vor dreißig Jahren, der beim Dia-Abend seine Bilder kommentierte, bis alle kopfüber in die Flipsschale sackten. Danowski hasste das Wort «abtelefonieren», das beschäftigte ihn plötzlich sehr, obwohl er auf anderer Ebene zugeben musste, dass die Afrikageschichte nicht uninteressant war, und eigentlich hätte den Omis so was wie Anerkennung gebührt dafür, dass sie die Standards erfüllten, während Danowski irgendwo Jugendliche um Kühlschrankmagneten anging.

«Und bei den Konsulaten und Botschaften der gängigen Staaten haben wir auch angefragt», lockte Kalutza. «Ist aber 'ne Menge Papierkram.» Das klang lustvoll wie ein Extremschwimmer, der die Tücken der Elb-Fahrrinne beschrieb.

«Und?», fragte Danowski kraftlos. Finzi machte Handbewegungen, die sich in Richtung Ich-geh-dann-mal deuten ließen, sofern man wie Danowski vorab darüber informiert war, dass er vorhatte, jetzt zu gehen.

«Brainstorming?», nannte Kalutza seinen Preis.

«Viertelstunde», schacherte Danowski.

Dann, einen kleinen Zeitriss später, fand er sich eingekeilt zwischen den Schreibtischen der Omis, die sich vor seinen Augen die Hände rieben. Stimmt eigentlich, dachte Danowski. Ermittlungsdruck sollten wir eben gerade nicht aufbauen. Aber wenn die Omis erst mal loslegten, fing das schnell an, außer Kontrolle zu geraten.

«Und was meinst du zu der Witwe, Adam?»

«Schwierig», bäumte er sich auf. «Dass der Mann eine Geliebte hat, das wusste sie. Ich finde, das ist ein Motiv, zumal ich sie speziell finde.» Er hielt inne. Das war anstrengend zu erklären.

«Im Vermerk hast du geschrieben, dass sie einen Afrikafetisch hat», referierte Molkenbur. «Da kommt ja auch das Virus her.»

«Vermutlich», nickte er, wobei er jede Silbe im Kinn spürte. «Ist eine seltsame Verbindung.»

«Okay», sagte Kalutza, «und jetzt halt dich fest.» Danowski merkte, dass er sich längst an der Schreibtischplatte abstützte, schwindlig, wie ihm war. «Kathrin Lorsch war, nach allem, was wir bisher wissen, seit Jahren nicht mehr in Afrika.»

«Bisschen schwierig, dann zu erklären, wie sie an das Virus gekommen sein könnte», ergänzte Kalutza. «Oder jemand anders. Schließlich war das ja keine Afrika-Kreuzfahrt. Und das Schiff war in dieser Saison auch noch nicht da unten.»

«Wie ist die Lorsch an das Gift gekommen? Und warum hat sie nicht einen einfacheren Weg gewählt, ihren Mann umzubringen?», fragte Molkenbur, als wüsste er die Antworten. Ging so brainstormen?

«Vielleicht wollte sie das alles unter einem Berg von Fragen begraben», rappte Kalutza. Danowski hätte den Gedanken gar nicht so dumm gefunden, wenn er sich dafür interessiert hätte. Er tagträumte im Konjunktiv.

«Kennt ihr eigentlich die Stiftung Gesundes Kind?», fragte er und lehnte sich vor. «Das könnte eine Verbindung zwischen der Witwe und der Geliebten sein. Vermerk habe ich gerade geschrieben.» Kalutza notierte sich etwas.

«Und ihr kennt euch doch hier aus», fuhr er fort, über sich selber die Stirn runzelnd, «was gibt's denn in Altona für Pharmafirmen, aktuelle und ehemalige? Irgendwas außer Beiersdorf?»

«Beiersdorf macht Kosmetik», sagte Behling von schräg hinter ihnen im Türrahmen. Ihr Brainstorming oder was daraus geworden war, erstarb.

«Ich mach dir mal eine Liste», sagte Molkenbur und drehte sich mit dem Stuhl zu seinem Bildschirm. Kalutza lehnte sich zurück und verschränkte die Arme vor der Brust, um seine Missbilligung über die Unterbrechung auszudrücken.

«Na, Adam, scheuchst du deine Leute?», fragte Behling und ließ den Blick durchs Büro schweifen. «Ich hoffe, du bist dabei nicht zu – wie soll ich sagen – unsensibel.» Behling hatte die Angewohnheit, sich umzusehen, während er mit einem sprach. Sobald man das zum ersten Mal bemerkt hatte, hörte es nie wieder auf, irritierend zu sein.

Danowski lehnte am Schreibtisch und sagte nichts. Er hatte Angst, seine Stimme könnte dünn vor Wut klingen.

«Ich wollte dir dein Zeug zurückbringen», sagte Behling und hielt ihm die Klarsichthülle mit den Ausdrucken über Hypersensibilität hin. Danowski streckte betont langsam den Arm danach aus, weil er ahnte, was jetzt kommen würde. Als seine Hand kurz davor war, das Plastik zu berühren, zog Behling die Hülle wieder weg.

«Nur einen kleinen Hinweis noch», sagte er und zeigte mit einer Kopfbewegung Richtung Flur. Danowski folgte ihm, als wäre er sowieso gerade auf dem Weg gewesen. Wie bei ihm zu Hause: Wenn man in Ruhe reden wollte, muss man vor die Tür gehen. Behlings graues Haar leuchtete verheißungsvoll unter dem Neonlicht von der Flurdecke. Danowski blieb weiter entfernt von ihm stehen, als er es bei jemand anderem getan hätte. Behling grinste.

«Ganz kurz nur: Ich hab vorhin mit dem Inspektionsleiter gesprochen.» Danowski konzentrierte sich darauf, keinen Muskel in seinem Gesicht zu bewegen. Behling war gut vernetzt, und er sorgte dafür, dass diese Tatsache niemandem entging. «Am Pinkelbecken», fügte er lässig hinzu.

«Der Arme», sagte Danowski, seine Stimme so dünn wie befürchtet. «Steigst du ihm bis aufs Klo hinterher, um ihm in den Arsch zu kriechen? Idealer Ort, zugegeben.»

Das ignorierte Behling mühelos. «Er ist ein bisschen verwundert. Er liest ja eure Vermerke, und er findet, dass ihr dafür, dass eigentlich Ball flach halten die Devise ist, ganz schön Wind macht.» Allein, wie Behling das Wort «flach» aussprach, stürzte Danowski in einen Abgrund der Einsamkeit. Warum bleckten die Norddeutschen bei jedem «ach» die Zähne, zogen die Lippe nach oben und rümpften die Nase, bis der Sound hart an der Grenze zum «äch» aus ihnen herauszischte wie ein träges Gas, am meisten zum Verzweifeln beim ständigen «Tach»?

«Wind», sagte Danowski.

«Ermittlungsdruck war das Wort, glaube ich.»

«Na und?»

«Hast du eigentlich ferngesehen?»

«Ja, gestern Abend. Sandmännchen.»

«Die Sache mit den Splittern von der Ampulle ist noch nicht draußen. Pressestelle hat einen Maulkorb bekommen. Niemand will, dass die Leute den Eindruck haben, da draußen rennt ein Irrer mit Ebola-Ampullen rum. Pestschiff im Hafen ist politisch anstrengend genug.» Behling musste eine riesige Der-die-das-Sammlung irgendwo haben, so viele Artikel, wie er im täglichen Gebrauch verschluckte. Danowski seufzte.

«Nee, Adam, jetzt man ohne Schiet. Wir sind Sachbearbeiter, und wir sind weisungsgebunden. Ich tu dem Inspektionsleiter und dir einen Gefallen, wenn ich dir jetzt auch noch mal sage: Ball flach halten.»

«Okay», sagte Danowski, «um mal zu versuchen, ernsthaft darauf zu antworten: Die Anweisung hätte ich gern schriftlich. Und zweitens: Viel mehr Aufregung gibt es wahrscheinlich, wenn wir das Ganze zu einem großen Geheimnis werden lassen.»

«Gedächtnis der Öffentlichkeit ist kurz, weißt du.» Weissu.

«Die Leute fragen sich doch, warum ein Hamburger sich mit einer Art Ebola infiziert hat», sagte Danowski.

Behling seufzte. «Weißt du, wie viele Afrikaner da an Bord sind?» Danowski zuckte die Achseln. «Dutzende, vielleicht hundert oder so», sagte Behling. «Die räumen ab, machen sauber, keine Ahnung, das sind Tellerwäscher, Stewards. Jede Kreuzfahrtbesatzung hat einen Haufen Afrikaner.»

«Einen Haufen. Aha. Ist das dein Zählmaß für Afrikaner?»

«Ach, Adam, altes Sensibelchen, hör doch jetzt mal auf mit dem Sozischeiß. Ist doch nicht rassistisch, wenn ich ‹Haufen› sage. Jede Menge Neger halt.»

«Na und?»

«Na und, dann hat eben einer von denen das Virus eingeschleppt und den Deutschen damit angesteckt. Das soll ganz vage gelassen werden. Kommt von ganz oben. Präsidialbüro.»

Danowski hatte Mühe zu folgen. «Ihr wollt es so aussehen lassen, als hätte irgendein namenloser Afrikaner das Virus aus seiner Heimat an Bord eingeschleppt und Lorsch auf der Reise damit infiziert?»

«Wir. Du und wir alle. Nicht ‹ihr›. Ja, das wird so gespielt.»

«Das ergibt überhaupt keinen Sinn. Das passt überhaupt nicht zusammen mit den Inkubationszeiten und der Reiseroute und so weiter. Wer weiß, wann sich da das letzte Mal ein Crewmitglied aus Afrika eingeschifft hat.»

«Eben: Wer weiß. Und wenn die Quarantäne vorbei ist, werden die Toten gezählt, und die Lebenden kehren zurück in ihre Heimatländer, und wir können uns der nächsten Geschichte zuwenden. Gibt bestimmt bald wieder irgendein Ehec oder so was, was die Leute ablenkt. Vogelgrippe. Schweinegrippe. Such dir was aus. Aber: Mach nicht so 'nen Wind.» Bei jedem Wort im letzten Satz drückte er sachte den Finger auf Danowskis Brust.

Danowski ahnte in Behlings leutseligem Gesichtsausdruck, wie gequält er selber gerade aussehen musste. Eigentlich müsste ihm das entgegenkommen: keinen Wind machen, den scheiß Ball «fläch» halten. Aber in dem Moment, wo Behling ihm das nahelegte, wollte es Danowski ganz und gar nicht mehr gefallen.

«Müsste dir doch eigentlich entgegenkommen», sagte Behling telepathisch und wedelte mit den Unterlagen über Danowskis neurologische Absonderlichkeiten. Danowski machte nicht noch mal den Fehler, danach zu greifen.

«Ich behalt das mal noch ein Weilchen», sagte Behling. «Einfach so als Gedächtnisstütze. Für den Fall, dass ich den Inspektionsleiter mal wieder am Pinkelbecken treffe. Und uns der Gesprächsstoff ausgeht.»

«Krass. Erpressung», sagte Danowski in scherzhaftem Ton, um dem Vorgang vor sich selbst die Schärfe zu nehmen. Behling wiegte den Kopf. «Nee, eher 'ne Abmachung, würde ich mal sagen.» Abmächung.

«Das ist keine Krankheit», sagte Danowski und merkte, dass er sich in die Defensive hatte drängen lassen. Behlings Augen leuchteten auf. «Mag sein», sagte er, «aber es bedeutet ganz bestimmt 'ne psychologische Evaluation und 'ne ganze Menge Sitzungen beim Amtsarzt. Nervig. Und dann das verdammte Gerede hier. Dano, das Sensibelchen. Nee, warte: Hypersensibelchen. Sensibelchen reicht dir ja nicht. Immer 'ne Extrawurst, Adam. Und so weiter. Nimmt dich doch keiner mehr ernst hier. Du weißt ja, wie die Kollegen sind.» Behling lächelte. «Nicht besonders sensibel. Eher so wie ich, weißt du.»

19. Kapitel

Finzi saß in der U-Bahn, um nach Hause in seine Anderthalb-Zimmer-Wohnung in Hammerbrook zu fahren, einem Stadtteil, der im Krieg vollständig zerbombt worden war. Und danach auf eine Art und Weise wieder aufgebaut, dass Finzi sich hin und wieder nach neuen Bomben sehnte. Nach dem Entzug und der Scheidung hatten ihm alle abgeraten, in diese Einöde zwischen Kfz-Zulassungsstelle, Autobahnzubringern und den Betontrassen der S-Bahn zu ziehen. Wobei immer mitschwang: Wenn man wieder anfängt zu trinken, dann in Hammerbrook.

Aber Hammerbrook war billig, und Finzi mochte, dass er einer der wenigen Bewohner inmitten von Büro- und Lagergebäuden war. Er fand, dass seine Wohnsituation etwas Mönchisches hatte, wenig von allem, vor allem: wenig Möbel, wenig Licht, wenig Stille, wenig Nachbarn. Und er fand, dass er, wenn er das aushielt, auch alles andere aushalten konnte. Seit einem Jahr und 257 Tagen ging das gut.

Jetzt hatte er ein schlechtes Gewissen, weil er Behling versetzt hatte, ohne das Kaffeetrinken abzusagen, und weil er Adam mit der Arbeit alleingelassen hatte. Behlings Gegenwart quälte ihn. Nicht nur, weil Behling, wie Adam zutreffend beobachtet hatte, ein Arschloch war. Sondern vor allem, weil Behling ihn an seine dunkle Zeit erinnerte. Adam war damals hilflos gewesen, in einer anderen Dienststelle, unfähig, mal anzurufen oder, was noch besser gewesen wäre: ohne anzurufen vorbeizukommen und Finzi zu Hause in Eppendorf aus seiner Kotze zu ziehen. Behling hatte das getan, manchmal mehrfach am Tag. Behling hatte die Gabe gehabt, seine ganze Arschlochigkeit in der Dunkelheit von Finzis Absturz in etwas durchdringend Entschlossenes zu verwandeln. Behling war so arrogant und stur, dass er es nicht akzeptieren konnte, wenn ein Kollege sich um Kopf und Kragen soff.

Finzi dachte an den Nachmittag, als er aufwachte, und Britta in der Küche war und er sie dafür hasste, weil das bedeutete, dass er nicht an den letzten Bacardi kam, der hinten unter der Spüle zwischen Bleiche und WC-Ente stand. Der unerträgliche Geruch nach selbstgekochtem Essen. Kochen: der Geruch von Verwesung und langsamer Niederlage. Das Gegenteil der kalten Klarheit des Alks. Der seltsame Riss, in dem plötzlich alle Antworten schimmerten wie Diamanten unter der Erdkruste in einer alten Computerspielanimation. Wie Britta ihn gefunden hatte, als er unten im Einbauschrank kniete und den Gürtel an der Kleiderstange befestigte, die er selbst angebracht hatte. All ihre Kleider lagen auf und vor dem Bett, und er wusste, dass die Stange neunzig Kilo lange genug halten würde, um sich das Genick zu brechen, aber er zitterte zu sehr, um das Gürtelende durch die Schnalle zu fummeln, obwohl beide ja eigentlich dafür gemacht waren, das Gürtelende und die Schnalle. Brittas Blick. Und wie sie gegangen war, den ersten Schritt rückwärts, den zweiten auch, und dann hatte sie sich umgedreht, im Flur ihre Jacke genommen und war weg. Und dann wieder das vergebliche Gefummel mit dem Gürtel und dann, nachdem er das aufgegeben hatte, eine herrliche, perfekte Niederlage, die er als einen der schönsten Momente seines Lebens in Erinnerung hatte: Er lag zusammengerollt unten im Einbauschrank, kraftlos, weinend, und es gab nichts mehr auf der Welt als ihn in diesem Moment, und er begriff, was es hieß, ganz im Augenblick zu leben oder hoffentlich bald zu sterben, sobald dieser Augenblick vorüber war.

Und dann Behling, der vor ihm gestanden hatte mit zwei seltsam unpassenden Kaffeebechern von Balzac aus Pappe mit Plastikdeckeln, die nach gemütlichem Plausch aussahen. Behling kriegte ja jede Tür auf. Und als er sah, was Finzi da machte oder gemacht hatte, den Gürtel noch in der Hand, kippte er ihm den heißen Kaffee über den Kopf, Cappuccino zum Mitnehmen, grande, erst den einen, dann den anderen, Deckel musste er vorher nicht abnehmen, die platzten von selber weg, zum Schluss tröpfelte seltsam kindisch der Milchschaum hinterher. Milchschaum hatte Finzi schon immer angewidert, seitdem erst recht. Und er spürte heute noch, wie zart und rosa seine Kopfhaut war und ein Teil seiner Stirn, verbrüht. Behling hatte ihm also gewissermaßen das Leben gerettet, und er hatte auch danach noch das eine oder andere Mal seine Tür aufgebrochen, aber Kaffee trinken wollte Finzi seitdem nicht mehr mit ihm.

Und Adam. Fies, ihn da im Brainstorming-Strahl der Omis sitzen zu lassen. Andererseits hatte Adam gestern das Gleiche mit ihm gemacht. Und es störte ihn, dass sie im Präsidium als die beiden angeschlagenen Tassen im Schrank galten: er mit seiner unterbrochenen Trunksucht und Adam mit seiner legendären Abneigung gegen Überstunden und stressige Einsätze. Es störte ihn, dass Adam ihm die meiste Zeit gar nicht zuhörte, ständig mit seinen Gedanken woanders war und sich ingesamt ziemlich stieselig aufführte. Auf gewisse Weise spürte er einen Beschützerinstinkt, wenn er sah, wie Adam auf die plumpen Flirts der Lorsch-Witwe reinfiel, von Behling verarscht wurde und neben ihm auf dem Beifahrersitz einschlief. Aber dann fiel ihm wieder ein, dass er bis vor einem Jahr und 257 Tagen nicht einmal in der Lage gewesen war, sich selbst zu beschützen, und dann fand er wieder, dass er und Adam einfach kein besonders gutes Team waren.

Vielleicht ließ sich daran jetzt was ändern. Finzi lief den letzten halben Kilometer vom S-Bahnhof unter dem heute Nachmittag beigefarbenen Himmel, bis er seine Seitenstraße zwischen einem Fliesenmarkt und dem Kundendienst eines japanischen Elektronikkonzerns erreichte. Im Gegensatz zu Adam, der sich mit nichts aus dem Job belasten wollte, hob Finzi Dinge auf und nahm sie mit nach Hause. Wenn ihn Sachen beschäftigten, hatte er schon immer Kopien von Schriftstücken gemacht oder sich Zeugenaussagen, Fotos und Unterlagen auf USB-Sticks gezogen. Das hatte nie zu etwas geführt, außer einmal zu einem Anschiss von der Chefin, die ihn mit Unterlagen von der Staatsanwaltschaft am Kopierer erwischt hatte. Jetzt aber war er dankbar für das alte Zeug, denn manchmal wühlte er abends darin und brachte mit dem ziellosen Nachdenken über alte Fälle ein paar Stunden rum, eine Variante von Sudoku und Landwirtschafts-Simulator 2013. Und zugleich eine seltsam fragmentarische Zeitreise in seine Epoche der Filmrisse: Bei vielen Unterlagen konnte er sich entweder nicht mehr an den Fall erinnern oder nicht mehr daran, was er sich davon versprochen hatte, dieses Tatortprotokoll oder jene Zeugenaussage mit nach Hause zu nehmen.

Und so war es auch mit diesem Peters aus der Gesundheitsbehörde, von dem Adam gestern nichts hatte hören wollen: mit dem war irgendwas gewesen. Es war schon eine Weile her, fünf Jahre, vielleicht zehn, und Peters hatte damals schon was zu sagen gehabt im Senat, eher Innenbehörde, damals war er noch nicht bei der Gesundheit, und bei irgendeiner Ermittlung hatte er ihnen das Leben schwergemacht. Rotlichtmilieu, organisierte Kriminalität, Menschenhandel, Zwangsprostitution: In Finzis Erinnerung war seine Zeit bei dieser Dienststelle ein einziges frustrierendes Chaos aus ungeklärten Nationalitäten, grippekranken Übersetzern und undurchschaubaren Bandenstrukturen. Zumindest hatte er eine ungefähre Ahnung, wo im Keller er suchen konnte.

Zu Hause machte Finzi sich einen grünen Tee, und während der zog, aß er in Tomatensoße eingelegten Dosenhering im Stehen, dazu eine Scheibe Schwarzbrot aus der Plastiktüte. Dann überlegte er kurz, wieder mit dem Rauchen anzufangen. Er nahm seinen Tee mit in den Keller, wo er einen Verschlag mit einem guten Dutzend Aktenkartons hatte.

Im Keller hatte alles angefangen, damals, in Eppendorf. Zuerst eine Flasche, die er mit hinuntergenommen hatte, um seine Ruhe zu haben. Später eine oder zwei in jedem Karton, fast zärtlich eingebettet in angegilbte Unterlagen, das ideale Versteck. Bis Britta ihn das erste Mal nachts um drei oder vier dort in seinem Verschlag gefunden hatte, eingeschlafen über leeren Flaschen, einen geographisch geformten Pissfleck auf der Jeans. Wenn er jetzt in den Keller ging und die Kartons öffnete, hatte er manchmal Angst, doch noch einen Flachmann oder einen Kurzen von damals zu finden.

Er nahm einen Schluck, fand den grünen Tee wie immer zickig, unversöhnlich, aber auch unwiderstehlich. Er stellte die Tasse ins Regal und seufzte. Das Zeug war ungeordnet oder nach einem System geordnet, das er heute nicht mehr verstand. Er wühlte ein bisschen und freute sich, dass sein Telefon hier unten keinen Empfang hatte.

Peters. Wilken Peters. Ein Schnöselvorname, fand er. Vielleicht der Grund, warum er damals überhaupt über die Aktennotiz gestolpert war. Nein, sie war besonders unverschämt formuliert gewesen. Peters war bei der Innenbehörde gewesen, und es hatte Finzi geärgert, dass die Behörde sich übers Präsidialamt Kopien von Ermittlungsakten besorgt hatte. Die Geschichten aus Belgien lagen damals noch nicht so lange zurück. Menschenhandel, Kinderhandel, die üblichen Gerüchte über Pädophilenringe und Sexpartys, an denen angeblich Männer aus der sogenannten besseren Gesellschaft teilgenommen hatten. Alle paar Jahre ging auch in Hamburg eine neue Geschichte erst durchs Präsidium, dann durch die Presse, irgendwelche Gerüchte, Verschwörungstheorien. Höllisch zu ermitteln, denn das meiste daran war nicht nachweisbar oder haltlos, und mit jedem Misserfolg bestätigte man den Verdacht all jener, die glaubten, die Polizei hälfe, etwas zu vertuschen. Schön, wenn man da zwischendurch was zu trinken hatte.

Bei dieser Geschichte aber war es ein wenig konkreter geworden, zumindest rankten sich die Gerüchte um einen konkreten Gegenstand, fiel ihm jetzt wieder ein, wo er in den Kisten wühlte: ein Videoband, eine damals schon veraltete VHS-Kassette, auf der angeblich «was mit Kindern» und ein Hamburger Geschäftsmann zu sehen sein sollte. Finzi schüttelte unwillkürlich den Kopf, während er durch die Unterlagen blätterte. Niemand hatte dieses Band jemals gefunden, aber ein Schlepper erzählte, dass ein unaufgeklärter Mord an einer Tankstelle in Billstedt damit zusammenhinge: der Tote hätte versucht, jemanden mit dem Band zu erpressen, der sich das nicht hätte bieten lassen.

Am Ende stellten die Kollegen aus dem Institut für Rechtsmedizin fest, dass der Tote von der Tankstelle an einem Herzinfarkt gestorben war und sich seine Kopfverletzung erst beim Sturz auf den Asphalt zugezogen hatte. Trotzdem hatten sie Hunderte von Videokassetten in der Wohnung des Toten sichergestellt, und jetzt wusste er auch wieder, wonach er suchte. Sein Dienststellenleiter hatte damals einen Antrag beim Präsidialbüro auf Sonder-Überstunden gestellt, damit zwei Mann, darunter Finzi, die Videos sichten konnten. Sie wussten aus Erfahrung, dass belastende Videoaufnahmen wie Kinder-, Gewalt- oder Tierpornos oft in Fünf- bis Zehn-Minuten-Schnipseln inmitten von «Wetten dass ...?» oder «Sabine Christiansen»-Aufzeichnungen versteckt waren, auf 300er-Kassetten. Wenn man viele davon fand, war das immer ein Alarmsignal.

Irgendjemand musste sich also das ganze Zeug zumindest im Schnelldurchlauf angucken: 168 Bänder à fünf Stunden, im Long-Play-Modus sogar zehn Stunden, zumindest Stichproben, unfassbar langweilige und mühselige Arbeit und ohne Überstunden nicht zu machen. Die Anforderung war vom damaligen Inspektionsleiter abgezeichnet und ins Präsidialbüro weitergeleitet worden. Finzi hielt sie jetzt in den Händen und studierte die Eingangsstempel der unterschiedlichen Abteilungen. Im Präsidialbüro hatte jemand ein Fragezeichen darauf gemacht und ein Kürzel, das Finzi nicht wiedererkannte. Und dann war die Anforderung an die Innenbehörde weitergeleitet worden, und hier kam Peters ins Spiel. Der Eingangsstempel von Peters' Abteilung war der vorletzte, und daneben stand in raumgreifender Handschrift: *«Auf keinen Fall. Schwachsinn. Peters, 16.09.01»*. Dann folgte der letzte Eingangsstempel, als die Anforderung wieder bei ihnen auf der Dienststelle ankam. Also hatten sie die Videokassetten nicht gesichtet, und irgendwann waren sie aus der Asservatenkammer verschwunden, Sondermüll.

Aber es war das Wort «Schwachsinn», das ihn damals aufgeregt hatte. Als wenn sie einfach nur ein paar Schmarotzer gewesen wären, die sich Überstundengeld hätten erschleichen wollen. Wie einfach es war, das, was sie sich überlegt hatten, mit einem Federstrich zunichtezumachen.

Und wenn es nur bei dem Federstrich geblieben wäre; aber stattdessen war auch noch ihre Arbeit abqualifiziert worden. Peters. Darum hatte er den Namen nicht vergessen.

Finzi faltete die Kopie des Anforderungsschreibens zusammen und steckte sie in die Hosentasche. Er beschloss, sie vom Büro aus mit der Dienstpost an Peters zu schicken, in die Gesundheitsbehörde, und einfach einen Satz dazu zu schreiben, in dem er sich über den Ton beschwerte. Es gehört zu den zwölf Schritten der Anonymen Alkoholiker, sich bei anderen für ihnen zugefügtes Unrecht zu entschuldigen, egal, wie viele Jahre es zurücklag; was sollte ihn also darin hindern, andere auch nach Jahren noch darauf hinzuweisen, dass sie ihn verletzt hatten?

Finzi schob den Karton zurück ins Regal und fragte sich, was er mit dem Rest des Tages anfangen sollte. Dann sah er die Unterlagen über einen Giftmord von vor vier oder fünf Jahren. Mit dem Daumen blätterte er durch die Kopien und fing an, sich zu erinnern. Eine schwerstbehinderte Frau, am ganzen Körper gelähmt, die ihren Rollstuhl mit dem Mund bediente. Ihr Mann war an einer Vergiftung gestorben, und am Ende war gerade die Abwegigkeit des Gifts und die Unwahrscheinlichkeit, dass seine Frau diesen Weg gewählt haben könnte, um ihn zu töten, die perfekte Tarnung für ihr Verbrechen gewesen.

Er setzte sich auf einen wackligen Hocker, der mitten im Verschlag unter einer nackten Glühbirne stand, nahm seinen Teebecher aus dem Regal und begann zu lesen. Alpenveilchen. Schon acht Gramm der Knolle waren tödlich, aber wie es der Frau gelungen war, diese Knolle in den Eintopf ihres Mannes zu schmuggeln, war ihm komplett entfallen.

20. Kapitel

Als sie an der Elbe ankamen, war das Schiff verschwunden.

Danowski lehnte sein Fahrrad an das Geländer am Elbhang und musste feststellen, dass er sprachlos war. Die Wasserfläche zwischen Containerhafen und Cruise Terminal zog mit der üblichen Fließgeschwindigkeit nach Westen, aber außer ein paar Möwen, einem bügeleisenförmigen HVV-Schiff und einer abgetakelten Segelyacht, die langsam gegen den Strom tuckerte, war weit und breit nichts auf dem Wasser zu sehen.

«Wo ist denn dieses Schiff, Papa?», fragte Stella. Martha und Leslie hatten sie noch nicht eingeholt. Der Nieselregen hatte aufgehört, sie wollten zur «Strandperle». Ein Bier trinken, ein Würstchen essen, Apfelschorle und Waffeln. Er musste lachen. Es war zu schön: das Schiff verschwunden und mit ihm ein großer Teil seiner aktuellen Jobprobleme, untergegangen vielleicht. «Siehst du, Knud», hörte er sich im Geiste zu Behling sagen, «ich hab dafür gesorgt, dass das Problem verschwindet.»

Stattdessen sagte er: «Mein Schatz, ich weiß es nicht.» Dann rief er in der Dienststelle an, während Leslie und Martha in sein Gesichtsfeld radelten. Parallelwelten zugleich, immer schwierig.

«Bisschen problematisch», sagte Kalutza. «Die ‹Große Freiheit› musste in Altona vom Cruise Terminal ablegen, weil die da keine externe Stromleitung haben. Das heißt, der Strom an Bord kommt allein aus den Dieselmotoren, und dann waren wohl die Tanks leer. Und die Reederei weigert sich, das Schiff auf eigene Kosten betanken zu lassen. Deswegen sind die Kollegen von der Wasserschutzpolizei jetzt dabei, das Schiff in die Hafencity zu eskortieren, da gibt es einen Stromanschluss im Cruise Terminal.»

«Gut, dass ihr mir das jetzt schon sagt.»

«Außerdem gibt es in der Hafencity Proteste dagegen, dass das Pestschiff da anlegt. Angeblich versuchen Anwohner, kaiseitig das Terminal zu blockieren. Kam gerade über die Schutzpolizei rein. Wer weiß also, wo dein Schiff am Ende anlegt. Du hast doch sowieso Feierabend.»

Leslie blickte aufs Wasser, und er sah, dass sie ganz zufrieden damit war, sich nicht die «MS Große Freiheit» anschauen zu müssen.

«Die taucht schon wieder auf», sagte Martha weise.

Später, im Sand, spielten die Kinder, Danowski trank sein Bier, um das er ewig angestanden hatte, und genoss, wie ihm der Elbstrandsand in die Hose kroch.

«Spielt einer von euch mal mit Marthi? Ich brauch eine Pause.» Während er auf die kleinen Hände seiner jüngeren Tochter klatschte und registrierte, dass sie ihn nicht aus den Augen ließ, erhitzt vor Begeisterung, dachte er: Warum sehne ich mich bei der Arbeit nach zu Hause, und wenn ich zu Hause bin, denke ich an die Arbeit? Und woher hatte Kathrin Lorsch das verdammte Virus? Und vor allem: Wird sich jemals jemand dafür interessieren, wenn alle sich irgendwie darauf einigen können, dass die Afrikaner das eingeschleppt haben?

Zu Hause stand er am Fenster und beobachtete, wie die Sonne hinter der Aral-Tankstelle unterging. Als er ins Bett ging, war es draußen fast noch hell. Leslie setzte sich auf die Bettkante und zog ihre Decke und ihr Kissen an sich.

«Gehst du?», fragte er.
«Ja. Ich will noch fernsehen.»
«Du störst mich nicht.»
«Kann spät werden. Ich schlaf im Wohnzimmer.»
Sie blickte ihm in die Augen, und er sah, dass sie sich eigentlich vorgenommen hatte, kurz und verbindlich aus dem gemeinsamen Schlafzimmer auszuziehen.
«Das ist nicht dein Ernst», sagte er.
«Was meinst du?», fragte sie.
«Ach komm.»
«Lass mich einfach im Wohnzimmer schlafen.»
«Meinst du wirklich, ich bin ansteckend?»
«Nein. Aber wenn?» Sie raffte ihr Bettzeug zusammen und stand auf. Im Türrahmen blieb sie kurz stehen und warf ihm einen Kuss zu. Danowski nickte. Dann stand er auf, nahm ihr das Bettzeug ab und ging selbst auf die Couch.

Im Wohnzimmer konnte er nicht einschlafen. Alles war von irgendwas zu viel: Es war draußen zu früh, und in seinem Kopf war es zu hell, und die Couch war zu schmal und zu alt. Dann dachte er an Behling. Dieser Fall war bodenlos und außerdem gefährlich, und war es nicht außerordentlich unreif und verantwortungslos, sich gegen den Willen seiner Vorgesetzten und eines vermutlich irgendwie sogar verdienten, in jedem Falle aber älteren Kollegen dafür zu engagieren, nur weil dieser ältere und penetrante Kollege einen entmutigen wollte, das zu tun? Und was war sicherer: den Fall gegen den Willen einer Reihe von Leuten weiterzuverfolgen oder das auf sich beruhen zu lassen und sich in der durch Untätigkeit frei gewordenen Zeit eine angemessene Rache für Behling einfallen zu lassen? Doch während er sich ausmalte, Behling durch eine byzantinische Intrige in die Materialbeschaffung befördern zu lassen, merkte er, wie seine Finger scheinbar ohne sein Zutun das Telefon aus dem Flokati zupften. Krümel von Reiswaffeln rieselten auf ihn, als er es im Liegen über sein Gesicht hielt, um die Nummer der Rechtsmedizinerin Kristina Ehlers zu suchen. Vielleicht konnte sie ihm was über Pharmafirmen in Altona erzählen oder ihm dabei helfen, zu spekulieren, woher jemand eine Ampulle voller virenverseuchten Bluts haben könnte.

«Adam?» Kristina Ehlers hörte sich erschöpft an.

«Störe ich?», fragte er und richtete sich mühsam auf, weil seine Stimme im Liegen schon nach Schlaf klang.

«Kein Problem», sagte sie. «Ich liebe es, im Bett zu telefonieren. Wie früher zu Schulzeiten. Wir können uns all unsere Geheimnisse erzählen. Bist du allein?»

«Wie kommt man an eine Ampulle mit Viren in Blut?», fragte er dagegen.

«Ach, das kann bestimmt dieses knöchrige Kind vom Tropeninstitut viel besser beantworten.»

«Ich vermute, Frau Dr. Schelzig steht im Labor.»

«Bei allen möglichen Opiaten könnte ich unter Umständen was besorgen, aber wenn es um so ausgefallenes Zeug wie virenverseuchtes Blut geht, bin ich machtlos.»

«Gibt es für so was einen Schwarzmarkt?»

«Es gibt für alles einen Schwarzmarkt, aber die Nachfrage ist vermutlich gering. Die Labors, in denen an Filoviren wie Ebola oder so geforscht wird, kann man an den Fingern der einen Hand abzählen, mit der ich gerade meinen Bauch streichele.»

Er musste lachen. «Das ist ja geradezu keusch ausgedrückt. Ich hätte jetzt wenigstens was mit ‹zwischen den Schenkeln› erwartet.»

«In Wahrheit bin ich ein ganz scheues Reh», sagte sie, und er hörte sie rauchen.

«Und diese Labors werden streng überwacht?»

«Streng überwacht und beim kleinsten Anzeichen von Unregelmäßigkeiten geschlossen, ja.»

«Hm.»

«Affen sind die Hauptträger von Filoviren, also zumindest, was Tiere angeht, die in Kontakt zu Menschen kommen. Irgendwann in den späten Achtzigern oder frühen Neunzigern hat es in den USA einen Ebola-Ausbruch in einem Affenhaus gegeben, am Rande von Washington.»

«Im Zoo?» Er lehnte sich über die Sofalehne zur Stehlampe, um sich Notizen zu machen.

«Was hast du an?», fragte sie ungerührt.

«Das Licht.»

«Nein, nicht im Zoo. Im Lager einer Firma, die Affen aus Afrika importierte, um sie dann für medizinische Experimente an Pharmafirmen zu verkaufen. Ich kann mich nicht an alle Details erinnern. Ein paar Dutzend Bonobo-Affen, von denen einer oder zwei mit Ebola infiziert waren, und innerhalb von wenigen Wochen haben sie die meisten anderen angesteckt. In einem Vorort von Washington, in so einem ganz normalen amerikanischen Gewerbegebiet, inmitten von anderen Firmen, Restaurantketten, Autowerkstätten. Das größte Problem war damals, eine Panik zu verhindern.»

«Kenn ich.»

«Der Witz ist: Zwei oder drei Pfleger waren die ganze Zeit mit den Affen zugange, keiner von ihnen hat sich angesteckt. Aber es weiß auch niemand, wie viel Blut sie den infizierten Tieren abgenommen haben. Genug, um hin und wieder was an die Labors des amerikanischen Militärs zu schicken. Die den ganzen Vorgang dann irgendwann an sich gezogen haben. Aber vielleicht haben sie auch viel mehr Blut abgenommen, und wenn das so war: Wer weiß, wo es geblieben ist. So viel zu deinem Schwarzmarkt.» Sie gähnte.

«Aber das ist zwanzig, fünfundzwanzig Jahre her.»

«Ja. Aber wenn man das Zeug einfriert und immer mal wieder in frischem Blut neue Viren züchtet, dann hält sich das fast ewig. Und das können auch Amateure. Es reicht, sich selbst Blut abzunehmen. Und den ganzen anderen Kram kriegt man in jedem Laborbedarf. Übers Internet.»

Danowski schwieg. Er betrachtete die Silhouette ihrer gutgemeinten, von Leslie praktisch durchdachten und von den Kindern mit allerhand Kram vollgestopften Wohnzimmereinrichtung im Lichtkegel der Stehlampe, deren Energiesparleuchtmittel langsam den Höhepunkt seiner Wirkungsmacht überschritten hatte.

«Jedenfalls hat es nach dem 11. September Gerüchte gegeben, dass Terroristen auf Umwegen an Ebola-Viren gekommen sein könnten. Und wenn man sich das nicht vorstellen konnte, haben einem die Kollegen immer gern von dem legendären Affenhaus erzählt», fuhr Ehlers fort. «Ach ja: Und natürlich gibt es auch in den Ländern, aus denen die Affen kommen, ganz ähnliche und wahrscheinlich nicht besonders gut kontrollierte Zwischenlager für Affen, die zu Forschungszwecken verschickt werden sollen. Keine Ahnung, wie oft es da irgendwelche Ausbrüche von Ebola gibt. Aber theoretisch kann weltweit eine ganze Menge Blut mit viraler Belastung im Umlauf sein.»

«Eignet sich das denn für einen Terroranschlag?»

«Nicht so richtig. Filoviren sind nicht über die Luft übertragbar. Jedenfalls in keinem bekannten Fall. Das dauert viel zu lange auf den gängigen Übertragungswegen.»

«Über die Haut.»

«Ja. Hände und Schleimhäute, vor allem. Überall, wo man kleinste Verletzungen haben könnte.»

«Theoretisch hätte sich also jemand vor zehn, zwanzig Jahren in Afrika dieses Virus in Blut besorgen und so lange aufbewahren oder reproduzieren können?»

«Theoretisch könntest du jetzt auch auflegen und in einer Viertelstunde bei mir sein, und wir könnten das Ganze noch mal richtig in Ruhe besprechen.» Dann: «Ja, theoretisch ginge das. Aber warum sollte jemand einen so komplizierten Weg wählen, um jemanden auf einem Kreuzfahrtschiff zu infizieren?»

«Ganz einfach», sagte Danowski. «Weil es so kompliziert ist. Und weil es ein großes bürokratisches Chaos, ein riesiges Aufsehen und möglicherweise Anfänge von Panik und Hysterie auslösen würde. Vielleicht weitere Ansteckungen. Und dann würde nach und nach immer mehr untergehen, wo und wie sich das erste Opfer angesteckt haben könnte. Vor allem, wenn ein Teil der Besatzung aus Afrika kommt und es vielen wunderbar logisch erscheint, dass ein Afrikaner das Virus eingeschleppt haben muss. Und weil niemand jemals darauf käme, dass jemand einen so komplizierten Weg wählt. Das perfekte Verbrechen über sehr viele Umwege. *Wegen* sehr vieler Umwege.»

«Niemand außer dir würde darauf kommen.»

Danowski nickte. Dann sagte er eine Weile nichts und dachte an Kathrin Lorsch. Nachdem er aufgelegt hatte, fiel ihm ein, dass er Kristina Ehlers kein einziges Mal nach ihrem Konflikt mit Tülin Schelzig gefragt hatte und danach, wie es ihr ging.

21. Kapitel

Pflichtbewusst schleppte Danowski sich am Wochenende zum nächsten Termin ins Krisenzentrum und stellte fest, dass Schelzig und die Hälfte der anderen schwänzten. Dafür war eine ernste Schweizerin mit kleinem Gesicht von der WHO da und jeweils ein junger Referent vom Gesundheitsministerium in Berlin, einer vom Verbraucherschutzministerium und einer von Bildung, Wissenschaft und Forschung. Sie kannten sich offenbar und saßen deshalb zusammen, konnten sich aber nicht entspannen, weil jeder davon überzeugt war, wichtiger zu sein als die anderen beiden. Wer von der ursprünglichen Hamburger Besetzung gekommen war, zeigte sich im Sonntagsmodus: Danowski mit am Hinterkopf verfilztem Sofahaar, der Bürgermeister-Assistent im T-Shirt mit dem Wappen der Harvard-Universität, Peters von der Gesundheitsbehörde in Golfhosen und mit raffinierter sonntäglicher Alkoholfahne, die Danowski irgendwie bekannt vorkam. Etwas, wonach Finzi früher gerochen hatte? Unwahrscheinlich, bei den mutmaßlich stark unterschiedlichen Anforderungen der beiden an Alkohol.

«Die Sache mit den Afrikanern wird spätestens morgen ein großes Ding in den Medien», berichtete der Bürgermeister-Assistent, sichtlich erleichtert über Schelzigs Abwesenheit. «Die einen greifen das, ich möchte sagen: dankbar auf, die anderen werfen wem auch immer Ausgrenzung und Rassismus vor. So oder so: Die Leute suchen nach Sündenböcken.»

«Ja, darüber müssen wir reden», sagte Peters. Danowski

sah aus dem Fenster, während sie vielstimmig und in immer neuen Formulierungen ein Statement gegen Vorverurteilungen und Rassismus beschlossen.

Wodurch, dachte Danowski, dann auch alle, die bisher nicht den Gedanken gehabt hatten, die Verbindung würden ziehen können: Afrikaner, Virus, Hamburger angesteckt.

Aber er sagte nichts. Er dachte an Torf, kaltes Meerwasser, Wollpullover und verspürte Heimweh nach einer großen Liebe, die er nie gekannt hatte, und er fragte sich, warum, bis die Sitzung sich auflöste.

«Stimmt es, dass Sie in Richtung Witwe ermitteln?»

«Wer sagt das?»

«Ihre Chefin.»

«Na ja, ‹ermitteln› ist vielleicht das falsche Wort.» Es war Montagmorgen, und er hatte den Staatsanwalt am Telefon. Habernis und er lieferten sich einen Wettkampf in Unaufgeregtheit. «Aber sagen wir mal so», schwang Danowski sich auf, «irgendwie trau ich's ihr zu. Sie wusste, dass ihr Mann eine Geliebte hatte, sie hätte allerhand finanzielle Motive, sie hat eine starke Affinität zu jenem Teil Afrikas, aus dem das Virus möglicherweise stammt, und sie hat uns gegenüber hier und da eine Lebenseinstellung an den Tag gelegt, die einen vermuten lässt, dass sie es mit der Grenze zwischen Leben und Tod nicht allzu genau nimmt.»

«Vage.»

«Keine Ahnung, welches Sternzeichen sie ist.»

«Ich meine, das ist alles ziemlich schwammig, und Sie haben eigentlich nichts.»

Während Danowski mit dem zuständigen Staatsanwalt telefonierte, erbrach Finzi sich am gegenüberliegenden Schreibtisch pantomimisch. Er hielt wenig von Habernis, einem ehrpusseligen Hagestolz mit Locken und randloser

Architektenbrille, der als vorsichtig bis an den Rand der Handlungsunfähigkeit galt.

«Na ja, aus dem finanziellen Kram könnte man was bauen», sagte Danowski. «Zumindest ein Grund, sie mal im Präsidium zu befragen. Vielleicht ergibt sich daraus was.»

«Nichts überstürzen», sagte Habernis. «Vor allem möchte ich nicht in der Presse lesen, dass die Polizei sich für die Witwe interessiert. Und nachher wird dann nichts draus.»

«Also?»

«Ich kann Sie da nicht groß unterstützen, Herr Danowski.» Sie legten auf.

«Endlich», sagte Finzi. «Und was sind das für ‹allerhand finanzielle Motive›, von denen du unserem dröhnbüddeligen Freund aus der Staatsanwaltschaft erzählt hast?»

Danowski schob ihm einen halbzentimeterhohen Stapel Computerausdrucke hin. «Kalutza hat was in einem Forum für Whiskyfreunde gefunden. Carsten Lorsch hatte eine richtige kleine Fan-Gemeinde, du glaubst nicht, wie viel Zeit die Leute damit verbringen, sich im Internet über sein Zeug auszutauschen. Und die Leute waren alarmiert, weil seine Firma angeblich verkauft werden sollte. Es gab einen amerikanischen Investor, der sich für die Bestände an alten Whiskys interessiert hat. Aber nicht, um sie weiterhin zu verkaufen, sondern als Kapitalanlage für einen Hedgefonds.»

«Das denke ich auch manchmal: Warum habe ich das ganze Zeug bloß selber getrunken, statt es als Geldanlage zu sehen?»

«Na ja, es scheint, als hätte Carsten Lorsch die Firma und seine Bestände nicht verkaufen wollen. Trotz eines Angebots in Millionenhöhe. Und jetzt, wo er tot ist ...»

«Der Witwe ist der ideelle Wert seiner Schätze und die Bedeutung, die der Fusel für Whiskyfans hat, völlig egal», sagte Finzi und nickte andächtig. «Schönes Motiv: ein paar Millionen haben oder nicht haben.»

«Genau.»

«Und warum sitzt Kathrin Lorsch nicht hier?»

«Weil ich sie nicht erreiche und weil die Staatsanwaltschaft uns nicht gerade ihre Unterstützung aufdrängt.»

Für einen Moment saßen sie einfach herum und hätten es ewig weiter so tun können. Danowski driftete innerlich ins Leere. Dann platzte die Chefin in sein Vakuum, und er tat sofort wach, als hätte er ihr schon die ganze Zeit was sagen wollen: «Es würde sich vielleicht lohnen, sich mal genauer die Besitzverhältnisse der Firma des Opfers anzuschauen.» Dabei nahm er die Füße vom Tisch. «Und insgesamt ein paar Bankdaten der Witwe und des Opfers. Aber dazu bräuchten wir Ihre Hilfe bei der Staatsanwaltschaft. Habernis möchte keine Unruhe.»

Seine Chefin schüttelte langsam den Kopf. «Dazu werden Sie heute keine Zeit haben. Sie haben irgendwann in den nächsten drei, vier Stunden einen Termin beim Dezernat für Interne Ermittlungen. Informell. Jemand vom Personalrat wird wohl auch dabei sein. Keine Ahnung, wann das genau losgeht. Halten Sie sich einfach bereit und fangen Sie bis dahin nichts Neues an.»

«Wegen der Sache am Freitag.» Voller Selbsthass.

«Genau. Wir haben eine Beschwerde und die Androhung einer Anzeige bei der Staatsanwaltschaft bekommen. Darum klären Sie das am besten vorab mit den Leuten vom DIE.»

«Und woher kommt die Beschwerde?»

«Zeugen. Keine Ahnung. Darf ich nicht sagen. Und so weiter.»

Danowski warf seinen Kugelschreiber auf den Tisch. «Mist», sagte er halblaut. Die Chefin nickte und ging. Als er aufblickte, war Finzi gerade dabei, einen Hauspostumschlag an Peters mit der Kopie der alten Aktennotiz zuzukleben.

«Und du so?», fragte Danowski trübe.

«Alte Geschiche», antwortete Finzi und warf den Umschlag in den Korb, der für Sendungen an andere Behörden reserviert war.

22. Kapitel

Nachdem sie eine Transportfirma beauftragt hatte, ihre Skulpturen und Porträts abzuholen, ging Kathrin Lorsch langsam und barfuß durch das Haus, das nun ihr allein gehörte, und dachte über ihr Gewissen nach.

Wenn etwas Wirklichkeit wurde, das man sich in Tagträumen immer wieder ausgemalt hatte – wäre es dann nicht verwerflich gewesen, dem Leben abgewandt, diese Wirklichkeit nicht genauso zu genießen, wie man einst die Tagträume genossen hatte?

Was war Rache, wenn nicht süß, und wenn süß, dann süß wie Verwesung, oder etwa nicht? Und war es die Süße der eigenen Verwesung, die man kostete, wenn man Rache in sein Leben ließ?

Sie blieb vor dem Nagelfetisch stehen. Ihre verfügbare Kunst würde sie auf den Weg zu einem Kölner Auktionshaus schicken, das auf die kleineren und mittleren Namen der achtziger und neunziger Jahre spezialisiert war, mithin auch auf ihren. Der Nagelfetisch sollte im Haus bleiben, bis er verkauft war. Eine Art Platzhalter, ein Wächter ihrer Erinnerung an Carsten. An Carsten und sie. Und daran, was sie einander angetan hatten in einem Vierteljahrhundert voller Liebe, Gleichgültigkeit und Schmerz.

Sie dachte daran, wie Kabezya-Mpungu im Schöpfungsmythos der zentralafrikanischen Baluba die Welt erschuf und die ersten Menschen, die noch kein Herz hatten. Als sie den Mythos zum ersten Mal las, hatte sie sich gefragt, warum die Menschen anfangs kein Herz hatten. Vielleicht, weil sie ohne Herz vollkommenere Wesen hätten sein können: nicht ihren Gefühlen unterworfen, nur ihren Instinkten und ihrem Willen. Aber der Schöpfer der Baluba war ein Gott, der sich entzog, der nicht gesehen werden wollte, der sich verflüchtigte. Im Grunde wie Carsten, dachte sie und erinnerte sich daran, wie Kabezya-Mpungu, nachdem er alles erschaffen hatte, sich entschied, die Welt zu verlassen und unsichtbar zu werden: «Ich will nicht, dass die Menschen mich länger sehen. Ich kehre in mich zurück und sende Mutima, das Herz.»

Das Seltsame war, dass sie die Geschichte aus einem alten Buch mit afrikanischen Mythen kannte, dem Exemplar ihres Großvaters, das sie bei ihrem Vater gelesen hatte, und dass ihre eigene Familienlegende erzählte, ihr Vater habe sie «Mutima» nennen wollen. Aber der Standesbeamte in Wandsbek habe abgewunken, 1964, Kathrin Mutima Hennings, nicht dran zu denken. Es hätte gepasst, denn in der Legende der Baluba erschien das Herz «in einem kleinen, handgroßen Gefäß», ganz wie auf ihrem Nagelfetisch, und das Herz wandte sich, wie es hieß «gen Sonne, Mond, Finsternis und Regen» und schrie: «Kabezya-Mpungu, unser Vater, wo ist er!» Und die Natur oder die Finsternis oder wer auch immer antwortete Mutima: «Vater ist fort, und wir kennen nicht den Weg, den er ging.»

Fast die Worte ihrer Mutter. Und dann die Worte des Herzens Mutima im Mythos der Baluba: «Gewaltig sehne ich mich, mit ihm zu sprechen. Da ich ihn nicht finden kann, trete ich in diesen Menschen. Und so werde ich fortan wandern, von Generation zu Generation.»

Sie betrachtete ihren Fetisch, der allein mit ihr im Atelier stand, und zündete sich eine Zigarette an. Carsten hätte niemals zugelassen, dass sie im Haus rauchte. Nein, das war falsch formuliert. Es war undenkbar gewesen für ihn, und deshalb hatte sie es niemals getan.

Sie rauchte und betrachtete den Fetisch und lächelte. Seit Carsten tot war, schien ihr das Leben als eine Kette von Momenten der Klarheit. Wie ihr Vater den Träumen seines Vaters nach Ostafrika gefolgt war, Träumen von überwältigender Natur und Einheimischen, die einen lächelnd teilhaben ließen am Geheimnis eines anderen und besseren Lebens. Kommt rein, Jungs, nehmt, was ihr braucht, und lasst euren mitteleuropäischen Scheiß, wo er hingehört: zu Hause, bei Frau und Tochter. Träume, die dann vielleicht nicht allzu viel zu tun gehabt hatten mit dem Alltag eines Bergbauingenieurs, der irgendwann zwischen Dynamit, seltenen Erden, Warlords, Morphium und in Prostitution oder Hungerlöhne gedungenen Einheimischen den Überblick nicht mehr hatte. Und seine Frau und seine Tochter aus den Augen verlor. Und wie sie selbst dann genau diese Träume, die damals schon aus zweiter oder dritter Hand und ohnehin falsch waren, zur Masche gemacht hatte für ihre Kunst. Afrika hier, Afrika da, ohne irgendeine Ahnung davon, wer dort lebte und wie. Ohne klare Momente, ohne tatsächliches, ungefiltertes Interesse daran. Bücher, Fetische im Museum, Landschaft durch Autoscheiben, mit denen, die da lebten, gedolmetschte «Gespräche» – in leuchtenden, tristen Anführungszeichen. Nichts verstanden, nichts erfahren, die Suche nach der eigenen Geschichte ein Vorwand, um ihrer Arbeit, oder halt: ihrer «Arbeit» Facetten von Fremdheit zu geben und sich selbst einen Hauch von Tragödie und Exotik.

Wenn alle Schulden bezahlt waren, würde ihr vom Haus ein Bruchteil bleiben, aber ein Bruchteil in Nienstedten war noch immer mindestens eine halbe Million. Sie wusste nicht, was die Firma wert war, aber sie spürte, dass sie mit purer Willenskraft einen Preis etwa in der gleichen Größenordnung dafür verhandeln konnte. Vielleicht mehr.

Aus Köln würde sie, nach allen Abzügen, im Laufe des Jahres vermutlich eine Viertelmillion bekommen.

Sagen wir 1,25 Millionen, dachte sie. Sie war alt genug, um sich an eine Zeit zu erinnern, als das viel Geld gewesen war. Wie soll ein Mädchen damit heutzutage ein neues Leben anfangen?, dachte sie im Ton eines Country-Songs. Aber du hast mir keine andere Wahl gelassen, Carsten.

Sie achtete darauf, nicht auf den dunklen Holzfußboden zu aschen, als sie das Zimmer verließ. Ein schreiendes Herz, dachte sie. Wie lange ist es her, dass mein Herz geschrien hat? Schreit es jetzt, vor Trauer, Erleichterung, Wut, um zu übertönen, was das Gewissen vielleicht zu sagen hätte?

Nein, dachte sie. Wenn überhaupt, dann hält es die Klappe und schluckt runter, was es vielleicht zu sagen hätte.

23. Kapitel

Danowski bekam eine SMS von Dr. Tülin Schelzig, die ihn grußlos, aber präzise auf die bevorstehende Sitzung des Krisenstabs hinwies.

«Wie siehst'n du das», fragte er Finzi, «was sticht: Krisenstab oder Dezernat für Interne Ermittlungen?»

Finzi schloss die Augen und legte den Kopf zurück, als müsste er angestrengt überlegen. «Na ja», sagte er schließlich. «Krise ist Krise, die spitzt sich zu oder sie verschärft sich, da ist immer Dynamik in der Sache. Aber so 'ne interne Ermittlung, die läuft ja nicht weg.»

Auf dem Gang dachte er, dass Finzi jetzt bestimmt wieder leicht gekränkt war, weil nur Danowski zum Krisenstab gehörte und er wieder nicht auf der Liste stand. Egal, Danowski war froh, allein zu sein. Die Sitzung des Krisenstabs würde er nutzen, um ein bisschen abzuschalten. Sollten die anderen ruhig reden, er jedenfalls würde nicht zuhören, so wie gestern. Das Wichtigste gab es danach ja als Protokoll, oder es sickerte an die Presse durch und man konnte es am nächsten Tag komprimiert beim Frühstück in der *Mopo* lesen.

Erst mal aber machte ihm Peters von der Gesundheitsbehörde einen schönen geraden Strich durch die Rechnung. Schelzig hatte ihm das Wort überlassen, sie saß unbeteiligt neben der Tür und las etwas auf ihrem Telefon. Danowski hatte sich gerade Kaffee eingegossen und sich mit zwei von den kleinen Apfelsaftfläschchen aus der Tischmitte und ein paar Keksen bevorratet, um es sich im Niemandsland des hinteren Tischendes mit seinen eigenen

Gedanken gemütlich zu machen, als Peters das Wort an ihn richtete.

«Wir wollen zwar heute in der Hauptsache über den Fortgang der Quarantäne und über unsere Optionen in der Prävention sprechen, aber vielleicht beginnen wir mit was Spannenderem. Können Sie uns einen kleinen Abriss Ihrer Ermittlungen geben, Hauptkommissar Danowski?»

Danowski hatte sich gerade ein wenig mit Apfelsaft bekleckert, als alle ihn ansahen. Er fing an, sich mit einer dünnen Serviette abzuwischen, um seinen Blackout zu überspielen. Mit dem Ergebnis, dass die Stille sich ausdehnte und ihm schien, dass alle jetzt langsam wirklich gespannt auf seine Ausführungen warteten. Sogar Schelzig hatte ihr Telefon sinken lassen und sah ihn quer durch den Raum stirnrunzelnd an. Der Bürgermeister-Assistent rieb sich sogar allen Ernstes die Stirn, um ein leichtes Kopfschütteln aufzufangen.

Ich habe nichts, dachte Danowski. Aber das hatte er zuletzt in der achten Klasse zugegeben. «Das würde ich gern tun», sagte er und räusperte sich hinterher. «Aber im Moment darf ich Ihnen leider nichts dazu sagen.» Im Grunde, dachte er hektisch, stimmte das ja sogar: Er durfte nichts sagen, weil es nichts zu sagen gab, also wäre es Zeitverschwendung oder gelogen gewesen, wenn er irgendwas gesagt hätte, und man durfte weder lügen noch die Zeit anderer verschwenden.

Einzig ein Mann jenseits der Pensionsgrenze, der heute zum ersten Mal da war und den Peters vorgestellt hatte, als Danowski mit dem Apfelsaft beschäftigt gewesen war, weswegen er dessen Funktion nicht mitbekommen hatte, sah ihn relativ freundlich und auf gewisse Weise väterlich an. Steenkamp, dachte Danowski. Immerhin hatte er den Namen mitgekriegt. Er wollte seinem Blick ausweichen, um sich auf die Fabrikation seiner eigenen Ausführungen zu konzentrieren. Aber er spürte eine seltsame Mischung aus Trauer, Müdigkeit und Härte in Steenkamps Blick, die ihm Rätsel aufgab und ihn anzog zugleich. Vielleicht ist es das, was man als Vater irgendwann in den Augen hat, wenn man lange genug durchhält, dachte er abgelenkt.

«Heißt das, es gibt offizielle staatsanwaltschaftliche Ermittlungen?», fragte Peters.

«Noch nicht.» Danowski riss sich zusammen. «Sie werden verstehen, dass es zu früh ist, Ihnen weitere Auskünfte zu geben. Offiziell kann ich Ihnen nichts sagen, inoffiziell sage ich, dass mein Kollege Finzi und ich verschiedene Spuren verfolgen.»

«Finzi?», fragte Peters, als kennte er viele Polizisten, aber keinen Finzi. «Hauptkommissar Finzel», verbesserte sich Danowski. Das passierte ihm immer mal wieder. Peters hob ein wenig angeberisch die Augenbrauen, als käme ihm der Name bekannt vor. «Einerseits verstehe ich Ihre Diskretion», wandte er ein, irritiert, «aber andererseits müssen Sie bedenken, dass es für den Krisenstab absolut relevant ist, wenn Sie zum Beispiel in Richtung Bioterrorismus oder Mord ermitteln.»

«Definitiv nicht Richtung Bioterrorismus», sagte Danowski, der langsam Angst vor den möglichen Nachwirkungen seiner eigenen Phrasen bekam. «Mord müssen wir zumindest erst noch ausschließen.»

«Was bleibt denn da noch drittes?», fragte Peters, und Danowski sah, wie den Mann von der Gesundheitsbehörde ein Blick des Alten traf. Sie tauschten irgendein kurzes stummes Signal, und Danowski wurde klar, dass der Alte Peters mit der Autorität seiner Jahre dazu ermahnte, den armen kleinen Polizisten jetzt mal langsam in Ruhe zu lassen. Das war gut. Jeder sollte immer einen alten Mann mit im Raum haben, der sich um einen kümmerte. Eine Art gerontologischen Kommunikations-Schutzengel.

Und jetzt reichte es glücklicherweise auch dem Assistenten des Bürgermeisters. Er riss seine Hände vom Gesicht und zischte übertrieben dramatisch: «Können wir jetzt bitte mal weitermachen? Präventive Maßnahmen war das Stichwort. Da würde uns mal interessieren, was wir kommunizieren können und wie viel Geld wir dafür in die Hand nehmen müssen.»

Na bitte, dachte Danowski, schob sich einen Kokoskeks zwischen die Zähne und lehnte sich zurück. Nun hab ich mich ein bisschen wichtig gemacht, dann darf ich jetzt auch den Rest der Veranstaltung in Ruhe hier absitzen.

Tatsächlich interessierte ihn nur bedingt, was der Alte jetzt erzählte, aber es machte Spaß, ihm dabei zuzusehen und zuzuhören. Glücklicherweise hatte Peters ihn noch mal vorgestellt, darum wusste Danowski jetzt, dass er als Vertreter einer Reihe von Pharma-Unternehmen hier war, die sich auf Impfstoffe spezialisiert hatten. Er sprach mit gelangweilt gedehnter Hamburger Stimme, aber nicht ausufernd und eitel, sondern knapp und präzise, so, als wäre er eigentlich lieber woanders. Er hatte eine Hand in der Hosentasche seines Anzugs, was bei einem jüngeren Mann unpassend unernst gewirkt hätte, ihm aber eine lässig kompetente Alles-nicht-so-schlimm-Ausstrahlung verlieh. Danowski dachte an seinen Vater, während er das Handout überflog, das Steenkamp von einer Sekretärin hatte verteilen lassen. Steenkamp war etwa im gleichen Alter, Ende sechzig, Anfang siebzig, aber sein Vater kannte nur den Alles-noch-viel-schlimmer-Modus: die Krankheiten, das Dach, der Rücken, die Geldprobleme der Brüder.

Wenn du alt wirst, dachte Danowski, kannst du der Welt vom Sofa aus den Rücken kehren oder ihr gegenübertreten mit der Hand in der Tasche. Ich fürchte, das Erste liegt in der Familie, aber das Zweite wäre mir lieber.

Das Handout war sogar einigermaßen beruhigend, auch wenn es damit anfing, dass fünfzig bis neunzig Prozent aller Fälle von Ebola- und Ebola-ähnlichen Erkrankungen tödlich endeten. Auch von hochvariablen Inkubationszeiten war da die Rede, zwischen drei und zehn Tagen. Und Medikamente, um die Krankheit zu behandeln, nachdem sie ausgebrochen war, gab es nicht. Aber Wissenschaftler von der Arizona State University hatten vor zwei Jahren Mäuse erfolgreich gegen Ebola geimpft. «Mittels biotechnologischer Verfahren Isolierung eines Marburg-Ebola-Immunkomplexes als Impfkandidat», las Danowski. «Zusammensetzung: Proteine, die auf der Virus-Oberfläche vorkommen, sowie Antikörper, die virale Proteine identifizieren können. Herstellung des Präparats in Tabakpflanzen.» Das klang richtig gut, fand Danowski bedauernd, weil er sofort wieder Lust auf eine Zigarette bekam.

«Der Vorteil an diesem neuen Impfstoff ist, dass er relativ einfach herzustellen und lange lagerfähig ist», berichtete Steenkamp. «Und weil einige der Firmen, die zu vertreten ich mir hier erlaube, die Forschung der Amerikaner mitfinanziert haben, sind wir Miteigentümer des Impfstoffpatents. Deshalb haben die Amerikaner uns vor anderthalb Jahren grünes Licht gegeben, diesen Impfstoff für Europa herzustellen. Es hat Produktionsumstellungen gegeben, und wir haben gewisse Kapazitäten und sogar bereits Anfänge von Lagerbeständen.»

«Was heißt ‹die Amerikaner›?», fragte der Assistent des Bürgermeisters.

«Department of Homeland Security», sagte Steenkamp nach einer eleganten Pause. «In den USA ist das Interesse an einer Ebola-Vakzine allein sicherheitspolitisch motiviert, aus Angst vor einem bioterroristischen Angriff. Auch wenn das abwegig ist. Die Amerikaner sind eben vorsichtig.»

Der Assistent nickte, als hätte Steenkamp die richtige Antwort gegeben.

«Die Frage ist allerdings, ob Sie den richtigen Impfstoff für unser Virus haben», mischte Dr. Tülin Schelzig sich ein, deren dünne Stimme durch den Raum schnitt wie Papier: erst mal unbemerkt, dann aber schmerzhaft.

«Selbstverständlich», sagte Steenkamp und lächelte. «Hier sind wir auf Ihre Erkenntnisse angewiesen.»

«Die Unterschiede sind gering, betreffen aber möglicherweise genau das virale Eiweiß.»

«Könnte man nicht trotzdem einfach impfen?», fragte der Bürgermeister-Assistent. «Für den Fall, dass die Unruhe sonst zu groß wird? Risikogruppen und so weiter? Die Leute auf dem Schiff?»

Schelzig wiegte den Kopf. «Das Risiko können wir in der Kürze der Zeit kaum abschätzen.»

Und Kathrin Lorsch will ihre Firma und den ganzen alten Whisky nach Amerika verkaufen, dachte Danowski. Am Ende womöglich auch nach Arizona. Und vielleicht ist das genau der dumme Zufall, auf den wir gewartet haben: Eine Spur, die zu jemandem führt, der ein tödliches Gift besorgen kann, und zwar in Arizona, und wenn dann da auch noch der Käufer sitzt, dann ist das schnell mal die gleiche Person – irgendjemand, den Kathrin Lorsch auf einem Künstler-Retreat oder sonst wo kennengelernt hat –, und am Ende haben die Leute aus Überdruss an dem, was ihr Leben ist, die dümmsten Ideen, und alles fliegt auf, weil ein freundlicher alter Knacker unverständliches Zeug über Impfstoffforschung erzählt.

«Diese Leute in Arizona», sagte Danowski, «die haben also das Virus? Um damit zu forschen?»

«Gewiss», sagte Steenkamp. «Für die Tierversuche. Um den Impfstoff zu überprüfen, haben sie Mäuse mit Ebola infiziert, geimpfte und ungeimpfte. Von den geimpften Mäusen haben achtzig Prozent überlebt. Bei den Ungeimpften betrug die Mortalitätsrate einhundert Prozent.»

«Die Zahlen sind bekannt», sagte Tülin Schelzig abwesend.

Immerhin, dachte Danowski. Da will man sich nur ein bisschen ausruhen, und dann wird einem hier womöglich der Fall gelöst. Er nahm den kleinen Konferenzblock mit dem Logo eines Mineralwasserherstellers und schrieb darauf: «Arizona», zog ein Oval um das Wort und machte dann einen Pfeil, an dessen Ende er «Virus» schrieb, und einen anderen, an dessen Ende er «Firmenkäufer?» schrieb. Dann machte er zwischen «Virus» und «Firmenkäufer» eine gestrichelte Linie mit einem weiteren Fragezeichen darüber.

Okay, dachte er, im Moment noch ein paar Fragezeichen zu viel, aber zumindest so auf dem Papier sah das wie echte Polizeiarbeit aus.

«Viel wichtiger als all das» sagte Schelzig, als fällte sie ein Urteil über sein Gekritzel, «scheint mir aber die Suche nach der Frau, mit der Carsten Lorsch gereist ist.»

«Simone Bender», sagte Danowski erklärend, weil er endlich was wusste und weil sich Steenkamp und Peters einen irritierten Blick zuwarfen: Männer, die es hassten, nicht auf dem Laufenden zu sein.

«Suchen Sie die», sagte Schelzig, mehr anweisend als empfehlend. «Und suchen Sie die Kabinenstewardess, die Carsten Lorschs Bett gemacht hat. Das sind unsere Hauptkandidatinnen für die als Nächstes ausbrechenden akuten Infektionen.»

Danowski schaute fragend Richtung Reederei. «Frau

Bender ist nicht in ihrer Kabine», sagte der Vertreter der Schiffseigner und hielt Danowskis Blick mühelos stand. «Andere Anhaltspunkte für den Aufenthaltsort von Passagieren haben wir nicht. Und was Frau Mary Linden angeht, so kann ich nur sagen, dass sie sich durch ihr Verschwinden den Dienstanweisungen widersetzt hat und mit ihrer Kündigung rechnen muss.»

«Und der Schiffsarzt?», fragte Danowski.

«Er wird weiterhin von uns in der Screening-Station isoliert», sagte Schelzig. Wir bereiten ihn auf den Transport ins Institut vor, um ihn dort unter Quarantäne zu halten. Denn …» Sie machte eine Kunstpause. «Seit gestern hat er Fieber. Das kann ein Symptom für unseren Virus sein, aber er ist auf Drogenentzug, weil wir ihn nicht im von ihm gewöhnten Umfang mit Morphium und anderen Opiaten versorgen. Das heißt, sein Fieber kann auch Teil eines Opioidentzugsyndroms sein. Jedenfalls ist er im Delirium und steht Ihnen für Aussagen nicht zur Verfügung.»

Danowski seufzte, weil er Schelzigs nächsten Satz vorausahnte: «Sie müssen zurück an Bord», sagte sie.

24. Kapitel

Null von fünf Säulen: Unter Wasser hatte sie keinen Empfang. Sie saß im Inneren des Schiffsbauchs auf dem Rand ihres metallenen Etagenbetts und hatte das dringende Gefühl, unterhalb der Wasserlinie zu sein, sie fühlte sich wie versunken. Gab es hier nur Innenkabinen, weil die weniger wichtigen Crewmitglieder so tief unten untergebracht waren, dass es keine Bullaugen mehr gab?

Seit ihrem letzten Ausflug zum Oberdeck hatten sie sie nicht mehr aus den Augen gelassen. Die Kabinentür war offen, aber draußen, auf dem schmucklosen hellgrauen Gang mit den unverkleideten Metallwänden, lungerte immer jemand herum, der darauf achtete, dass sie nicht weiter als bis zu den Waschräumen ging. Sie stand auf und stellte fest, dass sie sich zum ersten Mal nicht den Kopf an der Pritsche über ihr gestoßen hatte. Sie gewöhnte sich an alles, das wusste sie. Sie hielt ihr Telefon fest und setzte einen Gesichtsausdruck auf, von dem sie hoffte, dass er besorgt und ein wenig unbedarft zugleich war.

«Hier», sagte sie auf Englisch und schwenkte ihr Telefon.

«Was?», fragte der Kleine mit dem doppelt geknöpften weinroten Blazer, der im Moment dafür zuständig war, auf sie aufzupassen. Das Grau in seinen zurückgekämmten schwarzen Haaren war so hell, dass es aussah, als hätte er es aufgemalt.

«Kein Empfang.»

Er zuckte die Achseln. «No reception, no call. No problem.»

«Mein Sohn wird sich Sorgen machen.»

«Keine Nachrichten sind gute Nachrichten.» Aber sie merkte, dass er einen kurzen Moment gezögert hatte.

«Mein Sohn wird sich Sorgen machen und anfangen, herumzufragen, wenn ich mich nicht hin und wieder melde.»

«Herumzufragen?»

«Er arbeitet bei der Zeitung.» Dies stimmte nur im weitesten Sinne: Luis hatte bis Ostern hin und wieder in Vertretung eines Nachbarjungen den *Alsterkurier* ausgetragen, das wöchentliche Anzeigenblatt in Winterhude. Für 5,85 die Stunde. Dann hatte er das Interesse daran verloren.

Ihr Bewacher im weinroten Blazer kniff die Augen zusammen und musterte sie. Sie sah ihn an, als merkte sie nicht einmal, dass sie geprüft wurde. Sie hielt seinem Blick stand, scheinbar geduldig und ohne Hintergedanken. Sie war geübt darin, die prüfenden Blicke von Männern an sich abperlen zu lassen. Liebst du mich? Vertraust du mir? Ist es dir ernst? Solche Fragen hatten sie anfangs genauso nervös gemacht wie der forschende Blick ihres Bewachers, aber wenn man im Laufe der Jahre genug davon gehört hatte, gewöhnte man sich daran und konnte sich antrainieren, völlig ungerührt darauf zu reagieren. Einen Moment dachte sie an Carstens Blick und Carstens Augen, an den letzten Wimpernschlag, den sie von ihm gesehen hatte, aber diese Vision zog an ihr vorüber wie ein weit entfernter Einödhof an einem ICE-Fenster.

«Okay, zwei Minuten», sagte er und nahm sie am Arm. Sanft, als wäre sie kostbar. Dabei ahnte sie, dass nur die Schaulustigen und Journalisten am Kai und auf dem Wasser ihre Bewacher daran hinderten, sie einfach über Bord zu werfen. Und dass sie sie nachts noch nicht mit einem Kissen erstickt oder sie mit einem stumpfen Gegenstand erschlagen und in irgendeinen Lagerraum geworfen hatten, lag vermutlich nur daran, dass sich in allen Winkeln des

Schiffes Menschen versteckten, die Angst vor dem Virus hatten.

Ihr Bewacher führte sie in einen Lastenaufzug am Ende des Ganges, dort, wo der Treppenschacht der Besatzung parallel versteckt zu den Treppen für die Passagiere verlief. Während der ersten Tage der Reise, vor der Krise, war ihr nie aufgefallen, dass die Männer und Frauen von der Crew ständig hinter Türen verschwanden, die von den mit Teppichen ausgelegten und warm beleuchteten Wegen der Passagiere aus kaum zu sehen waren. Und dass dahinter eine zweckmäßige, nüchterne und farblose Welt mit Metallgeländern, Linoleumfußböden und Resopaltischplatten wartete, wusste sie erst, seitdem man sie mit sanftem Nachdruck gezwungen hatte, ein fremder Teil dieser Welt zu werden, wie ein transplantiertes Organ, das jederzeit wieder abgestoßen werden konnte.

Als sie auf dem Oberdeck ankamen, führte er sie am Arm ins Freie. Er hielt sie fest im Schatten des Schornsteins, wo keine anderen Passagiere in der Nähe waren. Weil man hier keine Sonne hatte und nicht nah genug an der Reling war, um sehen zu können, was sich auf dem Kai abspielte. Seitdem sie Carstens zerstörten Körper abgeholt hatten, war dort unten nicht mehr viel passiert, aber sie konnte den Impuls verstehen: besser zuschauen, wie nichts passierte, als womöglich ein Ereignis zu verpassen, das vielleicht eine Veränderung der gleichförmigen Situation an Bord bedeutete.

Dem gleichen Impuls folgend, löste sie sich überraschend leicht aus seinem Griff. Vielleicht hatte er sie instinktiv losgelassen, weil sie das Telefon am Ohr hatte und er im Grunde seines Herzens diskret war. Sie hatte die Nummer ihres Sohnes gewählt und wartete darauf, dass das Gespräch aufgebaut wurde. Sie spürte, wie er seine Hand von hinten auf ihre Schulter legte, um sie in den Schatten zurückzuziehen. Ohne darüber nachzudenken, stemmte sie sich seiner Bewegung entgegen, sanft zuerst, dann stärker.

Die Mailbox von Luis, und während er seinen Namen sagte, wusste sie nicht, was sie sagen sollte.

Unten auf dem Kai ging der schmale Polizist von voriger Woche über das Asphaltstück zwischen Terminal und Gangway. Er trug ein helles Paket unter dem Arm, darin war wohl der Schutzanzug, den alle Besucher an Bord tragen mussten, um die Quarantänevorschriften zu erfüllen. Nicht dass es besonders viele Besucher gegeben hätte. Unregelmäßige Lebensmittellieferungen, einmal zwei Journalisten, denen die Reederei offenbar zeigen wollte, dass die Situation an Bord unter Kontrolle und menschenwürdig war. Ärzte, die stichprobenartige Untersuchungen machten. Etwas aber unterschied den Polizisten von ihnen allen: Sie ahnte, dass er nur ihretwegen an Bord ging. Er hatte den Kopf gesenkt, als befürchtete er, die Schwelle zur Gangway zu verpassen, wenn er nicht ganz genau hinsah. Er trug ein helles Hemd, das ihm unter dem unmodischen braunen oder grauen Jackett aus der Hose hing, vermutlich, weil er im Auto gesessen hatte. Bevor er unter dem Baldachin der Gangway verschwand, hob er den Kopf zum Schiff. Er war dreißig, vierzig Meter von ihr entfernt, aber ihre Blicke trafen sich. Sie konnte seine Augen nicht erkennen, aber sie sah auf die Entfernung, dass etwas in seinem Gesicht sich veränderte, während er innehielt und stehen blieb. Er hob die Hand vor die Stirn, um seine Augen vor der dumpfen Sonne zu schützen. Als wollte sie ihn spiegeln, hob sie ihrerseits die Hand, um ihm zu winken, aber ihre linke Hand erreichte nicht einmal die Reling, bevor der Mann im dunkelroten Blazer sie grob am Arm zurückriss. Sie verschwand hinter der Reling, und das Letzte, was sie spürte, bevor sie das Gleichgewicht verlor und mit dem Kopf gegen das schwarze Metall des Schornsteinfußes schlug, war ihr Telefon, das ihr durch den Ruck der Bewegung aus der rechten Hand über die Reling flog und im Nichts verschwand.

25. Kapitel

Einen Tag lang hatte er nichts unternommen. Vergeblich darauf gewartet, dass das Dezernat für Interne Ermittlungen ihn anhörte. Festgestellt, dass es sich dabei offenbar um eine Maßnahme handelte, um ihn zu beschäftigen, ohne ihn etwas tun zu lassen. Sich selbst von Stunde für Stunde mehr dafür gehasst, dass er seine Arbeit nicht erledigte und sich stattdessen daran hielt, was ein mittlerweile unerträglich leutseliger, fast freundlicher Behling von ihm verlangt hatte. Die Erkenntnis, dass Behling Finzi nichts von der Hypersensibilität erzählt hatte. Und Danowskis Unfähigkeit, das selbst zu tun.

Was war das Schlimmste, das passieren konnte, wenn Behling ihn überall als Sensibelchen lächerlich machte? Auf dem Heimweg hatte er das Gefühl gehabt, dass es besser war, lächerlich zu sein als untätig und feige. Und mit dem Rückenwind des gleichen Gefühls war ihm klargeworden, dass die beste Rache an Behling genau das war: tun, was der nicht wollte.

Er betrachtete, wie seine Füße den Asphalt vor der Gangway betraten. Seine Geschwindigkeit und die Tatsache, dass er dem Schiff immer näher kam, hatten sich aufgelöst in rein optische Signale: Schuhe im Gesichtsfeld, darunter die leicht unregelmäßige Struktur des Asphalts, die sich gegenläufig bewegte, als würde sie unter ihm weggezogen. Um sich davon loszureißen, hob er den Blick und ließ ihn haltlos über die Fassade des Schiffes gleiten bis dahin, wo hinter der Reling der Himmel anfing. Und da sah er sie. Rote Haare, eine Hand am Kopf, als telefonierte sie. Für einen Moment meinte er, nur die Hand nach ihr ausstrecken zu müssen, so nah schien sie ihm. Und dann sah er, wie sie sich nach hinten fallen ließ, um sich vor ihm zu verstecken. Im nächsten Augenblick war sie verschwunden und die Reling leer, als hätte dort niemals jemand gestanden.

Aber sie war da: Simone Bender. Und zu den Aufgaben der nächsten fünfhundert bis tausend Bewegungen würde gehören, sie zu finden und mit ihr zu sprechen. Und dann: weg, nach Hause, ins Bett. Etwas gegen seine Kopfschmerzen. Etwas, damit all das aufhörte.

Die distanzierte Forschheit der Bundespolizisten, die ihn kontrollierten, bevor er an Bord ging. Wie er den Schutzanzug am Ende der Gangway anzog, die Handschuhe verklebte, der Mundschutz zum ersten Mal etwas, wohinter er Zuflucht suchte und seine Züge ins Ungewisse gleiten ließ. Dann noch eine Kontrolle direkt an Bord. Jetzt nahmen sie ihm hier mit bürokratischer Verächtlichkeit die Dienstwaffe ab und gaben ihm eine Quittung, die ihm phantasievoll schien, die er aber in keine Tasche stecken konnte, weil er bereits den Schutzanzug trug, also behielt er sie in der Hand wie den Fahrschein bei seiner ersten Busfahrt ohne Eltern.

Das Schiff schien mit jedem Schritt durch die Gänge kleiner und schmaler zu werden. Hinter der hauchdünnen Kapuze konnte er so tun, als hörte er nicht, was ihm die Passagiere auf seinem Weg hinterherzischten. Scheißbulle. Stand das hinten auf seinem Anzug? Blinkte das in seiner Aura wie eine Las-Vegas-Leuchtreklame? Und warum verstand er das Wort sogar auf Portugiesisch?

In der Kabine von Simone Bender war nichts. Aber er hatte den Verdacht, dass er heute auch nichts gefunden hätte, wenn da etwas gewesen wäre. Nicht einmal ein Bullauge war da. Innenkabine. Offenbar eine, die nur pro forma gemietet worden war, weil immer klar gewesen war, dass sie bei Lorsch wohnen würde.

Aber wen von den aberhundert Passagieren konnte er fragen, ob sie Simone Bender kannten? Wer ihm entgegenkam, wich ihm aus: In seinem weißen Schutzanzug gehörte er nicht dazu, er kam von außen, er war ein Feind. Wahllos drängte er ein paar von denen, die nicht schnell genug waren, das Bild von Simone Bender und Carsten Lorsch auf und fragte nach ihr. Niemand wusste etwas oder wollte es sagen.

Er fuhr zum Oberdeck, fand aber nicht den Ort, an dem sie gestanden hatte, weil die Perspektive sich verändert hatte mit dem Licht, seit die Sonne verschwunden war. Er setzte sich in einen toten Winkel, aus dem Menschen davonhuschten. Zeit schinden, bis er wieder von Bord ging zu Finzi.

Er schloss die Augen und erlaubte sich, wegzudriften. Der Wind spielte auf seinem Gesicht. Die Geräusche von Möwen bogen sich zwischen seinen Ohren. Kühle zog ihm unter den Schutzanzug, als hätte der lange Winter noch Zugriff aus einem Jenseits der Jahreszeiten. Er merkte, wie er einschlief und dachte: Endlich. Endlich.

Dann schreckte er hoch. Er hörte Stimmen, eine Familie vielleicht. Durchsagen, es gab Essen.

Er stand auf und ging zum Fahrstuhl, der ihn zur Rezeption zurückbringen sollte. Etwas hatte sich verändert, aber er wusste nicht, was es war. Er sah auf seine Hand und war erleichtert, dass die Quittung für seine Dienstwaffe noch darin war, auch wenn er das dünne Papier nicht durch das Material seiner Schutzhandschuhe spürte. In der Vollverspiegelung des altmodisch eleganten Fahrstuhls sah er in seinem Schutzanzug aus wie jemand aus dem mittleren Management auf Besuch in der Produktionshalle für

Tiefkühlpizzen. Erst im Rausgehen, als er das Deck erreicht hatte, auf dem die Rezeption und der Ausgang lagen, sah er im Spiegel, dass in seinem Anzug von der Hüfte bis zum Fuß ein Riss klaffte.

Er erlaubte sich dazu nicht den Luxus irgendwelcher Gedanken. Manchmal schlossen Schutzanzüge sich von selber wieder, wenn man so tat, als wären sie intakt. Oder?

Als er den Kontrollpunkt an der Rezeption erreichte, schien ihm, als hätten sie ihn erwartet. Langsam, aber zielstrebig untersuchten sie seinen Schutzanzug. Es war der gleiche Offizier, der ihn vor einigen Tagen nicht hatte an Bord lassen wollen, der ihm nun gedolmetscht von der gleichen Animateurin mitteilte, dass er das Schiff nicht mehr verlassen durfte.

Beschädigter Schutzanzug.

Verletzung der Quarantänebestimmungen.

Kontamination.

Hinter der Absperrung das durchaus noch mitfühlende Gesicht des Bundespolizisten, der dann zwar auch in sein Walkie-Talkie sprach, aber hauptsächlich mit den Achseln zuckte und sich abwandte.

«Ich möchte den Kapitän sprechen», sagte Danowski, um Festigkeit bemüht. Alles ein Missverständnis, das sich aufklären ließ, von Kapitän zu Hauptkommissar.

«Captain is busy», sagte der Offizier an der Dolmetscherin vorbei. «Very busy.» Womit sein Englisch erschöpft schien, denn er fügte einen Absatz hinzu, den Danowski nicht verstand, außer, dass die Stimmlage zwischen pedantisch und ansatzweise hämisch ausschlug.

«Er sagt, dass Sie den Anzug ablegen können», dolmetschte die Animateurin. «Sie brauchen ihn jetzt nicht mehr.»

Danowski merkte undeutlich, dass er sie anstarrte, als

wäre ihr Gesicht eine Landschaft, aus der er schnell wieder abreisen wollte.

«Aber ich muss mich doch schützen», sagte er.

«Nein», sagte sie. «Das brauchen Sie jetzt nicht mehr. Sie bleiben hier.» Und dann, mit einem anfliegend aufmunternden Lächeln: «Sie sind jetzt einer von uns. Willkommen an Bord.»

TEIL 2
KLABAUTERMANN

26. Kapitel

Niemand achtete auf die Frau, die morgens gegen sechs in östlicher Richtung über die Reeperbahn taumelte. Im Grunde war sie eine von vielen, die zur gleichen Zeit in unterschiedlichen Geschwindigkeiten genau das Gleiche taten: Es wurde grundsätzlich einfach viel getaumelt auf der Reeperbahn.

Die Frau war von weitem unauffällig genug: gekleidet in Grau und Schwarz, aber nicht elegant, sondern zweckmäßig, vielleicht eine Architektin, Lehrerin oder Zivilpolizistin. Ihre blonden Haare hatte sie zu einem Pferdeschwanz gebunden, der erst beim Näherkommen ein wenig wirr und am Ende vielleicht sogar schmutzig aussah.

Und beim Näherkommen sah man dann auch, was einen veranlasste, den Blick unauffällig abzuwenden und so zu tun, als wäre all dies völlig normal oder als hätte man es einfach nicht gesehen: über ihr Kinn und ihren Hals war offenbar eine dunkle Flüssigkeit gelaufen, von der noch die getrockneten Ränder und andere Reste zu sehen waren. Als hätte sie starken Kakao erbrochen und sich dann den Mund achtlos mit dem Ärmel abgewischt. Tatsächlich waren, wenn man genauer hingeschaut hätte, in den Resten der dunkelbraunen Flüssigkeit schwarze Flecken wie von Krümeln zu erkennen, Kaffeesatz, Erde. Vielleicht würde man im Vorübergehen die Ärmel ihres grauen Übergangsmantels aus dem Augenwinkel studieren und sehen, dass der rechte tatsächlich voller Flecken war. Vielleicht hätte einen irritiert, dass ihr Gesicht farbig aussah und gemustert, so, als hätte sie es sich tätowieren lassen. Vielleicht erst gerade eben. Ein Vorgang und ein Anblick, der selbst auf der Reeperbahn und in ihren Seitenstraßen nicht zum Standardprogramm gehörte.

Die Frau hatte den rechten Arm ein wenig ausgestreckt, als erwartete sie, jeden Augenblick einen stützenden Laternenpfahl zu benötigen oder sich gegen etwas wehren zu müssen, was ihr entgegenkommen könnte.

In der linken Hand trug die Frau eine alarmierende Plastiktüte.

Menschen führten Plastiktüten aus den unterschiedlichsten Gründen mit sich, aber wenn Plastiktüten dem Transport dienten, dann immer dem von festen Gegenständen. Etwas an der Plastiktüte der Frau und daran, wie sie sie in der linken Hand trug, mit Resten von Vorsicht, bemüht, sie von ihrem Bein fortzuhalten – etwas daran signalisierte einem jedoch auf den allerersten Blick, dass die taumelnde Frau in ihrer Plastiktüte eine Flüssigkeit transportierte. Eine Flüssigkeit, deren Aggregatzustand eher in Richtung pürierte Suppe ging: flüssig, aber gehaltvoll.

Es war eine rot-goldene Edeka-Tüte, die ihr eine ältere Dame in der S-Bahn gereicht hatte, bevor sie sich von der blonden Frau mit dem Pferdeschwanz weggesetzt hatte. Bis dahin hatte man bereits an den Schultern der Frau und daran, wie sie sich ziellos hoben und senkten, gesehen, dass sie kurz davor war, sich zu übergeben.

Das, was sie nun in der Tüte trug, bezeichnete man medizinisch als *vomito negro*, als «schwarzes Erbrochenes»: Hämorrhagie, also Blutausfluss, in den sich Gewebefetzen gemischt hatten. Dies lag, wie sich wenig später herausstellen sollte, daran, dass im Körper der Frau mit dem blonden Pferdeschwanz etwas grundsätzlich schiefgegangen war: Sie war von einer Art Lebensform besessen, deren einziges Ziel es war, den Körper der Frau in sich selbst zu verwandeln. Allerdings unterlag die Lebensform dabei gewissermaßen einem Denkfehler: indem sie versuchte, den Körper der Frau in sich selbst zu verwandeln und sich zu diesem Zwecke «extrem amplifizierte», wie die Fachleute später sagten, also hemmungslos vermehrte, verwandelte sie den Körper der Frau von innen heraus in eine Art wandelnden Kadaver.

Tatsächlich sagte einer der jungen Männer, die aus einem Club oder Puff kamen und jetzt auf dem Weg zum Eckladen mit dänischen Hotdogs waren, zu seinem Begleiter, als die Frau mit dem Pferdeschwanz und der Plastiktüte an ihnen vorbeitaumelte: «Alter, hast du die Zombiebraut gesehen?»

Im Gegensatz dazu war die Frau allen, die sie kannten, immer als besonders lebendig und schnell im Kopf vorgekommen; ein bisschen «intensiv» vielleicht, die höfliche Umschreibung für «nervig», ein bisschen distanzlos, laut, aber das waren vielleicht einfach die nicht allzu schattigen anderen Seiten ihrer Lebenslust und Spontaneität.

In den letzten zwölf Stunden jedoch hatte sich ihre Persönlichkeit verändert. Nicht, dass jemand dies bemerkt hätte, denn sie war allein gewesen. Aber sie selbst hatte gespürt, wie ihr etwas entglitten war, und erst, als es schon zu spät war, hatte sie festgestellt, dass sie selbst das war, was sie verloren hatte. «Das bin ja ich», war einer ihrer letzten Gedanken, bevor ihr Reptiliengehirn übernahm und in Zusammenarbeit mit letzten Resten ihrer Gewohnheiten und mit ihrem Muskelgedächtnis Dinge tat wie Mantelanziehen und Aufbrechen. Einen Moment hatte sie sich im Flurspiegel gesehen, aber nicht mehr wahrgenommen, was sie aus der Fachliteratur wusste, die sie wenige Tage zuvor noch studiert hatte: Ihr Gesicht hatte alle Anzeichen von Lebendigkeit verloren, die Augen standen ihr starr in den Höhlen, hellrot, und ihre Gesichtshaut wurde langsam gelb, mit hellen, sternförmigen Flecken.

Die Frau schien in sich zusammenzusacken, soweit dies im Stehen möglich war. Zwei Grünphasen stand sie dort an der Ampel. Die Prostituierten vor dem Burger King beobachteten sie und hofften, dass sie bald verschwände, denn in ihrer Gegenwart würde niemand gerne stehen bleiben.

«Grüner wird's nicht!», rief eine von ihnen. Die Frau drehte sich langsam nach dem vertrauten Geräusch der menschlichen Stimme um. Wenn die Nutten sie schon vor zwei oder drei Stunden gesehen hätten, wäre ihnen jetzt aufgefallen, dass das Gesicht der Frau nachgedunkelt war und dass ihr Antlitz langsam nach unten zu rutschen schien, als löse ihr Bindegewebe sich auf. Was exakt der Fall war. Die Frau nickte, behutsam fast, als versuchte sie, etwas abzuschütteln. Dann setzte sie sich mühsam in Bewegung. Die Ampel wurde rot, während sie die Davidstraße überquerte. Ein Polizeiauto hupte und wich ihr aus, ohne anzuhalten. Die Frau bog nach rechts ab und ging die Davidstraße bergauf Richtung Bernhard-Nocht-Straße. Wenn der Schlachthofgeruch aus ihrer Plastiktüte nicht gewesen wäre, hätte sie die Mischung aus Erbrochenem, Bier und Urin wahrnehmen können, die in der Luft lag. Sie überquerte die Hopfenstraße, stützte sich alle paar Meter an der bronzenen Fassade des Riverside-Hotels ab, auf der sie oberhalb der oxidierten Urinmuster undefinierbare Handabdrücke hinterließ. Hotelgäste mit frühen Geschäftsterminen und Touristen, die aus der Herbertstraße kamen, wichen ihr aus, ohne ihr hinterherzublicken. An der nächsten Straßenecke sah sie die vage vertrauten Backsteinformen des Tropeninstituts, dann bog sie mit der weit heruntergedimmten Parodie eines Glücksgefühls in die Bernhard-Nocht-Straße ein.

Sie erreichte den Eingang nicht ganz, aber als sie in Sichtweite zusammenbrach und die rot-goldene Edeka-Tüte ihr aus der Hand fiel, ergoss sich ihr Inhalt so weit über den Bürgersteig, dass er bis zur Treppe lief, die hinauf zum Publikumseingang des Tropeninstituts führte.

Die Spuren ihres eigenen Untergangs auf dem schlecht ausgebesserten Gehwegasphalt waren das Letzte, was Kristina Ehlers sah, bevor sie diesen Spuren hinterherstürzte und das Bewusstsein verlor.

27. Kapitel

Am liebsten spielte Steenkamp alleine. Drei Vormittage in der Woche hatte er dafür reserviert, und sein letztes Ziel im Leben war es, daraus sieben zu machen. An guten Tagen gelang es ihm, dabei an nichts zu denken als den nächsten Schlag. An weniger guten Tagen drang ihm ein Bedauern in die Routine, das er in seinen Bewegungen spürte wie einen gezerrten Muskel.

Er fand sich einzigartig darin, dass er nicht wie die meisten bedauerte, was er nicht getan hatte, sondern das eine oder andere von dem, was er getan hatte. Meine Fehler, wie er es für sich nannte: Fehler, die er aus Liebe begangen hatte oder aus Wut, aber niemals aus Angst. Fehler, als wäre sein Leben eine Prüfung gewesen, die nun abgeschlossen war, und man hätte die volle Punktzahl erreichen können, er aber wäre am Ende auf ein zwar weit überdurchschnittliches Ergebnis gekommen, aber eben nicht auf ein makelloses. Wegen der Fehler, die er gemacht hatte.

Er richtete sich noch einmal auf, ließ dann die Arme sinken und hielt den Putter so locker, dass er ihn kaum spürte. Angenommen, man wäre bei einer Prüfung der Beste, weil man weniger Fehler gemacht hatte als die anderen, hatte man dann wirklich Erfolg gehabt? Oder hätte das Ziel nicht sein müssen, gar keine Fehler zu machen?

Er spürte, dass er kurz davor war, das Bedauern zurückzudrängen wie ein Haustier, das sich zu übermütig aus seinem Käfig gewagt hatte. Das wird mein letzter Sommer, dachte er mit einer Klarheit, die ihn selbst verblüffte. Aus den Augenwinkeln sah er die nächsten Spieler, die darauf warteten, dass er seinen Ball ins Loch setzte.

Mein letzter Sommer.

Es war eine seltsame Erleichterung, sich vorzustellen, dass alles, was jetzt in diesem Augenblick da war, im nächsten Sommer nur noch nichts sein würde. Wie eine Erleuchtung spürte er, dass die Welt mit ihm untergehen würde. Alles, was nach seinem Tode weiterexistieren würde, war belanglos und uninteressant für ihn. Welche Realität sollte es jenseits seiner Welt geben, und welche Rolle spielte es für ihn, wie andere sich vor oder nach seinem Tod in der Welt bewegten? Keine. Er spürte, dass die Zeiten vorüber waren, in denen er sich geflüchtet hatte in Menschenliebe und Menschenhass. Mit mir endet die Welt, dachte Steenkamp, plötzlich sicher, den Ball ohne Probleme über die letzten drei, vier Meter einlochen zu können.

«Herr Steenkamp. Herr Steenkamp!»

Der Ball beschrieb das Halboval, welches Steenkamp ihm zugedacht hatte, aber nicht in der nötigen letzten Perfektion: Er blieb etwa einen Fußbreit vor dem Loch liegen. Peters, dachte Steenkamp, Peters ist ein schlimmer, dummer Mensch, der nichts begriffen hat, und vor allem nicht das Wichtigste von allem, was es für schlimme, dumme Menschen zu begreifen gilt: Stört mich nicht beim Schlagen. Und erst recht nicht beim Putten. Aber auf eine Art war auch seine Beziehung zu Peters ein Spiel und leider eins, in dem es Peters gelungen war, durch ein paar unelegante, aber effektive Züge die Oberhand zu gewinnen. Weshalb Steenkamp ihm zuhören musste. Und vielleicht sogar tun, was er wollte. Falls ihm bis dahin kein besserer Zug einfiel.

Peters lief in einiger Entfernung über das Fairway auf Steenkamp zu. Über den Winter hatte er sich das verbleibende Haar ganz kurz schneiden lassen. Er sah etwas jünger und ein wenig männlicher aus dadurch, aber als er jetzt mit tatsächlich im sanften Maiwind flatternden Rockschößen auf ihn zugeeilt kam, fiel Steenkamp auf, wie sehr ihn der Anblick von Peters' vom Schädel abfliegenden Haaren immer amüsiert hatte. Vielleicht war das das Glück, dachte er: mikroskopische Dosen von Erheiterung und Zufriedenheit, deren Wirkung man aber immer erst bemerkte, wenn sie einem entzogen wurden.

Zwei- oder dreimal schüttelte Peters bei seiner Fairway-Überquerung Hände, er verteilte im Vorübergehen joviale Aufmerksamkeiten wie ein Politiker auf einer Wahlkampfveranstaltung. Peters kämpfte ständig darum, gewählt zu werden, dabei zu sein, dazuzugehören. Steenkamp verzog das Gesicht. Peters *war* Politiker, dies war eine unappetitliche Tatsache, die zu verdrängen Steenkamp hin und wieder den Fehler machte. Mit was für Leuten er sich eingelassen hatte: Torheiten, die man aus Nachlässigkeit beging und weil die Dummheit der Welt ansteckend war wie ein wütendes Virus.

Wenn es stimmte, dass ihm sein letzter Sommer bevorstand, dann blieben ihm vielleicht noch hundert Vormittage, an denen er alleine Golf spielen konnte. Vielleicht fünfzig davon, die das Potenzial hatten, zu einem guten Tag zu werden. Und Peters war dabei, einen davon zu zerstören durch sein vulgäres Verhalten. Indem er hier auftauchte in den falschen Schuhen, im grauen Anzug, mit dieser sinnlosen Wichtigkeit, dieser Eile, die kein Ziel hatte, als sich selbst ständig fortzupflanzen von einer hektischen Betriebsamkeit zur nächsten. Einer von fünfzig Tagen: Das war, wie ihm zwei Prozent seines Vermögens zu nehmen. Dafür konnte niemand eine Begrüßung erwarten.

Steenkamp lochte gegen seine Gewohnheit praktisch im Vorbeigehen und nachlässig ein und ging weiter zum nächsten Abschlag. Sein Caddy folgte ihm in angemessenem Abstand. Eine Zeitlang hatte Steenkamp sich ablenken lassen davon, dass er hin und wieder Ausschau gehalten hatte nach der Greenkeeperin, mit der er, wie er es für sich nannte, im vorigen Herbst aneinandergeraten war. Nach einer Weile hatte diese leichte Unruhe und Irritation sich auf sein Spiel ausgewirkt, und er hatte kurz vor Weihnachten durch eine gezielte Beschwerde versucht, sie aus dem Club entfernen zu lassen. Er nahm es als Zeichen seines Bedeutungsverlusts, dass ihm dies nicht gelungen war. Immerhin war sie in diesem Frühjahr in eine der Spätschichten versetzt worden und vertrieb jetzt nachts auf dem Platz Wildschweine oder etwas ähnlich Unsichtbares. Es ärgerte ihn, dass er im Zuge seiner Versuche, sie aus dem Club zu entfernen, ihren Namen erfahren und behalten hatte.

Wolka Jordanova, dachte Steenkamp. Was für alberne Namen solche Menschen hatten.

«Herr Steenkamp», schnaufte Peters, als er ihn eingeholt hatte. Steenkamp streifte ihn mit einem Blick und wartete darauf, dass der Caddy ihm den passenden Schläger reichte.

«Ich glaube, wir müssen reden», sagte Peters mit unruhigem Blick auf den Caddy, der mit zwei Schlägern in der Hand in unmittelbarer Reichweite stand. Steenkamp ignorierte ihn und wählte Holz 3.

«Hören Sie, Herr Steenkamp und ich würden uns gern mal unter vier Augen unterhalten», sagte Peters und schob dem Caddy einen Zwanzig-Euro-Schein in die freie Hand. Steenkamp biss die Zähne zusammen. Das Schweinische an Peters durchfuhr ihn manchmal wie ein Schmerz. Dann wandte er dem Caddy sein väterliches Gesicht zu, ein Achselzucken bis zu den buschigen Augenbrauen: Was soll man machen. Der Caddy entfernte sich außer Hörweite.

Steenkamp beugte sich wieder nach vorn, entschlossen, vor allem bei seinem Schlag zu bleiben.

«Auf Sankt Pauli hat es einen Biohazard gegeben», verkündete Peters in einem dümmlichen Halbflüstern. «Wir brauchen Sie jetzt noch einmal im Krisenzentrum. Wir müssen impfen.» Selbst die Kunstpause zwischen «Wir müssen» und «impfen» ließ Peters sich nicht entgehen. Wann habe ich angefangen, mein Schicksal in die Hände von Schmierenkomödianten zu legen?, dachte Steenkamp.

«Haben Sie Zeit?», fragte Peters mit einem Anflug von Unterwürfigkeit. Steenkamp ließ den Schläger ruhen und guckte regungslos aufs Grün, um zu demonstrieren, wie absurd diese Vermutung war. Er hatte sich von allen Plänen verabschiedet, egal, wie sie hießen. Aber bedeutete das, Zeit zu haben? Im Gegenteil. Steenkamp holte aus und schlug hundertachtzig, vielleicht zweihundert Meter. Die Luft und alles, was ihn an Peters und dem Leben störte, entwich aus ihm. Für zwei Sekunden genoss er das Gefühl, dann atmete er wieder ein. Er ging los und winkte leutselig Richtung Caddy, der ihnen in Zwanzig-Euro-Abstand folgte.

«Kommen Sie zum Krisenstab», sagte Peters, der ihm nachlief. «Wir brauchen Sie jetzt.» Und dann, mit einem weiteren Anflug von Schmierantentum: «Hamburg braucht Sie!»

Steenkamp veränderte weder seine Schrittgeschwindigkeit noch seinen Gesichtsausdruck. Er sagte nichts. Alle brauchen mich, dachte er. Die ganze Menschheit braucht mich. Und ich brauche niemanden mehr. Ist das gerecht?

Alle, die ich brauche, sind inzwischen Geister.

Er beschloss, sein Bestes an zerbrechlicher Entschlossenheit in seine geübte Altmännerstimme zu legen, als er sagte: «Und jetzt habe ich auch eine Frage. Warum sind Sie noch hier?»

Etwas in Peters' Gesicht verhärtete sich. Es war nur eine Nuance, aber Steenkamp nahm sie deutlich wahr: So, als hätte Peters' Gesicht sich von einem Moment zum anderen mit einer brüchigen Lackschicht überzogen, die jetzt starr in der Sonne glänzte. «Und, gefällt Ihnen Ihr Bild?», fragte Peters, als würden sie hier Konversation machen, aber mit für Steenkamp hörbar drohendem Unterton. Das Bild. Doch, das Bild gefiel ihm, aber so hätte er es nicht ausgedrückt, also sagte Steenkamp nichts und schüttelte unwillkürlich den Kopf.

«Es wäre gut, wenn Sie kommen», sagte Peters, ohne seiner Stimme eine weitere charmante oder subtil komödiantische Note zu geben. «Sie wissen, worum es geht.»

Steenkamp reichte dem Caddy seinen Schläger, wandte sich von Peters ab zum Grün und sagte im Weggehen: «Wir werden sehen.» Ihm war klar, dass dies bedeutete: Ja, gut. Er spürte, dass die Welt der Menschen ihn wiederhatte, obwohl er gemeint hatte, ihr von der Schippe gesprungen zu sein. Und er hasste, wie sich das anfühlte.

28. Kapitel

Ein Paar schwarze Halbschuhe, die einmal gut gewesen waren, im Sinne von: Ich zieh heut Abend meine guten Schuhe an. Und dann hatte er angefangen, sie jeden zweiten Tag zur Arbeit zu tragen, und jetzt hätten sie längst besohlt werden müssen, und über den Knöcheln war das Leder gebrochen.

Ein Paar schwarze Socken, das eigentlich keins war: von unterschiedlichen Bekleidungsketten.

Eine graue Boxershorts. Also tatsächlich von Hause aus grau, in Bangladesch maschinell zugeschnitten und genäht aus einem im gleichen Land grau gefärbten Stoff.

Ein weißes T-Shirt, das sich in der Farbe über die Jahre langsam der Unterhose annäherte.

Ein hellblaues Baumwollhemd mit elfenbeinfarbenen Plastikknöpfen, langweilig und zuverlässig.

Ein schwarzer Ledergürtel, von dessen Schnalle die silberne Legierung abging. Daran ein leeres Pistolenholster aus hellem Naturleder.

Eine silberne Timex mit flexiblem Metallarmband, deren Beleuchtung kaputt war.

Ein etwa acht Jahre alter graubrauner Anzug, dessen Farbe ihm nie besonders gefallen hatte, und den er darum erst wieder aus dem Schrank geholt hatte, als es eigentlich zu spät war. Drei Knöpfe, nicht eng genug, irgendwie falsch.

Aber der Anzug hatte große Taschen. Darin steckte eine Brieftasche, voll mit alten Quittungen, nutzlosen Ausweisen und zu wenig Bargeld, um sich im Souvenirladen oder in der Boutique «Jungfernstieg» ein groß gemustertes

Kurzarmhemd, eine Golfhose oder ein T-Shirt mit «Große Freiheit»-Logo zu kaufen. Eine gesperrte Kreditkarte. Vor Monaten vergessen, sie freischalten zu lassen, nachdem sie ihm doch nicht im Urlaub gestohlen worden war. Und ein Foto, auf dem seine Frau Anfang zwanzig war. Kein Foto von den Kindern. Dafür das ausgedruckte von Carsten Lorsch und Simone Bender.

Ein Notizbuch, kariertes Papier, Spiralbindung, auch nichts Dolles.

Kugelschreiber ebenso: Bic-Imitat, kurz vorm Auslaufen.

Eine Türöffnungskarte für die Innenkabine einer fremden Frau. Nicht so spannend, wie es klang, aber zweckmäßig, denn solange Simone Bender verschwunden war, hatte er dadurch einen Schlafplatz. Ohne Fenster. Ohne Licht, wenn der Strom aussetzte.

Eine Handvoll Kieselsteine. Wenn man eine viel kleinere Hand hatte als er. Eigentlich eher einfach nur ein bisschen Dreck.

Ein Schlüsselbund, an dem hier alles sinnlos war.

Eine Sonnenbrille, schwarz, Plastik, leicht zerkratzt. Praktisch, wenn er seine Augen nicht in den vielen Spiegeln hier an Bord sehen wollte.

Zwei Handys, kein Ladegerät.

Zwei Adumbran, inzwischen leicht fusselig wie Bonbons aus der Handtasche seiner Mutter.

Ein Kühlschrankmagnet. Hey, ein Kühlschrankmagnet. Na, dann konnte ja nichts mehr schiefgehen. Für den Fall, dass er plötzlich mit einem großen stählernen Kühlschrank konfrontiert würde, könnte er im Handumdrehen etwas daran befestigen.

Zwei oder drei transparente Plastikbeutel zur Beweismittelsicherung. Leer. Und die Quittung für seine Dienstwaffe, die sie ihm an der Rezeption abgenommen hatten.

Mehr hatte er nicht, und mehr würde er erst mal auch nicht bekommen. Die Quarantänevorschriften verboten es, sich persönliche Dinge an Bord liefern zu lassen, weil niemand die Verantwortung dafür übernehmen wollte, dass tausendfünfhundert Passagiere eine unübersichtliche Menge von Zeug anforderten, von dem jedes einzelne Teil hätte untersucht und desinfiziert werden müssen, um die Suche nach potenziellen weiteren Infektionsherden an Bord nicht durch Keime aus der Außenwelt zu erschweren. Es war wie in einem Pfadfinderlager, in dem er ohne Vorankündigung gelandet war: Er musste auskommen mit dem, was er am Körper hatte.

Nach dem Aufwachen schaute er als Erstes, ob die Socken und die Unterhose trocken waren, die er gestern Abend im Handwaschbecken mit ein wenig Flüssigseife gereinigt hatte. Er erschrak kurz bei seinem eigenen Anblick im fast wandfüllenden Spiegel, der hier in der Innenkabine das Bullauge ersetzte. Er schlief nackt, um seine Wäsche zu schonen. Dann begutachtete er seine Besitztümer, die er auf dem gegenüberliegenden Bett ausgebreitet hatte, und ihm sank das Herz. Erstaunlich, in was für einem schlechten Zustand das meiste von dem war, das er täglich mit sich herumtrug. Und wie ungeeignet für irgendwelche anderen Zwecke als die unmittelbarsten. Er hatte nicht einmal ein Taschenmesser. Er hatte nichts zum Tauschen, wenn er mit anderen Passagieren über die Benutzung ihrer Ladegeräte verhandeln wollte. Vielleicht konnte er ihnen das Verschwinden von Strafmandaten und Bußgeldbescheiden in Aussicht stellen, für später, wenn all das hier vorbei war.

Die Unterhose war noch feucht, aber er zog sie an, das war alternativlos. Als er fertig war, blickte er sich um. Vorsichtig nahm er den Kühlschrankmagneten vom Bett und steckte ihn in einen Plastikbeutel. Einfach, um irgendetwas zu tun.

Die Telefonate mit Leslie und den Kindern waren kurz und schmerzhaft, genau wie gestern Abend. Er hatte nichts Neues zu erzählen. Die mit Finzi und der Staatsanwaltschaft waren auch kurz, aber nicht kurz genug, als dass er nicht in Gedanken hätte abschweifen können. Er merkte, dass er sich nicht dafür interessierte, was die Omis herausgefunden hatten: Kathrin Lorsch und ihr Mann hatten im Herbst eine Ostafrikasafari gebucht. Sie hatte ihm und Finzi gesagt, von einer Reservierung wüsste sie nichts. Vergaß man so was? Hatte ihr Mann sie einfach mit angemeldet, ohne ihr davon zu erzählen? Die Firma ihres Mannes war schon lange auf sie überschrieben, deshalb zögerte Habernis, sie vorladen zu lassen. Schadete es nicht dem Motiv, wenn ihr die Firma längst gehörte? Eine Liste von Pharmafirmen in Altona, die die Omis auf seinen Schreibtisch gelegt hatten, darauf drei Namen, die Finzi inzwischen, Zitat, abtelefoniert hatte. Simone Bender hatte bei der PSPharm gearbeitet, bis deren Ottenser Fabrik vor sechs Jahren abgerissen worden war, das Gelände verkauft, heute waren da Eigentumswohnungen. Danowski rieb sich die Stirn.

Wo war Simone Bender?

Dann hatte ihn Kathrin Lorsch angerufen. Erst war er nicht rangegangen. Es ähnelte einer Flucht nach vorn, wenn Zeugen spürten, dass sie sich in Verdächtige verwandelten und Grund zu schlechtem Gewissen hatten; es war verbreitet, dann selbst nach dem Fortgang der Ermittlungen zu fragen, statt auf einen Besuch oder eine Vorladung zu warten. Eine ganz alte Taktik, die sich reinzuziehen er im Grunde nicht genug Akku-Power hatte. Doch dann hatte die ganz spezielle Form von Einsamkeit gesiegt, die er hier an Bord verspürte, eine Mischung aus schlechter Luft, Kaffeedurst, Untätigkeit, Langeweile und Depression.

«Ich hab Ihr Bild in den Nachrichten gesehen», sagte sie.

«Ich hab's befürchtet», sagte er. Das hatte ihm Leslie verschwiegen.

«Man nennt Sie den ‹Pestbullen›.»

«Das ist nicht mal in derselben Gruppe von Krankheit», sagte Danowski, zu pedantisch, um Akkustrom zu sparen. «Die Pest war eine bakterielle Erkrankung. Das hier ist ein Virus.»

«Ein ‹Horror-Virus›», korrigierte sie, die Anführungszeichen in der Stimmfärbung. Er schnaufte.

«Warum haben Sie mir bei meinen zahlreichen Besuchen vorige Woche nicht erzählt, dass Sie im Herbst mit Ihrem Mann nach Afrika fahren wollten? Drei Wochen Safari durch Kenia und den befriedeten Teil des Kongo.»

Sie schwieg einen Moment. «Das habe ich nicht gewusst. Und selbst wenn, was würde es jetzt bedeuten?»

«Ach, ich bitte Sie», sagte er und fand, dass er sich anhörte wie eine Figur von Loriot. «Das ist insgesamt ein bisschen viel Afrika, finden Sie nicht? Und warum sollte Ihr Mann Sie mit einer Safari überraschen, wenn er eine Geliebte hat und Ihre Ehe so gut wie abgelaufen war?»

«Vielleicht wollte er mich überraschen, weil die Dinge zwischen uns nicht so klar waren, wie sie Ihnen jetzt scheinen. Und mir.»

«Und, haben Sie die Firma schon verkauft?» Er merkte, dass er sie damit mehr oder auf andere Weise überrascht hatte als mit der Safari. Schade, dass er ihr Gesicht nicht sehen konnte.

«Nein», sagte sie schließlich. «Aber das werde ich so schnell wie möglich tun. Und warum auch nicht.»

«Also, meinen Segen haben Sie. Aber es fällt mir trotzdem auf.»

«Kann sein, dass ich deshalb in zwei Wochen in die USA fliegen muss. Darf ich das?»

«Was sollte ich dagegen haben», sagte er düster.

«Und sonst?», fragte sie, als telefonierten sie öfter. «Haben Sie noch was rausbekommen?»

Er biss die Zähne zusammen wegen des dummen Wortes. «Ich bin ziemlich beschäftigt hier», sagte er und putzte zum zweiten Mal seine Schuhe, indem er sie von unten am gegenüberliegenden Bett rieb. «Simone Bender habe ich noch nicht gefunden, falls Sie das meinen. Ich glaube, sie versteckt sich. Also hat sie wohl Angst. Können Sie sich vorstellen, wovor oder vor wem?»

«Die Angst ist bei Tag ein guter Begleiter, aber nicht bei Nacht», sagte Kathrin Lorsch.

«Oh, bitte», sagte er und unterdrückte ein Gähnen.

«Madagaskar», sagte sie. Er legte auf.

Dann betrachtete er sein Handy. Vor zwei Tagen hatte Kristina Ehlers versucht, ihn anzurufen. Ohne eine Nachricht zu hinterlassen. Dann hatte sie ihm eine SMS geschickt: «Habe info», mehr nicht. Das war typisch für sie: rumlabern, was das Zeug hielt, aber zu bequem, um auf der Tastatur einen vollständigen, geschweige denn höflichen Satz zu schreiben. Seitdem schob er es auf, sie zurückzurufen. Er hatte keine Lust, noch mehr über die Krankheit zu erfahren, die sich womöglich draußen vor seiner Innenkabine ausbreitete. Oder darin.

Eigentlich hätte er Simone Bender suchen müssen, und dann stellte er Entgegenkommenden in Gängen die Frage nach ihr und zeigte das Bild, und wenn er dreimal kein Ergebnis bekommen hatte, gab er seiner Sehnsucht nach und ging aufs Oberdeck. Obwohl der Blick von da für ihn in alle Richtungen schwer zu ertragen war. Weil jedes Detail ihn daran erinnerte, wo er jetzt überall lieber wäre. Nach Osten hin, der Liegerichtung des Schiffes folgend, wurde alles immer älter. In mittlerer Entfernung sah man das geschwungene Dach des Großmarktes. Eingebettet in die Oberleitungen und Anlagen der Bahn, halb verdeckt von den Baukränen an den frischen Gruben am Elbrand der Hafencity. Dahinter erhoben sich mit melancholischer Eleganz die alten Elbbrücken, gleichmäßig verschlungen wie zwei phasenversetzte physikalische Kurven. Direkt am Cruise Center stand ein etwa fußballfeldgroßes Sandplateau, drei, vier Meter hoch, ganz glatt abgedeckt mit schwarzem Plastik, sodass es von oben aussah wie ein Mahnmal, aber Danowski wusste nicht, wofür, und er störte sich am Wort fußballfeldgroß, das ihm nicht aus dem Kopf ging, denn gern hätte er an irgendeinem Fußballfeldrand gestanden und mit müden Augen mit angesehen, wie Martha sich sekundenlang nicht zwischen den beiden Toren entscheiden konnte. Im Zweifelsfall, dachte er, ist es ein Mahnmal für meine eigene unaussprechliche Dummheit. Selbstkontaminierung. Es klang wie eine besonders umständliche Form von Selbstmord oder eine besonders abartige von Selbstbefriedigung. Wer weiß, dachte er irr, vielleicht gehöre ich ja genau hierher, vielleicht war es das, was ich mir unbewusst gewünscht habe, als überfällige Strafe für die unfassbare Saumseligkeit meiner Existenz. Hypersensibel, arbeitsscheu und immer mit den Gedanken woanders.

Wenn er übers Oberdeck lief, konnte er nicht verhindern, dass sein Blick sehnsüchtig nach Westen ging, Richtung Altona. Der Fischmarkt wurde verdeckt von der Hülle der Elbphilharmonie, aber für Danowski waren die Hochhäuser dahinter schon Heimat, er spürte in seinem Hals, wie es war, dort an einem vergleichsweise sorgenlosen Sonntagmorgen entlangzuspazieren, genervt davon, auf die Kinder warten zu müssen, auf dem Parkweg oberhalb der Straße, mit Blick aufs Wasser und auf Bekloppte, die auf vorüberziehenden Kreuzfahrtschiffen standen. Erstaunlich war die scharfe Rechtskurve, die die Elbe hinter den Landungsbrücken Richtung Westen machte, als wollte sie sich und seine Sehnsuchtsorte vor ihm verbergen.

Danowski wandte sich ab. Das grauweiße Bürogebäude des Unilever-Konzerns in der Hafencity schien zu nah, er meinte, im Café an den Treppen zur Elbe hin einzelne Gesichter erkennen zu können. Ein paar Anwohner protestierten mit Parolen auf Bettlaken gegen die Anwesenheit der «Großen Freiheit» in der Hafencity, offenbar bemüht, das Wort «Pestschiff» nicht zu verwenden: «Keine Quarantäne im Wohngebiet.» Das Unilever-Gebäude war von seinen Architekten mit einer durchsichtigen Plastikhülle versehen worden gegen Sonne und Wind oder wogegen auch immer ein internationaler Nahrungsmittelkonzern sich schützen wollte. Es sah aus wie ganz fein von Insekten eingesponnen. Scheiße, dachte er, und das hier ist die schönste Stadt der Welt, mehr Brücken als Venedig, weniger Niederschlag als München, schon klar, aber: Wären wir bloß in Berlin geblieben.

Am nächsten Tag gab es das Gerücht, es gäbe Kaffee. Hier und da hörte man das Wort aus Grüppchen: «Kaffee.» Der Kaffee, hieß es, sei auf Deck 11 an den Kaffeestationen gesehen worden, dort, wo man sich während der Kreuzfahrt zu jeder Tages- und Nachtzeit an großen Maschinen Kaffee zapfen konnte, heiße Milch und heißes Wasser. Danowski lief ziellos durchs Schiff, den Blick nach innen gewandt, als ihn das Gerücht erreichte. Eine Gruppe von Passagieren, die an ihm vorüberlief und sich gedämpft über Kaffee unterhielt: Kaffee, der gesehen worden war, womöglich sogar gerochen. Heißer Kaffee.

Danowski hielt inne und folgte dann der Gruppe in einem Abstand, der alles andere als unauffällig war, aber gerade noch unaufdringlich. Plötzlich schien es ihm, als wäre alles, was er brauchte, um sich gut zu fühlen, wie ein Mensch, und zwar nicht wie ein gefangener Mensch, sondern wie einer, der noch Optionen hatte, Kaffee. Es war nicht ganz unplausibel. Direkt neben den Kaffeemaschinen befand sich der Notgenerator. Vielleicht war das Erste, was nach der Verbindung mit dem Landanschluss in der Hafencity wieder lief, die Kaffeemaschine? Er merkte, wie die Passagiere sich aus ihren Funktionsjackenkragen verstohlen zu ihm umwandten, im Gehen, wie ihre Schritte schneller wurden und sie, sobald sie die Treppen erreicht hatten, anfingen, zwei Stufen auf einmal zu nehmen. Danowski ließ sich nichts anmerken, im Schrittebeschleunigen war er Profi, das konnte er stufenlos, man sah ihm gar nicht an, wie er Fahrt aufnahm. Der Trick war, die Füße kaum zu heben. Als die Gruppe den Treppenlauf links nahm, ging er rechts und rechnete damit, sie bereits auf dem nächsten Deck eingeholt zu haben. Durchs offene Treppenhaus sah er, dass sie anfingen zu rennen. Danowski hörte seine Mutter noch sagen: Junge, nimm die Füße hoch!, da strauchelte er auch schon über eine der rosaroten Teppichstufen, und er konnte gerade noch durch eine halbe Rolle seitwärts verhindern, dass er sich das Schienbein aufschlug am goldenen Stufenbeschlag. Im Straucheln hängte ihn die Gruppe ab. Kaffee!, dachte Danowski quasi animalisch, und er stellte sich vor, dass er seine Waffe einsetzen würde, hätte man sie ihm nicht abgenommen: kein Warnschuss, direkter Immobilisierungsschuss ins Bein, Unterschenkel, genau der richtige Winkel von hier unten aus seiner Aufrappelung, und eine

Kugel würde reichen, denn das waren Touristen, Rudeltiere, und wenn einer von ihnen zu Boden ginge, würden die anderen voll Schreck verharren oder planlos wegrennen, nicht in Richtung Kaffee.

Danowski fluchte. Der Kaffee schien ihm wie eine Verbindung zu Leslie und einem ganz normalen Morgen und den Kindern, stehst du auf?, machst du Kaffee?, komm, bleib noch liegen. Riechst du den Kaffee? Der Moment, wenn er die Augen aufschlug um sechs und Leslie beugte sich über ihn und sagte: «Vorsicht, heiß!», und das Erste, was er am Morgen spürte, war der Kaffeebecher in seiner Hand, buntes Steingut aus Leslies Sammlung, PanAm, Dresdner Bank, nur halbvoll, damit er nichts verschüttete, wenn die Kinder zum Toben ins Bett kamen. Und diese Goretex-Faschisten, diese Unmenschen, diese Glücksmörder waren drauf und dran, ihm den letzten Becher hier an Bord zu stehlen. Er konnte sie jetzt nicht mehr einholen, er konnte nur noch hoffen. Und wenn er eins gelernt hatte hier in den letzten Tagen, dann, dass er darin nicht gut war.

Als sie Deck 11 erreichten, hatte er sie fast eingeholt, und als sie endlich im offenen Café-Bereich standen, war er so gut wie Teil ihrer Gruppe geworden. Dies, stellte er fest, geschah ständig hier an Bord: Solange man einen Vorteil witterte, war man allein, aber in der Enttäuschung bildeten sich die schnellsten und erstaunlichsten Allianzen. Kaffee jedenfalls war weit und breit nicht zu sehen. In der Nähe der silbernen Warmhaltekannen standen Menschen in kleinen Grüppchen und allein, als wären sie ganz zufällig hier. Im Moment der Ernüchterung wollte niemand zugeben, auf ein sinnloses Gerücht hereingefallen zu sein.

Danowski setzte sich auf einen beigefarbenen Plastikkorbstuhl an einen runden Tisch und guckte so, dass die übrigen fünf Stühle leer blieben. Wie immer achtete er darauf, sich steuerbords zu halten, damit er auf den Containerhafen schaute und nicht auf die Stadtseite, wo die Schaulustigen von Tag zu Tag weniger wurden. Als ihm das aufgefallen war, hatte er gedacht: Gut, sie beruhigen sich, die Sensationsgier lässt nach. Bis ihm klarwurde, dass das Gegenteil stimmte, sie trauten sich einfach von Tag zu Tag weniger nah ans Schiff heran.

Ein paar Schritte von ihm entfernt war ein Crewmitglied damit beschäftigt, die Metallfüße eines Korbstuhls auszubessern, ein Südamerikaner oder Indonesier, Danowski hatte keine Ahnung von internationalen Physiognomien. Anfang fünfzig, mit grauschwarzem Haar und einer Lesebrille, die er offenbar zum Arbeiten brauchte. Ausgewaschener graublauer Overall mit dem Logo der Reederei und kurzen Ärmeln. Weil Danowski ihn anstarrte, unterbrach er seine Arbeit und blickte auf, freundlich.

«Needs to be done», sagte er und wies mit seinem Werkzeug auf den Korbstuhlfuß. Danowski zuckte die Achseln und blickte skeptisch.

«Really?»

«It's broken», sagte der Mann, offenbar eine Art Schiffstischler. Er zeigte Danowski, wo das Aluminium am Fuß gerissen war und ins Korbgeflecht geschnitten hatte. Danowski machte eine Handbewegung, die bedeuten sollte: Ja, das sehe ich, aber wenn man bedenkt, dass wir hier gegen unseren Willen auf diesem Schiff festgehalten werden und dass jeder von uns jeden Augenblick die Symptome einer tödlichen Krankheit entwickeln kann, zum Beispiel ich am Ende dieses Gedankens oder Sie am Ende dieser Korbstuhlfußausbesserung, dann ist doch alles komplett sinnlos, oder etwa nicht?

Der Schiffstischler wiegte den Kopf und beantwortete Danowskis vielsagende Handbewegung mit den Worten:

«Always good to do the job.» Darauf fiel Danowski mehr ein, als er in eine weitere Handbewegung hätte packen können. Er schwieg. Der Tischler zeigte auf die Tür eines kleinen Verschlags, die nicht weit entfernt von der Cafeteria in der Bordwand war. Sie stand halb offen, dahinter sah man Werkzeuge und Halbdunkel.

«The lock is broken», erklärte der Tischler. «And it stays broken. Because the locksmith doesn't care about the job. That's bad. So what is your job?»

«Police», sagte Danowski. «I'm a policeman.»

Der Tischler lachte. «Okay. I see. Not much you can do here, then.»

Danowski schüttelte den Kopf und sah dem anderen dabei zu, wie er seine Arbeit wieder aufnahm. Ich bin so ein verdammter Kitschonkel, dachte er. Mir reicht eine Begegnung mit einem weisen Indianer (mittlerweile war er davon überzeugt, dass der Tischler ein Indio aus Südamerika war), und schon sehe ich klarer und weiß, was zu tun ist. Polizeiarbeit, dachte Danowski. Das Einzige, was mich jetzt noch retten kann vor Depression und Angst ist gute, altmodische Polizeiarbeit.

Er lehnte sich zurück und seufzte, weil er keine Ahnung hatte, wie das gehen sollte ohne den Kaffee, den er sich schon so lebhaft vorgestellt hatte.

Sein Wasser trank er gern in einer Bar auf Deck 5, die «Klabautermann» hieß und aufdringlich und naheliegend nautisch dekoriert war. Fischernetze, auf Kirschholz genagelte Taue, dekorative Messinginstrumente, mit denen man den Maschinenraum hätte anweisen können, «volle Kraft voraus» zu geben, falls sie mit dem Maschinenraum verbunden gewesen wären. Kompasse, Seekarten und so weiter. Wegen ihres überbordenden Dekors und ihrer lautstarken

Mittelmäßigkeit war die Bar nicht besonders beliebt, deshalb konnte er hier in Ruhe über sich und seine Mitreisenden nachdenken. Außerdem fand er, dass der Name zu ihm passte: Klabautermann, der Kobold, der übers Schiff geistert, um der Mannschaft und den Passagieren den nahen Untergang zu prophezeien. Bisher verhielt er sich eher unauffällig, aber er fand, dass dies dennoch in etwa seiner Rolle an Bord entsprach.

Einige Hocker weiter von ihm an der Bar saß eine Frau Ende sechzig, mit kurzen grau-blonden Haaren und einer großen Gleitsichtbrille und trank wie er das Wasser aus der Plastikflasche. Sie setzte ab, lächelte ein wenig in seine Richtung und sagte «Prost!», bevor sie die Flasche wieder an den Mund setzte.

«Prost!», sagte Danowski und merkte, wie unbenutzt seine Stimme war. Er sah, dass sie rauchte. Niemand an Bord hielt sich mehr an die Rauchverbote, außer, sie wurden von Nichtrauchern aggressiv durchgesetzt. «Schade, dass das kein Wodka ist», fügte er hinzu, wo er gerade dabei war.

«Oder Gin», sagte die Frau.

«Oder Rum», sagte Danowski und musste an Finzi denken. Warum kam der eigentlich nicht an Bord? Warum besuchte ihn niemand? Finzi war der Einzige, von dem er das erwartet hätte. Leslie und die Kinder wollte er sich hier gar nicht vorstellen; je weiter sie vom Schiff entfernt waren, desto besser. Und dass den anderen Kollegen der bürokratische Aufwand und die schwer abschätzbare Gefahr zu groß war, konnte er noch verstehen. Aber Finzi? Hat der dem Tod nicht fest genug ins Gesicht geschaut, um sich von einem Virus nicht beeindrucken zu lassen?

«Dann wäre auch die Dekoration hier leichter zu ertragen», sagte sie und schwenkte ihre Plastikflasche im Halbkreis. Danowski nickte.

«Klabautermann», sagte er. «Gruselig halt.»

«Wissen Sie, was das ist, ein Klabautermann?», fragte sie. Danowski nickte wieder und trank, aber in der erprobten Art älterer Menschen, die beschlossen hatten, etwas mitzuteilen, fuhr sie fort: «Früher hat man gesagt, dass der Klabautermann die Seele eines toten Kindes ist.» Sie rauchte und sah ihn an. Obwohl es helllichter Vormittag war, fasste etwas Danowski kalt ans Herz. Tote Kinder gehörten nicht zu seinen bevorzugten Gesprächsthemen, und obwohl ihm seine neue Bekannte nicht unsympathisch war, hatte es etwas Unheimliches, aus dem Mund einer Fremden im Small Talk die Worte «Seele eines toten Kindes» zu hören.

«Aha», sagte er und merkte, wie sie in seinem Gesichtsausdruck las, dass sie etwas wusste, was er nicht wusste. Mit einem leichten Einschlag von Triumph in der Stimme fuhr sie fort: «Eine tote Kinderseele, die in einen Baum gefahren ist. Weil das Kind unter ihm begraben liegt oder dort gestorben ist. Und wenn aus dem Holz dieses Baumes ein Schiff gebaut wird, dann hat es einen Klabautermann an Bord.»

Danowski trank sein Wasser langsam und nachdenklich, als wäre es wirklich so was wie Wodka.

«Nur eine Überlieferung», sagte sie tröstend.

«Gut, dass dieses Schiff nicht aus Holz ist», sagte er. Sie sagte etwas über die Planken auf dem Oberdeck, aber er versank in dem Gedanken, ob er auf eine Art der Klabautermann jener Kinderseele war, die mit seiner Mutter gestorben war. Als er festgestellt hatte, dass dies selbstmitleidiger und unlogischer Quatsch war, hatte er so lange geschwiegen, dass seine neue Bekannte aufgestanden und gegangen war.

Danowski war es gewöhnt, Menschen in Gruppen einzuteilen. Es war ein Reflex, ausgelöst, um Situationen einfacher überblicken zu können, um Verhaltensweisen zu erklären und Entwicklungen zumindest vage einschätzen zu können. Gleichzeitig war er daran gewöhnt, diesem Reflex jedes Mal aufs Neue zu widerstehen und zu versuchen, die einzelnen Menschen, mit denen er in seinem Beruf zu tun hatte, zweimal zu betrachten: einmal als Teil einer Gruppe, und einmal davon losgelöst. Die zweite Betrachtungsweise war immer wertvoller als die erste, das wusste er. Aber er wusste auch, dass die erste immer überzeugender war als die zweite. Darum fiel es ihm schwer, die Menschen an Bord der «MS Große Freiheit» nicht als eine Gruppe zu betrachten. Und wenn er sie vormittags bei der Wasser- und Essensausgabe, bei der obligatorischen Gesundheits-Augenscheinüberprüfung jeden Mittag oder abends bei der Versammlung im «Reeperbahn-Theater» beobachtete, dann konnte er nicht anders, als sie als homogene Gruppe wahrzunehmen. Die Gesundheitsprüfung machten Leute vom Tropeninstitut, Ärztinnen oder Ärzte, man konnte es wegen der Schutzanzüge auf den ersten Blick nicht erkennen. Es war immer wieder eine erschütternde Erfahrung, die alle Passagiere, die er dabei beobachtete, auf die gleiche Weise über sich ergehen ließen: gefasst, demonstrativ unbeteiligt, als hätten sie sich auf dieses Verhalten geeinigt. Fiebermessen, Licht in Augen, Ohren, Mund und Nase, bei Unklarheit weiteres Licht in weitere Körperöffnungen hinter weißgrauen Paravents wie bei Sicherheitskontrollen am Flughafen, und nie wusste er oder jemand von den anderen, ob wirklich das eintreten würde, was jeder erwartete, weil man sich nichts anderes vorstellen konnte als: So weit alles in Ordnung, auf Wiedersehen bis morgen. Er begriff, dass dies keine besonders teure, aber auch keine billige Kreuzfahrt gewesen war: eine, wo der Grundpreis vergleichsweise niedrig war, ab vier-, fünfhundert Euro pro Person in der Innenkabine, hundert oder zweihundert mehr in der Außenkabine. Und dann kamen all die Extras hinzu, die Getränke- und Wellnesspakete, die Landausflüge, die Trinkgelder, die täglich automatisch auf die Kreditkartenrechnung jeder Kabine gebucht wurden. Wenn er all die Hinweisschilder an Bord betrachtete, die einen herzlich einluden, dieses oder jenes nicht zu tun («Wir laden Sie herzlich ein, im Photoshop nicht zu fotografieren»), und die umständliche Uhrzeiten vorgaben, zu denen man sich darüber informieren konnte, wie und wo man sein Geld ausgeben konnte, dann kam es ihm vor, als hätte diese Kreuzfahrt Menschen angezogen, die nichts dagegen hatten oder es vielleicht sogar erwarteten, wie Kinder an einer vor allem von sich selbst überzeugten Schule behandelt zu werden: Die ganze Zeit wurde einem gesagt, alles geschehe zum Wohle und zum Besten aller, zugleich aber gab es eine unüberschaubare Anzahl komplizierter Regeln und Gebote, gegen die man eigentlich nur verstoßen konnte. Zumal dies ja wohl Urlaub gewesen war.

Wenn er sie als Gruppe sah, wirkten die Menschen an Bord gedrückt und leicht unattraktiv. Die schönen Frauen gehörten alle zum Personal. Die schönen Männer auch. Es schienen sich hier aus allen Altersgruppen ab etwa dreißig aufwärts jene versammelt zu haben, die in jedem anderen Zusammenhang die Unscheinbaren, die leicht Übergewichtigen, die Übergangenen waren. Manchmal öffnete sich Danowskis Herz für sie, manchmal schämte er sich, weil er immer wieder vergaß, dass er zu ihnen gehörte und als von Hause aus Unscheinbarer schon immer zu ihnen gehört hatte. Und dann hasste er sich für seine Überheblichkeit und seine Unfähigkeit, nicht einfach auch ein Teil dieser großen Gruppe der relativ Erniedrigten und tendenziell leicht Beleidigten zu sein.

Und dann, im Laufe der Tage und ohne dass er es merkte, spaltete sich die große Gruppe derer, zu denen er nicht gehören wollte, in mehrere Untergruppen auf, zu denen er nicht gehören konnte: die Alten, die Familien, die jungen Pärchen, die Freundescliquen. Vereinzelt waren hier nur die Besoffenen, so sehr, dass sie zu ihrer eigenen Gruppe wurden, zu der er wiederum nicht gehörte, weil er keine Alkoholquelle hatte und zu viel Angst vor Kontrollverlust. Die weißen Ratten, die er abends aus dem Augenwinkel über die Gänge huschen sah und mit denen er am ehesten Gemeinsamkeiten hatte, weil er sich versteckte, sooft er konnte, wenn auch weniger demonstrativ und theatralisch als sie. Jede Gruppe suchte sich ihren eigenen Ort: die weißen Ratten einen gestaltlosen in der Verborgenheit, die Alten zogen sich ins Kasino zurück, die Freundescliquen in den «Klabautermann», der daraufhin für Danowski zur Sperrzone wurde, weil es ihm hoffnungslos schien, Freunde zu finden, wo andere schon welche hatten. Die Familien mit kleineren Kindern machten sich in der Disco namens «Hamburger Berg» breit, weil da die Kinder auf der Tanzfläche spielen konnten. Die jungen Paare verschanzten sich im «Alster-Café», eigentlich nicht altersgemäß in seiner vergoldeten Gediegenheit; dann aber vielleicht gerade wieder doch, denn die jungen Paare, die ihre Kreuzfahrt zur Hochzeit geschenkt bekommen oder gewonnen oder hinterhergeworfen bekommen hatten, schienen ihm jung nur nach streng mathematischen und biologischen Kriterien. Die ganz jungen Paare vermutlich, weil sie es nicht besser wussten und im Rahmen ihrer wirtschaftlichen Möglichkeiten einfach ihrem Drang gefolgt waren, «mal eine Kreuzfahrt zu machen», und das war dann dabei herausgekommen: Helgoland, irgendwas Britisches und Amsterdam, irgendeine relativ sinnlose Nordseepampe, und dann in einem Boot mit diesen ganzen Losern hier. Er sah diesen jungen Paaren förmlich an, wie sie sich auf der Kreuzfahrt immer wieder gefragt hatten: Ist das hier das ganz normale Erwachsenenleben oder eher die B-Variante davon?

Am frühen Abend, wenn wieder Essen ausgegeben wurde und er keinen Appetit hatte, setzte er sich in die dann fast leere Disco «Hamburger Berg», weit entfernt von der Tanzfläche und den paar dort herumpurzelnden Kindern, in einen der blau-grünen Sessel ans Panoramafenster und blickte auf den Hafen und die Elbe. Die Möbel standen aufdringlich eng, nie weniger als vier Sessel zusammen, sodass er mühevoll seinen Platz zurechtwuchten musste.

Die Familien taten ihm leid. Seltsamerweise machte er sich keine Sorgen um die Kinder: Das, was er an Carsten Lorsch gesehen hatte, passte in seinem für Grausamkeiten am Ende nur begrenzt aufnahmefähigen Geist nicht zur Unangreifbarkeit des Kindlichen an sich. Es reichte, dass er jedes Mal, wenn er ein Kind weinen hörte, einen Kloß im Hals hatte. Nicht, weil er so viel Mitleid gehabt hätte mit den Eltern, die sich, gefangen in dieser Situation, in mittlerer Hilflosigkeit ergeben mussten. Auch nicht, weil die gelangweilten, müden oder hungrigen Kinder ihm leidgetan hatten. Es war wie immer nur, dass er seine eigenen vermisste.

Und spätestens dann forderte ihn irgendein Vater mehr oder weniger freundlich auf zu verschwinden, denn einer, der mit sehnsüchtigem Gesichtsausdruck am Rande saß, wo Kinder spielten, war nirgends gern gesehen.

29. Kapitel

Die Senyora wartete auf dem Parkplatz hinter der Zahnklinik an der Newcastle University. Endlich war der Anruf gekommen, endlich hatten sie sie aufgeweckt, und sofort hatte sich ihr diese intensivere Art zu leben wieder angeschmiegt: Sie ging auf in ihrem Beruf, in jeder Hinsicht, sie verausgabte sich und öffnete sich, sie war frei und sah die Welt. Von Palma de Mallorca über Paris nach Newcastle, hier der erste Auftrag, und dann morgen vielleicht sogar weiter nach Hamburg, denn der freundliche Rocker am Telefon hatte von möglicherweise zwei Betreuungen gesprochen. Den Namen ihres Gesprächspartners kannte sie nicht, und «Rocker» nannte sie ihn für sich, weil sie wusste, dass er als Mitglied eines international tätigen Motorradclubs derlei Geschäfte im Auftrag interessierter Dritter abwickelte.

Im Grunde war dies jetzt die größte und vielleicht sogar einzige Herausforderung bei der ihr bevorstehenden Aufgabe: etwa eine halbe Stunde auf eine Art und Weise auf oder in der Nähe dieses Parkplatzes zu warten, ohne dass sie so aussah, als gehörte sie nicht hierher.

Kenwick hatte den Parkplatz gestern zwischen neunzehn Uhr und neunzehn Uhr dreißig zu Fuß überquert, und da sie beobachtet hatte, dass er ein Mensch mit festen Gewohnheiten war, ging sie davon aus, dass er heute zur selben Zeit denselben Weg nehmen würde. Es gab aber auch die Möglichkeit, dass er heute an einer Versuchsreihe saß, deren Ergebnisse vielleicht erst später vorlagen oder deren Auswertung mehr Zeit erforderte. Es konnte sein, dass er direkt nach seiner Arbeit eine Verabredung hatte. Möglicherweise musste er Studenten beraten. Aber die Senyora kannte sich aus mit einsamen Menschen. Die meisten der ihr zur Betreuung anvertrauten waren einsam, und einsame Menschen hatten selten Grund, von ihrer Routine abzuweichen.

James Kenwick war so stark vom vorgezeichneten Pfad seiner beruflichen Entwicklung abgewichen, dass es ihr unwahrscheinlich schien, er könnte noch an aufwendigen, eine normale Routine durcheinanderbringenden Versuchsreihen arbeiten. Kenwick war enttäuscht, frustriert, kriminell und einsam, und wer in jedem dieser vier Quadranten des menschlichen Versagens zu Hause war, hielt sich gern an Routinen fest.

Das Einzige, was Kenwick tat, außer kriminell und einsam zu sein, war seine kindische Beschäftigung mit dem Verstecken und Finden von Dingen. Die Senyora betrachtete es als das Geheimnis ihres Erfolges, dass sie die ihr Anvertrauten studierte und ihr Leben lernte wie eine neue Sprache, bevor sie die beste Methode entwickelte, um sie aus ihrem irdischen Dasein zu entlassen. Sie tat dies, indem sie beobachtete, durch altmodisches und immer noch ertragreiches Hinterherlaufen und Hinterherfahren. Bei manchen konnte sie mehr herausfinden, indem sie ihnen auf Twitter folgte oder sich mit ihnen bei Facebook befreundete. Kenwick also beschäftigte sich in der ihm verbleibenden Zeit mit Geocaching. Die Senyora war fasziniert, aber manchmal auch deprimiert von all dem, was sie im Zuge ihrer Beschäftigung über das Leben der Menschen und die sich verändernden Sitten herausfand. Dass Erwachsene sinnlose Dinge versteckten, damit andere sie mit Hilfe geographischer Hinweise fanden, hatte sie zuerst als lächerlich verworfen, dann aber festgestellt, wie unglaublich einfach sie es in diesem Fall für ihre Zwecke entfremden und nutzen konnte.

Nachdem ihre Entscheidung für eine Tötungsmethode gefallen war, hatte die Senyora nur noch wählen müssen zwischen einer Rolle als niedergeschlagene, leicht ungeduldige Besucherin oder einer als erfahrene, aber erschöpfte Reinigungskraft des Royal-Victoria-Krankenhauses. Dieses Krankenhaus grenzte an die medizinische Lehrfakultät, in deren virologischen Labors Kenwick seiner Arbeit und seinen Geschäften nachging. Ein Komplex aus ineinander übergehenden grau-braunen Universitäts- und Krankenhausgebäuden aus den frühen siebziger Jahren, deren einziger Schmuck in regelmäßigen Abständen gekieselte Betonplatten und bronzefarben reflektierende Fensterscheiben waren. Die Labors waren im Inneren des Komplexes versteckt, von außen unsichtbar, ohne Fenster, aber in Luftlinie nur wenige hundert Meter von ihr entfernt. Sie hatte sich für die Rolle der Wartenden entschieden: eine ältere, nicht unattraktive Frau mit streng zurückgebundenem Haar, hellbraunem Hosenanzug und fliederfarbenem Rollkragenpullover aus leichter Baumwolle. Einwanderin der ersten Generation, die Sonnenbrille etwas zu groß und mit goldenem Logo eines südeuropäischen Modelabels. Ihr Mann hatte sich hier ein Zahnimplantat einsetzen lassen, und sie war nervös, weil sie nicht jedes Wort davon verstanden hatte, was man ihr erzählt hatte über die Risiken der Vollnarkose und darüber, was der National Health Service noch übernahm und was sie würden bezahlen müssen. Er hatte eine kleine Dachdeckerei auf dem Land Richtung Osten, Langley Park, Witton Gilbert, und das Geld reichte gerade, um die beiden Kinder auf eine der soliden Universitäten in Mittelengland zu schicken. Ihr Mann lag im Aufwachraum, und sie war nur kurz hier auf den Parkplatz gegangen, um eine Zigarette zu rauchen und dann noch eine, Silk Cut, eine Marke von hier und eine Angewohnheit aus der Heimat.

Die Senyora rauchte und machte ein Gesicht, als bedeutete es ihr etwas. Es war ein Segen, dass überall das Rauchen verboten war. Vor dreißig Jahren, als sie angefangen hatte, hätte sich jeder bei ihrem Anblick gefragt: Warum steht die Frau hier in der Frühlingskälte und raucht, wo sie doch genauso gut drinnen, ein paar Schritte vom Aufwachraum, so viel rauchen kann, wie sie will? Wer sich heute unsichtbar machen wollte, musste sich nur an eine Ecke, in einen Hauseingang oder auf einen Parkplatz stellen und sich eine anstecken. Unsichtbar wurde man, indem die, die an einem vorbeigingen und einen sahen, einen in eine Kategorie ablegen konnten, die sie nicht weiter interessierte. Südländische Frau Mitte fünfzig steht da und raucht: uninteressant.

Dann geschah, wonach sie sich insgeheim sehnte. Weniger Kenwicks Anblick an sich, sein schütteres rotblondes Haar, der unentschlossene Bart, der offenbar aufwendig trainierte Körper und die trotzdem hängenden Wangen, der schnelle, aber nicht ganz gerade Schritt, die unauffällige Funktionskleidung. Mehr das, was dieser Anblick bei ihr auslöste: der Startschuss, den die Mittelstreckenläufer hören, der Blick, den zwei sich zuwerfen, die wissen, dass sie zum ersten Mal die Nacht miteinander verbringen werden.

Sie rauchte und blickte ins Leere, das Gesichtsfeld weit. Kenwick lief weniger als zwei Meter an ihr vorbei. Sie wusste, dass er in der Apartmentanlage wohnte, die jenseits einer etwa einen halben Kilometer breiten Wiese lag. Es war ein Umweg, aber gestern hatte er den Weg durch den Park genommen, der sich zwischen dieser Wiese und dem Gelände der Universität erstreckte. Auf diesen Park setzte sie wie auf einen neuen Freund. Der Park war außerordentlich hübsch und schlecht besucht: vielleicht ein paar alte Damen, die auf Bänken am Bootssee saßen und die Enten fütterten, vielleicht ein paar Studenten, die mit Kopfhörern joggten und nach innen blickten.

Kenwick überquerte die Straße und ging in Richtung Parkeingang. Die Senyora warf ihre Zigarette auf den Boden und folgte ihm, ohne sie auszutreten. Dieser Teil war einfach, anspruchslos: Niemand fühlte sich verfolgt von einer Frau wie ihr. Sie machte kleine, schüchterne Schritte, etwas langsamer als er, damit der Abstand zwischen ihnen sich vergrößerte. Auf der anderen Seite des kleinen Sees war ein halbverfallenes Haus, das einmal vom Grünflächenamt genutzt worden war und jetzt mit vernagelten Fenstern leer stand. Kenwick würde auf dem Parkweg in etwa zwei Minuten daran vorübergehen.

Sie sah, wie er auf der anderen Straßenseite tatsächlich im Park verschwand, überquerte ebenfalls die Straße und ging etwa zweihundert Meter zwischen Wiese und Park entlang, schnell, mit fließenden, gleitenden Bewegungen, fast ohne die Füße zu heben. Sie schien zu schweben. Kenwicks Anorakfarbe wischte durchs Gebüsch. Die Senyora beschleunigte noch einmal und bog dann so in den Park, dass sie, als sie auf den Weg traf, etwa hundert Meter vor ihm ging. Durch Blätter, Stämme und Äste sah sie das verlassene Gebäude, ein kleines viktorianisches Gemäuer mit einer Grundfläche von etwa vierzig Quadratmetern, exaltierten Türmchen und schwarzen Plastikplanen, die vom Dach im Abendwind flatterten. «Danger! Do Not Climb On Roof!» stand auf einem weißroten Plastikschild, das mit Kabelbindern an einem schmiedeeisernen Zaun befestigt war. Der Zaun erstreckte sich über die Breite der Frontseite des Hauses, an den Seiten aber war das kleine Grundstück offen. Zur Rückseite ging es hinter einem verfallenen Holzzaun über in das Gebüsch und Gestrüpp des Parklandes. Die Fenster des Hauses waren mit Sperrholz und gestanzten Blechplatten vernagelt. Es sah nicht unheimlich aus in der untergehenden Abendsonne, sondern einfach nur langweilig: etwas, das einmal leidlich schön gewesen und jetzt bedeutungslos war, weil niemand Geld hatte, um an seine Zukunft als Nachbarschaftsheim, Parkwächterhaus oder Museum zu glauben.

Zwischen ihr und Kenwick lag eine Wegbiegung, und die Senyora nutzte die zwei, drei Sekunden, in denen sie für ihn unsichtbar war, um auf dem Gelände des verlassenen Gebäudes zu verschwinden. Sie ging seitlich daran vorbei bis zu einem abgerissenen Backsteinanbau, von dem nur noch Reste einer Wand zum Weg standen. Mit einem Blick überzeugte sie sich davon, was sie gestern gesehen hatte: ein betonierter Boden, darauf Teile eines versteinerten Dachfirsts, die verkohlt aussahen, als hätte hier jemand ein Feuer gemacht. Sie vermutete, dass einmal der Blitz eingeschlagen war in dieses Haus, vielleicht vor Jahren der Anfang von seinem Ende. Sie atmete langsam aus und zählte bis zwölf. Dann überquerte sie das etwa vier Meter breite Betonfundament hinter der übriggebliebenen Anbaumauer, ging um diese herum und sah in Richtung Parkweg. Alles, was sie geplant hatte, ging in Erfüllung wie ein kostbarer Traum. Kenwick ging über den Parkweg, er hatte das verlassene Haus fast erreicht, und außer ihm waren nur noch zwei Joggerinnen zu sehen, die etwa hundert Meter entfernt auf einer Wiese stretchten und sich dabei offenbar unterhielten.

«Sir! Excuse me, sir!», rief die Senyora, ohne ihre Stimme wirklich zu heben. Rufen war keine Frage der Lautstärke, mehr eine von Entschlossenheit in der Körpersprache. Sie sah, dass Kenwick in ihre Richtung blickte und seinen Schritt ein wenig verlangsamte, unentschlossen noch.

«Sir, I need your help, please», sagte sie und ging einige Schritte in seine Richtung, damit er sehen konnte, dass ihr Pullover modisch und ihr Hosenanzug teuer war: Keine Immigrantin, die ihm Probleme machen würde mit einer rührseligen Geschichte oder wirren Geldproblemen, sondern eine Frau, die sich die hiesige Höflichkeit zu eigen gemacht hatte und ihn nur höchst ungern belästigte, die schwere Sonnenbrille fast jugendlich ins schwarzbraune Haar geschoben.

«Yes», sagte er mit der Stimme eines Mannes, der den ganzen Tag mit niemandem geredet hatte. «What appears to be the problem?»

Die Senyora drehte sich halb in Richtung des verfallenen Hauses um und setzte sich in Bewegung, wobei sie undeutlich über die Schulter etwas sagte. Dass sie nicht zu verstehen war, darauf legte sie Wert, ebenso darauf, zuversichtlich und ratlos zugleich zu klingen. Sie arbeitete immer mit dem, was die anderen ihr anboten, das Material kam immer von den zu Betreuenden selbst. Kenwick brachte einen unerschöpflichen Vorrat an Einsamkeit mit auf die Party.

Sie hörte, dass er ihr folgte, weil seine Schritte nicht mehr über den Sandweg knirschten. Sie spürte, wie er aufschloss zu ihr, neugierig jetzt, in jedem Falle hilfsbereit. Sie wusste es zu schätzen: Teil ihrer Kunst war, jede Hilfe anzunehmen, die man ihr anbot, absichtlich oder ohne es zu merken.

Als sie in den Schatten der Ruinenmauer getreten waren, sah sie an seinen Pupillen, dass er sich erst an den Halbschatten gewöhnen musste. Sie hatte zwei, drei Sekunden länger Gelegenheit gehabt, sich damit vertraut zu machen.

Nicht mehr als genug, sondern genau genug. Als er sich halb umwandte, instinktiv, um seine Umgebung in den neuen Lichtverhältnissen zu prüfen, war sie bereits die vier Stufen einer kleinen, inzwischen sinnlosen Steintreppe hinaufgestiegen. Bevor er sich wieder umgedreht hatte, nahm sie in ein und derselben Bewegung einen etwa fünfzehn Kilo schweren Stein-und-Mörtel-Brocken, der vor langer Zeit vom unteren Dachrand hier heruntergefallen war, und schlug Kenwick diesen Stein über den Kopf, mit einer perfekten Körperdrehung, die bestmöglich ihr eigenes Gewicht und ihre leicht erhabene Position ausnutzte.

Sie merkte an der haptischen Antwort des Steines und am charakteristischen Geräusch, dass sie Kenwick den Schädel gebrochen hatte. Er sackte ins Halbdunkel und fiel zu Boden.

Weil sie das Schwerste immer zuerst tat, hielt sie Kenwick etwa zwei Minuten den Mund und die Nase zu, bis er erstickt war. Dann platzierte sie den Brocken aus Stein und Mörtel mit geübter Lässigkeit so auf und neben seinem Schädel, als wäre er vom Dach gefallen und hätte ihn erschlagen.

Sie zog ein Paar dünne Handschuhe über und fingerte Kenwicks iPhone aus seiner Anoraktasche. Sie aktivierte seine Twitter-App und schrieb: Best things are sometimes so very close: just found the perfect spot for a cache on my way home from work. Expect more soon! #northeastcache. 140 Zeichen, das entsprach genau seinem Perfektionismus und seiner Pedanterie. Dann schob sie das Telefon wieder in seine Tasche.

Aus ihrer eigenen holte sie eine kleine Tupperdose, in der ein Radiergummi in Form eines Hamburgers war. Sie hatte recherchiert, dass die Caches von Kenwick nicht für Geschmack oder Anspruch bekannt waren, sondern allein für ihre naheliegenden, aber schwer zu findenden Verstecke. Sie legte die Tupperdose ins Laub, in die Nähe seiner blassen Hand.

Auf dem Weg zurück durch den Park war sie in Gedanken bereits bei ihrer Reiseplanung. Sie hatte ein Ticket nach Amsterdam, dort würde sie im Hotel Mercure am Flughafen Schiphol auf weitere Anweisungen warten. Dann zwei Anschlussflüge, von denen sie nur einen wahrnehmen würde: den nach Palma de Mallorca oder den nach Hamburg-Fuhlsbüttel. Die Anweisungen ihrer Kunden waren klar: Falls sie den nach Palma nehmen würde, hieße das schlafen. Falls sie den nach Hamburg nehmen würde, müsste sie einen Polizisten beobachten, der ihrem Kunden unangenehm aufgefallen war. Weil der Polizist einen Brief geschrieben hatte, der an etwas in der Vergangenheit erinnerte, woran ihr Auftraggeber keine Erinnerung wünschte. Sie hatte eine Kopie des Schreibens da, als Handschriftenprobe, denn sie sah sich immer die Schrift derer an, um die sie sich kümmern sollte. Vielleicht würde es reichen, diesen Polizisten zu beobachten, um herauszufinden, über wie viele Informationen er wirklich verfügte; vielleicht musste sie aber auch mehr tun. Sie sorgte sich nicht darum, denn für sie gehörte das eine ebenso zum Beruf wie das andere.

30. Kapitel

Die meisten Vormittage hatte Danowski im Bett verbracht, die Plastikflasche mit einem Rest Wasser auf dem Nachttisch, daneben die Beruhigungstabletten, die er bei Kathrin Lorsch gestohlen hatte. Er war froh, wenn er übers Hadern mit der Versuchung wieder einschlief, unruhig und flach, bis die Klimaanlage wieder ausging und er kurz vor Mittag in seinem eigenen Atem aufwachte.

Aber nach ein paar Tagen war er ausgeschlafen, tiefer und grundsätzlicher denn je. Morgens um fünf, halb sechs stand er auf dem Oberdeck und sah zu, wie die Sonne über Hamburg aufging. Das Licht über den Dächern der Hafencity und des Großmarktes stach ihm im flachen Winkel in die Augen, und er war dankbar für die klare Frühlingskälte in der Luft, weil es sich lebendig anfühlte, sie tief und tiefer einzuatmen.

Und wenn ich sterbe?, dachte er. Wann hat Carsten Lorsch gemerkt, dass er krank war, und wann, dass er sterben musste?

Und was brachte einen dazu, den Tod eines anderen Menschen herbeiführen zu wollen? Danowski versuchte, sich die große Klarheit auszumalen, die über einen kam, wenn man den Entschluss gefasst hatte. Nach allem, was er wusste, hatte jeder, der einen Menschen tötete, ohne im Affekt zu handeln, diesen Vorgang lange als Plan B im Sinn gehabt. Ein Plan B, dessen ständiges Hin- und Herbewegen im Kopf vielleicht irgendwann die Synapsen und Neuronenbahnen so veränderte, dass er von selbst zum Plan A wurde. Und dann gab es nichts anderes mehr.

Je länger sie hier lagen, desto hemmungsloser wurde angeblich der Sex, erzählten die Besoffenen und die Alten. Angeblich lösten sich Partnerschaften und vielleicht sogar Familienverbände auf, und Menschen fielen in ihren und anderen Kabinen und hinter den Kulissen dieses touristischen Debakels übereinander her. Er dachte darüber nach mit einer gewissen Distanz, während ihm sehr deutlich bewusst war, dass er seit Jahrzehnten mit keiner anderen Frau geschlafen hatte als mit seiner eigenen. Vielleicht sollte ich mich hier ins Getümmel stürzen, dachte er, fand das aber ähnlich abwegig, wie sich hier von jemandem mit leidlich Talent und halbwegs geeignetem Werkzeug eine Tätowierung stechen zu lassen. Die ersten davon tauchten schon auf: «I survived Große Freiheit», auf Unterschenkeln und Unterarmen. Woher wussten die das?

Er drehte sich um und ging, die Sonne im Rücken, ein paar Schritte Richtung Südwesten, zur Elbseite, um den Morgenverkehr auf der Köhlbrandbrücke zu beobachten. Hinter sich in der Morgensonne hörte er Schritte. Seine Nackenhaare stellten sich auf, weil er allein gewesen war und die Schritte so nah klangen, als wären sie bisher unterdrückt worden.

Er drehte sich um und sah drei Gestalten, die er für Männer hielt, mit schnellen Schritten in seine Richtung kommen, versetzt, sodass sie die ganze Breite dieser Oberdeckseite einnahmen. Sie waren schwer zu erkennen, weil sie die Sonne im Rücken hatten, aber was sie sich über die Köpfe gezogen hatten, hielt er für Kopfkissenbezüge: das gleiche nachlässige und leicht beunruhigende Hellgelb wie auf dem Bett in seiner Kabine. Sie hatten Löcher hineingeschnitten für die Augen, aber nicht für den Mund, vielleicht, weil alles gesagt war.

Instinktiv bewegte er seine Rechte dahin, wo er an anderen Tagen seine Dienstwaffe im Holster trug. Ständig greife ich nach Sachen, die nicht mehr da sind, dachte er. Zigaretten, Pistolen, wer weiß, was als Nächstes kommt.

Waren das weiße Ratten, wie er auf der Suche nach ein bisschen frischer Luft und frischem Licht und etwas Einsamkeit am Morgen? Andererseits, dann wohl eher hellgelbe Ratten. Aber was wusste er, welcher neue Verein sich in den vergangenen zwei, drei Tagen an Bord gebildet hatte. Und seltsam, was einem immer alles durch den Kopf ging, bevor es ernst wurde.

Zu spät merkte er, dass er ein paar Schritte nach hinten gewichen war und dabei die Stahltreppe zum Bar- und Swimmingpool-Deck in seinen Rücken bekommen hatte. Womit auch die Frage beantwortet war, nach welcher Sache, die nicht da war, er als Nächstes greifen würde: Da war kein Geländer. Er strauchelte rückwärts und geriet in jene unangenehme Position, wenn man sich mit einer Hand bereits vom Boden abstützt, die Füße aber noch glatt auf dem Boden stehen, als wären sie senkrecht.

Einer der Kopfkissenmänner trat ihm mit beiläufiger Gewissenhaftigkeit die Beine weg, als käme es darauf jetzt noch an. Danowski konnte die drei kaum unterscheiden, sie trugen alle ausgewaschene Jeans und graue Sweatshirts oder Kapuzenjacken, Turnschuhe, Zeug, das jeder im Gepäck hatte. Danowski lehnte mit ausgestreckten Beinen auf dem Deck, stützte sich mit den Ellbogen ab und blinzelte in die Sonne, als wäre er in einem Liegestuhl und nicht in einer überraschend gewalttätigen Situation. Er merkte, dass die drei unschlüssig darüber waren, wie es weitergehen sollte. Danowski rollte sich herum, als hätte er Schmerzen, und mitten in der Bewegung trat er dem größten der drei Kopfkissenmänner in die Waden.

Aus dem fast lautlosen Auftakt ihrer Sitzkeilerei war ein

Schnaufen und wortloses Fluchen geworden. Danowski wäre nie auf die Idee gekommen, um Hilfe zu rufen: Peinlich, diese Art von Aufmerksamkeit erregen zu wollen, wenn man wusste, dass es vergeblich war.

Der Lange ging zu Boden, aber darum waren sie ja zu dritt: um zwei in Reserve zu haben, die ihn jetzt humorlos rechts und links unter den Achseln packten, hochzogen und dann offenbar einen Moment nicht einig waren, ob es nun galt, Danowski zu verdreschen oder ihn die Stahltreppe hinunterzuwerfen. Weil er ihre Gesichter nicht sehen konnte, schien es ihm, als könnte er ihre Gefühlsregungen an der Haltung ihrer Kopfkissenbezüge ablesen. Er warf sich in die Lücke zwischen beiden und rammte dem Rechten seinen Ellbogen in den Solarplexus. Oder in die allgemeine Region, die weich gepolstert war und viel zu sehr nachgab, als dass Danowski dort wirklich hätte Schock und Schmerz verursachen können. Im Fallen bekam er Stoff zu fassen.

Tatsächlich ein Kopfkissenbezug, dachte er in leicht heiterem Tonfall, als ginge es um nichts.

Dann war er in der Luft, für den Bruchteil einer Sekunde, dieses berauschende Gefühl, wenn man ins Leere getreten hatte, und dann konnte man sich ganz auf den Aufprall konzentrieren.

Er schlug mit dem Steiß und der Hüfte auf eine der obersten beiden Stufen der hinabführenden Treppe, merkte, wie er sich durch die Wucht des Aufpralls wiederum etwa halb um seine Achse drehte, sodass er mit den Armen seinen Sturz ein wenig abmildern konnte, dies allerdings auf Kosten ebenjener Arme, in der einen Hand der Kopfkissenbezug. Der Schmerz war wie immer, wenn wirklich etwas schiefging, eine vernachlässigbare Randerscheinung, nicht zu vergleichen mit einer Behandlung am entzündeten Zahnnerv oder mit einer Mittelohrentzündung, denn was ihn wirklich quälte, war der Gedanke: Wenn nur nichts kaputt ist.

Er landete auf der Seite und auf dem rechten Ellbogen unten an der Treppe, und weil ihm Luft entwichen war, rang er nach Atem, während er sich halb aufgerichtet auf den Rücken drehte. Das Bardeck war mit einem wunderbar ahornsirupfarbenen Licht übergossen, die Möwen kreischten über ihm, als wären sie Geier für einen Tag, und die Luft roch mal wieder nach dem Fata-Morgana-Kaffee von gestern oder neulich. Dass er am Leben war, sah er daran, dass sich auf seiner Hose ein schnell größer werdender Blutfleck bildete, der aber nicht von innen kam, sondern von außen, Lippe und Nase. Mist, dachte er, und nichts zum Wechseln.

Etwa drei bis vier Meter über ihm lehnten zwei der drei Kopfkissenmänner an der Innenreling und sahen auf ihn hinab wie Figuren in einer schlecht ausgestatteten Kindersendung. Der, dem er die Maske abgerissen hatte, verbarg sich hinter ihnen. Dann lösten sie sich nacheinander vom Geländer und gingen langsam und ohne sich umzusehen in Richtung Aufzug.

«Das mit den Kissenbezügen gebe ich aber ans Housekeeping weiter!», rief er ihnen hinterher, um seine Stimme zu testen. Sie klang erbärmlich. Wo er blutete, wurde es kalt wie der Morgen. Und in ihm breitete sich eine mörderische Wut aus, die ihn daran erinnerte, wie einfach es war, anderen den Tod zu wünschen, oder noch genauer: zu wünschen, man könnte derjenige sein, der ihnen diesen Tod bringt. Jeder, der sich nicht vorstellen konnte, dass und warum ein normaler, sozusagen zivilisierter Mensch einen anderen tötete, musste sich nur mal wieder zusammenschlagen oder eine Treppe hinunterwerfen lassen. Dann, dachte Danowski, ist es kein Problem, sich daran zu erinnern, wie intensiv das Verlangen sein kann, jemand anderem endgültig weh zu tun.

Dann kamen die Bündel von Schmerzen, die sich jetzt schon so vertraut anfühlten, als gehörten sie seit langem zu ihm.

«Wie sehen Sie denn aus?»

Danowski blickte an sich hinab.

«Dazu fällt mir kein passender Vergleich ein. So was habe ich auch noch nie gesehen», sagte er. Nachdem er zurück in seine Kabine gehumpelt war, hatte er seine Hose und Unterhose ausgezogen, um sie im Waschbecken einzuweichen. Es war undenkbar, hier an Bord mit blutiger Kleidung herumzuschleichen: Wenn es eine Steigerung von Pestbulle gab, dann nur noch blutiger Pestbulle. Dann hatte er die Schrammen in seinem Gesicht und die Risswunde an seinem Ellbogen ausgewaschen und sich schließlich unter Stöhnen aufs Bett gelegt, um endlich eine Adumbran zu nehmen und das Nachdenken darüber, wer ihn angegriffen haben könnte und weshalb, auf sehr viel später zu verschieben. Aber dann hatte es an der Tür geklopft, bevor er die Tablette hatte nehmen können, und er hatte sich eilig die Überdecke um den Unterleib gewickelt.

Vor ihm standen Doktor Tülin Schelzig und schräg hinter ihr, fast verlegen, als hätte er Angst, sich aufzudrängen, Wilken Peters von der Gesundheitsbehörde. Wobei er sie nur an den zusammenhang- und daher fast alterslosen Halbovalen ihrer Gesichter oberhalb der Atemmasken erkannte, denn sie trugen die gleiche Schutzkleidung, die er fahrlässigerweise aufgerissen hatte.

Oder die mir, während ich schlief, jemand mit Absicht aufgeschnitten hat, um mich hier an Bord zu halten?, dachte er zum ersten Mal, während er seinen Besuch einsortierte.

«Wir geben Ihnen mal nicht die Hand», sagte Peters, und seine Augen lächelten entschuldigend. Tülin Schelzig sah aus, als wäre sie von allein sowieso nicht auf die Idee gekommen, ihm die Hand zu geben. In ihrer hatte sie einen sehr großen To-go-Kaffeebecher, den sie offenbar aus der Außenwelt mitgebracht hatte. Danowski wurde von einer Welle der Rührung überspült, weil ihn endlich jemand besuchte und ihm sogar Kaffee mitbrachte.

«Das ist aber nett», sagte er und streckte die Hand gierig nach dem Kaffee aus. Tülin Schelzig bekam sofort wieder diesen Keine-Witze-Ausdruck, und ihm wurde klar, dass sie sich den Kaffee selbst mitgebracht hatte. Sie sah sich hilfesuchend oder irritiert zu Peters um, der in diesem Moment etwas tat, wofür Danowski ihm für den Rest seines Lebens oder zumindest den Rest des Tages dankbar sein würde. Er machte mit seinen Augen eine abwärtsrollende Zeigebewegung, die ganz klar signalisieren sollte: Jetzt geben Sie dem armen Mann endlich Ihren verdammten Kaffee, ist ja nicht zu fassen hier.

Schelzig gab ihm den Becher, als hätte man ihr was weggenommen, und Danowski nickte dankbar. Bevor er einen Schluck trank, sagte er: «Ich würde Sie reinbitten, aber hier ist wirklich wenig Platz.»

«Haben Sie hier irgendwo einen ruhigen Ort? Wir müssen was mit Ihnen besprechen», sagte Schelzig mit leeren Händen.

«Vielleicht wollen Sie sich erst mal was anziehen», sagte Peters und fügte dann hinzu, mit leicht satirischem Unterton: «Untenrum.»

Danowski zuckte die Achseln, während er auf den Gang trat und die Kabinentür hinter sich schloss. «Das ist eine sehr entspannte Kreuzfahrt», erklärte er. «Die Leute tragen hier alles Mögliche. Überdecken, Kissenbezüge, hier geht alles.»

«Woher kommt das Blut in Ihrem Gesicht?», fragte Schelzig.

«Das ist mein eigenes», sagte er.

«Sie wissen, dass Sie sich durch derartige Verletzungen einem erhöhten Infektionsrisiko aussetzen.»

«Ich werde mich daran erinnern, bevor ich das nächste Mal die Treppe hinunterfalle», sagte er ärgerlich, keineswegs interessiert daran, den beiden Gesundheitsexperten von dem Angriff zu erzählen.

«Ausgerutscht?», fragte Peters besorgt.

«Ja, alles rutschig hier im Morgentau.»

Sie gingen in den «Klabautermann», und sobald seinen Gästen klarwurde, dass man hier nichts bestellen konnte, sahen sie einander an, als hätten sie noch nicht vereinbart, wer von ihnen jetzt als Erstes sprechen würde.

«Ich freue mich jedenfalls über den Besuch», sagte Danowski.

«Haben Sie alles, was Sie brauchen?», fragte Peters, offenbar dankbar über den Aufschub des eigentlichen Themas.

«Sehe ich so aus?», fragte Danowski.

«Gibt es irgendwas, das wir Ihnen schicken oder nächstes Mal mitbringen können?», fragte Peters.

«Eine ganze Menge», sagte Danowski.

«Das widerspricht den Quarantänevorschriften», sagte Schelzig mit einem unwirschen Seitenblick auf Peters. «Der Kontaminationsraum muss möglichst im Ursprungszustand gehalten werden, damit die Parameter nicht verfälscht werden und am Ende womöglich die Quellensuche erschwert oder unmöglich gemacht wird.»

«Die Quelle haben wir ja nun schon lange», widersprach Peters.

«So sind nun mal die Regelungen.»

«Außer, Sie bringen sich den Kaffee mit.»

«Handyladegeräte, Wechselsachen, Toilettenartikel und was zu lesen wären gut», sagte Danowski, um Small Talk gegen die Schärfe in Schelzigs Stimme zu machen.

«Kristina Ehlers von der Rechtsmedizin hat sich infiziert», unterbrach ihn Schelzig. Peters seufzte hinter seinem Mundschutz.

«Wie bitte?», sagte Danowski und merkte, dass er kein bisschen überrascht war.

«Sie ist mit voll ausgebrochenem Krankheitsbild quer durch die Stadt gefahren», berichtete Peters, bemüht, jeden dramatischen Unterton aus seiner Stimme zu filtern, und dabei nicht besonders erfolgreich. «Mit der U-Bahn.»

«S-Bahn», korrigierte Schelzig halblaut.

«Bis zum Eingang vom Tropeninstitut», fuhr Peters fort, und Schelzig ergänzte ungerührt: «Mit einer Tüte voller erbrochener Eingeweide. Sie war längst so krank, dass ihr egal war, wen sie möglicherweise alles angesteckt hat.» Peters, in jetzt endgültig gescheiterter Alles-nicht-so-schlimm-Mission, hob die weißen Kunststoffhandschuhe mit nach außen gedrehten Handflächen.

Danowski sah auf seine im Gegensatz dazu nackten Hände. Der Kaffee stand vor ihm auf dem Bartresen wie eine Trophäe, aber die anderen Passagiere schliefen noch, und so beneidete ihn niemand darum. Dann hob er den Blick und sagte: «Wie geht es ihr?»

«Sie stirbt», sagte Schelzig und beäugte seinen Kaffee. «Und beim Schiffsarzt sind ebenfalls die ersten Symptome aufgetreten. Ich vermute, er hat noch einen Tag bis zum Vollbild. Und ich habe Sie ja bereits vor geraumer Zeit über die exorbitant hohe Mortalitätsrate bei Filoviren aufgeklärt.»

«Ja», sagte Danowski. «Das haben Sie.» Er sah sich selbst im Spiegel hinter dem Bartresen, ein mitgenommenes Labortier zwischen zwei gerade aufgerichteten Wissenschaftlern in Weiß. Der Kaffeegeruch erinnerte ihn an Kristina Ehlers. Er schluckte.

«Bisher ist es uns gelungen, diesen Vorfall nicht an die Öffentlichkeit dringen zu lassen», sagte Peters. «Eine Entscheidung, die uns nicht leichtgefallen ist, wir mussten abwägen zwischen der Gefahr durch eine Panik und der Aufklärungspflicht zugunsten der öffentlichen Gesundheit. Aber soweit wir wissen, ist das jetzt akademisch, weil die ersten Zeugen von Ehlers' Odyssee angefangen haben, mit der Presse zu reden. Und der Hafengeburtstag wird abgesagt. Zu viele Menschen auf engem Raum. Sie glauben nicht, was das für ein Theater geben wird.»

«Kein Schlepperballett», sagte Danowski gespielt fassungslos.

«Die Leute von der Wirtschaftsbehörde sind verzweifelt wegen der Umsatzeinbußen und wegen des ganzen …»

«Wahrscheinlich wird es eine Art Schutzimpfung geben», unerbrach Schelzig, die offenbar genug über Hamburger Folklore und die Probleme der Wirtschaftsbehörde gehört hatte.

«Das ist alles andere als sicher», beruhigte sie Peters, als wollte er einen Streit vermeiden. «Wir wissen gar nicht, wogegen wir impfen sollen.»

«Filoviren», sagte Schelzig ungeduldig, denn offenbar hatten sie dieses Gespräch in gleicher Rollenverteilung und im gleichen Tonfall schon im Krisenstab gehabt.

«Die Impfstoffe sind neu und noch in der Erprobungsphase», gab Peters zu bedenken.

«Grund genug, die Erprobung jetzt fortzusetzen. Am besten an Freiwilligen. Und zwar all jenen, die gestern

Morgen möglicherweise mit Kristina Ehlers Berührung hatten. Oder mit etwas, das sie angefasst haben könnte.»

Peters wiegte den Kopf, und Danowski sah an der Aufwärtsbewegung seiner Atemmaske, dass er dahinter den Mund verzog.

«Sie stirbt», echote Danowski verspätet. Die beiden schwiegen leicht pietätvoll, dann sagte Schelzig: «Sie ist nicht ansprechbar, im Delirium, und obwohl es bei Ebola und Marburg erstaunliche Fälle gegeben hat, sehe ich ehrlich gesagt nicht, wie sie sich von ihren Organschäden erholen könnte. Für den unwahrscheinlichen Fall, dass ihr Körper das Virus doch noch besiegt.»

«Und wie hat sie sich angesteckt? Ich meine, wir beide waren auch dabei. Im gleichen Moment, im gleichen Raum. Dieselbe Situation.»

«Nicht ganz. Keiner von uns beiden hat die Bettdecke angefasst. Keiner von uns beiden hat seine Handschuhe so schlampig angezogen. Und keiner von uns hat einen derart ausgeprägten Hang zu Onychophagie und Perionychophagie wie Frau Ehlers.»

«Ich weiß, dass Frau Ehlers einen anderen Lebensstil hat als ich, aber ich bin nicht sicher, ob ich wissen möchte, worum es sich bei diesen beiden Praktiken handelt. Was mit Tieren?»

«Das Abbeißen, Kauen und Verzehren von Fingernägeln und der sie umgebenden Haut», sagte Schelzig ungerührt. Danowski fielen die Hände von Kristina Ehlers ein und wie ihre heruntergekauten Fingernägel ihn berührt hatten.

«Dadurch hat sie ihrem Körper eine Vielzahl kleiner und kleinster Wunden zugefügt und durch fortgesetzte Praxis verhindert, dass diese Wunden sich wieder schließen konnten. Ob dahinter eine Neurose, Hinweise auf eine

Psychose oder einfach eine stereotypisierte Reaktionsweise stehen, kann ich Ihnen …»

«Frau Doktor Schelzig, ich glaube, wir können uns das ungefähr vorstellen», sagte Peters, der anscheinend merkte, dass Danowski angefangen hatte, schärfer zu atmen. «Frau Ehlers hat an den Fingernägeln gekaut, end of story. Und was Frau Schelzig damit eigentlich sagen wollte, ist wohl, dass eine Infektion, die auf diese Weise zustande kommt, über kleine Wunden, wesentlich direkter und schneller verläuft als eine Infektion über die Schleimhäute. Daher auch die kurze Inkubationszeit.»

Ach, Kristina, dachte Danowski. Aber stärker als sein Mitleid war die Erleichterung darüber, dass es sie getroffen hatte und nicht ihn. Als wäre er dadurch bis auf weiteres geschützt.

«Ich weiß es zu schätzen, dass Sie deshalb gekommen sind», sagte er. «Um mir das zu erzählen.»

«Wir sind auch hier, um Sie zu fragen, ob Sie inzwischen mehr über die Umstände der Tat wissen», sagte Peters. «Wenn wir den genauen Hergang kennen, würde uns das bei unserer präventiven Arbeit helfen.»

Danowski schüttelte den Kopf. «Die wichtigste Zeugin habe ich bisher nicht gefunden.»

«Simone Bender?», fragte Schelzig. «Vielleicht ist sie längst tot und hat jene angesteckt, die ihren Leichnam verstecken. Wenn wir von einer Toleranzgrenze von plus minus zwei Tagen bei der Inkubation ausgehen und vermuten, dass sie sich vielleicht erst im letzten Augenblick bei Patient 1 angesteckt hat, dann müsste sie trotzdem spätestens heute oder morgen krank werden.»

«Patient 1», sagte Danowski. «Sie meinen Carsten Lorsch.»

«Ja. Übrigens habe ich alles, was ich an Spuren auf den Glassplittern gefunden habe, auf hochauflösenden Bildern an Ihre Forensik geschickt. Möglicherweise sind darauf tatsächlich Fingerabdrücke zu identifizieren, die Kollegen waren ganz zuversichtlich.»

Danowski sah auf. «Das wäre in der Tat ziemlich interessant. Wenn ein Fingerabdruck von jemand anders als Carsten Lorsch oder Simone Bender darauf zu finden wäre, dann gäbe es zumindest einen konkreten Hinweis auf mögliche Helfer.»

«Wessen Helfer?», fragte Peters, der offenbar nicht gern lange aus dem Gespräch gelassen wurde.

«Das kann und darf ich Ihnen nicht sagen.»

«Aber Sie gehen von einer Beziehungstat aus?»

«Am Ende ist in gewisser Weise jede Tat eine Beziehungstat», schwadronierte Danowski, um seine Ahnungslosigkeit zu überspielen. Die Kollegen erzählten ihm wirklich gar nichts mehr, seitdem er hier festsaß. Dann wandte er sich wieder an Schelzig. «Carsten Lorschs Fingerabdrücke können die Kollegen ja von Ihnen bekommen, aber wissen Sie, ob jemand sich darum kümmert, bei Simone Bender in der Wohnung welche von ihr zu sichern?»

«Wie ich höre, ist Ihr Kollege Finzel mit anderen Dingen beschäftigt», sagte Schelzig. «Und der Sohn war wohl einoder zweimal nicht anzutreffen. Jetzt warten alle auf einen richterlichen Beschluss oder so was.»

«Hier», sagte Danowski, griff in die Jackentasche und schob ihr den Plastikbeutel mit dem Kühlschrankmagneten aus der Wohnung von Simone Bender über den Tresen. «Das habe ich schon eine Weile unverpackt in der Tasche gehabt, aber vielleicht können die Kollegen noch was damit anfangen. Schönen Gruß von mir.»

«Ich mach gern Ihre Botengänge», sagte Schelzig und verstaute den Magneten in einem weißen Kunststoff-Brustbeutel mit hermetischem Verschluss. Peters folgte ihrer

Bewegung irritiert mit den Augen, aber Danowski konnte nicht erkennen, ob er sich über den Magneten wunderte oder über Schelzigs Geistesgegenwart, einen Beutel mitzuführen. Dann nahm sie aus einer anderen Tasche auf der Rückseite des Beutels einen Notizzettel und einen Kugelschreiber aus Metall.

«Hier», sagte sie zu Danowski. «Schreiben Sie auf, was Sie brauchen. Auch wenn ich nicht glaube, dass ich eine Ausnahme machen darf.»

Danowski zog den Zettel zu sich und nahm den Stift von ihr. Er versuchte, in ihrem Blick zu lesen, aber sie wich ihm aus. Der Stift war schwerer, als er auf den ersten Blick aussah, und lief an beiden Seiten unauffällig, aber effektiv spitz zu. Ein sogenannter Tactical Pen, wie er bei Waffennarren und Apokalyptikern beliebt war, als verdeckte Selbstverteidigungswaffe. Er erinnerte sich daran, dass er Schelzig wegen des Mittelalterwappens auf ihrem T-Shirt schon für eine Liebhaberin von Ritterfestspielen gehalten hatte, und er fand es nicht undenkbar, dass sie außerdem auch noch einen Waffenfimmel hatte. Ihre dünne und angespannte Art sah nach Schießstand aus. Er schrieb untereinander auf, was er brauchte, und schloss mit «Bilder von meinen Kindern», was Schelzig mit einem etwas unwirschen «Ich bin keine Fotografin» kommentierte.

Peters nahm ihr den Zettel ab und sagte: «Ich werde sehen, was sich machen lässt.» Danowski nickte. Wenig vielversprechende Worte aus dem Munde eines Bürokraten, aber es gelang Peters, eine gewisse Wärme hineinzulegen, die Danowski sich gern gefallen ließ. Nach einem kurzen Zögern hielt Peters ihm die Hand beziehungsweise den Handschuh hin. Danowski schlug ein.

«Wir kommen wieder.»

Peters stand auf und wandte sich zum Gehen. Danowski

schob Schelzig ihren Kampfstift wieder hin. Sie schüttelte den Kopf.

«Den Stift können Sie ausnahmsweise behalten.»

Sie wirkte kurz angebunden und unsicher, als wäre sie ungeschickt darin, Dinge mit Hintergedanken zu tun. «Danke.»

«Er ist jetzt kontaminiert. Ich darf ihn gar nicht mehr mit von Bord nehmen», sagte sie. Stimmt ja, dachte Danowski.

Er folgte ihnen ein Stück Richtung Rezeption und blieb dann stehen, während sie in der provisorisch errichteten Schleuse verschwanden. Wobei er darauf achtete, die um seinen Unterleib geschlungene Überdecke mit der linken Hand sorgfältig festzuhalten.

Bis sich ihm jemand von der Crew in den Weg stellte. Von hinten legte ihm ein anderer die Hand auf die Schulter, und als Danowski sich nach ihm umdrehen wollte, schob dieser ihn nach vorn Richtung Wegblockierer.

«Sie verhalten sich alles andere als unauffällig hier bei uns», sagte der, der ihm im Weg stand, in vage osteuropäischem Akzent, aber was wusste Danowski von Akzenten. Ein Mann Ende dreißig, mit trockener Haut, die an manchen Stellen fast durchsichtig schien, genau wie seine gleichmäßig leicht geröteten Augäpfel. Er roch schlecht gelüftet und nach warmem Essen. Jetzt zeigte er auf Danowskis Unterleibsschurz. «Schwer zu übersehen.»

«Wenn Sie mir eine Hose leihen, ist die Situation im Handumdrehen entschärft», sagte Danowski und wäre gern weitergegangen.

«Sie führen Gespräche mit Behördenvertretern, aber ich muss Sie daran erinnern, dass Sie hier keine Polizeigewalt haben», sagte der Uniformierte.

«Das würde ich gern mal mit dem Kapitän besprechen», sagte Danowski und machte sich frei.

«Der Kapitän ist beschäftigt.»

Sie ließen ihn durch, und beim Weitergehen spürte er, wie die klimatisierte Luft zwischen seinen Beinen hindurchzog.

31. Kapitel

Kurz vor der Autobahnabfahrt Hamburg-Marmstorf fragte Finzi sich, ob er verfolgt wurde. Der silberne Polo war ihm schon vorhin aufgefallen, in Buchholz, als er die Niederlassung der PSPharm besucht hatte. Der Polo war ihm durch die Stadt und durchs Gewerbegebiet gefolgt, und zwar auf absolut professionelle Art und Weise: mit wechselndem Abstand, aber nicht näher als drei Wagen hinter Finzi. Außer dort, wo der Straßenverlauf längere Zeit kein Abbiegen erlaubte, sodass der Polo sich auch mal zwei Spuren versetzt schräg vor ihn geschoben hatte, um nicht die ganze Zeit in Finzis Rückspiegel zu sein.

Niemand verfolgt Polizisten, dachte Finzi. Niemand verfolgt überhaupt irgendwen im Auto. Pkw-Überwachung gab es nur in der Drogenfahndung und bei allem, was mit organisierter Kriminalität zusammenhing, aber die Kollegen waren immer in zwei oder drei Wagen gleichzeitig unterwegs. Um das Ganze abwechslungsreicher und dadurch unauffälliger aufzuziehen und um einen Wagen aus dem Spiel nehmen zu können, sobald er aufgefallen war. Seitdem Finzi nicht mehr trank, fühlte er sich hin und wieder verfolgt: Schritte im Keller, Stimmen unter seinem Fenster, ein silberner Polo im Rückspiegel. Wer hatte keinen silbernen Polo. Wahrscheinlich war es nicht einmal derselbe wie vorhin in Buchholz.

Und weil er seinem Gefühl nicht mehr traute, seitdem es ihn dazu bewogen hatte, zehn Jahre lang zu trinken und sich am Ende mit einem erfolglosen Selbstmordversuch zu verzetteln, bog er auch nicht viermal rechts ab. Wodurch er in Buchholz zweifelsfrei hätte feststellen können, ob ihm der Polo tatsächlich folgte.

Jetzt aber, auf der Autobahn, fand er es doch seltsam, dass zwei Wagen hinter ihm wieder der silberne Polo im Rückspiegel auftauchte. Das Kennzeichen hatte er sich vorhin nicht sicher gemerkt, aber er erinnerte sich, dass es mit «SHG» begann, Stadthagen, wo viele Mietwagen registriert waren. Und warum war dieser Polo jetzt wieder da, nachdem Finzi seine Fahrt zwischendurch für fast eine halbe Stunde unterbrochen hatte, um mit dem stellvertretenden Geschäftsführer der PSPharm über Simone Bender und ihre Arbeit dort zu sprechen?

Er beschloss, den ältesten Trick anzuwenden: in Hamburg-Marmstorf runter von der Autobahn und dann gleich wieder rauf. Wer ihm dieses sinnlose Manöver nachmachte, war vermutlich wirklich hinter ihm her.

Er setzte den Blinker und fuhr in Marmstorf von der A 7. Da die Ausfahrtkurve relativ lang und eng war, konnte er im Rückspiegel erst mal niemanden hinter sich entdecken. An der Bundesstraße in Marmstorf war zwischen der Ab- und Auffahrt ein großes Gartencenter. Finzi erinnerte sich, dass man hier für außerordentlich wenig Geld frühstücken und Kaffee trinken konnte. Planänderung. Nachdem er fünfzig Meter auf der Bundesstraße gefahren war, blinkte er links und fuhr auf den Parkplatz des Gartencenters. Weil es vormittags und unter der Woche war, hatte er die freie Auswahl. Er stellte sich in die Nähe des Haupteingangs, zog den Schlüssel ab und sah, wie der silberne Polo etwa zehn, zwölf Plätze von ihm entfernt in der Nähe eines Einkaufswagen-Unterstands parkte.

Niemand stieg aus. Außer ihm und dem silbernen Polo waren nur noch vier oder fünf andere Autos auf dem Parkplatz. Finzi seufzte und schlug die Tür zu. Hingehen und an die Scheibe klopfen? Folgen Sie mir, was soll das? Ach, anstrengend. Und im Zweifelsfall hatte, wer immer im Polo saß, sich auf diese Frage vorbereitet und würde ihm irgendeine freche und wertlose Antwort geben. Außerdem war es interessanter, einfach abzuwarten, was passieren würde. Darauf, dass der Verfolger seine Absichten zu erkennen gab. Und es gab immer noch die Chance, dass er sich das alles nur einbildete. Silberne Polo gab es viele, und Mietwagen aus «SHG» auch.

Finzi lief durchs Gartencenter Richtung Cafébereich und atmete die grüne, drückende Luft in der Halle. Er ließ sich einen Becher Kaffee zapfen, erlöste ein Hackepeterbrötchen, das sich in der Auslage krümmte, und ging ins Freie, wo man unter einem Vordach mit Blick auf einen leblosen Rasen und die scheinbar endlose weiße Außenwand auf Korbstühlen sitzen und rauchen konnte. Sobald er saß und nicht rauchte, wurde ihm klar, dass er eigentlich Adam anrufen müsste. Okay, Adam meldete sich auch nicht, aber Adam hatte kaum Akku, Adam war gefangen und einsam, und da war es das Mindeste, dass seine Freunde ihn anriefen.

Natürlich könnte er ihn auch endlich besuchen: die Sondergenehmigung von der Bundespolizei, der Gesundheitsbehörde und der Reederei konnte er sich zusammentelefonieren. Mit ein bisschen Geschick würde sie in einer Stunde für ihn am Cruise Center Terminal bereitliegen, und er müsste nur von der A7 die richtige Ausfahrt nehmen, um Adam noch heute Mittag gegenüberzusitzen.

Aber die Wahrheit war, dass Finzi Angst vor Schiffen hatte. Er war in Hamburg aufgewachsen, aber die Seefahrt hatte ihn immer abgeschreckt. Sein Großvater war im U-Boot-Krieg gefallen, was viel schöner klang, als zu sagen, dass er erstickt und danach zerquetscht worden war.

Seine Großmutter war die Art von Hamburgerin gewesen, die «Wasser hat keine Balken» sagte und nicht gern in die Nähe der Elbe ging. Vor allem aber stellte Finzi sich das Leben an Bord eines Kreuzfahrtschiffes, das unter Quarantäne stand, als organisierten Trübsinn vor. Und er ahnte: Wenn es eine Art von Atmosphäre gab, die ihm wieder Lust aufs Trinken würde machen können, dann wäre es genau das, organisierter Trübsinn. Nicht, dass er befürchtete, an Bord oder unmittelbar danach rückfällig zu werden, aber er stellte sich vor, dass allein der Kontakt mit einer derartigen Atmosphäre ihn beim nächsten Mal noch empfänglicher dafür machen würde und beim übernächsten Mal wiederum noch einmal mehr, bis er irgendwann wieder genug Rezeptoren hatte, die organisierten Trübsinn automatisch mit dem Wunsch nach einem Ende davon aus der Flasche verbanden.

Er nahm einen Schluck aus dem Kaffeebecher, verzog das Gesicht und griff mit dem gleichen Gefühl zum Diensttelefon. Adam war seine erste Nummer in der Kurzwahl. Es dauerte bis kurz vor die Mailbox, bevor er ranging.

«Hey», sagte Adam, fast zärtlich.

«Selber hey», sagte Finzi verlegen, als würde er einen Kranken anrufen, von dem alle wussten, dass es schlecht um ihn stand, aber pro forma musste man noch mal nachfragen.

«Ich hab geschlafen», sagte Danowski.

«Irgendwas Neues von wegen Ladegerät oder so?»

«Ja, stell dir vor, Doktor Schelzig vom Tropeninstitut und der Mann von der Gesundheitsbehörde waren hier. Die wollen noch mal versuchen, ob es doch eine Ausnahme für mich gibt.»

«Peters?»

«Ja, genau.» Adam klang abwesend, nachgiebig und weich. Finzi runzelte die Stirn.

«Hat er sich über mich beschwert?», fragte er.

«Wer?»

«Peters.»

«Über dich?»

«Ja.»

«Wieso sollte er? Oder besser gesagt», Adam kicherte, «wieso: Sollte er?»

«Ich hab ihm 'ne Hausmitteilung geschickt. Wegen 'ner ganz anderen Geschichte. Oder besser gesagt: Ich hab ihm seine Hausmitteilung zurückgeschickt. Von vor elf Jahren. Kommentiert.»

«Ich verstehe kein Wort.»

«‹Zu meiner Entlastung›», sagte Finzi. «Das habe ich draufgeschrieben. Als würde ich ihm was zurückschicken, was ich für ihn aufgehoben habe.»

«Häh?»

«Alte Überstundenanforderung, die er damals mit dem Wort ‹Schwachsinn› kommentiert hat. Hab ich mir jahrelang aufgehoben, hat mich immer geärgert.»

«Okay. Zu mir war er sehr okay.» Er hörte, wie Adam gähnte, es klang wohlig und überraschend entspannt.

«Müde?»

«Ich hab was eingenommen.»

«Was eingenommen?»

«Adumbran.»

«Na gut, ich glaube, man kann nicht im engeren Sinne sagen, dass du im Dienst bist.»

«Kann man nicht, nee. Außerdem hat mich jemand die Treppe runtergestoßen.»

«Wie bitte?»

«Drei maskierte Typen.»

Finzi wusste nicht, wie er darauf reagieren sollte. Außerdem fiel es ihm schwer, mit Adam zu reden, seitdem er wusste, dass er sediert war wie ein Schoßhund auf einem Langstreckenflug.

«Schlimm?», fragte er. Adam antwortete nicht.

«Adam?»

«Ach. Sorry. Ansonsten im Osten nichts Neues.»

«Warum stößt dich jemand die Treppe runter?»

«Irgendwas ist doch immer.»

«Ich mach mir Sorgen.»

«Lass uns morgen darüber reden. Ich bin gerade ganz froh, dass ich das gleich vielleicht vorübergehend vergessen habe.»

Sie schwiegen, Finzi ratlos, Adam offenbar in Erwartung des Gesprächsendes.

«Ich war heute bei der PSPharm, bei der Simone Bender gearbeitet hat», sagte Finzi.

«Im Ernst, können wir das ein andermal besprechen? Finzi, nimm's mir nicht übel. Aber ich will die Wirkung meiner schönen Tablette nicht an dich verschwenden. Nichts für ungut.»

«Ganz kurz», widersprach Finzi, weil er keine Lust hatte, Adam nachher noch mal anzurufen. Lieber wollte er es hinter sich haben. «Die PSPharm macht hauptsächlich weiße Salbe und braune Salbe, das ist sozusagen ihr Schwarzbrotgeschäft, aber sie hat eine Tochter in den Niederlanden, die Impfstoffe herstellt. Darunter auch Zeug bei Tropenkrankheiten. Und ich frag mich jetzt gerade …»

«Hast du eigentlich», fragte Adam, als hätte er ihm bisher nicht oder höchstens halb zugehört, «von der Ehlers gehört?»

«Nee», sagte Finzi, «aber bei mir meldet die sich sowieso nicht.»

«Nee», sagte Adam, «die ist krank.»

«Wie, krank?»

«Die hat das Virus gekriegt. Die liegt im Tropeninstitut und stirbt.» Adam hörte sich an, als wäre seine Zunge aus Zuckerwatte. Dann kicherte er unpassend, oder vielleicht war es eine Art Schluchzen.

«Ach du Scheiße», sagte Finzi und griff nach seinem Kaffeebecher wie nach einem Bier. Ein paar Tische weiter hatte sich eine dickliche dunkle Frau hingesetzt, Türkin, Spanierin oder Portugiesin, die ihn missbilligend mit einem Blick streifte, als sie das Wort «Scheiße» hörte. Er drehte sich weg und senkte die Stimme.

«Waren Schelzig und Peters deshalb bei dir?»

«Wer?»

«Adam, ruh dich aus. Alter, ich … mach dir keine Sorgen. Ich wünsch dir viel Glück.» Es klang unpassend, kraftlos. «Wenn die Ehlers das hat, heißt das ja noch lange nicht, dass du …»

«Mir tut sie leid.»

«Klar.» Sie schwiegen. Er roch, dass die dunkle Frau angefangen hatte zu rauchen, und beneidete sie mit jeder Faser seines Körpers.

«Jedenfalls habe ich gedacht, vielleicht haben wir zu viel über Kathrin Lorsch nachgedacht», wechselte Finzi das Thema. «Simone Bender hat möglicherweise über die Firma die Möglichkeit gehabt, sich das Virus zu beschaffen. Vielleicht hat sie da noch Kontakte, alte Freunde unter den Laboranten oder so. Für die Impfstoffherstellung brauchen die so was doch. Oder zumindest treiben sich da Leute rum, die sich mit so was auskennen und die einem vielleicht was besorgen können. Und eine Geliebte hat immer ein Motiv.»

«Moflach, Motiv, Mokannnichtmehrstehen», sagte Adam neutral.

«Der stellvertretende Geschäftsführer war nicht besonders hilfsbereit», sagte Finzi mehr zu sich selbst. «Aber der Chef-Chef war nicht da. Ist in Rente, konzentriert sich inzwischen mehr aufs Gemeinwohl, Matthaei-Mahl und Hamburger Tafel und so was. Hamburger Kaufmann halt. Erst alles abgreifen und sich dann, wenn man selber den Arsch an der Wand hat, für arme Schweine engagieren. Damit man was zu erzählen hat beim Golf.»

«Oder beim Polo», säuselte Adam. «Oder beim Touareg. Tiguan. Touran. Sharan.»

«Okay, Adam», sagte Finzi mit dem Gefühl, etwas Gutes, aber Sinnloses getan zu haben, «leg dich mal wieder hin und genieße deine Tablette. Ich ruf dich an.»

Als er vor dem Gartencenter die Tür des Dienst-Mondeo öffnete, sah Finzi aus dem Augenwinkel, wie die dickliche Südländerin, die mit auf der Kaffeeterrasse gesessen hatte, mühsam einen Einkaufswagen vor sich her schob und immer wieder vom Kurs abkam, weil der Wagen schwer und ungleich beladen war. Sie steuerte auf den silbernen Polo zu, von dem er vorhin ernsthaft gedacht hatte, der hätte ihn verfolgt. Er warf die Tür wieder zu und ging über den Parkplatz. Auf halbem Weg grüßte er sie wortlos mit einem Lächeln und einem angedeuteten Winken, und er sah, wie sie stutzte und prüfend an ihm herunterblickte. Typisch ältere Türkin, dachte er und musterte ihr braun-orangenes Kopftuch: immer misstrauisch bei deutschen Männern. Was ja auch kein Wunder war. Statistisch gesehen waren die meisten Schweine und Arschlöcher in Hamburg Leute wie er: deutsche Männer.

Er half ihr, den Wagen zum Auto zu schieben und vier Säcke Blumenerde, einen blauen Eimer, einen Silikonschlauch, eine kleine Elektropumpe, einen Klapphocker und ein paar Quadratmeter Teichfolie in den Kofferraum zu laden, wortlos und freundlich. Schön, wenn man den Platz und die Geduld dafür hatte: Teichbau.

Als er in seinem Wagen saß, dachte er: Und genauso bescheuert wie der Gedanke, diese Frau könnte mich verfolgt haben, ist am Ende dann vermutlich auch die Idee, die Geliebte und nicht die Ehefrau könnte etwas mit dem Tod von Carsten Lorsch zu tun haben.

32. Kapitel

Danowski erklomm die vier Stufen zur Bühne und räusperte sich beim Gehen in Erwartung des Mikrophons. Er war innerlich gestärkt von der Nachwirkung des Beruhigungsmittels, aber äußerlich durchaus noch leicht misshandelt von seinem Treppensturz. Das Theater war höchstens zu einem Viertel gefüllt, die Menschen saßen verstreut, sodass immer leere Plätze zwischen den Paaren, Freunden oder Familien waren. Niemand hatte sich bisher die Mühe gemacht, das Licht im Saal zu dimmen: Der grauhaarige Bohemien mit seinem langen und wortspielreichen Gedicht über Spiegel hatte bei unfestlicher Beleuchtung vorgetragen wie in einem Hörsaal, ebenso die Frau mit den italienischen Liedern. Während er darauf wartete, dass die Cruise-Direktorin ihm das Mikrophon reichte, sah Danowski, dass sich vor der Bühne ein paar Kinder sammelten, deren Eltern irgendjemandem Zeichen machten. Am Rande der Bühne die vier Animateure mit ihren farbigen Afro-Perücken: rot, blau, gelb und grün.

Talentshow, dachte Danowski. Das ist also mein Talent: Halbseidene Polizeiarbeit. In wie vielen Sprachen kriege ich das hier formuliert? Egal: Always good to do the job.

Mit Erleichterung stellte er fest, dass ihm egal war, was ihm früher bevorgestanden hätte: wildfremde Menschen von einer Bühne aus anzusprechen. Die Cruise-Direktorin erzählte auf Deutsch und blumig, dass nun bei der Talentshow so etwas wie «Aktenzeichen XY ungelöst» auf das geschätzte Publikum zukäme: Ein echter Polizist werde sie um Mithilfe bei einem Kriminalfall bitten. Hier und da regte sich Applaus, der so vereinzelt war, dass er Danowski sarkastisch erschien. Jemand rief aus dem Zuschauerraum, der gerade dunkler zu werden begann: «Bullen raus!» Na, prima, dachte Danowski. Darauf ist Verlass: Wenn die Welt untergeht und nur noch zwei Leute übrig sind, von denen der eine Polizist ist, dann wird der andere sagen «Bullen raus!» oder «Was war bisher Ihr spannendster Fall?» Er kniff die Augen zusammen, um den Zwischenrufer zu erkennen und ihm nicht eines Tages aus Versehen Wasser oder Essen abzugeben, aber es war bereits zu dunkel. Offenbar hatten die Eltern der Kinder, die nach ihm auftreten wollten, erreicht, dass das Ganze hier ein bisschen festlicher aufgezogen wurde. Die Cruise-Direktorin wiederholte, was sie gesagt hatte, noch in vier anderen Sprachen, wobei Danowski nur «a true crime story» und «un homme policier» verstand. Dann gab sie ihm das Mikrophon.

Danowski trat vor und sagte: «Guten Abend, meine Damen und Herren. Ich bin Hauptkommissar Danowski vom Landeskriminalamt Hamburg. Normalerweise sagt man ja, die Polizei sei dein Freund und Helfer. In diesem Fall aber brauche ich ausnahmsweise einmal Ihre Hilfe.» Er musste sich zusammenreißen, um nicht das Gesicht zu verziehen angesichts der niederschmetternden Uninspiriertheit seines Vortrags. Egal, dachte er, vielleicht sind wir nächste Woche alle von fleischfressenden Viren zu Brei gekaut, dann war das hier nur eine weitere Demütigung, auf die es am Ende auch nicht mehr ankam. Ein seltsam trockener Geruch stieg ihm in die Nase, ein Geruch, der ihn an sehr viel früher erinnerte und daran, wie er mit Leslie 1985 beim Simple-Minds-Konzert in der Deutschlandhalle gewesen war. Er blickte sich um und sah, dass er bis zu den Knien in Trockeneisnebel stand. Am Bühnenrand ruderte die Cruise-Direktorin Richtung Technik mit den Armen.

Jemand meinte es offenbar richtig gut mit ihm beziehungsweise mit der ganzen Talentshow, denn an den Lichtverhältnissen im Saal, die sich mit jeder seiner Bewegungen in Helligkeit und Farbigkeit änderten, sah er, dass er nun auch noch von hinten mit Laserstrahlen beleuchtet wurde. Er machte eine scherzhafte Hardrock-Kralle mit der rechten Hand und eine Art Metal-Gesicht, aber niemand lachte. Scheiße, dachte Danowski, mir geht's wie Carsten Lorsch: Ich verrecke hier.

«Jedenfalls», fuhr er fort, unfähig, ein weniger dröges Wort zu finden, «jedenfalls suche ich nach Informationen über einen Passagier, der sich hier an Bord aufgehalten hat und der, nebenbei bemerkt, der Grund ist, warum wir alle hier sind.» Er merkte, dass die Leute im Theater aufhorchten. Zumindest die, die ihn verstanden. Danowski hielt das Bild hoch, das Carsten Lorsch bei der Einschiffung zeigte.

«Carsten Lorsch war Passagier der ‹MS Große Freiheit›, als er sich mit einem tödlichen Virus infizierte oder absichtlich angesteckt wurde. Hat irgendjemand von Ihnen Informationen darüber, was Carsten Lorsch hier an Bord gemacht hat? Hat jemand mit ihm gesprochen? Ist er vielleicht zufällig auf Fotos, die Sie während der Schiffsfahrt oder bei den Landausflügen gemacht haben? Kennen Sie seine Begleiterin Simone Bender? Haben Sie Zeit mit den beiden verbracht? Haben Sie irgendwo ein Gepäckstück gesehen, das den beiden gehört haben könnte und das sie vielleicht an Bord verloren oder versteckt haben? Eine braune Aktentasche? Jede Information könnte uns helfen.»

«Wer ist *uns*?», rief jemand aus dem Publikum.

«Uns bin ich», sagte Danowski mit aller Autorität, die er aufbieten konnte.

«Ist das eine offizielle Ermittlung?», fragte ein grauhaariger Mann Ende fünfzig, der tatsächlich im weißen Frotteebademantel im vorderen Teil des Theaters saß. Seine Begleiterin, ebenfalls im weißen Bademantel, nickte mit Nachdruck: erwischt!

«Nein», sagte Danowski und sah, wie die grünen Laserstrahlen unter seinen beschwichtigenden Handbewegungen durch den Raum tanzten. «Das ist eine Talentshow.» Er hörte ein paar französische und italienische Sprachfetzen aus dem Saal, die anscheinend darauf hinausliefen, dass Menschen sich, einander oder ihn fragten, was er hier eigentlich erzählte. Danowski ging für Sekundenbruchteile in sich und beschloss, sich nicht auch noch in europäischem Pidgin zu blamieren. Er sah, wie mindestens ein Mann, der am Gang gesessen hatte, das Theater mit der Andeutung eines Kopfschüttelns verließ.

«Ich bin in Kabine 6266, die nächsten zwei Stunden. Kommen Sie vorbei, wenn Ihnen etwas einfällt, oder schieben Sie mir einen Zettel unter der Tür durch, damit wir uns in Verbindung setzen können. Danke.» Die Cruise-Direktorin stand zu weit entfernt von ihm, er musste lange Sekunden warten, bis sie sich auf der Mitte der Bühne getroffen hatten, damit er ihr das Mikrophon zurückgeben konnte. Im letzten Moment entzog er es ihr noch einmal und sagte zwei Sätze auf Englisch, die mit dem, was er zuvor auf Deutsch gesagt hatte, inhaltlich wenig mehr als die Namen Carsten Lorsch, Simone Bender und seine Kabinennummer teilten. Dann ging er von der Bühne, vorbei an einer Gruppe etwa fünf- bis siebenjähriger Mädchen mit improvisierten Balletröckchen und heißen Wangen. In seiner Kabine legte er sich aufs Bett und starrte auf die rechteckige Öffnung der Klimaanlage in der Decke.

Als ihn Schläge gegen die Kabinentür weckten, wusste er sofort, wo er war. Vielleicht ein erstes Zeichen, dass er dabei war, sich zumindest im Schlaf und unmittelbar beim Aufwachen mit der Situation zu arrangieren. Mein Scheißschlaf hat Stockholmsyndrom, dachte er undeutlich, während er «Ich komme!» rief und sich die Schuhe überstreifte, ohne vorher die Schnürsenkel zu lösen. Im Nachhinein war er noch den Rest des Tages dankbar für diese beiden Handgriffe und Fußbewegungen, denn auf Socken wäre das, was ihm dann passierte, noch schlechter erträglich gewesen.

Danowski öffnete seine Kabinentür, die sofort immer weiter aufging, als wäre sie außerordentlich schwer oder als drückte ein Orkan dagegen. Es waren aber lediglich etwa ein Dutzend Crewmitglieder, Männer mit dunklen oder gar keinen Haaren, schwarzen Polyesterhosen und den praktischen Windjacken der Reederei. Sie drängten Danowski zurück in die Kabine und drückten ihn, bis er sich in einer scheinbar fließenden Bewegung aufs Bett setzte. Es waren tatsächlich nur acht, wie er zählte, um die Situation zumindest numerisch in den Griff zu bekommen, und sie sagten kein einziges Wort. Zwei blieben im kurzen Gang vor der Toilette stehen, sicherten die geschlossene Kabinentür und sahen ihn an, als hätte das alles nichts mit ihm zu tun. Die anderen sechs setzten sich auf jeden verfügbaren Platz in der jetzt außerordentlich gut gefüllten Kabine: jeweils einer links und rechts von ihm, einer rittlings auf den Stuhl am Schreibtisch, sodass seine Knie gegen Danowskis drückten, und drei auf das gegenüberliegende Bett. Sie zwängten ihn ein, ohne ihn mehr zu berühren als unbedingt notwendig. Sie bedrängten ihn, ohne ihm deutlich Gewalt anzutun. Sehr geschickt, dachte Danowski, während er aufzustehen versuchte, auf diese Weise wird es niemals etwas geben, was ich ihnen offiziell vorwerfen könnte. Später, in der wahren Welt. Falls das alles hier jemals aufhört. Offenbar wollten sie ihn nicht zusammenschlagen oder Schlimmeres, aber die brutale Subtilität der Einschüchterung beeindruckte ihn mehr, als ein paar gebrochene Rippen es getan hätten. Er kam nur dazu, seinen Hintern etwa eine Handbreit übers Bett zu heben, bevor ihn jeweils eine Hand von links und rechts auf der Schulter wieder hinunterdrückten.

«Sie ermitteln hier an Bord und verstoßen damit gegen die Schiffsgewalt des Kapitäns und seiner Besatzung», sagte der, der ihm schräg gegenüber in der Nähe des Fensterspiegels saß und den er schon kannte, mit dem gleichen ost- oder südeuropäischen Akzent, den Danowski nicht einordnen konnte: Er fand inzwischen sogar, dass dieser Akzent wie ausgedacht klang, und am Ende war der, der ihn sprach, Deutscher. Sie trugen keine Namensschilder, und die Windjacken verhinderten, dass er erkennen konnte, welche Funktion die acht an Bord hatten. Der, der jetzt sprach, kam ihm vage bekannt vor. Einer von denen, die die Tenderpforte überwacht hatten, als er das Schiff vor Tagen zum ersten Mal betreten hatte? Danowski versuchte, die Hände auf seinen Schultern abzustreifen, ohne seine eigenen zu benutzen, aber sie blieben auf ihm liegen.

«Was wollen Sie?», fragte er der Vollständigkeit halber, weil solche Situationen einem festgelegten Schema folgten, dem man sich nicht entgegenstellen, das man aber manchmal beschleunigen konnte.

«Der Kapitän ist nicht mit Ihrem Verhalten einverstanden», sagte der Mann mit dem erfundenen Akzent. Er hatte leicht gerötete Augen, mit denen er Danowski anschaute, als hätte er Lust, aber noch nicht den Auftrag, ihm weh zu tun. Danowski sagte nichts, denn er kannte bereits die Antwort: Captain is busy. Das waren jedenfalls nicht die, die ihn mit Kopfkissenbezügen getarnt eine Stahltreppe hinuntergestoßen hatten. Diese hier zeigten ihr Gesicht. Er fand, dass das kein Grund war zur Erleichterung: doppelt bedroht zu sein.

«Sie sorgen für Aufregung unter den anderen Passagieren. Wie sagt man in Deutschland? Sie machen mit Ihrer Scheiße die Leute verrückt. Sie werden verstehen, dass der Kapitän diese Art von Verhalten nicht tolerieren kann. Sie sind schon einmal dringend gebeten worden, sich an Bord unauffällig zu verhalten. Sie sind daran erinnert worden, dass Sie hier keinerlei Polizeigewalt ausüben können. Für Bitten und Erinnerungen scheinen Sie nicht besonders empfänglich zu sein.»

Danowski versuchte noch einmal aufzustehen. Weniger aus dem Wunsch, sich wirklich der Situation zu entziehen, mehr aus Ungeduld. Er wusste, dass er dies hier über sich ergehen lassen musste, bis es vorüber war.

«Sie genießen die Privilegien eines zahlenden Passagiers, obwohl Sie sich widerrechtlich hier an Bord aufhalten.»

«Mir ist von Ihrer Reederei der Zutritt an Bord gestattet worden. Die Reederei, deren Angestellter Ihr Kapitän ist. Der im Übrigen sehr gut mit mir persönlich reden kann, ich bin ja hier und habe … Zeit.» Die letzten Worte fielen ihm schwer und schwerer, weil die Männer, die links und rechts von ihm auf seinem Bett saßen, ihn quetschten, bis seine Stimme sich veränderte und er immer weniger Luft zum Sprechen hatte. Er spürte, dass seine Kabine sich mit einer Mischung herber Rasierwasser zu füllen begann. Die Funkgeräte, die die Männer an ihren Gürteln trugen wie Colts, drückten in seine knochigen Hüften.

«Der Kapitän redet mit Ihnen. Gerade jetzt eben. Sie müssen nur zuhören. Und tun, was er Ihnen sagt. Persönlich wird er nicht mit Ihnen sprechen. Er ist beschäftigt. Und Sie sind für ihn unerheblich.»

Danowski starrte vor sich hin. Zum ersten Mal kam ihm

der Gedanke, wie leicht es wäre, ihn hier auf diesem Schiff verschwinden zu lassen. Es gab Tausende von Unfällen, die einem hier widerfahren konnten, wenn man unerfahren war und unerwünscht. Schwere Gegenstände, die einem auf den Kopf fallen konnten. Steile Treppen, die er schon kannte. Da waren die Maschinen, deren Kolben vermutlich größer waren als er. Dazwischen schmale Gangways und Kriechwege, Balustraden und notdürftig mit Metallbügeln gesicherte Leitern. Die Doppelkabinen von italienischen Animateurinnen, wo man mit einer Überdosis Betäubungsmittel, ohne Hosen, in seinem Erbrochenen nicht wieder aufwachen konnte. Allerhand Orte an Bord, die er nicht betreten durfte, und an denen man ihn finden könnte, und immer wäre er selber schuld, weil niemand würde beweisen können, dass es anders gewesen war: der Polizist, der sich über Verbotsschilder und Warnungen hinweggesetzt und eigenmächtig an Bord ermittelt hatte. Und dabei auf ebenso tragische wie sinnlose Weise gestorben war; eine weitere Kaltausschiffung. Dokumente, die von jemandem aus Panama unterzeichnet werden würden. Niemand könnte jemals etwas anderes beweisen, die Wahrheit oder Varianten davon. Und es würde höchstens Jahre dauern, keine Jahrzehnte, bis auch Leslie nicht mehr daran zweifeln würde und die Kinder jemand anders «Papa» nannten.

Er war überrascht, als der Rotäugige ihm ins Gesicht fasste. Zielgerichtet und planvoll griff er Danowski an den Unterkiefer, bis dieser in seine Richtung gucken musste. Danowski schlug die Augen nieder, bis er nur noch die Knie des anderen sah.

«Haben Sie mich verstanden?»

«Oder was?», sagte Danowski. Gegen den Widerstand des anderen machte er eine Kinnbewegung, mit der er auf das Funkgerät wies. «Oder Sie rufen Ihre Mutter an und sagen, wie gemein ich zu Ihnen war?» Langsam reichte ihm das alles hier.

Der Rotäugige drückte fester zu, und Danowski dachte erst: Lange her, dass mir jemand mit Absicht Schmerzen zugefügt hat. Dann: Ach nein, das war ja gerade erst morgens auf der Treppe.

Der andere kam seinem Gesicht immer näher, und Danowski wich zurück, bis er merkte, dass dies genau das war, was der andere hatte erreichen wollen.

«Oder», sagte der Rotäugige, «es gibt Schmerzen. Für Sie. Und andere.»

Während Danowski sich schon nicht mehr wehren konnte, weil der Winkel immer steiler wurde, bog der Rotäugige ihn weiter und weiter zurück, bis Danowski mit dem Kopf gegen die Wand drückte. Zu seiner Erleichterung stellte er fest, dass die Männer rechts und links ein wenig von ihm abrückten, sodass der Rotäugige ihn zwar zwang, auf der Schmalseite des Bettes zu liegen, aber wenigstens wurde er nicht mehr seitlich eingequetscht. Bis er merkte, wie seine beiden Nebensitzer anfingen, sich an seinen Knien zu schaffen zu machen: Einer nahm das eine, der andere das andere, und dann zwangen sie seine Beine auseinander. Danowski fing an zu kämpfen, aber als er sich wand und versuchte, seine Beine zu kontrollieren, trat einer der beiden, die die Tür sicherten, zu denen, die auf dem Bett mit ihm beschäftigt waren, und setzte unzeremoniell einen Fuß in einem schweren schwarzen Arbeitsstiefel auf seine Brust, bis Danowski nicht mehr atmen konnte. Jetzt kamen sie auch mit seinen Knien besser zurecht. Niemand sagte ein Wort.

Später fragte sich Danowski, ob er eigentlich versucht hatte zu schreien und nicht genug Luft dafür gehabt hatte, oder ob er nicht einmal auf die Idee gekommen war.

Der Rotäugige beugte sich weiterhin über ihn und hielt sein Kinn umklammert, und sobald die anderen Danowskis Beine auseinandergezwungen hatten, drehte er sich noch weiter zu ihm und senkte sein rechtes Knie langsam zwischen Danowskis Beine. Er hatte ein breites Bein, einen schweren Oberschenkel und ein gewissermaßen industrielles Knie. Danowski rauschte das Blut in den Ohren, während der andere mit dem Knie seine Hoden quetschte, zielstrebig, aber nicht hastig, geduldig und gründlich. Der Schmerz füllt ihn aus wie Luft einen Ballon: Ohne ihn wäre er nur noch eine leere Hülle gewesen, ihm schien, als gebe der Schmerz ihm Sinn und Gestalt, als bestimme der Schmerz seinen Ort und seinen Zweck in der Welt, er war der Schmerz, und dass dazwischen ein funzliges «Lass es aufhören, lass es aufhören» über eine Art verblasstes Schriftband lief, war im Grunde nur noch ein Nachgedanke: Während der andere sein Knie auf Danowskis Hoden rieb, hatte Danowski auf der Welt keine andere Daseinsberechtigung mehr als die, sich seine Hoden quetschen zu lassen. Er war kein Mann mehr, kein Polizist, kein Freund und Kollege, kein Sohn, er war kein Vater mehr, er war nur noch Hoden.

Dass sie aufgehört hatten, merkte er erst, als er auf dem Boden lag und den krümeligen blau-grünen Teppich unter seiner Zunge spürte. Er hörte, wie ihre Windjacken beim Aufstehen raschelnd aneinanderrieben, und dann, wie sie etwas bespuckten.

33. Kapitel

Manchmal hatte Leslie zwei Gedanken zur gleichen Zeit. Eine Zeitlang konnte sie beide parallel verfolgen, aber früher oder später musste sie sich entscheiden, worauf sie sich konzentrieren wollte. Während sie sich der Innenstadt näherte, die Schule und den Tag im Rücken, dachte sie an das regelverdeutlichende Gespräch, das sie bis vor einer halben Stunde geführt hatte. Ein Mädchen aus der dritten Klasse, das in der Pause Steine auf Kinder aus der vierten geworfen hatte. Ein schwieriger Fall, weil Leslie ahnte, dass die Kinder die Schülerin gepiesackt hatten, und zwar, wie sie die Kinder kannte, bis weit über die Grenze des Erträglichen hinaus. Aber das war nicht zu beweisen, die Steinewerferin schwieg, und Leslie konnte nur mit dem arbeiten, was sie hatte.

Während sie in Gedanken durchging, was sie zu dem Mädchen gesagt hatte und wie das Mädchen nicht darauf geantwortet hatte, dachte sie darüber nach, ob sie zum Schiff fahren sollte. Seitdem Adam dort in Quarantäne war, fuhr sie mit einer Sporttasche durch die Gegend, in der ein paar Wechselsachen für ihn waren, Bücher, Zahnbürste, ein Ladegerät fürs Handy und Bilder, die Stella und Martha für ihn gemalt hatten. Er hatte ihr am Telefon gesagt, dass man sie nicht an Bord lassen würde und dass sie ihm nichts schicken durfte. Außerdem hatte sie keinerlei Verlangen, sich dem Schiff zu nähern oder es auch nur zu sehen. Sie hatte sich selbst und den Kindern erklärt, dass es nichts Besonderes und vor allem nichts Schlimmes war, wenn ein Vater mal ein, zwei Wochen auf Dienstreise ging. Andere machten das ständig. Und seine Dienstreise war eben zufällig nur bis kurz hinter die Hafenkante gegangen. Sie wollte auch für sich selbst gern an dieser Version festhalten, war sich aber nicht sicher, ob es für Adams und ihren eigenen Seelenfrieden besser war, wenn sie die Zeit einfach absaßen, das Beste hofften und jeden Anflug von Drama vermieden, oder ob es gerade umgekehrt besser war, am Cruise Center Terminal eine Szene zu machen und zu verlangen, man möge ihren Mann von Bord lassen oder ihm wenigstens diese Tasche hier aushändigen.

Bisher hatte sie gedacht, die zweite Option, Szene, Drama, Löwin, entspräche eher ihrem Naturell, aber jetzt war sie sich nicht mehr so sicher. Also beschloss sie, nicht mehr daran zu denken, sondern sich beim Fahren auf die Disziplinprobleme an ihrer Horner Grundschule zu konzentrieren. Sie würde schon merken, ob sie sich Richtung Hafen einordnete oder nicht.

Die weißen Isolations- und Behandlungscontainer fielen neben dem Gebäude des Cruise Center Terminals in der Hafencity auf den ersten Blick gar nicht auf, weil auch die Fassade des Gebäudes gestaltet war, als bestünde sie aus blauen und grünen Containern. Eine Reminiszenz an den Containerhafen auf der anderen Elbseite, die Leslie makaber fand, als ihr klarwurde, dass die weißen Container dazu dienten, alle weiteren Erkrankten so gut wie möglich zu behandeln und zu isolieren. Medizinisches Personal stand in kleinen Gruppen auf dem Parkplatz, als wartete es darauf, endlich loslegen zu können. Die Bundespolizisten an der Einfahrt scharrten mit den Füßen im Splitt, als hätten sie sich im Laufe der letzten Tage alles erzählt. Sie parkte in Sichtweite, illegal, halb auf dem Gehweg. Unmöglich, ein Auto in der Hafencity irgendwo sinnvoll abzustellen. Die Polizisten hoben die Köpfe.

«Sie können da nicht parken!», rief einer ihr zu. Sie ging zum Kofferraum ihres alten Golf Memphis und holte Adams selten benutzte Sporttasche heraus.

«Offenbar doch!», rief sie zurück. Wenn sie sie wegschickten, auch gut, dann hatte sie es wenigstens versucht.

Der uniformierte Polizist schüttelte leicht den Kopf mit dieser Resignation, die sie von Adam kannte: Warum müssen alle immer dumme und falsche Sachen machen, und wir müssen uns dann darum kümmern, obwohl sie es doch selber wissen müssten? Leslie machte sich bereit, ihr eigenes regelverdeutlichendes Gespräch aufgedrückt zu bekommen, als sie hinter dem Bundespolizisten einen in Zivil sah, den sie aus Adams Erzählungen und vom einen oder anderen Sommerfest im Stadtpark kannte. Er kam an den Bauzaun aus Metall, mit dem das Cruise Center Terminal provisorisch abgesperrt war. Dabei nickte er dem Uniformierten im Vorbeigehen zu und winkte ab: Lass mal, ich kümmer mich um die Kleine. Die Kleine zerbrach sich währenddessen den Kopf: Schmeling? Elbing? Behling? Nils? Jens? Knud? Duzen oder siezen?

Behling hatte die Zaunöffnung erreicht und maß sie von Kopf bis Fuß mit geübtem oder zumindest oft benutztem Blick.

«Leslie», beantwortete er zumindest ihre letzte Frage. «Was machen Sie denn hier?» Ah, das Hamburger Du. Effektiv, um Menschen distanzlos und abweisend zugleich zu behandeln.

«Ich wollte mal nach Adam schauen», sagte sie.

«Wird kaum gehen», sagte Behling von oben.

«Manchmal gibt's ja Ausnahmen», sagte Leslie. «Eigentlich immer, soweit ich das überblicke.»

Behling schüttelte den Kopf. «Bei dieser Sache nicht.» Er zeigte mit dem Kinn auf die Sporttasche. «Zeug für Adam? Nicht mal das erlauben die.»

«Und was machen Sie hier?», fragte Leslie, die stellvertretend für Adam das Gefühl hatte, dass Behling sich in etwas einmischte, was eigentlich Adams Sache war.

«Ich mach hier den Verbindungsmann, solange die Sache groß bleibt und Adam an Bord festsitzt», sagte Behling, winkte aber gleichzeitig mit aufdringlicher Bescheidenheit ab: «Gibt von hier aus aber nicht viel zu sehen.»

Leslie nickte. «Was von Adam gehört?», fragte sie und merkte, wie sie Behlings reduzierte Sprechweise imitierte.

«Sicher nicht mehr als Sie», sagte Behling und belauerte sie, als wüsste sie was. «Wie geht's ihm eigentlich?»

Leslie verstand nicht.

«Wegen dieser ganzen Hypersensibilität und so weiter», sagte Behling. «Schwierige Sache, stelle ich mir vor.»

«Ich wusste nicht, dass er Ihnen das erzählt hat», sagte sie ungeschützt. Sie hatte ihren Frieden damit gemacht, dass sie nicht gut darin war, sich nichts anmerken zu lassen.

«Hat sozusagen keine Geheimnisse vor mir.» Darauf fiel ihr nichts mehr ein. Behling benutzte noch einmal sein Kinn als Indikator Richtung Sporttasche und sagte, locker und vertraulich: «Komm, gib her. Mal sehen, was ich machen kann. Kann dauern, aber mal gucken.» Mit anderen Worten, dachte sie, ich geb dir die Tasche, muss mich bei dir bedanken, und in zehn Tagen, wenn Adam wieder im Präsidium ist, gibst du sie ihm achselzuckend, weil's vorher verboten war.

«Toll, danke», sagte sie und gab ihm die Tasche.

«Noch was», sagte Behling. «Kleine Vorwarnung. Oder besser gesagt: Vorabinfo. Ab morgen, spätestens übermorgen wird geimpft. Erst mal nur Risikogruppen, also Kontaktpersonen und potenzielle.»

Leslie runzelte die Stirn.

«Familie zählt definitiv dazu», sagte Behling. «Ich nehme mal an, ihr hattet Kontakt, bevor er an Bord ging.» Leichthin, um gerade noch nicht nachweisbar schlüpfrig zu sein. Leslie reagierte nicht. «Und die Kinder», sagte Behling. «Damit Sie schnell drankommen, rufen Sie am besten schon heute Nachmittag bei der Hotline an und lassen sich für morgen einen Termin geben. Die Nummer geht eigentlich erst morgen raus, aber da sitzen jetzt schon Leute, das weiß ich.» Er nahm eine Visitenkarte von sich und schrieb eine Nummer von seinem Handy-Display ab. Dann reichte er ihr die Karte durch den Zaun. Leslie nahm sie langsam.

«Danke», sagte sie zum zweiten Mal.

34. Kapitel

Die Stille wurde von einem rhythmischen Geräusch unterbrochen, das Danowski an die undichte Luftmatratzenpumpe seiner Kindheit erinnerte.

Das war er selbst, und er hörte sich schluchzen.

Je weniger der Schmerz seine Welt ausfüllte, desto mehr merkte er ihn: vor dem Kontrast wiederkehrender Bilder und Empfindungen wie etwa dem Geschmack des Teppichs, schien der Schmerz umso heller und unerbittlicher. Danowski stöhnte und rollte sich zusammen. Schlechte Idee. Er streckte sich und stöhnte weiter, weil er auf diese Weise wenigstens nicht mehr so viel schluchzte. Weniger schluchzen war besser als viel schluchzen, darauf konnte man sich doch vielleicht einigen. Atmen, dachte er, der Trick ist zu atmen. Von hier unten konnte er die beiden weiß-beige furnierten Nachttische sehen, die gleichfarbigen Lampenschirme und im Winkel zurückgeworfene Abbilder von ihnen aus dem Spiegel, der sein Fenster war. Wenigstens musste ihn niemand so sehen. Höchstens er sich selbst, falls er je wieder auf die Beine käme.

Dann lag er da. Sterben? Ach, nein. Nicht sterben. Nicht hier. Und nicht so. Gerührt von sich selbst und seiner Lage, schluchzte er noch einmal, und das nun fremde Geräusch erschreckte ihn. Ihm war, als wäre er als Schlafwandler auf einem Dachfirst aufgewacht, oder ein Bergsteiger, dem auf dem schmalsten Felsgrat plötzlich klarwurde, in welcher gefährlichen Lage er sich befand: Er konnte in fast alle Richtungen eigentlich nur abstürzen, er konnte sich fallen lassen, oder er konnte mit größter Willenskraft seine Angst herunterschlucken und einen Weg fortsetzen, von dem er bis eben gar nicht gewusst hatte, dass es zu ihm keine Alternative gab.

So nicht, dachte Danowski. Nicht mit mir.

Er kotzte und drehte dann mühsam den Kopf beiseite, um nicht in sein Erbrochenes starren zu müssen.

Mit mir nicht, dachte Danowski noch einmal. Zum ersten Mal seit langer Zeit spürte er etwas wie Triumph, und es gefiel ihm gut. Ihr habt versagt, dachte er. Wenn ihr mich in Ruhe gelassen hättet, wäre ich hier mit halbherzigem Ermittlerzeug versauert, bis man mich von Bord gelassen oder bis die Viren mich erwischt hätten. Unwahrscheinlich, dass ich irgendwas erreicht oder auch nur mit Nachdruck verfolgt hätte. Aber jetzt reicht's mir.

Von der Kabinentür hörte er ein zaghaftes, kurzes Klopfen, das klang, als wollte es am liebsten überhört werden. Vorsichtig hob er den Kopf, dann den Oberkörper, und begann, sich in der Kabine nach dem Kampfstift umzusehen, den Schelzig ihm gegeben hatte.

Nachdem er die Tür mit dem Fuß geöffnet hatte, ließ er sich einen Schritt zurückfallen und hielt die Nachttischlampe mit der kaputten Glühbirne in der Fassung vor seinen Körper. Den spitzen Stahlkugelschreiber umklammerte er verdeckt in der anderen Hand.

Vor ihm und der Tür stand jedoch kein Angreifer, sondern ein Offizier, den er von der Rezeption kannte und der an der Quetschung eben nicht beteiligt gewesen war. Danowski ließ misstrauisch die Lampe sinken.

«Fax for you», sagte der Offizier mit Rudimenten von Höflichkeit und Gastfreundschaft in der Körperhaltung, wenn auch nicht in der Stimme.

«Put it on the floor», sagte Danowski und schwenkte dirigierend die Nachttischlampe. Der Offizier zuckte die Achseln und ließ das Faxpapier zu Boden schweben. Sie sahen ihm beide dabei zu.

«I need to talk to the captain», sagte Danowski. «I need my gun and some supplies.»

«Captain is busy», sagte der Offizier. «I'll give him your message.»

«Always busy», sagte Danowski.

«Very busy man.» Und nachdem der Offizier gemerkt hatte, dass Danowski sich nicht nach dem Papier bücken würde, wandte er sich ab, und Danowski schloss die Tür. Er wartete, bis er durch die geschlossene Kabinentür seine Schritte auf dem Gang verschwinden hörte, was schnell ging wegen des dicken Teppichs. Dann bückte er sich nach dem Fax, das aufs Gesicht gefallen war. Halb war er auf Bilder von den Kindern und Leslies Handschrift eingestellt, halb auf irgendwas aus Panama, das ihm endlich Jurisdiktion geben würde.

Aber er sah den Briefkopf des Tropeninstituts und ein paar dürre Zeilen von Tülin Schelzig. Ich muss Leslie die Faxnummer geben, dachte er, während er Schelzigs Zeilen überflog.

> Ihre Kollegen aus der Forensik sind offenbar sehr gründlich. Sie arbeiten noch an ihrem Bericht über Fingerabdrücke und mögliche DNA-Spuren an den Ampullenresten und dem Magneten.

Er musste unwillkürlich grinsen. Offenbar war es Schelzig gelungen, sich durch ihr penetrantes Auftreten zu einer Art inoffiziellen Einsatzleiterin zu machen, bei der die Informationen zusammenliefen. Wahrscheinlich stach in diesem Fall Virenkenntnis den Geheimhaltungsdrang seiner Kollegen. Das konnte Behling nicht gefallen, umso besser. Er las weiter.

> Ich erreiche Sie gerade nicht telefonisch, darum dies

kurz per Fax: Nach Auskunft Ihrer Kollegen ist das Ergebnis vage und juristisch vermutlich nicht haltbar, aber es gibt wohl eine sehr wahrscheinliche Übereinstimmung von Fingerabdrücken auf dem Magneten und der Ampulle. Das sollten Sie wissen, falls Sie Simone Bender begegnen. Da sie engen Kontakt zu Carsten Lorsch gehabt hat, ist sie aus meiner Sicht mit größter Wahrscheinlichkeit ebenfalls infiziert und daher für Sie ein hochriskanter Kontakt.

Danowski setzte sich aufs Bett und legte das Fax neben sich. Das Schlimmste an seiner Innenkabine war nicht, dass er keinen Blick auf die Stadt und die Elbe hatte, sondern dass er auf das Deckenlicht angewiesen war, das immer wieder ausfiel, sobald es Probleme mit der Stromversorgung gab. Zum Beispiel jetzt. Von einem Moment auf den anderen war es dunkel in der Kabine, und ihm blieb nur das bisschen Licht, das unter der Tür hindurchfiel. Er tastete über das Bett, bis er den Kissenbezug in der Hand hatte, den er einem seiner ersten Angreifer vom Kopf gezogen hatte.

Vermutlich konnte Simone Bender vieles oder alles von dem erklären, was sich in der Kabine von Carsten Lorsch abgespielt hatte, bevor und als er mit dem Virus infiziert wurde. Gleichzeitig war es gefährlicher denn je für ihn, sie zu suchen und womöglich zu finden. Wegen des Virus. Und weil verschiedene Leute an Bord des Schiffes versuchten, ihn daran zu hindern, nach ihr zu suchen. Leute aus mindestens zwei Gruppen: die Maskierten einerseits und die schamlos Offenen andererseits, jene, die sich ihrer Macht an Bord so gewiss waren, dass sie sich nicht verbergen mussten.

Die Gruppe der schamlos Offenen, die ihn zuletzt besucht hatte, schien ihm nicht unbedingt in Kontakt mit der ersten zu stehen, sonst hätten sie drohend von seinem Treppensturz gesprochen. Zugleich hatten die Maskierten kein Ziel formuliert, als sie ihn angegriffen hatten.

Die Dunkelheit reichte ihm, um in eine Art Trance zu gleiten. Er ließ sich nach hinten fallen und schloss die Augen, was kaum etwas änderte an den Lichtverhältnissen. Er meinte, die abgestandene Luft in seiner Kabine zu riechen, aber wahrscheinlich lernte er nur die Oberdecke genauer kennen. Nach einer Weile war da noch mehr. Eine subtile, dabei aber doch bemerkenswert aufdringliche Mischung aus Energydrink, Scheibenwischwasserfrostschutzmittel und Campino-Bonbons. Er überwand sich und nahm im Dunklen den erbeuteten Kopfkissenbezug zur Nase.

An dem Nachmittag, an dem er frei genug gewesen war, um einen Mann, der von diesem Schiff fliehen wollte, auf dem Parkplatz zu Boden zu reißen, hatte er den gleichen Geruch wahrgenommen. Das eklige Textil riss er sich vom Gesicht und warf es in die Dunkelheit, aber lächeln musste er doch: über die Ironie, dass er sich im dunklen Festsitzen nach der Freiheit sehnte, die er verspürt hatte, als er einem anderen dessen Freiheit nahm; und weil er erleichtert war, dass zumindest der erste Angriff vergleichsweise harmlos zu erklären war. Offenbar ein etwas aus dem Ruder gelaufener Racheakt auf der unmittelbar körperlichen Ebene: der Typ, den er vorm Schiff zu Boden gerissen hatte, hatte ihn mit zwei Helfern die Treppe runtergestoßen. Scheiß auf die andere Wange und so weiter.

Seine Gedanken drifteten ab, und er nahm es als Anzeichen einer Erleichterung: Jetzt, wo wer auch immer ihn zu weit getrieben hatte und Danowski beschlossen hatte, sich nicht kleinkriegen zu lassen, konnte er sich zum ersten Mal hier an Bord entspannen. Zugleich aber, da er den Geruch des Kopfkissenbezugs erkannt hatte, erinnerte er sich an einen anderen, der ihm in der Nase lag wie ein Wort auf der Zunge.

Zuerst an den von Kristina Ehlers, Zigaretten, Rotwein und zu wenig Schlaf, und er fragte sich, ob sie gerade noch lebte und, wenn ja, wie.

Kräutertee und lange Nächte im Labor: das war Tülin Schelzig, die er langsam für seine einzige Verbündete zu halten begann. Vielleicht würde sie ihm sogar ein Ladegerät besorgen. Sein Privattelefon hatte noch einen Balken Ladung auf dem archaischen Display, das Diensthandy war tot. Dass Schelzig ihm ein Fax geschickt hatte mit der Information, für die die Bürokraten vielleicht noch Tage gebraucht hätten, war einerseits hilfreich und schlau, andererseits dumm und gefährlich. Jetzt wusste jeder, der das Fax gesehen hatte, Deutsch lesen konnte und sich für Simone Bender interessierte, was Danowski wusste.

Mit Kathrin Lorsch verband er den abgestandenen Geruch in ihrem Atelier, Öl, ungelüftet, die Couchlandschaft im Wohnzimmer. Hatte sie nicht auch die ganze Nacht an dem Bild von den zwei Kindern gearbeitet? Niemand, mit dem er es hier zu tun hatte, schlief genug, alle waren erschöpft. Kein Wunder, dass Carsten Lorsch sich nach einer einsamen Insel gesehnt hatte. Inchkeith, in einem eisblauen Sund, darauf nur der Leuchtturm und die Destillerie. Destillerie und die Stille. Welches Geräusch machte Alkohol, der sich verflüchtigte? Welches Geräusch machte das Virus bei seiner Arbeit?

Lose Enden, dachte er, um sich zu disziplinieren. Wer sind die Kinder auf Kathrin Lorschs Bild? Was für eine Information hatte Kristina Ehlers ihm noch geben wollen, bevor das Virus ihren Geist verschluckte? Und was war dieser zweite Geruch aus seiner Erinnerung, den er nicht festhalten konnte?

Torf, Feuerholz, Pinienzapfen, Seetang, kaltes Meerwasser, Wollpullover. Ein Geruch, der Gefühle und Erinnerungen verschaffte, die vielleicht nicht einmal die eigenen waren. Wie hatte er es für sich genannt, als er diesen Whisky bei Kathrin Lorsch gerochen hatte? Heimweh nach einer großen Liebe, die man nie gekannt hatte. Und wo war ihm dieser Geruch zum zweiten Mal begegnet?

Dann klingelte sein Telefon, und wie zum Beweis, dass die Welt ihn nicht vergessen hatte oder sich zumindest dafür interessierte, wo er war, ging das Deckenlicht wieder an. Entfernt vom Gang und aus benachbarten Kabinen klang ironischer Applaus.

«Morgen komm ich dich besuchen.» Finzi, ohne Begrüßung.

«Ja, mach mal. Langsam wird's mir hier unheimlich.»

«Hab schon gehört, dass du ziemlich ramponiert ausgesehen hast, als Schelzig dich besucht hat.»

«Ja, und das war nicht alles.»

«Heißt was?»

«Ich werde hier insgesamt ziemlich schlecht behandelt.»

«Hm. Das hör ich natürlich gar nicht gern. Kleiner Kerl wie du.» Fast schoss Danowski was in die Augen. Er riss sich zusammen und sagte: «Und bei dir so?»

«Wie immer. Kürzlich hab ich gedacht, ich werde verfolgt.»

«Von Autos, die alle in die gleiche Richtung fahren wie du? Oder von den Omis auf dem Weg in die Kantine?»

«Okay. Berichte ich mal in Ruhe. Und Schelzig hat mir ein paar ganz interessante Sachen über die PSPharm erzählt. Und ich war auf dem Golfplatz. Wir können ja morgen mal Kassensturz machen. Ich will deinen Akku nicht killen.»

«Wieso Golfplatz?»

«Du hast erzählt, dass Lorsch Golfsachen in der Kabine hatte. Ich hab rausgefunden, wo er gespielt hat.»

«Hast du die Witwe gefragt?»

«Nee, rumtelefoniert. Die Witwe ist dabei, die Zelte abzubrechen. Soweit ich das sehe, kommt sogar das Haus auf den Markt. Als wollte sie alles loswerden, was sie an ihren Mann erinnert. Jedenfalls redet sie nicht mit mir, und solange Habernis sie nicht vorladen lässt, können wir gar nichts machen.»

«Und wie war's auf dem Golfplatz?»

«Nicht mein Sport.»

«Sag mal im Ernst. Was hast du dir davon versprochen?»

«Das würde ich dir gern ganz in Ruhe erzählen, aber in ein, zwei Sätzen klingt das irre. Jedenfalls habe ich eine Person gefunden, die einiges erklären kann. Nicht alles, aber einiges. Was macht dein Akku?»

«Scheiße. Kannst du mir morgen ein Ladegerät reinschmuggeln? Meinetwegen in der Unterhose?»

«Ich habe immer ein Ladegerät in der Unterhose.»

«Okay. Meine Schuld. Steilvorlage.»

«Wann denn?»

«Ich hab eigentlich keine Pläne. Vormittags ist hier meist Verteilungskampf.»

«Um die Liegestühle?»

«Nee, Finzi. Um Wasser und Essen.»

«Meine Güte. Ist ja schlimmer als Pauschalurlaub. Dann bis morgen Nachmittag. 14 Uhr. Wir treffen uns an der Rezeption, da, wo sie mich letzte Woche weggeschickt haben.»

Letzte Woche. Mein Utopia, dachte Danowski. Was wäre passiert, wenn ich an dem Morgen einfach weggegangen wäre und das Schiff nie betreten hätte? Klein bisschen Ärger von der Chefin. Aber ich hätte jetzt Feierabend und würde auf dem Sofa Töchter kitzeln und mich mit Leslie streiten. Letzte Woche hätte ich das retten können. Diese Woche steht es auf dem Spiel.

«Adam», sagte Finzi.

«Ja.»

«Die Ehlers. Das wollte ich noch sagen. Die ist tot.»

Er schwieg. Oh. Okay. «Das ging schnell», sagte er, um Tonlosigkeit bemüht.

«Ja», sagte Finzi. «Sie hatte wohl nicht viel zuzusetzen, sagt Schelzig. Die will dich auch noch mal besuchen, aber ich dachte, ich sag dir das jetzt schon mal.»

«Danke», sagte Danowski und dachte: nicht viel zuzusetzen hab ich auch. Dann war sein Akku leer und die Verbindung riss.

35. Kapitel

Finzi stand in seinem Keller und quälte seine Augen im abnehmenden Licht, als er die ersten Anzeichen spürte. Sein Herz, von dem es plötzlich zu viel gab, und die Luft, von der es zu wenig gab. Er hielt sich am Regal fest und versuchte, tief und ruhig zu atmen, aber sein Körper schien unerreichbar für das, was Finzi von ihm wollte. Das Holzregal von Ikea, das Britta und er in ihrer ersten gemeinsamen Wohnung im Schlafzimmer gehabt hatten – ihre Bücher, seine Videokassetten und Computerspiele –, war viel zu instabil, um viel von ihm zu halten. Um es zu entlasten und nicht zu stürzen, ging er in die Knie. Dass seine Oberschenkel gegen den Brustkorb drückten, fühlte sich besser an, und er merkte wie von außen, dass er anfing, sich zu beruhigen.

Er hatte manchmal beobachtet, dass seine Panikattacken ein bisschen wie eine übersinnliche Begabung waren: Sie begannen, ein oder zwei Sekunden bevor das Telefon klingelte, und Brittas Anwalt war dran. Einen Moment bevor der Vermieter an der Tür klopfte, um ihn an irgendwelchen Papierkram zu erinnern. Später dachte er meist, dass dieser Eindruck wahrscheinlich eine Illusion war: viel eher vergaß er wohl, dass er das Klingeln bereits gehört hatte, sobald die Panikattacke begann, weil sie stärker war und den Anfang von allem anderen auslöschte.

Jetzt aber schien es ihm wieder, als hörte er oben die Kellertür und dann die Schritte auf der Treppe erst, nachdem er angefangen hatte, heftig zu atmen. Unangenehm, einem seiner wenigen Nachbarn in diesem Zustand gegenüberzutreten. Sicherheitshalber lehnte er sich ein wenig vor und verschloss die Tür seines Kellerverschlags von innen mit dem notdürftigen Riegel, den er als Klapperschutz angebracht hatte.

Durch die breiten Zwischenräume der Holzleisten am Verschlag sah er, wie das automatische Licht auf der Kellertreppe wieder ausging. Jetzt war es fast dunkel, weil ihm bisher das Licht durch das schräg auf den Gehweg führende Kellerfenster gereicht hatte.

Vielleicht am besten, mit niemandem zu sprechen, dachte Finzi und rutschte langsam in eine Ecke hinter seinem Regal, die man vom Kellergang aus nicht unmittelbar einsehen konnte. Einfach hier unten hocken, warten, bis der andere seinen Koffer oder sein Werkzeug geholt hatte, und so lange ruhig den Kindheitsgeruch des Kellerfußbodens atmen.

Die Schritte, die er schließlich auf dem Gang in seine Richtung kommen hörte, kannte er nicht. Der Hausmeister lief immer schwer und laut. Aus Neugier und um sich die Zeit zu vertreiben, schob Finzi den Kopf ein wenig am Regal vorbei, um auf den Gang schauen zu können.

Eine kleine, dunkle Gestalt, selbst im Umriss kaum zu erkennen, eigentlich nur in die Dunkelheit gezeichnet durch das trübe rote Licht vom Schalter der Kellerbeleuchtung. Sie bewegte sich langsam auf seinen Verschlag zu, und etwas an ihren Bewegungen kam ihm bekannt vor. Als sie das kaum wahrnehmbare Restlicht aus einem Kellerfenster weiter vorne im Gang passierte, sah er, dass sie in der einen Hand einen Eimer trug und in der anderen Zeug, das er nicht erkennen konnte. Daran, wie sie ging, sah er, dass der Eimer schwer war, und er hörte das vertraute und verhängnisvolle Klappern noch nicht ausgetrunkener Flaschen.

Finzi atmete flach und rutschte auf dem Hintern tiefer

in seinen Verschlag. Erst kam ihm die Gestalt nur vage bekannt vor, dann wusste er, woher. Sie sah aus wie die Frau, von der er geglaubt hatte, sie verfolgte ihn im silbernen Polo.

Eine Erkenntnis ging ihm durch den Körper wie eine leichte Übelkeit: Die Frau hatte ihn wirklich verfolgt, und jetzt war sie hier, um ihm etwas anzutun. Er hätte nicht genau beschreiben können, was er erwartete. Aber es war anders als damals im Kleiderschrank, als er hilflos mit dem Gürtel unter der Stange gesessen hatte mit dem festen Plan, sich umzubringen. Fest, aber eben hilflos, genau; der Engel des Todes war nie im Raum gewesen, und vielleicht hatte ihm damals genau das die Kraft geraubt und die Zuversicht, seinen Plan in die Tat umsetzen zu können. Jetzt war das Gefühl ganz anders: Er spürte, dass er in Gefahr war, vielleicht zum ersten Mal in seinem Leben. Er hatte sich manchmal gefragt und diese Frage genauso oft wieder verdrängt, wie sich die Mordopfer gefühlt hatten, als ihnen klargeworden war, dass ihnen jemand das Leben nehmen wollte und dass es wenig gab, was sie dieser Entschlossenheit entgegenzusetzen hatten. Was war Todesangst? Hatte er Todesangst, als er feststellte, dass er keinen Ausweg aus seinem Kellerverschlag hatte, der nicht an der fremden Frau vorbeiführte? Als ihm klarwurde, dass er kämpfen musste, sobald er sich nicht länger verstecken konnte? Aus Erfahrung wusste er, dass der Mörder immer im Vorteil war. Zwar war es schwierig, anstrengend und aufwendig, einen Menschen zu töten, aber wer einmal den Plan gefasst und sich eine Waffe beschafft hatte, hatte immer den Vorteil, eine konkrete Absicht zu verfolgen. Während es doch, wie er jetzt feststellte, eher unspezifisch war, nicht sterben zu wollen. Wie stellte man das an? Wie und wogegen sollte er sich wehren?

Todesangst? Viel mehr als das spürte Finzi eine Art Todesratlosigkeit.

Die Schritte im Gang waren verstummt. Die Frau stand außerhalb seines eingeschränkten Blickfelds, das im Moment nur aus einem Regalvorsprung, einigen Kisten und dem schwarzen Kreuz des kleinen Kellerfensters bestand. Er hatte nichts bei sich, nur eine Thermoskanne mit grünem Tee, der sich nicht als Waffe eignete, weil man das Wasser dummerweise auf fünfzig Grad herunterkühlen ließ, bevor man ihn aufgoss. Ein Handy, das hier unten keinen Empfang hatte. Nicht einmal mehr einen Gürtel. Er trug zu Hause keine Gürtel mehr.

Finzi zog sein Telefon aus der Hosentasche und schirmte das Licht vom Display mit der Hand ab. Wie erwartet: kein Empfang. Aber so oder so, egal, was in den nächsten Minuten passierte: Es gab eine Reihe von Informationen, die er Adam geben musste. Bis morgen konnte er jetzt möglicherweise nicht mehr warten.

Seine Todesratlosigkeit wich einer Todesgeschäftigkeit. Wie konnte er Adam ohne Netz eine Nachricht senden? Und wie konnte er das, was er ihm zu sagen hatte, kürzestmöglich zusammenfassen? Wie sollte er ihm jetzt in Sekunden vom Golfplatz erzählen, von der Herkunft des Virus, vom Tode Carsten Lorschs? Jetzt, wo er mit seinem Tod viel zu beschäftigt war.

Finzi schrieb eine Nachricht an Adam, deren Text aus einem Vor- und einem Nachnamen bestand. Dann drückte er auf «senden». Wie er erwartet hatte, geschah nichts. «Weiter versuchen?», fragte sein dummes, aber hilfsbereites Telefon. Finzi stand langsam auf und erschrak über die Geräusche, die er dabei machte. Dann wieder Schritte auf dem Gang. Er drehte sich so, dass sein Kopf das Fenster verdeckte. Dann fing er an, daran zu rütteln.

«Bitte nicht um Hilfe rufen», sagte die Frau mit einer nicht unangenehmen, neutralen Stimme. Ihr Deutsch war präzise, aber leblos, die Wörter wie ausgeschnitten. «Es ist niemand auf der Straße.» Das Fenster ging auf, und Finzi drehte sich davon weg zu ihr. Er zeigte ihr sein bestes angstverzerrtes Gesicht, um sie davon abzulenken, was er mit dem rechten Arm machte: Er schob ihn aus dem Fenster, drückte blind noch einmal eine Region auf dem Touchscreen des Telefons, wo er das Zustimmungsfeld zu «Weiter versuchen?» vermutete, und dann warf er das Telefon durch das Kellerfenster mit einem fast spielerischen, in jedem Falle aber eleganten Lupfer nach oben Richtung Bürgersteig. Um das schotterige Aufschlaggeräusch zu übertönen, rief er pro forma zweimal trotzdem laut um Hilfe. Leider wusste er, dass die Frau recht hatte: In Hammerbrook hörte einen keiner schreien.

«Bitte nicht», sagte die Frau, als wäre sie angewiesen auf seine Gnade und nicht er auf ihre. Sie bewegte die Verschlagtür und seufzte, als sie den Riegel spürte. Offenbar scheute sie die Anstrengung, die Tür mit Gewalt zu öffnen. Finzi sah seine Chance. Mit einem Satz, dessen Wucht ihn selbst überraschte, war er bei der Tür und stemmte sich dagegen. Die Frau war kaum über eins sechzig, die musste ihn erst mal beiseiteschieben. Gut, es gab die zwei bis drei Zentimeter großen Zwischenräume zwischen den alten Leisten der Verschlagtür, aber wenn sie ein Messer hatte, dann hatte er die Chance, es ihr aus der Hand zu treten. Sie wich einen Schritt zurück, und aus dem Augenwinkel registrierte er, dass sie genauso bedeutungslos und uninteressant aussah wie auf dem Parkplatz.

Schicken die keine Albaner oder Russen mehr?, dachte er mit abnehmendem beruflichem Interesse. Keine unehrenhaft entlassenen Elitesoldaten, in Tschetschenien verschlissen, bereit für jede Art von *wetwork*, «nasser Arbeit»? So was hier war natürlich viel besser. Viel bessere Tarnung, viel universeller einsetzbar. Aber auch genauso unbezwingbar? Erst mal musst du diesen Verschlag aufkriegen, Baby. Und dann dachte er noch: Wenn Adam jetzt hier wäre, dann würde ich ihn fragen, eins oder zwei, fickbar oder nicht?, nur, um ihn zu ärgern.

Nachdem sie den großen Polizisten durch einen Spalt der Verschlagtür mit einer Elektroschockpistole kampfunfähig gemacht hatte, stand die Senyora vor einem Problem. Der Polizist lag bewusstlos auf dem Boden und versperrte mit seinem Körper den Zugang zum Kellerverschlag. Sie wusste, dass sie nur etwa eine Minute Zeit hatte, um ihm das Rohypnol zu spritzen. Sie wollte die Verschlagtür nicht zerstören, weil sie auf keinen Fall Spuren hinterlassen durfte. Alles musste so aussehen, als wäre der Polizist hier unten zu jeder Zeit allein gewesen. Wenn sie jetzt nicht handelte, würde er die Kontrolle über sein Bewusstsein und seine Motorik wiedererlangen und sich in den letzten Winkel des Kellers zurückziehen. Oder sie angreifen, sodass es am Ende Spuren eines Kampfes geben würde. Beides entsprach nicht dem Plan der Senyora. Andererseits: Wenn sie ihm jetzt das Betäubungsmittel spritzte, würde sein Körper weiterhin die Tür blockieren.

Mit schnellen, gezielten Bewegungen verstaute sie den Taser in ihrem Leinenbeutel und nahm die Spritze heraus. Sie zog eine Ampulle auf, beugte sich vor und stellte fest, dass sie seinen Unterschenkel durch den Spalt mit der Spritze erreichen konnte. Sie merkte, wie er versuchte, sein Bein wegzuziehen, als sie ihm das Rohypnol spritzte, aber nicht, weil er sein Bein tatsächlich hätte bewegen können, sondern nur daran, dass etwas in der Atmosphäre des Kellers sich änderte: daran, dass ein weiteres Element von Hilflosigkeit und Verzweiflung zu allem anderen kam. Nachdem sie die Spritze in den Körper des Polizisten entleert hatte, sicherte sie sie vorschriftsmäßig und verstaute sie zusammen mit der Ampulle ebenfalls in ihrem Beutel. Dann nahm sie ein Küchenhandtuch heraus, breitete es auf dem erdigen Kellerboden aus, setzte sich darauf und lehnte sich mit einem unwillkürlichen, fast behaglichen Seufzen an die gegenüberliegende Kellerwand.

Immer besser, erst das große Problem zu lösen (wie verhindern, dass der Polizist sich wehren und ihr das Leben schwermachen konnte?) und sich dann dem kleineren zuzuwenden (wie konnte sie in den Verschlag kommen, obwohl er den Eingang blockierte?). Sie hatte beobachtet, dass die meisten Menschen aus Angst oder Bequemlichkeit immer die umgekehrte Reihenfolge wählten und sich mit den kleinen Problemen verzettelten, weil sie zu feige oder zu ahnungslos waren, sich den großen zu stellen. Vielleicht ein weiterer Grund, warum sie diese anspruchsvolle Arbeit machte und nicht die anderen Menschen.

Das Zusammenspiel zwischen Taser und Rohypnolspritze war perfekt: die gute Minute, die der Elektroschock wirkte, ging fließend in die beginnende Wirkung des Betäubungsmittels im Blutkreislauf nach etwa ein bis zwei Minuten über. Entsprechend rührte der Polizist sich kaum, er grunzte nur ein wenig und warf sich kurz hin und her, wie ein Schläfer, der seine perfekte Position noch nicht gefunden hat. Bis sie nur noch sein tiefes, gleichmäßiges Atmen hörte, schmierte sie den ersten halben Meter des Silikonschlauchs gleichmäßig und dünn mit Vaseline ein.

Die Senyora stand auf und probierte noch einmal die Verschlagtür. Der Riegel ließ sich mit der Teleskopzange und ein wenig Mühe zurückschieben, aber die Tür bewegte sich nur wenige Zentimeter: Der Fuß des Polizisten hatte sich zwischen ihr und der Wand zum Nachbarverschlag verkeilt. Die Senyora ging einige Schritte den Gang zurück, dorthin, wo sie einen grauen Blechschrank gesehen hatte. Ihre Vermutung war richtig, im Schrank fand sie die Putzutensilien des Hausmeisters, darunter einen Besen und einen Schrubber. Der Besen war aus einem einzigen Stück Plastik, aber vom Schrubber konnte sie den Stiel abschrauben. Er war etwa einen Meter zwanzig lang und aus festem altem Holz. Sie ging zurück zum Verschlag und schob den Schrubberstiel zwischen den Holzleisten hindurch. Wo würde ein Hämatom am wenigsten auffallen?

Entre les natges, dachte sie. Zwischen den Backen. Schade, denn es war ihr nicht angenehm, jene zu demütigen, denen bevorstand, von ihrer Hand zu sterben. Aber es half nichts. Sie dirigierte den Schrubberstiel zu Finzis Gesäß, bis sein Ende fest aufsaß, dann stützte sie sich an der gegenüberliegenden Wand ab und schob ihn mit all ihrer nicht unerheblichen Kraft beiseite. Nachdem sie die Verschlagtür geprüft hatte und feststellte, dass sie sich jetzt einen halben Meter öffnen ließ, brachte sie den Stiel zurück, setzte den Schrubber wieder zusammen und schloss mit ihren dünn behandschuhten Fingern die Blechtüren. *Neteja mentre cuina*: Während des Kochens aufräumen, hatte ihre Mutter immer gesagt.

Dann nahm sie ihren Eimer, die Flaschen und die kleine Elektropumpe, den Silikonschlauch und einen Klapphocker, schob sich in den Verschlag und nahm neben Finzis Kopf Platz. Sie prüfte seine Lebenszeichen und war zufrieden: alles andere als tot, aber völlig sediert. Dann füllte sie vier Flaschen Rum in den Eimer. Der leicht ölige und auf billige Weise luxuriöse Geruch des Getränks war ihr unangenehm. Aber sie musste ihn ja nicht trinken. Sie nahm das Küchenhandtuch, auf dem sie gesessen hatte, und faltete es so, dass sie Finzis Kopf damit stützen konnte. Wieder erledigte sie das Beschwerlichste zuerst: Sie brauchte beide Hände und viel Kraft aus den Unterarmen, um dem Polizisten das eine Ende des Silikonschlauches durch die Speiseröhre bis in den Magen zu schieben. Dann schloss sie die kleine batteriebetriebene Pumpe an, steckte ein zweites Schlauchteil in ihr anderes Ende und ließ dieses Schlauchteil in den Eimer mit weißem Rum hängen. Sie schaltete die Pumpe ein und ärgerte sich über das laute Geräusch. Nicht, weil jemand es hätte hören können; es klang in ihren Ohren zu hell und pietätlos, wie ein Vibrator.

Mit Finzis Körper geschah wenig Sichtbares, während sie die etwa zweieinhalb Liter Rum in seinen Magen pumpte. Er bewegte sich nicht, und einmal hielt sie die Pumpe kurz an, um sich davon zu überzeugen, dass er gut atmete. Sie sah lediglich, dass seine Bauchdecke sich ein wenig hob, um der nicht unbeträchtlichen Menge Flüssigkeit Raum zu geben. *Salud,* dachte sie unwillkürlich und ärgerte sich dann sofort darüber: keine Scherze auf Kosten derer, die sie betreute, das war eine eiserne Regel. Auch nicht in Gedanken.

Vermutlich würde er sich bald entleeren, aber die Menge war groß genug, um ihn dennoch zu vergiften. Und was den Effekt anging, hatte sie gegen eine eingenässte Hose oder eine Schürze Erbrochenes vorn auf dem Körper nichts einzuwenden.

Nachdem sie fertig war, verstaute sie ihre Gerätschaften und drückte jede der Rumflaschen Finzi sorgfältig, aber kurz in die Hände. Dann stellte sie die leeren Flaschen nicht besonders geordnet auf den Boden.

Im Hinausgehen sah sie ein einziges Detail, das sie störte: eine Thermoskanne im Regal. Sie blieb stehen, nahm die

Kanne, schraubte sie auf und roch daran: grüner Tee. Nein, dachte sie, das passt nicht. Sie nahm die Kanne, verstaute sie in ihrem Eimer und verabschiedete sich mit einem zufriedenen, aber nicht selbstgefälligen Gesichtsausdruck vom Körper des großen Polizisten.

Dann verließ sie den Keller, um oben auf dem Gehweg nach dem Telefon zu sehen, das er so ungeschickt aus dem Kellerfenster geworfen hatte. Vermutlich hatte er versucht, noch eine Nachricht abzuschicken. Dumm war er nicht gewesen, dachte sie mit einer gewissen Genugtuung, denn es war unbefriedigend, dumme Menschen zu töten.

Das Telefon lag am Rande des Gehwegs, fast im Mulchbett eines Straßenbaums. Durch den Aufprall war das Display zersprungen, aber das Telefon ließ sich noch bedienen. Die Senyora öffnete die Nachrichten und sah, dass der große Polizist an einen «Adam privat» tatsächlich noch eine Nachricht geschickt hatte, die im Vorschaufenster offenbar vollständig wiedergegeben war: «wolka jordanova». Und die Nachricht war übertragen worden, nichts mehr zu machen. Sie nahm ihr eigenes Telefon und fotografierte das Display. Dann überquerte sie den Gehweg zum leicht geöffneten Kellerfenster, unterhalb dessen der große Polizist lag. Sie bückte sich, überzeugte sich noch einmal, dass ihre Handschuhe unbeschädigt waren, und ließ das Telefon dann zurück in den Keller fallen, damit niemand, wenn man den großen Polizisten fand, darüber rätselte, wo es geblieben sein könnte. Sie meinte, aus dem Kellerfenster relativ preiswerten weißen Rum zu riechen, aber das war möglicherweise ein olfaktorisches Nachbild ihrer Arbeit.

Jedenfalls war jetzt nicht der richtige Zeitpunkt, zu entscheiden, ob es an ihr war herauszufinden, wer oder was «wolka jordanova» war und inwiefern die Existenz dieser Nachricht eine Auswirkung auf die Pläne ihrer Auftraggeber haben könnte. Besser, das beim nächsten Anruf zur Sprache zu bringen. Jetzt musste sie sich entspannen, sich innerlich leer machen und ganz nebenbei automatisch, aber gewissenhaft die verschiedenen Teile ihres Arbeitsmaterials auf dem Weg zurück ins Hotel entsorgen, in mindestens einem Dutzend verschiedener Mülleimer, öffentlichen und privaten. Dann ein leichtes Abendessen auf dem Zimmer, ein Glas Wein, und dann würde sie sich erlauben, darüber zu spekulieren, dass die Nachricht vom Telefon des großen Polizisten möglicherweise ein oder zwei Anschlussengagements bedeuten würde: sich um «wolka jordanova» zu kümmern und um «Adam privat».

36. Kapitel

Als es wieder an seiner Kabinentür klopfte, erlaubte Danowski sich ein müdes Augenrollen. Er hatte gedöst.

«Ist ja wie im Taubenschlag hier!», rief er heiser, um sich selbst zu unterhalten und um zu signalisieren, dass er bis hierhin relativ unbeeindruckt war von den Einschüchterungsversuchen. Er richtete sich auf und stellte begeistert fest, dass es Luft und Strom gab. Blinzelnd stolperte er im Licht aus dem offenen Badezimmer Richtung Tür. Aufmachen oder nicht? Bevor er das entscheiden konnte, sah er zu seinen Füßen ein zusammengefaltetes Blatt Papier, das jemand unter der Tür durchgeschoben hatte.

Er hob es auf und las.

«Kommen Sie um Mitternacht zum Hintereingang vom Reeperbahn-Theater. Hinter dem Alster-Café. Fragen Sie da, ob Sie einen Kaffee bekommen können. Dann machen wir Ihnen auf. Wir möchten Ihnen helfen. Ein paar Freunde.»

Danowski schüttelte sachte den Kopf. Die Anweisungen waren verwirrend und in der ungeübten Handschrift einer jungen Frau verfasst, die offenbar meist am Computer schrieb. Anscheinend eine Muttersprachlerin, aber der leicht gestelzte Tonfall hatte auch was potenziell Gefälschtes: «Ein paar Freunde»? Treffen um Mitternacht wie auf Burg Schreckenstein? Sollte das ein Witz sein, eine Falle, oder war das rührend unbedarft? Das Papier von der Reederei. Danowski sah auf die Uhr. Okay, und außerdem war es kurz nach zwölf, Mitternacht vorbei.

Und genau dadurch, dachte er, ergibt das Ganze dann

vielleicht doch noch Sinn. Warum schreibt jemand «um Mitternacht» und überbringt die Nachricht dann erst, wenn der Zeitpunkt schon verstrichen ist? Dusseligkeit?

Seiner Erfahrung nach war Dusseligkeit zwar die schlüssigste Erklärung für etwa zwei Drittel aller auf den ersten Blick undurchschaubaren menschlichen Verhaltensweisen. In diesem Fall aber war er bereit, sein körperliches Wohlbefinden aufs verbleibende Drittel zu verwetten. Vermutlich war, wer auch immer ihm den Brief durchgeschoben hatte, gestört worden und hatte dann gewartet, bis er sicher sein konnte, dass Danowskis Kabinentür unbeobachtet war. Und das hatte dann eben bis nach zwölf gedauert.

Er legte den Brief auf seinen Nachttisch und sah sich um. Er steckte sich das leere Holster innen an den Gürtel, gewissermaßen als Glücksbringer, und nahm in einem Nachgedanken noch seine leeren Telefone mit, weil ihm der Gedanke widerstrebte, sie ungeschützt hier liegenzulassen. Dann lieber nutzlos mitschleppen. Das einzig Sinnvolle in seinen Taschen war der Tactical Pen, den Schelzig ihm hatte zukommen lassen: damit würde er sich diesmal wehren, und zwar beim kleinsten Anlass.

Der Gang war leer.

Was mache ich hier?, dachte Danowski, als er durchs spärlich beleuchtete Schiff Richtung «Alster-Café» lief und so gut wie niemandem begegnete, und wenn, dann wandten sich die Entgegenkommenden ab. Eine Verhaltensweise, die sich in der zweiten Woche als Teil der ungeschriebenen Quarantäne-Etikette entwickelt hatte: Man saß so lange und so nah aufeinander, dass man sich nur noch in überschaubaren Gruppen aufhielt und sich von jenen abwandte, die man nicht kannte. Seit wann hatte er in so einer Welt «ein paar Freunde»?

Andererseits, und das war genau der Punkt: Es war sicherer, in Bewegung zu bleiben, als in seiner Kabine zu hocken. Schwieriger, ein bewegliches Ziel zu treffen als ein unbewegliches.

Im «Alster-Café» brannte nur noch die Notbeleuchtung, hellbraun und indirekt. Daraus, dass in den cremefarbenen Polstermöbeln und auf den Teppichen hier und da Gestalten in Schlafsäcken lagen, schloss Danowski, dass auf dem einen oder anderen Deck wieder die Belüftung ausgefallen war. Vorsichtig fand er seinen Weg zur Bar. Beim Näherkommen sah er dahinter eine im indirekten Barlicht von unten angestrahlte Gestalt mit überdimensionaler blauer Afro-Frisur. Ein junger Kerl, höchstens Anfang zwanzig, mit ernstem Gesicht, vertieft in die Betrachtung von etwas, das Danowski nicht erkennen konnte.

Danowski lehnte sich an die Bar und sagte: «Kann ich einen Kaffee kriegen?»

«Nein», sagte der Junge mit der Afro-Perücke. Danowski sah, dass vor ihm ein weiteres Bild von Simone Bender aus dem Photoshop lag. «Kaffee ist aus. Aber kennen Sie das hier?»

Danowski betrachtete das Bild. Simone Bender in einem dunkelgrünen Abendkleid, offenbar vor der Tür zu einem der beiden großen Restaurants an Bord, am Arm einen weiteren jungen Mann in Afro-Perücke, diese in leuchtendem Gelb, und der Mann dunkelhäutig, mit einem allumfassenden Lächeln.

«Ich weiß, wer die Frau ist», sagte Danowski. «Aber das Bild habe ich übersehen, falls es auch in der Fotogalerie hing.»

«Kommen Sie mal mit», sagte der Junge hinter der Bar. Danowski folgte ihm aus dem Halbdunkel des «Alster-Cafés» ins Halbdunkel des Flurs. Im Gehen nahm er seinen Stift aus der Brusttasche und umfasste ihn so mit der Faust, dass oben und unten eins der beiden zugespitzten Stahlenden hervorschaute. Eine Waffe, die schwierig zu handhaben, unter Umständen aber sehr effektiv war.

Sein Begleiter blieb am Hintereingang des «Reeperbahn-Theaters» stehen und klopfte mit einem offenbar verabredeten Signal gegen die Doppeltür: kurz-kurz-lang, lang-kurz-kurz. Danowski seufzte, steckte den Stift wieder weg und entspannte seine Hand. Nur Amateure vereinbarten Klopfzeichen, Fachleute hielten sich nicht mit derlei Kindereien auf. Und dass Amateure ihn hier aufwendig herbestellten, um ihn dann auf ihrem eigenen Terrain rundzumachen, hielt er für mehr als unwahrscheinlich. Amateure zogen sich Kopfkissenbezüge über und warfen einen humorlos die Treppe runter.

Die Doppeltür ging auf, und als er sah, wer oder was da auf ihn wartete, hätte Danowski noch einmal geseufzt, wenn er diese Kommentarfunktion nicht eben bereits verwendet hätte: drei weitere junge Menschen mit Afro-Perücken und in dunklen Crew-Uniformen, zwei Frauen und der Schwarze in der hellgelben Afro-Perücke vom Foto mit Simone Bender. Der Junge mit der blauen Afro-Perücke schaute sich um, und weil niemand zu sehen war, winkte er Danowski, ihm zu folgen. Gemeinsam betraten sie einen schmucklosen Vorraum hinter der Doppeltür, ebenso halbdunkel wie alles andere mit Ausnahme der Perücken, und dann schob eine der beiden Frauen (grüne Afro-Perücke) ihn in einen kleinen Raum. Eine Künstlergarderobe, die nach Plastik, Schweiß und Puder roch und in der er die Frau in der roten Perücke wiedererkannte: Sie hatte gedolmetscht, als er das erste und das letzte Mal an Bord gekommen war. Sonja Vespucci vom «Animation Team», fünf kleine Flaggen für all die Sprachen, die sie konnte. Für ihn und die vier Animateure war es eng in der kleinen Garderobe, aber an diese Ausgangssituation war er inzwischen gewöhnt.

«Ich hätte nicht gedacht, dass ich in meinem Alter noch mal neue Freunde finde», sagte Danowski. «Aber wenn, dann hätte ich mir die irgendwie anders vorgestellt. Älter und ohne Perücken.»

«Wir kommen quasi direkt aus der Vorstellung», sagte Sonja Vespucci. «Und Sie werden noch sehen, wozu die Perücken gut sind.»

«Ja, eine gute Frage gleich vorweg. Ich war ja noch nie bei einer Ihrer Aufführungen. Irgendwie ist mir nicht so danach, animiert zu werden. Aber wozu die Perücken? Ist das so eine Art internationales Symbol für Frohsinn und Witzigkeit?»

Die vier Animateure warfen einander den einen oder anderen Blick zu, wobei der Tenor zu sein schien: Ist das wirklich der Typ, dem wir helfen wollen? Danowski sah, dass Sonja hier die Chefin war, sie führte das Wort und hatte offenbar den Plan gefasst, mit ihm Kontakt aufzunehmen, denn die anderen schauten immer erst mal zu ihr. Außer dem Schwarzen in der gelben Perücke, der eher zu Boden sah und Danowski nur einmal prüfend und leicht enttäuscht musterte. Er war so etwas wie das Kraftzentrum der Gruppe, die Energiequelle für den Motor Vespucci. Die Danowskis Frage im Übrigen ignorierte, was dann wieder für sie sprach.

«Wir kennen uns ja bereits», sagte sie. «Das hier ist Maik» – der Blauhaarige aus der Bar nickte ihm abwartend zu –, «das ist Francis» – der Schwarze sah auf, aber im Halbdunkel konnte Danowski nicht einmal erkennen, ob er ihn anschaute oder nur in seine allgemeine Richtung blickte –, «und das hier ist Katja.» Die Frau in der grünen Perücke hatte einen unverbindlichen und leicht irritierten Gesichtsausdruck, als verstünde sie von allen hier am wenigsten Deutsch. Danowski bot ihnen der Reihe nach die Hand an. Sobald er sie ausstreckte, wurde ihm klar, wie sehr diese Geste hier an Bord als unerhörtes Zeichen des Vertrauens galt. Weil ein Handschlag so demonstrativ war und einen Körperteil betraf, der ständig alle möglichen Oberflächen berührte, wurde er hier zwischen Fremden vermutlich weniger praktiziert als Sex.

Alle vier griffen nach kurzem Zögern zu.

«Ich wundere mich ehrlich gesagt, Sie hier zu sehen», sagte Danowski zu Francis, der ihn unverwandt ansah, sodass Danowski fortfuhr: «Ich dachte, alle Afrikaner sind irgendwo isoliert worden.» Seine Augen fingen an, sich an die Dunkelheit zu gewöhnen. Es entstand eine Pause, die jemand anders als unangenehm empfunden hätte und die Danowski am Ende vernichtend fand. «Nicht, dass ich das befürworte», fügte er hastig hinzu. «Im Gegenteil. Nichts, was hier an Bord passiert ist, hat irgendwas mit Afrikanern oder einer anderen Menschengruppe zu tun. Außer jener, die ich im weitesten Sinne als Kriminelle bezeichnen würde. Und nicht einmal da bin ich mir ganz sicher. Menschen tun Dinge selten, weil sie zu einer bestimmten Gruppe gehören, das sieht immer nur von außen so aus, wenn man zu einer anderen Gruppe gehört. Jedenfalls aus kriminologischer Sicht. Im Grunde gehe ich von so etwas wie einer geplanten Affekttat aus, aber diesen Begriff werden Sie in der Fachliteratur lange …»

«Ich bin kein Afrikaner», sagte Francis, dem Tonfall nach zu urteilen nicht zum ersten Mal in seinem Leben. «Ich komme aus Fulda.» Tatsächlich hörte man das, sobald man nicht mehr auf Afrika gepolt war.

«Das tut mir leid», sagte Danowski und wusste selbst nicht genau, ob sich dies, gespeist durch die natürliche Arroganz des geborenen Westberliners, auf eine Heimatstadt Fulda bezog, oder auf das von ihm ausgesprochene protorassistische Vorurteil.

«Dafür können Sie ja nichts», sagte Francis. «Und was die Afrikaner angeht: dass hier dutzendweise Leute isoliert werden, ist ein Gerücht. Entweder von selbst entstanden, oder die Reederei hat es gestreut. Um den Eindruck zu erwecken, dass sie hier überhaupt irgendwas tun.»

«Aber ein paar Isolierte gibt es schon. Zum Beispiel das Zimmermädchen, das für die Kabine Ihres Toten zuständig war. Mary. Die kommt aber aus Jamaika», sagte Sonja.

Danowski nickte. «Mit der würde ich auch gern mal sprechen.» Er verstand noch nicht, was die Animateure von ihm wollten, aber er sah, dass es ihnen wichtig war, obwohl es nicht unmittelbar mit ihnen selbst zu tun hatte. Es schien ihnen um ein Prinzip zu gehen, um Gerechtigkeit oder Menschlichkeit. So unterschieden sie sich von den anderen Gruppen, mit denen er hier an Bord Kontakt gehabt hatte. Die Kissenbezugköpfe hatten in ihrer Körpersprache und in der Art, wie sie ihn angefasst hatten, etwas Beleidigtes und gleichzeitig Aufgeregtes gehabt, alles hatte schnell gehen müssen. Es gab da etwas, das man «nicht auf sich sitzen lassen» konnte, etwas, das man sich «nicht gefallen lassen» durfte, aber Danowski kannte das. So was sagte sich leicht und schnell und wieder und wieder, aber dann verlor man immer mehr von seinem Enthusiasmus, je mehr man dann doch vorbereiten musste: den, von dem man sich nichts gefallen lassen wollte, beobachten, um seine Gewohnheiten zu studieren, einen Plan machen und schließlich so etwas enervierend Dämliches wie Löcher in Kissenbezüge schneiden. Und am Ende war man nicht hundertprozentig bei der Sache, im Grunde war sie einem schon fast peinlich, während man sie durchzog, und dann bewegte man sich hektisch, unkonzentriert und überkompensierend zugleich. Er hatte im Laufe seines Berufslebens in Dutzenden, vielleicht Hunderten von Delikten ermittelt, die aus dieser Seelenlage heraus verübt worden waren.

Er sah, dass seine vier neuen Bekannten ihm mit einem Ernst gegenüberstanden, der mühelos ihre leuchtenden Polyesterperücken überstrahlte. Er sah, wie viel Überwindung es sie gekostet hatte, hier mit ihm zu stehen. Und ihm wurde klar, was sie nicht nur von den Kissenbezugköpfen, sondern erst recht von den Quetschern aus seiner Kabine unterschied. Die Quetscher waren mühelos und lässig gewesen, sie hatten sich bewegt, als wäre es ihnen egal, ob sie ihn unter Druck setzten und quälten oder nicht: mit den geübten, aber im Laufe der Zeit nachlässig abgeschliffenen Gesten von Leuten, denen andere sagten, was sie tun sollten. Die Quetscher handelten im Auftrag von jemandem, aber die vier Animateure, die ihm hier gegenüberstanden, hatten sich selbst überzeugen müssen, dass sie das Richtige taten, wenn sie Kontakt zu ihm aufnahmen.

«Sind Sie noch da?», fragte Sonja Vespucci.

«Kann sein», sagte Danowski. «Manchmal träume ich mich von Bord.»

«Wer nicht», antwortete sie. «Aber erst möchten wir Ihnen etwas zeigen. Oder es zumindest versuchen.»

«Okay», sagte er. «Aber vermutlich nicht hier.»

«Nein», sagte sie. «Sie suchen Simone Bender, und wir können Ihnen zumindest zeigen, wo sie ist.»

«Wenn alles gutgeht», sagte Maik, und Danowski sah, dass er am meisten Angst von allen hatte. Er nickte ihm begütigend zu, als könnte er irgendjemandem die Angst nehmen oder in irgendeiner Weise dafür garantieren, etwas hier würde gutgehen.

«Und wir haben etwas für Sie, wovon Sie auf der Bühne gesprochen haben», sagte Sonja.

«Ich weiß das alles sehr zu schätzen», sagte Danowski, der daran, wie sehr er sich setzen wollte, merkte, wie müde er war. «Aber können Sie mir vorab einfach schon mal kurz sagen: Was haben Sie, und warum wollen Sie mir helfen?»

Wieder die Blicke zwischen den vieren. Offenbar hatten sie verabredet, sich erst davon zu überzeugen, dass er vertrauenswürdig war, und ganz so überzeugt davon waren sie noch nicht. Aber die Zeit schien zu drängen.

«Wir haben die Tasche, nach der Sie gefragt haben», sagte Sonja flach, als wären ihr die Worte unheimlich. «Die Aktentasche von Carsten Lorsch.»

Danowski runzelte die Stirn. Okay, das war interessant. Das war, um ehrlich zu sein, das bei Weitem Interessanteste, was er seit Tagen gehört hatte.

«Warum sind Sie damit nicht gleich zu mir gekommen?», fragte er, bevor er es verhindern konnte. «Sie gehören zur Crew, Sie wussten doch schon vorher, dass hier jemand von der Hamburger Polizei an Bord ist. Und zwar ich.»

«Ganz ehrlich», sagte Francis, «wir haben Sie ein paar Tage lang beobachtet. Und Sie wirkten nicht gerade wie jemand, dem man ...»

«Eher mit sich selbst beschäftigt», unterbrach Sonja.

«Ziemlich trantütig», schloss Maik.

«Depressiv, würde ich eher sagen», begütigte Sonja. «Vielleicht sollten Sie sich mal untersuchen lassen.»

«Danke», sagte Danowski. «Hab ich schon.» Scheiße, dachte er. Diese Kinder. Sie waren ungefähr halb so alt wie er, und trotzdem sahen sie quer übers Oberdeck, dass er bis vor kurzem versucht hatte, sich unsichtbar zu machen.

«Wie geht es Simone Bender?», fragte er nüchtern, um das Thema zu wechseln.

«Sie … hat sich infiziert», sagte Sonja. Danowski merkte, dass er mit nichts anderem gerechnet hatte und dass es ihn trotzdem aufregte.

«Das erzählen Sie mir jetzt? Und warum überhaupt mir? Sie wissen genauso gut wie ich, dass jeder Infektionsverdacht sofort gemeldet werden muss. Und was auch immer Sie damit meinen, wenn Sie sagen, Simone Bender wäre isoliert worden: Das ist unter keinen Umständen das, was damit wirklich gemeint ist. Also, aus fachlicher Sicht. Meine Güte.»

«Vielleicht ersparen Sie uns Ihre offizielle Polizisten-Nummer», sagte Francis. «Wenn Sie bis jetzt noch nicht gemerkt haben, dass hier nichts mehr nach irgendwelchen Regeln abläuft, dann sind Sie offenbar wirklich der Falsche.»

«Dafür ist es jetzt zu spät», sagte Danowski. «Ich bin der Einzige. Kommt damit klar.»

«Der einzige was?», fragte Maik, unbedarft unbeeindruckt von Danowskis Überwältigungsrhetorik. Danowski sah ihn an und sagte dann: «Der Einzige hier an Bord, der sich überhaupt dafür interessiert, was aus Simone Bender geworden ist. Aus welchen Gründen auch immer. Okay, es ist möglicherweise einfach das Ergebnis einer überhasteten Berufswahl vor über zwanzig Jahren.» Er fing an, sich zu verzetteln. Und riss sich zusammen. «Aber außer Ihnen und mir ist allen anderen hier an Bord völlig egal, wer oder wo Simone Bender ist und wie es ihr geht. Vielleicht verbindet uns nichts, aber das. Und ich vermute, dass Sie deshalb geschrieben haben, dass Sie mir helfen wollen. Wegen Simone Bender.»

Es entstand eine kurze Pause. Bis Katja, die offenbar den Namen verstanden hatte, mit einem Akzent sagte, den Danowski für bulgarisch hielt: «She was our Miss Große Freiheit.»

«What?»

«Sie hat die Miss-Wahlen hier an Bord gewonnen», erklärte Francis. «Von dem Abend ist auch das Foto, das Maik Ihnen gezeigt hat.»

«Ballon-Tanzen, so eine Art Pole Dancing, einen Orgasmus nachmachen», sagte Sonja. «Lauter Sachen, die ein bisschen gewagt sind. Aber lustig. Wenn man sich drauf einlässt. Es gibt immer Leute hier an Bord, die das, was wir machen, scheiße finden, und dann gibt es welche, die sich darauf einlassen können. Bis ihr Mann krank wurde, war Simone eine von denen. Die sich darauf einlassen können. Denn bei der Wahl geht's nicht um Schönheit oder darum, sexy zu sein. Sondern darum, ob man ...» Sie suchte nach Worten.

«... sich darauf einlassen kann», schloss Danowski, der jetzt schon nicht mehr wusste, wie interessant er das alles finden sollte. Jedenfalls verwendeten Animateure anscheinend das gleiche Vokabular wie Sozialarbeiter und Psychologen, wenn sie über ihren Job sprachen.

«Vor allem», sagte Francis, der es offenbar nicht ertragen konnte, länger keine Redezeit zu haben, «gibt es an Bord Passagiere, die sehen durch das Personal hindurch oder behandeln uns wie den letzten Dreck. Und dann gibt es solche, die uns wie ganz normale Menschen behandeln. Weil sie nicht so abgehoben und ...»

«Okay», unterbrach Danowski, der das leicht kitschig fand. «Lassen Sie mich raten, zu welcher Gruppe Ihre Freundin Simone Bender gehörte.»

«Verdächtigen Sie sie, ihren Mann infiziert zu haben?», fragte Maik, immer noch schüchtern.

«Ihren Freund», korrigierte Danowski.

«Sie verdächtigen sie, ihren Freund infiziert zu haben?», hakte Sonja nach.

«Sie werden verstehen, dass ich keine Fragen zu laufenden Ermittlungen beantworten kann.»

«Sie werden feststellen, dass solche offiziellen Floskeln sich noch lächerlicher anhören werden, sobald Sie die blaue Afro-Perücke tragen», sagte Sonja. Langsam hatten sie die Luft hier in der Garderobe verbraucht.

«Wie bitte?», fragte Danowski.

«Wir werden Ihnen zeigen, wo Simone Bender versteckt wird», sagte Francis. «Wahrscheinlich kennen Sie ihre Bewacher schon. Wir haben gesehen, dass einige von denen nach Ihrem Auftritt im ‹Reeperbahn-Theater› zu Ihrer Kabine gegangen sind.»

«Mag sein», sagte Danowski unverbindlich. «Aber das erklärt noch nicht, warum ich die Perücke anziehen soll.»

«Sie haben bestimmt mitbekommen, dass die Mannschaftsquartiere seit Beginn der Quarantäne ziemlich zuverlässig abgeschottet worden sind, damit da nicht irgendwelche Passagiere reintapern und Unruhe stiften», sagte Sonja.

«Und uns unser Wasser und unseren Kaffee klauen», fügte Francis hinzu. Die haben Kaffee, dachte Danowski neidisch. «Und unsere von uns fachmännisch gereinigten Toiletten benutzen.»

«Und Viren verbreiten», sagte Danowski.

«Seitdem Sie angefangen haben, sich hier wie ein Polizist zu benehmen, sind die Eingangskontrollen verschärft worden», erklärte Francis.

«Daher die blaue Perücke», sagte Sonja. «Maik hier hat in etwa Ihre Statur. Es ist Mitternacht durch, es ist dunkel, und wenn Sie beide jetzt die Klamotten tauschen, und Sie setzen sich die blaue Perücke auf und kommen mit uns ins Mannschaftsquartier, dann ist es einfach nur, als wären die vier Animateure zurück von der Schicht. Und dann zeigen wir Ihnen die Tasche. Und wo Simone Bender liegt. Was Sie dann mit der Information machen, ist Ihre Sache.»

«Wo ist die Tasche?», fragte Danowski.

«Die haben wir versteckt.»

«Und was ist drin?»

Sie tauschten wieder Blicke. «Wir haben nicht reingeschaut», behauptete Sonja. Danowski winkte die Lüge durch. Er würde schon sehen.

«Warum?», fragte er schließlich. «Im Ernst.»

«Im Ernst?», brauste Sonja auf. Er merkte, dass er die Animateure mochte und dass das hier zu etwas Gutem führen konnte. «Ganz im Ernst? Glauben Sie, wir haben keine Angst? Glauben Sie, wir möchten ein paar Türen entfernt von einer hochansteckenden Toten oder Sterbenden eingesperrt sein? Da soll endlich was Offizielles passieren. Und ich persönlich wüsste gern, wer Simone Bender versteckt, und warum.»

«Ehrlich gesagt dachte ich bisher, dass sie sich selbst versteckt. Und zwar vor mir», sagte Danowski. «Einmal habe ich sie an der Reling gesehen, aber als sie das gemerkt hat, hat sie sich sofort nach hinten fallen lassen.» Sie könnte aber auch weggezogen worden sein, dachte er jetzt.

«Ein Grund mehr, die Perücke aufzusetzen», sagte Francis und lächelte fast freundlich. Danowski zuckte die Achseln. Maik nickte. Die Frauen hatten Besseres zu tun, als sich umzudrehen. Während er sich bis auf die strapazierte Unterwäsche auszog, fiel ihm ein, wie er das letzte Mal hier an Bord Rücken an Rücken gestanden hatte mit einer, die er kaum kannte, um sich umzuziehen. Tülin Schelzig, was die jetzt wohl machte. Und die Ehlers war auch schon tot.

Die Animateure hatten einen guten Blick: Die Uniform passte ihm, die Perücke sowieso. Im Halbdunkel des Garderobenspiegels sah er aus, als gehörten die Sachen zu ihm. Kein Leben ist komplett, dachte er mit forcierter Selbstironie, bevor man nicht den traurigen Clown gegeben hat.

Die Uniformjacke und -hose waren aus billigem, aber festem Synthetik, das ihm das Gefühl gab, wie gepanzert zu sein. Maik seinerseits ließ sich nichts anmerken, während er in Danowskis verbeulten Anzug stieg. Kurz hielt er das nutzlose Pistolenholster hoch.

«Was ist das?», fragte er.

«Ein leeres Versprechen», antwortete Danowski aphoristisch.

Als sie beide fertig waren, führte Sonja ihn zu einem der Maskenspiegel an der Rückwand der kleinen Garderobe. Mit weichen Fingerspitzen trug sie ihm etwas Rouge auf die Wangen, sodass man es kaum sah, außer, dass er gesünder wirkte. «Bisschen blass sind Sie gewesen», erklärte sie, und er merkte, dass er die Augen geschlossen hatte, während sie ihn berührte.

«Bleibst du so lange hier?», fragte Francis, und Maik nickte.

«Okay», sagte Sonja. «Dann geht's jetzt endlich los. Wir haben lange genug gebraucht.»

«Keine gute Idee», sagte Danowski.

«Was?»

«Wenn Maik hierbleibt. Was, wenn doch jemand hier reinkommt? Oder wenn du aufs Klo musst?» Danowski merkte, dass es ihm schwerfiel, Leute unter dreißig zu siezen, die nicht entweder kriminell oder beschädigt waren. Und Maik wirkte beinahe rührend unbeschädigt. Oder vielleicht war es einfach unmöglich, Leute zu siezen, mit denen man gerade die Kleidung getauscht hatte.

«Stimmt», fiel Sonja ein. «Es gibt eine Wache, Leute von der Crew, die nachts Stichproben machen, um zu verhindern, dass sich hier Passagiere einnisten, denen ihre Kabine zu eng oder zu schmutzig geworden ist.»

«Scheiße», sagte Maik. «Irgendwie habe ich mir schon gedacht, dass wir was übersehen haben.»

«Ist ja nicht lange», sagte Sonja. «Und wenn jemand kommt, siehst du einfach zu, dass du in Bewegung bleibst, oder du versteckst dich in irgendeinem Schrank oder einer leeren Kabine.»

«Den Anzug hätte ich aber gern sauber zurück», sagte Danowski. «Ich habe zurzeit keinen anderen.»

Außer ihnen war in Sichtweite niemand unterwegs. Die Animateure führten Danowski tiefer ins Halbdunkel der Crew-Welt, Sonja und Francis voran, Katja und er hinterher. Katja nahm im Gehen seinen Unterarm und drückte ihn kurz, ohne ihn anzusehen. Eigentlich bin ich derjenige, der hier Aufmunterung verteilen müsste, dachte Danowski. An einer unauffälligen zweiflügligen Wandtür mit versenkten Klinken und grauer Oberfläche machten sie halt.

«Dahinter hört der Teppich auf», sagte Sonja.

«Okay», sagte Danowski und versuchte, seinem Körper das zu geben, was er für eine zuversichtliche Animateurs-Aura hielt.

«Checkpoint», fuhr sie fort. «Das sind nicht die Typen, die Sie schon kennengelernt haben, also kriegen wir das hin.»

Hinter der Tür war das Licht so hell, dass Danowski für einen Moment schwarz vor Augen wurde. Woher haben die das ganze Licht, dachte er. Sie standen auf dem Absatz einer mit grauem Linoleum ausgelegten Treppe, schmucklos lackiertes Geländer. An einem Klapptisch saßen zwei Männer auf Bankettstühlen, die ihre Jacken über die Lehnen gehängt hatten und mit unkonzentrierter Routine Karten spielten, als müsste es ja irgendjemand tun. Mitte fünfzig, grau und kahl, leicht gerötete Gesichter, Schnauzbärte. Die Omis wiederholen sich als Farce, dachte Danowski voller Heimweh. Einer der beiden sah auf.

«Moin», sagte er. «Die Damen und Herren von der leichten Muse.» Er klang wie ein Holländer, der lange in Norddeutschland gelebt hatte. Der andere hielt inne beim Kartengeben und sah auf den Tisch oder durch ihn hindurch, statt aufzublicken.

«Moin», sagte Sonja, chamäleonartig in seinem Tonfall. «Die Show ist vorbei.»

«Warum macht ihr den Scheiß?»

«Was? Hier rumstehen, statt endlich in unsere Kabinen zu gehen?»

«Nee. Auftreten, obwohl euch keiner drum gebeten hat.»

«Das Theater war voll. Wenn man von den leeren Plätzen absieht, weil keiner mehr neben jemandem sitzen möchte, mit dem er nicht schon die Kabine teilt.»

«Gut, Mädchen, ma' anders gesagt: Warum arbeitet ihr, obwohl euch keiner dafür bezahlt?»

«Berufsehre?», sagte Sonja, den Tonfall verlassend. Fehler, dachte Danowski: Vielleicht einfach mal nichts sagen, kichern und blöd gucken? Ist das so schwierig? Millionen andere schaffen das doch auch.

Der zweite Mann ließ die Karten sinken und hob den Blick. Es hatte sich nicht gelohnt, darauf zu warten: Seine Augen schillerten wie angelaufener Katenschinken.

«Und wir haben keine Berufsehre?», fragte er. Ostwestfälisch, dachte Danowski, irgendein Techniker.

«Das habe ich nicht gesagt», schwindelte Sonja mit fataler Verspätung. «Sonst wär das Licht ja längst aus hier.»

«Lässt uns alle scheiße aussehen, wie ihr den Passagieren in den Arsch kriecht», sagte der Erste.

«Scheiße seht ihr sowieso aus», sagte Francis nüchtern. Super, dachte Danowski. Einmal unter leuchtend blauer Perücke unterwegs, und dann mit Leuten, die nichts ohne Widerrede über sich ergehen lassen konnten. Aber statt dass es jetzt Backpfeifen regnete, hatte Francis offenbar den richtigen Ton getroffen.

«Stimmt auch wieder», sagte Schinkenblick und fuhr fort, die Karten zu verteilen. Der falsche oder echte Holländer nahm auf, aber obwohl sie sich anscheinend wieder ihrem Spiel zuwandten, rührten Sonja, Katja und Francis sich nicht. Außer, dass sie ihr Blickgespräch fortsetzten. Offenbar warteten sie hier zu viert auf eine Erlaubnis oder das Zauberwort.

«Könnt uns ja auch mal was vortanzen», sagte der Holländer nach einer Weile.

«Uns mal 'n bisschen animieren», pflichtete Schinken ihm bei. «Berufsehre und so.»

«Eine Beatles-Nummer aus unserer Star-Club-Revue?», fragte Sonja konstruktiv. Ich glaube, es hackt, dachte Danowski.

«Striptease wär mir lieber», beschrieb der Schinkenäugige seine Bedürfnislage.

Das kippt hier alles gleich, dachte Danowski. Der Erste fliegt die Treppe runter, der Zweite durch den Klapptisch, und dann nichts wie raus. Aber alles, was er tat, war ein Räuspern vorzubereiten; nie verkehrt, sich erst mal zu räuspern. Was war mit seinem Leben passiert, dass er auf die Gnade von Männern angewiesen war, die aussahen wie misslungene Phantomzeichnungen von Vergewaltigern?

Wenn Leute, die singen konnten, damit anfingen, war es immer viel lauter, als man dachte, und dementsprechend immer etwas peinlich. Außer man hatte das Gefühl, das Singen rettete einem einen wichtigen Teil des Lebens, den

Arsch oder zumindest die Situation. Dann füllten sich einem die Ohren mit Dankbarkeit. Sonja und Katja, eingespieltes Team, Profis halt, auf alle Fälle geistesgegenwärtiger als er, und jetzt mit einer wirklich schmissigen und lauten A-cappella-Version von «I Saw Her Standing There». Tolles Lied, eigentlich, dachte Danowski, toll, das mal wieder zu hören. Jeder Gedanke war ihm recht, um seine Müdigkeit zu übertönen.

Francis stieß ihm unauffällig, aber mit Kraft in die Seite. Er war dabei, hinter den beiden Frauen hin und her zu schwingen, rhythmisch in die Hände zu klatschen und eine perkussive Bassstimme zu singen. In Gottes Namen, dachte Danowski. Also klatschte er endlich auch mit und machte den Mund zumindest auf und zu, wobei er sich bemühte, eine Beatles-artige Begeisterung auszustrahlen.

«Ist ja gut, ist ja gut», rief der Holländer. «Ihr könnt durch.»

Und das, dachte Danowski, als sie den Checkpoint längst hinter sich gelassen hatten und durch die niedrigen Flure liefen, vorbei an Menschen, die durch offene Kabinentüren aus Etagenbetten sahen, an Teeküchen, der Mannschaftsdisco, vibrierenden Waschräumen und noch mehr Etagenbetten, durch eine Luft, die deutlich mehr Reinigungsmittelanteile hatte als in der Passagierwelt, weniger von Schweiß und Scheiße und wütender Langeweile durchzogen; das war das wahre Genie, das war das, was er nie vergessen würde und wofür er den Rest seines Lebens an Sonja, Katja und Francis denken würde: dass sie das Lied noch zu Ende gesungen hatten, eine Strophe noch und dreimal den Refrain, im gleichen Tempo und genauso laut, bis zum letzten Ton.

Dann war die Welt zu Ende. Absperrungen, als würde was renoviert: rot-weiße Plastikbänder, von einer Gangseite zur anderen über Kreuz geklebt, auf Papierbahnen geschriebene Durchgangsverbote in mehr Sprachen, als Danowski erkannte. Hier war das Licht auf altmodische Weise gedimmt: An der Decke war jede zweite Neonröhre rausgedreht. Gegen Ende des Ganges, vielleicht zwanzig Meter entfernt, stand ein undurchschaubares Grüppchen, drei oder vier Männer auf engstem Raum mit Uniformen und Mundschutz. Danowski hielt sich hinter den anderen, als sie ein paar Meter vor der Absperrung standen wie Schaulustige in der Nähe eines Blechschadens.

«Sieht so aus, als wäre sie noch da», sagte Sonja leise.

«Wo sollte sie auch hingegangen sein», fragte sich Danowski.

«Ehrlich gesagt wundere ich mich, dass sie sie nicht einfach verbrennen», wandte Francis ein. «Sobald sie tot ist, machen sie das wahrscheinlich.»

«Verbrennen?», fragte Danowski alarmiert.

«Ja, es gibt weiter unten Richtung Maschinenraum eine Verbrennungsanlage. Für Müll und so weiter.»

«Vermutlich haben sie andere Anweisungen», sagte Sonja.

«Anweisungen?» Danowski war sich nicht sicher, wie sinnvoll das in seinen Ohren klang. «Ich würde eher davon ausgehen, dass die Reederei die Kranken versteckt, damit keine Panik ausbricht oder um das Ausmaß zu vertuschen.»

«Das Ausmaß ist überschaubar. Oder es hat sich nicht rumgesprochen, falls hier unten noch mehr Kranke versteckt werden», sagte Francis.

«Hey!», schrie jetzt einer durch seinen Mundschutz, und dann in einem Englisch, das Danowski bekannt vorkam: «Was glotzt ihr? Verpisst euch!»

«Wir sind hier, um Simone zu besuchen!», rief Francis

zurück, sein amerikanisches Englisch südlich, aber makellos. Vater vermutlich G.I., dachte Danowski. Und der Sohn schön blöd, hier so rumzubrüllen. Oder?

«Sie empfängt keine Besucher!» Okay, man kannte sich offenbar und ließ sich nicht so leicht provozieren.

«Keine Sorge», sagte Sonja leise. «Sie haben sich daran gewöhnt, dass wir hier ab und zu auftauchen.»

«Das ist eine schöne Geste», fand Danowski. «Aber mir nützt sie wenig.»

«Immerhin wissen Sie jetzt, dass Sie nicht weitersuchen müssen. Und dass es Leute gibt, die ein Interesse daran haben, Simone Bender zu verstecken.»

«Ich lass mich ungern belehren, aber da haben Sie auch wieder recht.»

«Seriously», rief Francis jetzt. «Wir haben Zigaretten für Mary.» Einer aus der Gruppe löste sich und ging betont langsam in ihre Richtung. Danowski blickte zu Boden und schob sich hinter Katjas relativ breiten Rücken. Aus dem Augenwinkel sah er, wie Sonja zwei Schachteln Zigaretten aus unterschiedlichen Taschen ihrer Uniformjacke zog, und Francis eine. Der Mann mit dem Mundschutz nahm zwei davon und wollte nach der dritten greifen, aber Francis sagte: «Können wir kurz selbst mit ihr reden?»

«Ihr seid Idioten.»

«Sie wird doch sonst wahnsinnig hier unten. Wir wollen nur mal kurz hallo sagen.»

«Habt ihr was für den Mund?»

Francis nickte, und alle zogen leicht angegrabbelte Mundschutze aus ihren Jackentaschen. Danowski schaltete und fand einen in seiner. Er zog ihn über.

«Ich muss sie wecken. Ihr habt drei Minuten.» Dann schlurfte er den Gang zurück, wobei das Wecken darin bestand, dass er im Vorübergehen, ohne sein Tempo zu ändern, zweimal hart und laut gegen die dritte Kabinentür links schlug.

Nichts rührte sich.

«Your time is running out!», rief er vielsagend, sobald er seine Gruppe wieder erreicht hatte und bevor sie die Köpfe wieder zusammensteckten. Danowski starrte. Es waren rund zwanzig Meter, das Licht war nicht gut, er konnte die Gesichter nicht erkennen, und er selbst trug leichtes Rouge auf den Wangen und eine blaue Afro-Perücke, und er wusste nicht viel, aber er wusste, wenn Blicke sich trafen. Er hätte nicht einmal sagen können, wessen Blick aus der Gruppe im Gang seinen getroffen hatte, aber er spürte ihn wie einen elektrischen Schlag, den man mit einem Fremden im Fahrstuhl tauscht. Die Architektur der Mundschutz-Gruppe veränderte sich, die Köpfe waren jetzt näher beieinander. Hatte ihn jemand erkannt?

Vor mir, dachte er mit einer Klarheit, die ihn selbst überraschte. Sie verstecken Simone Bender vor mir, damit ich nicht mit ihr reden kann. Dafür ist es jetzt zwar sowieso zu spät, weil sie inzwischen wahrscheinlich gar nicht mehr ansprechbar ist. Aber sie wollten nicht, dass sie mir erzählt, was passiert ist. Bisher dachte ich, sie wollte mir das selber nicht erzählen. Weil sie schuldig oder mitschuldig ist an etwas, das ich noch nicht verstehe.

Dann stand Mary im Flur, schlaftrunken und alarmiert, aber nicht alarmiert durch das Wummern an ihrer Tür, sondern – das sah Danowski leicht – alarmiert seit Tagen, alarmiert vom Dauerton der Virus-Angst. Er erinnerte sich an das Memo, das Tülin Schelzig fürs Krisenzentrum geschrieben hatte: «Übertragungswege des Virus sind Blut und andere Körperflüssigkeiten, die Infektion entsteht meist durch direkten Körperkontakt. Todesursache bei den meisten Infizierten ist multiples Organversagen, da das

Virus sehr hohes, lebensgefährliches Fieber mit inneren Blutungen verursacht, das sogenannte hämorrhagische Fieber.»

Ein Licht lief über Marys Gesicht, als sie die Perücken sah, das erkannte man trotz Mundschutz. Sie hielt ihre Strickjacke zu, obwohl es warm war hier unten. Danowski schwitzte unter seiner Perücke. Dann nahm sie die verbliebene Schachtel Zigaretten, die Sonja ihr hinhielt, und bedankte sich in Oxford-Englisch. Als ihr Blick auf Danowski fiel, runzelte sie die Stirn.

«Ein Freund von uns, keine Zeit zum Erklären», sagte Sonja auf Englisch und so leise, dass Danowski sie kaum verstand, weil Francis gleichzeitig in normaler Lautstärke irgendwas Aufmunterndes über das Ende der Quarantäne nächste Woche und Gerüchte über neu entdeckte Alkoholvorräte sagte. «Polizei, gute Polizei, er will helfen. Er möchte schnell was fragen.»

Gute Polizei, dachte Danowski. Das wird sich noch zeigen. Er merkte, dass Mary ihn erwartungsvoll ansah. Jung, keine fünfundzwanzig, kurzes schwarzes Haar, schmerzhaft dünn. Fragen, stimmt, dachte er. Was habe ich eigentlich für Fragen?

«Dauert das in Ihrem Land immer so lange, bis die Polizei kommt?», fragte sie und sah ihn müde an. «Es ist über eine Woche her, dass ich angerufen habe.»

«Sie waren die anonyme Anruferin», sagte er.

«Ja. Ich wollte nicht, dass das alles vertuscht wird.» *Covered up*, sagte sie, und er musste daran denken, wie der zerstörte Leib von Carsten Lorsch zugedeckt unter der Decke gelegen hatte, bis Ehlers sie anhob.

«Können Sie mir irgendwas darüber erzählen, was sich in der Kabine abgespielt hat, bevor Carsten Lorsch krank wurde? Haben Sie irgendwas gesehen, ist Ihnen was aufgefallen?» Sein Englisch war schleppend, aber mühsam korrekt, er hatte jeden Kurs besucht, weil ihm alles andere peinlich gewesen wäre.

«Sie haben viel gestritten», sagte Mary. «Aber nicht von Anfang an. Ich musste oft umkehren und später wiederkommen, wenn ich die Kabine machen wollte. Sie sind tagsüber wenig rausgegangen. Sie sind in der Kabine geblieben und haben gestritten.»

«One minute!»

«Wann fing das Streiten an, können Sie das sagen?»

«Nach Edinburgh. Oder Newcastle. Eher Newcastle, würde ich sagen.»

«Irgendwelche Gegenstände in der Kabine, irgendetwas Seltsames?»

«Er hatte immer einen sehr seltenen Whisky im Kühlschrank. Single Malt. Eine Flasche mit ungewöhnlicher Form. Das hat mich gewundert. In der Minibar. Whisky gehört ja nicht in den Kühlschrank. Als ich die Minibar wieder aufgefüllt habe, habe ich die Flasche rausgestellt, danach hat er das einzige Mal mit mir gesprochen. Er hat gesagt, das soll ich nie wieder tun. Don't touch it, hat er gesagt. Und mir zwanzig Euro gegeben.»

Bevor er weiterfragen konnte, verabschiedete sich Francis laut und deutlich von Mary, die ihnen ein wenig ratlos hinterherblickte.

«Wir sollten jetzt besser gehen», sagte Sonja, und Katja zog ihn am Arm den Gang hinauf und um die nächste Ecke, während sie alle vier so schnell gingen, wie es möglich war, ohne den Eindruck zu machen, in Eile zu sein. Nichts von dem, was Mary gesagt hatte, war interessant für Danowski. Jeder stritt, und ob Whisky in den Kühlschrank gehörte oder nicht, war ihm völlig egal. Jetzt blieb ihm nur, gespannt auf die Tasche zu sein.

«Was ist denn drin?», fragte er auf dem Weg. Sonja hob die Schultern. «Wir haben nur einmal nachgeschaut. Ein Aktenordner mit Unterlagen, ein Laptop. Ein bisschen Kleinkram. Nichts, womit man auf den ersten Blick was anfangen könnte.»

«Und wie seid ihr an die Tasche gekommen? Und bitte werft euch nicht wieder einen Blick zu.»

«Sie hat sie Francis gegeben.»

«Verstehe ich nicht.»

«Ich auch nicht so ganz», sagte Francis. «Das war am Tag, bevor wir hier angelegt haben, kurz bevor sie verschwunden ist. Nachdem wir sie zur Miss Große Freiheit gekürt hatten, haben wir ab und zu geplaudert, wenn wir uns über den Weg liefen. Schließlich hatten wir einen ganzen Abend zusammen auf der Bühne verbracht. Dann kam sie morgens ins ‹Alster-Café›, wo Maik und ich manchmal aushelfen. Sie sagte, sie müsste was erledigen und ob ich die Tasche kurz für sie aufbewahren könnte. Und dann war sie weg.»

«Weiß irgendjemand, dass ihr die Tasche habt?»

«Na ja, wir haben am ersten Tag kein Geheimnis daraus gemacht, aber nachdem es offensichtlich war, dass wir einen Toten an Bord haben, der an Ebola oder so was gestorben ist, und dass das der Freund von Simone Bender war, haben wir die Tasche in eine Plastiktüte eingewickelt und bei uns in der Kabine unten im Schrank versteckt», sagte Sonja, während sie die Tür zu ihrer Kabine öffnete.

«*Im Schrank* ist immer das Gegenteil von *versteckt*», sagte Danowski und maß den Raum mit ein paar Blicken. «So als kleiner Tipp für die Zukunft.» Die Kabine bestand aus zwei Etagenbetten aus Metall mit dünnen Matratzen und sorgfältig gemachten Betten, einem Tisch mit vier Stühlen, zwei in der Wand verankerten Schränken und keinem Bullauge.

«Ich hatte mir irgendwie vorgestellt, dass Männer und Frauen hier getrennt wohnen», sagte Danowski.

«Ist eigentlich auch so», erklärte Sonja. «Aber das hat sich alles ein bisschen in Wohlgefallen aufgelöst. Inoffiziell wohnen wir immer zusammen, wenn die Reederei uns vier gemeinsam einteilt. Dann muss man nur ein bisschen tauschen. Im Moment ist es nicht ganz einfach, den Platz hier zu verteidigen, denn Sie haben ja gesehen, die haben da hinten, wo Simone Bender liegt, ziemlich viele Kabinen geräumt.»

«Wir haben uns stur gestellt», sagte Francis. «Das klappt bisher ganz gut.» Katja schloss die Tür hinter ihnen und nahm ihre Perücke ab, unter der hochgebundene schwarze Haare zum Vorschein kamen. Danowski griff sich seinerseits vorfreudig in seine, um sie sich herzhaft vom Kopf zu reißen, aber Katja fiel ihm in den Arm und winkte ab, mit einem Blick Richtung Tür «Besser nicht!» signalisierend.

«Außerdem sind Katja und Maik ein Paar, und Francis ist schwul», sagte Sonja. «Und ich bin sozusagen die große Schwester von allen.»

«Die perfekte WG», sagte Danowski und meinte es so. «Wann darf ich einziehen?»

«Erst mal …», sagte Francis, öffnete den Schrank und bückte sich ins untere Fach, wobei er durch seinen Körper verdeckte, was er dort vorhatte, «… das hier.» Als er sich umdrehte, hatte er einen Wasserkocher in der einen und ein noch zu einem Drittel volles großes Glas Nescafé in der anderen Hand. Er füllte den Wasserkocher aus einer Plastikflasche und stellte alles auf den Tisch, wo bereits vier Becher standen.

«Oh mein lieber Gott», sagte Danowski voller Ehrfurcht.

«Vielleicht wird doch alles gut», sagte Sonja, als hätte sie seine Gedanken gelesen.

«Danke für das Vielleicht», sagte er. «Das hilft mir, dran zu glauben.»

Dann saßen sie zu viert um den Tisch, und Danowski, der sich nichts aus Johnny Cash machte, musste an etwas denken, von dem ihm jemand einmal erzählt hatte, Johnny Cash hätte es gesagt, nämlich, was für ihn das Paradies sei, und zwar: mit seiner Frau morgens Kaffee zu trinken. Ihm fehlte seine Frau, und es war nicht morgens, aber, dachte Danowski, das hier ist dann laut Johnny Cash im Grunde ein Drittel vom Paradies, und wenn das nicht ein ganz schöner Fortschritt ist. Löslichen Kaffee hatte er schon immer gemocht, er schmeckte nach Camping und Spontansein, und der Gedanke, dass er die Essenz schon einmal aufgebrühten und wieder verdunsteten Kaffees war, gefiel ihm.

«Und jetzt die Tasche», sagte Danowski, als er den Becher zum letzten Mal abgesetzt hatte.

«Kommt sofort», sagte Francis, jetzt ebenfalls in aufgeräumterer Stimmung, und tauchte noch einmal in den Schrank, aus dem er den Wasserkocher geholt hatte. Danowski sah über seine Schulter, dass er das Bodenblech herausnahm und aus dem Hohlraum, der im Fuß des Schrankes war, eine hellgelbe Plastiktüte holte, aus der er eine braune Ledertasche zog, die genauso aussah wie jene, die Kathrin Lorsch beschrieben hatte und die Danowski selbst auf einem der Fotos von Simone Bender und Carsten Lorsch gesehen hatte.

«Handschuhe?», fragte Danowski, als es bereits zu spät war, weil er so lange darüber nachgedacht hatte, ob das Infektionsrisiko eventuell niedriger wäre, wenn er es nicht erwähnte.

«Wir haben die Tasche mal untersucht, nachdem die Sache mit dem Toten rum war», sagte Sonja. «Und keine Blutspritzer oder so was gefunden.»

«Na gut», sagte Danowski und nahm die Tasche. Seine Plastikhandschuhe waren in der Jacke des Anzugs, den Maik gerade trug. Blöd, wenn man wenig Erfahrung mit der Logistik des Kleidertauschens hatte. Die Aktentasche hatte ein gutes Gewicht, und weil das Leder kostbar wirkte, aber nicht allzu hart war, meinte er die Umrisse eines Aktenordners und möglicherweise eines Laptops zumindest zu erahnen. Er öffnete den Schnappverschluss und runzelte die Stirn.

Danowski holte zwei mit Klebeband umwickelte zerkratzte Metallplatten mit Resten von Schaltkreisen und Relais aus der Tasche.

«Meine Güte, ist das eine Bombe?», fragte Sonja und schickte sich an, vom Tisch aufzustehen, als könnte sie sich dadurch in Sicherheit bringen.

«It's just trash», beruhigte sie Katja.

Danowski nickte und fragte scherzhaft Richtung Francis: «Oder geht so was in Fulda als Laptop durch?»

37. Kapitel

Nach einer Weile wurde es Maik in der Garderobe zu langweilig und zu eng. Er hatte Probleme mit dem Stillsitzen, so lange er denken konnte. Und was hatten die anderen zu ihm gesagt: rausgehen, in Bewegung bleiben. Er war zwar nicht besonders scharf darauf, in dem fremden Anzug gesehen zu werden, denn der saß nicht. Wenn auch besser als bei dem merkwürdigen Polizisten. Aber er würde einfach ein bisschen durch die Gänge streifen, als hätte er ein Ziel. Maik kannte alle Schleichwege, und was den schlechten Anzug anging: Er war ja nicht er selbst, sozusagen: Er spielte den Polizisten. Hatte er nicht Schauspieler werden wollen, bevor dieses Animateursding so richtig abgegangen war? Eben. Und alles besser, als hier im Halbdunkel zu sitzen und sich selbst beim Atmen zuzuhören.

Auf dem Gang beschloss er, ein bisschen aufs Achterdeck zu gehen und auf Hamburg zu schauen. Sich auszumalen, wie er eines Tages mit Katja eine Stadt finden würde, in der sie beide zu Hause waren. Vielleicht diese. Vielleicht Schwerin. Alle Viertelstunde oder so würde er schauen, ob die anderen schon wieder zurück waren.

Als er die eine Seite der doppelten Holzschwingtür zum Achterdeck öffnen wollte, sah er durch die runden Fenster im Türblatt, dass zwei Männer in Windjacken der Reederei an der Reling standen und mit zusammengesteckten Köpfen sprachen. Er hatte gehofft, allein zu sein. Für einen Moment hielt er inne, und dadurch stieß die Tür beim Zurückschwingen gegen seinen Schuh. Die Männer in Windjacken sahen auf, und Maik erkannte, dass sie zu denen gehörten, die in wechselnder Besetzung Simone Bender und die Kabinenstewardess bewachten.

Instinktiv wich er zurück. Das hier waren seine Feinde, wenn auch nur indirekt, weil sie Simone Bender versteckten oder gefangen hielten, und weil die so was wie eine Freundin geworden war. Oder eine gute Bekannte. Im Rahmen dessen, was auf einer Kreuzfahrt eine gute Bekanntschaft war. Und die Feinde seiner guten Bekannten waren seine Feinde. Gut, dass er im Moment geschützt war, weil er gerade aussah wie jemand anders: Die Typen in Windjacken kannten ihn nur in seiner Animateursuniform und mit blauer Perücke. Er wandte sich um und ging mit nicht zu schnellen, aber entschiedenen Schritten durch den schmalen Kabinenflur zurück Richtung Garderobe. Hatten sie ihn am Ende doch erkannt? Er wusste, dass sie zu einer Gruppe von Offizieren gehörten, die nicht nur die beiden Infizierten versteckten, sondern die sich auch als eine Art Geheimpolizei aufspielten, alles wissen wollten, was sich an Bord abspielte, und jeden von der Crew unter Druck setzten, der ihnen nicht passte. Mit geschultem Ohr hörte Maik ihre Schritte hinter sich auf dem dicken Flurteppich, ein charakteristisches Ffft-ffft.

Die wollen wahrscheinlich wissen, warum ich nicht bei meinen Kollegen bin und warum ich hier in diesen komischen Klamotten rumlaufe, dachte er. Fragen, die er nicht beantworten wollte. Jetzt zurück in die Garderobe? Da würden sie ihn zuerst suchen, denn jeder von der Crew wusste, dass die Garderobe das Hauptquartier der Animateure und Artisten war.

Maik war ein geübter und schneller Treppenschleicher, denn Katja und er hatten sich oft an Bord verstecken müssen, als alles noch normal gewesen war: Liebesgeschichten zwischen Crewmitgliedern wurden toleriert, waren aber nicht gern gesehen, man musste diskret sein. Vor dem Theater und der Garderobe war eine breite Treppe zu den anderen Decks, und sobald er um die Ecke war, huschte Maik die Treppe hinauf. Unter sich hörte er, wie das Ffft-ffft schneller wurde. Ja, das war Fakt, die wollten was von ihm. Und jetzt? Irgendeine leere Kabine? Blödsinn. Das hatte Sonja nur gesagt, um irgendwas zu sagen.

Noch konnten sie ihn nicht sehen, aber er spürte, dass sie ebenfalls auf dem Weg nach oben waren. Er erschrak, als er sich im graubraunen Anzug in der Spiegelwand neben dem Fahrstuhl sah. Und dann fiel ihm ein: fremder Anzug, fremde Taschen, darin bestimmt ein fremder Schlüssel. Er fand die Schlüsselkarte des Polizisten, prägte sich die Nummer ein und verschwand im Fahrstuhl, bevor seine Verfolger den Treppenabsatz erreicht hatten. Er drückte auf die 6. Innenkabine, aber egal: Jetzt wusste er, wo er sich verstecken konnte.

Ein banger Moment, als die Fahrstuhltür sich öffnete, aber: niemand zu sehen, sein Vorsprung noch intakt. Er wandte sich nach links, fand die Kabine des Polizisten, öffnete die Tür und glitt hinein. Ordentlicher, als er gedacht hatte; wahrscheinlich, weil der Bulle nichts hatte. Die Luft erträglich. Und sogar noch ein bisschen Wasser in der Plastikflasche. Maik streifte die Schuhe ab und warf sich rücklings aufs Bett. Den Passagieren mochten ihre Betten zu weich oder zu schmal sein, er fand sie besser als seins. Er streckte sich aus und hätte beinahe gekichert: Die hatte er ausgetrickst.

Dann hörte er ein leises Piepsen und sah durch seine Füße hindurch verblüfft, wie die Kabinentür außerordentlich langsam von außen geöffnet wurde.

38. Kapitel

Nach dem Laptop-Debakel hatte Danowski nicht mehr viel Hoffnung, was den Aktenordner anging. Schwer genug war er, aber als er ihn umdrehte, fielen aus der offenen Seite nur zusammengefaltete alte Zeitungen.

«Müll», sagte er. «Müll und Schrott.»

«Jemand war an unserem Schrank.»

«Echt, Sonja.»

«Sieht so aus», sagte Danowski übellaunig. «Die ganze Fünf-Freunde-Nummer ist jedenfalls jetzt vorbei. Im trüben Lichte der allerjüngsten Entwicklungen betrachtet, wäre es doch besser gewesen, Sie wären früher zu mir gekommen. Bevor jemand den Laptop und die Unterlagen gegen vom Gewicht und Umfang her ähnliche, aber für mich nicht annähernd vergleichbar aufschlussreiche Ersatzmaterialien getauscht hat.»

«Dreck», sagte Francis. «Und dafür der ganze Aufriss.»

Danowski betrachtete den inzwischen leeren Aktenordner. Er hatte einen ungewöhnlichen Heftmechanismus, kein deutsches Markenprodukt. «Und können Sie mir noch irgendwas über den Inhalt sagen? Was war hier in diesem Ordner? Und haben Sie den Laptop jemals angemacht?»

«Nein zum Laptop», sagte Sonja. «Und im Ordner waren … Geschäftsunterlagen. Briefe. Notizen. So was.»

«Briefe an wen?»

Während ihm niemand antwortete, wendete Danowski den nutzlosen Aktenordner in den Händen, weil er sonst nichts Besseres zu tun hatte. Dunkelblau, ein Kunststoff, der sich anfühlen sollte wie mattes Leder. Die Art von Aktenordner, in dem Informationsmaterial einer Firma oder einer Behörde überreicht wurde. Ein Aktenordner, den nur ein sparsamer Mensch weiter benutzen würde. Auf dem Rücken war unten eine Art Logo in den Kunststoff geprägt, etwa so groß wie eine Euro-Münze. Danowski beugte sich darüber.

Ein geduckter roter Löwe über einem gedrungenen weißen Kreuz auf blauem Grund.

«My dear Mister Singing Club», sagte er, halb versonnen beim Gedanken an eine alte Redewendung von Finzi, halb in Hommage an das Sprachengewirr hier an Bord, «jetzt hab ich doch noch was gefunden. Ich weiß nur noch nicht, was. Dieses Zeichen kenne ich.» Er hielt den Aktenordner hoch und zeigte darauf. «Wenn mir jetzt noch jemand sagen könnte, woher …»

«I know it», sagte Katja. Ha, dachte Danowski. Stille Wasser. Immer gewusst. Und dann fing sie an, von der Universität zu erzählen. Newcastle University: Das hier war ihr Wappen.

«Stimmt», sagte Sonja. «Wir fahren diese Route ja immer mal wieder. Newcastle ist ganz süß, da haben wir immer ein paar Stunden frei. Und die Uni soll gut sein. Das Wappen hab ich auch schon mal gesehen.»

Katja erzählte in ihrem rauen Englisch, sie hätte sich dort an der Universität danach erkundigt, ob ihr Teile ihres slowenischen Medizinstudiums anerkannt würden, falls sie nach Großbritannien wechselte. Danowski starrte auf das Wappen.

«Das ist aber nichts Besonderes», sagte Sonja, offenbar fürsorglich, damit er sich keine falschen Hoffnungen machte. «Viele Passagiere kaufen sich T-Shirts, auf denen das Wappen ist. Die gibt's in der ganzen Stadt. Wahrscheinlich hat der Typ, dem die Tasche gehört hat, sich in Newcastle die Uni angeschaut. Oder er hatte da einen Termin oder so was. Der war doch Geschäftsmann.»

Danowski grinste. Immer wieder, alle paar Jahre, durchfuhr ihn bei einer Geschichte dieses unvergleichliche Gefühl, Glück gehabt zu haben. «Ich kenne auch jemanden, der so ein T-Shirt hat», sagte er. Und er dachte an Tülin Schelzig und daran, wie sie sich vorige Woche nebeneinander umgezogen und ihre alten Sachen entsorgt hatten. Das T-Shirt, das er für ein Symptom eines Mittelalter-Fimmels gehalten hatte. Zwei Dinge also: Was hatte Carsten Lorsch an der Universität von Newcastle gemacht? Das konnte Finzi rausfinden, der Zeitpunkt des Besuchs war ja leicht zu bestimmen, und da gab es Sicherheitskameras und Zeugen und alles mögliche. Und das zweite, undurchschaubarer, aber für ihn vielversprechend, weil es dazu passte, wie sie ihm das eine oder andere Mal ausgewichen war: Was war Tülin Schelzigs Verbindung zu Newcastle?

Er hob die Zeitungen auf und stopfte sie wieder in den Ordner, verstaute alles in der Tasche und die dann in der Tüte. «Zurück in den Schrank damit», sagte er zu Francis. «Genau, wie es war. Falls jemand nachschaut, ob sein kleiner Schwindel aufgeflogen ist.»

«Und jetzt?», fragte Sonja.

«Tja», sagte Danowski. «Erst mal danke. Und dann müsste ich mal telefonieren. Meine Handys sind leer. Und ich würde mich über eine Eskorte zurück zu meiner Kabine freuen.»

«Ja, daran haben wir auch schon gedacht», sagte Sonja. «Sicherer, als wenn Sie und dann Maik hier alleine herumlaufen.»

Francis lehnte sich mit seinem Stuhl zurück, bis er die Matratze der unteren Bettetage erreichte, unter der er eine

Tüte mit sieben oder acht fertig gedrehten Joints hervorzog. Seufzend nahm er drei davon raus.

«Das ist unser Grund, warum wir aufs Deck wollen», sagte er und hielt einen in die Luft, «und das ist der Preis, den wir dafür an die Posten zahlen.» Dabei hielt er die anderen beiden hoch.

«Grenzt ja an Wucher», sagte Danowski, mit seinen Gedanken woanders. «Und mit dem Telefon?»

«Wenn's weiter nichts ist», sagte Sonja und lachte ein wenig wie jemand, der sich auf eine bevorstehende gelungene Überraschung freut. Sie stand auf und verließ die Kabine. Danowski sah sich fragend um.

«Ladegeräte sind unser geringstes Problem», erklärte Francis. Und dann stand Sonja mit einer Umzugskiste voller Ladegeräte wieder in der Kabine, es waren Dutzende, wenn nicht Hunderte, ein auf engem Raum komprimiertes und völlig ineinander verheddertes Ladegeräte-Museum, etwa 1995 bis zur Gegenwart.

«Was zum Teufel», staunte er.

«Nichts wird bei der Ausschiffung so oft vergessen wie Ladegeräte», erklärte Sonja. «Jedes Kreuzfahrtschiff hat mindestens eine Kiste davon. Nehmen Sie sich, was Sie brauchen.»

Der Rest ging teilweise sehr schnell und teilweise sehr langsam. An den Posten waren sie diesmal gleich vorbei, denn die Stimmung war gut, nachdem sie die beiden Joints überreicht hatten. Dann löste sich langsam eine Spannung, und Danowski hätte nicht sagen können, wer zuerst die Idee hatte, jetzt tatsächlich zu viert aufs Oberdeck zu gehen und den Joint zu rauchen. Francis sagte was von perfekter Tarnung, Sonja was von sternklarer Nacht, Danowski erinnerte pro forma an Maik und daran, dass er irgendwo auf sie wartete, aber Katja setzte ihre Perücke wieder auf und sagte: «Maik does not like weed. And he's probably asleep by now.»

Dann standen sie zu viert an der Reling und rauchten und sahen in die wunderbar rosafarbene Lichtverschmutzung über dem Containerhafen und einen aufziehenden Nebel, der die Silhouette der Stadt auf der anderen Elbseite in eine Fata Morgana verwandelte.

Treibland, dachte Danowski. Er spürte nichts als eine leichte Zufriedenheit und fast eine Vorfreude darauf, mit Tülin Schelzig über Newcastle zu reden, denn er wusste, dass er von ihr etwas erfahren würde, und zum ersten Mal schien ihm auch das Ende der Quarantäne nicht mehr unerreichbar.

Dann schwiegen sie und dann redeten sie, er hörte zu oder sagte selber was, Katja hatte noch Zigaretten und phantastische Grübchen rechts und links vom Mund, und Danowski dachte, wie gut es war, endlich wieder zu rauchen, und dann standen sie da und sagten nichts mehr, bliesen den Rauch über den Fluss und lehnten sich ein wenig aneinander, vier farbige Afroperücken mit müden, aber seltsam friedlichen Menschen darunter.

Er hatte keine Erinnerung an den Weg zurück in die Bar, aber dann fanden sie Maik nicht, und er merkte durch all die Unschärfe, dass die anderen beunruhigt waren und er ihnen nicht helfen konnte. Sonja blieb in der Bar, falls Maik dahin zurückkehren würde, und Katja und Francis begleiteten Danowski zurück zu seiner Kabine, um unterwegs Ausschau zu halten. Weil Maik die Schlüsselkarte in der Innentasche von Danowskis Jackett hatte, öffnete Katja ihm die Tür mit dem Generalschlüssel, den sie bei sich trug. Hm, dachte Danowski, jeder aus der Crew konnte in jede Kabine, das war ja auch mal interessant. Und dann waren sie ganz erleichtert, weil Maik gemütlich eingewickelt im von Danowski nicht benutzten Bett auf dem Bauch lag. Offenbar war er also doch in der Bar aufgestöbert und vertrieben worden, und keine schlechte Idee von ihm, sich mit Hilfe von Danowskis Schlüsselkarte einfach hier zu verstecken.

Es war erst mal gar nicht einfach, ihn aufzuwecken, und Danowski merkte früher als die anderen, dass es schlechterdings unmöglich war, denn Maik war tot. Noch warm, aber tot. Ja, friedlich sah er aus, aber mehr war da nicht mehr. Während Francis sich in den Papierkorb aus robustem anthrazitfarbenem Plastik erbrach, musterte Danowski den Fundort aus dem Augenwinkel und dachte: Erstickt, im Schlaf erstickt. Und dann: Weil jemand ihn für mich gehalten hat.

Katja, die bisher stumm dagestanden hatte, warf sich nun aufs Bett und zerrte und klammerte an Maik und schrie gedämpft in die Decken und Kissen, sodass es klang wie Trauer von ganz weit weg.

39. Kapitel

Und so schnell war ihre neue Freundschaft dann auch wieder vorbei. Der Rest erinnerte ihn an Formalitäten. Natürlich wollten sie ihm noch helfen, aber zugleich wollten sie nichts mehr mit ihm zu tun haben. Also zeigten sie ihm, wo hinter der Open-Air-Bar auf dem Oberdeck Steckdosen waren, an denen er seine Telefone aufladen konnte, die noch warm waren von Maiks Körper. In seiner Kabine konnte er sich nicht mehr aufhalten: Er wollte nicht mit einem Toten wohnen, und was, wenn jemand den Irrtum bemerkte und nach ihm suchte? Er dachte an gar nichts, als Francis und er die so gut wie bewusstlose Katja zurück zur Bar und zu Sonja führten. Es dauerte nicht lange, und er konnte sich nicht mehr daran erinnern, wie Sonja reagiert hatte. Starr, weiter funktionierend, aber auch so, als wäre es seine Schuld, weil eigentlich er gemeint war.

Sonja und Francis und er vereinbarten, dass die Animateure zu dritt mit Katja zurück in die Kabine gehen würden, Katja zwischen sich stützend. «Der ist schlecht geworden», würden sie am Posten behaupten, und das stimmte ganz grundsätzlich ja auch. Und der Vierte, wo war der?, würden die Posten fragen. «Der hat noch was aufgerissen», würden sie über Danowski sagen, der sozusagen Maik war, und Danowski würde irgendwie versuchen, über Finzi oder Behling und Tülin Schelzig Hilfe an Bord zu holen und Schutz für sich und die anderen.

Er hockte hinter der Bar an der Treppe zum Oberdeck und beobachtete, wie seine Telefone erwachten. Lauter neue Nachrichten. Nachrichten von Leslie und den Kindern. Nichts, was er würdigen konnte, im Gegenteil, fahrig scrollte er sich durch die Zuneigung seiner Familie. Anrufe ohne Mailbox-Nachricht von Kathrin Lorsch auf dem Diensthandy. Behling, der irgendwas schwadronierte und ihm Zeit stahl, die er nicht hatte. Oder hatte er plötzlich alle Zeit der Welt, weil andere ihn für tot hielten?

Nichts auf der Mailbox von Finzi, irgendwie auch typisch. Wollte der ihn nicht besuchen? Nur eine Nachricht von ihm, die entweder ein komplizierter Scherz oder unkomplizierte Faulheit war: «wolka jordanova». Hatte das was mit Wodka zu tun? Egal, weg. Dann auf Kurzwahl, aber bei Finzi ging nur die Mailbox ran. Wertvolle Zeit. Wo war Schelzigs Nummer? Selbst jetzt war es Danowski fast unerträglich, Behling anzurufen, also schob er es auf. Hatte er von Schelzig nur die Institutsnummer? Unfassbar. Im Institut ging keiner ran. Zu faul, die Handynummer einzuspeichern, die auf der Telefonliste des Krisenstabs stand. Vor lauter Wut über sich selbst wählte er dann doch Behlings Nummer. Hatte der überhaupt Bereitschaft?

«Behling?» Schon die Stimme klang wie aus dem Ei gepellt. Wusste der nicht, wie spät es war?

«Ich bin's», sagte Danowski und duckte sich hinter den Tresen, erschrocken, wie klar und weit seine Stimme über das leere Pooldeck trug. Er merkte, wie Behling einen Moment zögerte und dann beschloss, sich nicht so anzustellen. Tagsüber hätte er erst mal «Wer ist ich?» gesagt.

«Moin, Adam.»

«Hör zu, ich erreich Finzi nicht. Ich brauch dringend eure Hilfe.»

«Ich weiß, ich weiß», sagte Behling, und man hörte, wie er von etwas aufstand, das offenbar ein Bett war, und in ein anderes Zimmer ging. «Deine Frau hat mir die Sporttasche mit den Sachen für dich gegeben, ich wollte immer schon fragen, ob du die bekommen hast. Offenbar gehen ja wenigstens deine Telefone wieder.»

«Was für eine Tasche? Knud, es geht gerade um was ...»

«So 'ne dunkle Sporttasche mit Sachen von dir. Bilder von Kindern und paar Schlüpfer und so. Posten von der Besatzung hat mir die abgenommen und gesagt, sie prüfen die und sehen, was sich machen lässt.»

«Ich brauche keine beschissene Tasche», sagte Danowski wütend, weil er jetzt nicht über Bilder sprechen wollte, die seine Kinder gemalt hatten. «Ich brauche Verstärkung. Ein Mobiles Einsatzkommando oder so was. Holt mich hier raus. Scheiß auf die ganzen Vorschriften und die Jurisdiktion und den ganzen Krampf. Ein MEK, das mich hier rausholt.»

«Ein MEK? Kein Problem», sagte Behling in einem Tonfall, der keinen Zweifel daran ließ, dass es nichts gab, was daran kein Problem war.

«Es hat einen weiteren Toten gegeben», sagte Danowski so leise wie möglich. «Und der Tote sollte eigentlich ich sein.»

«Adam», sagte Behling, und Danowski hörte, dass er sich setzte. «Du stehst unter einer Menge Stress. Das ist alles bestimmt ganz schön viel für dich. Dieses Eingesperrtsein, die Machtlosigkeit, die ganzen fremden Leute. Ich sag mal, das ist sicher kein Zuckerschlecken mit deiner Hypersensibilität.»

«In meiner Kabine liegt ein Toter», sagte Danowski. «Der aussieht wie ich. In meinem Bett. Ein toter Mann.»

«Der aussieht wie du?»

«Ja. Eine Verwechslung.»

«Moment. Warum liegt ein Mann in deinem Bett, mit dem du verwechselt werden könntest?»

«Er hat so getan, als wäre er ich.»

«Warum?»

«Damit ich mich als er verkleiden konnte und ...»

«Du hast dich verkleidet?»

«Ja, um zu ermitteln, Knud. Um Simone Bender zu finden. Und die Aktentasche von Carsten Lorsch.»

«Und hast du sie gefunden?»

«Ja. Nein. Sie stirbt.»

«Die Aktentasche stirbt?»

«Simone Bender stirbt. Die Aktentasche war leer.»

«Adam, sitzt du? Versuch, ganz ruhig zu atmen. Bist du in deiner Kabine?»

«Ich habe dir doch gesagt, in meiner Kabine ist ein Toter ...»

«Der aussieht wie du. Du bist durch einen Toten ersetzt worden.»

«Knud, ich weiß nicht, warum ich dich überhaupt anrufe. Aber Finzi geht nicht ran, und außerdem brauche ich die Nummer von der Schelzig, der Frau vom Tropeninstitut. Handynummer. Die steht auf der Liste vom Krisenstab. Du besorgst dir doch so was immer. Gib mir die Nummer.»

«Finzi schläft, davon kannst du mal ausgehen. Weißt du, wie spät es ist?»

«Du hast die Liste, gib mir die Nummer von Schelzig.»

«Wegen dem Toten ...», und hier machte Behling eine Kunstpause, deren annähernde Unmerklichkeit etwas sehr Demonstratives hatte, «... solltest du dringend den Kapitän verständigen. Der wäre doch eigentlich dafür zuständig. Jetzt erst mal.»

«Der Kapitän ist busy. Der ist immer busy. Seitdem ich auf diesem verdammten Schiff zu tun habe, gelingt es mir nicht, mit dem Kapitän zu sprechen.»

«Sicher wird er sich von so etwas Ernstem wie einem Toten, der so aussieht wie du und an deiner Stelle in deiner

Kabine in deinem Bett liegt, dazu bewegen lassen, doch mit dir …»

«Knud, es gibt hier Leute in der Besatzung, die es auf mich abgesehen haben. Ich bin dabei, etwas herauszufinden, was ich nicht herausfinden soll.»

«Ganz ruhig, Adam. Kein Grund, dramatisch zu werden. Denk dran, was der Inspektionsleiter gesagt hat: Ball flach halten.»

«Und in dem Moment, wo ich es bis zum Kapitän oder in seine Nähe schaffe, wissen alle hier an Bord, dass ich noch am Leben bin. Auch die, die mich umbringen wollen.»

Behling atmete tief ein. Endlich, dachte Danowski. Jetzt habe ich ihn. Jetzt hört er mir zu. Egal, wie schlecht wir miteinander zurechtkommen, egal, was er für ein Arschloch ist – wenn ein Kollege in Gefahr ist, hört der Kleinkrieg auf. Dann hilft man einander.

«Adam», sagte Behling sanft. «Kennst du das Capgras-Syndrom?»

Danowski rieb sich mit den Daumen die Augenhöhlen. Behling holte gern weit aus und ließ einen an seinem unerschöpflichen Wissen teilhaben, bevor er einem half. «Nein», sagte er resigniert.

«Auch Doppelgänger-Syndrom genannt», erklärte Behling in aller Ruhe. «Vom französischen Psychiater Joseph Capgras zum ersten Mal 1923 beschrieben. Ein seltenes Syndrom, bei dem der Betroffene glaubt, enge Angehörige seien durch Doppelgänger ersetzt worden.»

«O Knud», ächzte Danowski.

«Komm, ich bin bereit, dich offen und mit Respekt zu behandeln, Adam», sagte Behling mit einem nasalen Zug kurz vorm Beleidigtsein in der Stimme. «Du bist wegen psychischer Probleme in neurologischer Behandlung, das halte ich jetzt hier mal ohne Wertung fest. Ich sage es einfach.

Darauf können wir uns einigen, oder? Das sind Tatsachen. Und dann, hier, warte, ich hab's jetzt auf dem Schirm, die ICD, ‹Internationale statistische Klassifikation der Krankheiten und verwandter Gesundheitsprobleme› …»

«Ich weiß, was ICD ist», log Danowski gepresst.

«… nur damit wir uns einig sind, dass das Doppelgänger-Syndrom nicht irgendein Hokuspokus ist, hier: ‹Wahnsyndrom mit Personenverkennung im Sinne der Doppelgänger-Illusion›. Offiziell erfasst und beschrieben. Im Zusammenhang mit Wahrnehmungs- und Persönlichkeitsstörungen übrigens auch auf die Selbstwahrnehmung ausdehnbar.»

«Ich bin nicht der Einzige, der den Toten gesehen hat», sagte Danowski.

«Dann bin ich sicher, dass die anderen Zeugen den Kapitän und den Sicherheitsdienst an Bord verständigen werden und dass dir nichts passieren …»

«Ganz bestimmt nicht, Knud.»

«Woran bist du denn gestorben, wenn ich mal so fragen darf? Und du hörst sicher, dass ich die Anführungszeichen deutlich mitspreche. Aber ohne Häme, Adam.»

«Vermutlich erstickt. Mit dem Kissen. Betäubt und erstickt. Was mit wenig Spuren.»

«Der Tote sieht also ganz friedlich aus.»

«Friedlicher als ich.»

«Adam, nur, um es einmal ausgesprochen zu haben: Die Doppelgänger-Illusion ist möglicherweise keine Krankheit für sich, sondern ein Symptom.» Diesmal war Behlings Kunstpause eher vorsichtig. «Ein Symptom für eine Psychose.»

«Ach, verdammte Scheiße», fluchte Danowski. «Drei andere Leute haben den Toten gesehen. Eine davon war seine Freundin.»

«Nur aus Interesse, Adam, und um wirklich alles auszuschließen. Möglicherweise reden wir hier ja auch über halluzinatorische Zustände. Also, ganz ehrlich, haben diese anderen Personen, von denen du sprichst, und hast du, habt also ihr Medikamente oder Betäubungsmittel konsumiert, bevor ihr den Toten gesehen habt, der aussah wie du?»

Danowski schnaubte, aber er sagte nichts. So war das mit Behling: Man konnte nicht gewinnen. Und erst recht nicht, wenn man im Grunde so gut wie tot war.

«Adam?»

Er antwortete nicht.

«Adam?»

Während er das Telefon sinken ließ und sein Name, wie Behling ihn sagte, leiser wurde, beendete er das Gespräch.

Er ließ sich aus der Hocke auf den Boden rutschen und saß eine Weile in Maiks Uniformhose auf dem feuchten, kalten Deck. In seiner Hand vibrierte das Telefon, weil Behling versuchte, das Gespräch fortzusetzen. Dann das andere, denn so leicht gab Behling nicht auf. Dann, in größeren Abständen, das kurze Vibrieren der Mailbox. Um keinen Preis würde er sich das anhören.

Und jetzt?, dachte er. Ich muss hier runter. Ich bin nur so lange sicher, bis jemand herausfindet, dass ich nicht der Tote bin, der in meinem Bett liegt. Okay, es klingt wirklich durchgeknallt.

Vor ein paar Tagen hatte es das Gerücht gegeben, ein Paar sei über Bord gesprungen, Freizeittaucher aus Dänemark, die bei einem Landgang in England preiswerte Neoprenanzüge gekauft hatten. Mit denen sie dann vom untersten erreichbaren Deck in die Elbe gesprungen waren. Die eine Version war, dass Hamburger Verwandte sie flussabwärts am Bubendey-Ufer aus dem Wasser gefischt und über die Grenze gefahren hatten. Die zweite, dass sie in die Schraube eines Containerschiffs aus Singapur geraten und tot waren. Die dritte, dass die Wasserschutzpolizei sie nach wenigen Metern wieder eingesammelt und zurück an Bord und zurück in Quarantäne gebracht hatte. Danowski hielt die dritte Variante für am wahrscheinlichsten: die «Große Freiheit» war Tag und Nacht von fünf bis sechs Booten der Wasserschutzpolizei umgeben, die mit ausgestelltem Motor sanft auf der Elbe schaukelten und Presse, Schaulustige und Angehörige fernhielten. Und Fluchtversuche verhinderten.

Ganz abgesehen davon, dass er nur im Urlaub schwamm, und dann auch nur, wenn die Kinder ihn dazu zwangen, war er nicht sicher, ob er aus der erforderlichen Höhe würde springen können. Das niedrigste erreichbare Deck war das sechste, und selbst von da waren es deutlich über zehn Meter bis zur schwarzen, undurchdringlichen Wasseroberfläche der Elbe. Und Deck sechs war, weil dort die Gangway war, auch am besten bewacht.

Die andere Möglichkeit war, sich hier an Bord zu verstecken. Bis die Quarantäne vorüber war? Schwierig. Bis ihm etwas Besseres einfiel? Schon eher.

Und dann fiel ihm etwas ein. Weil er darüber nachdachte, wie seine verfluchte neue Arbeitseinstellung, diese unnötigerweise neu aufgeladene «Berufsehre» oder was auch immer, ihn in diese außerordentlich unangenehme Situation gebracht hatte. Und wie das alles angefangen hatte mit dem weisen Tischler, dem er geglaubt hatte, dass man einen Job, wenn man ihn hatte, dann eben auch machen musste.

Wenn ich's doch nur wie der Schlosser gemacht hätte, dachte er, der sich auch nicht mehr um das Schloss gekümmert hat. Und das war die Erinnerung: der Verschlag, in dem der Tischler sein Werkzeug und sein Material hatte, gar nicht weit von hier entfernt, und wenn der Schlosser seine Arbeitseinstellung nicht geändert hatte, dann war die Tür noch immer offen, weil das Schloss unrepariert war.

Auf dem Pooldeck war weiterhin niemand zu sehen. Vom Hafen dröhnten die Container, wenn die Kräne sie auf die Lkw oder aufs Schiff setzten, und ob dahinten schon die Morgendämmerung begann oder der Hafen einfach vor sich hinleuchtete, konnte er nicht ermessen, weil der Nebel zu dicht geworden war. Als Danowski das erste Mal an Bord gegangen war, war der Sommer schon in der Stadt gewesen, wie eine Vorschau auf sich selbst. Jetzt sah er, während er an der weißen Metallwand Richtung Tischlerkabine schlich, wie der Nebel übers Wasser zog, als müsste die diffuse Kälte der Nacht noch bebildert werden. In Norddeutschland ist im Frühling Herbst, dachte er.

Aus der Cafeteria hörte er Geräusche. Das Licht war ausgeschaltet, aber durch die Panoramafenster sah er vor dem Hintergrund der erleuchteten Hafenkräne die dunklen Umrisse von Gestalten, die zusammensaßen oder allein und tranken, was sie in versteckten Vorräten noch gefunden hatten; Hauptsache, nicht in der Kabine brüten.

Einfach hingehen, dachte Danowski, und erklären, was Sache ist. Dass ich bedroht werde. Und dass wir uns befreien können, wenn wir alle zusammenhalten. Wer will uns aufhalten?

Anderseits, wenn Behling ihm schon nicht glaubte, der doch wenigstens den Kontext einzuordnen vermochte, für den es also eigentlich nichts Besonderes sein konnte, wenn ein Kriminalbeamter einen Leichenfund meldete ... was würden dann ein paar Zivilisten sagen, für die wahrscheinlich schon sein normaler Arbeitsalltag am Rande des Verrückten war? Zumal er immer noch die Perücke trug und auch nicht wagte, sie abzunehmen. Mit ihr war er weniger

Adam Danowski, das kam ihm gerade recht. Und warm hielt sie ihn auch.

Als er den Verschlag erreichte, vibrierte sein Diensthandy. Bestimmt wieder Behling.

Er prüfte die schmale Tür des Tischlerverschlags. Sie öffnete sich, indem er sie mit der flachen Hand leicht anhob und gleichzeitig mit dem Fuß dagegendrückte. Drinnen roch es nach Werkzeugen, Öl und trockenem Toastbrot. Danowski benutzte das Display seines Telefons als Taschenlampe und sah, dass der Verschlag etwa drei Quadratmeter groß war: einen guten Meter breit und vielleicht zweieinhalb lang. Das Werkzeug hing sorgfältig und tröstlich an durch Umrisse gekennzeichneten genau dafür vorgesehenen Haken. Es gab ein paar Holzleisten und zwei Plastikkisten mit anderem Material. Er improvisierte eine Bank daraus, die er mit ein paar ölverschmierten Lappen polsterte. Auf einem schmalen Werktisch lag eine Packung Toastbrot, achtlos, als hätte jemand damit Möwen gefüttert. Die Einzigen, die sich hier wirklich über nichts beklagen konnten.

Sein Telefon vibrierte wieder oder noch immer, er konnte sich nicht daran erinnern, ob es zwischendurch aufgehört hatte, denn inzwischen merkte er, wie müde und erschöpft er war. Er setzte sich vorsichtig auf seine neue Bank. Sie hielt und war gut. Dann wieder das Telefon. Er sah aufs Display und war so überrascht und erleichtert, dass ihm ein «Gott sei Dank» entfuhr, nachdem er das Gespräch angenommen hatte.

«Ich sehe, dass Sie hier im Institut angerufen haben», sagte Tülin Schelzig. «Ich hoffe, es ist was Wichtiges. Eigentlich bin ich im Labor.»

Danowski lehnte sich an die Wand und streckte die Hand nach dem Toastbrot aus. Es war hart, aber köstlich.

«Nein», sagte er kauend. «Ich wollte mich nur mal wieder melden. Bisschen plaudern. Hören, wie's so geht.»

Es schien ihr die Sprache zu verschlagen. «Wissen Sie, was hier los ist?», sagte sie schließlich, und weil er wusste, dass sie nicht zu rhetorischen Fragen neigte, sagte er höflich: «Nein, tut mir leid, keine Ahnung. Aber Sie wissen sicher auch nicht, was hier los ist.»

«Mal ganz abgesehen davon, dass der Schiffsarzt inzwischen das Vollbild der Krankheit hat und innerhalb von etwa zwölf Stunden sterben wird, gibt es große Probleme mit dem Impfstoff», sagte Schelzig unverblümt. «Sowohl aus wissenschaftlicher als auch aus politischer Sicht, oder meinetwegen aus menschlicher. Letzteres, weil drei Personen an Impfschäden gestorben sind. Oder an Nebenwirkungen. Oder daran, dass der Impfstoff schadhaft ist. Und das wären dann die wissenschaftlichen Probleme. Sie werden verstehen, dass ich vor diesem Hintergrund keine Zeit und – wenn Sie mir die Bemerkung gestatten – auch kein Interesse daran habe, mich mit Ihnen zu unterhalten.»

«Drei Personen?»

«Ja. Patient A, B und C. Mehr weiß ich im Moment auch nicht. Wir haben lediglich Blut dieser Patienten hier, das wir jetzt untersuchen. Die drei sind miteinander verwandt, daher wissen wir nicht, ob es sich um einen irren medizinischen Zufall aufgrund einer genetischen Vorbelastung handelt oder um …»

«Von mir jetzt auch mal ganz ehrlich», sagte Danowski, «das ist wahnsinnig faszinierend und sicher fachlich sehr anspruchsvoll, aber ich habe im Moment ganz andere Probleme. Und inzwischen glaube ich, dass Sie mir bei der Lösung dieser Probleme helfen können, und zwar auf noch ganz andere Weise, als mir irgendwelche Waffen wie aus dem *Yps*-Heft zuzustecken.»

«Der Stift war nur geliehen.»

«Dann holen Sie ihn sich doch am besten gleich hier auf dem Schiff ab. Sie sind ja nicht weit entfernt. Mit dem Taxi sind Sie in zehn Minuten hier.»

«Haben Sie mir eben nicht zugehört?»

«Doch, aber das, was Sie mir gesagt haben, interessiert mich weniger als das, was ich Ihnen jetzt sagen werde: Seit Tagen werde ich hier bedroht, und jetzt hat es einen Mordanschlag auf mich gegeben.» Das so aufzuzählen, klang unangenehm weinerlich und fast ein wenig pedantisch, etwa so, als würde er sich bei einer Telefon-Hotline über schlechten Service beklagen.

«Möchten Sie, dass ich Ihnen die Nummer der örtlichen Polizeidienststelle gebe?», sagte sie versuchsweise spöttisch und schien angetan davon, wie sich das angehört hatte.

«Ah, Frau Doktor Schelzig entdeckt den Sarkasmus für sich», sagte Danowski. «Aber dafür ist jetzt keine Zeit mehr. Sie sind die Einzige, die hier ohne Sondergenehmigung an Bord kann. Aus wissenschaftlichen Gründen, jederzeit. Und wenn Sie in meiner Nähe sind und wir uns in Sichtweite der Bundespolizei aufhalten, bin ich sicher. Andernfalls nicht.»

«Herr Danowski», sagte sie, zu korrekt, um einfach aufzulegen. «Ihre Probleme sind sicher bedrückend. Aber von meiner Anwesenheit hier hängt möglicherweise ab, ob wir morgen die Impfungen fortsetzen können oder nicht. Wir wollen auf dem Schiff damit anfangen. Dann sehen wir uns sowieso. Irgendwann am späten Nachmittag, wenn alles nach Plan läuft. Solange wir miteinander telefonieren, läuft es nicht nach Plan.»

«Wie gesagt, Sie sind die Einzige, deren Anwesenheit mich hier zumindest zeitweise beschützen kann. Sie müssen kommen. Und zwar nicht morgen, sondern jetzt sofort.»

«Ich muss gar nichts. Außer wieder ins Labor. Bitte bereiten Sie sich darauf vor, dass dieses Gespräch gleich beendet sein wird.»

Danowski schluckte den letzten Rest Toast herunter und drückte sich selbst die Daumen, denn er hatte nur einen Versuch. Er wusste, dass es irgendeine Verbindung von Carsten Lorsch und von Tülin Schelzig zur Newcastle University gab und dass sie ihm ihre verschwiegen hatte, obwohl sie sich hätte denken können, dass sie für ihn interessant sein musste.

«Mit wem soll ich denn dann über Ihre Newcastle-Verbindung reden? Mit jemand von Ihrem Institut? Mit Peters von der Gesundheitsbehörde? Oder lieber doch mit ...»

«Seien Sie still.» Er konnte fast hören, wie sie nachdachte. «Ich verstehe kein Wort.»

«Sie wissen genau, was Carsten Lorsch in Newcastle gemacht hat.»

«Nein.»

«Sie ahnen es.»

Sie schwieg.

«Scheint ja alles doch nicht so dringend zu sein», sagte Danowski. «Oder möchten Sie lieber, dass wir das alles am Telefon besprechen? Während Sie bei sich im Büro am Schreibtisch stehen und auf einer Leitung sprechen, in die sich jeder über die Zentrale einschalten kann?» Was wusste er über ihre Telefonanlage. Aber es klang gut. Und was wusste sie darüber?

«Eine Stunde. Länger kann ich nicht wegbleiben», sagte sie schließlich.

«Dann sage ich Ihnen jetzt, wo Sie mich finden.»

«Ich kenne Ihre Kabinennummer.»

«Und Sie tun auch so, als würden Sie die Kabine ansteuern. Lassen Sie sich nicht von jemandem begleiten. Wenn man Ihnen eine Besatzungseskorte aufzwingen will, sagen Sie, dass ich mich aus medizinischen Gründen am frühen Abend an Sie gewendet habe und dass Sie erst jetzt dazu kommen, mich zu besuchen. Sagen Sie, dass Sie erhöhtes Ansteckungsrisiko vermuten. Dann wird Sie niemand begleiten. Und dann gehen Sie nicht zu meiner Kabine.»

Nachdem er ihr beschrieben hatte, wo er sich versteckte, beendete er das Gespräch und ließ das Telefon sinken. Es war drei Uhr nachts, die Stunde, in der die Geister schliefen und die Depressiven und Erschöpften wachten.

Dachte er.

Und schlief auf seinem Lager ein, wie jemand mit einem Schwindelanfall hintenüberkippt.

40. Kapitel

Simone Benders Gehirn kannte keine Bilder mehr und keine Vergleiche. Kein «als ob», kein «so wie». Jedes ihrer wenigen Gefühle hatte seine eigene eindimensionale Realität. Alles, was noch war, war, was es war. Und was es war, war nicht viel.

Es war eine Dunkelheit und ein Schweben mit zu wenig Luft.

Wenn jemand kam, dann stand er zu weit weg.

Wenn jemand sprach, dann viel zu leise. In Lauten, die sie nie zuvor gehört hatte.

Alles, was schlecht war, erfüllte sie. Aber was alles schlecht war, wusste sie nicht mehr. Alles, was ihr Gehirn noch kannte, war am Ende vielleicht ein einziger Name.

Luis, dachte sie. Luis. Aber ob dies der Name ihres Sohnes war oder nur ein lautloses inneres Geräusch, ein letztes dunkles Aufblitzen – wie hätte sie auf die Idee kommen sollen, sich diese Frage überhaupt zu stellen, ausgefüllt, wie sie war, von allem, was schlecht war?

Luis, und dann endlose Variationen von Nichts.

41. Kapitel

Es war wie ein Rätsel: Niemand wusste, wo er war, außer einer Person, und die war nicht er selber.

Wo bin ich?, dachte Danowski noch einmal.

Ihm schien, als würde es noch dunkler, sobald er die Augen öffnete. Er hob die Hand, spürte die Lacknasen an der Metallwand und richtete sich langsam auf.

Es klopfte wieder an die schmale Tür, deren Umriss er undeutlich und mit einem Hauch von Rosa erkennen konnte, wo Licht von außen sie in die Wand seines Verschlags zeichnete. Das Klopfen war leise, aber dringend. Auf dem Telefon war es halb vier, fast zwei Stunden vor Sonnenaufgang, wahrscheinlich dämmerte es schon. Er hatte das Gefühl, jetzt weniger geschlafen zu haben als zuvor, bevor er weggedämmert war; als wäre die knappe halbe Stunde, die er hier gelegen hatte, eine Art negativer Schlaf, der seiner Müdigkeit zugeschlagen wurde.

«Wer da?», sagte er mit übertriebenem Bühnenflüstern, um seine Stimme auszuprobieren. Kaum benutzbar.

«Machen Sie auf.» Tülin Schelzig klang wie aus dem Radio. Er runzelte die Stirn, öffnete die schmale Tür und wich zurück. Sie trug einen gelben Schutzanzug mit roten Handschuhen, mit Luft gefüllt, sodass er rund und elastisch um ihren Körper war. Ihr Gesicht war für ihn unsichtbar hinter der Schutzscheibe, er sah in dieser Scheibe nur eine schräg verzerrte Reflexion von Hafenkränen, die aus dem Nebel stakten. Ein kleiner Lautsprecher war unterhalb des Mundes angebracht, im Wind hörte er das sanfte Sirren ihrer Sauerstoffpumpe.

«Sie haben aufgerüstet», sagte Danowski leicht vorwurfsvoll.

«Verschärfte Bestimmungen», erklärte Schelzig. «Wir haben eine Reihe von Verdachtsfällen hier an Bord. Fieber, Gliederschmerzen, so was. Könnte aber natürlich auch nur die Frühjahrsgrippe sein. Hier, ziehen Sie das an.»

«Wollen Sie nicht reinkommen?»

«Und mich irgendwo aufschlitzen? Nein danke.»

Sie reichte ihm einfache Schutzkleidung, die er über seine Uniform zog, ohne so recht zu verstehen weshalb.

«Die Perücke lassen Sie bitte hier», sagte Schelzig.

«Die mögen Sie nicht?»

«Ihre Kleidung können Sie anbehalten, die kann ich Ihnen sogar desinfizieren. Aber Sie müssen eine Schutzhaube über die Haare ziehen, die passt nicht über die Perücke.»

Danowski wurde von Hoffnung gebeutelt. Als er die Schutzhaube entgegennahm, zitterten seine Finger, aber er wagte nicht zu fragen.

«Die Perücke können Sie mir nicht desinfizieren? Wenn ich sie hierlasse, wäre das schlecht. Vielleicht findet sie jemand, und dann sind die Animateure ... Es ist schwer zu erklären.»

«Um Gottes willen, hier», sagte sie ungeduldig und reichte ihm einen transparenten Plastikbeutel, in dem sie die Perücke versiegelte, um sie mit von Bord zu nehmen. «Ich bringe Sie zur Screening-Station», sagte Schelzig aus ihrem zischenden Keksdosen-Lautsprecher. «Die Isolationscontainer, die wir hinter dem Terminal aufgebaut haben. Sie erinnern sich, Sie waren ja in der Sitzung dabei, als ich das angeregt habe.»

«Als wäre es gestern gewesen», sagte Danowski, der nicht genau verstand, wovon sie sprach, außer, dass es tatsächlich bedeutete: Sie nahm ihn mit von Bord. Wie lange er dann in irgendeinem Container saß, war ihm im Augenblick völlig egal. Er lachte.

«Medizinisch gibt es keine Rechtfertigung dafür», sagte Schelzig, während sie ihn mit ungeduldigem Handwedeln zum Gehen nötigte. «Ich habe Sie als dringenden Verdachtsfall eingestuft, um Sie außerhalb des Schiffes untersuchen und möglicherweise isolieren zu können. Es gäbe sonst keine Möglichkeit, miteinander zu sprechen, ohne dass uns jemand zuhören könnte.»

«Sie hätten vom Institutstelefon auf Ihr Handy ausweichen können», sagte Danowski und staunte, wie sein Widerspruchsgeist oder seine Besserwisserei über sein eigenes Interesse siegte. Warum in Frage stellen, dass sie ihn von Bord holte?

«Es wäre Ihnen technisch möglich gewesen, unser Telefonat aufzuzeichnen. Daran ist mir nicht gelegen. Sie werden sehen, dass ich mich selbst belasten muss.»

«Da bin ich gespannt», sagte Danowski, folgte ihr eifrig und amüsierte sich darüber, dass sie so sprach, als kennte sie sich auch noch mit Strafrecht aus. Seine Vorfreude darauf, wieder Land unter den Füßen zu haben, war noch deutlich größer als sein Interesse an der Enthüllung der Newcastle-Connection.

Sie nahmen die dunkle Treppe hinunter zum Deck sechs, und er bewunderte aus dem Augenwinkel, was für ein seltsames Paar sie abgaben in den schummerigen Wandspiegeln: eine aufgeblasene Astronautin und ein Tiefkühlpizzabäcker auf dem Weg zur Frühschicht. Niemand kam ihnen entgegen, aber auf dem Gang zur Rezeption und zur Tenderpforte hin wurde es heller, und Danowski ahnte die Menschen. Jetzt noch aufgehalten werden, das wäre ärgerlich, dachte er mit forciertem Understatement, um sich dann gleich innerlich zu korrigieren: Es wäre existenzvernichtend.

Bevor sie den Kordon der Bundespolizei an der Gangway erreichten, mussten sie durch die mit Absperrbändern improvisierte Kontrolle der Reederei und Crew, das inoffizielle Nadelöhr, das Danowski auf diesem Weg am meisten beunruhigte. Der Rotäugige? Irgendjemand anders von den Quetschern? An seiner Körpersprache merkte er, dass er Angst hatte. Er hatte die Schultern hochgezogen und blickte starr auf den Boden, um niemandes Blick zu treffen. So, wie wenn einem kalt war, man spannte alles an und atmete flach, und im Grunde wurde einem erst wärmer, wenn man sich wieder normal bewegte. Er ließ die Schultern sinken und hob den Blick. Unter dem halben Dutzend rauchender Passagiere war kein bekanntes Gesicht und kein bedrohliches bei den beiden Offizieren, die mit müden Augen an der Rezeption lehnten. Jetzt wandten sie sich ab, als hätten sie ihrerseits Angst, Danowskis Blick zu treffen. Sie weichen vor mir zurück, wurde ihm klar, als die Perspektive sich zu ändern schien. Sie denken, ich wäre krank, für sie bin ich jetzt schon ein Sterbender, obwohl ich nur zur Untersuchung geholt werde.

Umso besser, dachte er. Mich seht ihr nie wieder. Schelzig hielt ein paar laminierte Unterlagen hoch, dann waren sie durch. Mehr brauchte es nicht, man musste nur unter dem Verdacht stehen, todkrank zu sein. Und dann spürte er die Gangway unter seinen Füßen, und durch die Plastikfenster der Seitenplane tanzte die verwischte Silhouette der Stadt im Rhythmus seiner Schritte.

Als hätten Außerirdische ihn entführt. Sie zogen ihn in gleißendem Licht aus und setzten ihn auf Metall. Sie desinfizierten ihn, sie beobachteten ihn, sie ließen ihn warten.

Schleusen schlossen und öffneten sich. Wer war Schelzig, wenn alle die gleichen Anzüge trugen und niemand etwas sagte? Und wo war Hamburg, wenn der Container keine Fenster hatte?

Müde bin ich jetzt, dachte er mit allem Wohlbehagen, das man empfinden konnte, wenn man mit dem nackten Hintern auf Edelstahl saß. Wieder die Schleuse, dann war er allein mit Schelzig. Unwillkürlich schlug er diskret die Beine übereinander, was sich nackt seltsam anfühlte.

«Ich bin Wissenschaftlerin», sagte Schelzig nüchtern aus ihrem Radio, als würde ihm das seine Befangenheit nehmen.

«Ich finde lediglich, dass die Textilien hier etwas ungleich verteilt sind», bemerkte er. «Und etwas merkwürdig, dass Sie als Mikrobiologin hier Frau Doktor spielen.»

«Es war schwierig genug, die anderen zu überzeugen, dass ich selbst die Untersuchung mache», sagte Schelzig, während sie ihm unter der Zunge die Temperatur maß. Ihre Hände bewegten sich auffällig behutsam und geschickt in den festen roten Handschuhen. «Ich musste die Autoritätskarte spielen: Endlich ein weiterer Verdachtsfall, den übernimmt die Projektleiterin. Außerdem habe ich eine Schwesternausbildung. So habe ich mir das Studium finanziert.»

«Die Autoritätskarte. Das fällt Ihnen bestimmt nicht leicht», sagte Danowski scheinheilig. Er traute sich nicht zu fragen, wann er nach Hause konnte.

«Newcastle», sagte Schelzig, während sie die Lymphdrüsen an seinem Hals abtastete.

«Das frage ich Sie», sagte er. «Sie haben ein T-Shirt getragen, auf dem das Wappen der Uni war. Und Carsten Lorsch hat dort auch irgendwas gemacht. Mehr habe ich nicht.»

Ihre Hände an seinem Hals in den dünnen Spezialhandschuhen fühlten sich an wie Plastikzangen, die jederzeit zupacken konnten. Also immer noch besser als alles, was er in den letzten Stunden an Bord erlebt hatte. Sie hielt inne. Und tastete noch einmal seine Lymphknoten ab.

«Ich habe da vor fünf Jahren meinen Postdoc gemacht. Am Institut für Mikrobiologie. Die machen gute Sachen, auch mit Filoviren. Schöne Uni.»

«Toll. Werd ich dran denken, für mein Auslandssemester.»

Sie beugte sich über seine Brust, bis die Scheibe ihres Schutzanzuges fast seine Haut berührte.

«Jedenfalls gab es da immer Gerüchte. Über Kollegen, die es nicht ganz so genau nehmen mit den Vorschriften, richtig gute Leute eigentlich, aber Leute, deren Interesse an Viren vielleicht über das rein Wissenschaftliche hinausgeht.» Sie leuchtete ihm mit einem kleinen Strahler in die Augen. Nachdem sie das Licht wieder weggenommen hatte, starrte sie in seine Augen, auf seine Augäpfel, ohne dass man hätte sagen können, sie sahen einander an. Dann zwang sie mit sanftem Druck seine Schenkel auseinander, beugte sich vor und fing an, die Lymphdrüsen in seiner Leistengegend zu untersuchen.

«Warum untersuchen Sie mich eigentlich?», fragte Danowski leicht gepresst. «Ich dachte, das ist alles nur ein Vorwand, damit wir ungestört reden können.»

Sie hielt inne und hob ihr Sichtfenster in seine Richtung. «Wenn Sie schon mal hier sind», sagte sie. «Schließlich sind Sie Risikogruppe 1, und wenn Sie Symptome haben, würde ich Sie schon gern isolieren. Vielleicht kann ich Ihnen sogar Ihre Situation erleichtern oder was für Sie tun, Mortalität fünfzig bis neunzig heißt ja, dass unter günstigen Umständen die Hälfte eben nicht stirbt.»

«Newcastle», sagte Danowski.

«Vor zwei Jahren ist ein Kollege quasi suspendiert worden, nicht entlassen, aber ich habe gehört, dass er nur noch absolutes Routinezeug machen durfte. Angeblich hat er mit eigenen Virenstämmen experimentiert. On the side, wenn Sie so wollen. Ein Nebenprojekt. Angeblich im Auftrag der CIA, bei Filoviren ist der nächste Gedanke ja immer Bioterrorismus, auch wenn diese Viren dafür nicht ideal sind. Die gleiche Argumentation wie bei diesen umstrittenen Experimenten mit SARS-Viren in Holland: auf das Schlimmste vorbereitet sein, die Viren verstehen und so weiter. Nur dass der Kollege damit in dem Fall ziemlich alleine dastand. Würden Sie sich kurz umdrehen? Ich muss Ihren Anus untersuchen. Unter Umständen eine Körperregion für Vorsymptomatik. Irgendwelche Verdauungsbeschwerden, auffälliger Stuhl?»

Danowski schüttelte stumm den Kopf und merkte trotz allem, dass er Hunger hatte. Sobald sie fertig war, fühlte es sich irgendwie so an, als hätte sie ihm um ein Haar einen abschließenden Klaps auf den Hintern gegeben.

«Sieht gut aus», sagte sie.

«Danke», sagte er. «Höre ich oft.»

«Jedenfalls hat der Kollege damals angeblich versucht, in die DNA von Filoviren einzugreifen. Und vergleichbare Manipulationen finde ich bei unserem Altona-Virus.»

«Ich verstehe genau, was Sie meinen.»

«Es gibt ein paar klassische Virenstämme, an denen weltweit geforscht wird: aus den sechziger Jahren in Angola, aus Uganda in den Siebzigern und aus den USA in den Achtzigern. Was wir hier haben, entspricht dem nicht so ganz.»

«Die Viren sehen also aus, als kämen sie aus Newcastle?»

«Das würde ich so nicht ausdrücken, aber: ja. Wie gesagt, das sind Gerüchte.»

«Warum haben Sie mir nichts erzählt?»

«Weil das Gerüchte sind.»

«Soll ich meine Frage wiederholen?»

Sie wandte sich ein wenig ab. Jede Bewegung wurde durch den Schutzanzug verstärkt wie in einem Stummfilm oder Cartoon.

«Die Zeit läuft ab», sagte sie. «Ich muss aus dem Anzug raus.»

«Warum haben Sie mir nichts erzählt?»

Sie drehte sich im Anzug wieder in seine Richtung. «Unsere Welt ist nicht so einfach wie Ihre. Da geht es um Forschungsgelder, um Drittmittel, um Lehrstühle, da hängt alles immer am seidenen Faden. Newcastle hätte fast die Mikrobiologie zumachen müssen, als darüber geredet wurde, dass in ihren Laboren einer ihrer Wissenschaftler nach seinen eigenen Regeln forscht. Was meinen Sie, was es für mein Institut bedeutet, wenn ich irgendwelche Sachen verbreite, die ich nicht beweisen kann?»

«Aber es könnte sein, dass Newcastle der Ursprung des Virus ist, mit dem Carsten Lorsch vergiftet wurde?»

Wenn sie die Achseln zuckte, konnte er es nicht erkennen. «Es ist möglich», sagte sie schließlich.

«Aber wie holt man das Zeug aus dem Labor?», fragte er und wollte sich gern anziehen, unternehmungslustig und schamvoll zugleich, aber er sah keine Kleidung.

«Das müssen Sie gar nicht. Es gibt theoretisch einen Schwarzmarkt für Filoviren. Wie gesagt, Träume von Bioterrorismus. Jedenfalls ist damals im Affenhaus in den USA genug viral belastetes Blut verschwunden und möglicherweise an Interessierte auf der ganzen Welt verkauft worden …»

«Aber das kann man doch nicht mit ins Labor nehmen und in der Mittagspause damit seine Privatforschung betreiben.»

«Nein, aber jemand könnte sich im Laufe der Zeit eine Art Privatlabor aufbauen und darin parallel die Forschung reproduzieren oder erweitern, die er offiziell am Institut durchführt.»

«Ein eigenes mikrobiologisches Labor?»

«Man würde viel Geduld und viel Zeit allein brauchen, Abgeschiedenheit, man bräuchte den Willen zu improvisieren, und man dürfte keine Angst vor Superviren haben. Eigenschaften, die Sie bei vielen Kollegen finden.»

«Und dieser eine Kollege, über den es die Gerüchte gab, ist verbittert, dass er suspendiert und zurückgestuft worden ist, ihm fehlt jetzt das Geld, um seine Forschung fortzusetzen, er fühlt sich der Universität nicht mehr zu Loyalität verpflichtet, möchte ihr vielleicht sogar schaden. Also verkauft er Filoviren?»

Wieder konnte er nicht erkennen, was in ihr vorging.

«Dass ausgerechnet Sie mich fragen, wozu Menschen in der Lage sind und wie wenig Grund sie dafür brauchen», sagte sie.

«Und dann hat Simone Bender das gewusst, vielleicht durch ihre Verbindungen in die Pharma-Branche, da hat sie ja mal gearbeitet. Die Leute kommen auf die irrsten Ideen. Und dann regt sie diese Kreuzfahrt an, besorgt in Newcastle das Virus und vergiftet damit ihren Liebhaber, weil er sich nicht von seiner Frau trennen will», sagte Danowski.

«Zumindest das mit der Kreuzfahrt erscheint mir sinnvoll», sagte Schelzig. «Es wäre viel zu riskant, eine Ampulle mit Blut an Bord eines Flugzeugs zu schmuggeln. Auf so was wird das aufgegebene Gepäck stichprobenartig gescreent. Und im Auto müssten Sie die Kühlkette zu lange unterbrechen, das ist unrealistisch. Ein Kreuzfahrtschiff ist eigentlich ideal, weil die Kontrollen laxer sind und weil es in den Kabinen Kühlschränke gibt. Wenn Sie sich erinnern, war da ja auch die virale Belastung am höchsten, in der Nähe des Kühlschranks.»

Sie öffnete eine metallene Schublade, die offenbar eine Art Durchreiche in einen Nebenraum war. Darin lagen dunkle Textilien, die Danowski nach einem Augenblick als jene Kreuzfahrt-Uniform erkannte, die eigentlich einem Animateur gehörte, der jetzt vermutlich noch immer tot in einem Bett lag, das Danowski sozusagen gehörte, obwohl Simone Bender es einmal gebucht hatte.

«Simone Bender ist infiziert und wird an Bord versteckt», sagte er, während er die Krankenhausunterwäsche anzog, die sie ihm reichte.

«Das ist mittelalterlich, dumm und gefährlich», sagte sie.

«Und behindert die Arbeit der Ermittlungsbehörden.»

Er zögerte, als sie ihm die Uniform reichte. «Muss ich das anziehen?»

«Wir haben nichts anderes. Für einen hinten offenen Kittel dürfte es dann doch noch zu kalt sein.»

Resigniert zog er den jetzt zwar außerordentlich sauberen, aber immer noch unangenehmen Stoff über seine gründlich untersuchte Haut.

«So ein mikrobiologisches Institut wird doch bestimmt von Kameras überwacht, oder?»

«Sicher», sagte Schelzig. «Und das sind keine Aufnahmen, die nach vierundzwanzig Stunden gelöscht werden. Da gibt es europaweite Richtlinien. Vielleicht haben Sie Glück, und Ihre Frau Bender hat sich tatsächlich an der Uni aufgehalten.»

«Jetzt müssen Sie mir nur noch sagen, wie der Kollege heißt, über den damals die Gerüchte in Umlauf waren.»

Sie zögerte. «Wie gesagt. Es waren Gerüchte.»

«Simone Bender wird es uns vermutlich nicht mehr sagen können. Aber viele andere, sobald wir anfangen, rumzufragen. Und das wird Unruhe verursachen.»

«James Kenwick», sagte sie. «Ich hätte Ihnen den Namen sowieso gesagt, auch ohne Ihre Floskeln.»

«Umso besser.»

«Dann dürfte Ihr Fall ja gelöst sein, oder nicht?»

Er machte die letzten Knöpfe seiner Uniformjacke zu und fragte sich, was sie mit seinen Telefonen gemacht hatte.

«Ich fürchte, nicht so ganz», sagte er. «Es liegt ein Toter in meinem Bett.»

«Das verstehe ich nicht.»

«Ich auch nicht. Es klingt wie ein morbider Karnevalsschlager.»

«In welchem Bett?»

«An Bord. Aber darum sollen sich jetzt andere kümmern.»

Sie betrachtete ihn skeptisch. «Der Untersuchung nach sind Sie insofern völlig gesund, dass Sie keine Symptome einer hämorrhagischen Fiebererkrankung zeigen. Aber sind Sie sicher, dass es Ihnen gutgeht?»

«Nein», sagte er. «Das bin ich nicht. Aber es wird gut sein, nach Hause zu kommen.»

Sie nickte. «Bestimmt. Sicher freuen Sie sich auf Ihre Familie. Aber Ihnen ist klar, dass das dauern wird? Noch fast eine Woche, bis die Quarantäne vorbei ist.»

Er winkte ab. «Ja, aber das kriege ich hin. Bringen Sie mich in Ihren Isolationscontainer, geben Sie mir meine Telefone, ein Bett, ein Kissen und eine Decke, und Sie werden sehen, wie schnell ich den ganzen Kram an meine Kollegen delegiert habe. Bänder von Überwachungskameras auswerten und sich um Tote auf Schiffen kümmern.»

Sie hielt inne. «Ich glaube, Sie verstehen nicht. Ihre Telefone, Ihre Perücke und Ihre Uhr kann ich Ihnen geben, die haben wir desinfiziert und eingeschweißt. Aber ich kann Sie nicht hier im Container isolieren. Das geht nur, wenn Sie erste Symptome zeigen. Wir haben nicht genug Isolationsplätze, für den Fall, dass sich das Virus weiter ausbreitet.»

«Egal», sagte Danowski. «Dann bringen Sie mich zur Quarantäne ins Tropeninstitut. Ich war schon lange nicht mehr auf dem Kiez unterwegs.»

«Das geht auch nicht», sagte Schelzig, jetzt langsam sichtlich ungeduldig, er erkannte es an der Art, wie sie den Kopf des Schutzanzuges schräg hielt. «Sie stehen immer noch unter Quarantäne, und es ist im Notfallprotokoll des Krisenstabs nicht vorgesehen, Kranke durch die Stadt zu transportieren. Das Tropeninstitut liegt außerhalb des Sperrkreises.»

«Ja, okay, dann habe ich vielleicht das eine oder andere Mal bei den Sitzungen des Krisenstabs nicht richtig zugehört», sagte Danowski, langsam ungehalten, «aber dann sagen Sie mir doch nicht, was alles nicht geht, sondern sagen Sie mir einfach, wie's jetzt weitergeht. Ich bin nämlich wirklich müde inzwischen.»

«Es tut mir leid, dass Sie das offenbar missverstanden haben», sagte Schelzig mit einem Anflug echten Bedauerns. «Aber meine Kollegen werden Sie jetzt zurückbegleiten, damit Sie das Ende der Quarantäne am für Sie laut Notfallprotokoll dafür vorgesehenen Ort abwarten.»

«Und das heißt bitte was?»

«Sie gehen zurück an Bord der ‹Großen Freiheit›», sagte Tülin Schelzig und wandte sich von ihm ab zur Schleuse.

TEIL 3
TREIBLAND

42. Kapitel

Als sie ihn zurück aufs Schiff führten, sah er die formlose Sonne am grauen Himmel über dem Hamburger Osten. Zum Wegrennen fehlte ihm die Kraft, außerdem wusste er selbst am besten, wie sinnlos es war, auf diese archaische Weise den Kordon durchbrechen zu wollen.

Am Ende war es vielleicht seine Müdigkeit, die ihn vorerst rettete. Denn die blaue Perücke, die er sich gut desinfiziert wieder auf den Kopf gesetzt hatte, verkleidete ihn nicht mehr, sie kennzeichnete ihn jetzt.

Als sie ihn am Ende der Gangway entließen, zwei geschlechtslose Wesen in Schutzanzügen, die kein Wort mit ihm gewechselt hatten, blieb er stehen, weil er zu müde war, auch nur einen einzigen weiteren Schritt zu machen. Er spürte, dass sie sich von ihm entfernten, nachdem sie ihn mit eingeschweißten Schriftstücken übergeben hatten, die Tüte mit seinen desinfizierten Habseligkeiten leicht und belanglos in seiner rechten Hand. Die Offiziere am Eingang waren die gleichen wie morgens um vier, genau wie er am Rande des Schlafs, ihr Bewusstsein nur noch auf den Fluchtpunkt Wachablösung gerichtet.

Er erinnerte sich an die Nachricht vom Tod seiner Mutter, wie der Direktor in die Klasse gekommen und leise etwas gesagt hatte zu seiner Klassenlehrerin, und dann hatte er ihn auf den Gang hinausgeführt und sich so umständlich ausgedrückt, so vorsichtig und voller Angst, dass Danowski genau gewusst hatte: Seine Mutter war tot. Aber auf dem Nachhauseweg, im Juni auf dem Fahrrad, Sand auf dem Radweg, Vögel über ihm und der Geruch von frisch gemähtem Gras von Grundstück zu Grundstück mal in der Luft und mal nicht – auf dem Nachhauseweg war ihm plötzlich alles vom Herzen gefallen, und ihm war klargeworden, dass er sich getäuscht hatte, dass er den Direktor missverstanden hatte, dass der ja schließlich nie gesagt hatte, deine Mutter ist tot. Und dann, als er zu Hause angekommen war, die Überzeugung: Ich habe was missverstanden, und jetzt schwänze ich die Schule und weiß nicht, warum, aber eigentlich ist alles ziemlich gut. Dann das Gesicht seines Vaters, halb gegen die Wand gedreht, und praktisch genau das gleiche Gefühl wie jetzt in diesem Moment, zurück auf dem Schiff nach einer Stunde missverstandener Freiheit.

Ruhe jetzt, dachte Danowski. Ist ja geschmacklos.

Er drehte sich um und sah, dass er in einer Art Niemandsland stand. In Armweite der müden Posten am Rande der Rezeption, gleichzeitig noch in mühsamer Sichtweite der Kollegen von der Bundespolizei auf dem Kai und an der Gangway. Und er sah auch, dass der Morgenbetrieb an Bord in vollem Gange war: Wasserausgabe und Bundeswehrrationen in den Restaurants und in der Cafeteria, die große Zahl der Frühaufsteher in ihren bequemsten Kleidungsstücken, in Adiletten und Bademänteln, in die Nähe der Rezeption driftend, als gäbe es dort die Chance auf etwas Neues, eine Entwicklung.

Müdigkeit legte die seltsamsten Mosaike: Sie bestanden nur aus einem einzigen Stück, aber das war nicht genau zu erkennen. Sobald man einen Teil genauer fixierte, verschwamm er einem vor Augen, und der Rest des Bildes bettelte um Aufmerksamkeit. Uniformierte Besatzungsmitglieder lösten sich aus den Rumtreibern in Joggingklamotten, aus den Kindern, die überall spielen durften, aus den alten Männern und Frauen, die sich Wasser und Rationen gesichert hatten mit Instinkten, die sie vor vielen Jahrzehnten geschärft hatten. Doch wer immer ihn in Empfang nehmen wollte, merkte offenbar, dass Danowski an einem strategisch entscheidenden Punkt stehen geblieben war: in Sichtweite von zu vielen. Die Quetscher waren hier, denn sie hatten ihren Irrtum bemerkt.

Wie fühlte man sich eigentlich, wenn man den falschen Mann umgebracht hatte? Richtig scheiße, doppelt schlechtes Gewissen, doppelte Reue, doppelt so tiefer persönlicher Abgrund? Oder war das mehr wie: Mist, das hab ich im Auto liegengelassen, muss noch mal zurück, den ganzen Weg umsonst gemacht? Mehr so wie Haustürschlüssel in der anderen Jacke? Und was wurde jetzt aus den drei anderen Animateuren, den einzigen Freunden, die er hier an Bord gehabt hatte?

Er drehte sich halb zum Land, schwenkte einen Arm wie ein Abreisender und schrie mit eindimensionaler Stimme in Richtung Bundespolizisten: «Was gibt's denn da zu glotzen, ihr Wichser!»

Die kannten ihn ja, und sei es flüchtigst. – Der Typ vom LKA, jetzt ist er endgültig durchgedreht. – Kein Wunder. Willst du mit den anderen Leprakranken auf dem Kahn festsitzen?

«Glotzt nicht so! Wichser!» Wenn er ehrlich war, fiel ihm einfach keine Variation ein, Penner klang zu gemütlich, und Scheißbullen brachte er selbst jetzt nicht über die Lippen. Aber er wusste: Wegschauen würden sie von nun an erst mal nicht.

«Sir, please lower your voice», sagte einer der Offiziere, aber offenbar weniger aus Prinzip und mehr, um seine Ohren zu schonen. «And please step away from the vicinity of the gangway.»

Danowski machte einen protokollarisch gerade noch akzeptablen Halbschritt weg von der Gangway, aber nicht außer Sichtweite, und der andere sah resigniert, also: zustimmend weg.

Wenn ich jetzt Leslie anrufe, verliere ich womöglich die Fassung, dachte er. Weil ich so müde bin. Und wem ist damit geholfen. Ihr nicht. Mir vielleicht ein bisschen. Aber hier, vor allen? Auf keinen Fall. Er griff in seine Tüte und angelte nach dem Telefon. Kitabringzeit. Leslie ging nicht ran. Als die Mailbox kam, drückte er sie weg.

Jetzt die Dinge regeln. Sich beschäftigen, die Finger bewegen, irgendwas tun, denn was war die Alternative? Versuchen, sein Versteck zu erreichen? Aussichtslos. Den Leichnam in seiner Kabine aufdecken und Riesenalarm schlagen? Er bezweifelte, dass er überhaupt bis dahin kommen würde.

Wer dann auch wieder nicht ranging, war Finzi. Das allerdings war langsam ungewöhnlich. Ein Grund mehr, sich von aller Welt verlassen zu fühlen. Aber er war ja raus aus allem, nahe dran, aber ausgeschaltet, so mussten die Kollegen das sehen: Vielleicht wollte Finzi einfach nicht mit ihm reden. Und machte jetzt einfach, was Danowski oft mit ihm gemacht hatte: ihn ignorieren.

Er seufzte und wählte eine andere Nummer. Half ja nichts.

«Knud?»

«Adam. Geht es dir besser heute.» Ohne Fragezeichen, Behling stellte einfach alles fest, weil er eigentlich gar nichts wissen wollte. Er klang leerer und ratloser als in der vorigen Nacht.

«Ja, viel. Die Frau vom Tropeninstitut war hier und hat mir was gegen Capgras-Syndrom und Hypersensibilität gegeben. Ich fühle mich blendend.»

«Adam.»

«Wo ist eigentlich Finzi?»

Die Pause war ein bisschen zu lang. «Der ist beschäftigt.

Sitzt auf was anderem. Wir haben noch andere Vorgänge, weißt du.» Weissu. Es war fast schön, wenn man es länger nicht gehört hatte.

«Und die Omis?»

«Genauso. Glaubst du, weil du auf dem Schiff sitzt, werden hier im Bundesland keine Toten mehr gefunden, bei denen jemand Fremdverschulden ausschließen muss?» Pedantisch, wie er statt Hamburg Bundesland sagte, weil sie beim Landeskriminalamt waren.

«Und währenddessen hab ich dieses Ding hier nach Hause geschaukelt», sagte Danowski munter, um sich selber wach zu halten und Behlings Aufmerksamkeit nicht zu verlieren.

«Sag bloß.»

«Ich brauch ein paar Sachen von dir.» Danowski drehte sich mit dem Rücken zur Rezeption und sprach leiser, während er versuchte, die Bewegungen im Raum zu erkennen. Unmöglich, beides zugleich zu tun. Behling hörte zu, als Danowski ihm von Schelzigs Verbindung nach Newcastle und von James Kenwick und den Gerüchten über seinen Virenhandel erzählte. Am Anfang nur pro forma, am Ende spürbar wie gegen seinen Willen, interessiert trotz irgendwas anderem. Ihr habt doch was, dachte Danowski.

«Hm», machte Behling. «Klingt doch gut.» Als wäre ihm das alles selber ein-, auf- und zugefallen, und Danowski hätte daran sacht gezweifelt. «Die Schelzig, hm?»

«Ja, aber die halten wir erst mal raus», sagte Danowski. «Bis ich die Vermerke schreibe, kann man die Geschichte vielleicht auch anders erzählen.»

«Kann man, soso», Behling, nebenhin, während er sich offenbar Notizen machte. «Wir haben Carsten Lorsch schon mal in Großbritannien durchs System gegeben, am Anfang, um zu gucken, ob der sich da irgendwie polizeiauffällig verhalten hat bei seinen Landgängen. Und die Bender auch. Genauso in Holland. War aber natürlich nichts. Jedenfalls gibt's da schon Kontakte und Anknüpfungspunkte. Das mit der Sicherheitskamera kann trotzdem dauern.»

Daran glaube ich auch nicht, dachte Danowski, dem die Welt zumindest noch halbwegs in Ordnung war, solange er irgendwas besprechen konnte, was nichts damit zu tun hatte, wie er die nächsten Stunden hier überleben würde.

«James Kenwick dürfte schnell gehen», sagte Behling. «Mal gucken, wer das ist und ob der schon mal auffällig geworden ist bei den Kollegen.»

«Lass das nicht Finzi machen», sagte Danowski. «Der kann kein Englisch.»

«Nee, nee», sagte Behling und lachte noch bemühter als sonst. «Is klar.»

Ach, Knud, dachte Danowski. Du solltest dich nicht mit Hypersensibelchen anlegen. Merkst du nicht, dass ich alles merke?

«Knud», sagte Danowski, während eine weitere Welle von Müdigkeit über ihm brach, «was ist mit Finzi?»

«Was soll mit ihm sein?» Und das, lieber Knud, ist immer die falsche Antwort, und das weißt sogar du.

«Ich hab hier vielleicht nicht so viel Zeit, wie du denkst», sagte Danowski. «Und falls mir doch noch was passiert, möchte ich auf keinen Fall, dass du dich im Nachhinein ärgerst, mir Lügen erzählt zu haben. Also erzähl mir keine Lügen. Ich merk dir an, dass was mit Finzi ist. Du bist verdruckst.»

Eine von diesen Pausen, mit denen die Leute ihn quälten. «Finzi hatte einen Rückfall», sagte Behling schließlich.

Danowski schloss die Augen. «Scheiße», sagte er.

«Ja, Scheiße», sagte Behling, als wäre es irgendwie Danowskis Schuld.

«Einen schlimmen? Mittel? Wie vor zwei Jahren?», fragte Danowski mit gleichen Teilen von Hoffnung und Resignation.

«Ganz großes Ding», sagte Behling schließlich. «Mussten ihn reanimieren.» Und endlich, am Ende dann doch wieder fast der Alte, mit makabrer Freude am Detail: «Lag im Keller in seiner Kotze. Keiner weiß so genau, wie lange. Über fünf Promille.»

Danowski schüttelte den Kopf. «Im Keller. O Mann.»

«Er liegt im Koma», sagte Behling. «Und diesmal sieht's nicht gut aus.» Danowski ließ das Telefon sinken und beendete das Gespräch. Es gab nichts mehr zu sagen. Und nichts an diesem Moment, was er mit Behling teilen wollte.

Wolka Jordanova? Er prüfte, wann Finzi ihm diese Nachricht geschickt hatte. Dann wählte er noch mal Behling.

«Warst plötzlich weg.»

«Ja, ging mir auch so. Finzi hat mir eine Nachricht geschickt, die ich nicht verstehe. Muss in etwa gewesen sein, als er schon besoffen war oder kurz davor.»

«Okay. Tragisch. Ich will jetzt mal bei Habernis die ganzen Schriftstücke für die Anfragen in England klarmachen.»

«Wolka Jordanova. Klingt Slowakisch oder Bulgarisch.»

«Hab schon immer geahnt, dass du Ostblock-Fachmann bist, Adam. So als alter Hauptstädter.»

«Mach mir doch einfach eine Abfrage, Knud. Kannst du das noch? Ich würde da einfach gern mal anrufen und erfahren, wer das ist und was sie mit Finzi zu tun hat.»

«Adam?» Jetzt fast freundschaftlich. «Wahrscheinlich irgendeine Nutte, mit der er gesoffen hat. Echt. Sei nicht enttäuscht.»

Die Quetscher lösten sich wieder aus der Menge. Einer postierte sich an der Treppe und lehnte am goldenen Geländer. Ein anderer saß im Fenster, er hatte eines der Kissen von der Fensterbank genommen, unter denen «No pillow fights!» stand, und hielt es sich auf den Schoß wie jemand, der es beim Fernsehen gemütlich haben möchte. Und der dritte lief vor der Rezeption auf und ab, als wartete er auf jemanden. Danowski wusste, was das bedeutete: Sie waren zu acht, sie konnten rotieren, aber er war allein. Und ja, wahrscheinlich hatten sie recht, er würde hier nicht ewig stehen können. Er würde irgendwann auf die Toilette müssen. Was trinken. Was essen. Oder, bei seinem aktuellen Status, im Stehen einschlafen und umfallen. Solange er hier stand mit seiner Tüte und seinen beiden Telefonen, in Sichtweite der Bundespolizisten und unauffällig für die anderen Passagiere, die das Foyer kreuzten, konnten sie nichts unternehmen: Ihn jetzt einfach zu packen und fortzuschleifen, hätte viel zu viel Unruhe verursacht und möglicherweise sogar dazu geführt, dass Leute sich auf seine Seite schlugen.

Und sie haben ja recht, dachte Danowski. Die Zeit arbeitet für sie. Fünfeinhalb Tage bis zum Ende der Quarantäne – so lange werde ich hier nicht stehen können.

Er stützte sich aufs äußerste Ende der Rezeption. Das Personal dahinter war getauscht worden, und die Neuen taten, als nähmen sie ihn nicht wahr. Wahrscheinlich, weil sie merkten, wie unnormal die Situation war. Danowski schloss die Augen und dachte: nur einen ganz kleinen Moment Augenpflege. Oh, so ist es schön. Noch einen Moment länger. Und dann merkte er, dass die Rezeption sich absenken ließ in eine ziemlich bequeme Schräge, sodass er angenehm daran angelehnt nach unten glitt, wo wie am Fuße eines Podests Finzi mit einem Käseigel stand und Leslie mit seinen Anziehsachen, die sich ein bisschen ärgerte, weil er spät dran war. Das stimmte, und es tat ihm leid.

Weil er merkte, wie sein Kopf nach hinten fiel, riss er die Augen wieder auf. Die drei Quetscher waren unauffällig, aber deutlich näher gekommen. Sobald sie sahen, dass er die Augen geöffnet hatte, nahmen sie langsam und scheinbar ziellos wieder ihre ursprünglichen Plätze ein.

Ich darf nicht einschlafen, dachte er. Von allen Dingen, die ich nicht darf, ist Einschlafen das, was ich am wenigsten darf. Außerdem muss ich auf die Toilette. Aber in Wahrheit muss ich gar nicht. Es ist eine Illusion. Ich habe kaum etwas getrunken. Außer anderthalb Litern Wasser in der Screening-Station. War ich danach auf der Toilette? Wie viel Liter fasste eigentlich eine Blase? Einen, anderthalb? Nicht auf der Toilette gewesen, gut, aber das hieß ja nicht, dass man sich nicht zusammenreißen konnte.

Telefonieren wäre gut. Aber er wollte auch keinen Anruf verpassen. Ach, Finzi. Dessen Rückfälle kamen unberechenbar, aber am Ende dann doch nie richtig überraschend, wie Besuche von entfernteren Verwandten. Dies war dann der dritte. Und vielleicht der letzte. Aller guten Dinge und so weiter. Oder der letzte, weil eben: der letzte. Finito la musica. Manche wachten nicht mehr auf. Warum nicht mal Finzi.

Er dachte an Alkohol und an den widerlichen Rum, den Finzi immer getrunken hatte, vor Jahren, als sie noch gemeinsam weggegangen waren und er ziemlich mühelos verdrängt hatte, was los war mit Finzi. Kein schöner Geruch, eher einer nach billigen Körperpflegeprodukten und Zwangsspaß und Plastikperücken. Rum, eigentlich ein Alkohol, der roch wie eine Kreuzfahrt. Kein Wunder, gab ja auch diese nautische Verbindung. Und bitte nicht einschlafen. Das wurde schon wieder so fusselig hier, so undeutlich, und seine Augen empfindlich wie rohes Fleisch, zu schützen nur durch Lider, die man möglichst schnell herabfallen ließ.

Rum. Bacardi feeling. Kein schöner Geruch. Längst nicht so schön wie das Zeug, das er bei Kathrin Lorsch gerochen hatte. Torf, Feuerholz, Pinienzapfen, Seetang, kaltes Meerwasser, Wollpullover. Bei Kathrin Lorsch und dann später noch mal bei der Sitzung des Krisenstabs, an diesem sonnigen Sonntag vorige Woche. Noch gar nicht so lange her, aber eine ganz andere Zeit damals. Peters.

Er riss die Augen auf. Einer der Quetscher war unauffällig fast bis auf Armlänge an ihn herangekommen. Warum hatte Peters nach einem Whisky gerochen, der so selten war, dass Carsten Lorsch ihn exklusiv vertrieb, so selten, dass seine Frau sich damit über seinen Tod hinwegtröstete oder zumindest über die ihr dadurch entstehenden Unannehmlichkeiten und Probleme? War Peters ein Kunde von Lorsch? Und was hatte das jetzt wieder zu bedeuten?

Er runzelte die Stirn und grinste in Richtung Quetscher: noch nicht, sollte das heißen. Kann sein, dass ihr mich kriegt, aber wann, das bestimme ich.

Dann konzentrierte er sich darauf, sein Diensttelefon aus der Tüte zu fummeln. Kathrin Lorsch, was konnte die ihm über Peters erzählen? Was war da jetzt wieder die Verbindung? Keine? Auch gut, aber ein guter Anlass oder seinetwegen auch Vorwand, um bei ihr anzurufen. Beim Reden schlief keiner ein. Beim Vorlesen vielleicht mal, okay, das kam vor. Aber nicht beim Telefonieren. Okay, kam drauf an, mit wem. Aber …

Sein Telefon vibrierte. Behling.

«Hundebadeanstalt Pinneberg.»

«Wirklich, Adam? Ein Kollege liegt im Koma und du machst deine Witze?»

«Wirklich, Knud? Bis eben wolltest du mir nicht mal erzählen, dass ein Kollege im Koma liegt, und jetzt benutzt du das, um mir ein schlechtes Gewissen zu machen?»

«Komm, Adam.»

«Selber komm.»

«Kindisch, Adam. Wirklich. Ich glaube, dass es unter diesen Umständen …»

«Und ich glaube, dass du die Umstände nicht kennst», sagte Danowski. «Soweit ich weiß, liegt in meinem Bett noch immer ein Toter, und ich bin immer noch bedroht.»

«Ich habe das natürlich an die Chefin und den Inspektionsleiter weitergegeben», sagte Behling.

«Natürlich.»

«Allerdings auch mit deiner medizinischen Vorgeschichte.»

«Wie gesagt: keine medizinische Angelegenheit.»

«Wir versuchen, für dich eine psychiatrische Evaluation zu erreichen. Im Moment ist es nicht ganz einfach, jemanden zu finden, der dafür an Bord geht. Frage ist, ob man das im Rahmen des Beamtengesetzes vom Amtsarzt erzwingen kann. Aber klappt vielleicht heute. Und auf der Grundlage eines Schnellgutachtens würden wir dann auch Schutzmaßnahmen in Erwägung ziehen. Zugriff kannst du nach wie vor vergessen, ist klar.»

Danowski schnaufte. «Ist klar. Knud, ich versuche auch die ganze Zeit, für dich eine psychiatrische Evaluation zu erreichen. Ich glaube, das klappt heute sogar noch.»

«Komm, Adam.»

«Oh, das Ergebnis liegt schon vor, darf ich vielleicht kurz mit dir teilen: Du bist mit Abstand das größte Arschloch, das rumläuft. Ganz im Ernst. Echt jetzt mal.» Am Ende immer schwer, so was abzubinden, darin war er nicht gut, das musste er üben.

«Gut, Adam. Ich ruf eigentlich an, weil ich dir 'n Gefallen tun will. Wir haben nämlich schon Ergebnisse.»

«Du willst mir sachdienliche Fakten vortragen, die ich im Rahmen meiner Ermittlungen benötige? Das nennst du Gefallen? Denk mal über dein Berufsverständnis nach.» Alles besser als einschlafen, fand er, und inzwischen war er ja auch ganz gut in Fahrt.

«Mit der …», Behlings suchende Pause, «… Wolka Jordanova war das nicht einfach, nichts hier bei den Meldebehörden, wahrscheinlich illegal oder mit Touristenvisum.»

«Toll. Danke. Das hilft. Echt.»

«Aber ich hab sie bei Facebook gefunden.»

«Knud, du bist bei Facebook? Warum? Um Teenager zu beobachten, damit sie nicht von Pädophilen gefriendet werden? Oder um mit deinen alten Freunden aus dem letzten Aufgebot Kontakt zu halten, Flakhelferklasse von 1945?»

«Dienst-Account, Adam. Bei der Schulung hast du in irgendeiner Asservatenkammer gesessen oder hast dich hinter Aktendeckeln versteckt. Jedenfalls gibt es da eine Wolka Jordanova, die in Hamburg ist, ihrem Titelbild nach zu urteilen. Titelbild, Adam. Nicht Profilfoto. Zwei verschiedene Dinge.»

«Mach schneller, Zuckerberg. Ich muss aufs Klo.»

«Kommt aus Bulgarien, hat ursprünglich Germanistik in Sofia und Berlin studiert, arbeitet auf irgendeinem Golfplatz im Westen, könnte aber auch Kiez sein. Wie gesagt: Nutte. Meine Meinung.»

«Gut, das vom Fachmann zu hören.»

«Ich schick dir jetzt ihre Telefonnummer. Steht bei ihr im Profil.» Danowskis Telefon vibrierte.

«Angekommen», sagte er, um nicht aus Versehen danke

zu sagen. Seine Aufmerksamkeit, das musste er zugeben, begann nachzulassen. Am Ende war es dann doch der Harndrang, der stärker war als sein Interesse daran, sich mit Behling zu kabbeln, wie dieser sicher gesagt hätte. Harndrang, vielleicht sogar stärker als sein Überlebensinstinkt. Das würde er bald herausfinden.

«Kommt aber noch besser.» Behling, jetzt noch breitbeiniger als sonst. «Überwachungskameraanfrage in Newcastle läuft, das ist aber ein Riesending, nicht nur die Uni, sondern die ganze Stadt ist ja voller Kameras. Ganz England. Da gibt es Millionen Kameras. Das ist das bestüberwachte Land der Welt.»

«Das ist so faszinierend, Knud. Ich versteh schon, dass das eine Scheißidee war. Aber weißt du was, mir ist das im Moment …»

«Nu wart doch mal, Adam. Die Bobbys sind plietsch: Die haben die ganzen Dateien aus dem Nachfragezeitraum requiriert, und wir können die jederzeit sichten, aber parallel haben die einfach mal geguckt, wer sich an dem Tag, als die ‹Große Freiheit› in der Nähe von Newcastle lag, bei der Newcastle University am Empfang der Mikrobiologie als Besucher von James Kenwicks Abteilung eingetragen hat. Da war nicht viel los, sechs Männer und eine Frau. Und die Bender hat doch bestimmt einen falschen Namen angegeben. Meist bedeutet das aber was, die Leute nehmen oft einen Namen, der mit irgendwas was zu tun hat. Kennst du ja. Du warst doch bei der zu Hause. Vielleicht fällt dir was auf.»

«Sag mal den Namen der Frau.»

«Jennifer Mills.»

«Knud?»

«Ja?»

«Das ist mit Abstand der Name von allen Namen auf der

ganzen Welt, also von allen rund sieben Milliarden Namen, ganz im Ernst, wenn du mir die jetzt alle vorlesen würdest, theoretisch, wenn das ginge, echt, dann wäre das der Name – und das sage ich ohne Übertreibung –, mit dem ich von allen sieben Milliarden Namen auf der ganzen Welt am allerwenigsten anfangen könnte. Jennifer Mills. Was soll ich denn damit!»

«Hätte ja sein können.»

«Sicher.» Er rieb sich mit der freien Hand seine Schläfe und sah sich um. Die Quetscher lauerten mit ausgesuchter, fast höflicher Geduld. Er bedauerte, dass er ein wenig laut geworden war. Auch wenn das alles Unsinn war, musste genau das ja nicht jeder wissen. Er drehte sich in Richtung Tenderpforte und schob seine Hand eher demonstrativ als sinnvoll über das untere Ende seines Telefons. Sollten die Quetscher wenigstens denken, dass er an irgendwas dran war.

«Lies mal die Namen von den Männern vor», sagte er, um was zu tun zu haben. Behling im Ohr war besser als nichts, so weit war es gekommen.

«Robert McAloon, Durham. Was mit Papier. Neil Smith, kein Betreff, vielleicht 'n Ehemann oder so was. Von jemandem, der da arbeitet.»

«Müsste ich drüber nachdenken, klingt aber schlüssig.»

«Michael Agutter, London, Laborgeräte. Keith Inch, Datenrettung. Ich übersetz das alles schnell parallel.»

«Das machst du sehr gut.»

«Kevin Conti, Belüftungssysteme ...»

«Sag mal noch mal den davor.» Licht in der Müdigkeit.

«Keith Inch.» Danowski wiegte langsam den Kopf. Dann schürzte er die Lippen und erlaubte sich ein verblüfftes Lächeln. Damit die anderen was zu gucken hatten, machte er sogar die Beckerfaust.

«Patrick …»

«Nee, Knud. Das war's schon. Keith Inch. Weißt du, wer das ist?»

«Jemand, der sich auf Datenrettung …»

«Nein», sagte Danowski. «Das ist Carsten Lorsch.»

«Wieso der denn?»

«Wir haben letzte Woche in seiner Kabine ein Foto gefunden von einer Insel, auf der er eine Destillerie errichten wollte und die sozusagen sein Traum von Freiheit und Selbstbestimmung war. Weiß nicht, ob du so was kennst. Du lässt dir ja lieber sagen, was …»

«Und die Insel heißt Keith Inch?»

«Inchkeith. Gute Idee mit der Namensliste, Knud. Dafür muss ich dich loben.»

«War ja nicht meine. Die Kollegen …»

«Schon gut, es reicht. Lorsch war also an der Uni und hat sich mit James Kenwick getroffen. Jetzt musst du mir nur noch erzählen, was Kenwick dazu sagt.»

«Okay, das ist die schlechte Nachricht.»

«Du hast nicht gesagt, dass du eine schlechte Nachricht hast. Du hast dieses klassische Ding mit gute Nachricht, schlechte Nachricht nicht gemacht, sonst hättest du mich ja fragen müssen, welche ich als erste hören möchte, und dann hätte ich bestimmt nicht gesagt, die gute.»

«Kenwick ist tot.» Behling klang fast mitfühlend, zumindest aufrichtig enttäuscht. Danowski merkte, dass er inzwischen nicht mehr saß, sondern mit gekreuzten Beinen dastand. Eine Toilette, bitte, alles dafür. Oder jetzt doch einfach hier laufen lassen? War es pietätlos, in die Hose eines Toten zu pinkeln? Oder gerade nicht, weil dem das im Zweifelsfall egal war? Das Problem war nur, dass öffentliches Urinieren von den Quetschern wahrscheinlich als Vorwand genommen werden würde, ihn hier aus dem Verkehr zu ziehen: Hilflose Person aufgegriffen, und jetzt hat er sich auch noch eingenässt, der Arme, wir bringen ihn mal auf seine Kabine.

«Tot», sagte er und kämpfte den Impuls nieder, die Hand in die Hose zu stecken und sich die Harnröhre zuzuhalten, um seinen Schließmuskel zu entlasten.

«Ja, Mist, ich weiß. Der kann uns nichts mehr erzählen.»

«Wie das denn?»

«Unfall, nicht mal irgendein Hinweis darauf, dass ihn jemand hätte zum Schweigen bringen wollen wegen der Unregelmäßigkeiten oder so, über die da geredet wird. Er ist von einem Stück Stein erschlagen worden, das in einer Ruine in der Nähe der Uni vom Dach gefallen ist, als er dort einen Cache versteckt hat.»

«Einen was?»

«Das war so ein Geocacher. Die verstecken immer so Caches, und dann suchen andere die mit Hilfe von GPS-Daten und Hinweisen und ...»

«Du mit deinem Lifestyle-Scheiß», sagte Danowski düster. Er merkte, dass Kenwick so was wie eine Hoffnung von ihm gewesen war. Und dass er anfing, eine Idee zu haben, eine Vorstellung davon, was sich hier vor zehn Tagen vielleicht abgespielt hatte und vor gut zwei Wochen in Newcastle. Aber um mehr davon zu haben, hätte er sich darauf konzentrieren müssen, und dafür musste er dann wieder zu dringend auf die Toilette.

«Gut, Adam. Ich melde mich wegen der Evaluierung vom Amtsarzt.»

«Kannst du mir noch einen Gefallen tun, Knud?»

«Natürlich, Adam.»

«Würdest du für mich aufs Klo gehen?»

«Adam, ich lege jetzt auf.»

Dann stand er da und fragte sich, wie viel ihm jetzt eigentlich egal war. Ziemlich viel, stellte er fest. Er holte das zweite Handy aus der Plastiktüte und seine Armbanduhr, die Generalschlüsselkarte von Maik und die Durchschläge der Unterlagen über seine Untersuchung, die ihm Schelzig gegeben hatte, und stopfte sich alles in die Taschen der Uniformjacke. Er zog die blaue Perücke zurecht. Dann pinkelte er in die Tüte, den Rücken zur Eingangshalle, im dürftigen Schutz der Rezeption.

Und es war ihm egal, dass die Offiziere dahinter näher kamen und zurückwichen zugleich und ihn zu unterbrechen oder zu maßregeln versuchten mit «Sir!» hier und «You cannot do this!» da. Ihm war egal, dass die Quetscher die Distanz zu ihm verkürzten. Alles, was zählte, war die Freiheit, die durch ihn strömte, die Utopie vom Ende aller Zwänge, denn so fühlte sich das Wasserlassen an. Und mit der Freiheit kam eine große Klarheit über ihn, für einen Moment war es, als könnte sie die Müdigkeit und die Angst wegbrennen wie die Sonne den Nebel auf der Elbe.

Carsten Lorsch hatte das Virus besorgt. Ein Virus aus Afrika, illegal erhältlich in England. In Hamburg hätte er seine Frau infiziert mit dem Virus, im Essen, über ihre Malutensilien, da gab es viele Möglichkeiten. Er und seine Frau hatten nach Afrika fahren wollen, die Safari im Osten des Kontinents, und wegen der variablen Inkubationszeiten hätte jeder sofort die Verbindung hergestellt zu dieser Reise, sobald die Krankheit bei ihr ausgebrochen wäre. Das perfekte Verbrechen, denn es wäre für alle offensichtlich gewesen, dass sie sich auf der Afrikareise infiziert haben musste. Im unsichersten Fall wären medizinische Fragen geblieben, aber niemand hätte ihn verdächtigt. Carsten Lorsch hatte das Virus auf Vorrat geholt, er hatte es erst später einsetzen wollen, und hier auf der Kreuzfahrt war irgendwas schiefgegangen.

Er schüttelte ab, Händewaschen musste allerdings ausfallen, dafür gab es hier an der Tüte einfach nicht die Infrastruktur. Auf was für Ideen man beim Pinkeln kam. Und wie gut es jetzt wäre, mit Kathrin Lorsch über diese These reden zu können.

Er atmete aus und knotete die Plastiktüte zu. Sie hielt im Großen und Ganzen dicht. Alle, die aus welchen Gründen auch immer hier in der Halle waren oder sie einfach nur durchqueren wollten, sahen in seine Richtung oder angestrengt weg. Die Quetscher waren nur noch fünf, sechs Meter entfernt, aber sie hielten inne, als er anfing, die Tüte über seinem Kopf zu schwenken wie eine flüssige Keule.

«Viral load!», schrie er und rannte los, und selbst die gewieftesten Angreifer wichen für einen Moment zur Seite; niemand wollte mit möglicherweise viral belastetem Pipi bespritzt werden, auch wenn das alles nicht logisch war; eine Art Instinkt offenbar, keine Zeit, das durchzudenken, und dann musste man auch erst noch seinen Ekel niederkämpfen.

Ich muss erst mal außer Sichtweite sein, dachte Danowski im Rennen und Schwenken, seine Füße leider schwer von Müdigkeit. Ich muss um eine Ecke kommen, wo keiner ist, wo mich keiner kennt, und dann muss ich auf die Treppe, zügig, aber unauffällig, und dann …

Mit drei, vier Sätzen war er auf dem ersten Treppenabsatz, die Menschen machten ihm Platz und schlossen ihre unfreiwilligen Reihen erst wieder hinter ihm und staunten ihm nach, das sah er mit dem Hinterkopf. Dann vorbei am «Klabautermann», nächste Treppe, keine Ahnung, ob das Schritte hinter ihm waren und, wenn ja, wie viele, es war ein Geräuschbrei, der übertönt wurde von der hellen Fanfare seiner nächsten Idee: Wo schon ein Toter liegt, wird dich keiner suchen.

43. Kapitel

Als er in seinem leeren Gang stand, nach rechts und links blickte und nicht wusste, wohin mit der Tüte, hatte er so etwas wie eine schlechte, aber immer noch erkennbare Fotokopie des Gefühls, nach Hause zu kommen. Gott sei Dank ging das Licht, Maiks Schlüsselkarte funktionierte, und man roch noch nichts außer einer Note Mülleimer.

Es war das erste Mal, dass er mit einem Toten im Raum war, ohne zu ermitteln. Er schloss die Tür hinter sich und schob den einzigen Stuhl unter den Knauf. Mit jeder Bewegung kontaminierte er den Tatort. Aber das, dachte er, ist das Problem der Kollegen aus Panama oder von wem auch immer. Ich muss nur kurz nachdenken, mit Kathrin Lorsch sprechen und dann über Bord springen.

Maik war eine menschenförmige Erhebung unter der Decke. Sein Gesicht war zur Wand gedreht, und Danowski war dankbar, seine Augen nicht sehen zu müssen. Ich bin ganz schön runtergekommen, dachte er. Allein im Raum mit einem Toten, und ich kann mich nicht einmal kümmern. Ich setze mich aufs gegenüberliegende Bett und gucke zur Tür und tue, als wäre nichts, wie ein dementer Witwer neben dem verwesenden Körper seiner Frau. Das gab es alles, zu anderen Zeiten relativ grauer Berufsalltag für ihn, aber jetzt ein Handlungsmuster? Schwierig, die eigene Verwahrlosung auszuhalten.

Er atmete flach und wusste nicht, was ihm unterhalb der Augen übers Gesicht lief, denn es war neben allem anderen heiß hier. Vorsichtig tat er die gefüllte Plastiktüte in den Papierkorb unter der Schreibecke, in den Francis sich erbrochen hatte; die Kabine war insgesamt ziemlich hinüber. Dann rief er Kathrin Lorsch an.

«Wo stecken Sie denn?», fragte sie, die Stimme wie im Stehen. Es klang wie Flucht nach vorn.

«Das ist schwierig zu erklären», sagte Danowski.

«Ich wollte Sie auch anrufen», sagte Kathrin Lorsch. «Ich bin dabei, für eine Weile wegzugehen.»

«Das habe ich schon gehört.»

«Was heißt das? Darf ich nicht? Gibt es irgendwas Neues?»

«Kurzfassung: Ich bin immer noch an Bord der ‹Großen Freiheit›, ich kann hier nicht weg, und ich werde bedroht.»

«Sollten Sie nicht die Polizei rufen?»

«Sie werden lachen, Sie sind nicht die Erste, die mir das vorschlägt.»

«Und?» Jetzt vielleicht schon im Gehen, sie atmete anders.

«Bevor wir das vertiefen, zwei Fragen: Woher kannte Ihr Mann Wilken Peters von der Gesundheitsbehörde?»

«Keine Ahnung.»

«Wilken Peters? Nie gehört?»

«Ich glaube nicht. Aber mein Mann redet oft von Kunden und anderen Kontakten und was weiß ich. Peters ist kein exotischer Name.»

Dreck, dachte Danowski. Wenn sie lügt, dann gleich vielleicht nicht mehr. «Das andere», sagte er harmlos, «ist Folgendes: Ihr Mann war in Newcastle, um von einer Quelle dort viral belastetes Blutserum zu erwerben.»

«Ist das nicht verboten?» Eins musste man ihr lassen: Sie war schnell und gut im Ausweichen.

«Außerordentlich verboten. Aber wissen Sie, was noch verbotener ist? Seine Frau mit so was vergiften zu wollen.

Mit Filoviren, die jeder für afrikanisch hält. Auf einer Safari. In Afrika. Im September.»

Er war sich nicht sicher, ob man verschiedene Arten von Schweigen unterscheiden konnte. Wenn ja, dann fiel das Schweigen, wenn man gerade damit konfrontiert worden war, dass der eigene Mann einen hatte umbringen wollen, in seine ganz eigene Kategorie, und so hörte es sich an.

«Sagen Sie das noch mal», sagte sie.

«Wirklich?»

«Nein. Nicht nötig.» Sie schwieg. Dann: «Und warum ist er jetzt tot?»

«Ich glaube, dass er die Ampulle mit Virenblut in einer speziell präparierten Whiskyflasche in Newcastle an Bord geschmuggelt hat und dass er diese Flasche dann im Minibar-Kühlschrank aufbewahrt hat. Die Kabinenstewardess hat davon erzählt. Ich vermute, dass Simone Bender die Flasche gefunden und irgendwie falsch behandelt hat, sie nicht zurück in den Kühlschrank gestellt hat oder so. Jedenfalls muss sie die Ampulle entdeckt haben, und dann hat es Streit gegeben. Vielleicht, weil Simone Bender entsetzt war und nicht wollte, dass Ihr Mann Sie tötet. Und im Streit ist die Ampulle beschädigt worden, und Ihr Mann hat sich infiziert.»

Schweigen. Sie atmete. «Das kann wohl nur Simone Bender erklären», sagte sie schließlich. «Haben Sie die gefunden?»

«Sie ist infiziert und stirbt», sagte Danowski.

«Warum», sagte Kathrin Lorsch, aber eigentlich war es keine Frage und mehr ein Kommentar.

«Weil Ihnen die Firma gehörte, und weil er sie nur nach Ihrem Tod hätte verkaufen können. Um mit Simone Bender ein neues Leben anzufangen. Auf Inchkeith in der Meerenge vor Edinburgh.»

«Nein», sagte sie, ihre Gedanken offenbar wieder beisammen. «Wie hätte das sein können? Ich sollte doch mitfahren. Ich sollte doch auf der Kreuzfahrt sein und nicht diese Frau Bender.»

«Kann es sein, dass Ihr Mann das eingefädelt hat? Dass Sie doch nicht mitkommen konnten, weil Sie diesen Auftrag mit dem Bild hatten? Mit dem Doppelporträt von den beiden Kindern?»

«Wie soll das gehen?»

«Er könnte Ihren Kalender oder Ihre Mails durchsucht haben nach bevorstehenden Aufträgen, falls Sie ihm so was nicht sowieso erzählt haben. Und dann hat möglicherweise er zu Ihnen gesagt: Du, die Stiftung Gesundes Kind hat angerufen, die brauchen ganz schnell das Bild, Mist, noch nächste Woche? Egal, ob das stimmt oder nicht. So geht so was. Wenn das gut gemacht ist, merkt man das in dem Moment gar nicht.»

«Nein. Nein, ich hab immer direkt mit denen Kontakt gehabt. Carsten hatte gar nichts mit meinen Auftraggebern von der Stiftung zu tun. Außer, dass das ein Kontakt über ihn aus dem Golfclub war …»

«Was?»

«Hören Sie, vernehmen Sie mich? Ich muss das alles erst mal … Wissen Sie, was Sie mir da gerade erzählt haben?»

«Nein, ich vernehme Sie nicht, ich …»

Aus dem Augenwinkel sah er, wie der Stuhl unter dem Türknauf sich dicht oberhalb der Wahrnehmungsgrenze bewegte. Er stand auf, als könnte er dadurch verhindern, was als Nächstes passieren würde.

Okay, dachte er. Entweder, die bringen mich jetzt um, oder ich komme hier irgendwie runter. Er sah es klar vor Augen. Tot oder ins Wasser springen. Unter Umständen also: tot auf die eine oder tot auf die andere Weise. Und noch ein Nachteil der preiswerten Innenkabine: Man konnte nicht aus dem Fenster springen.

«Hören Sie», sagte er, «Sie haben mir vorige Woche erzählt, dass Sie ein Segelboot haben, das im Yachthafen liegt.»

«Ja?», sagte sie und hörte sich an, als wäre sie endlich stehen geblieben.

«Würden Sie mich aus der Elbe fischen?»

«Wie bitte?»

Das Schloss schnappte noch einmal elektronisch, er hörte das bestätigende Piepsen, und jetzt war nicht mehr zu übersehen, wie jemand versuchte, die Tür aufzuschieben. Die Stuhlbeine verkanteten sich im Teppich.

«Ich habe keine Zeit mehr, Ihnen das zu erklären. Wenn Sie es machen, geht es so: Zur vollen Stunde finden Sie mich am Containerhafen auf Höhe der Containertaxis. Das sind Transportschiffe für den Containerverkehr innerhalb des Hafens.»

«Was? Wo ist das?»

«Containertaxi. Googeln Sie es. Zu jeder vollen Stunde kommen Sie da vorbei. Bis Sie mich da in der Böschung finden. Ich verstecke mich, aber vielleicht trage ich eine blaue Polyesterperücke, die man sehen wird, wenn man weiß, wonach man suchen muss.»

«Das überleben Sie nicht.»

«Es wäre nicht das Einzige.»

«Wenn Sie wirklich vorhaben, in die Elbe zu springen, können Sie auch gleich zum Yachthafen am Vorsetzen schwimmen.»

«Kann ich?»

«Der ist keinen halben Kilometer von Ihnen entfernt. Mit der Strömung.»

«Wie heißt Ihr Boot?»

Sie zögerte einen Moment. «Slainte», sagte sie schließlich. «Slàinte Mhath. Weiß-hellblaues Folkeboot. Nichts Besonderes.»

Er sah, wie sich ein flaches Stemmeisen die Türzarge entlang Richtung Scharniere vorarbeitete, und er steckte das Diensttelefon in die Tasche, um die Hände freizuhaben. Dabei merkte er, dass sein privates Handy vibrierte. Bevor er es aus der Tasche ziehen konnte, kippte die Kabinentür mit einem metallischen Seufzer aus den Angeln und über den Blockadestuhl, und dann sah er nur noch die Quetscher und von zweien die metallisch aufblitzenden Fäuste, Totschläger, altmodisch, wie auf dem Kiez, die in Etappen zu ihm blitzten, einer bis an seine Schläfe, und sein letzter Gedanke war: Brauche ich einen neuen Namen für die?

44. Kapitel

Das Erste, was er nach dem Aufwachen sah, war ein Bild, das seine Tochter gemalt hatte. Er sah es deutlicher als den Schmerz in seinem Kopf, und das wollte etwas heißen, denn der Schmerz hatte eine visuelle Qualität, er war rostrot und auf kantige Weise dreidimensional.

Dann verschwand das Bild, und seine Welt ging unter. Der rotäugige Quetscher mit dem künstlichen Akzent, der Danowski das Bild vor die Nase gehalten hatte, betrachtete es mit gespieltem Ernst und sagte: «Das Kind kann nicht gut malen. Wie alt?»

«Woher haben Sie das?», fragte Danowski, und daran, dass seine Stimme aus der gegenüberliegenden Kabinenecke zu kommen schien, merkte er, dass er auch einen Schlag aufs Ohr bekommen hatte. Etagenbetten, Neonröhre, keine Bilder an den Wänden und funktionale statt dekorierter Oberflächen: Sie waren in einer Mannschaftskabine.

«Das ist alles für Sie», sagte der Rotäugige, und die anderen, die zu viert oder fünft an den Betten lehnten, nickten zustimmend. Einer warf Danowski die dunkle Sporttasche auf die Brust, sodass der Rotäugige, der auf seiner Bettkante saß, gut hineingreifen konnte. Er zog ein paar Anziehsachen heraus und warf sie auf den Boden. Das hat mir Leslie gepackt, dachte Danowski und wunderte sich, dass er nicht verzweifelter war. «Hat ein Kollege von Ihnen bei unseren Kollegen abgegeben. Wir haben gesagt, wir müssen das erst mal prüfen. Wir sehen den ja vielleicht bald, wenn er wieder den Kapitän sprechen will. Haben wir gesagt.

Dann geben wir ihm das. Und jetzt prüfen wir das. Wie wir gesagt haben. Und geben es Ihnen.»

«Ich will den Kapitän sprechen», sagte Danowski und versuchte, sich zu bewegen. Er merkte, dass sie unten seine Füße festhielten, und oben quetschte der Rotäugige ihn mit seinem Hintern an die Wand.

«Der Kapitän ist beschäftigt. Und Sie haben nicht unsere Bitte erfüllt, sich hier unauffällig zu verhalten. Leider, muss ich sagen. Finde ich schade.» Er zog ein weiteres Bild aus der Tasche, betrachtete es kurz und schüttelte dann den Kopf.

«Das hat das ältere Kind gemalt, glaube ich. Das ist besser. Aber ich sehe, es fehlt schon … wie soll ich sagen. Die Unschuld. Das gefällt mir nicht.» Er nahm das Bild, DIN A4, normaler Block, ziemlich billig, nichts Festes, knüllte es zusammen, hob es an sein Gesicht und schnäuzte sich. Dann ließ er es auf den Boden fallen und fragte: «Was wissen Sie?»

«Nichts», sagte Danowski.

Der Rotäugige schüttelte den Kopf. «Schlecht. Es war sehr schwierig, Sie hierherzutransportieren. Und den anderen erst. Eine unpraktische Verwechslung. Da dachten meine Kollegen und ich, wir hätten Sie schon einmal zum Schweigen gebracht, und dann ist das gar nicht so, und dann haben wir Sie nicht zum Schweigen gebracht, sondern jemand anders, und zum Reden bringen wir Sie auch nicht. Es ist mir zu schwierig mit Ihnen.» Der Rotäugige hatte sich in Fahrt geredet. «Wir wissen nicht, was wir mit dem machen sollen, der in Ihrem Bett lag und der jetzt tot ist. Und mit seinen Freunden. Das ist aufwendig. Sie werden uns dafür entschädigen. Sagen Sie mir, was Sie wissen. Es ist das letzte Mal, dass wir Sie fragen.»

Danowski schüttelte den Kopf. Er wusste es einfach

nicht. Er wusste nicht, warum Wilken Peters nach Carsten Lorschs Whisky roch und warum Kathrin Lorsch ausgerechnet dann nicht mit hatte an Bord gehen können, als es ihrem mörderischen Mann in den Kram passte, dass sie zu Hause blieb.

«Ein Mann hat versucht, seine Frau umzubringen. Und sich dabei aus Versehen selbst vergiftet», sagte er. Seine Stimme war immer noch weit entfernt von ihm.

Der Rotäugige winkte ab. Er stand auf, ging zu einem hellgrauen Blechspind und nahm einen Stapel Papier heraus, ausgefetzt und zerknickt, als wäre das Papier mit Gewalt aus einem Ordner gerissen worden. Weil man den Ordner da lassen wollte, wo er war. Gefüllt mit alten Zeitungen. Er hielt Danowski den Pfuder so dicht vor die Nase wie eben das Bild seiner Tochter.

«Was wissen Sie hierüber?»

Danowski schüttelte den Kopf. Nicht mal die Perücke haben sie mir abgenommen, dachte er. Das Plastikgefühl auf seinem Skalp erfüllte ihn mit Nostalgie. Er dachte daran, wie er erwartet hatte, diese Unterlagen in der Aktentasche von Carsten Lorsch zu finden, weil sie ihm Aufschluss geben sollten darüber, was der Tote erlebt und geplant hatte. Das dauerte dem Rotäugigen zu lange. Er schlug Danowski den Papierstapel rechts und links um die Ohren, kurz und trocken.

«Warum verbrennen Sie so was nicht gleich?», fragte Danowski, damit das Hauen aufhörte.

«Immer besser, was in der Hand zu haben», sagte sein Peiniger und kam tatsächlich aus dem Rhythmus. Die Papiere lösten sich auf und flogen unhaltbar und dumm durch die Kabine, sodass der Rotäugige nur noch Reste in der Hand behielt, und darauf sah Danowski wieder eine Kinderzeichnung. Ach, Martha, dachte er zuerst. Stella, ach.

Bis er, in dem Moment, als der Rotäugige die verbleibenden Geschäftsunterlagen von Carsten Lorsch ungeduldig auf den Resopaltisch warf, die Fremdheit der Kinderzeichnung erkannte: Es war das Logo der Stiftung Gesundes Kind, wie auf dem Transporter, der bei Kathrin Lorsch das Bild abgeholt hatte, Titelbild einer Broschüre oder eines Geschäftsberichts.

Dann wies der Rotäugige mit dem Kinn zur Tür. Einer der anderen Quetscher verließ die Kabine. Der Rotäugige stand auf. Danowski bekam wieder Luft, aber er ahnte, dass das bestenfalls eine Art Abschiedsgeschenk war.

«Wir müssen jetzt arbeiten. Den falschen Mann unterbringen. Versorgen. Vielleicht verbrennen. Wir werden uns noch sehen, und wir werden viel Zeit haben, darüber zu sprechen, was Sie wissen und was nicht. Aber es wird Ihnen egal sein, denn Sie werden dabei sterben. Ich sage trotzdem einmal: Bis gleich.» Er verließ mit zwei anderen die Kabine, und Danowski verrenkte sich den Hals, während er mit zweien zurückblieb, von denen einer seine Beine hielt und der andere sich auf seinen Oberkörper setzte.

Immerhin, müde war er nicht mehr. Was einem so auffiel. Dem Geschmack in seinem Mund nach, war er Stunden bewusstlos gewesen. Dann kam der kleine Quetscher wieder, er trug einen Mundschutz und Gummihandschuhe, und Danowski wand sich und wurde festgehalten und sah, dass der kleine Quetscher in einer seiner gelben Hände eine Spritze hielt, die mit Blut gefüllt war, und ihre Nadel war nur durch eine hellgrüne Kunststoffkappe geschützt.

«Ein Gruß von nebenan», sagte der kleine Quetscher unbetont, als hätte der Rotäugige es ihm aufgetragen. «Von Frau Bender. Stillhalten jetzt bitte. Ihr Freund in Ihrem Bett hat sich leider gewehrt, als wir ihn damit spritzen wollten.»

Danowski bäumte sich auf, aber es war ein Phantomaufbäumen, denn sein Körper bewegte sich kaum. Der an seinen Füßen war kräftig, der auf seinem Oberkörper schwer. Schwer und offenbar vorsichtig.

«Let me get out of the way here», sagte der Fußquetscher, «ich mach mal Platz und halte ihn von hier.» Niemand wollte näher als unbedingt nötig am Virus sein. Sobald er sich von ihm runtergerollt hatte, tat Danowski das Gegenteil von dem, wonach jede Zelle seines Körpers schrie. Er bewegte sich nicht. Der Quetscher an seinen Füßen, verblüfft, ohne es richtig zu merken, ließ ein wenig locker. Danowski, der alles ganz deutlich und fast langweilig genau sah, pedantisch wie auf Millimeterpapier, trat in der gleichen Drehung nach dem Fußquetscher, mit der er dem in der Enge der Kabine nicht voll manövrierfähigen Handschuhmann die aufgezogene Ampulle aus dessen instinktiv lockeren Griff gerissen hatte. Niemand wollte eine Ampulle mit Virusblut zu fest anfassen. Und sobald Danowski sie in der Hand hatte, wichen alle zurück.

Wenn das Schelzig sehen könnte, dachte er wirr. Das ist definitiv unterste Schublade, was die Quarantänevorschriften angeht.

Dann war er aus der Kabine. Die anderen Quetscher und der Rotäugige waren nicht auf dem Gang, und alle, die ihm sonst entgegenkamen, schrie er an mit «Ihr wisst, was das ist!» und schwenkte die Ampulle mit Blut.

Er hastete zwei Treppen hinauf, und dann wieder dieser Posten, belastbar oder nicht so leicht zu ersetzen, der Holländer und der Schinken, aber nach einer kurzen Denkpause wichen sie doch zurück, und dann wurde ihm klar, dass längst wieder Nacht war und dass er nicht einmal mehr Schuhe trug. Daran, dass er auf dem sechsten Deck draußen stand und der gegen Ausrutschen aufgeraute Metallboden feucht war unter seinen Füßen und der Himmel so wie in der letzten Nacht, als Maik gestorben war. Zwei Offiziere waren ihm gefolgt, und er schwenkte die Arme und rief: «Ich lege die Spritze hierhin! Hier! Auf diesen Vorsprung. Sie müssen dafür sorgen, dass sich jemand darum kümmert. Doktor Tülin Schelzig!»

Dann musste er über sich selber lachen und dachte: Was rede ich hier? Ich schinde nur Zeit. Ich habe Angst. Natürlich habe ich Angst.

Und als er die Spritze abgelegt hatte und sich von ihr löste und die Offiziere vorsichtig näher kamen, sah er aus dem Augenwinkel, wie schwarz und uneben die Elbe war. Es war diese Unebenheit, die ihn fast mehr störte als die Schwärze oder die Höhe, von der er nur wusste, die er aber gerade nicht sehen konnte, und das leere Containerschiff, das gerade gewendet worden war und jetzt in etwa fünfzig bis hundert Metern Entfernung auf die «Große Freiheit» zukam. Also: auf ihn.

Er überwand die Reling mit einem seltsam nostalgischen Gefühl von: Kommst du mit, wir klettern über den Zaun. Dann ließ er sich in die Dunkelheit fallen.

45. Kapitel

Natürlich schluckte er.

Aber das lenkte ihn davon ab, dass er ungeschickt eingetaucht war, die Beine zu weit auseinander. Statt Haut am Leib die Kälte des ganzen Universums. Für einen Moment wusste er nicht, wo oben war. Davon hatte er schon mal gehört; Menschen, die ertranken, weil sie im Schock nicht wussten, wo die Wasseroberfläche war, und die wie besessen nach unten schwammen, weg von der Luft. Am Ende war das Leben bis zum Tod eine Aneinanderreihung von Dingen, von denen man schon mal gehört hatte. Wie langweilig, dachte er wütend.

Als er mit dem Kopf auftauchte, hatte er Ölgeruch in der Nase und Brack, die weltfüllende Metallwand der «Großen Freiheit» im Rücken, Rufe von der Reling, und die Suchscheinwerferlichtkreisel der beiden nächsten Polizeiboote tanzten um ihn übers Wasser und fanden ihn und ließen ihn nicht mehr los. Er zwang Luft in seine Lungen und ärgerte sich, wie schwer die nasse Uniform war. Es gab drei Schiffe, deren Nähe ihn beschäftigte, während er nach Atem rang: Die «Große Freiheit» in seinem Rücken, dann ein Containerschiff, dessen Ladung Richtung Westen gelöscht wurde, und das andere, das sich aus östlicher Richtung näherte. Ganz zu schweigen von den Schleppern und den Booten der Küstenwache. Wenn die ihn rauszogen, war er auch nicht besser dran.

Fahrrinne, dachte er, während er wegkraulte von der «Großen Freiheit», da muss ich durch. Bis zum anderen Ufer waren es zwei-, vielleicht dreihundert Meter, aus dieser Perspektive vielleicht sogar mehr. Und daran, dass links von ihm der dunkle Rumpf des Containerschiffs sein Gesichtsfeld immer mehr ausfüllte, merkte er, dass er sich von oben verrechnet hatte. Oder sich geweigert hatte, jemals zu rechnen. Am Rumpf konnte er mit vor öligem Wasser schmerzenden Augen «NYK Andromeda» lesen. Früher, ganz am Anfang seiner Hamburger Zeit, hatte er sich für diese Schiffe und woher sie kamen interessiert. Jetzt interessierte ihn nur: Niemals würde es ihm gelingen, vor dem Containerschiff zur anderen Elbseite zu schwimmen und sich im Dickicht am Ufer zu verbergen. Im Grunde blieb ihm jetzt nur noch, sich von einem der Polizeiboote aus dem Wasser fischen zu lassen.

Er drehte sich auf die Seite, um zu sehen, welches von den beiden Wasserschutzpolizeibooten näher war. Keins, stellte er fest. Sie hielten ihn zwar im Scheinwerferkreisel, aber sie machten keine Anstalten, sich ihm zu nähern.

Der Pestbulle, dachte er. Das bin ich. Die wollen mich nicht anfassen oder sie dürfen nicht. Die müssen erst mal warten, bis irgendein diesbezüglich wichtiger Teil des Quarantäneprotokolls erfüllt wird.

Er spürte, wie um ihn herum das Wasser weggedrückt wurde oder er mit ihm. Das waren die Ausläufer der Bugwelle oder die Bugwelle selbst, und er fragte sich, wie weit diese Stahlnasen der Containerschiffe eigentlich unter der Wasseroberfläche vorragten. Zehn, zwanzig Meter? Die Warnsirene des Containerschiffs dröhnte höhnisch Dutzende von Metern über ihn hinweg, durchschnitten von der helleren des parallel laufenden Lotsenschiffs, gemeint doch wohl für Hindernisse in höheren Sphären und nicht für einen Fleck im Wasser.

Hallo, Panik, alte Freundin. Nicht so schön, dich wieder hier zu sehen. Und jetzt ertrinke ich.

Ach, dachte er. Die Kinder. Die armen Kinder. Und ich, weil ich sie nie …

Und dann dachte er: Gegenteilpferde. Du machst das Gegenteil von dem, was du meinst. Du meinst, du musst wegschwimmen von diesem Monstrum? Du meinst, du musst die Elbe durchqueren?

Er hörte auf, wie wild durchs Wasser zu schlagen. Die Ausläufer der Bugwelle drückten ihn zur Seite, aber er merkte auch, dass sie ihn in wenigen Sekunden unterpflügen würden. Der Plan, der in ihm entstanden war, hing davon ab, dass ihm die Polizeiboote nicht weiter folgten. Und für dieses eine Mal wuchs in der Gefahr das Rettende, und es war aus blauem Polyester. Noch einmal drückte er Luft in seine Lungen, tauchte unter und zog sich die Perücke vom Kopf. Er ließ sie los und hoffte, dass sie in den Ausläufern der Bugwelle schnell von ihm wegtreiben würde. Dann schwamm er den Polizeibooten entgegen, um ihnen auszuweichen und sie zu überholen. Die Suchscheinwerferkreisel verloren sich erst an der Bordwand, dann Meter von ihm entfernt, wo die blaue Perücke schwamm, denn jetzt wurde sein Kopf von Dünung überspült.

Und die Polizeiboote mussten die Perücke für den ganzen Adam Danowski halten und folgten ihr in die falsche Richtung. Danke, internationale Humorkonventionen.

Links von ihm näherte sich parallel das kleinere Lotsenschiff, von ihm aus gesehen immer noch phantastisch groß, aber im Vergleich zum Containerschiff wie ein Putzerfisch am Blauwal. Zwischen beiden Schiffen war vielleicht zwanzig Meter wildes Wasser. Keiner denkt, dass ich mich da reinziehen lasse, dachte Danowski. Wenn ich da drin bin, bin ich weg für alle, der Welt abhandengekommen.

Noch einmal, dachte er, dann ist endlich Ruhe. Dann warf er sich mit allem, was er noch hatte, unters wilde Wasser und in Richtung Lotsenschiff. Hatten die ihre Schrauben nicht auch an der Seite? Aber wenn man da reingeriet, dann bekam man einen Schock und war sofort weg, und dann war es das.

Im letzten Moment bekam er einen der abgefahrenen Lkw-Reifen zu fassen, die als Poller an der Seite des Lotsenschiffes hingen. Er schloss die Augen. Ihr habt mich nicht bemerkt, dachte er. Ihr habt ganz andere Themen: enge Zeitpläne, Kundendienst. Komm, Hamburg-Hafen, du wirst doch wohl kein Containerschiff anhalten, weil da vielleicht einer in der Elbe geschwommen ist. Du lässt die weiterfahren, und den Rest macht die Wasserschutzpolizei.

Er entspannte sich, weil das Lotsenschiff nicht langsamer wurde, sondern eher schneller. Er hatte festen Griff an den drahtverstärkten Innenseiten des Reifens. Was wollte man mehr. Er atmete gleichmäßig, er sammelte Kraft. Und als er genug davon hatte, waren fünfhundert Meter vergangen, und er konnte sich hochziehen am untersten metallenen Vorsprung in der Dunkelheit. Zwischen Tauen und Eimern duckte er sich und watschelte zur Steuerbordseite. Schrauben an der Seite? Nee, der fuhr ja geradeaus. Und dass das Wasser kalt war, wusste er bereits, damit konnte ihn niemand mehr überraschen. Er ließ sich hineingleiten, sobald er Höhe Baumwall den kleinen Yachthafen in der Innenstadt sah.

46. Kapitel

«Und, haben Sie gut hergefunden?»

«Ja, ging. Bisschen viel Verkehr, aber klar. Ist ja gut für die Stadt, wenn der Hafen arbeitet.»

«Ich hatte Ihnen gar nicht die Liegeplatznummer gegeben.»

«Das war nicht schwierig. Sie haben ja wirklich das mickrigste Boot hier im ganzen Yachthafen.»

«Ja, man kann über Carsten sagen, was man will, aber ein Angeber war er nicht.»

«Und keine Konfektionsgröße 46», sagte Danowski und wedelte mit den Jackenärmeln. Dunkelblaue Windjacke, beigefarbener Baumwollstrickpulli mit Zopfmuster, Jeans mit Bundfalten. Alles zu groß und alles von einem Toten. Kenne ich ja schon, dachte Danowski. Zwei Tage in Totenkleidern, aber immerhin mit Abwechslung. Er saß auf der dünn gepolsterten Bank in der kleinen Kajüte von Kathrin Lorschs Segelyacht und ließ die Wärme zurück in seinen Körper strömen.

«Ich war mir nicht sicher, ob Sie kommen würden», sagte er. «Oder besser gesagt: Ich hätte nicht damit gerechnet.»

«Ich bin selbst überrascht», sagte Kathrin Lorsch und reichte ihm schwarzen Tee in einer Schiffstasse, die für festen Stand nach unten breiter wurde. Der Tee war heiß und süß, und er fand ihn köstlich. Sie schien schmal geworden in der Woche, seit er sie das letzte Mal gesehen hatte. Vielleicht die Müdigkeit, irgendwie war es schon wieder mitten in der Nacht. Sie hatte das Haar straff zurückgebürstet und zu einem Pferdeschwanz gebunden, was sie jünger und älter zugleich aussehen ließ. Ein dunkler Rollkragenpullover, sodass ihr Kopf im Halbdunkel zu schweben schien.

«Aber ich wollte doch wissen, wie es ausgeht. Ich muss doch verstehen, was Carsten getan hat.» Sie lachte sparsam. «Ein ewiger Kampf, den anderen zu verstehen. Und dann hört das nicht mal nach dem Tod auf.»

Danowski sagte nichts und fühlte dem Schmerz oberhalb seiner Schläfe nach.

«Wollen Sie noch mal versuchen, Ihre Familie anzurufen?», fragte sie und hielt ihm ihr iPhone in einer Schlangenlederschutzhülle hin. Bisher hatte er nur Leslies Voicemail erreicht, aber er wusste, dass sie ihr Telefon ausschaltete, wenn sie schlafen ging. Es schmerzte ihn ein wenig, dass sie diese Gewohnheit wiederaufgenommen hatte, obwohl er weg war von ihr und den Kindern und es jederzeit etwas Neues geben konnte. Und das Festnetztelefon hörte sie nicht, wenn sie mit Ohrstöpseln schlief. Er schüttelte den Kopf. Er stellte sich die dunkle Wohnung vor und wie alle schliefen, die Geräusche und die Luft, wenn er von der Spätschicht kam, als ihm plötzlich etwas in die Glieder fuhr.

«Haben Sie von den Impfschäden gehört? Von den Toten?», fragte er.

«Ja», sagte Kathrin Lorsch und setzte sich ihm gegenüber an den ovalen Tisch. Durch die kaum tellergroßen Bullaugen sah er hinter ihrem Kopf den U-Bahnhof Baumwall und dahinter ein Verlagsgebäude. Fünf, höchstens sechs Kilometer von Leslie und den Kindern. «Das kam in den Nachrichten. Drei Tote.»

«Haben Sie irgendwas darüber gehört, wer das war? Gibt es da Gerüchte oder so?» Sein Mund war kalt und trocken, sobald kein Tee durchlief.

«In der *Morgenpost* stand, dass das Leute aus der S-Bahn

waren, in der diese Rechtsmedizinerin gefahren ist. Kristina Ehlers. Hat jedenfalls der Mann erzählt, der meinen Garten macht», sagte sie. «Im *Abendblatt* stand, das seien Leute aus dem Umfeld der Behörden gewesen, aber vielleicht ist das lanciert worden, um zu vertuschen, wie viele normale Leute schon geimpft worden sind.»

«Sie unterscheiden zwischen Behördenmitarbeitern und ihren Familienmitgliedern und normalen Leuten?» Der Impuls, aufzustehen und sich auf den Weg zu machen nach Bahrenfeld zu seiner Familie, war schier übermächtig. Aber da würden ihn die Kollegen erwarten, und dann war er weg vom Fenster. Womöglich brachten sie ihn zurück an Bord.

«Was ist der Plan?», fragte Kathrin Lorsch.

Er atmete gegen die Sorge und sagte: «Nicht wieder auf das Boot zu müssen. Ein paar Fragen an Sie. Die Hoffnung, dass ich dadurch etwas erfahre, womit ich mich schützen kann.»

«Fragen Sie.»

«Was hatte Ihr Mann mit der Stiftung Gesundes Kind zu tun?»

«Nichts. Also, das waren Leute, die er vom Golfplatz kannte. Aber eigentlich war das mein Kontakt. Ich hab den Geschäftsführer mal kennengelernt, auf einem Fest im Club. Kann sein, dass Carsten uns bekannt gemacht hat. Aber das war dann auch alles.»

«Wie heißt der Geschäftsführer?»

«Bartels. Vornamen weiß ich nicht aus dem Stegreif. Irgendwas Normales.»

«Nie gehört. Und der hat Ihnen den Auftrag für das Bild gegeben, dieses Kinderporträt?»

«Nein, nein, das kam direkt über Steenkamp.»

Danowski runzelte die Stirn. «Kam direkt über Steenkamp? Wie meinen Sie das? Cay Steenkamp?»

«Ja, natürlich.»

«Wieso natürlich?»

«Cay Steenkamp hat zwei oder drei Stiftungen, ein guter Kaufmann, der auch zurückgibt. Sponsert das Matthiae-Mahl im Rathaus und so was. Das weiß in Hamburg jeder.»

«Der Pharma-Unternehmer.»

«Genau.»

Danowski merkte, wie das Gefühl nach und nach in die meisten Teile seines Körpers zurückkehrte, und damit an vielen Orten auch Variationen von Schmerz.

«Und Ihr Mann kannte Wilken Peters. Das war ein Kunde von ihm.»

«Ja. Nachdem Sie mich gefragt haben, habe ich das bei dem Logistikunternehmen überprüft, mit dem mein Mann zusammengearbeitet hat. Wilken Peters war kein besonders guter Kunde, aber er war einer. Er hat sogar noch offene Rechnungen, das habe ich gleich mal weitergegeben.»

«Okay, Peters und Steenkamp sind gemeinsam beim Krisenstab aufgetreten. Als es um Impfungen ging. Steenkamp stellt so was her.»

«Dann hat er jetzt ja ein gutes Geschäft gemacht», sagte Kathrin Lorsch mit flüchtigem Zynismus. «Zumindest, solange sich das mit den Impfschäden nicht ausweitet.»

«Und Peters hat das eingefädelt, auf eine Art. Die Stadt, genauer gesagt die Gesundheitsbehörde, ist der Kunde, und Steenkamp liefert. Impfstoffe gegen Ebola und ähnliche Viren.»

«Das mag sein, aber das finde ich nicht unnormal. Die kennen sich bestimmt auch vom Club. Peters spielt da auch.»

Stimmt, dachte Danowski. Ich hab erlebt, dass er eine Partie abbrechen musste, weil wir Krisenstabsitzung hatten. Zumindest war er so angezogen.

«Ich weiß nicht ganz, worauf Sie hinauswollen», sagte sie, nachdem sie eine Weile geschwiegen hatten.

«Ihr Mann hat illegal ein tödliches Virus beschafft. Vielleicht wollte er es gar nicht nach Hamburg bringen, um Sie in einem Vierteljahr in Afrika damit zu vergiften. Vielleicht war von Anfang an der Plan, das Virus hier irgendwie in der Stadt zu verbreiten, damit Steenkamp, unterstützt von Peters, seinen Impfstoff verkaufen kann.»

«So was passiert in Hamburg nicht», sagte Kathrin Lorsch. «Cay Steenkamp ist ein trauriger alter Mann, der sein Leben anderen Menschen gewidmet hat. Er hat seine Kinder verloren, als sie zehn und elf waren. Wegen einer Gehirnhautentzündung oder so, die damals falsch behandelt worden ist.»

«Woher wissen Sie das?»

«Er hat es mir erzählt. Ich spreche immer viel mit den Auftraggebern, wenn jemand ein archäologisches Porträt von mir haben will.» Sie bückte sich unter den Tisch und holte ihre Handtasche hervor, daraus das Notizbuch, an das Danowski sich gut erinnerte.

«Sie erinnern sich?», fragte sie.

«Ich erinnere mich», sagte er schuldbewusst, weil sie ihn vor langer, langer Zeit damit konfrontiert hatte, dass er heimlich darin gelesen hatte. Sie schlug es auf und schob es ihm über den Tisch.

so weit weg
immer Zeit für die beiden
sind immer da und nie
keine Zeit mehr
viele Fehler gemacht
größter Stolz, das zuzugeben
–> alles andere schwach

Fehler aus Liebe, Fehler aus Wut
(Wut=Liebe)
aber nie nie nie aus Angst

«Sie haben das neulich für irgendeine Selbsterforschung von mir gehalten, aber das waren Notizen von meinem Vorgespräch mit Cay Steenkamp. Über sein Verhältnis zu Jette und Jörn, seine Erinnerungen an sie. Jette und Jörn, das waren seine Kinder. Das waren tiefe Gefühle, die da bei ihm hochkamen, als er über die beiden gesprochen hat.» Das Letzte schon unangenehm in Randbereiche lappend von Psychogewäsch.

«Und warum brauchte er das Porträt so dringend, dass Sie deshalb Ihre Reise verschieben mussten?»

Sie lächelte. «Angeblich für irgendeine Eröffnung, eine neue Geschäftsstelle oder neue Empfangsräume der Stiftung. Aber ich glaube, er hatte einfach plötzlich ganz große Sehnsucht danach, dieses Bild von seinen Kindern zu besitzen. Ich glaube, er wollte es gar nicht in der Stiftung aufhängen lassen, sondern bei sich zu Hause. Das erlebe ich nicht zum ersten Mal. Die Menschen bekommen Sehnsucht nach meinen Bildern, wissen Sie.»

Danowski schüttelte den Kopf. «Er hat das gesagt, damit Carsten Lorsch allein nach Newcastle fahren konnte, ohne dass Sie Verdacht schöpften. Weil es von Anfang an darum ging, dieses Virus nach Hamburg zu holen. Dass Ihr Mann sich damit vergiftet hat, war ein Unfall oder ein Zufall, wahrscheinlich gab es Streit mit Simone Bender um die Ampulle. Falls das alles ist. Simone Bender hat früher auch bei einer Pharmafirma gearbeitet. Und aus ihrer Küche habe ich einen Magneten mit dem Symbol dieser Stiftung. Den hat sie bestimmt aus der Firma.»

«Mag sein», sagte Kathrin Lorsch. «Aber ist es nicht

wahrscheinlicher, dass mein Mann mich mit dem Virus in Afrika töten wollte, damit er mit der Firma und Simone Bender machen kann, was er will?»

«Es ist Ihnen lieber, das zu glauben, als dass ein guter Hamburger Kaufmann mit jemandem vom Senat ein Komplott spinnt, um offenbar minderwertigen Impfstoff an die Stadt zu verkaufen?»

«Lieber? Wahrscheinlicher. Sie verstehen das nicht, das merke ich. Woher kommen Sie noch mal?»

Er antwortete nicht. Er versuchte nachzudenken, aber seine Gedanken fassten keinen Tritt. Es war ihm widerlich geworden, in der Kleidung von Carsten Lorsch hier zu sitzen.

«Sie sehen Treibland», sagte Kathrin Lorsch, und er meinte, einen Zug von Feindseligkeit in ihrer Stimme wahrzunehmen. «Eine Illusion, eine Sinnestäuschung. Oder wie wollen Sie das alles jemals beweisen?»

«Scheiße», sagte er, und dann: «Entschuldigung.» Sie war so. «Es gibt jemanden, den ich hätte anrufen können. Ein Kollege von mir, Finzel, Sie kennen ihn, er ist krank geworden; aber vorher hat er mit einer Frau gesprochen, die vielleicht Zeugin ist. Er hat mir ihren Namen gegeben. Aber ihre Telefonnummer ist in meinem Telefon, das mir an Bord der ‹Großen Freiheit› abgenommen wurde. Übrigens von Leuten, die vermutlich von Peters und Steenkamp angeheuert wurden, um mich bei meiner Arbeit zu behindern, mich einzuschüchtern und dann, als sie merkten, dass ich auf dem richtigen Weg war, umzubringen.» Er merkte, wie Selbstmitleid in ihm aufzubranden drohte.

«Steht die Frau nicht im Telefonbuch?», fragte Kathrin Lorsch leicht hämisch.

«Nee, Facebook», sagte Danowski und blickte Richtung iPhone. Bevor Kathrin Lorsch es vom Tisch nehmen konnte, hatte er es sich geschnappt und die Facebook-App aktiviert.

«Schön, dass Sie auch in sozialen Netzwerken aktiv sind», sagte er. Sie sah ihm zu, und am Ende half sie ihm, die Nummer von Wolka Jordanova zu finden.

«Und kommen Sie über den Browser an die FeinGeist-Datenbank ran? Die Nummer von Wilken Peters würde mich auch interessieren. Und die von Cay Steenkamp.»

«Die von Steenkamp kann ich Ihnen geben, die hab ich selbst», sagte sie, als wäre das was Besonderes. «Peters schreibe ich Ihnen raus.» Das dauerte, weil sie auf dem kleinen Display herumfummelte, und er kämpfte derweil gegen seine Augenlider. Dann schob sie ihm einen Zettel zu, den er in Carsten Lorschs Jackentasche steckte.

«Machen Sie ruhig», sagte sie, als er sich anschickte, auf ihrem iPhone die Nummer von Wolka Jordanova zu wählen, «ich will ja nicht die Arbeit der Polizei behindern.»

Es klingelte, und als Danowski schon fast keine Erwartungen mehr hatte, meldete sich eine junge Frau mit leichtem Akzent.

«Ja?»

«Frau Jordanova?»

«Wer ist da?»

«Mein Name ist Danowski. Von der Kriminalpolizei. Kann es sein, dass mein Kollege Finzel vor wenigen Tagen mit Ihnen gesprochen hat?» Wenn, dachte Danowski, das jetzt wirklich eine Prostituierte ist, wird das Gespräch sehr kurz. Aber was wusste schon Behling.

«Ja.» Abwartend, aber nicht unaufgeschlossen. «Es ist sehr spät. Ist etwas passiert?»

«Ich würde gern mit Ihnen sprechen.»

«Worüber?»

«Darüber, was Sie meinem Kollegen erzählt haben.»

«Hat er das nicht weitergegeben?»

«Er hatte keine Gelegenheit dazu. Er ist sehr krank geworden.»

«Hat er dieses Hafenvirus bekommen?» Seltsam beiläufig, so, wie man vor ein paar Wintern in der Stadt über die Schweinegrippe gesprochen hatte. Hafenvirus.

«Nein», sagte Danowski trocken. Das habe höchstens ich.

«Ich weiß wirklich nicht. Es ist sehr spät.»

«Wo sind Sie?»

«Ich bin bei der Arbeit.»

«Auf dem Golfplatz?»

«Woher wissen Sie das?»

«Das steht auf Ihrem Facebook-Profil.»

Sie zögerte einen Moment. «Das stimmt.»

«Was machen Sie nachts auf dem Golfplatz, wenn ich fragen darf?»

«Wildschweine vertreiben. Wir halten nachts Ausschau. Die Wildschweine zerstören uns hier das Grün. Wir sind den ganzen Tag damit beschäftigt, das wiederherzustellen. Die Wildschweine wühlen den Boden nach Insektenlarven um.»

Danowski seufzte. Was man sich alles anhören musste. «Sind Sie da jetzt allein?», fragte er.

«Ja», sagte sie.

Er blickte fragend zu Kathrin Lorsch. Sie runzelte die Stirn und nickte.

«Kennen Sie Carsten Lorsch, Wilken Peters und Cay Steenkamp?», fragte er schließlich, weil er sichergehen wollte, dass Finzi ihn nicht doch auf einen trunkenen Irrweg schickte, gewissermaßen mit schönem Gruß aus dem Koma.

«Das kann ich Ihnen erzählen», sagte sie vage, und dann,

mit veränderter, müder Stimme: «Vor allem Cay Steenkamp kenne ich leider gut.»

«Geben Sie mir die Adresse», sagte er. «Und sagen Sie mir, wo wir uns treffen.»

«Zwischen dem zehnten und elften Loch ist ein Maintenance Point. Da ist eine Anhöhe, da sitze ich auf einem mobilen Hochstuhl.»

«Meine Güte», sagte Danowski. «Und ich weiß nicht, was ein Maintenance Point ist.»

«Das zehnte oder elfte Loch finden Sie», sagte sie. Finzi, dachte Danowski, würde jetzt sagen: Verlassen Sie sich drauf, dass ich immer das richtige Loch finde. Dann legte sie auf.

«Dreiviertelstunde», sagte Kathrin Lorsch. «Ich weiß, wo der Golfplatz ist.»

Sie stieg aus der Kajüte, und wenig später hörte er, wie die Leinen aufs Deck fielen, und dann, wie der Außenbordmotor durch die Dunkelheit sägte. Er überlegte einen Moment, ob er ihr helfen konnte. Dann lehnte er sich in die unbequemen, aber heimeligen Polster der Kajütenbank. Er nahm Kathrin Lorschs Telefon und wählte noch einmal die Nummer seines eigenen Zuhauses. Mitternacht durch.

Nach dem dritten Klingeln nahm jemand so entschieden ab, dass Danowski zurückprallte.

«Ja?» Eine Männerstimme an seinem Festnetztelefon in Bahrenfeld. Er sagte nichts. Und beim zweiten «Ja?» erkannte er Behlings nasales Timbre.

«Knud? Was machst du in meiner Wohnung?»

«Adam. Was machst du überhaupt irgendwo? Wir suchen dich. Wir denken, du bist ertrunken. Die Wasserschutzpolizei hat nur noch deine Perücke gefunden. Wo bist du?»

«Kann ich mit Leslie sprechen?»

«Nein. Leslie und die Kinder sind nicht hier.»

«Wo sind sie, Knud? Warum geht Leslie nicht ran?»

«Wir konnten hier heute Nacht niemanden in der Wohnung lassen, Adam. Ich verrate dir vermutlich kein Geheimnis, wenn ich dir sage, dass wir uns hier auf einen Zugriff vorbereiten. Für den Fall, dass du nach Hause kommst. Du hast dich allerhand Dienstanweisungen widersetzt, dich einer richterlich angeordneten amtsärztlichen Evaluation entzogen, und was am schlimmsten ist: gegen die Quarantäneauflagen verstoßen. Hinzu kommt gefährlicher Eingriff in den Schiffsverkehr. Es hört nicht auf mit dir, was.»

«Weck Habernis oder besser gleich einen Richter, ich brauch einen Haftbefehl.»

«Was?» Wääs.

«Der Richter soll sich nur schon mal bereithalten. Fluchtgefahr, Verdunkelungsgefahr: Haftgründe genug. Dringender Tatverdacht auf ...» Danowski überlegte kurz. Die drei Impftoten gingen definitiv auf das Konto derer, die sich verschworen hatten, schadhaften Impfstoff an die Stadt zu verkaufen. Ebenso Maik. Ob man am Ende Carsten Lorsch, Kristina Ehlers, Simone Bender und den Schiffsarzt auch noch mit einrechnen konnte, würde sich zeigen. «... wenigstens vorsätzliche fahrlässige Tötung in mindestens drei Fällen, Anstiftung zum Mord in einem Fall, Nötigung, Körperverletzung, vielleicht noch mehr.»

«Ach, Adam. Das ist schon wieder so wirr. Lass uns doch in Ruhe darüber reden.»

«Glaubst du, ich weiß nicht, wie lange es dauert, bis ihr diese Handynummer geortet habt? Tschüs, Knud.»

«Tschüssing, Adam.» Das brachte der tatsächlich noch unter, bevor Danowski auflegen konnte.

Wenn Leslie mit den Kindern irgendwo war, wohin sie freiwillig gegangen war, dann war sie bei ihrer Schwester

Jenna in Eidelstedt. An die Nummer würde er sich mit ein bisschen Gewalt erinnern können. Aber wollte er wirklich wissen, ob Behling gelogen hatte und was in Wahrheit mit Leslie war?

Ja. Aber das Telefon war unbrauchbar. Sie hatten jetzt die Nummer und konnten ihn orten, solange es an war. Und wenn sie ihn fanden, würden sie ihn zurück aufs Schiff bringen oder wegsperren, und auf keinen Fall würde sie interessieren, was er zu erzählen hatte. Um das zu beweisen, brauchte er nichts weniger als Zeugen, am besten ein Geständnis von Peters oder Steenkamp.

Er ging an Deck und stellte sich schweigend hinter Kathrin Lorsch. Vor ihnen tauchte der Fähranleger Teufelsbrück aus dem Nebel auf. Treibland, dachte Danowski. Ich weiß nur nicht, wo es anfängt und wo es aufhört.

«Warum haben Sie Ihrem Mann damals einen Nagel mit auf die Reise gegeben?», fragte er sie, während sie sich bemühte, das Boot nicht zu hart gegen den Steg zu setzen.

«Der Nagel sollte ihn mit dem Fetisch verbinden», sagte sie und deutete ihm mit dem Kinn den Weg zum Steg. «Um ihm Unglück zu bringen.»

«Sehen Sie», sagte Danowski, «Aberglaube. Das wäre gar nicht nötig gewesen.»

«Ich habe eine Abkürzung genommen, sagen jene, die sich verlaufen haben.»

«Lassen Sie mich raten …»

«Uganda.»

47. Kapitel

«Das war's dann. Danke fürs Mitnehmen.»

«Klettern Sie dann da einfach über den Zaun?»

«Das kriege ich jetzt auch noch hin.»

In Teufelsbrück hatte sie ihr Boot vertäut und ihm einen Autoschlüssel gegeben: Carsten Lorschs Mercedes, eine Viertelstunde von hier vor ihrem Haus, auf dem sandigen Gehweg. Cognacfarbene Lederpolster. Oder Whisky. Er fuhr nach vorn gebeugt wie ein Rentner. Es kostete ihn große Anstrengung, den Blick scharf zu halten, eingelullt von der Lautlosigkeit des Motors. In der Nähe vom Klövensteen parkte er den Wagen am Waldrand und lief die letzten fünfhundert Meter zum Golfplatz. Der Boden schwamm unter seinen Füßen, weil ihm Carsten Lorschs Deckschuhe zu groß waren.

Es war Mitte Mai, der Mond kein Viertel, die Fairways glichen schwarzem Acker. Als Wolka Jordanova ihm die Narbe an ihrer Schläfe zeigte, konnte er sie kaum erkennen, aber er nickte, weil er merkte, dass es ihr wichtig war.

«Der Mann ist verrückt», sagte sie. «Er hat mir die Tür mit seiner ganzen Kraft ins Gesicht geschlagen, obwohl er mich genau gesehen hat. Durch den Türspalt.» Sie hielt inne und blickte über Danowskis Schulter in die Dunkelheit. «Ich habe seine Augen gesehen.»

«Okay», sagte Danowski, der sich dafür nicht dringend interessierte. Aber er spürte, dass es der Zugang zu Wolka Jordanova war.

«Und dann hat er versucht, mich hier rauswerfen zu lassen», sagte sie. «Aber ich habe der Clubleitung gedroht, allerhand Sachen zu erzählen. Da haben sie mich behalten.»

«Was für Sachen?», fragte Danowski. Sie standen unterhalb des möglicherweise dunkelgrünen und offenbar zusammenklappbaren Hochsitzes. Sie bückte sich in Richtung des Gerüsts und hob eine Schrotflinte ins funzlige Mondlicht.

«Glauben Sie, ich bin hier legal beschäftigt? Hier kommen jeden Herbst und jedes Frühjahr die Wildschweine durch, und dann geben sie uns Jagdwaffen und die Anweisung, auf die Tiere zu schießen. Uns. Leuten wie mir. Ich habe Germanistik studiert, ich habe keinen Jagdschein. Alles immer ein einziges Gemauschel.»

«Und wie haben Sie meinen Kollegen Finzel kennengelernt?», fragte Danowski und starrte auf die Schrotflinte.

«Der hat hier rumgeschnüffelt, weil er auf der Suche nach Wilken Peters war. Wie gesagt, Peters kenne ich auch, der gehört zu der Gruppe von Steenkamp. Die Leute vom Club haben Ihren Kollegen hier nicht reingelassen, aber ich habe gesehen, wie er draußen herumstand. Und dass er Polizei ist. Darum habe ich mit ihm gesprochen. Weil es das erste Mal war, dass die Polizei hierherkommt. Erst dachte ich, der ist vom Zoll und sucht nach Schwarzarbeitern. Aber er wollte sich über Steenkamp und Peters unterhalten.»

«Was haben Sie ihm gesagt?»

«Dass Cay Steenkamp mich umbringen oder mir sehr, sehr weh tun wollte. Einfach nur so. Weil er eine Wut hatte. Und dass ich danach angefangen habe, ihn und seine Freunde zu belauschen. Wie ein dreckiger kleiner Spitzel. Das haben die aus mir gemacht. Weil ich so was wollte wie Rache.»

«Belauschen? Schwierig auf dem Golfplatz, oder?»

«Ja. Aber unser Pausenraum grenzt direkt an die Wand vom Männerklo im Clubhaus. Dünne Wand. Man hört viel Plätschern. Und oft die interessantesten Gespräche.»

«Und?»

«Der Alte, also Steenkamp, wollte irgendwas nicht mehr mitmachen, was Peters und dieser Lorsch, der dann gestorben ist, mit ihm vereinbart hatten. Unter Geschäftsleuten. Da wurde immer viel über Ehre und so gesprochen. Respekt. Wie bei Rappern, verstehen Sie?»

Danowski musste lachen. Er sah ihr rundes, flaches Gesicht im schmalen Licht, das helle Haar weiß gegen die Dunkelheit, und er dachte: Wie wunderbar, sie hat ein richtiges Mondgesicht, eins, von dem man sich gern bescheinen lässt und wo man gerne reinguckt.

«Der Alte hat immer sehr, sehr lange gebraucht auf dem Klo, und das hat Peters ausgenutzt, um ihm dahin zu folgen und ihn da unter Druck zu setzen. Okay, der Alte ist ein Sadist, aber das tat mir fast wieder leid. Stellen Sie sich vor, Sie haben Prostata, und dann nutzt das jemand aus und verfolgt Sie bis aufs Klo. Es war auch immer wie umgedreht, ihr Verhältnis. Draußen, auf dem Platz und im Clubhaus, hat Steenkamp Peters immer arrogant und abweisend behandelt, er hat kaum ein Wort zu ihm gesagt, manchmal hat er ihn nicht mal angeschaut, und Peters war immer zuvorkommend, so ergeben. Das war so ihre Rollenverteilung. Aber da drin, am Pissoir, da hat der Alte fast gewinselt, während Peters ihn unter Druck gesetzt hat wie ein albanischer Zuhälter.»

«Womit hat er ihn unter Druck gesetzt?»

«Was mit einem Video. Er hat ein Video, und wenn der Alte nicht mitmacht bei dem Lorsch-Plan, dann gibt Peters das Video an die Staatsanwaltschaft.»

Video, dachte Danowski, old school.

«Können Sie damit was anfangen?», fragte Wolka Jordanova.

«Ist das eigentlich ein richtiger Name, Wolka?»

«Das würden Sie hoffentlich nicht meine Großmutter fragen.»

«Nein. Das würde ich nicht.» Er sah über das Fairway und füllte seine Lungen mit der kühlen, feuchten Nacht.

«Wissen Sie, was das für ein Video war? Hat das Peters mal gesagt? Was da drauf war?»

Sie zögerte. «Lorsch hat das auch gefragt.»

«Lorsch hat davon gewusst?»

«Ja, Peters hat sich mit ihm verbündet gegen Steenkamp, als der Alte nicht mehr wollte.»

«Und was hat Peters geantwortet?»

«Was mit Kindern», sagte sie schnell.

«Wie bitte?»

«Ich weiß. Eine schreckliche Vorstellung. Das alte Schwein. Aber das war genau, was Peters gesagt hat: Was mit Kindern. Ich hab das sogar aufgenommen. Irgendwann hab ich damit angefangen, weil die sich immer zur gleichen Zeit getroffen haben: Peters und Steenkamp Mittwochmorgens, und Lorsch und Peters Donnerstagabends. Da ist meine Frau immer auf Vernissagen, hat Lorsch gesagt. Und ich hab angefangen, auf dem Männerklo so ein kleines Aufnahmegerät zu verstecken. Stimmaktiviert. Fünf Stunden Laufzeit. Nervig, das durchzuhören. Alles hab ich auch noch nicht geschafft. Ich wollte immer was finden, was dem Alten schaden könnte.»

«Das Video könnte ihm schaden», sagte Danowski.

«Ja, und angeblich ist es sogar hier im Clubhaus», sagte sie. «Das hat Peters behauptet, als Lorsch gefragt hat, ob es an einem sicheren Ort ist. Peters hat gesagt: Das kennen Sie doch, der sicherste Ort ist direkt vor Ihrer Nase. Aber es gibt hier nur einen Computer, ein altes Ding unten im Clubraum unter dem Restaurant. Da waren aber keine Videos drauf, die irgendwas bedeutet hätten, nur von Turnieren. Ich kenne mich damit ganz gut aus. Vielleicht ist irgendwo ein Laptop mit Videos versteckt.»

Danowski sah sie an durch die Dunkelheit. Sie war Anfang, höchstens Mitte zwanzig.

«Warum interessiert Sie das?», fragte sie wie jemand, der zu viel von sich erzählt hatte und das jetzt bereute.

Er antwortete nicht darauf. Weil es sein Job war? Stattdessen sagte er: «Ich muss Sie um einen Gefallen bitten.»

«Ja?»

«Um drei, um genau zu sein.» Er hatte nachgezählt.

«Ich weiß nicht. Sie haben mir noch nicht einmal Ihren Ausweis gezeigt», sagte sie. «Würden Sie das noch machen?»

Den habe ich in der Tasche eines Toten vergessen, dachte Danowski und ahnte, wie sich das jetzt entwickeln würde. Schade. Es hatte so gut angefangen.

«Ist es dafür nicht sowieso zu dunkel?», fragte er lahm, und sie wich unbeeindruckt zurück. Und jetzt, dachte Danowski, werde ich das genauso machen wie Steenkamp in ihrer Geschichte: ausnutzen, dass ich immer noch größer und kräftiger bin als sie. Und schneller, wie sich zeigte, als er einen Ausfallschritt auf sie zu machte und sie nicht weit genug zurückwich. Er entwand ihr die Schrotflinte grober und entschiedener, als er sich gewünscht hätte, aber er wollte jetzt kein Risiko mehr eingehen. Dann wich er zurück und richtete die Flinte ausdrücklich nicht auf sie.

Sie schüttelte den Kopf und sah an ihm vorbei. Er schämte sich.

«Und jetzt noch Ihr Telefon, bitte», sagte er. Sie reagierte nicht. Er drehte die Flinte leicht in ihre Richtung und sagte: «Bitte.» Sie griff in die Tasche ihrer vielleicht weinroten Greenkeeperjacke und warf ihm ein altes Klapphandy vor die Füße. Er hob es auf, ohne den Blick von ihr zu wenden.

«Das waren zwei Gefallen. Der dritte wäre gewesen, dass Sie nordwestlich Richtung Klövensteen gehen und nicht die Polizei rufen. Jetzt muss ich Sie bitten, sich an den Hochsitz zu lehnen.»

«Nein», sagte sie. «Niemals.» Als fürchtete sie, er wollte sie schlagen oder vergewaltigen.

«Ich tue Ihnen nichts», sagte Danowski und ekelte sich so vor seiner eigenen Stimme, dass sie ihm auf der Zunge erstarb. Wie viele Leute, die seine Kollegen und er verhaftet hatten, hatten vorher irgendwann zu irgendjemandem genau diese Worte gesagt? So weit gekommen, dachte er, und jetzt diese Schande. Dann packte er sie am Arm und zerrte sie zum dunklen Schuppen, den sie als Maintenance Point bezeichnet hatte. Er drängte sie hinein, während sie offensichtlich auf eine Gelegenheit lauerte, ihm ihrerseits die Waffe zu entreißen. Dann fand er ein Abschleppseil und fesselte sie damit an einen Stützbalken. Palsteg, Webleinsteg, war ja nicht so, dass er nicht auch mal versucht hätte, den Sportbootführerschein zu machen, als er nach Hamburg gekommen war.

«Es tut mir leid», sagte er. «Sie haben mir sehr geholfen. Ich hoffe, morgen verstehen Sie das alles.»

Sie sah ihn an und sagte nichts. Er ging hinaus und verschloss die Schuppentür von außen mit einem Harkenstiel.

48. Kapitel

Er ging über das Fairway und lauschte dem entfernten Rauschen der Frühlingsnacht, das er gleich gegen die Stimme von Wilken Peters tauschen würde. Denn der nimmt ab, dachte Danowski. In dieser Nacht, nachdem an Bord das Chaos ausgebrochen ist und der Pestbulle in die Elbe gesprungen ist: In dieser Nacht nimmt der jeden Anruf entgegen.

Die Schrotflinte war schwer, drei bis vier Kilo, schätzte er. Er fummelte den Zettel aus der fusseligen Jackentasche von Carsten Lorsch und tippte im Gehen die Nummer von Peters ein.

«Hallo?»

«Danowski hier. Ich möchte Sie zu einem Gespräch einladen, Herr Peters.»

Eine Pause voller Zwischentöne. Dann, aufgeräumt: «Oh, das wird nicht gehen. Aber Ihre Kollegen suchen nach Ihnen, wir haben das gerade in der Telko vom Krisenstab besprochen.»

«Mit den Impfungen so weit alles im Plan?»

«Was wollen Sie, Herr Danowski?»

«Dass Sie zu Ihrem Golfclub fahren. Und sich mit mir im Clubraum treffen. Um meine Fragen zu beantworten. Oder zu bestätigen, was ich vermute.»

«Und weshalb sollte ich das tun?»

«Weil ich Ihr Video habe.»

«Herr Danowski, es geht auf eins, wir haben morgen einen harten Tag vor uns, und damit meine ich nicht Sie. Sie sollten sich den Behörden stellen.»

«Sie sollten mal ein Stimmtraining machen, Herr Peters. Sie klingen so flach.»

«Welches Video?»

«Zeitverschwendung. Nicht mehr solche Fragen. Das Video von Steenkamp. Machen Sie sich auf den Weg. Ich erwarte Sie.» Er schaltete das Handy aus und ging weiter Richtung Clubhaus, das sich aus der Dunkelheit schälte wie ein Geisterschiff aus einer Nebelbank.

Er brach durch ein Kellerfenster ein, machte wenig Licht an und fand den Raum unter dem Restaurant. Es roch nach Polstermöbeln, Leergut und Herrenwitzen. Der niedrige, dunkel getäfelte Raum sah aus wie ein Museum der untergegangenen Medien: an der Wand eine stillgelegte Jukebox, ein Röhrenfernseher mit Holzrahmen, ein klobiger Zeitschriftenständer mit alten Ausgaben von *Geo* und *Capital*, und unter dem Fernseher tatsächlich ein Videorecorder. Rechts und links neben dem Zeitschriftenständer zwei Ledersessel, die Richtung Fernseher gestellt waren. Eine Reihe von vielleicht zwanzig oder dreißig VHS-Kassetten auf einer Ablagefläche unter dem Fernseher.

Wolka Jordanova war zu jung, um darauf zu kommen, dass ein Video auch einfach eine alte Kassette sein konnte und keine Datei auf einer Festplatte oder in der Cloud.

Auf den Rückenetiketten stand in zwei oder drei Handschriften verblichenes Zeug wie «Sommer Open '81», «Charity '83» oder «Frühjahrsturnier '79». Wenn dieses Video sich hier versteckte, woran würde man es dann erkennen? An gar nichts. Aber Peters wusste ja, welches es sein musste. Wenn Danowski recht hatte. Und falls nicht und sein Bluff flog auf, dann war sowieso alles egal.

Er hörte, wie oben die Tür aufgeschlossen wurde. Kein Wunder, dass Peters einen Schlüssel hatte. Männer wie der durften überall rein. Dann Schritte auf der gekachelten Treppe ins Souterrain. Danowski stellte sich mit dem Rücken zur Wand und richtete die Schrotflinte auf die Tür des Clubraums. Als Peters hereinkam, war er im Grunde angezogen wie Danowski beziehungsweise Lorsch, und er sah auch nicht viel ausgeruhter aus.

«Und, sind Sie auf Ihre Kosten gekommen?», fragte Danowski, statt ihn zu begrüßen. Mit dem Lauf der Schrotflinte wies er ihm einen Platz vor dem Fernseher zu. Peters ließ sich mit einem unwillkürlichen Seufzen nieder und sagte: «Darum geht es doch gar nicht.»

«Sondern?»

«Am Ende ist eine Schutzimpfung gegen tropische Viren unabdingbar und nicht schädlich. Auch in unseren Breiten. Durch die globale Erwärmung breiten sich diese Viren inzwischen bis zum Breisgau aus, das ist alles nur eine Frage der Zeit, und mit Hamburg als Tor zur Welt ...»

«Das habe ich noch nie zu jemandem gesagt», unterbrach Danowski ihn, «aber ich habe wirklich wenig geschlafen, und die Leute, die Sie an Bord der ‹Großen Freiheit› angeheuert haben, um mich einzuschüchtern, hätten mich heute fast umgebracht, und deshalb kann ich Ihnen nur mitteilen, dass ich wirklich große Lust hätte, Sie zu erschießen. Und ganz ehrlich: Es würde meine Situation nur unwesentlich verschlimmern. Wer weiß, am Ende sterbe ich sowieso noch an dem verdammten Virus, das Sie in Hamburg eingeschleppt haben.»

«Carsten Lorsch hat es nach Hamburg gebracht», sagte Peters und ließ ihn nicht aus den Augen. «Sie werden nicht beweisen können, dass ich etwas damit zu tun habe.»

Danowski lachte kurz. Er ahnte, dass Peters, der aus seiner Behörden- und Beamtenwelt ausgebrochen war, um sich über das Gesetz zu stellen, womöglich so etwas wie

Vertrauen fassen würde zu jemandem, der ebenfalls gegen die eine oder andere Dienstvorschrift verstoßen hatte. «Sie schmeicheln mir. Niemand interessiert sich für meine Beweise. Ich bin ein psychisch instabiler Flüchtiger, der gegen die Quarantänebestimmungen verstoßen hat. Aber ich weiß: Sie haben den Virenankauf geplant. Sie hatten als Einziger die Informationen über die Unregelmäßigkeiten an der Newcastle University. Über so was wird man doch informiert als Behördenleiter.»

«Sie sehen nicht das große Bild, Herr Danowski. Es geht hier um das Lebenswerk von Herrn Steenkamp. Dass er es jetzt selbst beschädigt, weil sein Impfstoff möglicherweise schadhaft ist, das ist eine traurige Ironie der Geschichte.»

«Sie haben ihn gezwungen, sich auf Ihren Plan einzulassen, und später dazu, den Impfstoff einzusetzen, obwohl er noch nicht ausgereift und möglicherweise schadhaft war.»

«Er ist ein alter Mann. Und wenn wir ihn zwingen wollten, dann zu seinem Glück. Sie wissen vielleicht, dass seine Firma in einer finanziellen Schieflage ist. Und auch, wenn er das selbst nie so sagen würde: Retten könnte ihn nur ein wirklich großer Auftrag …»

«Sie haben geplant, dass Carsten Lorsch in Afrika seine Frau vergiftet und dass sie nach ihrer Rückkehr hier in Hamburg erkrankt, im Oktober oder November, sodass Steenkamp noch genug Zeit gehabt hätte, einwandfreien Impfstoff produzieren zu lassen. Und dann ist Lorsch das ganze außer Kontrolle geraten.»

Danowski sah, dass kurz Schadenfreude aus Peters' Gesicht leuchtete. «Was?», fragte er.

«Lorsch hat sich unfassbar dumm angestellt», sagte Peters mit ehrlicher Verachtung. «Er hat das zu seiner Privatangelegenheit gemacht, er hat das Kaufmännische aus dem Blick verloren und sich mehr für seine Frauengeschichten interessiert. Und dann hatte diese andere Frau, mit der er an Bord war, Simone Bender, die Ampulle mit dem Virus gefunden, in der Whiskyflasche. Weil sie Platz im Kühlschrank schaffen wollte oder so was.»

«Woher wissen Sie das?», fragte Danowski.

«Lorsch hat mich angerufen», sagte Peters ohne Mitleid. «Er war in Panik, weil er die Ampulle beschädigt hat, als er sie dieser Frau Bender wegnehmen wollte. Sie dachte, er nimmt Drogen oder so etwas, und wollte sie nicht hergeben. Erst ist ihm die Ampulle runtergefallen, dann hat er sich geschnitten, als er sie aufheben wollte. Pläne, die kaufmännisch unsolide sind, enden meist im Pech.»

«Und am Ende haben Sie Ihre Chance gesehen und Steenkamp gezwungen zu improvisieren. Und offenbar hält der Impfstoff nicht ganz das, was er verspricht. Wie hoch sind die Verträge, die die PSPharm mit dem Bundesland Hamburg gemacht hat?»

Peters zuckte die Achseln. «Ein paar Millionen. Aber darum geht es eigentlich nicht.»

«Ein paar Millionen?»

«Mittlerer zweistelliger Bereich. Ein paar Fenster an der Elbphilharmonie, mit anderen Worten. Im Grunde, Herr Danowski, hätte das nicht das Thema sein können.»

«Genug, um mich umbringen zu lassen.»

«Ach, Herr Danowski. Glauben Sie wirklich, ich oder jemand anders hat ausdrücklich freie Mitarbeiter damit beauftragt, Sie umzubringen?»

«Ich habe vorige Woche im Krisenstab Andeutungen darüber gemacht, dass die Ermittlungen auf etwas hinauslaufen, worüber ich nicht sprechen darf. Weil ich müde war und nicht wusste, was ich sagen sollte. Das habe ich mir aus den Fingern gesaugt. Aber Sie hat das alarmiert, und deshalb haben Sie Leute angeheuert, die meinen Schutzanzug aufgeschlitzt haben, um mich in Quarantäne zu zwingen und an Bord zu behalten. Damit Sie mich dort unter Druck setzen lassen können. Von freien Mitarbeitern, wie Sie sagen.»

«Egal, was ich hier sage: Sie richten eine Waffe auf mich, Sie werden gesucht und sind vermutlich längst vom Dienst suspendiert, also wird nichts davon jemals irgendwo Bestand haben, genau wie Sie sagen. Für den unwahrscheinlichen Fall, dass ich vor Gericht kommen sollte. Also sagen wir einfach mal: So was verselbständigt sich schnell.»

«Sie haben Maik töten lassen.»

«Ich kenne keinen ‹Mike›», die Anführungszeichen klangen wie angewidert. «Aber falls Sie den Irrtum an Bord meinen: Niemand rechnet damit, dass Sie nicht in Ihrem eigenen Bett liegen.» Peters schien sich einigermaßen wohl zu fühlen in seiner Rolle als Welterklärer, und es klang fast behaglich, als er philosophisch fortfuhr: «Mit den Taten und Handlungen ist es wie mit dem Virus, das Sie so interessiert: Sie pflanzen sich von alleine fort, sobald sie ein, zwei Menschen mit dem Keim des Handelns infiziert haben. Sie können davon ausgehen, dass jemand wie ich höchstens die allgemeine Richtung vorgibt.»

«Und dann zusieht, wie sich das alles verselbständigt?»

Peters lachte zum ersten Mal ein wenig. «Geben Sie sich keine Mühe, so ganz werden Sie das nie verstehen.» Und durch sein Gesicht zog etwas, das Danowski nicht entziffern konnte.

«Am Ende ist James Kenwick womöglich nicht von einem Stein erschlagen worden, sondern von einem Ihrer freien Mitarbeiter», sagte Danowski probeweise. «Damit er Sie und Lorsch und Steenkamp nicht belasten konnte, sobald die Spur zu ihm führte.»

Peters lächelte. «Überspannen Sie den Bogen nicht, Herr

Danowski. Manchmal ist ein baufälliges Dach einfach nur das, was es ist, und schicksalhaft eine Todesfalle.»

Danowski schüttelte vorsichtig den Kopf. Er wollte nicht anfangen, sich lächerlich zu machen. Als Nächstes würde er Peters vorwerfen, Finzi Rum eingeflößt zu haben, um ihn aus dem Verkehr zu ziehen.

«Aber Sie haben dafür gesorgt, dass mein Kollege Finzi und ich die ganze Zeit aufgefordert wurden, die Ermittlungen nicht zu überstürzen und den Ball flach zu halten und so weiter. Wie haben Sie das angestellt? Zu wem haben Sie da Zugang?»

«Ihre Sichtweise ist bestürzend naiv, Herr Danowski, und – wenn ich mir die Bemerkung erlauben darf – geradezu kleinbügerlich. Man merkt, dass das hier nicht Ihre Welt ist. Glauben Sie, daran ist wirklich etwas Skandalöses, wenn ein Referatsleiter des Gesundheitssenats informell den Vizepolizeipräsidenten anruft und darum bittet, dass die Ermittlungen im Todesfall Lorsch nachrangig behandelt werden? Ein Schuft, wer Böses dabei denkt, um mal den Adel zu bemühen. So was ist ein Gespräch unter alten Bekannten, im Dienste der res publica, der öffentlichen Sache und der …»

Danowski wurde es zu viel, er hatte plötzlich das Gefühl, gar keinen Plan mehr zu haben, alles entglitt ihm, er hörte Peters' prätentiöses Geschwafel von der ‹res publica›, und plötzlich verschwamm ihm alles vorm inneren Auge, und es blieb nur eine Sache, wie ein Stück Treibholz, wenn die Flut sich zurückgezogen hat: Er wusste, warum Peters das Komplott mit Lorsch und Steenkamp geschmiedet hatte.

«Sie wollten dazugehören», sagte er. «Das ist alles. Dafür wollten Sie ein Virus in die Stadt bringen …»

«Das ist viel zu kurz gedacht von Ihnen», widersprach Peters.

«… und dafür haben Sie Hunderte, vielleicht Tausende Menschen in Gefahr gebracht, und einige sind deswegen gestorben. Weil Sie wussten, egal, wie wichtig Sie als Behördenleiter sind, in den Augen von Leuten wie Steenkamp waren Sie immer ein kleiner Beamter. Ihnen hat immer das Geld gefehlt, das man in Hamburg braucht, um da mitzuspielen, wo Sie dazugehören wollen.»

«Das ist melodramatisch», widersprach Peters, «melodramatisch und dumm …»

«Ja», sagte Danowski, «dumm, in der Tat. Denn wie hätten die Millionen, die Steenkamp vom Land Hamburg für seinen Impfstoff bekommen hat und noch bekommen hätte, wie hätten die auf Ihr Konto kommen sollen? Geldwäschegesetz, das ganze Zeug? Nie davon gehört?»

Peters wiegte den Kopf und schwieg. War letztlich aber doch zu eitel, um sich nicht gegen den Vorwurf der Dummheit verteidigen zu wollen. «Torf», sagte er.

«Torf?», fragte Danowski, der sich dunkel erinnerte, dass Kathrin Lorsch von den Torfgeschäften ihres Mannes erzählt hatte.

«Ja, Carsten Lorsch hat mit Torf spekuliert, der wird immer seltener und kostbarer, dafür zahlen die schottischen und amerikanischen Destillerien von Jahr zu Jahr höhere Preise. Steenkamp hätte Lorsch ein Darlehen zum Ankauf gegeben, ein ganz normales Golfplatzgeschäft, und ich hätte mich über eine Drittfirma an Lorschs Spekulationen beteiligt und die Gewinne verbucht. Die Verbindung hätte niemand herausgefunden. Torf, das klingt so langweilig, da sucht keiner weiter.»

«Torf», sagte Danowski, wie im Abschied von diesem Wort.

«Im Grunde», sinnierte Peters, offenbar froh, ihn verblüfft zu haben, «ein ganz normales Kommissionsgeschäft.

So läuft das in Hamburg, so ist das unter Kaufleuten: Man bringt Menschen zusammen, ermöglicht ihnen Geschäfte, und am Ende erfährt man dafür eine Anerkennung. Ein völlig normaler …»

«Schluss jetzt», sagte Danowski, als hätte Peters von selbst mit den Exkursen angefangen. «Wir machen einen kleinen Videoabend. Damit ich das ganze Bild sehe.»

Peters nickte ernst, aber seltsam ungerührt. Danowski zeigte mit dem Flintenlauf auf die Videokassetten und sagte: «Legen Sie es ein.»

«Welches?», fragte Peters.

«Das, mit dem Sie Steenkamp erpresst haben.»

Peters stand auf, ging vorsichtig an Danowski vorbei und zog «Charity '78» aus der Reihe. «Sie bluffen», sagte er, «aber im Prinzip habe ich gar nichts dagegen, Ihnen das Video zu zeigen. Zumindest werden Sie Cay Steenkamp danach besser verstehen, wenn auch nicht mich. Und vielleicht werden Sie verstehen, dass es hier wirklich um mehr ging als um ein paar Millionen. Ein Lebenswerk, wie gesagt. Aber ich muss Sie warnen: Schön ist es nicht, sich das anzusehen.»

«Woher haben Sie das Video?», fragte Danowski.

«Sie werden lachen», sagte Peters. «Steenkamp hat mir selbst davon erzählt. Es gab eine Zeit, da war ich für ihn auf dem Platz so was wie ein Vertrauter. Vielleicht werden Sie das selber eines Tages erleben, dass ein einsamer alter Mann Sie auserkürt, sich die Geschichte seines Lebens anzuhören. Das kann recht langweilig sein, mitunter lohnt es sich aber auch.»

Danowski machte eine ankurbelnde Handbewegung. «Ich kann nicht glauben, dass Sie das nicht digitalisiert haben», sagte er, während Peters die Hülle von der Videokassette schüttelte. Es langweilte ihn, die Schrotflinte mit der anderen Armbeuge in Peters' allgemeine Richtung zu halten, aber er war bereit, das auszuhalten.

«Man kommt ja zu nichts», sagte Peters mit einem resignierten Pathos in der Stimme, das weit über die technische Umwandlung von Datenträgern hinausging. Der Videorecorder schluckte die Kassette mit einem müden Schmatzen, und Danowski spürte einen nostalgischen Stich. «Falsches Spiel mit Roger Rabbit», «Das Leben ist ein langer ruhiger Fluss» oder «Robocop», so was in der Art, mit Leslie Samstagabend Ende der Achtziger. Im Grunde hatten sie schon damals gelebt wie ein altes Ehepaar.

«Bevor Sie das anmachen, möchte ich Ihnen noch etwas erklären», sagte Peters, der offenbar einen neuen Plan ausgeheckt hatte. Danowski ließ sich in einigem Abstand von Peters in einen Sessel fallen. «Sagt Ihnen der Namen Edward Jenner etwas? Oder James Phipps?»

Danowski richtete sich auf und zeigte mit dem Kinn auf die Schrotflinte, die er in der rechten Hand hielt und die im Moment noch auf den Boden zeigte. «Wilken Peters», sagte er feierlich, «ganz im Ernst, wenn Sie jetzt weitere Namen aus dem Hut zaubern, um die Schuld auf andere zu schieben und um mich zu verwirren, dann erschieße ich Sie erst recht.»

Peters verzog den Mund über diese wiederholte Geschmacklosigkeit, und im Stillen musste Danowski ihm recht geben: Ich bin müde, ich rede Unsinn. Aber andererseits, wenn ich ihn jetzt erschieße, dann ist das alles wenigstens auf eine Art zu Ende, die sich nicht mehr revidieren lässt. Dann dachte er an Anhörungen und Verhandlungen und das alles, was zusätzlich nach der Quarantäne auf ihn zukommen würde, abgesehen vom hoffentlich schlechten Gewissen, und seine Müdigkeit wurde noch größer.

«Edward Jenner war ein englischer Landarzt, der Ende

des achtzehnten Jahrhunderts die Pockenimpfung erfand», sagte Peters mit der leicht zu strapazierenden Geduld des besser Gebildeten. «Wahrscheinlich einer der größten Wohltäter der Menschheit. Jemand, der Millionen und Abermillionen Menschen das Leben gerettet hat. Jemand, ohne den wir wahrscheinlich gar nicht hier säßen.»

Danowski lehnte sich im Sessel zurück und machte mit seiner freien Hand noch einmal die erschöpfte Kurbelbewegung.

«James Phipps war der Sohn von Jenners Gärtner, acht Jahre alt. Der erste Mensch, an dem Jenner seine Pockenimpfung getestet hat. Indem er ihm Kuhpocken spritzte, die er aus einer offenen Pustel auf der Hand einer Magd entnahm. Die Magd hatte sich beim Melken mit Kuhpocken angesteckt. Am Kuheuter. Ihren Namen habe ich, ehrlich gesagt, vergessen. Jenner hatte beobachtet, dass Mägde, die sich mit Kuhpocken angesteckt hatten, diese Krankheit mit undramatischen Symptomen in kurzer Zeit überstanden und vollständig genasen. Und danach gegen reguläre Menschenpocken immun waren.»

Danowski betrachtete Peters beim Sprechen. Er redete nicht wie ein Mensch, der Zeit gewinnen wollte, sondern schien trotz der widrigen Umstände fasziniert von seinem eigenen Vortrag. Was für ein Idiot, dachte Danowski zum ersten Mal. Und ihm fiel auf, wie oft er schon früher bei Ermittlungen am Ende an den Punkt gekommen war, an dem er den überführten Verdächtigen innerlich mit Schimpfworten belegte. Vielleicht haderte er deshalb mit seinem Beruf. Weil er es am Ende entweder mit tragischen Figuren oder Idioten zu tun hatte.

«Ein paar Tage später bekam der kleine James Gliederschmerzen, Kopfschmerzen und ein leichtes Fieber: die Kuhpocken. Die er aber schnell überstanden hatte. Und sechs Wochen später spritzte Jenner ihm dann Wundflüssigkeit aus einer echten Pockenpustel. James Phipps steckte sich nicht mit Pocken an, er zeigte keinerlei Symptome. Die moderne Impfung war erfunden.»

Wolka Jordanovas Telefon vibrierte. Er erkannte Behlings Nummer auf dem Display. Sie hatte sich offenbar schneller befreit, als er gedacht hätte.

«Und?», sagte Danowski ins Telefon.

«Ich hab hier möglicherweise bald einen Haftbefehl», sagte Behling. «Und zwar ausnahmsweise nicht für dich, sondern für Wilken Peters. Wo bist du?»

«Warum der Sinneswandel, Knud? Und wie kommt ihr auf Wilken Peters?» Danowski merkte sofort, dass er einen Fehler gemacht hatte. Peters unterdrückte, wie alarmiert er aussah.

«Hier hat eine Frau Jordanova angerufen, von einer Tankstelle hinterm Klövensteen, und im Gegensatz zu dir klang die Dame relativ überzeugend. Ganz abgesehen davon, dass sie hoffentlich auf dem Weg in die Quarantänestation ist, weil sie mit dir Kontakt hatte. Du vergiftest, was du berührst. Aber einen Haftbefehl gegen Peters kann ich dir höchstwahrscheinlich klarmachen.»

«Weil irgendeine Frau, die du gerade noch als Nutte bezeichnet hast, dir was erzählt hat?»

«Deckt sich mit ein paar Notizen, die wir bei Finzi gefunden haben. Der hat wirklich ab und zu was in sein Notizbuch geschrieben. Ich dachte, der tut immer nur so.»

«Sag dem Richter, er soll mich anrufen.»

«Du glaubst mir nicht? Spinnst du? Sollen wir mit einem MEK kommen und den ganzen Scheiß in der nächsten Viertelstunde beenden? Wahrscheinlich bist du irgendwo in der Nähe vom Golfplatz, wir würden dich schon finden. Weißt ja, wie das geht.»

Danowski ging nicht darauf ein. «Wer ist der Richter?»

«Keine Ahnung», schrie Behling, endlich am Ende seiner Geduld. «Darum hat sich Jurkschat gekümmert, das Scheißfax ist noch nicht ...» Danowski legte auf.

«Probleme im Job?», fragte Peters süffisant.

«Nicht vergleichbar mit Ihren», sagte Danowski und gab Peters ein Zeichen mit der Flinte, seine Geschichte weiterzuerzählen. Peters nickte einigermaßen gütig.

«Es gibt ein Museum für Jenner, und zwar in dem Wohnhaus, das er der Familie des kleinen James gekauft hat, nachdem der Junge die Impfung überlebt hatte. Bezeichnend, oder? Das Museum heißt Edward-Jenner-Haus nach dem Arzt, nicht James-Phipps-Haus nach der Versuchsperson. Es wird regelmäßig beschmiert und geschändet, weil Jenner, der Millionen von Menschen das Leben gerettet hat, als Pionier der medizinischen Menschenversuche gilt. Schließlich hätte der kleine James auch sterben können. Und malen Sie sich den Moment aus, in dem James' Eltern, weil sie arm waren, ihr Einverständnis gaben und mit ansehen mussten, wie ihrem Sohn verseuchte Flüssigkeit aus der Pustel einer kranken Magd gespritzt wurde. Malen Sie sich aus, wie der kleine James sich gefühlt hat, als Edward Jenner mit der Nadel kam. Wissen Sie, wie Nadeln und Spritzen damals aussahen?»

«Wenn Sie noch einmal ‹der kleine James› sagen ...»

«Was meinen Sie? Hat Edward Jenner richtig gehandelt, auch aus heutiger Sicht? Angenommen, Sie wären der festen Überzeugung, dass Sie der Menschheit einen unschätzbaren Dienst erweisen könnten, dafür müssten Sie aber einen oder mehrere Menschen in große Gefahr bringen oder sogar opfern. Was würden Sie tun?»

Wieder vibrierte sein Telefon. Eine Nummer aus der Staatsanwaltschaft.

«Habernis», meldete sich der Staatsanwalt mit milder Stimme. «Richter Quern weigert sich, Sie anzurufen, weil Sie offiziell nicht mehr der ermittelnde Beamte sind, aber ich versichere Ihnen: Der Haftbefehl kommt. Allerdings ist der Verdächtige nicht an seinem Wohnsitz. Kann es sein, dass er sich bei Ihnen aufhält?»

Danowski sagte nichts.

«Sobald Sie den Kollegen sagen, wo Sie den Verdächtigen festhalten, kann der Zugriff erfolgen. Stellen Sie sich auf sofortige Quarantänemaßnahmen ein.»

Danowski lächelte. Mit Habernis zu telefonieren war immer so, als würde man seinen eigenen Problemen als Hörbuch lauschen. Danowski war versucht, ihm zu vertrauen: Wer ihn beschwindeln wollte, hätte sich mehr Mühe gegeben, nicht so ölig verbindlich zu klingen wie der Staatsanwalt.

«Danke», sagte Danowski.

Er legte auf und betrachtete Peters. «Es geht zu Ende», sagte er. «Worauf wollen Sie hinaus? Was ist auf diesem Band?»

«Ich würde Ihnen empfehlen, es sich nicht anzuschauen. Man kann Dinge nicht ungesehen machen. Sie sollten nur wissen, dass Cay Steenkamp sich zeit seines Lebens als jemand begriffen hat, der in der Lage ist, den Menschen ein großes Geschenk zu machen.»

«Ein Menschenhasser wie Steenkamp? Jemand, der eine Frau niederschlägt, weil sie eine Schuppentür offen gelassen hat? Schwer vorstellbar.»

«Jemandem ein Geschenk zu machen ist ursprünglich der ultimative erniedrigende Akt. Es gibt primitive Stämme, für die es ein Kriegsgrund ist, wenn ein anderer Stamm ihnen Geschenke macht. Wer Geschenke macht, bringt andere in Abhängigkeit. Geschenke können in jeder Hinsicht auch Gift sein. Denken Sie an die Wortverwandtschaft, den gemeinsamen Stamm. Ich glaube aber gar nicht, dass Steenkamp sich dessen bewusst war. Ich glaube, Steenkamp wollte auf seine Weise wirklich was gutmachen. Er hat darunter gelitten, unter welchen Umständen sein Vater die Firma an sich gebracht hat. Ganz zu schweigen davon, wie der Vater bis 1945 seine Medikamente entwickelt hat.»

«Ich weiß», sagte Danowski. «Sie waren's nicht, Steenkamp war's nicht. Adolf Hitler war's.»

«Sie neigen dazu, die Dinge zu trivialisieren, Herr Hauptkommissar», sagte Peters. «Ich weiß nicht, ob es daran liegt, dass Ihnen die großen Dinge Angst machen, oder dass Sie einen kleinen Geist haben. Eigentlich möchte ich mir beides nicht vorstellen.»

Ich glaube, dachte Danowski, dass ich eher einen großen Geist habe, dem die kleinen Dinge Angst machen.

«Wir werden uns das jetzt anschauen, denn nennen Sie mich pingelig, aber ich wüsste einfach gern, was Sie gegen Steenkamp in der Hand hatten», sagte Danowski und suchte die Play-Taste auf der abgegriffenen Fernbedienung.

Peters seufzte. Es klang nicht mehr gespielt, sondern eher so, wie jemand mit Spritzenphobie ausatmete, bevor ihm Blut abgenommen wurde.

«Jenner hat später, weil man ihm nicht geglaubt hat, auch Versuche an seinem eigenen elf Monate alten Sohn gemacht», sagte er halblaut, als wollte er seinen historischen Exkurs gern noch zu Ende führen. Danowski spürte die kostbare Sessellehne unter seiner linken Handfläche und merkte, dass er unwillkürlich begonnen hatte, mit den Fingernägeln nervös an der Ledernaht entlangzufahren. Er hatte in seinem Beruf noch nie ein Video gesehen, bei dessen Anblick nicht irgendetwas in ihm kaputtgegangen war. Oft etwas Kleines, das sich wieder reparieren ließ, aber immer mal wieder auch etwas Großes, das irreparabel ein Teil von ihm wurde.

Über den Bildschirm liefen die charakteristischen Streifen einer alten Videoaufnahme, weiß vor schwarzem Hintergrund. Dann blendete das Bild auf, verwackelt, schief, durch einen Raum schwenkend, von dem man noch nichts erkennen konnte, weil derjenige, der die Kamera bediente, sich damit offenbar nicht auskannte und noch dabei war, sie auf einem Stativ zu befestigen. Bevor man sie sah, hörte man die Stimmen von Kindern, zuerst keine Worte, sondern nur Getuschel, als wären sie gerade von einem strengen Erwachsenen aufgefordert worden, leise zu sein. Dann hörte er etwas deutlicher eine Stimme, von der Danowski nicht unterscheiden konnte, ob sie von einem Jungen oder einem Mädchen kam.

«Papa, tut das weh?»

Die Kamera schwenkte und wackelte zurück auf den, der sie auf dem Stativ befestigt hatte: ein Mann etwa in Adam Danowskis Alter, der aussah wie Cay Steenkamp. Vielleicht sein Sohn, war sein erster Gedanke, den er sofort selbst korrigierte: Steenkamp, Ende der Siebziger. Er trug einen weißen Kittel.

«Nein», sagte er undeutlich, zu weit weg vom Mikrophon. «Ihr wisst doch, wie impfen geht. Das ist nur ein kurzer Piks.»

«Ich kenn impfen nur mit Zucker», sagte eine Jungenstimme, und bevor die Kamera die Gesichter der beiden Kinder einfing, zuckte sie kurz an einem strengen Gesichtsausdruck von Steenkamp vorbei.

Danowski kannte die Gesichter. Ein Junge und ein Mädchen, fast im gleichen Alter, glattes helles Haar, hellblaue Augen wie nicht echt, und er erinnerte sich, dass er sie sozusagen schon als Totenschädel gesehen hatte: auf dem

Bild, das Kathrin Lorsch im Auftrag von Cay Steenkamp gemalt hatte, statt mit ihrem Mann auf Kreuzfahrt zu gehen.

Der Steenkamp vor der Kamera hielt eine Tafel hoch, auf der einige medizinische Fachbegriffe zu sehen waren. Und darunter «Versuchsreihe I/1» oder eine andere einstellige Ziffer. Die Tafel verschwand, Steenkamps Rücken füllte kurz das Bild, als er sie außerhalb des Bildes ablegte, und dann trat er mit Gummihandschuhen und einer aufgezogenen Spritze wieder in den Kamerabereich.

«Wer traut sich als Erstes? Jette? Jörn?»

49. Kapitel

Dann blitzte etwas durch Danowskis Sichtfeld: Scheiße, dachte er, der Zeitschriftenständer.

Der dunkle Schafwollteppich vor dem Ledersessel füllte sein Gesichtsfeld, und er spürte die Abwesenheit von Schrotflintenmetall in seiner Hand. Während er versuchte, sich gleichzeitig in eine geschütztere Position zu drehen und wenigstens auf die Hände und Knie zu kommen, sah er, dass Peters fertig mit ihm war und aus dem Raum rannte.

Immer seltsam, jemanden rennen zu sehen, dessen Position im Leben kein Rennen vorsah. Und dann war Peters auch schon weg. Klar, der hatte andere Pläne. Der hatte ihn eingelullt. Der hatte genau gewusst, wann Danowski nur noch das Video sehen würde und sonst nichts mehr.

Allzu lange darf der Fall nicht mehr dauern, dachte Danowski und kämpfte sich von den Knien auf die Füße, sonst bin ich am Ende berufsunfähig. Daran, wie kalt ihm am Kopf und wie rot seine rechte Hand war, sah er, dass er eine Platzwunde hatte. Ah, über dem Ohr, aber das ging, viele kleine, aber kein großes Blutgefäß, und wenigstens lief ihm da nichts in die Augen. Zwei Schritte reichten, um einen mittleren Schwindel dazuzurechnen. Peters war sowieso weg. Mit dem Fuß stieß er gegen die Schrotflinte, die neben dem umgestürzten Zeitschriftenständer lag. Klar, wer nahm so was mit, das war keine gute Fluchtwaffe. Ächzend hob er sie auf, und als er wieder stand, traf sein Blick den einer Frau mit erhobenen Händen, die im Türrahmen stand. Untersetzt, südländisch, Ende fünfzig, unscheinbar: wahrscheinlich die Putzfrau.

«Polizei», sagte Danowski und registrierte, dass ihre Augen sich weiteten. Vermutlich auch ohne Papiere hier, dachte er. «Der Mann, der gerade rausgerannt ist. Haben Sie gesehen, in welche Richtung?» Laut und gestikulierend, wie immer, wenn er fürchtete, jemand könnte kein Deutsch.

Langsam ließ sie die Hände sinken, weil sie offenbar begriffen hatte, dass von ihm keine Gefahr für sie und ihre Arbeit ausging.

«Nein», sagte sie. Danowski nickte und drängte sich an ihr vorbei aus dem Raum und in die Nacht.

50. Kapitel

Es gab eine Sache, die Cay Steenkamp noch mehr hasste, als nachts vom Telefon geweckt zu werden: nachts von Wilken Peters am Telefon geweckt zu werden.

Schlaf war ihm die größte Kostbarkeit geworden. Im Schlaf war Ruhe, und manchmal begegneten ihm Jette und Jörn. Im Schlaf waren sie nicht mehr so weit weg, er hatte Zeit für sie. Sie verstanden, wie viele Fehler er gemacht hatte, und er war stolz, sie zuzugeben. Alles andere wäre schwach gewesen.

Und dann Peters, von dem letztlich die Reste von allem abgefallen waren, was ihn in Steenkamps Augen früher zeitweise gesellschaftsfähig gemacht hatte. Plötzlich bestand Peters nur noch aus schlechten Nachrichten, Panik und daraus, dass er Geld brauchte. Jetzt. Peters war auf dem Weg und beendete die Verbindung.

Steenkamp ging durch die Dunkelheit in sein Arbeitszimmer, wo das Bild von Jette und Jörn hing. Er war niemandem Rechenschaft schuldig außer diesen beiden. Müde setzte er sich ins kalte Leder seines Schreibtischsessels und zog die unterste Schublade links auf, in der die Wehrmachtspistole lag, die sein Vater im Haus versteckt hatte, bevor ihn die Engländer abgeholt hatten.

Epilog

Sie ließen Danowski nicht zu seinen Kindern, sie ließen ihn nicht zu seiner Frau. Leslie, getrennt von ihm. Hinter der Glasscheibe. Daneben Martha und Stella, wie aufgereiht. Er durfte sie nicht berühren, er durfte sich nicht auf sie werfen, sie nicht begraben unter Küssen.

Er stand an der Scheibe in seiner sterilen Umgebung und hob die Hand, als wollte er seiner Frau und seinen Töchtern zuwinken. Ihre Augen waren starr, abwesend, sie sahen ihn nicht, Martha schien zu schlafen.

Dann hob Stella auf ihrem Plastikstuhl den Blick von ihrem Nintendo DS, und er sah, wie es in sie fuhr: Ihr Vater war da, geräuschlos aufgetaucht hinter der dicken Scheibe wie ein Geist in sterilem Hellgrün. Leslie ließ ihr Handy sinken, und Martha warf sich gegen die Scheibe, gespielt oder wirklich im Versuch, zu ihm durchzubrechen, wer wusste das bei einer Fünfjährigen. Leslie weinte nie, aber jetzt vielleicht sogar fast. Tülin Schelzig, unbeeindruckt, zog Martha von der Scheibe weg, aber es sah sanfter aus, als Danowski ihr zugetraut hätte. Sie versuchten, miteinander zu reden durch die Gegensprechanlage, und es wurde eine Parodie von Nähe daraus, die schön war.

Und am Ende kehrte Danowski zurück in seine seltsame WG, in der sie zusammen wohnten, aber doch getrennt voneinander waren. Alle, die mit ihm Kontakt gehabt hatten, nachdem er vom Schiff gesprungen war.

Wolka Jordanova, die, statt nach ihrem Telefonat mit Behling an der Tankstelle auf die anderen Beamten zu warten, zurückgelaufen war zum Clubhaus. Weil sie jetzt wusste, dass Danowski wirklich zur Polizei gehörte. Sie hatte sich mit der Harke bewaffnet, mit deren Hilfe Danowski sie eingesperrt hatte, und sie hörte schon von weitem, wie Peters ihr im Dunkeln entgegenkam. Sie brauchte nur einen Schlag, um ihn zu Fall zu bringen.

Peters, natürlich. Quarantäne war Quarantäne: Hier kam sowieso keiner raus, aber Peters' Rolle in dem, was die Presse Elbkomplott oder Pestkomplott nannte, verursachte immerhin, dass die Quarantänestation und alle Ausgänge des Tropeninstituts zusätzlich von Schutzpolizisten bewacht wurden. Peters bekam viel Besuch von seinen Anwälten. Wahrscheinlich war er dabei, Steenkamp und Lorsch im Nachhinein zu den Hauptverschwörern zu machen. Danowski war es egal. Er hatte seine Arbeit getan. Und Steenkamp würde sich gegen nichts mehr wehren. In der Nacht, als Danowski Peters gezwungen hatte, ins Clubhaus zu kommen, hatte Peters ihn angerufen und ihm gesagt, die Polizei hätte sein Video. Gegen vier Uhr morgens fand ihn das MEK allein in seinem Arbeitszimmer, rund zwei Drittel seiner Gehirnmasse über die Wand und das Bild seiner Kinder verteilt, eine alte Wehrmachtspistole, für die er einen Sportschützenschein besaß, in seiner rechten Hand, die schwielig war vom Golfspielen. Seine Kinder, an denen er vor über dreißig Jahren einen neuen Impfstoff gegen virale Infektionen ausprobiert hatte, nachdem er sie zuvor infiziert hatte, und die gestorben waren an den Nebenwirkungen oder der eigentlichen Infektion. Das würden die Ergebnisse der Obduktion ergeben, und Danowski war froh, dass er nicht bei der Exhumierung dabei sein musste. Jeder hasste Exhumierungen, außer den zu Exhumierenden, denen waren sie egal. Und er war froh, dass er den Rest des Videos nicht gesehen hatte.

Nichts drauf, sagte Behling. Nur ein paar Kinder, die von

ihrem Vater geimpft wurden. Schrecklich, sagte Behling, war das nur, wenn man wusste, wie es ausgegangen war. Und der Alte hatte es ja nur gut gemeint. Und am Ende wohl gutmachen wollen, indem er sich einbildete, die Welt gegen Ebola und andere Filoviren impfen zu können.

Kathrin Lorsch, deren Yacht die Wasserschutzpolizei auf Höhe Glückstadt angehalten hatte. Sie hatte wegfahren wollen, den Kopf freikriegen und so weiter, noch in der gleichen Nacht, nachdem sie Danowski in Teufelsbrück abgesetzt hatte. Jetzt saß sie hier fest mit ihm, und wenn sie miteinander sprachen durch eine andere Scheibe, dann sagte sie, über Steenkamp müsste man Kunst machen. Einen neuen Fetisch, das Bild von einem, der die Welt zerstört, die er retten will. Dann nickte Danowski und merkte, dass er fertig war damit. Durch seine Flucht vom Schiff hatte er seine Quarantäne verlängert, auf null gesetzt sozusagen.

Die Einzige, die in ihrer Pest-WG fehlte, war die Putzfrau, die in der Nacht ins Clubhaus gekommen war. Danowski war erst später eingefallen, dass er sie im Rausgehen berührt haben musste, aber als er es zu Protokoll gab, war sie längst verschwunden. Typisch: Im Club kannte angeblich niemand den Namen. Als sie mit Phantombild übers Fernsehen, Internet und die Zeitungen gesucht wurde, geriet offenbar Peters in Wallung, und dann standen dessen Anwälte bei Danowski an der Scheibe: Peters wisse was über die Gesuchte, ihre Anwesenheit auf dem Golfplatz hätte mit Wolka Jordanova zu tun gehabt, die sie im Auftrag von Steenkamp hätte bedrohen sollen «oder mehr», aber Danowski verwies auf die Staatsanwaltschaft. Er musste nach vorne schauen. Wenn es einen Prozess gegen Peters gab, würde er früh genug in dessen Ablenkungsmanöver verwickelt werden.

Die «Große Freiheit» war geräumt. Der Schiffsarzt war hier im Institut in Isolation innerhalb weniger Tage gestorben, geschwächt durch das Zeug, das er eingeworfen hatte, um zu verdrängen, was ihm bevorstand. Mary Linden, die Kabinenstewardess aus Jamaika, kämpfte, wie alle zu sagen pflegten, in einem anderen Bereich des Tropeninstituts um ihr Leben, aber Tülin Schelzig sagte: Wer so lange nicht am Virus gestorben ist, überlebt es. Dafür gab es keine gesicherten medizinischen Daten, aber Schelzig war regelrecht unwissenschaftlich feinfühlig geworden, stellte er befriedigt fest. Simone Bender war tot, und er wusste nicht, was aus Luis geworden war. Er nahm sich vor, ihn zu besuchen, wenn er hier raus war, aber er ahnte und fürchtete, dass er es aufschieben oder vergessen würde.

Finzi hätte das gemacht. Finzi hätte das nicht vergessen.

Maik war in Schwerin beerdigt worden, die Quetscher hatten sich widerstandslos festnehmen lassen. Außer in die Elbe springen wäre ihnen auch nichts anderes übriggeblieben. Und wer machte so was schon. Doch nur so Hypersensibelchen wie er. Zwei Passagiere, die das Gleiche versucht hatten, waren vermisst und galten als tot. Die Gerüchte hatten also gestimmt. Erkrankt war an Bord niemand mehr, jedenfalls nicht am Ebola-Altona-Virus. Nach Danowskis Ausschiffung über die Reling hatte es einen Ausbruch von Noro-Viren gegeben, aber daran zu erkranken, fand er, war nicht schlimmer, als vom Leben insgesamt auf der Skala ertragbarer Unannehmlichkeiten vorgesehen.

Die Chefin kam und stand in ihrer Windjacke an der Scheibe und sagte, von den beiden Verfahren gegen ihn sei schon mal eins wieder weg: Die Anzeige gegen ihn wegen Körperverletzung im Amt hatte der Mann, den Danowski auf dem Parkplatz vorm Schiff geschlagen hatte, zurückgezogen. Nur das Verfahren wegen Verstoßes gegen die

Quarantänevorschriften wäre komplizierter, da es von Amts wegen geführt würde. Aber sobald das ausgestanden wäre, wollte sie ihn wieder in einer richtigen Mordbereitschaft sehen. So was sagte sie sonst nie; dass er und Finzi und die Omis, die sich um Vermisste kümmerten und unnatürliche Todesursachen ausschlossen, keine richtige Mordbereitschaft waren, wäre ihr ohne Scheibe nie rausgerutscht. Molkenbur und Kalutza taten, als wären sie untröstlich, aber er sah sie durch die Scheibe funkeln, weil sie sich freuten, endlich mit neuen Kollegen arbeiten zu können.

Zu Behling ins Team wollte Danowski nicht, aber das konnte die Chefin nicht ändern. Meta Jurkschat würde seine Bereitschaftspartnerin, sobald er wieder im Dienst war. Na gut. Aber Behling? Hatte er das richtig verstanden? Ja, sein neuer Chef. Bis auf weiteres. Bis was frei wurde. Die Chefin machte treue Augen. Danowski wusste, was das bedeutete. Also praktisch sozusagen: für immer. Aber erst mal fing das noch nicht an. Denn noch war er ja hier. Behling und er. Das hatte ihm gerade noch gefehlt.

«Wenn Sie sich das überhaupt zutrauen», sagte die Chefin, fast schon im Gehen. «Psychische Probleme? Behling hat da so was erwähnt.»

Nur Finzi wachte nicht auf. Er wurde beatmet, sie wendeten ihn. Sie schnitten ihm die Nägel und die Haare und ernährten ihn durch eine Magensonde. Er lag da, zehn, elf Kilometer entfernt, aber er wachte nicht auf. Einer von den Omis hatte sich den Schnurrbart wieder abrasiert, Kalutza oder Molkenbur. Damit Finzi sie wieder unterscheiden konnte, wenn er aufwachte, sagten sie.

Wahrscheinlich, dachte Danowski, wartet er mit dem Aufwachen, bis ich ihn besuchen komme. Die faule Sau.

«Und was machst du als Erstes, wenn du wieder draußen bist?», fragte Leslie, ihre Stimme durch den Lautsprecher wie matt glänzendes Metall.

«Steuererklärung», sagte Danowski.

«Ja, man fühlt sich einfach besser, wenn man die hinter sich hat.»

«Mein Reden.»

«Vielleicht auch mal Urlaub.»

«Du meinst, eine Kreuzfahrt?»

«Mittelmeer, zur Abwechslung? Obwohl Newcastle ja auch sehr schön sein soll.»

«Mittelmeer, aber nur ohne Schiff», sagte Danowski, einen Tick ernster, und lehnte sich an die Scheibe in Richtung seiner Frau. «Irgendwas ganz Normales, zum Runterkommen.»

«Mallorca. So was.»

«Ja», sagte er. «Warum nicht.»

«Ganz in Ruhe, nur wir als Familie», sagte Leslie. «Sobald die Schulferien anfangen.»

«Du meinst so mit Finca, Windrad, Olivenbäumen? Das Hinterland soll ja sehr schön sein.»

Sie nickte, und dann lachte sie, denn er senkte seinen Mund an die Scheibe, er presste seine Lippen dagegen im vollen Bewusstsein, wie albern das aussehen musste, und dann küssten sie beide das etwa drei Zentimeter dicke Glas an genau der gleichen Stelle, mittelbar also einander, und er fand, dass es vergleichsweise gut war.

Mallorca, dachte er. Von mir aus.

Nachbemerkung

Vor einiger Zeit hätte ich meinen Vater beinahe über Bord eines Kreuzfahrtschiffes geworfen. Kurz danach hatte ich die Idee zu «Treibland».

Im Prinzip haben mein Vater und ich ein gutes Verhältnis; ich war froh, dass er mich auf meiner Reise begleitete. Aber ich war es nicht mehr gewöhnt, so viel Zeit auf relativ engem Raum mit ihm zu verbringen, und Kreuzfahrtschiffe machen seltsame Dinge mit einem. Trotz Animation und gelegentlich vorbeiziehender Landschaft schmort man doch ganz schön im eigenen Saft. Und hat vielleicht zu viel Zeit, sich gegenseitig auf die Nerven zu gehen. Jedenfalls gab es diesen Moment, als er neben mir an der Reling stand, und ich dachte: Wenn er jetzt nicht aufhört, mir Vorträge zu halten, werfe ich ihn über Bord. Stattdessen habe ich dann an einer der zahllosen Bars zu einem Whisky eingeladen, und dann zu noch einem.

Überhaupt fiel mir auf, dass hin und wieder an Bord eine gereizte Stimmung aufflammte, eine Mischung aus Verunsicherung und Aggressivität: wenn man in einer Menschenmenge zu lange vor dem Restaurant warten musste, oder die Ausschiffung nicht losging, oder wenn Landgänge wegen hohen Seegangs gestrichen wurden, obwohl das Meer spiegelglatt erschien. An Bord eines Schiffes ist man fremdbestimmt, und manchmal nimmt einem dieses Gefühl fast den Atem. Was würde passieren, wenn alle Passagiere zwei Wochen länger an Bord bleiben müssten, als sie geplant hatten? Im Hafen, in Sichtweite des rettenden Ufers? Und was wäre eine Geschichte, die man dazu erzählen könnte?

Wohl eine mit tödlichen Viren, Single Malt Whiskys, afrikanischen Fetischen, Auftragsmörderinnen, Komplotten und gescheiterten Ehen. Und zwar in Hamburg, denn wo sonst wäre es grausamer, an Bord eines Schiffes im Hafen zu liegen und nicht an Land gehen zu dürfen.

Allein kann ich so was nicht, deshalb danke ich: Michael Gaeb und allen von der gleichnamigen Literaturagentur sowie Grusche Juncker und ihren Kolleginnen und Kollegen bei Rowohlt Polaris und Rowohlt, dass dies ein Buch geworden ist. Den Kolleginnen und Kollegen, die mir geholfen haben: Stephan Bartels, Simone Buchholz, Patrick Charles, Diana Helfrich, Christine Hohwieler und Andreas Koseck. Allen, die mich mit Ideen und Antworten unterstützt haben, darunter: Thomas Bober, Wido Groell, Dirk Lange, meiner Rheingauer Polizei-Verwandtschaft, Rozonda Salas und Kitty, Alena Schröder, Wiebke Tens, Susanna Tromm sowie Holger Vehren (Hauptkommissar Vehren hat mir die Organisation und Arbeitsweise der Hamburger Mordbereitschaften erklärt; dies hat mich angeregt, aber nicht dazu, die Realität abzubilden). Katja Danowski für den schönen Namen. Meiner Mutter und meiner Schwester für die Krimis, meinem Vater für die Kreuzfahrt.

Das 26. Kapitel ist inspiriert von Richard Prestons Text über die Reise eines Ebola-Infizierten in seinem Sachbuch «The Hot Zone», New York 1994. Der Mythos vom schreienden Herz stammt aus Carl Einsteins «Afrikanische Märchen und Legenden», Berlin 1925. Kathrin Lorschs Sprichwörter sind aus «The Little Book of African Wisdom» von Patrick Ibekwe, Oxford 2002, und aus dem Museum für Völkerkunde Hamburg. Dort kann man auch einen beeindruckenden kongolesischen Nagelfetisch sehen.

T. R.

Rowohlt Polaris 978 3 499 26709 3

Prolog

Am Ende war es doch immer das Gleiche: Schläge ins Gesicht, Schläge in den Magen, die Leber und die Nieren, Schläge in den Unterleib. Arbeitsteilung: Zwei Kollegen übernahmen die Fixierung, der dritte führte aus. Wenn es länger dauerte, wechselten sie sich ab. Diesmal dauerte es länger. Und Tracy Harris sah zu. Das war der vorgeschriebene Arbeitsablauf: Keine Befragung ohne Supervision, sie war als Analystin und nominell Vorgesetzte hier.

Sie runzelte die Stirn und spielte mit dem Gedanken, sich an die Wand zu lehnen. Ihre Füße taten weh in den falschen Schuhen, weil die Kollegen sie direkt aus dem Besprechungsraum geholt hatten. Der bei Lichte betrachtet nur ein Container war, aber wenn sie dort am Tisch mit den Jungs von der Armee, den privaten Dienstleistern und den konkurrierenden Behörden saß, trug sie amtliche Pumps und keine bequemen Sneakers. Und ein dunkelblaues Kostüm. Was dagegen sprach, sich hier während des Verhörs an die Wand zu lehnen: klassische Brache mit entkernter Werkshalle, die Wände vor Jahrzehnten geweißt, durch Ruß und Witterung grau schattiert, das würde Abdrücke hinterlassen auf dem dunklen Stoff.

«Harris», sagte der, der jetzt fürs Schlagen zuständig war, wahrscheinlich, weil er sich ausruhen wollte. «Haben Sie irgendwelche Fragen?»

Sie schüttelte den Kopf und winkte ab. Das hier war alles sinnlos. Der da auf dem Aluminiumstuhl saß und sich bearbeiten lassen musste, wusste nichts. Sein nackter Oberkörper hatte an vielen Stellen die Farbe von Auberginen der, wie sie in Deutschland sagten, Handelsklasse 1 angenommen, Blut lief ihm übers Gesicht, bis es in seinem Bart verschwand, und auf seiner hellen Jeans war ein großer Fleck mit vage geographischen Umrissen.

Waterboarding, dachte Tracy Harris, was für ein Witz. Das ganze jahrzehntelange Gerede, Hin und Her und Für und Wider, und am Ende prügelten sie halt einfach, weil es weniger Vorbereitung erforderte und, wie sie vermutete, weil es sich organischer, natürlicher anfühlte.

Normal, jemanden festzuhalten und zusammenzuschlagen.

Unnormal, jemanden sorgfältig festzuschnallen und mit Hilfsmitteln zu bearbeiten, und seien sie noch so primitiv. Und wenn sie eins gelernt hatte, dann, dass jeder ihrer Mitarbeiter und Kollegen vor allem den Wunsch hatte, normal zu sein.

Außerdem gab es vor Ort selten fließend Wasser. Hier, in den öden Landschaften am unübersichtlichen Rande Europas, wo sie und ihre Kollegen die leeren Räume, aus denen die sterbenden Industrien sich zurückgezogen hatten, mit neuem Leben füllten. Wenn man das hier Leben nennen wollte.

«Was weißt du? Was weißt du? Was weißt du?» Manchmal einfach nur so, drei- oder viermal hintereinander, ohne Pause, dann wieder voneinander abgegrenzt durch Schläge.

Sie schwitzte und schüttelte unmerklich den Kopf. Nach vier Tagen und Nächten in verdeckt aufgestellten Containern und leeren Hallen, mit keinem anderen Kontakt nach draußen als über Monitore und Satelliten, wusste selbst sie so viel weniger als zuvor. Die Frage hätte auch sie nicht mehr sinnvoll beantworten können: «Was weißt du?» Alles und nichts. Wo sind wir diese Woche? *Hello Turkey, hello Northern Iraq, hello Azerbeijan, are you having a good time?* Und sie wurde nicht mal geschlagen, trotzdem verlor sie langsam die Orientierung. Das hier war sinnlos, völlig sinnlos, und es war für sie und alle, die damit zu tun hatten, das Gegenteil dessen, worauf doch eigentlich alles hinauslaufen sollte: *a good time*. Ganz ehrlich, warum sonst machten sie das alles hier? Um die guten Zeiten zu schützen oder, falls es sie schon nicht mehr gab, zurückzuholen.

Und ihre Füße taten weh.

Immer wieder ließen sie ihm zwei oder drei Sekunden Pause, und währenddessen hörte Tracy Harris nichts als das gedämpfte Brummen der Generatoren, das Knarren ihrer Schuhe, den feuchten Atem des Verhörten. Aber das änderte sich jetzt. Er sprach.

«Birakin beni. Artik yapamiyorum. Birakin beni!»

Sprachen waren ihre Stärke und vielleicht ihre Flucht. In ihren Jahren als Offizierin und Analystin hatte sie viele gelernt. Die erste für die Karriere (Arabisch), die zweite aus Trotz (Deutsch), die dritte, weil sie sie brauchte (ein syrisch gefärbtes Kurdisch, wie es im Nordirak gesprochen wurde), die vierte nebenbei (Türkisch), weil sie davon umgeben war, und erst da war ihr aufgefallen, wie schwer es ihren Kollegen zu fallen schien, auch nur fünf gängige Redewendungen zu behalten, die dort verwendet wurden, wo sie sich monate- und manchmal jahrelang aufhielten. Die fünfte Sprache lernte sie, weil sie sich was beweisen wollte, und weil sie sich nach Osteuropa orientieren wollte, wenn das hier vorbei war: Ungarisch. Und eines Tages Mandarin, als letzte Herausforderung.

Jetzt aber Türkisch. Wenn ein Kurde aus dem Nordirak sich zu Wort meldete in der Sprache der verhassten Unterdrücker seines Volkes, dann bedeutete das, vermutete

Tracy Harris, zwei Dinge. Zum einen, dass er auch sie für verhasste Unterdrücker hielt. Aus dieser Haltung konnte sie ihm auf Grundlage des augenblicklichen Sachverhalts keinen Vorwurf machen, wenn sie die Einschätzung auch nicht teilte. Zum Zweiten, dass er sie erreichen wollte, sein Englisch in diesem qualvollen Moment aber schon vergessen hatte, und dass er wirklich genug hatte, dass er wirklich nicht mehr konnte.

«Ondan haberim yok.»

Und dass er wirklich nichts wusste. Einer der drei Verhörer, den sie genauso wenig wie die anderen in diesem Zusammenhang als «Verhör-Experten» bezeichnet hätte, schlug ihm unvermittelt noch einmal ins Gesicht, mit der flachen Hand, und wies ihn, Hurensohn, an, Englisch zu sprechen. Sie sah, dass der Verhörte den Kopf sinken ließ, nicht aus Trotz, sondern weil er keine Kraft mehr hatte, ihn zu stützen. Und schon konnte sie vor ihrem inneren Auge nicht mehr rekonstruieren, wie unkenntlich sein Gesicht im Laufe der letzten zwanzig Minuten geworden war. An seinem blutüberströmten Oberkörper sah sie, dass er Anfang, Mitte zwanzig war. Er war dabei, sein Bewusstsein zu verlieren. Es war sinnlos, und es war eine Verschwendung, aber die drei Verhörer wechselten sich noch einmal ab.

Sie trat einen Schritt vor und merkte, dass ihre Waden sich verkrampft hatten vom viel zu starren Stehen im Raum. Auf einem Blechtisch außerhalb des Lichtkegels lagen die drei Dienstwaffen der Verhörer, vorschriftsmäßig abgelegt, bevor sie sich dem Gefangenen genähert hatten. Dreimal die gleiche SIG Sauer P226 im gleichen schwarzen Gürtelholster aus Funktionsfaser, für Tracy Harris durch nichts voneinander zu unterscheiden. Aber die Männer würden, wenn sie hier fertig waren, ihre Waffen auseinanderhalten können wie Kinder ihre iPods. Ihre Füße schmerzten, und ihre Beine gehorchten ihr nicht perfekt, als sie mit ein paar Schritten zum Blechtisch ging. Die drei beachteten sie nicht.

Tracy Harris nahm die mittlere der drei P226 vom Tisch, löste den Verschluss mit dem Daumen, ließ das Holster aufs Blech gleiten und lud die Waffe durch. Das metallische Schaltgeräusch bescherte ihr die volle Aufmerksamkeit zumindest von drei der vier Anwesenden. Bevor jemand sie daran hindern konnte, hob sie die Waffe und schoss dem Gefangenen aus etwa anderthalb Metern Entfernung mit sicherer Hand durch den Kopf.

Noch während der Knall sich entfaltete und sie ahnte, wie lange sie unter dem Pfeifen in ihren ungeschützten Ohren leiden würde, wusste sie, dass der Gefangene tot war. Blut, Knochensplitter und Hirnmasse hatten sich durch die Austrittswunde auf den Betonboden hinter ihm verteilt und auf die, die ihn festgehalten hatten, und die jetzt jeweils zwei, drei Schritte zurückgewichen waren, in ihre Richtung. Sie spürte, wie der Dritte ihr den Arm auf den Rücken drehte. Während ihr der Schmerz durch den Oberkörper bis in die Stirn fuhr, sah sie an seinen Lippen, dass er «Dämliche Fotze!» schrie, stupid cunt, das Erste, was ihnen allen immer zuverlässig einfiel.

Aber ihr habt doch gesehen: Er konnte nicht mehr, er wusste nichts, er bat nur noch darum, dass es aufhört. Zeigt ein bisschen Respekt, dachte sie, ein bisschen Respekt.

Als ihr Kollege sie losließ, streifte sie als Erstes die Schuhe ab. Ihr graute vor den Disziplinarausschüssen und den ernsten Gesprächen, den Berichten, die sie würde schreiben müssen, vor der Evaluation, vor den vielen, vielen Worten, bis das hier ausgestanden war, und am Ende wohl auch vor der Degradierung und der Versetzung.

Aber der kühle, sandige Betonfußboden unter ihren Füßen, spürbar, nur leicht gedämpft durch ihre dunklen Nylonstrümpfe, fühlte sich herrlich an.

1. Kapitel

Hauptkommissar Adam Danowski war enttäuscht von der Rosine. Ja, er fühlte sich von ihr im Stich gelassen. Er hatte sich das besser vorgestellt mit ihr, so, dass da was passieren würde zwischen ihm und der Rosine.

Jetzt saß er hier und sah, wie die anderen abgingen mit der Rosine, die waren richtig vertieft in die, die liebkosten die Rosine mit den Fingern, die drehten und drückten sie ganz nah an ihren Ohren und lauschten der Rosine, die schnüffelten mit geschlossenen Augen an der Rosine, als berge deren Aroma wortlose Antworten auf alle Fragen. Er kriegte irgendwie nichts mit von der Rosine. Er dachte stattdessen an seinen Kollegen Finzi, der nach einem Alkoholrückfall im Koma gelegen hatte und jetzt im Pflegeheim war. Und auf Ansprache nicht reagierte. Der saß nur da und starrte vor sich hin. Eigentlich die perfekte Meditation. Der brauchte keinen Kurs mehr.

Er müsste seinen alten Partner und, ja, Freund Finzi dringend besuchen. Wie lange war das jetzt her? Fünf Monate? Wie konnte es sein, dass jemand fast ein halbes Jahr lang keine Gelegenheit fand, einen kranken Freund im Pflegeheim zu besuchen? Wobei: krank. Was hieß schon krank. Sein Vorgesetzter Behling sagte: Der sieht eigentlich ganz gesund aus. Besser als vorher. Vielleicht, weil sie ihn bei Wind und Wetter nach draußen schieben, der hat ordentlich Sonne gezogen diesen Sommer. Aber der sitzt nur da und sagt nichts und starrt vor sich. Unheimlich. Und wenn Behling schon «unheimlich» sagte, dann wusste Danowski: Es musste die Hölle sein.

Aber die Freundschaft. Und die Pflicht. Nur, heute war es natürlich auch schon wieder zu spät. Bis er hier raus war, war es 21 Uhr durch, die hatten längst keine Besuchszeit mehr im Pflegeheim, und morgen musste er die Kinder nach der Arbeit zum Fußball und zum Tanzen fahren, das war knapp genug, vor allem, wenn Behling ihn vorher wieder in irgendein Psychogespräch verwickelte über …

Scheiße, dachte Danowski. Konzentrier dich auf die verdammte Rosine. Die Kursleiterin Franka hatte sie verteilt, damit sie sich «einließen» auf die Rosine, sie wirklich «erfuhren», ein erster Anfang, um achtsam im Moment zu leben. Warum war er der Einzige hier, der nichts anfangen konnte mit der Rosine? Ihm war klar, dass die Rosine ja nur eine Art Platzhalter war, hier ging es gar nicht um die Rosine an sich, die Rosine war nur ein Anlass, sich wirklich nur auf das zu konzentrieren, was man unmittelbar vor sich hatte, die Gegenwart, den Augenblick.

Leslie liebte Rosinen. Sie mochte Rezepte, in denen Rosinen vorkamen. Seine Frau war der einzige Mensch, den er kannte, der nicht aus dem Apfel- oder Kranzkuchen, den der Backshop hochgejagt hatte, die Rosinen rauspulte. Für ihre Kinder und ihn sahen die Rosinen im Kuchen aus wie Wasserleichen von Stubenfliegen. Leslie mochte auch Couscous mit Rosinen und so was. Salat. Er würde mal was für sie kochen mit Rosinen, wenn sie Schulleiterin war und er auf Teilzeit. Wenn. Wenn, wenn, wenn. Falls. Da mussten sie jetzt auch mal dringend drüber reden. War das die richtige Entscheidung? Die aktive Ermittlungsarbeit endgültig an den Nagel zu hängen, damit seine Frau Karriere machen konnte? Es gab so viel, worüber er mit allen möglichen Leuten dringend reden musste.

Die anderen waren alle schon viel weiter mit der Rosine, die rollten das Ding neben ihrem Ohr und horchten und lächelten, und er saß hier und dachte an seinen alten Kollegen und seinen verdammten Chef und seine erfolgreiche Frau.

«Na, Adam», sagte Franka, die Kursleiterin. «Bei dir dreht sich ja wieder das Gedankenkarussell, oder?»

Danowski lächelte schuldbewusst. Nachdem der Amtsarzt ihn evaluiert und nichts bei ihm festgestellt hatte, als das, was Danowski schon wusste, hatte er ihm einen Meditationskurs empfohlen. Achtsamkeits-Meditation, ein «gangbarer Weg», um mit dem Stress klarzukommen, den Danowskis Hypersensibilität ihm verursachte. Obwohl, empfohlen war vielleicht der falsche Ausdruck: Der Amtsarzt hatte vor Danowskis Augen bei der Kursleiterin angerufen und ihn angemeldet.

«Ich kenn doch meine Pappenheimer», hatte der Amtsarzt gesagt, «ihr büxt mir immer aus, wenn's an die Achtsamkeits-Meditation geht. Ihr sitzt hier bei mir aufm Amt und lächelt und nickt, und dann meldet ihr euch nicht an. Darum mach ich das jetzt immer gleich selbst. Die Franka ist eine Gute, die kenn ich schon lange, bei der war ich auch mal. Ja, auch Amtsärzte geraten in Stress. Also, das ist eine gute Sache: Achtsamkeit, da lernen Sie, im Moment zu leben, sich nicht zu viele Sorgen zu machen, und vor allem, Sie lernen, sich selbst von Ihren Gefühlen und Eindrücken unabhängig zu machen. Sie sind nicht der Stress, Sie sind nicht Ihre Gefühle, Sie können sich im Alltag Freiräume zurückerobern, die …», und so weiter und so fort, der Amtsarzt redete viel, und Danowski nickte dazu.

Hypersensibilität bedeutete, dass zu viele Eindrücke ungefiltert auf ihn einstürmten und er Mühe hatte, sie zu ordnen und zu verarbeiten. Darum war er schneller überfordert und gestresst als andere. Und deshalb saß er jetzt hier. Und immer, das hatte Franka ihnen gleich erklärt, fing es damit ein, eine Rosine zu erforschen. Sich einzulassen auf eine Rosine. Sie wirklich wahrzunehmen.

«Lass es laufen», sagte Franka. «Nimm die Gedanken zur Kenntnis, aber häng ihnen nicht nach.»

«Gar nicht so einfach», sagte Danowski konstruktiv, und die anderen, durch ihn aus ihrer Rosinenbetrachtung gerissen, nickten zustimmend.

«Darum üben wir das ja auch. Und wir haben ja gerade erst angefangen», sagte Franka. «Du kannst hier nichts falsch machen. Hier kann keiner gewinnen oder verlieren.»

Na gut, dachte Danowski. Franka war nicht viel jünger als er, vielleicht Ende dreißig, sah aber deutlich frischer aus und hatte eine phantastische Körperhaltung in ihrem dunkelgrünen ärmellosen Yoga-Dress. Er war ein bisschen verknallt in ihre Schultern, die gefielen ihm am besten am Meditationskurs. Besser jedenfalls bei weitem als die Rosine. Und so eine Haltung wie Franka wollte er auch. Unwillkürlich richtete er sich auf seinem Meditationskissen auf.

«Lasst euch einfach noch mal fünf Minuten ein auf die Rosine», sagte Franka. «Und schmeckt sie auch am Ende.»

Die anderen lächelten, als freuten sie sich darauf. Danowski betrachtete die Rosine und schob alles weg von sich, erst aktiv, dann schien es ihm, als könnte er in den kakerlakenbraunen Runzeln der Trockenfrucht wirklich nichts anderes mehr sehen als Rosinenfalten. Und der Geruch war einfach nur Wald, süßer Boden, ausblühende Lilien, was Dunkles, und nicht mehr zuerst die Erinnerung daran, dass Rosinen die einzige Süßigkeit waren, die sein Vater ihm und seinen Brüdern erlaubt hatte. Er spürte, dass er ganz tief drin war in der Rosine. Dann sah er aus den Augenwinkeln, dass die anderen dabei waren, die Rosine endlich zu essen. Er hob die Hand an den Mund und konnte es nicht. Er mochte Lebensmittel, die frisch aus der Packung kamen, nichts, was er zehn oder fünfzehn Minuten in der Hand und zwischen den Fingern gewendet hatte, am Ohr und unter der Nase. Er tat, als steckte er die Rosine in den Mund und als kaute er sie, in Wahrheit verbarg er sie jedoch in der Handfläche.

Franka schlug die Zimbel, um das Ende der Übung zu markieren. Danowski schämte sich ein bisschen fremd für das Geräusch, weil es so ungeschützt und freundlich war. Dann richtete er sich auf wie Franka und presste die Rosine in seiner rechten Hand. Wohin jetzt damit?

«Und, wie ist es euch ergangen?»

Tja, dachte Danowski ratlos und schwieg wie die anderen. Aber Franka hatte kein Problem damit, Stille auszuhalten. Die Frau auf der Wolldecke schräg gegenüber von Danowski machte ein unverbindliches Ich-glaub-ich-sag-gleich-was-Geräusch dicht unterhalb eines Räusperns, und im Raum breitete sich Erleichterung aus wie Plätzchenduft in der Vorweihnachtszeit.

Warum bin ich eigentlich der einzige Mann hier?, dachte Danowski. Sind außer mir nur Frauen gestresst, oder geben es nur Frauen zu? Verdammt, jetzt hatte die gegenüber schon zu Ende geredet, und er hatte nicht zugehört. Bei der Nächsten nahm er sich fest vor, besser aufzupassen, das war die Studentin, aber warum war die eigentlich gestresst? In dem Alter hatten Leslie und er sich abends schön einen Joint geteilt, den die Kollegen von der Streife mitgebracht hatten, das war deutlich weniger zeitintensiv gewesen, als sich hier einmal die Woche ins Nachbarschaftsheim Bahrenfeld zu schleppen. Nach der Schicht.

«Und bei dir, Adam?» So eine Runde war doch ganz schön schnell rum. Das war ihm schon am Anfang beim Vorstellen so gegangen: Kein bisschen zugehört, weil zu beschäftigt, sich zurechtzulegen, was er gleich sagen würde, und, zack!, war er auch schon dran gewesen. Seine Arbeit bei der Mordbereitschaft hatte er verschwiegen, für die Frauen im Meditationskurs hier war er in der Personalplanung bei der Kripo, er hatte das ganz vage gelassen, und irgendwie stimmte es ja auch: Danowski plante, wie es mit der Personalie Danowski weitergehen sollte, kam nur zu keinem rechten Ergebnis dabei.

Alle Augen ruhten auf ihm. Er merkte, wie seine Knie heiß wurden unter der Decke, die er sich in einem Anflug von Rentnertum über die Beine gelegt hatte wie Opa vorm «Blauen Bock». In seiner Handfläche machte die Rosine ungerührt ihr Ding und klebte vor sich hin.

«Also, ganz ehrlich», sagte er und war selbst gespannt, was jetzt seine große Ehrlichkeitsoffensive sein würde, «nachdem ich mich drauf eingelassen hatte, fand ich's ganz toll.»

Franka sah ein bisschen enttäuscht aus, aber vielleicht bildete er sich das nur ein: Wo, wenn nicht hier, sollte es erlaubt sein, den Weg des geringsten Widerstandes zu gehen und einfach irgendeinen Blödsinn zu erzählen?

«Du kommst mir wahnsinnig bekannt vor», sagte eine freundliche Frau vom Bezirksamt, Anfang sechzig, im Job auf dem Abstellgleis, die links zwei Kissen neben ihm saß, sodass er sich im Schneidersitz vorbeugen musste, um einen Dialog mit ihr zu ermöglichen. Warum hatte er angeberisch diesen Schneidersitz probiert, sie sollten doch bequem sitzen, nur, weil Franka den so gut konnte, jetzt befürchtete er jeden Augenblick Auskugelungen der Hüftgelenke.

«Echt? Vielleicht von meinem Passfoto, ich verlier den öfter», sagte er, und ein paar kicherten über seinen Scherzversuch, am ersten Abend wurde ja alles gern genommen.

«Nee, Pässe mache ich schon lange nicht mehr», sagte die Frau vom Bezirksamt. «Ich bin ja da weggemobbt worden. Ich kenne dich aus dem Fernsehen, meine ich.»

«Du verwechselst mich mit dem jungen Rudi Cerne.»

«Oder mit Kurt Krömer ohne Brille», sagte die Studentin halblaut, worüber jetzt schon lauter gekichert wurde, man musste aufpassen, dass das hier nicht ausartete. Franka ließ schon die Hand über der Zimbel schweben.

«Geschützter Raum», sagte sie freundlich. «Bitte bedrängt Adam nicht, wenn er nicht über sich sprechen möchte.»

«Ach, du Armer», sagte die Frau vom Bezirksamt, «jetzt weiß ich wieder. Du bist der Polizist, der auf diesem Kreuzfahrtschiff hier im Hafen gefangen war. Als dieses Killervirus ausgebrochen ist. Im Frühjahr.»

Danowski nutzte das allgemeine «Stimmt ja!» und laute Durchatmen, um die Rosine kurz und humorlos im Schutze der fliederfarbenen Wolldecke in den Tretford-Teppich des Meditationsraums zu schmieren. Wenigstens die war er los.

Till Raether bei Polaris und rororo

Blutapfel

Treibland